ខ្សែក្រវ៉ាត់មួយ ផ្លូវមួយ ៖ ក្រោយពីការចើបឆ្លៀងរបស់ប្រទេសចិន

នេបាននាំអ្វីខ្លះដល់ពិភពលោក

វាំង អ៊ីវ៉ាយ

NEW WORLD PRESS

ការបោះពុម្ពលើកទី១នៅឆ្នាំ២០១៧

អ្នកនិពន្ធៈ វ៉ង់អ៊ីវ្៉យ (Wang Yiwei)
អ្នកសម្រួលបកប្រែអត្ថបទៈ Prak Phannara
អ្នកពិនិត្យបញ្ជាប់អត្ថបទៈ Zhang Jinfeng
ក្បៀសិទ្ធគ្រប់បែបយ៉ាងៈ រោងបោះពុម្ពពិភពថ្មី

សូមធ្វើការរក្សាសិទ្ធគ្រប់បែបយ៉ាង។ ប្រសិនបើមិនទទួលបានការអនុញ្ញាតជាលាយលក្ខណ៍អក្សរពីរោងបោះពុម្ពទេនោះ គឺទោះបីក្នុងគោលបំណងណាមួយក៏ដោយ គឺមិនអាចយកអត្ថបទនេះទៅធ្វើការថតចម្លងនិងផ្សព្វផ្សាយបានឡើយទោះមិនថាផ្នែកណាមួយតាមគ្រប់រូបភាពឬក៏តាមមធ្យោបាយណាក់ដោយ។

បោះពុម្ពផ្សាយៈ
រោងបោះពុម្ពពិភពថ្មី

អាសយដ្ឋានៈ លេខ២៤ មហាវិថី Baiwanzhuang ខណ្ឌXicheng
ទីក្រុងប៉េកាំង ប្រទេសចិន, លេខកូដតំបន់ ១០០០៣៧

ការចេញផ្សាយៈ
រោងបោះពុម្ពពិភពថ្មី

អាសយដ្ឋានៈ លេខ២៤ មហាវិថី Baiwanzhuang ខណ្ឌ Xicheng
ទីក្រុងប៉េកាំង ប្រទេសចិន, លេខកូដតំបន់ ១០០០៣៧

ទូរស័ព្ទៈ ៨៦-១០-៦៨៩៩៥៩៦៨
ទូរសារៈ ៨៦-១០-៦៨៩៩៨៧០៥
គេហទំព័រៈ www.nwp.com.cn
អ៊ីម៉ែលៈ nwpcd@sina.com
ធ្វើការបោះពុម្ពនៅសាធារណរដ្ឋប្រជាមានិតចិន

មាតិការ

អារម្ភកថា៖ សតវត្សទី២១ ចាប់ផ្តើមពី "ខ្សែក្រវាត់មួយ ផ្លូវមួយ"

សកលការូបនីយកម្ម ពិភពលោកគឺរឹងសំប៉ែត នេះប្រហែលជាការភាន់ច្រឡំខ្លាំងជាងគេនៃ សម័យយើង។ តាមការពិត ពួកយើងរស់នៅក្នុងផែនដីដែលមានការរៀបចំចែកពីគ្នា ជីគោកនិងសមុទ្រ ប្រទេសអភិវឌ្ឍន៍និងប្រទេសកំពុងអភិវឌ្ឍន៍ តំបន់កណ្ដាលនិងតំបន់ជាយ.......ដែលនេះវាឆ្លុះបញ្ចាំង នូវពាក្យបុរាណមួយឃ្លារបស់ប្រទេសចិនគឺ៖ "ប្រវែងដូចជាជីតគ្នា ប៉ុន្ដែពិបាកនឹងបានជួបគ្នា ប្រៀបធៀប យដូចជើងមេឃ"។ "៥ក្បាប់"ដែលតំណាងឱ្យទំនាក់ទំនងតគ្នាប់ ការផ្សព្វផ្សាយគោលនយោបាយ ការត ភ្ជាប់ហេដ្ឋារចនាសម្ព័ន្ធ ការភ្ជាប់ពាណិជ្ជកម្មលូន ការចរាចររូបិយវត្ថុ និងចិត្តមនុស្សភ្ជាប់គ្នា។ល។បាន សម្រេចនូវការបញ្ចូលគ្នាជាសកលការូបនីយកម្មពិតប្រាកដ ដែលឆ្លាយជាប្រធានបទយ៉ាងសំខាន់នៃ សតវត្សទី២១។

ក្នុងស្ថានភាពដែលសកលការូបនីយកម្មអាមេរិកការូបនីយកម្មពិបាកបន្ដនោះ ចិនបានលើកនូវ គំនិតផ្ដួចផ្ដើមដ៏អស្ចារ្យ "ខ្សែក្រវ៉ាត់មួយ ផ្លូវមួយ" នេះគឺជាផ្លូវសូត្របុរាណរបស់ចិន ទាន់សម័យ និង មានភាពជាសាធារណៈ:---គោលគំនិត "ខ្សែក្រវ៉ាត់មួយ ផ្លូវមួយ" នេះគឺជនជាតិអាល្លឺម៉ង់ឈ្មោះ វិច ហ៊ូ ហ្វិនបានលើកឡើងកាលពីឆ្នាំ១៨៧៧ ក្រោយមកនៅឆ្នាំ២០១១ ដើម្បីឯកកងទ័ពចេញពីប្រទេស អាហ្គានីស្ថានអាមេរិកបានលើកឡើងនូវ "ផែនការផ្លូវសូត្រថ្មី" ដូច្នេះចិនបានប្រើនូវគោលគំនិតមួយ ដែលមានលក្ខណៈខ្លាំងតាមបែបចិន--- "ខ្សែក្រវ៉ាត់មួយ ផ្លូវមួយ" វាឆ្លុះបញ្ចាំងនូវកម្មសិទ្ធិបញ្ញារបស់ ប្រទេសចិន ។

បើយោងតាមគោលគំនិត "មួយកើតជាពីរ ពីរកើតជាបី បីកើតទៅជាវត្ថុរាប់ម៉ឺន" នោះ "ខ្សែក្រ វ៉ាត់មួយ ផ្លូវមួយ" ប្រាកដជាមិនមែនខ្សែក្រវ៉ាត់និងផ្លូវមួយខ្សែនោះទេ។ គោលគំនិតនៃ "ខ្សែក្រវ៉ាត់សេដ្ឋ កិច្ចផ្លូវសូត្រ" គឺការធ្វើកំណែទម្រង់បើកចំហរបស់ចិនដោយបង្កើតបាននូវបទពិសោធន៍" យកចំណុច ទាញចេញជាខ្សែ" "យកខ្សែទាញចេញជាផ្ទៃក្រឡា"។ល។ ដោយបង្កើតថ្មីនូវរៀបកិច្ចសហប្រតិបត្តិ ការសេដ្ឋកិច្ចក្នុងតំបន់។ ច្រករបៀងសេដ្ឋកិច្ចធំទាំង៦ដូចជាច្រករបៀងសេដ្ឋកិច្ចចិន-រុស្ស៊ី-ម៉ុងហ្គោលី តំបន់ថ្មីរូបអាស៊ី ច្រករបៀងសេដ្ឋកិច្ចចិន-អាស៊ីកណ្ដាល ច្រករបៀងសេដ្ឋកិច្ចបង្គ្លាដេស-ចិន-ឥណ្ឌា- ភូមា ច្រករបៀងសេដ្ឋកិច្ចចិន-ឧបទ្វីបឥណ្ឌូចិន ច្រករបៀងសេដ្ឋកិច្ចសមុទ្រជាដើម គឺសុទ្ធតែយក កំណើនសេដ្ឋកិច្ចសាយកាយតំបន់ជុំវិញ ដែលវាណាមហួសពីទ្រឹស្ដីអភិវឌ្ឍសេដ្ឋកិច្ចប្រពៃណី។

ចំណែក "ផ្លូវសូត្រសមុទ្រសតវត្សទី២១" គឺបញ្ជាក់ថាតើត្រូវធ្វើដូចម្ដេចសម្រេចការវែកសម្រួល កំឌង់ផែ ការធ្វើឱ្យប្រសើរឡើងនូវផ្លូវដើរជញ្ជូន លើកកំពស់សមត្ថភាពការដឹកជញ្ជូនតាមផ្លូវទឹកក្នុង សតវត្សទី២១នេះ ។ "ផ្លូវសូត្រសមុទ្រសតវត្សទី២១" មានតំលៃត្រង់ "សតវត្សទី២១" បង្ហាញថាចិន មិនដើរតាមផ្លូវចាស់របស់ប្រទេសខ្លាំងលោកខាងលិចដែលពង្រឹកផែនសមុទ្រ បង្កជម្លោះ និងដាក់

អាណានិគម ហើយក៏មិនជើគាមផ្លូវអាក្រក់របស់អាមេរិកដែលប្រយុទ្ធគ្រប់គ្រងសមុទ្រ ប៉ុន្តែគឺស្វែងរកការគេចផុតដោយប្រសិទ្ធភាពនៃហានិភ័យភាវូបនីយកម្មប្រពៃណី បើកនូវអរិយធម៌សមុទ្រថ្មីនៃមនុស្សជាតិនឹងចុះសម្រេងគ្នាជាមួយសមុទ្រ រស់នៅជាមួយគ្នាដោយសុខដុមមេនា និងអភិវឌ្ឍប្រកបដោយចីរភាព។ ប្រទេសចិនគឺជាប្រទេសពាណិជ្ជកម្មធំជាងគេបំផុតលើពិភពលោក ប៉ុន្តែប្រកាន់គោលនយោបាយមិនចូលបក្សសម្ព័ន្ធ បានលើកឡើងពីការបង្កើតទំនាក់ទំនងថ្មីបែបប្រទេសធំជាមួយអាមេរិក ដែលជាបង្គសមុទ្រ។ នេះគឺតម្រូវឱ្យចិនលើកឡើងនូវគោលគំនិតនៃកិច្ចសហប្រតិបត្តិការសមុទ្រសតវត្សទី២១ បង្កើតថ្មីនៃគំរូសហប្រតិបត្តិការតាមផ្លូវទឹក ការដឹកជញ្ជូនទំនិញ និងសុវត្ថិភាព ឆ្លងតាមរយៈសិទ្ធអាជីវកម្មសមុទ្រាន និងជើសាស្ត្រមេគ្នាកសាងនិងប្រើជាមួយគ្នានូវកំពង់ផែ។ល។ ជម្រុញផ្លូវសូត្រសមុទ្រនិងផ្លូវសូត្រគោកគក្កាប់ជាមួយគ្នា។

ការកសាង "ខ្សែក្រវ៉ាត់មួយ ផ្លូវមួយ" ត្រូវការពេញតាមគោលគំនិត "ខ្លួនមួយ៥ផ្នែក" ៖ ការកសាងសេដ្ឋកិច្ច នយោបាយ វប្បធម៌ សង្គម និងអារ្យធម៌អេកូឡូស៊ី ដោយបើកនូវអរិយធម៌ថ្មីនៃការអភិវឌ្ឍន៍ប្រកបដោយចីរភាពរបស់មនុស្សលោក។

ជាបឋម "ខ្សែក្រវ៉ាត់មួយ ផ្លូវមួយ" គឺជាបណ្តាញគមនាគមន៍តំបន់អឺរ៉ុបអាស៊ីមួយ៖ គឺមានផ្លូវដែក ផ្លូវជាតិ ផ្លូវអាកាស ផ្លូវសមុទ្រ បំពង់ប្រេងនិងឧស្ម័ន ខ្សែបញ្ជូនអគ្គិសនី និងបណ្តាញ ទូគមនាគមន៍រួមគ្នាបង្កើតបានជាបណ្តាញគមនាគមន៍មួយ ដែលមានការតភ្ជាប់គ្នាដោយទូលំទូលាយ ។ នៅតាមបណ្តោយផ្លូវខ្សែគមនាគមន៍ទាំងនេះ បណ្ដុំឧស្សាហកម្មពាក់ព័ន្ធនឹងបង្កើតឡើងជាបណ្ណើរៗ ដើម្បីបម្រើសេវាឱ្យបណ្តាញនេះ ហើយតាមរយៈបណ្ដុំឧស្សាហកម្ម និងឥទ្ធិពលនៃការគ្របដណ្ដប់ វា នឹងបង្កើតបានជាប្រករបៀងសេដ្ឋកិច្ចនៃការអភិវឌ្ឍន៍ចម្រុះរួមដូចជា វៃស្យៃសំណង់ ស្ទើដក ថាមពល ហិរញ្ញវត្ថុ ទូគមនាគមន៍ ការដឹកជញ្ជូន និងទេសចរណ៍ជាដើម ឆ្លងកាត់ "៥ភ្ជាប់" មកជម្រុញពាណិជ្ជកម្មវិនិយោគឱ្យកាន់តែមានភាពងាយស្រួល ស៊ីជម្រៅកិច្ចសហប្រតិបត្តិការសេដ្ឋកិច្ចនិងបច្ចេកវិទ្យាបង្កើតតំបន់ពាណិជ្ជកម្មសេរី ចុងក្រោយបង្កើតផ្ទាំងជាទីផ្សារធំអឺរ៉ុបអាស៊ី។ ក្នុងនោះប្រករបៀងថាមពលផ្លោតលើសិទ្ធកំណត់តម្លៃនៃទំនិញប្រើប្រាស់ ប្រករបៀងដឹកជញ្ជូននិងហិរញ្ញវត្ថុជាដើមផ្លោតលើសិទ្ធបង្កើតស្តង់ដារពាណិជ្ជកម្មវិនិយោគ លំហរទុនគឺជម្រុញប្រាក់ចិនឱ្យមានការប្រើប្រាស់ទូលំទូលាយក្នុងតំបន់និងអន្តរជាតិ ប្រព័ន្ធអ៊ិនធឺណេត ខ្សែបញ្ជូនអគ្គិសនីនិងការកសាងផ្លូវសូត្រព្រាតវៃគឺជាការជម្រុញ E-WTO ជួយជម្រុញចិនឱ្យក្លាយជាប្រទេសដឹកនាំថ្មីនៃពិភពលោក។

ការកសាង "ខ្សែក្រវ៉ាត់មួយ ផ្លូវមួយ"បង្កើតឱ្យមានលំនាំថ្មីនៃយុទ្ធសាស្ត្របើកចំហរក្រៅប្រទេសទូលំទូលាយ និងក្របខណ្ឌថ្មីនៃយុទ្ធសាស្ត្រការបរទេសជិតខាងរបស់ចិន។ "ខ្សែក្រវ៉ាត់មួយ ផ្លូវមួយ" បានបើកទំព័រប្រវត្តិសាស្ត្រថ្មីនៃយុទ្ធសាស្ត្របើកចំហរក្រៅប្រទេស។ បើនិយាយពីន័យបើកចំហរ៖ "ទាក់

ទាញចូលមក" ប្ដូរទៅ "ដើរចេញទៅក្រៅ" ដែលការទាក់ទាញចូលមកនិងការដើរចេញទៅក្រៅវិញគឺ
ភ្ជាប់គ្នាបានយ៉ាងល្អ ការបញ្ចេះបណ្ដាលចូលរួមនិងអត្ថប្រយោជន៍ថ្មីនៃភាពប្រកួតប្រជែងសហប្រតិបត្តិ
ការសេដ្ឋកិច្ចអន្តរជាតិ ដោយយកការបើកចំហរមកជម្រុញកំណែទម្រង់។ បើនិយាយពីជ្រុងនៃការបើក
ចំហរ ដើម្បីអភិវឌ្ឍតំបន់ខាងលិចប្រទេសចិន អនុវត្តយុទ្ធសាស្ត្របើកចំហរទៅទិសខាងលិចនិងខាង
ក្យ៉ង ក្លាយជាលំនាំថ្មីនៃការបើកចំហរទូលំទូលាយ។ បើនិយាយពីជម្រៅនៃការបើកចំហរ គឺស្របតាម
និន្នាការអភិវឌ្ឍនៃសមាហរណកម្មសេដ្ឋកិច្ចតំបន់និងពិភពលោក យកតំបន់ជុំវិញជាមូលដ្ឋានពង្រឹង
ការអនុវត្តយុទ្ធសាស្ត្រតំបន់ពាណិជ្ជកម្មសេរី សម្រេចនូវទំនិញ ទុននិងកំលាំងពលកម្មផ្លាស់ប្ដូរដោយ
សេរី។

ប្រទេសចិនបានលើកឡើងនូវផែនការអភិវឌ្ឍន៍ផ្លូវសូត្រចុងក្រោយគេ ហេតុអ្វីក៏ដើរលើសផែន
ការអភិវឌ្ឍន៍ផ្លូវសូត្ររបស់ប្រទេសផ្សេង? បើនិយាយពីសម័យបុរាណ ជាងពីរពាន់ឆ្នាំមុនស្ដេចឈិន
ស៊ីហ៊ាងបានសម្រេចនូវ "ការបង្រួបបង្រួមគ្នា" បើនិយាយពីសម័យទំនើប ចិនបានកសាងប្រព័ន្ធ
ឧស្សាហកម្មការពារជាតិងរាជ្យនិងគ្រប់ជ្រុងជ្រោយដែលមានប្រភេទច្រើនគ្រប់មុខនៅលើពិភពលោក
បើនិយាយពីសម័យបច្ចុប្បន្ន យោងលើឧត្តមភាពនៃប្រព័ន្ធសង្គមនិយមតាមបែបពិសេសចិន ការតភ្ជាប់
ក្នុងប្រទេសជាមូលដ្ឋានត្រូវបានបញ្ចប់។

ការលើកឡើងនៃគំនិតផ្ដួចផ្ដើម "ខ្សែក្រវ៉ាត់មួយ ផ្លូវមួយ" បើនិយាយពីស្ថានភាពក្នុងប្រទេសគឺ
ដើម្បីដោះស្រាយបញ្ហាជំពីរវៃនៃការកំណែទម្រង់បើកចំហរ ដោះស្រាយបញ្ហារបៀបនៃការអភិវឌ្ឍន៍
ដែលមិនប្រើភាព និងបញ្ហាការធ្លាក់ចុះប្រសិទ្ធភាពនៃសកលភាវូបនីយកម្ម ជួរជ្វៈក៏បញ្ហាក់ឲ្យយើញថា
ចិនបានផ្លាស់ប្ដូរស្ថានការពីការចូលរួមសកលភាវូបនីយកម្មដល់ការបង្កើតសកលភាវូបនីយកម្ម ពីការ
បើកចំហរដល់ពិភពលោករហូតដល់ពិភពលោកបើកចំហរឲ្យចិនវិញ។ បើនិយាយពីសាវតាអន្តរជាតិ គឺ
ចិនបានបង្កើតសមាហរណកម្មអឺរ៉ុបអាស៊ី ពង្រឹងការពឹងពាក់ពីតំបន់ជុំវិញ ជម្រុញពាណិជ្ជកម្មវិនិយោគ
ឲ្យកាន់តែមានភាពងាយស្រួល ស៊ីជម្រៅកិច្ចសហប្រតិបត្តិការសេដ្ឋកិច្ចនិងបច្ចេកវិទ្យា បង្កើតតំបន់
ពាណិជ្ជកម្មសេរី ចុងក្រោយបង្កើតឲ្យជាទីផ្សារធំអឺរ៉ុបអាស៊ី។ ការកើតឡើងនូវវិបត្តិហិរញ្ញវត្ថុផង់ឲ្យ
ចិនស្វែងរកទីផ្សារថ្មី "ខ្សែក្រវ៉ាត់មួយ ផ្លូវមួយ" ដើម្បីផ្ទេរសមត្ថភាពផលិតដែលមានគុណភាពល្អនិង
ច្រើន។ ឱកាសទីផ្សារនៃ "ខ្សែក្រវ៉ាត់មួយ ផ្លូវមួយ" កំពុងតែមានភាពខុសគ្នាយ៉ាងខ្លាំងរវាងចំនួនប្រជា
ជន និងទិន្នផល--63% vs. 29: ប្រទេសចំនួន៦៥ដែលនៅតាមបណ្ដោយនៃ "ខ្សែក្រវ៉ាត់មួយ ផ្លូវ
មួយ" គឺមានចំនួន63%នៃចំនួនប្រជាជនសរុបពិភពលោក ប៉ុន្តែទិន្នផលគឺមានតែ29%នៃពិភពលោក
ប៉ុណ្ណោះ ហើយGDPរបស់ប្រទេសចិនលើសពាក់កណ្ដាលនៃប្រទេសដែលនៅតាមបណ្ដោយខ្សែរនេះ
សរុបចូលគ្នាទៅទៀត គឺជាដៃគូពាណិជ្ជកម្មធំទី១នៃប្រទេសចំនួន១២៨ ជួរជ្វៈអាចដំណើរការ "ខ្សែក្រ
វ៉ាត់មួយ ផ្លូវមួយ" បាន។

ក្រោមសាវតារនៃ "ខ្សែក្រវ៉ាត់មួយ ផ្លូវមួយ" យុទ្ធសាស្ត្រាប់គ្នា សហប្រតិបត្តិការលើសមត្ថភាព ផលិត សហការអភិវឌ្ឍទីផ្សារភាគីទីៗ បានឆ្លាយជាពាក្យការទូតកន្លឹះវាងប្រទេសចិននិងប្រទេស ដែលស្ថិតនៅតាមបណ្ដោយខ្សែនេះ។ "ខ្សែក្រវ៉ាត់មួយ ផ្លូវមួយ" គឺជាដំណើរការផ្លាស់ប្ដូរសមត្ថភាព ផលិត ដែលមានគុណភាពល្អនៃខ្សែសង្វាក់ឧស្សាហកម្មពិភពលោកពីខ្ពស់មកទាបរបស់ប្រទេសចិន ប្រើប្រាស់ឲ្យបានពេញលេញនូវផ្ទៃកញ្ចក់ពន្លឺដែលមានប្រៀបដូចជាធនធានមនុស្ស សម្ភារ ហិរញ្ញវត្ថុ បច្ចេកសោធន៍ ស្ពៀងដារិដែលយកការគ្នាប់ធ្វើជាមូលដ្ឋាន លើកកំពស់គ្រប់ជ្រុងជ្រោយនូវភាពប្រកួត ប្រជែងពិភពលោកលើវិស័យបច្ចេកវិទ្យា ធនធាន ស្ពៀងដារ។ របស់ចិន ស្របពេលនេះក៏ប្រែក្លាយ សមត្ថភាពផលិតកម្ម បច្ចេកវិទ្យានិងធនធានដែលមានប្រៀប ព្រមទាំងបច្ចេកសោធន៍និងវិធីដែលមាន ប្រៀបរបស់ចិនទៅជាទីផ្សារនិងកិច្ចសហប្រតិបត្តិការដែលមានប្រៀប ប្រែក្លាយឱកាសរបស់ចិនទៅជា ឱកាសរបស់ពិភពលោក ដោយប្រជាប់បញ្ចូលគ្នានូវសុបិនរបស់ចិននិងពិភពលោក។

"ខ្សែក្រវ៉ាត់មួយ ផ្លូវមួយ" ប្រៀបដូចជាការរកឃើញដ៏ធំនៃភូមិសាស្ត្រលើកទី២ បានបង្កើតនូវ ស្ថានភាពផ្លាស់ប្ដូរដែលមិនធ្លាប់មានក្នុងកំឡុងពេលរាប់ពាន់ឆ្នាំកន្លះ ផ្ដួចបញ្ចើងនូវការទទួលខុសត្រូវ នៅលើពិភពលោកក្រោយពេលការធើបឡើងវិញ្ញេរបស់ចិន បង្ហាញពីការផ្លាស់ប្ដូរដ៏ធំនៃទំនាក់ទំនងរាង ចិននិងពិភពលោក៖

១-ប្រព័ន្ធបែងចែកកំលាំងពលកម្មពិភពលោក ចាប់ពីការផលិតនៅចិន(made in China) ដល់ការកសាងដោយចិន(built by China)។ ប្រទេសចិនកំពុងដើររេចញពីកំរិតទាបឆ្ពោះទៅកំរិតខ្ពស់ នៃប្រព័ន្ធបែងចែកពលកម្មពិភពលោកនេះ ចាប់ផ្លាស់ប្ដូរពីកំលាំងពលកម្មដែលមានប្រៀបទៅជាបច្ចេក វិទ្យានិងទុនដែលមានប្រៀប។ ឆ្លងតាមរយៈការជួយកសាងរចនាសម្ព័ន្ធរឹង និងទន់នៃបណ្ដាប្រទេស ដែលស្ថិតនៅតាមបណ្ដោយាន "ខ្សែក្រវ៉ាត់មួយ ផ្លូវមួយ" ដើម្បីបើកទីផ្សារផ្ធនៅអឺរ៉ុបអាស៊ីនិងអាហ្រ្វិក ដោយប្រើបច្ចេកវិទ្យានិងទុនដែលមានប្រៀបដឹណើមយកស្ពៀងដារល នេះគឺជាការពិចារណាចំពោះយុទ្ធ សាស្ត្រ"ខ្សែក្រវ៉ាត់មួយ ផ្លូវមួយ"។

"ខ្សែក្រវ៉ាត់មួយ ផ្លូវមួយ" គឺប្រទេសចិនលើកឡើងពីយុទ្ធសាស្ត្របើកចំហាររពេញលេញ ដោយ យក "ការពិភាក្សាជាមួយគ្នា ការកសាងជាមួយគ្នា ការទទួលផលប្រយោជន៍ជាមួយគ្នា" ជាគោល ការណ៍នៃគំនិតផ្ដួចផ្ដើមសហប្រតិបត្តិការអន្តរជាតិនិងផលិតផលសាធារណៈអន្តរជាតិ គោលបំណងគឺ បង្កើននូវផលប្រយោជន៍រួម ទំនួលខុសត្រូវរួម និងវាសនាតែមួយនៅប្រទេសចិននូវ៦៥ និងប្រជាជន ចំនួន៤៣៣ពាន់លាននាក់ដែលស្ថិតនៅតាមបណ្ដោយខ្សែនៃអឺរ៉ុបអាស៊ីនិងអាហ្រ្វិក។

ទោះជាមកទល់ពេលនេះ GDPរបស់ប្រទេសចិនមានចំនួនតែ13%នៃពិភពលោក ហើយវាងខុស ឆ្លាយពីប្រវត្តិសាស្ត្រដែលពេលខ្លស់បំផុតហូតដល់30% ប៉ុន្ដែចិនស្ថិតនៅតំបន់ត្រីកោណជំនៃពិភព

លោក--ក្នុងតំបន់រយោធា "ចិនរុស្សីអាមេរិច" និងតំបន់សេដ្ឋកិច្ច "ចិនអឺរ៉ុបអាមេរិច" គឺមានចំណែកមួយ ក្នុងប៊ីរួចទៅហើយ។ ការធើ្វឡើងរបស់ចិនតើធ្វើយ៉ាងមិ៉ចទៅអាចធ្វើបានចំណែកពីរក្នុងបី ? "ខ្សែក្រ វ៉ាត់មួយ ផ្លូវមួយ" គឺជាមជ្ឈមណ្ឌលរាងក្រនៃពិភពលោក (អាមេរិកខាងជើង អឺរ៉ុប អាសីុខាងកើត-- ដែល៩០%នៃកម្មន្តសាលរបស់ពិភពលោកគឺប្រមូលផ្តុំនៅតំបន់ធំទាំងបីនេះ) ក្រោមស្ថានភាពស្ថាបនី ចែកជាបីតំបន់ស្ងើរនៃសមាហរណកម្មក្នុងតំបន់(NAFTA, EU, EA) ចិននិងអឺរ៉ុបសហការគ្នាអភិវឌ្ឍទី ផ្សារតំបន់ទីបីអឺរ៉ុបអាសីុនិងអាហ្រ្វិកនៃតំតនិតផ្តើមសហប្រតិបត្តិការអន្តរជាតិ។ នេះដែលគេហៅថា "ផែនការឡ្បេងចុង" នៃសតវត្សទី២១។

ដូចដែលយើងជ្រាបហើយថា ក្នុងលំនាំពិភពលោកបច្ចុប្បន្ន ចិនដែលជាប្រទេសកំពុងអភិវឌ្ឍធំ ជាងគេបានឈានចូលដល់ដំណាក់កាលពាក់កណ្តាលនៃការវិនិយោគកម្ម ដែលមានខ្សែសង្វាក់ផលិតកម្ម ឧស្សាហកម្មក្រិតកណ្តាលរបស់ពិភពលោកនិងក្រិតផលិតម៉ាសីុនបរិក្ខា។ ចំពោះផ្នែកនេះ ប្រទេស អភិវឌ្ឍនៅអឺរ៉ុបិតនៅក្នុងក្រិតខ្ពស់ ហើយប្រទេសភាគច្រើនដែលស្ថិតនៅតាមបណ្តោយ "ខ្សែក្រវ៉ាត់ មួយ ផ្លូវមួយ" នៅតែបិតក្នុងក្រិតឧស្សាហូបនីយកម្មដំណាក់កាលដំបូងនៅឡើយ។ ចិនអឺរ៉ុបសហ ការអភិវឌ្ឍទីផ្សារតំបន់ទីបីឲ្យក្បាលនិងកន្ទុយខ្សែសង្វាក់ឧស្សាហកម្មពិភពលោក អាចគ្រប់ឲ្យគ្នា ទៅវិញទៅមកបាន។ យកបរិក្ខារថ្នាក់កណ្តាលរបស់ចិននិងបច្ចេកវិទ្យាទំនើបនិងបរិក្ខារស្នួលរបស់អឺរ៉ុប ដាក់បញ្ចូលគ្នារួមគ្នាអភិវឌ្ឍទីផ្សារតំបន់ទីបីនៃប្រទេស(ច្រើនជាប្រទេសអាណានិតមអឺរ៉ុបពីមុន) នៅ តាមបណ្តោយ "ខ្សែក្រវ៉ាត់មួយ ផ្លូវមួយ" ដែលបំពេញនូវចំណុចខ្សោយរបស់ចិនលើផ្នែកភាសា ច្បាប់ និងប្រតិបត្តិការ។ល។ ដែលធ្វើឲ្យចំណុចច្រៀបនៃភាគីទាំងពសុទ្ធតែទទួលបាននូវការប្រើប្រាស់បាន ល្អៈ ចំពោះប្រទេសចិន មានន័យថាទ្រព្យដែលតក្មល់ទុកជាច្រើនត្រូវបានយកមកប្រើប្រាស់ ហើយ សង្វាក់ឧស្សាហកម្មឈានទ្បោះទៅកាន់ថ្នាក់កណ្តាលនិងខ្ពស់ ចំពោះអឺរ៉ុប មានន័យថាការនាំចេញនិង ការដារធ្វើមានកាន់តែច្រើន ចំពោះទីផ្សារតំបន់ទីបី មានន័យថាទទួលបាននូវបរិក្ខារនិងខ្សែសង្វាក់ ផលិតកម្មឧស្សាហកម្មដែលមានតម្លៃថោកនិងគុណភាពល្អ ដែលបំពេញសេចក្តីត្រូវការឧស្សាហូប នីយកម្មរបស់ខ្លួន។ ដូច្នេះ ចិនអឺរ៉ុបសហការអភិវឌ្ឍទីផ្សារតំបន់ទីបី ធ្វើឲ្យគ្នាទីជាស្ថានក្នុងប្រព័ន្ធបែង ចែកពលកម្មពិភពលោករបស់ចិនលើចច្បាស់ ដោយយកកិច្ចសហប្រតិបត្តិការក្ស្បេងជើងជម្រេញកិច្ច សហប្រតិបត្តិការក្ស្បេងក្ស្បេង ដែលសម្រេចបាននូវពី "ឈ្នះពីរភាគី" ហូតដល់ "ឈ្នះបីភាគី"។

២-ការរៀបចំយុទ្ធសាស្ត្រការបរទេស ដែលកន្លងទៅគឺ "យកលំហារប្តូរយកពេលវេលា" អភិវឌ្ឍ កំរង់ទៅ "ពេលនិងលំហារជាមួយគ្នា ផ្លូវគោកសមុទ្រផ្គាប់គ្នា" ដោយជើរលើសជម្លោះ:ការពារព្រំផែន គោកនិងព្រំផែនសមុទ្រ និងជម្លោះ:ឡើងទៅប៉ែកខាងជើង-និងចូលទៅទិសខាងលិចនាសម័យចិន បុរាណទៅទៀត។

"អ្នកដែលមិនគិតដល់បញ្ហាទាំងមូល គឺមិនអាចគ្រប់គ្រងតំបន់មួយបានទេ អ្នកដែលមិនអាចរៀបចំផែនការវែងឆ្ងាយបាន គឺក៏មិនអាចធ្វើផែនការខ្លីបានដែរៗ។ ការលើកឡើងពីគំនិតផ្តួចផ្តើមនៃ "ខ្សែក្រវ៉ាត់មួយ ផ្លូវមួយ"នេះ គឺបង្ហាញពីការលោតផ្លោះនៃប្រវត្តិសាស្ត្ររបស់ចិនក្នុងការរៀបចំទាំងមូល នូវពេលវេលានិងលំហារ រៀបចំទាំងមូលដីគោកនិងសមុទ្រ និងរៀបចំទាំងមូលនូវ "៥គ្នាប់" ការផ្សារភ្ជាប់ គោលនយោបាយ ការតភ្ជាប់ហេដ្ឋារចនាសម្ព័ន្ធ ការភ្ជាប់ពាណិជ្ជកម្មលេន ការចរាចរូបិយវត្ថុ និងចិត្ត មនុស្សភ្ជាប់គ្នាៗល។ ដែលកត់សំគាល់ថាចិនកំពុងតែអភិវឌ្ឍខ្លួយទៅជាប្រទេសដ៏ធំនៅលើសកល លោកៗ

"របស់ចាប់កើតនៅភាគខាងកើត ជំពេញវ័យនៅភាគខាងលិច អ្នកធ្វើការចាប់ផ្តើមនៅភាគអា គ្នេយ៍ ទទួលបានផលតែងនៅភាគពាយ័ព្យៗ ។ ពាក្យ "កំណត់គ្រប្រវត្តិសាស្ត្រ"មួយឃ្លានេះ ទោះជាមិន អាចយកមកប្រើគ្រង់នៅពេលបច្ចុប្បន្ននេះក៏ដោយ ប៉ុន្តែមានអត្ថន័យជាច្រើន៖ ការវិកទម្រង់បើក ចំហារគឺចាប់ផ្តើមចេញពីទិសអាគ្នេយ៍ ហើយទទួលបានផលនៅទិសពាយ័ព្យ--ដូចជាពាក្យប្រៀបធៀប នៃ "ខ្សែក្រវ៉ាត់មួយ ផ្លូវមួយ"។ កំណែទម្រង់បើកចំហារសំខាន់គឺបើកចំហារចំពោះទិសខាងកើត ជា ពិសេសគឺបើកចំហារចំពោះទិសអាគ្នេយ៍ ប៉ុន្តែជាមួយនឹង "នយោបាយបាយក្រឡប់មកកាន់ទ្វីបអាស៊ីប៉ាស៊ីហ្វិក" របស់អាមេរិក ហើយការសាកល្បងតាមរបៀបបើកចំហារលក្ខណៈប្រពៃណីជួបបញ្ហាជាច្រើន ទើបធ្វើឲ្យ ចំណុចសំខាន់នៃការបើកចំហារបានផ្លាស់ប្តូរពីទិសអាគ្នេយ៍ទៅពាយ័ព្យ ដែលនេះគឺជាស្ថានីយចុង ក្រោយនៃផ្លូវសូត្របុរាណ--អឺរ៉ុប។ ពិតជាដូចអ្វីដែលគេហៅថា ការរីងបឡើងរបស់ប្រទេសមហា អំណាចត្រូវតែឈរលើស្ពាយៗ អ្នកដែលទទួលបានអឺរ៉ុបដូចជាទទួលបានពិភពលោកទាំងមូលៗ។ គោលនយោបាយការបរទេសរបស់ចិនចំពោះលោកខាងលិចគឺទទួលផលបាននៅអឺរ៉ុប ដែលនេះគ្រាន់ តែឃើញការស្វាគមន៍របស់អឺរ៉ុបចំពោះ "ខ្សែក្រវ៉ាត់មួយ ផ្លូវមួយ" គឺឃើងបានដឹងតែម្តងៗ។

៣-ទំនាក់ទំនងវាងចិននិងប្រព័ន្ធអន្តរជាតិ   ចាប់ពីការរីងបឡើងរបស់ចិនដល់ការរីកចម្រើន ឡើងវិញនៃអរិយធម៌របស់ខ្លួន ក៏បានជម្រុញនូវការរីងបឡើងវិញនៃអរិយធម៌របស់ប្រទេសផ្សេងទៀត ផងដែរៗ។ ទំនើបការូបនីយកម្មដែលលោកខាងលិចបានបង្កើតមកក្នុងពេលកន្លងមកនេះ គឺជាទំនើប កម្មដែលប្រកបដោយការប្រកួតប្រជែង ដែលប្រទេសនីមួយៗប្រកួតគ្នាដើម្បីដេញតាមទំនើបកម្មនេះ ហើយចុងបញ្ចប់ធ្វើឲ្យបុគ្គលមានសនិទាន និងក្រុមគ្មានសនិទាន ដែលធ្វើឲ្យផែនដីនិងសង្គមមនុស្ស លោកមិនអាចទទួលងបាននូវទម្ងន់ដ៏ធំនេះៗ។ មូលហេតុវាគឺទំនើបកម្មបានគ្របដណ្តប់នូវលក្ខណៈរួម នៃមនុស្សលោក--សន្តិភាពនិងការអភិវឌ្ឍន៍ ការរស់វានឡើងវិញនៃអរិយធម៌និងការគ្រឡប់ទៅរកធម្ម ជាតិនៃមនុស្សៗ។ សន្តិភាពបិតក្រោមតគ្នុវ័ឆ្យានៃទំនើបកម្មគឺមិនមែនសន្តិភាពយូរអង្វែងនោះទេ ហើយ ក៏មិនមែនជាការអភិវឌ្ឍន៍រួមគ្នាផងដែរ ទំនើបកម្មដែលបិទបាំងនូវជម្លោះអរិយធម៌ កាន់តែធ្វើឲ្យមនុស្ស ឈ្មោះចាប់ៗ។ ដោយយកជាតិសាសន៍ធ្វើជាគកតាសំខាន់ យកទំនាក់ទំនងអន្តរជាតិធ្វើជាគោលគំនិតដ៏

សំខាន់នៃប្រព័ន្ធអន្តរជាតិប្រពៃណី តែងតែចាត់ទុកការឡើងបើបឡើងរបស់ចិនជាការគំរាម ដូច្នេះត្រូវការរកវិ ប្រនូវតក្កវិទ្យាមួយនេះ។

        ពិភពលោកគួរតែបើកទូលាយ មិនមែនរាបស្មើនោះទេ។ គ្រប់ជាតិសាសន៍គួរតែក្លាយទៅជាខ្លួន ឯង មិនមែនលិចលង់បាត់បង់ភាពសម្បូរបែបក្នុងចរន្តសកលភាវូបនីយកម្មនោះទេ។ "ខ្សែក្រវ៉ាត់មួយ ផ្លូវមួយ" បានចងភ្ជាប់ជាមួយគ្នានូវអរិយធម៌ធំៗទាំងបួនរបស់មនុស្សលោក--អរិយធម៌អេហ្ស៊ីប អរិយធម៌ បាប៊ីឡូន អរិយធម៌តណ្ហា និងអរិយធម៌ចិន ដោយឆ្លងកាត់ការភ្ជាប់នៃអ៊ីរុបអាស៊ីនិងអាហ្វ្រិកជម្រុញ នូវការរស់ឡើងវិញនូវអរិយធម៌ដីគោក និងអរិយធម៌ទន្លេ ជម្រុញប្រទេសកំពុងអភិវឌ្ឍចាកចេញពីភាព ក្រីក្រនិងដើរឆ្ពោះទៅរកភាពរុងរឿង ជម្រុញប្រទេសអភិវឌ្ឍន៍ថ្មីបន្តបើបឡើងដោយជោគជ័យ ហើយតែ តម្រូវតក្កវិទ្យាសកលភាវូបនីយកម្មប្រពៃណី។   សរុបជាក្បួនមួយឃ្លាគឺតក្កវិទ្យានៃការរស់ឡើងវិញនូវ អរិយធម៌បានដើរលើសនូវតក្កវិទ្យាប្រកួតប្រជែងនៃទំនើបកម្ម។ និយាយក្នុងន័យនេះ សតវត្សទី២១គឺ ចាប់ផ្ដើមចេញពី "ខ្សែក្រវ៉ាត់មួយ ផ្លូវមួយ"។

សេចក្ដីផ្ដើម ចាប់ផ្ដើមនិយាយពី "ក្ដីសុបិនប្រទេសចិន" របស់លោក ម៉ាកូ ប៉ូឡូ

ថ្ងៃមួយកាលពីជាង ៧០០ឆ្នាំមុន យុវជនអ៊ីតាលីម្នាក់អាយុ ១៧ឆ្នាំ បានធ្វើដំណើរជាមួយឪពុក និងពូរបស់ខ្លួន ឆ្លោះទៅកាន់ភាគខាងកើតដែលពោរពេញទៅដោយក្ដីសុបិនចំពោះប្រទេសចិនដ៏អាប់អំពាំង។ ពួកគេធ្វើដំណើរចេញពីទីក្រុងវេនីសចូលមកសមុទ្រមេឌីទែរ៉ាណេ ឆ្លងកាត់សមុទ្រខ្មៅ និងជ្រលងទន្លេពីរវួចបានមកដល់ទីក្រុងបុរាណបាគដាតនៃមេស្ស៉ូប៉ូតា៉ា ហើយទៅដល់ច្រកសមុទ្រ Hormuz នៃឈូងសមុទ្រពែក្ស ពួកគេបានបោះជំហានលើផ្លូវដែលសូម្បីតែអ្នកទេសចរណ៍ដែលមានមហិច្ឆតាក៏រារែកដែរ។ ពួកគេធ្វើដំណើរឆ្លោះទៅភាគខាងកើត ដោយឆ្លងកាត់វាលខ្សាច់រហោឋានដ៏គួរឲ្យខ្លាចនៃ ប្រទេសអ៊ីរ៉ង់ និងឆ្លងឆុតកាត់បង់ខ្លង់រាប Pamir ដ៏សែនត្រជាក់និងពោរពេញដោយគ្រោះថ្នាក់ ហើយទី បំផុតក៏បានមកដល់ស៊ីនជាំងនៃប្រទេសចិន។ ពួកគេបន្ដដំណើរទៅភាគខាងកើត ឆ្លងកាត់វាលខ្សាច់ Taklimakan មកដល់ទីក្រុងបុរាណ ទុនហ័ង និងកាត់តាមច្រកអ៊ីមិនក៏បានឈៀងមហាកំផែង ឆ្លង កាត់ច្រករបៀងហ៊ីស៊ី ដោយប្រើយេះពេល៤ឆ្នាំ ទីបំផុតក៏បានមកដល់ទីក្រុងសាងទូ----ដែលជាទីក្រុង ភាគខាងជើងនៃរជ្ជកាល Yuan។ យុវជនវ័យក្មេងនេះគឺ លោក ម៉ាកូ ប៉ូឡូ។

ដំណើរឆ្ងាយក្រោយមកគឺការលំបាកដ៏វេចត់កន្លងផុតទៅ ក្ដីសុខក៏បានមកដល់។ លោក ម៉ាកូ ប៉ូឡូ ដែលឆ្លាតវ័យបានរៀនចេះភាសាម៉ុងហ្គោលី និងភាសាចិន ដោយទទួលបញ្ជាពីស្ដេច Da Han ចុះត្រួត ពិនិត្យគ្រប់ទីកន្លែង និងបានដើរគ្រប់ទិសទីនៃប្រទេសចិន។ ទៅដល់កន្លែងណាមួយ គាត់តែងតែ អង្កេតយ៉ាងល្អិតល្អន់អំពីទំនៀមទំលាប់ ភូមិសាស្ត្រ និងមនោសញ្ចេតនាមនុស្សក្នុងតំបន់នោះ ដើម្បី រាយការណ៍ទៅលោក ហ្វូលី។

២៤ឆ្នាំក្រោយមក លោកម៉ាកូ ប៉ូឡូ បានវិលត្រឡប់ទៅទីក្រុងវេនីសវិញ ពីងផ្ទុកលើទ្រព្យវត្ថុ ចម្លែករាប់មិនអស់ដែលយកមកពីភាគខាងកើត ក្នុងរយៈពេលយ៉ាងខ្លីគាត់បានក្លាយទៅជាមហាសេ ដ្ឋី។ ការស្ទើងយល់របស់ពួកគេបានទាក់ទាញចំណាប់អារម្មណ៍យ៉ាងខ្លាំងពីមនុស្សគ្រប់គ្នា។ ដំណើរ ផ្សងព្រេងនៅប្រទេសចិននិងកំណត់ត្រាទេសចរណ៍របស់លោកម៉ាកូ ប៉ូឡូ ត្រូវបានអ្វីៗប៉ុន្មានយុគសម័យ កណ្ដាលនៃសតវត្សកិតថាជាទេវកថា និងត្រូវចាត់ទុកជា "រឿងនិមិត្តនិងចម្លែក" ហើយក៏បានបង្ខុ្វឲ្យ ជនជាតិអ៊ីរ៉ុបចង់ធ្វើដំណើរទៅលោកខាងកើតដ៏ខ្លាំងក្លា។

ដំណាលរឿងរបស់លោកម៉ាកូ ប៉ូឡូគឺជារឿងមួយដែលអ្នកផ្សងព្រេងដើរស្ទើងរកកំណប់ ហើយ ក៏ជារឿងមួយដែលមនុស្សលោកខាងលិចស្ទើងរកក្ដីសុបិនពីប្រទេសចិនផងដែរ។

ជាង៧០០ឆ្នាំក្រោយមក ប្រទេសចិនដែលឆ្លាប់ជាប្រទេសលោកខាងកើតដ៏អាប់អំពាំងនេះ បាននឹកពុងដុតបំភ្លឺ "ក្ដីសុបិនប្រទេសចិន" ដល់អ្នកម៉ាកូ ប៉ូឡូនិយមរាប់មិនអស់ ជាមួយនឹងមុខមាត់

· 8 ·

ថ្មី និងការអភិវឌ្ឍន៍យ៉ាងឆាប់រហ័ស ហើយក៏បានដុតបំភ្លឺពិភពលោកទាំងមូលនូវ "ក្តីសុបិនប្រទេស ចិន" តាមរយៈគំនិតផ្តួចផ្តើម "ខ្សែក្រវ៉ាត់មួយ ផ្លូវមួយ" ។

តើក្តីសុបិននៃការធ្វើឲ្យរីកចម្រើនឡើងវិញនូវអស្ចារ្យនៃជាតិសាសន៍ចិន អាចសម្រេចទៅបាន តាមរយៈវិធីណា?

តើប្រទេសចិនបានបញ្ចេញនូវសំឡេងអ្វីក្នុងដំណាក់កាលគន្លឹះនៃការធើ្បឡើងវិញរបស់ខ្លួន?

តើការរីកចម្រើនឡើងវិញដ៏អស្ចារ្យនៃជាតិសាសន៍ចិន មានការទទួលខុសសត្រូវអ្វីខ្លះចំពោះអរិយធម៌ មនុស្សជាតិ?

ការលើកឡើងនូវ "ខ្សែក្រវ៉ាត់សេដ្ឋកិច្ចផ្លូវសូត្រ" និង "ផ្លូវសូត្រសមុទ្រសតវត្សទី២១" (ហៅកាត់ ថា "ខ្សែក្រវ៉ាត់មួយ ផ្លូវមួយ") គឺជាចម្លើយដ៏ពិតប្រាកដចំពោះបញ្ហាសំខាន់ទាំងនេះ។

តើហេតុអ្វីបានជាប្រទេសចិនលើកឡើងនូវ "ខ្សែក្រវ៉ាត់មួយ ផ្លូវមួយ" នៅពេលនេះ?

តើហេតុអ្វីគឺជា "សេដ្ឋកិច្ចផ្លូវសូត្រ" ហើយមិនមែនជា "ផ្លូវសូត្រថ្មី"?

ហេតុអ្វីបានជាសង្កត់ធ្ងន់ទៅលើ "សតវត្សទី២១" -----តើវាមានអ្វីឧសគ្គាជាមួយនឹងផ្លូវសូត្រ លើសមុទ្រក្នុងប្រវត្តិសាស្ត្រ?

តើ "ខ្សែក្រវ៉ាត់មួយ ផ្លូវមួយ" គឺជាយុទ្ធសាស្ត្ររបស់ប្រទេសចិន ឬក៏ជាគំនិតផ្តួចផ្តើមដ៏អស្ចារ្យ?

តើ "ខ្សែក្រវ៉ាត់មួយ ផ្លូវមួយ" មានទំនាក់ទំនងអ្វីជាមួយនឹងក្របខ័ណ្ឌកិច្ចសហប្រតិបត្តិការក្នុង តំបន់ដែលមានស្រាប់ និងប្រព័ន្ធសកល?

តើ "ខ្សែក្រវ៉ាត់មួយ ផ្លូវមួយ" រាប់បញ្ចូលប្រទេស និងតំបន់ណាខ្លះ?

តើហេតុអ្វីបានជាជ្រើសរើសការលើកឡើងនូវគំនិតផ្តួចផ្តើម "ខ្សែក្រវ៉ាត់មួយ" និង "ផ្លូវមួយ" នៅប្រទេសកាហ្សាក់ស្តង់ និងប្រទេសឥណ្ឌូនេស៊ីទាំងពីរនេះ? តើត្រូវកសាង "ខ្សែក្រវ៉ាត់មួយ ផ្លូវមួយ" យ៉ាងម៉េច?

តើ "ខ្សែក្រវ៉ាត់មួយ ផ្លូវមួយ" ប្រឈមជាមួយឱកាស និងហានិភ័យអ្វីខ្លះ?

តើ "ខ្សែក្រវ៉ាត់មួយ ផ្លូវមួយ" ធ្វើការល្បៀករណ៍នូវការប្រែប្រួលយ៉ាងដូចម្តេចចំពោះទំនាក់ទំនង រវាងប្រទេសចិន និងពិភពលោក?

តើ "ខ្សែក្រវ៉ាត់មួយ ផ្លូវមួយ" ត្រូវការរយៈពេលប៉ុន្មានទើបអាចកសាងរួច?

តើការកសាងសម្រេចនូវ "ខ្សែក្រវ៉ាត់មួយ ផ្លូវមួយ" នឹងនាំមកនូវការប្រែប្រួលយ៉ាងដូចម្តេច ចំពោះប្រទេសចិន និងពិភពលោក? ------

សៀវភៅនេះធ្វើការសាកល្បងឆ្លើយជាប្រព័ន្ធចំពោះសំណួរមូលដ្ឋានទាំងនេះ។ និយាយដោយ សង្ខេប "ខ្សែក្រវ៉ាត់មួយ ផ្លូវមួយ" គឺជាកត្តាវិទ្យាដ៏ចាំបាច់នៃការបើកចំហររក្រៅប្រទេសដ៏ទូលំទូលាយ របស់ចិន ហើយក៏ជានិន្នាការចាំបាច់នៃការរីកចម្រើនឡើងវិញនៃអរិយធម៌មនុស្សលោក ហើយក៏ជា

តម្រូវការចាំបាច់នៃសកលភាវូបនីយកម្មដែលមានលក្ខណៈបើកទូលាយទទួលយក បញ្ជាក់ពីការផ្លាស់ប្ដូរស្ថានភាពរបស់ចិនពីការចូលរួមសកលភាវូបនីយកម្មមកជាការបង្កើតសកលភាវូបនីយកម្ម។

ការផ្លាស់ប្ដូរស្ថានភាពដែលមិនឋិតថ្កើប់មានក្នុងរយៈពេលប្រាំពាន់ឆ្នាំ៖ ជម្រុញការផ្លាស់ប្ដូរនៃអរិយធម៌ប្រពៃណីចិន

"ខ្សែក្រវ៉ាត់មួយ ផ្លូវមួយ" គឺមានបន្ទុកជាប្រវត្តិសាស្ត្រក្នុងការជម្រុញការផ្លាស់ប្ដូរនៃអរិយធម៌ចិន។

ក្នុងនាមជាប្រទេសអរិយធម៌មួយ ប្រទេសចិនកំពុងផ្លូងផ្លាត់ការផ្លាស់ប្ដូរពីអរិយធម៌ដែលដីគោកឆ្ពោះទៅរកអរិយធម៌មហាសមុទ្រ ពីអរិយធម៌ដាំដុះកសិកម្មឆ្ពោះទៅអរិយធម៌ឧស្សាហកម្ម-ព័ត៌មាន ពីអរិយធម៌តំបន់ឆ្ពោះទៅអរិយធម៌សកល។ នេះគឺជាស្ថានភាពផ្លាស់ប្ដូរដែលពុំឋិតថ្កើមានក្នុងរយៈពេលប្រាំពាន់ឆ្នាំកន្លងមក ហើយកំពុងតែបង្កើតនូវរូបភាពអច្ឆរិយៈចំពោះការធ្វើឱ្យវិចរម្រើនឡើងវិញនៃការផ្លាស់ប្ដូរ ព្រមគ្នានៃអរិយធម៌បុរាណរបស់មនុស្សជាតិ។ អរិយធម៌ប្រាំពាន់ឆ្នាំរបស់ចិនបានបន្តជាប់ មិនដែលត្រូវបានលោកខាងលិចដាក់អាណានិគមលើទេ ហើយកំពុងបិតនៅលើស្ថានភាពរីកចម្រើនឡើងវិញយ៉ាងឋាប់ហើស អាចនិយាយបានថានៅលើពិភពលោករនេះមានតែមួយ។ ការលើកឡើង "ខ្សែក្រវ៉ាត់មួយ ផ្លូវមួយ" បានបង្ហាញយ៉ាងច្បាស់នូវទំនុកចិត្តនិងការយល់ដឹងរបស់ចិនចំពោះខ្លួនឯងក្នុងសម័យកាលសកលភាវូបនីយកម្ម។

អរិយធម៌ចិនបានទទួលនូវការគំរាមកំហែងពីភាគខាងជើងជាយូរមកហើយ ដែលដែនកំណត់កំរិតក្រើមដែនដីគោក។ តើត្រូវការពារដែនសមុទ្ររឺក៏ដែនដីគោកបាននាំខានយ៉ាងយូរដល់ការរៀបចំការការពារប្រទេសរបស់ចិន តើត្រូវចេញទៅសមុទ្រ រឺក៏ចូលទៅភាគខាងលិចក៏បន្តការរៀនខានដល់ការរៀបចំអភិវឌ្ឍរបស់ចិនផងដែរ។ "ខ្សែក្រវ៉ាត់មួយ ផ្លូវមួយ" បញ្ជាក់ច្បាស់ថាចិនដើរចេញពីផ្លូវរគោក និងផ្លូវសមុទ្រស្របពេលជាមួយគ្នា នោះគឺអាចសំដែងចេញនូវអរិយធម៌ល្អផ្លូវរគោកប្រពៃណី ហើយថែមទាំងអាចជម្រុញការអភិវឌ្ឍន៍អរិយធម៌សមុទ្រ ធ្វើឱ្យអរិយធម៌ផ្លូវរគោកនិងសមុទ្ររបស់ចិនអភិវឌ្ឍ ដោយស៊ីសង្វាក់គ្នា ដែលពិតជាអាចក្លាយទៅជាប្រទេសដែលមានអរិយធម៌ទាំងដែនគោក និងដែនសមុទ្រ។

ផ្លូវរស្សូត្រទាំងពីរខ្សែរនេះ ដំបូងវាគឺជាបណ្ដាញគមនាគមន៍មួយនៃតំបន់អឺរ៉ុបអាស៊ី ដែលមានផ្លូវដែក ផ្លូវថ្នល់ ផ្លូវអាកាស ផ្លូវសមុទ្រ បំពង់ប្រេងនិងឧស្ស័ន ខ្សែបញ្ជូនអគ្គិសនីនិងបណ្ដាញទូគមនាគមន៍ រួមគ្នាបង្កើតបានបណ្ដាញគមនាគមន៍ដែលតភ្ជាប់គ្នាដោយទូលំទូលាយ អនាគតទៅអាចឈរលើមូលដ្ឋាន "៥ឋាប់" គោលនយោបាយ គមនាគមន៍ ៣ណិជ្ជកម្ម រូបិយវត្ថុ និងចិត្តមនុស្ស។ ។ បន្ថែមការតភ្ជាប់ទី៦--ការតភ្ជាប់បណ្ដាញណេតវឹកគឺការកសាងផ្លូវរស្សូត្រអនឡាញ។ នៅតាមបណ្ដោយផ្លូវខ្សែគមនាគមន៍ទាំង

នេះ បណ្តុំឧស្សាហកម្មពាក់ព័ន្ធនឹងបង្កើតឡើងជាបណ្តើរៗ ហើយតាមរយៈបណ្តុំឧស្សាហកម្ម និងឥទ្ធិពលនៃការគ្របដណ្តប់ វានឹងបង្កើតបានជាច្រករបៀងសេដ្ឋកិច្ចនៃការអភិវឌ្ឍន៍ចម្រុះរួមលើ វិស័យសំណង់ ស្លដែក ថាមពល ហិរញ្ញវត្ថុ ទូរគមនាគមន៍ ព័ត៌មាន ការដឹកជញ្ជូន និងទេសចរណ៍ជាដើម។ ដូច្នេះ "ខ្សែក្រវ៉ាត់មួយ ផ្លូវមួយ" គឺជាផ្លូវបច្ចេកវិទ្យាខ្ពស់ គឺយកធនធាននិងបច្ចេកវិទ្យារបស់ចិនប្តូរយកទីផ្សារធំអឺរ៉ុបអាស៊ី ជម្រុញការផលិតនៅចិនឲ្យក្លាយទៅជាស្តង់ដារអន្តរជាតិ ដែលជាសក្ខីភាពនៃការផ្លាស់ប្តូរពីអរិយធម៌ធ្វើកសិកម្មទៅអរិយធម៌ឧស្សាហកម្ម-ព័ត៌មាន។

"ខ្សែក្រវ៉ាត់មួយ ផ្លូវមួយ" បានភ្ជាប់ទំនាក់ទំនងរវាងខេត្តជាង១០របស់ចិនជាមួយតំបន់ដ៏ធំល្វឹងល្វើយនៃអាស៊ីអាហ្វ្រិកនិងអាមេរិកឡាទីន ហើយលាតសន្ធឹងដល់តំបន់ប៉ាស៊ីហ្វិកខាងត្បូងទៅទៀត ដោយបានតភ្ជាប់ចិននិងពិភពលោក។ ដោយមានការចាប់បើកផ្លូវទៅកាន់ប៉ូលខាងជើង "ខ្សែក្រវ៉ាត់មួយ ផ្លូវមួយ" បានបង្កើតឡើងវិញនូវភូមិសាស្ត្រនយោបាយពិភពលោក និងផែនទីភូមិសាស្ត្រសេដ្ឋកិច្ច ហើយបានជម្រុញសហគ្រាសចិនដើរចេញទៅក្រៅ។ នេះគឺចិនផ្តល់ផលិតផលសាធារណៈដល់សកលភាវូបនីយកម្ម បង្ហាញឲ្យឃើញថាប្រទេសចិនបានផ្លាស់ប្តូរពីអរិយធម៌តំបន់ទៅអរិយធម៌ពិភពលោក។

ការផ្លាស់ប្តូរស្ថានភាពដែលមិនធ្លាប់មានក្នុងរយៈពេលប្រាំរយឆ្នាំ៖ ជម្រុញកាបង្កើតថ្មីនៃអរិយធម៌មនុស្សលោកសម័យទំនើប

"ខ្សែក្រវ៉ាត់មួយ ផ្លូវមួយ" គឺជាបន្ទុកជាក់ស្តែងចំពោះការជម្រុញការបង្កើតថ្មីនៃអរិយធម៌មនុស្សលោក។

ជាបឋមគឺជម្រុញសកលភាវូបនីយកម្មឲ្យឆ្ពោះទៅកាន់ទិសដៅអភិវឌ្ឍដែលកាន់តែមានភាពចុះសម្រុងបញ្ចូលគ្នា។

សកលភាវូបនីយកម្មជាប្រពៃណីគឺចាប់ផ្ដើមនិងកើតចេញពីសមុទ្រ តំបន់នៅតាមបណ្តោយសមុទ្រ និងប្រទេសដែលមានសមុទ្របានអភិវឌ្ឍឡើងមុនគេ រីឯប្រទេសដីគោក និងតំបន់ខាងក្នុងគឺមានភាពអន់ថយណាស់ដែរ ដែលធ្វើឲ្យមានគម្លាតយ៉ាងខ្លាំងរវាងអ្នកមាននិងអ្នកក្រ។ សកលភាវូបនីយកម្មជាប្រពៃណីគឺចាប់ផ្ដើមចេញពីអឺរ៉ុប និងបានបន្តធ្វើឲ្យរីកចំរើនដោយអាមេរិក ហើយបានក្លាយទៅជា "ទ្រឹស្តីមជ្ឈមណ្ឌលលោកខាងលិច" នៃរបៀបរបបអន្តរជាតិ ដែលធ្វើឲ្យមានឥទ្ធិពលអវិជ្ជមានមួយចំនួនដូចជា បន្តបន្ទាប់លោកខាងកើតជារណបលោកខាងលិច ជនបទរណបទីក្រុង និងដីគោកជាផ្នែកបន្ទាប់បន្សំនៃសមុទ្រ។ល។

បច្ចុប្បន្ន "ខ្សែក្រវ៉ាត់មួយ ផ្លូវមួយ" កំពុងតែជម្រុញតុល្យភាពឡើងវិញនៃសកលភាវូបនីយកម្ម។ "ខ្សែក្រវ៉ាត់មួយ ផ្លូវមួយ" លើកទឹកចិត្តបើកចំហរទៅទិសខាងលិច ដឹកនាំអភិវឌ្ឍតំបន់ខាងលិច អាស៊ីកណ្តាល ម៉ុងហ្គោលីនិងប្រទេសដែនដីគោក ដោយបានជម្រុញអនុវត្តគោលគំនិតសកលភាវូបនីយកម្មដែលចុះសម្រុងគ្នានៅក្នុងសហគមន៍អន្តរជាតិ។ ស្របពេលជាមួយគ្នានេះ "ខ្សែក្រវ៉ាត់មួយ ផ្លូវមួយ" គឺ

ប្រទេសចិនផ្លូចផ្ដើមធ្វើការផ្សព្វផ្សាយ   នូវសមត្ថភាពផលិតដ៏ល្អនិងឧស្សាហកម្មមានច្រៀបរបស់ខ្លួន ដល់លោកខាងលិច ធ្វើឱ្យប្រទេសនៅតាមបណ្ដោយខ្សែរនេះទទួលបាននូវផលចំណេញមុនគេ ហើយក៏ បានកែប្រែប្រវត្តិសាស្ត្រដែលថា តំបន់នៅតាមបណ្ដោយផ្លូវសូត្រដូចជាអាស៊ីកណ្ដាល។ល។ គឺត្រូវតែ ជាតំបន់ថ្លងកាត់នៃពាណិជ្ជកម្ម និងការផ្លាស់ប្ដូវវប្បធម៌វាងប្រទេសខាងលិចនិងខាងកើត ដែលប្រ ឆ្នាយតំបន់នេះមានរូបភាពជាការអភិវឌ្ឍន៍ "កំរិតទាប" ។ នេះគឺហុសពីប្រជាជនអឺរ៉ុបដែលបានផ្ដូចផ្ដើម សកលការូបនិយកម្មដែលបង្កើតឱ្យមានតម្លាតរវាងអ្នកក្រនិងអ្នកមាន ធ្វើឱ្យការអភិវឌ្ឍន៍ក្នុងតំបន់មិន មានតុល្យភាព នោះគឺការជម្រុញបង្កើតនូវសន្តិភាពយូរអង្វែង សុវត្ថិភាពគ្រប់ទិសទី និងពិភពលោក ដែលរុងរឿងនិងសុខដុមរមនាជាមួយគ្នា។

ទី២គឺជម្រុញដែនដីគោកអឺរ៉ុបអាស៊ីត្រូឡប់ទៅកមជ្ឈមណ្ឌលអរិយធម៌មនុស្សលោកឡើងវិញ។

អរិយធម៌ផងទាំងពីរលោកខាងកើត   និងលោកខាងលិចមានទំនាក់ទំនងជាមួយគ្នាតាមរយៈផ្លូវ សូត្រនៃប្រវត្តិសាស្ត្រ របូតដល់អាណាចក្រតួតកគឺOsmanដើរឡើងបានកាត់ផ្ដាច់ផ្លូវសូត្រ (ដែល ប្រវត្តិសាស្ត្រហៅថា "ជញ្ជាំងOsman") អឺរ៉ុបត្រូវបានបង្ខំដើរទៅតាមសមុទ្រ ហើយអឺរ៉ុបដើរទៅតាមផ្លូវស មុទ្របានក៏ដោយសារទទួលបាននូវប្រយោជន៍ពីរបកគំហេញផ្ដង់ទាំង៤របស់ចិនដូចជា ត្រីវិស័យ គ្រាប់ រំសេវជាដើម ដែលឆ្លងតាមរយៈអារ៉ាប់បញ្ជូនទៅដល់អឺរ៉ុប។

អឺរ៉ុបដើរចេញផ្ដោតទៅសមុទ្រដោយចាប់ផ្ដើមសកលការូបនិយកម្មតាមវិធីអាណានិគម នេះគឺជា ការពឡ្ងើនមួយជំហានទៀតនូវការផ្លាក់ចុះនៃផ្លូវសូត្របន្ទាប់ពីជនជាតិអារ៉ាប់បានបង្កើតការដើរជញ្ជូនតាម សមុទ្រ ហើយអរិយធម៌លោកខាងកើតបានដើរទៅរកភាពបិទបាំងនិងអភិរក្ស ដែលបានផ្លាក់ចូលទៅក្នុង អ្វីដែលហៅថាមជ្ឈមណ្ឌលលោកខាងលិចពិភពលោកសម័យទំនើប។ របូតដល់ការដើរឡើងនៃអាមេរិក មជ្ឈមណ្ឌលលោកខាងលិចបានផ្លូវពីអឺរ៉ុបមកអាមេរិកវិញ អឺរ៉ុបចុះខ្សោយ ទោះផ្ទុងកាត់ការធ្វើសមាហ រណកម្មអឺរ៉ុបក៏មិនអាចស្រោចស្រង់ភាពលិបាកនេះបានដែរ។

បច្ចុប្បន្ន   អឺរ៉ុបទទួលបាននូវឱកាសជាប្រវត្តិសាស្ត្រក្នុងការវិលត្រឡប់មករិញរវាងរ៉ាននះជាមជ្ឈ មណ្ឌលនៃពិភពលោក   នេះគឺជាការរីកចម្រើនឡើងវិញនៃទ្វីបអឺរ៉ុបនិងអាស៊ី។ ទ្វីបអឺរ៉ុបនិងអាស៊ីត្រូវ បានអ្នកប្រាជ្ញភូមិសាស្ត្រនយោបាយអង់គ្លេសសរសើរថាជា "កោះនៃពិភពលោក" ដែលការកសាងស មាហរណកម្មនិងបង្កើតឱ្យមានដួចក្នុងសៀវភៅរបស់លោក Brzezinski «ក្រឡាអុកធំ» លើកឡើងពី យុទ្ធសាស្ត្រធ្វើឱ្យអាមេរិកត្រឡប់ទៅរក "កោះឯកកោ" និងធ្វើឱ្យទ្វីបអឺរ៉ុបនិងអាស៊ីត្រឡប់ទៅរកភូមិ សាស្ត្រមជ្ឈមណ្ឌលអរិយធម៌នៃមនុស្សលោកឡើងវិញ   ដោយបង្កើតនូវភូមិសាស្ត្រនយោបាយពិភព លោកនិងដែនដីសកលការូបនិយកម្មឡើងវិញ។ [1]ផែនការតភ្ជាប់របស់សហគមន៍អឺរ៉ុបបានភ្ជាប់ជាមួយ

[1] សហគមន៍អឺរ៉ុបបានដាក់ចេញនូវតំរោងផ្លូវត្រូវថ្មីអឺរ៉ុប គោលបំណងគឺចង់បង្កើតតំបន់ពាណិជ្ជកម្មសេរីពីទីក្រុងលីសបនដល់ទីក្រុង Vladivostok ដែលវាធ្វើឱ្យប្រទេសដែលមានសហប្រតិបត្តិការនឹងគ្នាមិនចាំបាច់ "ធ្វើការជ្រើសរើសរវាងទីក្រុងម៉ូស្គូនិងទីក្រុងព្រុចសែល" ដែលនេះហើយក៏គឺការផ្ដល់ឱ្យនូវឱកាសនៃការតភ្ជាប់កិច្ចសហប្រតិបត្តិការអន្តរទ្វីបអឺរ៉ុប។

នឹង "ខ្សែក្រវ៉ាត់មួយ ផ្លូវមួយ" របស់ចិនដោយយក "៥ភ្ជាប់" គោលនយោបាយ ពាណិជ្ជកម្ម គមនាគមន៍ រូបិយវត្ថុ និងចិត្តមនុស្ស ផ្សារភ្ជាប់ជាមួយនឹងសន្តិភាព កំណើន កំណែទម្រង់ អរិយធម៌ដែលនេះគឺជា ទិនក់ទំនង "ដៃគូទាំង៤" នៃចិនអ៊ីរ៉ុប ដែលធ្វើឱ្យទ្វីបអ៊ីរ៉ុបនិងអាស៊ីត្រឡប់ទៅរកមជ្ឈមណ្ឌលអរិយធម៌ មនុស្សលោកឡើងវិញ និងសាយកាយបន្តហូតដល់ទ្វីបអាហ្វ្រិក។

បន្ទាប់មកទៀតគឺបង្កើតថ្មីនូវអរិយធម៌មនុស្សជាតិ   សម្រេចបាននូវពិភពលោកដែលមាន គុណភាពឡើងវិញ។ សកលការវិ‌ប‌ុលនីយកម្មគឺជនជាតិអ៊ីរ៉ុបជាអ្នកបង្កើតឡើង ហើយអាមេរិកក្រោយមក បានវ៉ាដាច់ មកទល់បច្ចុប្បន្ន។ការដឹកជញ្ជូនតាមសមុទ្ររបស់ពិភពលោកសំខាន់គឺធ្លងកាត់វាងមហា សមុទ្រអាត្លង់ទិចនិងមហាសមុទ្រប៉ាស៊ីហ្វិក ដូចបង្ហាញក្នុងរូបខាងក្រោម៖

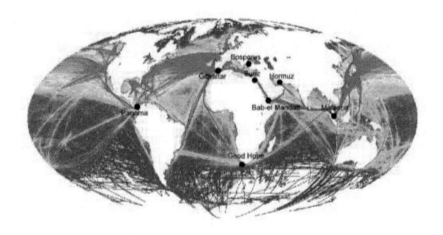

រូបភាពបង្ហាញការដឹកជញ្ជូនតាមផ្លូវសមុទ្រនៃពិភពលោក[2]

"ខ្សែក្រវ៉ាត់មួយ ផ្លូវមួយ" បានបង្កើតឡើងជាខ្សែក្រវ៉ាត់សេដ្ឋកិច្ចពីរខ្សែរវាងមហាសមុទ្រប៉ាស៊ី ហ្វិក និងមហាសមុទ្រអាត្លង់ទិច ធ្វើឱ្យពិភពលោកអភិវឌ្ឍន៍ទៅមុខកាន់តែមានគុណភាព ដែលជម្រុញ ដល់ការរីកចម្រើនឡើងវិញនូវអរិយធម៌ដែនដីគោក ហើយបំរើឱ្យការតភ្ជាប់រវាងអរិយធម៌សមុទ្រ និង អរិយធម៌ដែនដីគោក។

---

[2] យោង៖ National Center for Ecological Analysis and Synthesis
https://www.neptune.nceas.ucsb.edu/cumimpacts2008/impacts/transformed/jpg/shipping.jpg
(accessed 29 July 2014).

"ខ្សែក្រវាត់តម្បួយ ផ្លូវតម្បួយ" មិនត្រឹមតែជាប្រកផ្លូវពាណិជ្ជកម្មរបស់ទ្វីបអាស៊ី និងអឺរ៉ុប៉ុណ្ណោះទេ ហើយវាក៏ជាកន្លែងប្រសព្វគ្នានៃអរិយធម៌អឺរ៉ុប និងអាស៊ី។ "ខ្សែក្រវាត់សេដ្ឋកិច្ចផ្លូវសូត្រ" មិនត្រឹមតែបន្ត វេននូវពាណិជ្ជកម្មបុរាណ និងប្រកផ្លូវអរិយធម៌ក្នុងសម័យសកលភាវូបនីយកម្មប៉ុណ្ណោះទេ ហើយថែម ទាំងបើកផ្លូវសកលភាវូបនីយកម្មលើដែនដីគោក ដើម្បីទប់ទល់នឹងហានិភ័យនៃសកលភាវូបនីយកម្ម លើសមុទ្រ និងបើកផ្លូវការផ្លាស់ប្ដូរអរិយធម៌ដែលអាចរៀនសូត្រពីគ្នាទៅវិញទៅមកដើម្បីសម្រេចបាន នូវសន្តិភាព និងភាពរុងរឿងសម្រាប់ទ្វីបអឺរ៉ុប និងអាស៊ី ហើយនិងយកគោលគំនិត "ខ្លួនមួយ៥ផ្នែក" ដូចជាការកសាងសេដ្ឋកិច្ច នយោបាយ វប្បធម៌ សង្គម និងការកសាងអរិយធម៌ជីបសាស្ត្រ ដើម្បីចាប់ ផ្ដើមអភិវឌ្ឍន៍អរិយធម៌ថ្មីរបស់មនុស្សជាតិឲ្យមាននិរន្តភាព។ គោលគំនិតនៃ "ខ្សែក្រវាត់សេដ្ឋកិច្ច" គឺ ជាការបង្កើតថ្មីនូវរបៀបកិច្ចសហប្រតិបត្តិការសេដ្ឋកិច្ចក្នុងតំបន់ ក្នុងនោះប្រករបៀបសេដ្ឋកិច្ច-----ប្រក របៀបសេដ្ឋកិច្ចចិន-រុស្ស៊ី-ម៉ុងហ្គោលី ស្ថានដែនដីគោកអាស៊ី-អឺរ៉ុបថ្មី ប្រករបៀបសេដ្ឋកិច្ចចិន-អាស៊ី កណ្ដាល ប្រករបៀបសេដ្ឋកិច្ចបង់ក្លាដែស-ចិន-ឥណ្ឌា-ភូមា ប្រករបៀបសេដ្ឋកិច្ចចិន-ឧបទ្វីបឥណ្ឌូចិន និងប្រករបៀបសេដ្ឋកិច្ចលើសមុទ្រ។ ដោយយកកំណើនសេដ្ឋកិច្ចជះឥទ្ធិពលទៅតំបន់ដុំវិញ្ញដែល លើសពីទ្រឹស្ដីអភិវឌ្ឍន៍សេដ្ឋកិច្ចប្រពៃណីទៅទៀត។ ប្រទេសចិនគឺជាប្រទេសពាណិជ្ជកម្មធំជាងគេ បំផុតលើពិភពលោក ប៉ុន្តែប្រកាន់គោលនយោបាយមិនចូលបក្សសម្ព័ន្ធ បានលើកឡើងពីការបង្កើត ទំនាក់ទំនងថ្មី បែបប្រទេសធំជាមួយអាមេរិកដែលជាអ្នកគ្រប់គ្រងលើសមុទ្រ។ នេះគឺតម្រូវឲ្យចិនលើក ឡើងនូវគោលគំនិតថ្មីនៃកិច្ចសហប្រតិបត្តិការសមុទ្រសតវត្សទី២១ បង្កើតថ្មីនៃកំរុសហប្រតិបត្តិការ តាមផ្លូវទឹក ការជើកជ្រោនទំនិញ និងសុវត្ថិភាព ឆ្លងតាមរយៈសិទ្ធិអាជីវកម្មសម្បទាន និងជីវសាស្ត្រសម្ ទ្រាកសាងនិងប្រើជាមួយគ្នារួមគ្នារំកិលផង។ល។ ជម្រុញផ្លូវសូត្រសមុទ្រ និងផ្លូវសូត្រគោកតភ្ជាប់ជាមួយ គ្នា។ "ផ្លូវសូត្រសមុទ្រសតវត្សទី២១" មានតំលៃក្រង "សតវត្សទី២១" បង្ហាញថាចិនមិនដើរតាមផ្លូវ ចាស់របស់ប្រទេសខ្លាំងលោកខាងលិចដែលពង្រីកដែនសមុទ្រ បង្កជម្លោះ និងដាក់អាណានិគម ហើយ ក៏មិនដើរតាមផ្លូវអាក្រក់របស់អាមេរិកដែលប្រយុទ្ធគ្រប់គ្រងសមុទ្រ ប៉ុន្តែគឺស្វែងរក ការតេចផុតដោយ ប្រសិទ្ធភាពនូវហានិភ័យនៃសកលភាវូបនីយកម្មប្រពៃណី បើកនូវអរិយធម៌សមុទ្រថ្មីនៃមនុស្សនិងស មុទ្រចូលគ្នា រស់នៅជាមួយគ្នាដោយសុខដុមមេនា និងអភិវឌ្ឍប្រកបដោយបីរភាព។

ការផ្លាស់ប្ដូរស្ថានភាពដែលមិនធ្លាប់មានក្នុងរយៈពេលហាសិបឆ្នាំ ជម្រុញការសម្រេចឲ្យបាននូវ "សុបិនរបស់ចិន"

"ខ្សែក្រវាត់តម្បួយ ផ្លូវតម្បួយ" ទទួលបន្ទុកអនាគតនៃការធ្វើសម្រេចឲ្យបាននូវ "ក្ដីសុបិនរបស់ចិន"។ ក្រោយពីការលើកឡើងស្ដីពី "ក្ដីសុបិនរបស់ចិន" នៃការសម្រេចការរីកចម្រើនដ៏អស្ចារ្យឡើងវិញ របស់ជាតិសាសន៍ចិនរួចមក វាត្រូវការសម្រេចនូវផ្លូវដែលអាចធ្វើបាននិងផែនទីបង្ហាញផ្លូវ។ "ខ្សែក្រវាត់

មួយ ផ្លូវមួយ" បានទទួលនូវអម្រែកដ៏ធ្ងន់នេះ ដែលឆ្នាំ២០២១គឺជាគម្រោងដំណាក់កាលដំបូង ហើយ
នឹងកសាងរួចរាល់ជាមូលដ្ឋាននៅក្នុងឆ្នាំ២០៤៩។

ក្ដីសុបិនចិនក្រោមក្រសែភ្នែកនៃ "ខ្សែក្រវ៉ាត់មួយ ផ្លូវមួយ" ជាពិសេសគឺបង្ហាញនូវរំផែកពាដួច
ខាងក្រោម៖

ទី១គឺ៖ ប្រទេសចិន គឺចាប់ផ្ដើមចេញពីការចូលរួមដល់ការបង្កើតសកលភាវូបនីយកម្ម និងពី
ការផ្លាស់ប្ដូរស្ថានភាពដែលចាប់ពីការបើកចំហារចំពោះពិភពលោកដល់ពិភពលោក បើកចំហារចំពោះ
ប្រទេសចិនវិញ។ ក្នុងរយៈពេល៥០ឆ្នាំកន្លងមកនេះ ប្រទេសចិនឆ្លងកាត់តាមរយៈសង្គ្រាមក្ដៅ ភាព
ចម្រុងចម្រាស់ចិន-សូវៀត ដែលកសាងបាននូវផ្លូវអភិវឌ្ឍសន្តិភាពប្រកបដោយម្ចាស់ការ ប៉ុន្តែប្រទេស
ចិននៅតែមិនមែនជាអ្នកបង្កើតនិន្នាការពិភពលោក។ ក្រោយពីការធ្វើកំណែទម្រង់បើកចំហារមក គឺទ្វីប
លោកខាងលិចជួយដល់ប្រទេសចិនឲ្យមានការអភិវឌ្ឍន៍ បច្ចុប្បន្នគឺប្រទេសចិននាំការអភិវឌ្ឍន៍ដល់
អាស៊ី អឺរ៉ុប និងអាហ្រ្វិកវិញ។ ការលើកឡើងនូវ "ខ្សែក្រវ៉ាត់មួយ ផ្លូវមួយ" បានបង្ហាញឲ្យឃើញថា ការ
បើកចំហារក្រៅប្រទេសរបស់ចិនបានបើកនូវទំព័រប្រវត្តិសាស្រ្តថ្មី។ បើនិយាយពីន័យបើកចំហារៈ "ទាក់
ទាញចូលមក" ប្ដូរទៅ "ដើរចេញទៅក្រៅ" ដែលការ "ទាក់ទាញចូលមក" និងការ "ដើរចេញទៅក្រៅ"
វិញ គឺភ្ជាប់គ្នាបានយ៉ាងល្អ ការបណ្ដុះបណ្ដាលចូលរួម និងអត្ថប្រយោជន៍ថ្មីនៃភាពប្រកួតប្រជែងសហ
ប្រតិបត្តិការសេដ្ឋកិច្ចអន្តរជាតិ ដោយយកការបើកចំហារមកជម្រុញកំណែទម្រង់។ បើនិយាយពីជ្រុងនៃ
ការបើកចំហារៈ ដើម្បីអភិវឌ្ឍតំបន់ខាងលិចប្រទេសចិន អនុវត្តយុទ្ធសាស្រ្តបើកចំហារទៅទិសខាងលិច
និងខាងត្បូង ក្លាយជាល់នាំថ្មីនៃការបើកចំហារគ្រប់ជ្រុងជ្រោយ។ បើនិយាយពីជម្រៅនៃការបើកចំហារ គឺ
ស្របតាមនិន្នាការអភិវឌ្ឍនៃសមាហរណកម្មសេដ្ឋកិច្ចតំបន់ និងពិភពលោក យកតំបន់ជុំវិញជាមូល
ដ្ឋាន ពន្លឿនការអនុវត្តយុទ្ធសាស្ត្រតំបន់ពាណិជ្ជកម្មសេរី សម្រេចនូវទំនិញ ទុន និងកំលាំងពលកម្ម
ផ្លាស់ប្ដូរដោយសេរី។ ទីកន្លែងសម្រប់សម្រួលនៃយុទ្ធសាស្ត្រសុវត្ថិភាពដ៏ជំរបស់ចិន គឺស្ថិតនៅបៃកខាង
លិច ហើយផ្នែកខាងលិចនេះក៏ជាគន្លឹះនៃការអភិវឌ្ឍន៍ប្រកបដោយតុល្យភាព និងបរិភាពជំងដែរ។
"ខ្សែក្រវ៉ាត់មួយ ផ្លូវមួយ" បានដើរលើសពីការអភិវឌ្ឍន៍តំបន់ខាងលិចទៅទៀត ដោយលើកកំពស់សមា
ហរណកម្មទីផ្សារផ្នែកក្នុងរបស់ចិនកសាងឲ្យឆ្ពាយទៅជាទីផ្សារជំអឺរ៉ុប និងអាស៊ី។

ទី២គឺ៖ ចិនបង្កើតនូវសមាហរណកម្មអឺរ៉ុបអាស៊ី ដោយពង្រឹងការពើងពាក់តំបន់ជុំវិញ។ "ខ្សែក្រ
វ៉ាត់មួយ ផ្លូវមួយ" ដែលបង្កើតឲ្យមានទំនាក់ទំនងត្បាប់គ្នានោះ បានបង្កើតឡើងនូវទំនាក់ទំនងវាង
តំបន់អាស៊ីប៉ាស៊ីហ្វិកដែលចាត់ទុកជាក្បាលម៉ាស៊ីនសេដ្ឋកិច្ចពិភពលោក និងសហគមន៍អឺរ៉ុបដែលមាន
សេដ្ឋកិច្ចជំងគេនៅលើពិភពលោក ដោយនាំមកនៅលំហារ និងឱកាសថ្មីដល់តំបន់អឺរ៉ុប និងអាស៊ី
ដែលបង្កើតបានទៅជាតំបន់ជះទ្វិពលដល់សេដ្ឋកិច្ចអាស៊ីខាងកើត អាស៊ីខាងលិច និងអាស៊ីខាងត្បូង
ជម្រុញពាណិជ្ជកម្មវិនិយោគឲ្យកាន់តែមានភាពងាយស្រួល ស៊ីជម្រៅកិច្ចសហប្រតិបត្តិការសេដ្ឋកិច្ចនិង
បច្ចេកវិទ្យា បង្កើតតំបន់ពាណិជ្ជកម្មសេរី ចុងក្រោយបង្កើតក្លាយជាទីផ្សារជំអឺរ៉ុបអាស៊ី។ ដោយធ្វើការ

បែងចែកឲ្យល្អចំពោះពាណិជ្ជកម្មក្នុងតំបន់ និងជាតុផ្សុំនៃការផលិតជម្រុញឲ្យមានសមាហរណកម្ម សេដ្ឋកិច្ចតំបន់ និងសម្រេចឲ្យបាននៅការអភិវឌ្ឍន៍សេដ្ឋកិច្ច និងសង្គមក្នុងតំបន់ព្រមគ្នាៗ ប៉ុន្មានឆ្នាំ មកនេះ សហគមន៍អឺរ៉ុបបានលើកឡើងនៅគោលគំនិតយុទ្ធសាស្ត្រស្ដីពីការបង្កើតសមាហរណកម្មអាស៊ី និងអឺរ៉ុបដែលចាប់ចេញពីទីក្រុងលីសបនរហូតដល់វ៉ាឡាឌីវ៉ូស្តុកៗ ប្រទេសរុស្ស៊ីក៏បានលើកឡើងពីយុទ្ធ សាស្ត្រសម្ព័ន្ធសេដ្ឋកិច្ចអឺរ៉ុបអាស៊ីផងដែរៗ "ខ្សែក្រវ៉ាត់មួយ ផ្លូវមួយ" គឺមានភាពទូលំទូលាយជាង ពិត ប្រាកដជាង និងវិតែតែអាចទូលាយកបានជាងយុទ្ធសាស្ត្រទាំងនេះៗ ចិនកំពុងតែរៀបចំបង្កើតនូវ របៀបវារ: យន្តការ និងគោលគំនិតដោយខ្លួនឯង ដោយមិនជំទ្បាន់នៃប្រព័ន្ធអន្តរជាតិ(ដូចជាWTO) ដែលដឹកនាំអាមេរិកទៅៗតេ ប៉ុន្តែអនុញ្ញាត្តឲ្យអាស៊ីអាហ្វ្រិកនិងអឺរ៉ុបជំទ្បានអត់អស់លុយ និងធ្លាន លើ្បនរបស់ចិនៗ "ខ្សែក្រវ៉ាត់មួយ ផ្លូវមួយ" យកគោលគំនិតអរិយធម៌សហគមន៍តែមួយនៃប្រវត្តិសាស្ត្រ ធ្វើជាមូលដ្ឋាន យោងតាមការរៀបចំយុទ្ធសាស្ត្រអនុវត្តសកលភាវូបនីយកម្ម និងសមាហរណកម្មអឺរ៉ុប អាស៊ី កសាងផលប្រយោជន៍រួម ទំនួលខុសត្រូវរួម សុវត្ថិភាពរួមជាមួយប្រទេសជិតខាងចិន ចុងក្រោយ កសាងនូវរាសនារួមតែមួយ ដែលវាប្រាកដជានឹងលើកកំពស់តទ្បិលអន្តរជាតិ និងអំណាចទន់របស់ ចិនៗ

ទីពគឺ៖ លើកកំពស់ភាពប្រកួតប្រជែងរបស់ចិនគ្រប់ជ្រុងជ្រោយៗ "ខ្សែក្រវ៉ាត់មួយ ផ្លូវមួយ" គឺ ចិននៅក្នុងប្រព័ន្ធបែងចែកពលកម្មពិភពលោក ដោយឆ្លងតាមរយៈការបើកចំហារទូលំទូលាយបង្កើតនូវ ភាពមានប្រៀបថ្មីៗ នៅក្នុងការប្រកួតប្រជែងជុំថ្មីនៃសកលភាវូបនីយកម្ម គឺចាប់ផ្ដើមចេញពីខ្សែសង្វាក់ ឧស្សាហកម្មពិភពលោកកំរិតទាបឈានទៅកាន់កំរិតខ្ពស់ ហើយការមានប្រៀប ក៏ត្រូវបានលើកកំពស់ ពីកម្លាំងពលកម្ម-ធនធានប្រមូលផ្ដុំឈានទៅកាន់បច្ចេកវិទ្យា-ប្រភពទុនប្រមូលផ្ដុំៗ "ខ្សែក្រវ៉ាត់មួយ ផ្លូវ មួយ" គឺជាដំណើរការដែលប្រទេសចិនផ្លាស់ប្ដូរនូវសមត្ថភាពផលិត ដែលមានគុណភាពល្អពីទីខ្ពស់ទៅ ទីទាបនៃខ្សែសង្វាក់ឧស្សាហកម្មពិភពលោក ប្រើប្រាស់ឲ្យបានពេញលេញនូវផ្នែកពាក់ព័ន្ធដែលមាន ប្រៀបដូចជាធនធានមនុស្ស សម្ភារ: ហិរញ្ញវត្ថុ បទពិសោធន៍ ស្ដង់ដារដែលយកការកេគ្នាប់ធ្វើជាមូល ដ្ឋាន លើកកំពស់គ្រប់ជ្រុងជ្រោយនូវភាពប្រកួតប្រជែងពិភពលោកលើវិស័យបច្ចេកវិទ្យា ធនធាន ស្ដង់ ដារៗៗល។របស់ចិនៗ ផ្លូវសូត្រសមុទ្រ និងផ្លូវគោកបុរាណផ្ដាប់ផ្ដា "ផ្លូវជាតិ" សំរាប់ទំនាក់ទំនងវាងចិន និងលោកខាងលិច គឺជាស្ថាននៃការប្រសព្វឆ្លើយ៉ម៉ង់ដ៏សំខាន់ទាំង៣ គឺ ចិន ពណ៌ និងក្រិតៗ បច្ចុប្បន្ន ផ្លូវសូត្រចាប់ផ្ដើមមានកម្លាំងឡើងវិញ និងក្លាយទៅជាគំនិតផ្ដួចផ្ដើមដ៏សំខាន់នៃការបើកចំហារក្រៅ ប្រទេសរបស់ចិនដែលស្ថិតនៅក្រោមស្ថានការថ្មីៗ មានប្រទេសចំនួន៦៥ដែលស្ថិតនៅតាមបណ្ដោយ "ខ្សែក្រវ៉ាត់មួយ ផ្លូវមួយ" រួមមានអាស៊ីកណ្ដាល អាសាន អាស៊ីខាងត្បូង អឺរ៉ុបកណ្ដាល និងខាងកើត អាស៊ីខាងលិច និងអាហ្វ្រិកខាងជើង ។ល។ (ពិតប្រាកដណាស់ "ខ្សែក្រវ៉ាត់មួយ ផ្លូវមួយ" គឺបើកចំហារ មិនកំណត់ត្រឹមតែ៦៥ប្រទេសប៉ុណ្ណោះទេ) ដែលមានប្រជាជនចំនួន៤៤០០លាននាក់ស្មើនឹង៦៣% នៃប្រជាជនពិភពលោក និងទំហំសេដ្ឋកិច្ចមានប្រហែល២១ទ្រីលានដុល្លារអាមេរិកស្មើនឹង២៩%នៃ

• 16 •

សេដ្ឋកិច្ចពិភពលោក។[3] ក្នុងឆ្នាំ២០១៣ទំហំពាណិជ្ជកម្មវៀងចិន និងប្រទេសដែលនៅតាមបណ្ដោយ នៃ "ខ្សែក្រវ៉ាត់មួយ ផ្លូវមួយ" មានចំនួន១ទ្រីលានដុល្លារអាមេរិកដែលស្មើនឹង១ភាគ៤នៃទំហំសរុប ពាណិជ្ជកម្មក្រៅប្រទេសរបស់ចិន។ ១០ឆ្នាំកន្លងទៅនេះទំហំពាណិជ្ជកម្មវៀងចិន និងបណ្ដាប្រទេស នៅតាមបណ្ដោយខ្សែមានកំណើន១៩%ជាមធ្យមប្រចាំឆ្នាំ បើប្រៀបនឹងរយៈពេលដូចគ្នាទំហំពាណិជ្ជ កម្មក្រៅប្រទេសរបស់ចិនមានកំណើនលើស៤% ជាមធ្យមប្រចាំឆ្នាំ។ ថ្ងៃក្រោយអាចមានលំហកំណើន កាន់តែច្រើនជាងនេះទៀត។ ក្នុងការរៀបចំតាក់តែង "ផែនការប្រាំឆ្នាំលើទី១៣" ប្រទេសចិននឹងនាំចូល នូវទំនិញចំនួន១០ទ្រីលានដុល្លារអាមេរិក ដាក់វិនិយោគក្រៅប្រទេសលើសពី៥០០ប៊ីលានដុល្លារអាម រិក ទេសចរណ៍ទៅក្រៅប្រទេសមានចំនួនប្រហែល៥០០លាននាក់ ដូចជាប្រទេសដែលនៅជុំវិញចិន និងប្រទេសដែលស្ថិតនៅតាមបណ្ដោយផ្លូវសូត្រនឹងទទួលបានផលប្រយោជន៍មុនគេ។ ដូចអ្វីដែលឯក ឧត្តមប្រធានាធិបតី ស៊ី ជីនភីង បាននិយាយ "ខ្សែក្រវ៉ាត់មួយ ផ្លូវមួយ" គឺជាស្ថាបពីរនៃការស្ទុះឡើង របស់ចិន ហើយក៏ជាស្ថាបពីរនៃការស្ទុះឡើងរបស់អាស៊ីផងដែរ។ "ខ្សែក្រវ៉ាត់មួយ ផ្លូវមួយ" ផ្ដោតទៅ លើគោលការរួមគ្នាសហការ រួមគ្នាសាង និងចែករំលែកជាមួយគ្នា និងផ្ដោតទៅលើគោលគំនិតបើក ចំហរ និងទទួលយក----មួយគឺប្រាប់បញ្ចូលគ្នាជាមួយក្របខណ្ឌសហប្រតិបត្តិការដែលមានស្រាប់ ក្នុងតំបន់តាមលទ្ធភាពដែលអាចធ្វើបានដោយមិនចាប់បង្កើតថ្មី ពីគឺទទួលយកដាក់បញ្ចូលគ្នានូវ កម្លាំងនៃតំបន់ខាងក្រៅ មិនមែនរញ្ជ្រានចោលនូវកម្លាំងខាងក្រៅដូចជា រុស្ស៊ី អាមេរិក អឺរ៉ុប ជប៉ុន ។ល។ ដោយសង្កត់ធ្ងន់ទៅលើចំនុចពិសេសនៃទស្សន: និងផលិតផលសាធារណ:នៃកិច្ចសហ ប្រតិបត្តិការអន្តរជាតិ ប៉ុន្តែមិនមែនជាយុទ្ធសាស្ត្រតែងតកោតភាគីរបស់ចិននោះទេ។ នេះក៏ពុងតែអន វត្តនៃគោលគំនិត "ការផ្សព្វផ្សាយនូវសុបិនរបស់ចិន និងសុបិនរបស់ប្រជាជននៃប្រទេសនីមួយៗលើ ពិភពលោកដែលស្មើរកដ៏វិសេសនៅល្អ"។ ធ្វើឱ្យសុបិនរបស់ប្រទេសស្រីលង្កា សុបិននៃការរីករំកើន និងដើរឡើងវិញរបស់រុស្ស៊ី សុបិនមហាអំណាចសមុទ្ររបស់វណ្ណេនស៊ី សុបិន្ររបស់ម៉ុងហ្គោលី។ល។ ផ្សារភ្ជាប់ជាមួយនឹងសុបិន្នផ្លូវសូត្រ ដោយប្រែក្លាយយ៉ាងពេញលេញពីឱកាសរបស់ចិនទៅជាឱកាស ពិភពលោក ហើយប្រែក្លាយពីឱកាសរបស់ពិភពលោកទៅជាឱកាសរបស់ចិនវិញ។ "ខ្សែក្រវ៉ាត់មួយ ផ្លូវ មួយ" នឹងធ្វើការងារដាក់ស្មើងវៀងតំបន់ និងប្រទេសដែលនៅតាមបណ្ដោយខ្សែនេះជាមួយនឹងដៃគូស ហប្រតិបត្តិការយុទ្ធសាស្ត្ររបស់ចិន។

"ខ្សែក្រវ៉ាត់មួយ ផ្លូវមួយ" មិនមែនជារបស់ពិត ហើយក៏មិនមែនជាយន្តការវៀរ ប៉ុន្តែគឺជាគំនិត គោលនិងការផ្ដេចផ្ដើមនៃការអភិវឌ្ឍន៍សហប្រតិបត្តិការ គឺពឹងផ្អែកទៅលើប្រទេសចិន និងប្រទេសដែល ៣ាក់ព័ន្ធដែលមានយន្តការទ្វេភាគីនិងពហុភាគី ដោយមានការគាំទ្រពីយន្តការនេះធ្វើឱ្យវេទិការសហ ប្រតិបត្តិការក្នុងតំបន់អនុវត្តប្រកបដោយប្រសិទ្ធិភាព ក្នុងគោលបំណងខ្ញីប្រើប្រាស់នូវនិមិត្តសញ្ញាជា ប្រវត្តិសាស្ត្រនៃផ្លូវសូត្របុរាណ លើកបដាអភិវឌ្ឍប្រកបដោយសន្តិភាព អភិវឌ្ឍទំនាក់ទំនងដៃគូសហ

³ គង់វិន ធានជិនរ៉ូវ រៀបរៀ "ផ្លូវសូត្រថ្មី:ដើររលោះទៅកាន់ភាពរុងរឿងជាមួយគ្នា" «ការសែតប្រជាជន» ទំព័រទី១ចុះថ្ងៃទី៣០ខែមិថុនាឆ្នាំ២០១៤

ប្រតិបត្តការសេដ្ឋកិច្ចជាមួយប្រទេសដែលស្ថិតនៅតាមបណ្តោយខ្សែ រួមគ្នាកសាងនូវជំនឿទុកចិត្តខាង នយោបាយ សមាហរណកម្មសេដ្ឋកិច្ច ប្បេធម៌បើកទូលាយទទួលយកការស្តារនានូវសហគមន៍ផល ប្រយោជន៍តែមួយ វាសនាតែមួយ និងការទទួលខុសត្រូវរួមគ្នា។

ជាការពិតណាស់ គំនិតផ្តួចផ្តើម "ខ្សែក្រវ៉ាត់មួយ ផ្លូវមួយ" គឺមិនងាយការទ គឺវាផ្តែកលើកំណែ ទម្រង់ស៊ីជម្រៅគ្រប់ជ្រុងជ្រោយរបស់ចិន និងការបើកចំហរទូលទូលាយ(តំបន់ពាណិជ្ជកម្មសេរីចំនួន៤ ខ្សែក្រវ៉ាត់សេដ្ឋកិច្ចទន្លេយ៉ាងសេ តំបន់ប៉េកាំង-ទៀនជៀង-ហេប៉ីប៊ុ) និងការកសាងតំបន់ពាណិជ្ជកម្មសេរី អាស៊ីប៉ាស៊ីហ្វិក (FTAAP)។

សរុបមក "ខ្សែក្រវ៉ាត់មួយ ផ្លូវមួយ" មានជម្រើសសម្រាប់ដើម្បីសម្រេចសុបិនចិន ក៏មានសិទ្ធបញ្ចេញ មតិនៃការឡើងវិញ្ញេរបស់ប្រទេសធំនិងរៀបចំយុទ្ធសាស្ត្រដែលមានប្រៀប ព្រមទាំងទទួលបន្ទុក របស់មនុស្សលោកគឺចិនធ្វើឲ្យពិភពលោកកាន់តែប្រសើរ។ ភាពផ្ទុយគ្នារវាងតម្រូវការនៃពិភពលោក ដែលកើនឡើងជាបន្តបន្ទាប់ និងការអន់ថយនៃការផ្គត់ផ្គង់សកលភាវូបនីយកម្មគឺជាកម្លាំងជម្រុញការ អភិវឌ្ឍន៍របស់ចិនក្នុងការកសាង "ខ្សែក្រវ៉ាត់មួយ ផ្លូវមួយ"។ "ខ្សែក្រវ៉ាត់មួយ ផ្លូវមួយ" បានពង្រើកនិង ធ្វើឲ្យស៊ីជម្រៅនូវកិច្ចសហប្រតិបត្តិការនិងមិត្តភាពរវាងចិន និងប្រទេសដែលពាក់ព័ន្ធលើកកំរិតខ្ពស់នូវ ការផលិតនៅចិន ការបង្កើតនៅចិន សមត្ថភាពនិងកេរ្តិ៍ឈ្មោះនៃការរៀបចំរបស់ចិន។

ជំពូកទី១ ប្រវត្តិនៃ ខ្សែក្រវ៉ាត់មួយ ផ្លូវមួយ

ផ្នែកទី១ អ្វីដែលហៅថា "ខ្សែក្រវ៉ាត់មួយ ផ្លូវមួយ"

កាលពីខែកញ្ញា ឆ្នាំ២០១៣ ឯកឧត្តម ស៊ី ជិនភីង ប្រធានាធិបតីនៃសាធារណៈរដ្ឋប្រជាមានិត ចិនបានធ្វើទស្សនកិច្ចនៅប្រទេសកាហ្សាក់ស្តង់ ហើយបានថ្លែងសុន្ទរកថាដ៏មានសារៈសំខាន់មួយនៅ សាកលវិទ្យាល័យ Nazarbayev ស្តីអំពី <ផ្សព្វផ្សាយមិត្តភាពរវាងប្រជាជន រួមគ្នាបង្កើតអនាគត កាន់តែប្រសើរ> ។ ក្នុងសុន្ទរកថានេះ ឯកឧត្តម ស៊ី ជិនភីងបានលើកឡើងថៈ "ដើម្បីធ្វើឲ្យទំនាក់ ទំនងសេដ្ឋកិច្ចរវាងប្រទេសនីមួយៗនៅអឺរ៉ុបនិងអាស៊ីកាន់តែជិតស្និទ្ធ កិច្ចសហប្រតិបត្តិការកាន់តែស៊ី ជម្រៅ សហអភិវឌ្ឍន៍កាន់តែទូលំទូលាយ យើងអាចប្រើរបៀបសហប្រតិបត្តិការថ្មី រួមគ្នាស្ថាបនា "ខ្សែ ក្រវ៉ាត់សេដ្ឋកិច្ចផ្លូវសូត្រ" ចាប់ផ្តើមពីទិសាធនជោគជ័យមួយ រហូតគ្នាយជាកិច្ចសហប្រតិបត្តិការធំ ក្នុងតំបន់។ ដូច្នេះគំនិតផ្តួចផ្តើមក្នុងការស្ថាបនា "ខ្សែក្រវ៉ាត់សេដ្ឋកិច្ចផ្លូវសូត្រ" របស់ចិនត្រូវបានលើក ឡើងជាលើកដំបូង។

កាលពីខែតុលា ឆ្នាំ២០១៣ នៅក្នុងកំឡុងពេលចូលរួមកិច្ចប្រជុំក្រៅផ្លូវការរបស់ថ្នាក់ដឹកនាំនៃ អង្គការសហប្រតិបត្តិការសេដ្ឋកិច្ចអាស៊ីប៉ាស៊ីហ្វិក(APEC) លោក ស៊ី ជិនភីង បានលើកឡើងថា តាំង ពីសម័យបុរាណមកម្លេះតំបន់អាស៊ីអាគ្នេយ៍គឺជាមជ្ឈមណ្ឌលដ៏សំខាន់នៃ "ផ្លូវសូត្រសមុទ្រ" ប្រទេស

ចិនសុខចិត្តពង្រីងកិច្ចសហប្រតិបត្តិការលើដែនសមុទ្រជាមួយប្រទេសអាសីាន ប្រើប្រាស់ឲ្យបានល្អនូវ
មូលនិធិសហប្រតិបត្តិការដែនសមុទ្រចិន-អាសីានដែលបង្កើតឡើងដោយរដ្ឋាភិបាលចិន អភិវឌ្ឍល្អនូវ
ទំនាក់ទំនងដែលគូសហប្រតិបត្តិការលើហាសមុទ្រ រួមគ្នាស្ថាបនា "ផ្លូវសូត្រសមុទ្រសតវត្សទី២១"។

ដូច្នេះ "ខ្សែក្រវាត់សេដ្ឋកិច្ចផ្លូវសូត្រ" និង "ផ្លូវសូត្រសមុទ្រសតវត្សទី២១" (ហៅកាត់ថា "ខ្សែ
ក្រវាត់មួយ ផ្លូវមួយ") ក្លាយជារបៀបនៃកិច្ចសហប្រតិបត្តិការថ្លែងគំរប់លើគោលនយោបាយ ៣ណិជ្ជ
កម្ម ហេដ្ឋារចនាសម្ព័ន្ធ ចរិក ចិត្តមនុស្ស រវាងអាស៊ី អាហ្រ្វិក និងអ៊ឺរ៉ុបក្នុងសតវត្សទី២១នេះ។ យោង
តាមសេចក្តីប្រកាសរួមចុះថ្ងៃទី២៨ ខែមីនា ឆ្នាំ២០១៥ របស់គណៈកម្មាធិការវិកទម្រង់និងអភិវឌ្ឍជាតិ
ចិន ក្រសួងការបរទេសចិន និងក្រសួងពាណិជ្ជកម្មចិន ស្តីពី <ទស្សនវិស័យ និងសកម្មភាព ស្តីពីការជ
ម្រុញរួមគ្នាស្ថាបនាខ្សែក្រវាត់សេដ្ឋកិច្ចផ្លូវសូត្រ និងផ្លូវសូត្រសមុទ្រសតវត្សទី២១> នេះគឺរួមគ្នាកសាង
"ខ្សែក្រវាត់មួយ ផ្លូវមួយ" ក្នុងគោលបំណងគឺជម្រុញកត្តាសេដ្ឋកិច្ចដើរវាដោយសេរី និងមានសណ្តាប់ធ្នាប់
ការបែងចែកធនធានដោយមានប្រសិទ្ធិភាពខ្ពស់និងទីផ្សារចូលគ្នាបានយ៉ាងស៊ីជម្រៅ   ជម្រុញបណ្តា
ប្រទេសដែលជាប់ៗនឹងបណ្តោយខ្សែនេះសម្រេចបាននូវការសម្រួលគោលនយោបាយសេដ្ឋកិច្ច   ដោយ
ចាប់ផ្តើមកិច្ចសហប្រតិបត្តិការគំរប់ឲ្យកាន់តែទូលំទូលាយ កាន់តែមានកម្រិតខ្ពស់និងកាន់តែស៊ីជម្រៅ
រួមគ្នាបង្កើតនូវទំរង់កិច្ចសហប្រតិបត្តិការសេដ្ឋកិច្ចគំរប់ដែលមានភាពបើកចំហរ បញ្ចូលគ្នា តុល្យភាព
និងអនុគ្រោះពន្ធ។

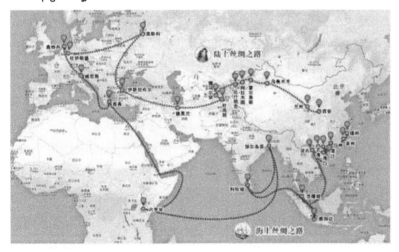

រូបភ្ជាញ "ខ្សែក្រវាត់មួយ ផ្លូវមួយ"

ខ្សែក្រវាត់សេដ្ឋកិច្ចផ្លូវសូត្របានក្លាយជាគំរប់អភិវឌ្ឍសេដ្ឋកិច្ចថ្មីមួយ គឺដោយសារឈរលើមូល
ដ្ឋាននៃគោលគំនិត "ផ្លូវសូត្របុរាណ"។

បើនិយាយលំអិត ខ្សែក្រវាត់សេដ្ឋកិច្ចផ្លូវសូត្រគឺសំដៅលើផ្លូវបីខ្សែ នោះគឺខ្សែខាងជើងសំខាន់គឺ
គំរប់អាស៊ីអ៊ឺរ៉ុប (ប៉េកាំង-រុស្ស៊ី-អាល្លឺម៉ង់-អ៊ឺរ៉ុបខាងជើង)   ខ្សែកណ្តាលសំខាន់គឺបំពុងប្រេងនិងឧស្ម័ន

(បេ៉កាំង-ស៊ីអាន-អ៊ុរ៉ុមឈី-អាហ្គ្ហានីស្ថាន-កាហ្ស៉ាក់ស្តង់-ហុងគ្រី-ប៉ារីស) ខ្សែខាងត្បូងសំខាន់គីផ្លូវ ផ្លូងប្រទេស(បេ៉កាំង-តំបន់ភាគខាងត្បូង-ប៉ាគីស្ថាន-អ៊ីរ៉ង់-អ៊ីរ៉ាក់-តួកគី-អ៊ីតាលី-អេស្ប៉ាញ)។

ចំណុចសំខាន់នៃខ្សែក្រវ៉ាត់សេដ្ឋកិច្ចផ្លូវស្ករនោះ គីជាផ្លូវដែលចាប់ចេញពីចិនឆ្លងកាត់អាស៊ីក ណ្ដាល ស្រ្យៀបទៅអឺរ៉ុប(សមុទ្របាលទិក) ចាប់ចេញពីចិនឆ្លងកាត់អាស៊ីកណ្ដាល អាស៊ីខាងលិចទៅ ឈូងសមុទ្រពែក្យ សមុទ្រមេឌីទៃវ៉ាណេ និងចាប់ចេញពីចិនទៅអាស៊ីអាគ្នេយ៍ អាស៊ីខាងត្បូង សមុទ្រ ឥណ្ឌា។

ប្រការរៀងសេដ្ឋកិច្ចចិន-ប៉ាគីស្ថាន បង់ក្លាដេស-ចិន-ឥណ្ឌា-កូមា តំបន់ថ្មីអាស៊ីអឺរ៉ុបនិងចិន-ម៉ុងហ្គោលី-រុស្ស៊ី។ល។ គីចងក្រងជាមូលដ្ឋានបាននូវក្រោងផ្ទៃផ្លូងគោកនៃខ្សែក្រវ៉ាត់សេដ្ឋកិច្ចផ្លូវស្ករ។ ក្នុងនោះប្រការរៀងសេដ្ឋកិច្ចចិន-ប៉ាគីស្ថានផ្ដោតសំខាន់លើការដឹកជញ្ជូនប្រេង វ៉ីប្រការរៀងបង់ក្លា ដេស-ចិន-ឥណ្ឌា-កូមា ផ្ដោតទៅលើទំនាក់ទំនងពាណិជ្ជកម្មជាមួយអាស៊ាន តំបន់ថ្មីអាស៊ីអឺរ៉ុបគីជាផ្លូវ ដឹកជញ្ជូនដ៏សំខាន់ឆ្លាប់ក្រង់ពីចិនទៅអឺរ៉ុប ចំណែកប្រការរៀងសេដ្ឋកិច្ចចិន-ម៉ុងហ្គោលី-រុស្ស៊ីគីផ្ដោតលើ សន្តិសុខប្រទេស និងការអភិវឌ្ឍន៍ធាមពល។

ខ្សែក្រវ៉ាត់សេដ្ឋកិច្ចផ្លូវស្ករគីជាគោលគំនិតនៃ "ខ្សែក្រវ៉ាត់សេដ្ឋកិច្ច" មួយដែលធ្លុះបញ្ជ្រាងនូ ការតិតគូរទៅដល់ការសម្របសម្រួលអភិវឌ្ឍរួមជាមួយបណ្ដាទីក្រុង ដែលស្ថិតនៅលើខ្សែក្រវ៉ាត់ សេដ្ឋកិច្ចនេះ។ ប្រទេសភាគច្រើនដែលនៅតាមបណ្ដោយខ្សែផ្លូវស្ករនេះគីនៅ "តំបន់ដួលលេ៉" នៃ ចន្លោះក្បាលម៉ាស៊ីនសេដ្ឋកិច្ចពីរ ដែលតំបន់ទាំងមូលមានរូបភាពជា "ផ្នែកសងខាងមានកំរិតអភិវឌ្ឍ ខ្ពស់ ផ្នែកកណ្ដាលមានកំរិតអភិវឌ្ឍទាប"។ ការអភិវឌ្ឍន៍សេដ្ឋកិច្ច និងការស្វែងរកជីវភាពធ្យូក្ធ៉ន់តែឡូ គីជាការចង់បានជាទូទៅរបស់ប្រទេសនិងប្រជាជនទាំងនេះ។ តម្រូវការនេះនិងតម្រូវការនៃទំនាក់ទំនង ក្បាលម៉ាស៊ីនសេដ្ឋកិច្ចធំទាំងពីរគីនៅត្រូវស៊ីគ្នា ដែលរួមគ្នាបង្កើតបាននូវមូលដ្ឋាននៃកិច្ចសហប្រតិបត្តិ ការអន្តរជាតិខ្សែក្រវ៉ាត់សេដ្ឋកិច្ចផ្លូវស្ករ។

ផ្លូវស្ករសមុទ្រ សតវត្សទី២១គីចាប់ផ្ដើមពីចំណុចតំបន់ឈានចូវ(Quanzhou)។ល។ របស់ ចិន ដោយធ្លងកាត់មហាសមុទ្រប៉ាស៊ីហ្វិក មហាសមុទ្រឥណ្ឌា ដែលកាត់តាមសមុទ្រចិនខាងត្បូង ប្រក សមុទ្រម៉ាឡាកា ឈូងសមុទ្របង់ក្លាដេស សមុទ្រអារ៉ាប់ ឈូងសមុទ្រអាដេន ឈូងសមុទ្រពែក្យ ហើយ ដែលពាក់ព័ន្ធដល់ប្រទេសអាស៊ាន អាស៊ីខាងត្បូង អាស៊ីខាងលិច អាហ្រ្វិកខាងតសាន។ល។ ទិសដៅ សំខាន់មានពីរ ទីមួយគីចាប់ផ្ដើមពីពាក់កំពង់ផែជាប់មាត់សមុទ្ររបស់ចិនកាត់តាមសមុទ្រចិនខាងត្បូងដល់ មហាសមុទ្រឥណ្ឌានិងលាតសន្ធឹងដល់អឺរ៉ុប ទីពីរគីចាប់ផ្ដើមពីកំពង់ផែជាប់មាត់ សមុទ្ររបស់ចិនកាត់ តាមសមុទ្រចិនខាងត្បូងដល់មហាសមុទ្រប៉ាស៊ីហ្វិកខាងត្បូង។

សមុទ្រគីជាទំនាក់ទំនងធម្មជាតិនៃការផ្លាស់ប្ដូរវប្បធម៌ សេដ្ឋកិច្ចនិងពាណិជ្ជកម្ម រវាងប្រទេស និមួយ។ រួមគ្នាបង្កើតផ្លូវស្ករសមុទ្រសតវត្សទី២១គីក្រោមពេលដែលកត្តានយោបាយនិងពាណិជ្ជកម្ម ពិភពលោកមានការប្រែប្រួលជាបន្តបន្ទាប់ដែលជាផ្លូវពាណិជ្ជកម្មថ្មីរបស់ចិនក្នុងការទំនាក់ទំនងជាមួយ ពិភពលោក។

ដែលគូសហប្រតិបត្តិការនៃផ្លូវសូត្រសមុទ្រសតវត្សទី២១ គឺមិនបានកំណត់ចំពោះតែប្រទេសអា
សុីាននោះទេ ប៉ុន្តែគឺបានចាប់ពីចំណុចអូសជាខ្សែ ចាប់ពីខ្សែអូសជាក្រឡា ហើយយកកំពង់ផែសំខាន់
ជាចំណុច រួមគ្នាបង្កើតក្រុមផ្លូវដ៏កជញ្ជូនជំផុលមានភាពរលូន សុវត្ថិភាពនិងប្រសិទ្ធភាពខ្ពស់ បង្កើននូវ
ទំនាក់ទំនងជាមួយប្រទេសនិងតំបន់ដែលនៅតាមបណ្ដោយព្រំដែន ភ្ជាប់ទំនាក់ទំនងខ្សែសង្វាក់ទីផ្សារ
នៃបណ្ដាសេដ្ឋកិច្ចធំៗដូចជាប្រទេសអាសុីាន អាសុីខាងត្បូង អាសុីខាងលិច អាហ្រ្វិកខាងជើង និងអឺ
រ៉ុបៗល។ អភិវឌ្ឍឆ្ពោះទៅរកខ្សែក្រវ៉ាត់សេដ្ឋកិច្ចសហប្រតិបត្តិការយុទ្ធសាស្ត្រនៃសមុទ្រចិនខាងត្បូង
មហាសមុទ្រប៉ាសុីហ្វិក និងមហាសមុទ្រឥណ្ឌា គោលដៅរយៈពេលវែងគឺជម្រុញឲ្យបាននូវសមាហរណ
កម្មសេដ្ឋកិច្ចពាណិជ្ជកម្មអាសុី អឺរ៉ុប និងអាហ្រ្វិក។

ដោយសារអាសុីានស្ថិតនៅលើផ្លូវបំបែក និងផ្លូវដែលត្រូវឆ្លងកាត់នៃផ្លូវសូត្រសមុទ្រ នឹងជា
គោលដៅអភិវឌ្ឍដ៏ចំបងនៃគំនិតផ្ដួចផ្ដើមផ្លូវសូត្រសមុទ្រថ្មី ហើយចិននិងអាសុីានមានមូលដ្ឋាននយោ
យបាយដ៏ទូលំទូលាយ និងមូលដ្ឋានសេដ្ឋកិច្ចដ៏រឹងមាំ គំនិតផ្ដួចផ្ដើមផ្លូវសូត្រសមុទ្រសតវត្សទី២១គឺ
សមស្របទៅនឹងផលប្រយោជន៍និងសេចក្ដីត្រូវការរួមរបស់ភាគីទាំងពីរៗ។

ផ្នែកទី២ ហេតុអ្វីត្រូវតការាង "ខ្សែក្រវ៉ាត់មួយ ផ្លូវមួយ" ?

គំនិតផ្ដួចផ្ដើមនៃ "ខ្សែក្រវ៉ាត់មួយ ផ្លូវមួយ" គឺប្រទេសចិននិងប្រទេសដែលនៅតាមបណ្ដោយផ្លូវ
សូត្រនេះចែករំលែកនូវសមត្ថភាពផលិតដ៏ល្អ រួមគ្នាពិភាក្សាតំរោងវិនិយោគ រួមគ្នាសាងហេដ្ឋារចនាស
ម្ព័ន្ធ ដោយទទួលយកផ្លែផ្កានៃកិច្ចសហប្រតិបត្តិការជាមួយគ្នា ដែលអត្ថន័យរបស់វ៉ារួមមាន "៥ភ្ជាប់"៖
ការតភ្ជាប់ផ្លូវ ភ្ជាប់ពាណិជ្ជកម្មរលូន ការចរាចររូបិយវត្ថុ ការទំនាក់ទំនងគោលនយោបាយ និងចិត្ត
មនុស្សភ្ជាប់គ្នា ហើយវ៉ាមិនមែនជាការដាក់ចេញនូវផែនការម៉ាស្យុលតែងតកភាគគីនោះទេ។ វ៉ាជ្រៀងនូវ
បេសកម្មធំ៖

បេសកម្មទី១ ស្វែងរកមាគ៌ានៃកំណើនសេដ្ឋកិច្ចសកលនៅសម័យក្រោយវិបត្តិ។

"ខ្សែក្រវ៉ាត់មួយ ផ្លូវមួយ" គឺនៅសម័យក្រោយវិបត្តិហិរញ្ញវត្ថុ ចិនដែលជាក្បាលចរន្តភ្លើងកំណើន
សេដ្ឋកិច្ចពិភពលោកបានយកសមត្ថភាពផលិត បច្ចេកវិទ្យា ថវិកា បទពិសោធន៍ និងរបៀបធ្វើដ៏ល្អ
របស់ខ្លួនប្រគាល់ទៅជាទីផ្សារនិងកិច្ចសហប្រតិបត្តិការដ៏ល្អ អនុត្តនូវការបង្កើតថ្មីដ៏ជំមួយនៃការបើក
ទូលាយគ្រប់ជ្រុងជ្រោយៗ ឆ្លងតាមរយៈការសាង "ខ្សែក្រវ៉ាត់មួយ ផ្លូវមួយ" រួមគ្នាចែករំលែកកន្លែរដែល
ចំណេញពីការអភិវឌ្ឍន៍នៃកំណទម្រង់របស់ចិន ព្រមទាំងបទពិសោធន៍និងមេរៀនពីការអភិវឌ្ឍន៍
របស់ចិនផងដែរៗ។ ចិននឹងប្រើឲ្យអស់សមត្ថភាព ដើម្បីដុំព្រាងរាងប្រទេសដែលស្ថិតនៅតាមបណ្ដោយ
ខ្សែក្រវ៉ាត់នេះ៖ សម្រេចបាននូវកិច្ចសហប្រតិបត្តិការ និងកិច្ចសន្ទនា កសាងឲ្យបានកាន់តែមាន
សមភាពតុល្យភាពនៃទំនាក់ទំនងថ្មីដែលជាដៃគូអភិវឌ្ឍសកល ព្រមឹងមូលដ្ឋានសេដ្ឋកិច្ចពិភពលោក
អភិវឌ្ឍប្រកបដោយស្ថេរភាពយូរអង្វែង។

បេសកម្មទី២ ធ្វើឲ្យសកលភាវូបនីយកម្មមានគុណភាពឡើងវិញ។

សកលភាវូបនីយកម្មជាប្រពៃណីគឺដើបឡើង កើតឡើងពីសមុទ្រ តំបន់ជាប់សមុទ្រ និង ប្រទេសមានសមុទ្រអភិវឌ្ឍឡើងមុនគេ ចំណែកប្រទេសដីគោក ខាងក្នុងគឺអភិវឌ្ឍក្រោយគេ ដែល បង្កើតឲ្យមានគម្លាតយ៉ាងខ្លាំងរវាងអ្នកក្រនិងអ្នកមាន។ សកលភាវូបនីយកម្មប្រពៃណីគឺកើតចេញពី អឺរ៉ុប ហើយអាមេរិកជាអ្នកអភិវឌ្ឍរុងរឿង ដែលបង្កើតបានជា "ទ្រឹស្ដីមជ្ឈមណ្ឌលលោកខាងលិច" នៃ របៀបរបបអន្តរជាតិ បណ្ដាលឲ្យមានអកុសលភាព និងភាពមិនសមហេតុផលមួយចំនួនកើតឡើងដូច ជា លោកខាងកើតណបលោកខាងលិច ជនបទណបទីក្រុង ដីគោករណបសមុទ្រ។ល។ បច្ចុប្បន្ន "ខ្សែក្រវ៉ាត់មួយ ផ្លូវមួយ" កំពុងតែជម្រុញឲ្យមានកុសលភាពឡើងវិញនៃសកលភាវូបនីយកម្ម។ "ខ្សែក្រវ៉ា ត់មួយ ផ្លូវមួយ" លើកទិសចិត្តបើកចំហរទៅកាន់ប៉ែកខាងលិច នាំឲ្យមានការអភិវឌ្ឍន៍នៅតំបន់ខាង លិចនិងអាស៊ីកណ្ដាល តំបន់និងប្រទេសខាងក្នុងដីគោក ដូចជាម៉ុងហ្គោលី។ល។ អនុត្តសកលភាវូបនី យកម្មដែលមានគំនិតអភិវឌ្ឍរួមគ្នានៅក្នុងសហគមន៍អន្តរជាតិនេះ ជាមួយគ្នានេះ "ខ្សែក្រវ៉ាត់មួយ ផ្លូវ មួយ" គឺប្រទេសចិនផ្ដួចផ្ដើមធ្វើការផ្សព្វផ្សាយដល់លោកខាងលិចនូវសមត្ថភាពផលិតនិងឧស្សាហកម្ម មានប្រៀបធ្វើឲ្យប្រទេសនៅតាមបណ្ដោយផ្លូវនិងសមុទ្រទទួលបាននូវផលចំណេញមុនគេ ហើយក៏បាន កែប្រែប្រវត្តិសាស្ត្រដែលថា តំបន់នៅតាមបណ្ដោយផ្លូវសុត្រដូចជាអាស៊ីកណ្ដាល។ល។ គឺត្រូវតែជា តំបន់ផ្លូវកាត់នៃពាណិជ្ជកម្មនិងការផ្លាស់ប្ដូរវប្បធម៌រវាងប្រទេសខាងលិចនិងខាងកើត ដែលតំបន់នេះ ត្រូវតែជាជីវាបនៃការអភិវឌ្ឍន៍បញ្ជី។ នេះគឺហួសពីប្រជាជនអឺរ៉ុបដែលបានផ្ដួចផ្ដើមសកលភាវូបនី យកម្មដែលបង្កើតឲ្យមានគម្លាតរវាងអ្នកក្រនិងអ្នកមាន ធ្វើឲ្យការអភិវឌ្ឍន៍ក្នុងតំបន់មិនមានកុសលភាព នោះគឺការជម្រុញបង្កើតនូវសន្តិភាពយូរអង្វែង សុវត្តិភាពគ្រប់ទិសទី និងពិភពលោកដែលរុងរឿងនិង សុខដុមរមនាជាមួយគ្នា។

បេសកកម្មទី៣ ចាប់ផ្ដើមរបៀបថ្មីនៃកិច្ចសហប្រតិបត្តិការតំបន់សតវត្សទី២១

ការវិកទម្រង់បើកចំហររបស់ចិនគឺជាការបង្កើតថ្មីដ៏ធំរបស់ពិភពលោកសព្វថ្ងៃ "ខ្សែក្រវ៉ាត់មួយ ផ្លូវមួយ" ធ្វើជាយុទ្ធសាស្ត្របើកចំហរក្រោយប្រទេសដ៏ទូលំទូលាយ កំពុងប្រើទ្រឹស្ដីប្រករបៀងសេដ្ឋកិច្ច ទ្រឹស្ដីខ្សែក្រវ៉ាត់សេដ្ឋកិច្ច ទ្រឹស្ដីកិច្ចសហប្រតិបត្តិការអន្តរជាតិសតវត្សទី២១។ល។ ទ្រឹស្ដីសេដ្ឋកិច្ច អភិវឌ្ឍបង្កើតថ្មី ទ្រឹស្ដីសហប្រតិបត្តិការតំបន់ និងទ្រឹស្ដីសកលភាវូបនីយកម្ម។ "ខ្សែក្រវ៉ាត់មួយ ផ្លូវមួយ" បញ្ចាក់នូវគោលការណ៍ពិភាក្សារួម បង្កើតរួម និងចែករំលែកគ្នា ដែលលើសពីផែនការម៉ាសឺល (Marshall) យុទ្ធសាស្ត្រជំនួយក្រៅប្រទេសនិងការវេចញទៅក្រៅប្រទេស ដែលពាំនាំមកនូវគោល គំនិតថ្មីនៃកិច្ចសហប្រតិបត្តិការអន្តរជាតិសតវត្សទី២១។

ជាឧបមា អត្ថន័យនៃ "ខ្សែក្រវ៉ាត់សេដ្ឋកិច្ច" គឺជាការបង្កើតថ្មីចំពោះរបៀបនៃកិច្ចសហប្រតិបត្តិ ការសេដ្ឋកិច្ចតំបន់ ក្នុងនោះប្រករបៀងសេដ្ឋកិច្ច៖ ចិនរុស្ស៊ីម៉ុងហ្គោលី ផ្លូវរគោកថ្មីអាស៊ីអឺរ៉ុប ប្រករបៀង សេដ្ឋកិច្ចចិនអាស៊ីកណ្ដាល ប្រករបៀងសេដ្ឋកិច្ចពិសេសបង្គុំគ្នាដែលចិនពណ្ណាភូមា ប្រករបៀងសេដ្ឋ កិច្ចចិនតណ្ណាចិន។ល។ ដោយប្រើកំណើនសេដ្ឋកិច្ច៖តទ្ទិពលដល់តំបន់ជុំវិញ ដែលហួសពីទ្រឹស្ដី អភិវឌ្ឍសេដ្ឋកិច្ចជាប្រពៃណី។

អត្ថន័យនៃ "ខ្សែក្រវ៉ាត់សេដ្ឋកិច្ចផ្លូវសូត្រ"នេះ វាខុសពីប្រភេទនៃ "តំបន់សេដ្ឋកិច្ច" និង "សម្ព័ន្ធសេដ្ឋកិច្ច" ដែលមានក្នុងប្រវត្តិសាស្ត្រ បើប្រៀបធៀបជាមួយនឹងអត្ថន័យទាំងពីរខាងលើ លក្ខណៈពិសេសរបស់វាគឺមានភាពរស់រវើកខ្ពស់ ការប្រើបានទូលំទូលាយនិង អនុវត្តបានខ្លាំង ប្រទេសនីមួយៗសុទ្ធតែចូលរួមដោយសមភាព ហើយឈរលើគោលការណ៍នេះដោយស្ម័គ្រចិត្ត និងរួមគ្នាជម្រុញដោយយកគោលគំនិតអភិវឌ្ឍបញ្ចូលគ្នានៃផ្លូវសូត្របុរាណ បញ្ចូលថាមពលថ្មីដល់សន្តិភាពនិងការអភិវឌ្ឍន៍របស់ពិភពលោក។

ផ្នែកទី៣ "ខ្សែក្រវ៉ាត់មួយ ផ្លូវមួយ" ការបន្តវេននិងអភិវឌ្ឍថ្មីចំពោះផ្លូវសូត្របុរាណ

ការលើកឡើងនូវ "ខ្សែក្រវ៉ាត់មួយ ផ្លូវមួយ" មួយផ្នែកគឺបានទទួលយកបន្តនូវគោលគំនិតបើកទូលាយបញ្ចូលគ្នានិងរក្សាទុក ដូច្នេះវាមានចំណុចស្រដៀងគ្នាជាមួយផ្លូវសូត្របុរាណ ហើយមួយផ្នែកទៀតគឺដោយសារគំនិតផ្តួចផ្តើម "ខ្សែក្រវ៉ាត់មួយ ផ្លូវមួយ" កើតឡើងក្រោមសម័យថ្មី និងត្រូវបានបញ្ចូលនូវលក្ខណៈពិសេសនៃសម័យថ្មីនេះ ដូច្នេះបើគិតក្នុងផ្នែកពេលវេលានិងលក្ខណៈរបស់វាគឺលើសពីផ្លូវសូត្របុរាណ ហើយបន្តអភិវឌ្ឍឲ្យបានធំធេងដោយឈរលើមូលដ្ឋានការទទួលបន្តដោយការបង្កើតថ្មី ហើយផ្តល់ឱកាសអភិវឌ្ឍកាន់តែច្រើនដល់ប្រទេសនៅតាមបណ្តោយខ្សែនេះ។

ទី១៖ មរតកប្រវត្តិសាស្ត្រនៃគំនិតផ្តួចផ្តើម "ខ្សែក្រវ៉ាត់មួយ ផ្លូវមួយ"

និយាយដល់ផ្លូវសូត្របុរាណ មិនអាចមិនលើកឡើងពីមនុស្សម្នាក់គឺលោកចាង ឈាន ដែលជាអ្នកការទូត អ្នកទេសចរណ៍និងជាអ្នកផ្សងគ្រោះថ្នាក់ដ៏ល្បីល្បាញម្នាក់នៅរជ្ជកាលហាននៃចិន។ លោកចាង ឈាន គឺជាមនុស្សដែលពោរពេញទៅដោយគំនិតបើកទូលាយនិងភាពផ្សងព្រេង មានអត្តចរិតម៉ឺងម៉ាត់រឹងប៉ឹង ស្មោះត្រង់យុត្តិធម៌ និងទឹកចិត្តសប្បាយរីករាយ។ កាលពីឆ្នាំ១៣៩មុនគ្រិស្តសករាជ គឺជាង២១០០ឆ្នាំមុន លោក ចាង ឈាន បានទទួលព្រះរាជបញ្ជាពីស្តេចហាន និងដោយមានទាសករជនជាតិដើមស៊ុងនូ(Xiongnu) ធ្វើជាមគ្គុទេសក៏បានដឹកនាំមនុស្សជាងមួយរយនាក់ធ្វើដំណើរការទូតចេញពីឡុងស៊ីឆ្ពោះទៅតំបន់ខាងលិច ឆ្លងកាត់រយៈពេល១៣ឆ្នាំក៏បានបើកផ្លូវខាងត្បូងនិងខាងជើងពីរជ្ជកាលហានឆ្ពោះទៅតំបន់ខាងលិច។ ក្នុងកំឡុងពេលនោះ ពួកគេត្រូវបានប្រទេសសត្រូវចាប់ឃុំ បន្ទាប់ពីឈ្នះលើភាពលំបាកគ្រប់ប្រភេទដែលពិបាកនឹងគិតដល់រួចមក ពេលត្រឡប់មកវិញគឺនៅសល់តែពីរនាក់។ កាលពីឆ្នាំ១១៩មុនគ្រិស្តសករាជ ស្តេចហានបានបញ្ជា លោក ចាង ឈាន ដឹកនាំអ្នកអមជាង៣០០នាក់ដោយនាំយកនូវកាក់មាស សំពត់សូត្រ គោចៀមរាប់ម៉ឺនក្បាលធ្វើដំណើរការទូតទៅកាន់តំបន់ខាងលិចជាលើកទី២។

ក្នុងដំណើរការទូតដ៏គ្រោះថ្នាក់ទាំងពីរលើកនេះ លោក ចាង ឈាន បានយកអារ្យធម៌ភូមិភាគវាលរាបកណ្តាលផ្សព្វផ្សាយទៅលោកខាងលិច ហើយក៏បាននាំចូលមកកាន់តំបន់ភូមិភាគវាលរាបកណ្តាលវិញនូវរបស់មួយចំនួនដូចជាសេះញើសឈាម ទំពាំងបាយជូ រុក្ខជាតិមុស៊ី ផ្លែទទឹម ល្ងជាដើម។

ល។ បានចាប់ផ្ដើមទំនាក់ទំនងពាណិជ្ជកម្មរវាងចិនជាមួយអាស៊ីខាងលិច និងអឺរ៉ុប ជម្រុញនូវការផ្លាស់ប្ដូរអារ្យធម៌រវាងលោកខាងកើតនិងខាងលិច។ សូត្រនិងផលិតផលសូត្ររបស់ចិនចាប់ចេញពីក្រុងឆាង អានឆ្លោះទៅតំបន់ខាងលិច កាត់តាមច្រករបៀងហឺស៊ី ស៊ីនជាំង ដឹកដល់អាន់ស៊ី(បច្ចុប្បន្ននៅតំបន់ ខ្លុំរាបអ៊ីរ៉ង់និងអាងទន្លេពីរ) ហើយចាប់ពីអាន់ស៊ីដឹកបន្តទៅអាស៊ីខាងលិចចិងអឺរ៉ុបដាយ៉ីន(រ៉ូម) ចាប់ផ្ដើមបើកនូវផ្លូវសូត្រដ៏ល្បីល្បាញនៃប្រវត្តិសាស្ត្រ។

ផ្លូវសូត្រមួយខ្សែបានទ្រទ្រង់នូវវិភាពរុងរឿងប៉ុប្ផើននៃរជ្ជកាលហាននិងថាង សូត្រ ស្ដីកតែ កុលាលភាជន៍នាំចេញជាបន្តបន្ទាប់។ ក្រោយពេលដែលលោកចាង ឆាន បានចាប់បើកផ្លូវសូត្រមក បន្តបន្ទាប់មកក៏មានការដឹកជញ្ជូនពីប្រភេទគឺផ្លូវសូត្រលើគោក និងផ្លូវសូត្រសមុទ្រ ក្នុងនោះផ្លូវសូត្រ លើគោកបានបំបែកជាខ្សែខាងជើងនិងខ្សែខាងត្បូង។ "និយាយលំអិតមានប្រកផ្លូវការដែលលោកចាង ឆាន រជ្ជកាលហានលិចធ្វើដំណើរការទូតទៅតំបន់ខាងលិច 'ផ្លូវសូត្រទិសពាយ័ព្យ' ចាប់ពីទិសខាង ជើងកាត់តំបន់ខ្លុំរាបម៉ុងហ្គោលី ឆ្លោះទៅខាងលិចកាត់តំបន់ជើងចង្កេះភ្នំស៊ីសានចូលដល់ 'ផ្លូវសូត្រ វ៉ាលស្ទៀ' នៃអាស៊ីកណ្ដាល ហើយក៏មានផ្លូវសូត្រសមុទ្រចាប់ចេញពីសមុទ្រត្បូងចិន ធ្លងកាត់សមុទ្រ ចិនខាងត្បូង ចូលមហាសមុទ្រប៉ាស៊ីហ្វិក មហាសមុទ្រឥណ្ឌា ឈូងសមុទ្រពែក្ស ឆ្លាយហូតដល់អា ប្រ៊ិក អឺរ៉ុប។"

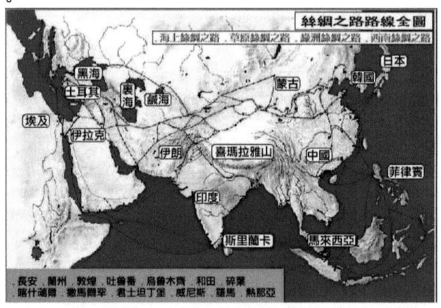

រូបផ្លូវសូត្របុរាណទាំងអស់

ប្រវត្តិនៃផ្លូវសូត្រសមុទ្របុរាណគឺអាចតាមដល់ពេលជាងពីរពាន់ឆ្នាំមុន ដែលរជ្ជកាលហានបាន បើកផ្លូវសមុទ្រទៅតំបន់ដោយឆ្លងកាត់អាស៊ីអគ្នេយ៍ ហើយរជ្ជកាលថាងបានបង្កើនចំណុចសំខាន់ ៣ពាណិជ្ជកម្មក្រៅប្រទេសពីផ្លូវគោកទៅផ្លូវសមុទ្រ ឯសម័យរជ្ជកាលសុងបានលើកទឹកចិត្តអ្នកជំនួញអោ យាប់ឲ្យមកធ្វើ៣ពាណិជ្ជកម្មនៅទីក្រុងឆ្វាងចូវនិងឈ្វានចូវ ដែលកាលពីដំបូងគឺមានតែចេញពីឆ្វាងចូវកាត់

• 24 •

តាមអាស៊ីអគ្នេយ៍ទៅតំបន់ខាងត្បូង អភិវឌ្ឍរហូតដល់ឆ្លងហួសមហាសមុទ្រឥណ្ឌា ចូលទៅដល់ឈូង
សមុទ្រពែក្យនិងតំបន់តាមបណ្ដោយផ្លូវអារ៉ាប់ រជ្ជកាលម៉េងបានបើកខ្សែផ្លូវពាណិជ្ជកម្មទូកក្លោងពីទី
ក្រុងម៉ានីលទៅ Acapulco ប្រទេសម៉ិកស៊ិក ដោយយកសូត្រផៅនិងផលិតផលសូត្រចិនដែលដឹកតាម
កប៉ាល់ជំនិញរបស់ចិនមកដល់ម៉ានីលដឹកបន្តដល់ទ្វីបអាមេរិក ដោយឆ្លងកាត់មហាសមុទ្រប៉ាស៊ីហ្វិក
បន្ទាប់មកឆ្លងកាត់មហាសមុទ្រអាត្លង់ទិកបន្តដឹកទៅគ្រប់ប្រទេសអឺរ៉ុប។ ផ្លូវសូត្រសមុទ្របុរាណចាប់ពី
ពេលហ្នឹងមកមានការរីកប្រឈ្លួលយ៉ាងខ្លាំង ដោយចាប់ពីខ្សែផ្លូវពាណិជ្ជកម្មក្នុងតំបន់អភិវឌ្ឍទៅជាទំនាក់
ទំនងខ្សែផ្លូវពាណិជ្ជកម្មពិភពលោករវាងលោកខាងលិចនិងខាងកើត។

អ្នកជំនាញខាងភូមិសាស្ត្រជនជាតិអាឡឺម៉ង់លោក Richthofen ប្រហែលជានឹកស្មានមិនដល់
ថា កាលពីឆ្នាំ១៨៧៧គាត់បានដាក់ឈ្មោះ "ផ្លូវសូត្រសមុទ្រ" អាចរស់ឡើងវិញនៅសតវត្សទី២១ បាន
ផ្ដល់ប្ដូរជាថ្មីរូបទំរង់នៃនយោបាយនិងសេដ្ឋកិច្ចពិភពលោក។ ផ្លូវសូត្រគោកបុរាណ និងផ្លូវសូត្រសមុទ្រ
បុរាណបច្ចុប្បន្នបានជួបប្រសព្វគ្នា វាមិនមែនជាផ្លូវសូត្រទៀតទេ ពីព្រោះចិនមិនគ្រាន់តែជាប្រទេស
សូត្រទេ សូត្រមិនអាចតំណាង "ការផលិតនៅចិនទៀតទេ" ប៉ុន្ដែគឺជាការភ្ជាប់គ្នាដោយហេដ្ឋារចនាស
ម្ព័ន្ធដូចជាផ្លូវថ្នល់ ផ្លូវរថភ្លើង កំពង់ផែ អាកាសចរណ៍ ទូរគមនាគមន៍ បណ្ដាញអ៊ីនធើណេត បំពង់ប្រេង
និងឧស្ម័ន។ល។

ផ្លូវសូត្របុរាណបានដើរតួនាទីយ៉ាងសកម្មក្នុងផ្នែកបីគឺកិច្ចសហប្រតិបត្តិការសេដ្ឋកិច្ចពាណិជ្ជ
កម្ម ផ្ដល់ប្ដូររបៀបធម៌និងស្មើភាពជាតិ បច្ចុប្បន្នការកសាង "ខ្សែក្រវ៉ាត់មួយ ផ្លូវមួយ" របស់ចិនក៏ដើរតួ
នាទីយ៉ាងពិសេសដូចផ្នែកទាំងបីនៃផ្លូវសូត្របុរាណផងដែរ ដោយប្រកាន់យកអាកប្បកិរិយាទូលទូលាយ
ត្រូវនិងស្មោះត្រង់ក្នុងនាមជាប្រទេសផ្ដើចវិនិតករនូវផលប្រយោជន៍ជាមួយពិភពលោក ដែលកើតចេញ
ពីការអភិវឌ្ឍន៍របស់ខ្លួន។ ដូចងកឧត្តមអគ្គលេខាជិការបក្ស ស៊ី ជិនភីង បានលើកឡើងថា នេះមាន
ប្រយោជន៍ដល់ទំនាក់ទំនងសេដ្ឋកិច្ចរវាងប្រទេសអឺរ៉ុបនិងអាស៊ីកាន់តែជិតស្និទ្ធ សហាប្រតិបត្តិការ
កាន់តែស៊ីជម្រៅ របៀបអភិវឌ្ឍកាន់តែទូលំទូលាយ ហើយនេះគឺជាតំរោងដ៏ធំមួយដែលនាំមកនូវសេចក្ដី
សុខជូនដល់ប្រជាជនគ្រប់ប្រទេសនៅតាមបណ្ដោយខ្សែនេះ។ បើយើងក្រឡេកមើលផ្លូវសូត្របុរាណ
និងបច្ចុប្បន្ន ទាំងពីរនេះដូចគ្នាគឺជា "ផ្លូវស្ទិទ្ធមេត្រីកាព" "ផ្លូវសម្បូរុងរឿង" "ផ្លូវផ្លាស់ប្ដូរ" ។

"ផ្លូវស្ទិទ្ធមេត្រីកាព" សំដៅទៅលើ "ខ្សែក្រវ៉ាត់មួយ ផ្លូវមួយ" បច្ចុប្បន្នកសាងផ្នែកលើផ្លូវសូត្រ
បុរាណដែលចូលវិភាគទានចំពោះការធ្វើឱ្យមានស្មើភាពជាតិ និងភាពសុខដុមមេនា ដោយយក "ខ្សែ
ក្រវ៉ាត់មួយ ផ្លូវមួយ" បន្ថែតឱ្យទៅជាផ្លូវអភិវឌ្ឍមួយដែលផ្ដល់នូវសុខមង្គលជូនដល់ប្រជាជនគ្រប់
ប្រទេស ជម្រុញទំនាក់ទំនងមិត្តភាពនិងការរស់នៅប្រកបដោយភាពសុខដុមមេនារវាងប្រទេសនិង
ប្រជាជនផ្សេងគ្នាដែលបិតនៅតាមបណ្ដោយខ្សែនេះ។ បច្ចុប្បន្ន អមជាមួយការធ្វើបរិវត្តឡើងរបស់ចិន
"ទ្រីស្ដីការគំរាមរបស់ចិន" ធ្វើឱ្យគ្រប់ប្រទេសលើពិភពលោកមានការសង្ស័យក្នុងចិត្តចំពោះការធ្វើប
រិវត្តឡើងរបស់ចិន ដោយយកការធ្វើបខ្លាំងរបស់ចិនចាត់ទុកជាការគំរាមចំពោះរបបនយោបាយពិភព
លោកសព្វថ្ងៃ។ ហើយ "ផ្លូវស្ទិទ្ធមេត្រីកាព" នេះបានឆ្លុះបញ្ចាំងយ៉ាងពេញលេញដែលចិនប្រកាន់ដើរ
លើផ្លូវអភិវឌ្ឍឡើងដោយសន្តិភាព ដោយមិនស្វែងរកការគ្រប់គ្រងពិភពលោក ហើយបច្ចុប្បន្ននៅពេល

ប្រទេសខ្លាំង ភ្ជាប់ឲ្យបានល្អនូវ "ការទាក់ទាញចូល" និង "ការដើរចេញទៅក្រៅ" ដោយចែករំលែក ជាមួយពិភពលោកនូវផលចំណេញដែលកើតចេញពីការអភិវឌ្ឍន៍របស់ខ្លួន ឈរលើមូលដ្ឋានតក្ភាប់គ្នា អភិវឌ្ឍដោយសមភាពជាមួយគ្រប់ប្រទេស ផ្តល់ផលប្រយោជន៍ឈ្នះៗរួមគ្នា។

"ផ្លូវសម្បូររុងរឿង" គឺសំដៅទៅលើ "ខ្សែក្រវ៉ាត់មួយ ផ្លូវមួយ" បច្ចុប្បន្នកសាងដូចគ្នាទៅនឹងផ្លូវ សូត្រុបុរាណទំនាក់ទំនងពាណិជ្ជកម្មវាងលោកខាងកើតនិងខាងលិច ដែលបង្កើតបាននូវទ្រព្យសង្គម ដ៏មហាសាល ឆ្លងកាត់តាមដីគោកអាស៊ីអឺរ៉ុបអាហ្រ្វិក មួយផ្នែកគឺវឹងដុងសេដ្ឋកិច្ចអាស៊ីខាងកើតដ៏រស់រវើក មួយផ្នែកទៀតគឺវឹងដុងសេដ្ឋកិច្ចអឺរ៉ុបដ៏អភិវឌ្ឍ ដែលអាចជម្រុញទីផ្សារធំទាំងពីរនៃលោកខាងលិចនិង ខាងកើតឲ្យមានភាពរុងរឿង ក្នុងកំឡុងពេលនៃការផ្លាស់ប្តូរពាណិជ្ជកម្ម ដែលអាចផ្តល់នូវឱកាស អភិវឌ្ឍនិងសក្តានុពលយ៉ាងធំធេងដូនដល់ប្រទេសដែលនៅតាមបណ្តោយខ្សែនេះ។ បើមើលពីការ រៀបចំរបៀបបរិវេន៍ "ខ្សែក្រវ៉ាត់មួយ ផ្លូវមួយ" ការកសាងលើកកំរិតតំបន់ពាណិជ្ជកម្មសេរីមួយចំនួន ដូច ជាតំបន់ពាណិជ្ជកម្មសេរីចិនជប៉ុនកូរ៉េ តំបន់ពាណិជ្ជកម្មសេរីចិនអាស៊ាន និងប្រករៀបសេដ្ឋកិច្ចគ្រប់ ប្រភេទ(ដូចជាប្រករៀបសេដ្ឋកិច្ចបង្គ្លាដេស-ចិន-តណ្ហា-ក្មា ប្រករៀបសេដ្ឋកិច្ចចិន-ម៉ុងហ្គោលី- រុស្ស៊ី) អាចមានប្រសិទ្ធិភាពក្នុងការជម្រុញការរៀបចែកការងារដ៏សមស្របរបស់ឧស្សាហកម្ម កាត់ បន្ថយនៅរវាងពាណិជ្ជកម្មវាងប្រទេសមួយៗ ងាយស្រួលប្រទេសមួយៗធ្វើអាជីវកម្មនាំចេញនាំចូល និងសេដ្ឋកិច្ចវិនិយោគ ដែលអាចបង្កើតបានប្រសិទ្ធិភាពខ្ពស់ក្នុងបណ្តាញផ្លូវទ្រព្យធន បណ្តាញដឹក ជញ្ជូនសំការៈ និងបណ្តាញផ្លាស់ប្តូររូបិយវត្ថុ។

"ផ្លូវផ្លាស់ប្តូរ" សំដៅទៅលើ "ខ្សែក្រវ៉ាត់មួយ ផ្លូវមួយ" មិនត្រឹមតែជាផ្លូវសេដ្ឋកិច្ចពាណិជ្ជកម្ម មួយប៉ុណ្ណោះទេ ប៉ុន្តែវាក៏ជាផ្លូវផ្លាស់ប្តូររប្បធម៌/ផ្លូវទំនាក់ទំនងប្រជាជន។ ស្របពេលដែលប្រទេសមួយ ៗកំពុងតែធ្វើឲ្យប្រសើរឡើងនៅហេដ្ឋារចនាសម្ព័ន្ធ និងកិច្ចសហប្រតិបត្តិការសេដ្ឋកិច្ចពាណិជ្ជកម្ម បន្តសុីជម្រៅ ការផ្លាស់ប្តូររប្បធម៌ក៏វិលួតលាស់ដូចគ្នាផងដែរ។ ដូចជា "ខ្សែក្រវ៉ាត់មួយ ផ្លូវមួយ" បច្ចុប្បន្នគ្រប់ដណ្តប់ប្រជាជនពាពាន់លាននាក់ ក្នុងកំឡុងពេលកសាងនេះ ប្រសិនបើអាចផ្សព្វផ្សាយ ស្មារតីជាប្រពៃណីនៃផ្លូវសូត្រដែលជា "សហប្រតិបត្តិការដោយសន្តិភាព បើកចំហរទទូលយកគ្នា រៀន សូត្រដកពិសោធន៍គ្នាទៅវិញទៅមក ផ្តល់ប្រយោជន៍និងឈ្នះៗរួមគ្នា" ហើយជម្រុញការផ្លាស់ប្តូររវាង ប្រជាជននៃប្រទេសដែលស្ថិតនៅតាមបណ្តោយខ្សែនេះ វាមិនត្រឹមតែអាចជម្រុញសំរេចឲ្យបានមុននៅ "ការភ្ជាប់ចិត្តប្រជាជន" បង្កើនការគាំទ្រ និងកិច្ចការពារបស់ប្រជាជននៃប្រទេសនីមួយៗចំពោះគោល នយោបាយនេះតែប៉ុណ្ណោះទេ ហើយក៏អាចជម្រុញខ្លាំងឡើងរវាងការអភិវឌ្ឍន៍ដ៏សំបូរបែបរបស់រប្បធម៌បាន ឈរលើមូលដ្ឋានផ្លាស់ប្តូរទំនាក់ទំនងរប្បធម៌នាំឲ្យសំការៈ និងសតិអារម្មណ៍បញ្ចូលគ្នា ហើយសេដ្ឋកិច្ច សំរេចបាននូវគោលគំនិតសហការវិធេល "ពិភាក្សាជាមួយគ្នា" "កសាងជាមួយគ្នា" "បានផលប្រយោជន៍ ជាមួយគ្នា" ទាំងផ្នែកសេដ្ឋកិច្ចទាំងផ្នែកមនុស្សសាស្ត្រ។

ការកសាង "ខ្សែក្រវ៉ាត់មួយ ផ្លូវមួយ" បច្ចុប្បន្ននេះគឺឈរលើមូលដ្ឋានបន្តពីផ្លូវសូត្រុបុរាណ អភិវឌ្ឍទ្រង់ទ្រាយធំ និងឈរលើមូលដ្ឋានបន្តនៃផ្លូវស្មិទ្ធមេត្រីភាព ផ្លូវសម្បូររុងរឿង និងផ្លូវផ្លាស់ប្តូរ បង្កើតឲ្យរការពេងរឿុកចិត្តគ្នា ផ្លូវសហប្រតិបត្តិការឈ្នះៗរួមគ្នា និងផ្លូវដកពិសោធន៍គ្នាទៅវិញទៅ

មកៗ បុ៉ន្តែត្រូវការកត់សំគាល់នោះគឺ ការកសាង "ខ្សែក្រវ៉ាត់មួយ ផ្លូវមួយ" គឺបន្តជាប់ មិនងាយ
ជាគជំយភ្លាមៗទេ ធ្វើជាគោលនយោបាយម៉ាក្រូមួយគូរមើលវែងឆ្ងាយ ដោយមើលផលក្នុងរយៈពេល
វែងវិភាគ ប្រសិទ្ធិភាពនៃគោលនយោបាយនេះៗ បច្ចុប្បន្នគួរតែបន្តរៀបចំឲ្យបានល្អនូវគោល
នយោបាយគាំទ្រដែលពាក់ព័ន្ធ ពង្រឹងការកសាងហេដ្ឋារចនាសម្ព័ន្ធ ដោះស្រាយរាល់គ្រប់បញ្ហាដោយ
ប្រុងប្រយ័ត្ន ហើយមិនមែនប្រញាប់ប្រញាល់ទទួលយកផលប្រយោជន៍រយៈពេលខ្លីៗ

ទី២៖ ការវិវត្តចំរើននៅសម័យកាលនៃគំនិតផ្លូវចម្ងើម "ខ្សែក្រវ៉ាត់មួយ ផ្លូវមួយ"

ដោយឈរលើមូលដ្ឋានទទួលបន្តស្ពារគតិជាប្រពៃណីនៃគំនិតផ្លូវសូត្រ ហើយគូបផ្សុំជាមួយ
សភាពការណ៍អន្តរជាតិបច្ចុប្បន្ន គំនិតផ្លូវចម្ងើមនៃ "ខ្សែក្រវ៉ាត់មួយ ផ្លូវមួយ" គឺមានអត្ថន័យថ្មីខុសពីផ្លូវ
សូត្របុរាណ ដោយសម្រេចបាននូវការរបាះជំហានធំទាំងពីរវិស្ថេកៗ មួយផ្ទេកគឺចំពោះចន្លោះពេលវា
ហួសពីការកំណត់របស់ផ្លូវសូត្រប្រពៃណី ហើយចន្លោះគំបន់ដែលពាក់ព័ន្ធត្រូវបានពង្រើកថែមមួយកំរិត
ទៀត កិច្ចសហប្រតិបត្តិការកើ្សជម្រៅ មួយផ្ទេកទៀតមើលពីជាតុសាស្ត្របានផ្តល់នូវអត្ថន័យថ្មីដល់ផ្លូវ
សូត្របុរាណ ដែលហួសពីរបៀបពិចារណានៃផ្លូវសូត្រជាប្រពៃណី ភាពជឿនលឿន ភាពបើកចំហរ ជា
ម្រេញការចាប់ផ្តើមកសាង "ខ្សែក្រវ៉ាត់មួយ ផ្លូវមួយ" ប្រកបដោយស្ថិរភាពៗ

(១) ការលើសមានភាពសម័យនៃផ្ទេកលំហរៗ

ផ្លូវសូត្របុរាណបានបើកផ្លូវគោកជាផ្លូវការពីចិនទៅអឺរ៉ុប អាហ្រ្វិកៗ ផ្លូវនេះចាប់ចេញពីរាជធានី
ឆាងអាន នៃរដ្ឋកាលហានខាងលិច កាត់ប្រករបៀងហ៊ីស៊ូ បន្ទាប់មកចែកចេញជាផ្លូវពីរវៀួ្យ ផ្លូវមួយគឺ
ចាប់ពីយ៉ាងគំនតាមភ្នំយុនលូន បុ៉លុទៅទិសខាងលិច ចេញពីវ៉ីជ៉ីទៅអានស៊ី រ៉ិកតាមជារ៉ូជើខាងលិច
ចូលស៊ីនដូ ផ្លូវមួយខ្សែទៅ្ត្រចេញតាមប្រករអុិមិន ទៅតាមបណ្ដោយភ្នំជានសាន ណានលួ្បចម្លេះទៅ
ទិសខាងលិច ឆ្លងជាយានទៅខាងជើងៗ ដូចឃើញ ផ្លូវសូត្រគោកបុរាណភ្ជាប់អាស៊ីខាងកើត អាស៊ីកណ្ដា
លជាមួយអាស៊ីខាងលិចនិងអឺរ៉ុបៗ ក្នុងកំឡុងពេលនេះ គំបន់អាស៊ីអាគ្នេយ៍ អាស៊ីខាងត្បូងៗលៗ បើ
ទោះបីជាទទួលឥទ្ធិពលក្នុងកំរិតមួយពីផ្លូវសូត្រនេះក៏ដោយ បុ៉ន្តែបើរបៀបជាមួយគំបន់អាស៊ីខាងលិច
អាស៊ីកណ្ដាលៗលៗ គឺឥទ្ធិពលនៅមានកំរិតៗ

ការកសាង "ខ្សែក្រវ៉ាត់មួយ ផ្លូវមួយ" បច្ចុប្បន្ន ស័ាលភាពស្ពូលរបស់វាភាគគ្រើនគឺនៅតីតាម
ផ្លូវនៃផ្លូវសូត្របុរាណៗ បុ៉ន្តែ ចិនបានចាប់ផ្តើមកសាង "ប្រករបៀងសេដ្ឋកិច្ច" សំរាប់គាំទ្រ ឆ្លងតាមប្រក
របៀងសេដ្ឋកិច្ចក៏បានបញ្ចូលប្រវត្តិសាស្ត្រឲ្យក្នុងគំបន់សំខាន់នៃផ្លូវសូត្រគោក ឲ្យចូលក្នុងការកសាងនៃ
"ខ្សែក្រវ៉ាត់មួយ ផ្លូវមួយ" នេះៗ ដូចជា "ប្រករបៀងសេដ្ឋកិច្ចចិន-ប៉ាកីស្ថាន" បានបើកប្រកថ្មីចេញពី
គំបន់ស៊ីនជាំងនៃប្រទេសចិនកាត់តាមប៉ាកីស្ថានមកដល់អាស៊ីខាងត្បូង បូកជាមួយនឹងការសហការ
របស់ "ប្រករបៀងសេដ្ឋកិច្ចបង្គ្លាដេស-ចិន-ឥណ្ឌា-ភូមា" ធ្វើឲ្យគំបន់អាស៊ីខាងត្បូងនិងអាស៊ីអាគ្នេយ៍
បានដាក់បញ្ចូលក្នុងការកសាង "ខ្សែក្រវ៉ាត់មួយ ផ្លូវមួយ" ដោយជាគជំយៗ ស្របពេលជាមួយគ្នានេះ
ភូមិភាគនិរតីនៃប្រទេសចិនដែលក្នុងប្រវត្តិសាស្ត្រមិនមែនជាគំបន់សំខាន់នៃផ្លូវសូត្រ ក៏ទទួលការកិច្ច

ខ្លាំងក្នុងការកសាង "ខ្សែក្រវ៉ាត់មួយ ផ្លូវមួយ"។ ក្រៅពីនេះ ការបង្កើត "ប្រករបៀងសេដ្ឋកិច្ចចិន-ម៉ុងហ្គោ លី-រុស្ស៊ី" បានដាក់តំបន់អាស៊ីតសានចូលក្នុងបរិវេណតំបន់ "ខ្សែក្រវ៉ាត់មួយ ផ្លូវមួយ" ដែលបានពង្រីក យ៉ាងខ្លាំងនូវវិសាលភាពនៃផ្លូវសូត្របុរាណ។

ការកសាង "ខ្សែក្រវ៉ាត់មួយ ផ្លូវមួយ" ដែលបានពង្រីកទំហំភូមិសាស្ត្រនោះ មិនត្រឹមតែជម្រុញ លើកទឹកចិត្តយ៉ាងខ្លាំងដល់គ្រប់ខេត្តចិន ស្របពេលនេះក៏បានផ្សារភ្ជាប់យ៉ាងជិតស្និទ្ធរវាងអាស៊ីខាង ត្បូង អាស៊ីអាគ្នេយ៍ អាស៊ីតសាន អាស៊ីខាងកើត អាស៊ីខាងលិច អាស៊ីកណ្តាលហូតដល់អឺរ៉ុប វ៉ាបាន ពង្រីកប្រែនូវតំនិតនៃភូមិសាស្ត្រផ្លូវសូត្របុរាណ ដោយផ្តល់ឱ្យវានូវជីវិតសម្ព័យថ្មី។

លោក ស៊ី ជីនភីង បានលើកឡើងថាត្រូវយកចំណុចអូសជាផ្នែកក្រឡា យកខ្សែអូសជាតំបន់ ហើយចាប់ផ្តើមបង្កើតកិច្ចសហប្រតិបត្តិការជំក្នុងតំបន់ជាបន្តបន្ទាប់ ស្របពេលជាមួយគ្នានេះត្រូវ សម្រេចបាននូវ "ការភ្ជាប់ទាំង៥" គឺទាក់ទងគោលនយោបាយ ការតភ្ជាប់ហេដ្ឋារចនាសម្ព័ន្ធ ពាណិជ្ជកម្មរលូន តម្រូវហិរញ្ញវត្ថុ និងទាក់ទងប្រជាជននិងប្រជាជន។ ពីក្នុងកថារបស់លោក ស៊ី ជីនភីង យើងមិនពិបាកមើលឃើញថា ការកសាង "ខ្សែក្រវ៉ាត់មួយ ផ្លូវមួយ" បច្ចុប្បន្ននេះ នៅក្នុងទំហំ ក្របខ័ណ្ឌសាប្រតិបត្តិការនេះគឺវ៉ាបានហួសផ្លូវសូត្របុរាណយ៉ាងខ្លាំង ដែលច្រើនតែផ្តោតលើសេដ្ឋកិច្ច ពាណិជ្ជកម្មជារបៀបសាហាការចំបង។ ការកសាង "ខ្សែក្រវ៉ាត់មួយ ផ្លូវមួយ" សម័យថ្មីនេះ ការភ្ជាប់ ពាណិជ្ជកម្មគ្រាន់តែជាផ្នែកមួយប៉ុណ្ណោះ សំខាន់នោះគឺផ្នែកលើមូលដ្ឋានការភ្ជាប់ពាណិជ្ជកម្មនេះ សម្រេចឱ្យបាននូវការតភ្ជាប់គ្រប់ជ្រុងជ្រោយនៃគោលនយោបាយ ការកសាងហេដ្ឋារចនាសម្ព័ន្ធ វិទ្យា សាស្ត្របច្ចេកវិទ្យាប្បធម៌ ហូតដល់មតិទឹកចិត្តមនុស្ស ហើយដែលពិតជាផ្តល់នូវមូលដ្ឋានយ៉ាងរឹងមាំ ដល់កិច្ចសហប្រតិបត្តិការរវាងគ្រប់តំបន់ដែលស្ថិតនៅក្រោមស្ថានការថ្មី។

ក្នុងប្រវត្តិសាស្ត្រ ភាពរុងរឿងនៃផ្លូវសូត្រសមុទ្រ និងការធ្លាក់ចុះនៃផ្លូវសូត្រគោក គឺមានទំនាក់ ទំនងគ្នាយ៉ាងជិតស្និទ្ធ ដូច្នេះបានជាមិនអាចកើតមាននូវទិដ្ឋភាពដែល "ផ្លូវទឹក ផ្លូវគោករុងរឿងដួចគ្នា" ហើយបច្ចុប្បន្នការយក "ខ្សែក្រវ៉ាត់មួយ ផ្លូវមួយ" ដាក់ជាមួយគ្នាគឺដើម្បីជម្រុញបង្កើតផ្លូវសូត្រទាំងរស មុទ្រ ទាំងផ្លូវគោកឱ្យដើរទន្ទឹមគ្នា ស៊ីសង្វាក់គ្នា សហការគ្នាយ៉ាងខ្លាំងក្លាអស្ចារ្យ។ ការរួមបញ្ចូលគ្នានូវ លំហារនៃផ្លូវទឹក និងផ្លូវគោកដែលមានវិសាលភាពគ្របដណ្តប់យកណេះលើផ្លូវសូត្របុរាណយ៉ាងច្រើន ណាស់។

(២) ការលើសលើផ្នែកជាតុសាស្ត្រ

គោលនយោបាយ "ខ្សែក្រវ៉ាត់មួយ ផ្លូវមួយ" បានបំពេញយ៉ាងពេញលេញនូវអត្ថន័យនៃផ្លូវ សូត្រជាប្រពៃណី មានការអភិវឌ្ឍន៍បង្កើតថ្មីចំពោះផ្លូវសូត្របុរាណក្នុងបីផ្នែកដូចខាងក្រោមនេះ។

ទី១ ការយកចិត្តទុកដាក់ដល់សេចក្តីត្រូវការនៃសមុទ្រក្នុងសម័យកាលថ្មី។ ប្រជាជនចិនមិន ដែលបានបោះបង់ចោលសមុទ្រទេ ប៉ុន្តែក៏មិនដែលធ្លាប់យកចិត្តទុកដាក់ពិតប្រាកដលើសមុទ្រ។ សម័យបច្ចុប្បន្នសមុទ្របានក្លាយទៅជាធនធានយុទ្ធសាស្ត្រដ៏សំខាន់ ដូច្នេះហើយចាប់ពីទន្លេទៅដល់ សមុទ្រ ពីដីគោកទៅដល់សមុទ្រ ដែលវាជាគម្រូរការដ៏សំខាន់ក្នុងការអភិវឌ្ឍន៍របស់ប្រទេសចិន។ ការ

· 28 ·

ដែលផ្សាស់ប្ដូរតិរិយាបថនៃផ្លូវសូត្រប្រពៃណីដែលយកចិត្តទុកដាក់ខ្លាំងចំពោះផ្លូវគោក   និងយកចិត្ត
ទុកដាក់តិចចំពោះផ្លូវសមុទ្រ ហើយផ្ដូចផ្ដើមគំនិតយក "ខ្សែក្រវ៉ាត់សេដ្ឋកិច្ចផ្លូវសូត្រលើគោក" និង "ផ្លូវ
សូត្រសមុទ្រសតវត្សរ៍ទី២១" ដាក់ជាមួយគ្នា ផ្លូវសមុទ្រនិងផ្លូវគោករៀបចំជាមួយគ្នា សម្រប
សម្រួលជាមួយគ្នា បង្ហាញក្រម្រៃការរបស់ "ប្រទេសខ្លាំងខាងសមុទ្រ"។ នេះគឺជាបំណុចពិសេសនៃសម័យថ្មី។

ទី២ វិជ្ជដំណើរការ និងគំនិតគឺមានភាពរៀនរៀនលើខ្ពស់។ ចិនក្នុងសម័យបុរាណ គឺយកសេដ្ឋ
កិច្ចកសិកម្មជាចំបង សកម្មភាពពាណិជ្ជកម្មទទួលរងនូវការរារាយប្រហារ គោលគំនិតនេះបានជះ
ឥទ្ធិពលដល់សង្គមបុរាណចិន ដែលបណ្ដាលឲ្យផ្លូវសូត្រលើគោកយកផលិតផលកសិកម្មជាសំខាន់ សំរាប់
នាំចេញ អាចមើលឃើញថារចនាសម្ព័ន្ធនាំចេញពេលនោះមិនល្អនោះទេ ហើយដែលមិនអាចបញ្ចេញ
ធនធានដ៏ល្អរបស់ខ្លួនបានពេញលេញ។ "ខ្សែក្រវ៉ាត់មួយ ផ្លូវមួយ" បច្ចុប្បន្ន គឺយកនយោបាយ សេដ្ឋ
កិច្ចពាណិជ្ជកម្ម គមនាគមន៍ រូបិយវត្ថុ និងចិត្តប្រជាជនភ្ជាប់ជាមួយគ្នា អាចយកដោយពេញលេញនូវ
ផលប្រយោជន៍ដែលចេញពីការអភិវឌ្ឍន៍របស់ខ្លួនជាមួយគ្រប់ប្រទេសលើពិភពលោក   នេះគឺជាការ
លើកឡើងគំរូនៃការសហការស្មើៗគ្នា។ ម្យ៉ាងវិញទៀត បើនិយាយពីគំនិត ចិនប្រកាន់យកគោលគំនិត
បើកចំហារនិងស្រុះស្រួលគ្នានៃផ្លូវសូត្របុរាណ ដោយចាត់ទុកពិភពលោកជាសហគមន៍វាសនាតែមួយ
ស្វែងរក "ភាពសំបូរសប្បាយជាមួយគ្នា" នេះមានន័យហួសពីបំណងប្រទេសមួយៗលើប្រវត្តិសាស្ត្រ
ដែល "ស្វែងរកប្រយោជន៍រៀងៗខ្លួន"។

ទី៣ ផ្ដល់នូវវិធីអភិវឌ្ឍថ្មីនៃការផ្ដល់ប្រយោជន៍ឈ្នះៗរួមគ្នា។ តាមរយៈការរៀបរាប់ខាងលើ មិន
ពិបាកមើលឃើញថា ចិនចាប់កសាង "ខ្សែក្រវ៉ាត់មួយ ផ្លូវមួយ"នេះ មិនស្វែងរកការគ្រប់គ្រង ហើយក៏
មិនអាចគ្រប់គ្រង ប៉ុន្តែទាក់ទាញប្រទេសដែលនៅតាមបណ្ដោយខ្សែចូលរួមជាមួយគ្នា ឆ្លងតាមរយៈ
សហការគ្នាដោយសមភាព ពិភាក្សាយល់គ្នាកសាងពិភពលោករួងរឿងជាមួយគ្នា ចែករំលែកនូវរសមិទ្ធ
ផលដែលចេញពីការអភិវឌ្ឍន៍ ចូលរួមជាមួយគ្នាទប់ទល់ព្រឹត្តិការណ៍ពិភពលោកដែលមានការផ្លាស់ប្ដូរ
ច្រើននូវចំពោះមុខ។ ចិនប្រើវិធីដែលផ្ដល់ផលប្រយោជន៍ឲ្យគ្នាទៅវិញទៅមកណ:ជាមួយគ្នា នេះលើស
ពីរបៀបសហការរំនន់ជាលក្ខណ:ប្រពៃណី ហើយបានផ្ដល់គំនិតអភិវឌ្ឍដល់ប្រទេសលើពិភពលោក។
បើប្រៀបធៀបជាមួយផ្លូវសូត្របុរាណ ការគ្រសគ្រាយរបស់ "ខ្សែក្រវ៉ាត់មួយ ផ្លូវមួយ" បានផ្ដល់ឲ្យ
ប្រទេសដែលស្ថិតនៅបណ្ដោយខ្សែនូវជីវកម្មនិងជីវពលនៃការអភិវឌ្ឍន៍ ដែលលើសពីសម័យបុរាណជា
ច្រើន។

ផ្លូវសូត្របុរាណមិនមានលំនឹង ហើយវាពាក់ព័ន្ធយ៉ាងជិតស្និទ្ធជាមួយនឹងស្ថានភាពនយោបាយ
និងសេដ្ឋកិច្ចនៃប្រទេសនៅតាមបណ្ដោយខ្សែ ដែលការរុងរឿងនិងធ្លាក់ចុះគឺអាស្រ័យលើក្រុម និងការ
គ្រប់គ្រងរបស់រដ្ឋការមជ្ឈិម--ដូចជាក្រោយភាពវឹកវររបស់ក្រុមអាន-ស៊ីនៃរដ្ឋការថាងមក ផ្លូវសូត្រ
ក្រូវបានបោះបង់ចោលជាយូរៗ។ ពេលនោះជនជាតិអារ៉ាប់ដែលគ្រប់គ្រងបានបច្ចេកវិទ្យានាំផ្លូវ បានធ្វើ
ដំណើរតាមផ្លូវសមុទ្រមកដល់ទីក្រុងក្វាងចូវ ឈានចូវ និងនីងប៉ូៗល។ ធ្វើឲ្យផ្លូវសូត្រលើគោកក៏លែង
មានតំលៃទៀត។

"ខ្សែក្រវ៉ាត់មួយ ផ្លូវមួយ" ត្រូវតែដើរឲ្យហួសពីភាពមិនលំនឹងនៃផ្លូវសូត្របុរាណ ដោយទទួលបេសកកម្មកែលំអរឡើងវិញនៃសកលភាវូបនីយកម្ម។ "ខ្សែក្រវ៉ាត់មួយ ផ្លូវមួយ" ដែលបង្កើតឡើងនូវប្រព័ន្ធដឹកជញ្ជូនតំបន់អឺរ៉ុបអាស៊ី និងភ្ជាប់គ្នារវាងតំបន់អាស៊ីប៉ាស៊ីហ្វិកដែលជាក្បាលម៉ាស៊ីនសេដ្ឋកិច្ចពិភពលោកជាមួយនឹងសហគមន៍អឺរ៉ុបដែលជាសម្ព័ន្ធសេដ្ឋកិច្ចធំជាងគេលើពិភពលោក ដែលនាំឲ្យតំបន់អឺរ៉ុប និងអាស៊ីនូវចន្លោះ និងឱកាសថ្មី ដែលក្លាយជាតំបន់គ្របដណ្ដប់សេដ្ឋកិច្ចនៃអាស៊ីខាងកើត អាស៊ីខាងលិច និងអាស៊ីខាងត្បូង។ ជម្រុញភាពងាយស្រួលនៃវិនិយោគពាណិជ្ជកម្ម សហប្រត្តិបត្តការបច្ចេកទេសសេដ្ឋកិច្ចស៊ីជម្រៅ បង្កើតតំបន់ពាណិជ្ជកម្មសេរី ចុងក្រោយបង្កើតឡើងនូវទីផ្សារធំអឺរ៉ុបអាស៊ីនេះ គឺជាទិសដៅនិងគោលបំណងគ្រឹះនៃការកសាងផ្លូវសូត្រទាំងពីរខ្សែនេះ។ រៀបចំឲ្យបានល្អនូវពាណិជ្ជកម្មក្នុងតំបន់ និងធាតុផ្សំនៃការផលិត ជម្រុញសមាហរណកម្មសេដ្ឋកិច្ចតំបន់ ដើម្បីសម្រេចឲ្យបាននូវការអភិវឌ្ឍន៍រួមគ្នានៃសេដ្ឋកិច្ច និងសង្គមក្នុងតំបន់។ ការកើតឡើងនៃតំបន់ពាណិជ្ជកម្មសេរីអាស៊ីអឺរ៉ុបទីផ្សារធំអឺរ៉ុបអាស៊ី នឹងជះឥទ្ធិពលដ៏សំខាន់ចំពោះផែនទីនៃសេដ្ឋកិច្ចពិភពលោកបច្ចុប្បន្ន ហើយនឹងជម្រុញឲ្យមានការកើតឡើងនៃរបៀបរៀបរយថ្មីនៃនយោបាយសេដ្ឋកិច្ចពិភពលោកថ្មី។

ផ្នែកទី៤ "ខ្សែក្រវ៉ាត់មួយ ផ្លូវមួយ" ឈរខ្ពស់ផែនការម៉ាស្យល (Marshall)

"ខ្សែក្រវ៉ាត់មួយ ផ្លូវមួយ" នេះលើសពីផ្លូវសូត្របុរាណហើយ វាក៏ឈរខ្ពស់ពីផែនការយុទ្ធសាស្ត្រប្រទេសផ្សេងផងដែរ។ កាលពីថ្ងៃទី០៥ ខែមករា ឆ្នាំ២០០៩ «កាសែតញ៉ូវយក» បានហៅយុទ្ធសាស្ត្រ«ដើរចេញទៅក្រៅ» របស់ចិនគឺជា «ផែនការម៉ាស្យលប៉េកាំង»។ បន្ទាប់ពីការលើកនូវគំនិតផ្ដួចផ្ដើម"ខ្សែក្រវ៉ាត់មួយ ផ្លូវមួយ" មកធ្វើឲ្យការហៅនេះកាន់តែមានប្រជាប្រិយភាព។ ជាក់ស្ដែង "ខ្សែក្រវ៉ាត់មួយ ផ្លូវមួយ" មិនត្រឹមតែមិនមែនជាផែនការម៉ាស្យលរបស់ចិនទេ ប៉ុន្តែវាឈរខ្ពស់ពីផែនការម៉ាស្យល (Marshall) ទៅទៀត។

ក្រោយពីសង្គ្រាមលោកលើកទី២បានបញ្ចប់ទៅមិនយូរប៉ុន្មាន អាមេរិកបានចាប់ផ្ដើម ផ្ដល់ជំនួយសេដ្ឋកិច្ច និងចូលរួមផែនការជួយកសាងឡើងវិញដល់ប្រទេសអឺរ៉ុបខាងលិចដែលទទួលរងការបំផ្លាញដោយសង្គ្រាម ដោយយកឈ្មោះរដ្ឋមន្ត្រីការបរទេសអាមេរិកសម័យនោះមកដាក់ ដែលប្រវត្តិសាស្ត្រហៅថា «ផែនការម៉ាស្យល» ហើយក៏ហៅថាផែនការជួយសង្គ្រោះសេដ្ឋកិច្ចអឺរ៉ុបអោយរស់ឡើងវិញ។ ផែនការម៉ាស្យលបានធ្វើឲ្យអឺរ៉ុបនិងអាមេរិកទទួលបានឈ្នះទាំងអស់គ្នា ប៉ុន្តែវាក៏បណ្ដាលឲ្យអឺរ៉ុបមានការបាក់បែកផងដែរ ដោយបានពង្រឹងនូវប្រព័ន្ធប្រឺតុនវ៉ូតដែលមានអាមេរិកជាអ្នកដឹកនាំបានជម្រុញនូវការកសាងអង្គការណាតូ ហើយដែលមានអាមេរិកក្លាយជាអ្នកទទួលផលប្រយោជន៍ដ៏ធំជាងគេពី «គម្រោងម៉ាស្យល» នេះ។

យុទ្ធសាស្ត្រ "ខ្សែក្រវ៉ាត់មួយ ផ្លូវមួយ" និង"ផែនការម៉ាស្យល" ពិតជាមានកន្លែងស្រដៀងគ្នាច្រើន ដូចជាសុទ្ធតែផ្ដល់ឲ្យវិនិយោគក្រៅប្រទេសនូវទុនគ្រប់គ្រាន់ លទ្ធភាពផលិតច្រើននិងល្អ និងកំ

លាងផលិតដែលទំនេរ ដោយជម្រុញរូបិយវត្ថុប្រទេសខ្លួនទៅជារូបិយវត្ថុអន្តរជាតិ ប៉ុន្តែផែនការទាំងពីរ ក៏មានភាពខុសគ្នាផងដែរ ដូចជាសាវតាសម័យកាល គូសខាន់និងខ្លឹមសារ និងវិធីដំណើរការៗល។

សរុបមក យុទ្ធសាស្ត្រ "ខៃ្សក្រវ៉ាត់មួយ ផ្លូវមួយ" និងផែនការម៉ាស្យល(Marshall) មានភាព ខុសគ្នាជាខ្លាំងមួយចំនួនដូចខាងក្រោម៖

(១)សាវតានៃសម័យកាលខុសគ្នា

អាមេរិកជម្រុញផែនការម៉ាស្យល គឺដើម្បីធ្វើឱ្យប្រទេសមួលធននិយមនៅអឺរ៉ុបសម្រេចបាននូវ ការដើបឡើងវិញឱ្យបានឆាប់រហ័សបន្ទាប់ពីសង្គ្រាម ដើម្បីការពារបក្សកុម្មុនីសនៅប្រទេសអឺរ៉ុបដូច ជាក្រិក អ៊ីតាលីៗល។ ឆ្លៀតឱកាសពេលសេដ្ឋកិច្ចត្រូវដំចាំស្ដាឡើងវិញ និងនយោបាយប្រឡុកប្រឡ ងដណ្ដើមយកអំណាច ដើម្បីប្រយុទ្ធជាមួយសហភាពសូវៀត និងប្រទេសកុម្មុនីសដែលពង្រើកទៅទិស ខាងលិច នេះគឺសេដ្ឋកិច្ចបែប"លទ្ធិទ្រុមេន" ហើយក៏ជាផ្នែកសំខាន់នៃសង្គ្រាមត្រជាក់ គឺបម្រើអាមេរិក ដែលចុងក្រោយសម្រេចបានការគ្រប់គ្រងពិភពលោក។ ផែនការម៉ាស្យលដែលក្រោយមកបានផ្ដល់នូវ មូលដ្ឋានសេដ្ឋកិច្ចដ៏រឹងមាំដល់ការបង្កើតឡើងនូវសម្ព័ន្ធនយោជាតំបន់---អង្គការសន្តិសញ្ញាអាត្លង់ទិក ខាងជើង ។ ផែនការម៉ាស្យលបានបើកនូវប្រផ្នូលនៃសង្គ្រាមត្រជាក់ ដែលមានរូបភាពជាមនោគមវិជ្ជា យ៉ាងខ្លាំង។

"ខៃ្សក្រវ៉ាត់មួយ ផ្លូវមួយ" គឺគ្មានសាវតាសង្គ្រាមត្រជាក់និងរូបភាពមនោគមវិជ្ជានោះទេ វាគឺ បុរណផងក្មេងផងៗ។ ការវិរុចម្រើនឡើងវិញនៃសម័យទំនើបនៃផ្លូវសូត្រពុរាណ "ខៃ្សក្រវ៉ាត់មួយ ផ្លូវ មួយ" សំរាប់បានបន្ថវេននិងផ្សព្វផ្សាយនូវដួងវិញ្ញាណនៃផ្លូវសូត្រ៖ គឺ "សហប្រតិបត្តិការដោយសន្តិ ភាព បើកចំហារនិងស្រុះស្រួលគ្នា រៀននិងឯកបទពិសោធន៍គ្នាទៅវិញទៅមក និងផ្ដល់ផលប្រយោជ ណ៍ៗឈ្នះៗជាមួយគ្នា"។ សំរាប់ "ខៃ្សក្រវ៉ាត់មួយ ផ្លូវមួយ" គំនិតផ្ដចផ្ដើមនៃកិច្ចសហប្រតិបត្តិការអន្តរជាតិ គឺនៅក្នុងសម័យក្រោយបិត្តហិរញ្ញវត្ថុ ចិនដែលជាក្បាលចថ្ពើងនៃកំណើនសេដ្ឋកិច្ចពិភពលោក យក សមត្ថភាពផលិតដែលមានប្រៀប បច្ចេកវិទ្យានិងឧទុនដែលមានប្រៀប បទពិសោធន៍និងគំរូដែលមាន ប្រៀបរបស់ប្រទេសខ្លួនឱ្យប្រគ្លាយទៅជាទីផ្សារនិងកិច្ចសហប្រតិបត្តិការដ៏ល្អ នេះគឺលទ្ធផលនៃការ បើកចំហារទុ្លទុលាយរបស់ចិន។

(២)គោលបំណងនៃការអនុវត្តខុសគ្នា

គំនិតដើមនៃផែនការម៉ាស្យល គឺអាមេរិកធ្វើឱ្យសេដ្ឋកិច្ចអឺរ៉ុបរីកចម្រើនឡើងវិញតាមរយៈការ ផ្ដល់ជំនួយ ហើយដែលធ្វើឱ្យវាគ្លាយទៅជាកំលាំងនិងឧបករណ៍ដ៏សំខាន់ក្នុងការប្រយុទ្ធទប់ល់ជាមួយ សហភាពសូវៀត ស្របពេលនោះក៏ធ្វើឱ្យអាមេរិកកាន់តែងាយស្រួលក្នុងការគ្រប់គ្រងនិងកាន់កាប់ទី ផ្សារអឺរ៉ុប។ អាមេរិកពេលដែលលើកឡើងពីផែនការរីកចំរើនឡើងវិញម៉ាស្យលនាពេលនោះ គឺបានភ្ជាប់ នូវលក្ខ័ណ្ណនយោបាយយ៉ាងតឹងរឹង ហើយប្រទេសអឺរ៉ុបដែលស្ថិតទ្បនឹងសហភាពសូវៀតសុទ្ធតែត្រូវបាន បដិសេធឱ្យនៅក្រៅ។ បើទោះជាប្រទេសសម្ព័ន្ធមិត្ត អាមេរិកក៏រៀបរៀងនូវស្ពង់ដារនិងគោលការណ៍សំ រាប់ប្រទេសដែលចូលរួមផែនការនេះ ហើយប្រទេសអឺរ៉ុបខាងលិចដែលទទួលនូវជំនួយនេះមានតែព្រម

ទទួលយកដោយគ្មានលក្ខ័ណ្ឌ មិនត្រឹមមានពេលវេលាកំណត់ ហើយថែមទាំងការសងអត្រាការប្រាក់ខ្ពស់ទៀតផង។ លទ្ធផលចុងក្រោយនៃផែនការនេះធ្វើឲ្យអីរ៉ូបបែកបាក់។ ផែនការម៉ាស្យលបានបង្ហាញយ៉ាងពេញលេញនូវចេតនាយុទ្ធសាស្ត្ររបស់អាមេរិកក្នុងការគ្រប់គ្រងអីរ៉ូប ដែលរបសកកម្មយុទ្ធសាស្ត្រ ទទួលពង្រឹងអីរ៉ូបដើម្បីប្រយុទ្ធប់ទល់ជាមួយនឹងការពង្រឹករបស់សហភាពសូវៀត ដែលជម្រុញធ្វើឲ្យមានការកើតឡើងនូវអង្គការណាតូ។

ជាតុដើមនៃ "ខ្សែក្រវ៉ាត់មួយ ផ្លូវមួយ" គឺជាវិទិការមួយនៃកិច្ចសហប្រតិបត្តិការរួមគ្នា គឺជាគំនិតផ្ដចផ្ដើមកិច្ចសហប្រតិបត្តិការអន្តរជាតិរបស់ចិន និងជាផលិតផលសាធារណៈដែលចិនផ្ដល់ឲ្យសង្គមអន្តរជាតិ សង្កត់ធ្ងន់ទៅលើគោលការណ៍ "រួមគ្នាពិភាក្សា រួមគ្នាកសាង ចែករំលែកជាមួយគ្នា" ផ្ដចផ្ដើមនូវទិនាក់ទំនងអន្តរជាតិថ្មីនិងរបៀបសហប្រតិបត្តិការតំបន់សតវត្សទី២១។ ការលើកឡើងរបស់ចិននូវគំនិតផ្ដចផ្ដើម "ខ្សែក្រវ៉ាត់មួយ ផ្លូវមួយ" គឺកសាងនៅលើមូលដ្ឋាននៃកិច្ចសហប្រតិបត្តិការឈ្នះឈ្នះលើកទឹកចិត្តធ្វើការផ្លាស់ប្ដូររវាងសេដ្ឋកិច្ច និងវប្បធម៌ជាមួយប្រទេសនៅតាមបណ្ដោយខ្សែនេះប្រកបដោយសមភាពនិងមិត្តភាព ដើម្បីជម្រុញការអភិវឌ្ឍន៍សេដ្ឋកិច្ចនៃប្រទេសដែលស្ថិតនៅតាមបណ្ដោយផ្លូវនេះ ស្របពេលជាមួយគ្នានេះ ពង្រឹងកិច្ចសហប្រតិបត្តិការសេដ្ឋកិច្ចចិនជាមួយនឹងប្រទេសដែលពាក់ព័ន្ធ ហើយរាល់ការផ្លាស់ប្ដូរសេដ្ឋកិច្ចនិងវប្បធម៌ត្រូវកសាងលើមូលដ្ឋានសមភាពនិងស្ម័គ្រចិត្ត។

(៣) រចនាសម្ព័ន្ធនៃប្រទេសចូលរួមខុសគ្នា

ប្រទេសដែលចូលរួម "ផែនការម៉ាស្យល" គឺប្រទេសអាមេរិក អង់គ្លេស បារាំងនិងប្រទេសអភិវឌ្ឍន៍នៅអីរ៉ូបមួយចំនួនទៀតៗ។ ជាសំខាន់ ដែលជាប្រទេសមូលធននិយមខ្លាំងនៅសតវត្សទី២០ ដោយប់ស្ពាត់ប្រទេសសង្គមនិយមនិងប្រទេសទី៣ពិភពលោកជាច្រើនទៀតមិនឲ្យចូលរួម វាគឺប្រទេសទី១ពិភពលោកជួយដល់ប្រទេសទី២ពិភពលោក។

"ខ្សែក្រវ៉ាត់មួយ ផ្លូវមួយ" គឺយកប្រទេសនៅតាមបណ្ដោយ "ផ្លូវសូត្រគោក" និង "ផ្លូវសូត្រសមុទ្រ" បុរាណជាសំខាន់ ហើយពង្រីកបន្ថែមហួតដល់ប្រទេសផ្សេងដែលភាគច្រើនជាប្រទេសកំពុងអភិវឌ្ឍន៍ ក៏មានប្រទេសកំពុងអភិវឌ្ឍន៍លើឿន និងប្រទេសអភិវឌ្ឍន៍ផងដែរ ដែលវាផ្ដល់ប្រយោជន៍រវាងប្រទេសកំពុងអភិវឌ្ឍន៍ក្នុងការជម្រុញកិច្ចសហប្រតិបត្តិការសេដ្ឋកិច្ចនិងផ្លាស់ប្ដូរវប្បធម៌ ជម្រុញការបំពេញឲ្យគ្នាទៅវិញទៅមកនៃប្រទេសគ្រប់ប្រភេទ ការផ្លាស់កន្លែងប្រក្ដឹប្រជែងនិងសមាហរណកម្មសេដ្ឋកិច្ច បង្កើតនូវរបៀបសហការថ្មីនៃកិច្ចសហប្រតិបត្តិការក្ស្ដ្រងក្ស្ដ្រង កិច្ចសហប្រតិបត្តិការតំបន់និងកិច្ចសហប្រតិបត្តិការផ្ដ្រងទ្វីប។

(៤) ខ្លឹមសារខុសគ្នា

ខ្លឹមសារសំខាន់នៃ "ផែនការម៉ាស្យល" គឺប្រទេសអាមេរិកផ្ដល់នូវការគាំទ្រដល់ប្រទេសអីរ៉ូបខាងលិចនូវធនធានសម្ភារៈ រូបិយវត្ថុ កំលាំងពលកម្មនិងនយោបាយ ដែលក្នុងនោះចរិកជំនួយរបស់អាមេរិកគឺម្រ្ងឲ្យប្រទេសអីរ៉ូបខាងលិចប្រើប្រាស់ដើម្បីទិញទំនិញរបស់អាមេរិក លើកលែងនូវរបាំងពន្ធឲ្យបានលឿន លុបចោលបែនការរឹតបន្ថ្រងរូបិយវត្ថុបរទេស ប្រទេសទទួលជំនួយត្រូវទទួលការត្រួតពិ

និស្ស័យអាមេរិក ហើយយកសម្ពារៈយុទ្ធសាស្ត្រដែលផលិតចេញពីប្រទេស និងតំបន់អាណានិគមរបស់ខ្លួនផ្គត់ផ្គង់ឲ្យអាមេរិក បង្កើតនូវមូលនិធិបូជាមួយរូបិយវត្ថុក្នុងតំបន់ (Counterpart fund គឺជាមូលនិធិដែលកើតចេញពីការយកថវិកាជំនួយនៃផែនការម៉ាស្យលប្តូរទៅជារូបិយវត្ថុក្នុងតំបន់) ដែលគ្រប់គ្រងដោយអាមេរិក ដើម្បីធានានូវសិទ្ធិវិនិយោគ និងអភិវឌ្ឍរបស់ឯកជនអាមេរិក។ ជាលទ្ធផលអាមេរិកទទួលបាននូវការនាំចេញជាច្រើនទៅដល់អឺរ៉ុបធ្វើឲ្យដុល្លារអាមេរិកក្លាយទៅជារូបិយវត្ថុសម្រាប់ទូទាត់ដ៏សំខាន់នៅក្នុងពាណិជ្ជកម្មនៅប្រទេសអឺរ៉ុបខាងលិច ជួយប្រទេសអាមេរិកបង្កើតបាននូវមហាអំណាចហិរញ្ញវត្ថុក្រោយសង្គ្រាមដែលបានពង្រឹង និងពង្រីកនូវវត្ថុវិទ្យាលនយោបាយសេដ្ឋកិច្ចរបស់អាមេរិកនៅអឺរ៉ុប។ ក្រៅពីនេះ "ផែនការម៉ាស្យល" បានចូលរួមកាត់បន្ថយពាណិជ្ជកម្មជាមួយប្រទេសសង្គមនិយមបោះបង់ចោលផែនការ "ជាតិកូបនីយកម្ម"ៗល។ ដែលមានអត្ថន័យនៃរូបភាពសង្គ្រាមត្រជាក់យ៉ាងខ្លាំង។

ខ្លឹមសារនៃ "ខ្សែក្រវ៉ាត់មួយ ផ្លូវមួយ" គឺប្រទេសចិនចែករំលែកនូវសមត្ថភាពផលិតដ៏ល្អជាមួយប្រទេសនៅតាមបណ្ដោយផ្លូវសូត្រ ហើយមិនមែនជាការដាក់ចេញនូវផែនការម៉ាស្យលដោយឯកតោភាគីគឺបុណ្ណោះទេ ប៉ុន្ដែវាគឺជាការរួមគ្នាពិភាក្សាគម្រោងនីវិយោគ រួមគ្នាសាងសង់ហេដ្ឋារចនាសម្ព័ន្ធ និងចែករំលែកលទ្ធផលនៃកិច្ចសហប្រតិបត្តិការ ដែលខ្លឹមសាររួមបញ្ចូល "៥ភ្ជាប់" ទាំងខាងការទំនាក់ទំនងគោលនយោបាយ ទាំងខាងហេដ្ឋារចនាសម្ព័ន្ធ ទាំងខាងពាណិជ្ជកម្ម ទាំងខាងការចរាចរណ៍រូបិយវត្ថុ និងចិត្តមនុស្សចូលគ្នាៗល។ ហើយវាមានខ្លឹមសារសម្បូរបែបបើប្រៀបជាមួយ "ផែនការម៉ាស្យល"។

(៥) របៀបអនុវត្តខុសគ្នា

"ផែនការម៉ាស្យល" បានចាប់ដំណើរការជាផ្លូវការនៅខែកុម្ភៈ ឆ្នាំ១៩៤៧ ហើយបានបន្តពេញ៤ឆ្នាំនៃរបាយការណ៍ហិរញ្ញវត្ថុ។ ក្នុងកំឡុងពេលនេះប្រទេសអឺរ៉ុបខាងកើតទាំងអស់ឆ្លងតាមរយៈការចូលរួមអង្គការសម្រាប់កិច្ចសហប្រតិបត្តិការសេដ្ឋកិច្ចនិងអភិវឌ្ឍន៍(OECD) ទទួលជំនួយរួមបញ្ចូលហិរញ្ញវត្ថុ បច្ចេកវិទ្យា បរិក្ខាជាដើមតាមគ្រប់រូបភាពពីអាមេរិកសរុបចំនួន១៣ប៊ីលានដុល្លារអាមេរិកលោកម៉ាស្យលនិយាយថាស្មើនឹងប្រហាក់ប្រហែល5.4%នៃGDPអាមេរិកពេលនោះ ហើយស្មើនឹង1.1%នៃGDPអាមេរិកក្នុងកំឡុងពេលផែនការទាំងមូល។ បើគិតពីកត្តាអតិផរណា ជំនួយទាំងនេះស្មើនឹង១៣០ប៊ីលាននៅឆ្នាំ២០០៦។ ចំណុចសួលនៃផែនការ គឺដកនាំដោយអាមេរិកដោយពឹងផ្អែកលើកំលាំងសេដ្ឋកិច្ចដ៏ខ្លាំងក្រោយសង្គ្រាមលោកលើកទី២របស់ខ្លួន ឆ្លងតាមការផ្គល់ជំនួយនិងប្រាក់កម្ចីដល់ប្រទេសអឺរ៉ុបខាងលិចទាំងអស់ក្រោយសង្គ្រាម ជំនួយការកសាងឡើងវិញ ជួយផ្ដែកសេដ្ឋកិច្ច គាំទ្រទាំងបច្ចេកទេស ធ្វើឲ្យប្រទេសទទួលជំនួយ សម្រចនូវការកសាងសេដ្ឋកិច្ចឡើងវិញក្រោយសង្គ្រាម បានយ៉ាងឆាប់រហ័ស គឺបង្កជាប្រាណស្ថានភាព"អាមេរិក-ប្រទេសអឺរ៉ុបខាងលិច" នៃរបៀបមួយជួយច្រើន។

"ខ្សែក្រវ៉ាត់មួយ ផ្លូវមួយ" គឺចិនជាអ្នកផ្ដួចផ្ដើមបង្កើតឡើង ដោយមានការចូលរួមសហប្រតិបត្តិការពីប្រទេសនៅតាមបណ្ដោយ "ផ្លូវសូត្រ"។ ប្រទេសនៅតាមបណ្ដោយខ្សែនេះបានសកម្មបើកច្រកព្រំដែន ចូលរួមកសាងឲ្យប្រសើរឡើងនូវផ្លូវគមនាគមន៍ កសាងឲ្យប្រសើរឡើងនូវហេដ្ឋារចនាសម្ព័ន្ធដើម្បីសហប្រតិបត្តិការសេដ្ឋកិច្ចនិងផ្លាស់ប្ដូរវប្បធម៌ បង្ហាញពីរបៀបនៃកិច្ចសហប្រតិបត្តិការដែលប្រទេស

• 33 •

ច្រើន ជាមួយច្រើនប្រទេសដែលស្ថិតនៅតាមបណ្ដោយ "ផ្លូវសូត្រ"។ "ខ្សែក្រវាត់មួយ ផ្លូវមួយ" សង្កត់
ធ្ងន់ជាពិសេសទៅលើការតភ្ជាប់យុទ្ធសាស្ត្រអភិវឌ្ឍន៍ ផែនការ ស្ដង់ដារនិងបច្ចេកទេសនៃប្រទេសដែល
ស្ថិតនៅតាមបណ្ដោយខ្មែរ គោលបំណងគឺប្រែក្លាយឱកាសអភិវឌ្ឍន៍របស់ចិនទៅជាឱកាសអភិវឌ្ឍន៍នៃ
ប្រទេសដែលស្ថិតនៅតាមបណ្ដោយខ្មែរ ស្វែងរកការអភិវឌ្ឍន៍រួមជាមួយប្រទេសដែលមានពពួសាសន៍
ជំនឿសាសនានិងរបបវប្បធម៌ខុសគ្នា ឆ្លងតាមរយៈការបង្កើតមូលនិធិផ្លូវសូត្រនិងធនាគារវិនិយោគហេដ្ឋា
រចនាសម្ព័ន្ធអាស៊ី ដើម្បីផ្តល់ឱ្យប្រទេសជិតខាងនិងកិច្ចសហប្រតិបត្តិការក្នុងតំបន់នូវផលិតផលសាធារ
ណៈកាន់តែច្រើន។ កំឡុងពេលអនុវត្តន៍ "ខ្សែក្រវាត់មួយ ផ្លូវមួយ" មានរយៈពេលច្រើនជាងផែនការ
ម៉ាស្យល ជាទូទៅគឺជាយុទ្ធសាស្ត្រព្រឹកនៃយុទ្ធសាស្ត្រ "ដើរបីជំហាន" របស់ចិន ឆ្លងតាមរយៈផ្លូវអាស៊ី
កណ្ដាល មជ្ឈិមបូព៌ា អាស៊ីអាគ្នេយ៍ អាស៊ីខាងត្បូងជាដើមខ្មែរ ដោយចេញពីផ្លូវរំកោគ និងផ្លូវសមុទ្រ
ព្រមគ្នាចាប់ផ្ដើមអភិវឌ្ឍកសាងឧបករណ៍រៀបសេដ្ឋកិច្ច តំបន់ឧស្សាហកម្ម កំពង់ផែ កសាងឡើងជាបន្ត
បន្ទាប់នូវប្រព័ន្ធតភ្ជាប់គ្នានៃតំបន់អឺរ៉ុបអាស៊ីនិងអាហ្រ្វិក។

ដូច្នេះ "ខ្សែក្រវាត់មួយ ផ្លូវមួយ" មិនមែនជាផែនការម៉ាស្យលរបស់ចិននោះទេ ប៉ុន្តែវាឈ្លងគុំ
ពីផែនការម៉ាស្យលទៅទៀត។ ជាការពិតណាស់ ភាពជោគជ័យនៃ "ផែនការម៉ាស្យល" គឺមិនអាចកាត់
ផ្តាច់ជាមួយនឹងមធ្យោបាយផ្សព្វផ្សាយពីដំណាក់កាលដ៏ឧបុងនិងរបៀបអនុវត្តន៍នៃយន្តការបានទេ មាន
ផ្នែកខ្លះក៏មានតំលៃសំរាប់រៀនសូត្រដកពិសោធន៍តាមផងដែរៗ ដូចជា រដ្ឋាភិបាលអាមេរិកបានបង្កើត
"គណៈកម្មការគាំទ្រផែនការម៉ាស្យល" នៅក្នុងប្រទេសរបស់ខ្លួន ដោយធ្វើការផ្សព្វផ្សាយតាមរយៈក្រុម
សហាជីពនិងក្រុមទូលប្រយោជន៍ ចំណុចសំខាន់គឺបញ្ជាក់ពីឋានៈសកម្មនៃប្រទេសនីមួយៗនៅអឺរ៉ុប
ក្នុងពេលស្ដើសុំជំនួយ ដោយត្រូវការអឺរ៉ុបរួមគ្នានិងលើកសំណូមពរដោយខ្លួនឯង បង្ហាញឱ្យឃើញពី
អាកប្បកិរិយារបស់អាមេរិកគាំទ្រយ៉ាងងាយកម្មដល់អឺរ៉ុប ក្នុងការដើរឆ្ពោះទៅកាន់សហាមគមន៍តែមួយៗ
មួយទៀត ក្នុងការអនុវត្ត ផែនការម៉ាស្យលយកចិត្តទុកដាក់ចំពោះការតាក់តែងច្បាប់ក្នុងប្រទេសដើម្បី
ធានានូវភាពស្របច្បាប់ កិច្ចសហប្រតិបត្តិការអន្តរជាតិដើរទៅកាន់យន្តការ ដែលប្រើប្រាស់កំលាំង
សង្កមបានពេញលេញៗ។ បទពិសោធន៍ទាំងនេះមានន័យសំរាប់ដកពិសោធន៍ចំពោះចិនដែលកំពុងដ
ម្រុងតំរង់តិតផ្ដួចផ្ដើមអភិវឌ្ឍសហប្រតិបត្តិការ "ខ្សែក្រវាត់មួយ ផ្លូវមួយ" ត្រូវបានប្រទេសនៅដ៏វិញទូល
យកបាន ហើយត្រូវបានប្រទេសជំលើពិភពលោកទទួលស្គាល់។

ផ្នែកទី៥ "ខ្សែក្រវ៉ាត់មួយ ផ្លូវមួយ" និងផែនការរីកចម្រើនឡើងវិញ
នៃផ្លូវសូត្រដ៏ទៃ

ប្រទេសចិនមិនមែនជាអ្នកផ្ដើមដំបូងនូវផែនការរីកចម្រើនឡើងវិញនៃផ្លូវសូត្របុរាណ ផ្ទុយមក
វិញគឺជាអ្នកមកក្រោយគេៗ។ "ខ្សែក្រវាត់មួយ ផ្លូវមួយ" តើធ្វើយ៉ាងមិ៉ចទើបអាចធ្វើបានល្អជាងអ្នកខាង
មុខ ?

កន្លងមកប្រទេសដែលបានលើកពីតំរែងផ្លូវសូត្រគឺមានភាពឧស្សាហ៍ធ្វាយពី "ខ្សែក្រវាត់សេដ្ឋកិច្ច ផ្លូវសូត្រ" ដែលលើកឡើងដោយចិននាពេលថ្មីៗនេះ។ "ខ្សែក្រវាត់សេដ្ឋកិច្ចផ្លូវសូត្រ" និងផ្លូវសូត្រ បុរាណគឺកើតបន្តចេញពីប្រភពតែមួយ ដែលជាខ្សែក្រវាត់សេដ្ឋកិច្ចឆ្លងប្រទេស ហើយទំហំរបស់វាគឺ លើសពីអត្ថន័យធម្មតានៃខ្សែក្រវាត់សេដ្ឋកិច្ច គោលដៅអនាគតគឺបង្កើតឡន្លរវៀបថ្មីនៃកិច្ចសហប្រតិបត្តិ ការតំបន់ ដោយបង្កើតឡន្លរ "ផលប្រយោជន៍សហគមន៍" និង "វាសនាសហគមន៍" ជាមួយប្រទេសជុំ វិញ។ ប៉ុន្ដ្នេះ "ខ្សែក្រវាត់សេដ្ឋកិច្ចផ្លូវសូត្រ" នៅតែជាគោលគំនិតអរូបិមួយ ហើយចំពោះវិសាលភាព ភូមិសាស្ត្រក្រុងដណ្តប់នៃខ្សែក្រវាត់សេដ្ឋកិច្ចនេះ វិស័យសហប្រតិបត្តិការនិងការរៀបចំយន្តការសហ ប្រតិបត្តិការ វិធីអនុវត្តជាក់ស្តែង និងដំណាក់កាលអនុវត្តនិងគោលដៅៗ។ សុទ្ធតែត្រូវការលំអិតឡ្យ បានចាប់ហើស។

ផែនការ "ធ្វើឱ្យរីកចំរើនឡើងវិញនៃផ្លូវសូត្រ" នៃអង្គការយូណេស្កូនិងកម្មវិធីអភិវឌ្ឍន៍អង្គការសហ ប្រជាជាតិ

កាលពីឆ្នាំ១៩៨៨ អង្គការយូណេស្កូបានប្រកាសចាប់ផ្តើមគំរោង "ការស្រាវជ្រាវរួមផ្លូវសូត្រ--វិ ថីនៃកិច្ចសន្ទនា" ដែលមានរយៈពេល១០ឆ្នាំ គោលបំណងគឺជម្រុញការផ្លាស់ប្តូរវប្បធម៌រវាងលោកខាង កើតនិងលោកខាងលិច កែលម្អទំនាក់ទំនងរវាងប្រជាជនប្រទេសនានីមួយៗនៃទ្វីបអឺរ៉ុបនិងអាស៊ី។ ក្រោយមក អង្គការយូណេស្កូបានរៀបចំសកម្មភាពជាច្រើនជុំវិញបញ្ហា "ផ្លូវសូត្រ" ដូចជា ការអង្កេត វិទ្យាសាស្ត្រ សន្និសីទអន្តរជាតិ ពិព័រណ៍វត្ថុបុរាណ និងការផ្សព្វផ្សាយទេសចរណ៍ "ផ្លូវសូត្រ"ៗ។ ដែល ធ្វើឱ្យសហគមន៍អន្តរជាតិមានការចាប់អារម្មណ៍ចំពោះ "ផ្លូវសូត្រ"។

ឆ្នាំ២០០៨ កម្មវិធីអភិវឌ្ឍន៍អង្គការសហប្រជាជាតិ(UNDP)បានចាប់ផ្តើម "ផែនការធ្វើឱ្យរីកចំ រើនឡើងវិញនៃផ្លូវសូត្រ"។ ផែនការនេះបង្កើតដោយតំរោងចំនួន២៣០ រយៈពេលអនុវត្ត ២០០៨- ២០១៤ វិនិយោគសរុបចំនួន៤៣ប៊ីលាន គោលបំណងគឺកែលម្អផ្លូវសូត្របុរាណជាដើម និងសហ្ការី ផ្នែករឹងនិងទន់នៃមាត់ច្រកអឺរ៉ុបអាស៊ីដូចជាផ្លូវថ្នល់ ផ្លូវរថភ្លើង កំពង់ផែ បែបបទបង្គន់ពន្ធគយៗ។ ធ្វើឱ្យ ផ្លូវសូត្រកាលពី២០០០ឆ្នាំមុនមានភាពរុងរឿងឡើងវិញៗ។ រុស្ស៊ី អឺរ៉ុង តួកគី ចិនៗ។ ចំនួន១៩ ប្រទេសចូលរួម គ្រោងកសាងច្រកដឹកជញ្ជូន៦ខ្សែ រួមបញ្ចូលចិនទៅអឺរ៉ុប រុស្ស៊ីទៅអាស៊ីខាងត្បូង និង ការកសាងប្រព័ន្ធផ្លូវដែកនិងផ្លូវថ្នល់មជ្ឈិមបូព៌ាៗ។

យុទ្ធសាស្ត្រ "ផ្លូវសូត្រការទូត" របស់ជប៉ុន

ឆ្នាំ២០០៤ ជប៉ុនបានលើកឡើងដោយយកប្រទេសអាស៊ីកណ្តាលចំនួន៥និង៣ប្រទេសទៀត នៅTranscaucasia កំណត់ជា "តំបន់ផ្លូវសូត្រ" ហើយបានយកតំបន់នេះមកដាក់នៅក្នុងសំខាន់នៃ យុទ្ធសាស្ត្រការទូតថ្មីរបស់ជប៉ុន ដើម្បីឈរជើងនិងនៅក្នុងយុទ្ធសាស្ត្រសំខាន់របស់ពិភពលោកនៃ តំបន់អាស៊ីកណ្តាល និងTranscaucasia ស្របពេលជាមួយគ្នាជប៉ុនក៏ត្រូវការគិតគូរពីបញ្ហាផល ប្រយោជន៍សេដ្ឋកិច្ចដោយដង្ហើមយកឃ្លាំងថាមពល ដែលមានបរិមាណសុកមិនចាញ់តំបន់មជ្ឈិមបូ

កាន់ឡើយ ផ្លូវតាមរយៈការពង្រឹងទ្វីពលនយោបាយនិងការបញ្ច្រៀបសេដ្ឋកិច្ចដើម្បីបណ្ដើមយកការ នាំមុខផ្នែកអភិវឌ្ឍន៍ជាមពលនិង៣ណិជ្ជកម្មក្នុងតំបន់នេះ។

ផែនការ "ផ្លូវសូត្រថ្មី" របស់អាមេរិក

ផែនការ "ផ្លូវសូត្រថ្មី" របស់អាមេរិកចែកចេញជាពីរកំរិតគឺ Think Tank និង ផ្លូវការ។ ចំពោះ Think Tank ឆ្នាំ២០០៥ លោក Frederick Starr ប្រធានវិទ្យាស្ថានស្រាវជ្រាវ Central Asian Caucasus នៃសាកលវិទ្យាល័យ Johns Hawkins បានលើកឡើងនៅគោលគំនិត "ផ្លូវសូត្រថ្មី"៖ ក សាងផ្លូវដឹកជញ្ជូនមួយដែលតភ្ជាប់អាស៊ីខាងត្បូង អាស៊ីកណ្ដាល និងអាស៊ីខាងលិច និងប្រព័ន្ធអភិវឌ្ឍ សេដ្ឋកិច្ច ដោយយកប្រទេសអាហ្វហ្គានីស្ថានធ្វើជាមជ្ឈមណ្ឌលនៃការតភ្ជាប់រវាងប្រទេសដែលសំបូរ ទៅដោយធនធានប្រេងនិងឧស្ម័ននៃតំបន់អាស៊ីកណ្ដាល និងអាស៊ីខាងលិច ជាមួយនិងប្រទេសឥណ្ឌា និងអាស៊ីអាគ្នេយ៍ដែលមានសេដ្ឋកិច្ចអភិវឌ្ឍន៍ល្បឿន លើកកំពស់ការបំពេញប្រៀបឲ្យគ្នាទៅវិញទៅមក រវាងប្រទេសនីមួយៗជាមួយនិងតំបន់ផ្សេងមួយចំនួន ដើម្បីជម្រុញការអភិវឌ្ឍន៍សេដ្ឋកិច្ចសង្គមនៃប្រទេស នៅតំបន់នោះរួមបញ្ចូលទាំងប្រទេសអាហ្វហ្គានីស្ថាន។

នៅឆ្នាំ២០១១ មន្ត្រីអាមេរិកបានលើកឡើងនៅផែនការ "ផ្លូវសូត្រថ្មី"៖ដោយយកប្រទេសអាហ្វ ហ្គានីស្ថានធ្វើជាមជ្ឈមណ្ឌលក្នុងគោលបំណងក្រោយពីការដកទ័ពរបស់ប្រទេសអាមេរិក និងប្រទេស ផ្សេងចេញពីប្រទេសអាហ្វហ្គានីស្ថានរួចមក គឺមានអាមេរិកជាអ្នកដឹកនាំការដារកសាងប្រទេសអាហ្វ ហ្គានីស្ថានឡើងវិញក្រោយសង្រ្គាម សង្ឃឹមថាប្រទេសជិតខាងនៃប្រទេសអាហ្វហ្គានីស្ថានធ្វើការ វិនិយោគនិងឲ្យជាកំលាំង ដើម្បីបន្ទរក្សាការពារភាពនាំមុខរបស់អាមេរិកក្នុងដំណើរការនៃការអភិ វឌ្ឍន៍នៅតំបន់អ៊ីរ៉ុបនិងអាស៊ី។ ជាក់ស្ដែងគឺអាមេរិកជាអ្នកជម្រុញដោយយកប្រទេសអាហ្វហ្គានីស្ថានធ្វើ ជាមជ្ឈមណ្ឌលដើម្បីតភ្ជាប់អាស៊ីកណ្ដាល និងអាស៊ីខាងត្បូង និងកសាងរចនាសម្ព័ន្ធក្នុងមិសាស្ត្រ នយោបាយ និងសេដ្ឋកិច្ចក្នុងតំបន់មួយ សំខាន់បំផុតនោះគឺប្រទេសទាំងនេះត្រូវមានមូលដ្ឋានយោធា របស់អាមេរិកសំរាប់ប្រើប្រាស់ដើម្បីហ៊ុំព័ទ្ធបង់ស្កាត់ប្រទេសចិន រុស្ស៊ី និងអ៊ីរ៉ង់។

អាមេរិកគិតថា "ផ្លូវសូត្រថ្មី" គឺមិនសំដៅចំពោះផ្លូវមួយខ្សែប៉ុប្ណោះទេ ប៉ុន្តែគឺវាសំដៅទៅលើ ការបង្កើតបាននូវផ្លូវគមនាគមន៍ជំទិលទូលាយនៅក្នុងតំបន់ និងបណ្ដាញទំនាក់ទំនងផ្នែកសេដ្ឋកិច្ច។

យោងតាមការបកស្រាយរបស់មន្ត្រីអាមេរិកការកសាងផែនការ "ផ្លូវសូត្រថ្មី" រួមមានពីរផ្នែក គឺ ផ្នែករឹង និងទន់។ ការកសាងផ្នែករឹងគឺសំដៅទៅលើ សេវ៉ាវ៉ូបនីយកម្ម កាត់បន្ថយរបាំង៣ណិជ្ជកម្ម កែលម្អប្រព័ន្ធគ្រប់គ្រង សំរួលបែបបទទូលង្រ៉ាំដែន ពន្លឿនបែបបទពន្ធគយ ជំនះលើភាពការិយាល័យធិ បតេយ្យ លុបបំបាត់អំពើពុករលួយ និងកែលម្អបរិស្ថាននិវិយោគ ។ល។ ការកសាងផ្នែករឹងគឺសំដៅទៅ លើការកសាងតភ្ជាប់ហេដ្ឋារចនាសម្ព័ន្ធផ្លូវរឹងក ផ្លូវថ្មល់ ខ្សែបញ្ជូនអគ្គិសនី និងបំពង់ប្រេងឧស្ម័ន។ល។ រវាងអាស៊ីកណ្ដាល ប្រទេសអាហ្វហ្គានីស្ថាន និងអាស៊ីខាងត្បូង។ តាមរយៈការកសាងផ្នែករឹង និងផ្នែក ទន់ទាំងពីរនេះ អាចជម្រុញទំនិញ សេវ៉ា និងមនុស្សផ្លាស់ប្ដូរផ្លូវតំបន់ដោយសេរី។

"ផ្លូវសូត្រថ្មី" របស់រុស្ស៊ី

ប្រទេសរុស្ស៊ីធ្លាប់បានហៅជាច្រើនដងឯនូវ "ប្រករបៀបដឹកជញ្ជូនចិនអឺរ៉ុប" ដែលកំពុងសាងសង់ចេញពីចិនឆ្លងកាត់អាស៊ីកណ្ដាល និងរុស្ស៊ីរហូតទៅដល់ Duisburg អាល្លឺម៉ង់ ហើយដែលភ្ជាប់ជាមួយនឹងបណ្ដាញផ្លូវរថភ្លើងអឺរ៉ុប និងកំពង់ផែធំៗជា "ផ្លូវសូត្រថ្មី" ហើយរុស្ស៊ីបានសំដែងថានឹងដើរតួនាទីជាអ្នកសម្រេចនៅលើ "ផ្លូវសូត្រថ្មី" ។

"ផ្លូវសូត្សផ្លូវវែក" របស់អឺរ៉ង់

នៅឆ្នាំ២០១១ អឺរ៉ង់និយាយថាបានចាប់ផ្ដើមដំណើរការផែនការតភ្ជាប់ខ្សែផ្លូវរថភ្លើងរបស់អឺរ៉ង់ជាមួយនឹងផ្លូវរថភ្លើងរបស់ចិនដែលឆ្លងកាត់ប្រទេសអាហ្គានីស្ថាន តាជីគីស្ថាន និងកៀហ្គីស៊ីស្ថាន។ ខ្សែផ្លូវរថភ្លើងនេះបានប្រកពខាងក្រោយហៅថា "ផ្លូវសូត្រផែក" រឺ "ផ្លូវសូត្រចភ្លើង" ។

គំរោង "ផ្លូវសូត្រថ្មី" របស់ប្រទេសកាហ្សាក់ស្ថង់

នៅឆ្នាំ ២០១២ លោកប្រធានាធិបតីប្រទេសកាហ្សាក់ស្ថង់Nazarbayevបានប្រកាសចាប់ផ្ដើមអនុវត្តគំរោង "ផ្លូវសូត្រថ្មី" នៅក្នុងកិច្ចប្រជុំពេញអង្គលើកទី២៥នៃក្រុមប្រឹក្សាវិនិយោគិនក្រៅប្រទេស។ គាត់បានលើកឡើងប្រទេសកាហ្សាក់ស្ថង់គួរតែត្រូវឆ្លប់ទៅរកហានៈជាប្រវត្តិសាស្ត្ររបស់ខ្លួនវិញ ដោយក្លាយទៅជាមជ្ឈមណ្ឌលឆ្លងកាត់ដ៏ធំជាងគេនៅតំបន់អាស៊ីកណ្ដាល និងជាស្ពានពិសេសវាងទ្វីបអឺរ៉ុប និងអាស៊ី ហើយនិងកសាងមជ្ឈមណ្ឌលរួមមួយដែលមានការដឹកជញ្ជូនពាណិជ្ជកម្មក្រិតអន្តរជាតិ ពាណិជ្ជកម្មហិរញ្ញវត្ថុ សិប្បកម្មថ្មីប្រឌិតថ្មី និងទេសចរណ៍ នៅលើប្រករបៀបដឹកជញ្ជូនដ៏សំខាន់នៃប្រទេសកាហ្សាក់ស្ថង់។

តើ "ខ្សែក្រវាត់មួយ ផ្លូវមួយ" នឹងធ្វើយ៉ាងដូចម្ដេចដើម្បីល្អប្រសើរជាងផែនការរឹកចំរើនឡើងវិញនៃផ្លូវសូត្រទាំងនេះ? នេះគឺកក់ព័ន្ធទៅនឹងការទទួលបន្ទុកទៅថ្ងៃអនាគត។

ផ្នែកទី៦ ការទទួលបន្ទុកនៅអនាគតនៃគំនិតផ្ដួចផ្ដើម "ខ្សែក្រវាត់មួយ ផ្លូវមួយ"

មើលពីលើផែនទីពិភពលោក ទិសខាងកើតនៃ "ខ្សែក្រវាត់មួយ ផ្លូវមួយ" ភ្ជាប់ជាមួយវង្ងង់សេដ្ឋកិច្ចអាស៊ីប៉ាស៊ីហ្វិក ហើយទិសខាងលិចភ្ជាប់ជាមួយវង្ងង់សេដ្ឋកិច្ចអឺរ៉ុប ដែលត្រូវបានគិតថាជា "ប្រករបៀបដំសេដ្ឋកិច្ចដែលមានសក្តានុពលអភិវឌ្ឍន៍ និងវែងឆ្ងាយគេនៅលើពិភពលោក។ ដើម្បីដង្ណើមយកបានឱកាសល្អជាមួយនឹង "ខ្សែក្រវាត់មួយ ផ្លូវមួយ" ខេត្តក្រុងជាច្រើនរបស់ប្រទេសចិនបាននាំគ្នាលើកឡើងនូវផែនការ និងគំនិតរៀងៗខ្លួនក្នុងការចូលរួម "ខ្សែក្រវាត់មួយ ផ្លូវមួយ" ។

"ផ្លូវសូត្រ" ពីវិស ដោយយលលើការបើកចំហរគ្រប់ជ្រុងជ្រោយរបស់ចិន បានជម្រុញឱ្យមានការអភិវឌ្ឍន៍សេដ្ឋកិច្ចប៉ែកខាងលិច។ សំខាន់រួមបញ្ចូលនូវខេត្តក្រុងដូចខាងក្រោម៖ តំបន់ខេត្តទាំង៥នៃភាគពាយព្យ --- ខេត្តសាន់ស៊ី កាន់ស៊ី ឈីងហ្គាយ និងសា ស៊ីនជាំង ខេត្តក្រុងទាំង៤នៃភាគនិរតី---

ទីក្រុងឆុងឈីង ខេត្តស៊ីឈួន យូណាន ក្វាងស៊ីៗល។ ខេត្តទាំង៥នៃភាគខាងកើត---ជាំងស៊ី ចឺជាំង ហ្វូជៀន ក្វាងតុងៗល។

"ខៀក្រវាត់មួយ ផ្លូវមួយ" បានបំបែកន្លូវរបៀបអភិវឌ្ឍតំបន់របស់ចិនដែលពីមុនមានលក្ខណៈជាចំណាត់ និងជាឆ្នូក។ ទោះជាតំបន់សេដ្ឋកិច្ចពិសេសពីមុន ឬក៏ការបង្កើតតំបន់៣ជាឆ្នូកជផ្កកម្មសេរីកាលពីឆ្នាំមុន សុទ្ធតែយកតំបន់តែមួយជាបែបតំហើញនៃការអភិវឌ្ឍន៍។ "ខៀក្រវាត់មួយ ផ្លូវមួយ" បានផ្លាស់ប្តូរន្លូវរបៀបរបបអភិវឌ្ឍទាំងស្រុងដែលពីមុនមានលក្ខណៈជាចំណាត់ និងជាឆ្នូក បើពិនិត្យមើលតាមខៀផ្លែក គឺវាឆ្លងកាត់ដោយឆ្នាប់ភាគខាងកើត ភាគកណ្តាល និងភាគខាងលិចនៃប្រទេសចិន បើមើលតាមខៀបញ្ឈរវិញវាឆ្លាប់ទីក្រុងកំពង់ផែដ៏សំខាន់តាមបណ្តោយសមុទ្រ ហើយវាបានពង្រើកបន្លូបន្ថោយ ហ្គុតទៅដល់អាស៊ីកណ្តាល និងអាស៊ីអាគ្នេយ៍។ វានឹងផ្លាស់ប្តូរវែនដៃអភិវឌ្ឍតំបន់របស់ចិន ហើយវាសង្កត់ធ្ងន់កាន់តែច្រើនទៅលើការតភ្ជាប់រវាងខេត្តនិងតំបន់ ការរៀបចំទុល្យនិងផ្លោទ ផ្លាស់រវស្សាហកម្ម ដែលមានប្រយោជន៍ដល់ចិនក្នុងការពន្លឿនសេដ្ឋកិច្ចកែប្រែឱ្យកាន់តែរីកចំរើនឡើង។

ដូច្នេះមើលឃើញថា "ខៀក្រវាត់មួយ ផ្លូវមួយ" គឺជាការវែកទម្រង់បើកចំហារលើកទី៣របស់ចិន ហើយវាគឺជាឧបករណ៍ផ្សព្វផ្សាយដ៏សំខាន់សំរាប់តំបន់របស់ចិនដើរទៅកាន់ពិភពលោក ជម្រុញសង្គមចិននិងពិភពខាងក្រៅស៊ីសង្វាក់គ្នាមួយជំហាន់ទៅៗ។ ដូចដែលលោក Tadeusz Chomicki ឯកអគ្គរដ្ឋទូតប្រទេសប៉ូឡ្យូញប្រចាំនៅចិនបានមានប្រសាសន៍ថា គំនិតផ្តួចផ្តើមនៃ "ខៀក្រវាត់មួយ ផ្លូវមួយ" នឹងពង្រើកកិច្ចសហប្រតិបត្តិការរវាងខេត្តឬក្រុងនៃប្រទេសប៉ូឡ្យូញនិងចិន។ កិច្ចសហប្រតិបត្តិការនេះបានក្លាយទៅជាផ្នែកគន្លឹះមួយនៃទំនាក់ទំនងដៃគូសហប្រតិបត្តិការជាយុទ្ធសាស្ត្រប៉ូឡ្យូញ និងចិន។"4 "ខៀក្រវាត់មួយ ផ្លូវមួយ" បានដើរហូសយុទ្ធសាស្ត្រលើកទីកចិត្តសហគ្រាសចិន "ដើរចេញទៅក្រៅ" ទៅទៀត នោះគឺជម្រុញតំបន់របស់ចិន "ដើរចេញទៅក្រៅ" កសាងផ្លូវថ្មីចិន និងពិភពលោកឱ្យស៊ីជម្រៅ និងមានឥទ្ធិពលទៅវិញទៅមកគ្រប់ជ្រុងជ្រោយ ដែលមានទំនួលខុសត្រូវខ្ពស់ទៅថ្ងៃអនាគត។

កំណត់ទីតាំង "ខៀក្រវាត់មួយ" ខេត្តក្រុងទាំង៩ (តំបន់)

ខេត្តតំបន់	កំណត់ទីតាំងមុខងារ	ចំនុចតភ្ជាប់ទីក្រុង
ស៊ីនជាំង	តំបន់ស្នូល "ខៀក្រវាត់មួយ"	ទីក្រុងអ៊ូរមុឆី ទីក្រុងខាស៊ី
កានស៊ូ	តំបន់មាស "ខៀក្រវាត់មួយ"	ឡានចូវ ប៉ាយយីន ជីវណាន
នីងស៊ា	ចំនុច "ខៀក្រវាត់មួយ"	
យូណាន	ចំនុចយុទ្ធសាស្ត្រ មជ្ឈមណ្ឌលឆ្លងកាត់	
ក្វាងស៊ី	មាត់ប្រកសំខាន់ យុទ្ធសាស្ត្រតភ្ជាប់	

---

4 ប៉ូឡ្យូញៈ អ្នកដែលចូលរួមដង់សំខាន់ខៀក្រវាត់មួយផ្លូវមួយ លេខខែមិនា ឆ្នាំ២០១៥នៃ «វិនិយោគក្រៅប្រទេស»

សានស៊ី	ចំនុចសំខាន់	ស៊ីអាន
ឈីងហៃ	ទីតាំងសំខាន់សម្រាប់បើកទៅទិសខាងលិច	ស៊ីនីង ហាយតុង ហ្គឺមុ
ស៊ីឈួន	តំបន់សេដ្ឋកិច្ចខាងក្នុង និងមជ្ឈមណ្ឌលគមនាគមន៍ដ៏សំខាន់នៃ "ខ្សែក្រវ៉ាត់មួយ ផ្លូវមួយ"	
ឆុងឈីង	មជ្ឈមណ្ឌលគមនាគមន៍ចំរុះផ្នែកខាងលើទន្លេឆាងជាំង បង្កើតតំបន់ខ្ពង់រាបខាងក្នុងបើកចំហរ	

"ផ្លូវមួយ" ទីតាំងមុខងាររបស់ខេត្តក្រុងទាំង៥

ខេត្តតំបន់	ទីតាំងមុខងារ	ចំនុចតភ្ជាប់ទីក្រុង
ហ្វូជៀន	តំបន់ស្នូល "ផ្លូវមួយ"	ហ្វូចូវ សៃមិន ឈានចូវ ភីងថាន
ក្វាងតុង	"ផ្លូវមួយ" បន្ទាយក្បាលស្ពាន	ក្វាងចូវ សិនចិន ហ៊ុយចូវ
ជាំងស៊ូ	តំបន់តភ្ជាប់ប្រសព្វ "ខ្សែក្រវ៉ាត់មួយ ផ្លូវមួយ"	ស៊ីចូវ លៀនយូកាង
ចឺជាំង	តំបន់ដើរមុខកិច្ចសហប្រតិបត្តិការសេដ្ឋកិច្ចពាណិជ្ជកម្ម "ខ្សែក្រវ៉ាត់មួយ ផ្លូវមួយ" តំបន់សាកល្បងផ្លូវសូត្រអនឡាញ មជ្ឈមណ្ឌលដឹកជញ្ជូនពាណិជ្ជកម្ម	ហាងចូវ នីងប៉ វិនចូវ
ហៃណាន	ចំនុចយុទ្ធសាស្ត្រមាត់ច្រក "ផ្លូវមួយ"	ហាយខូវ សានយ៉ា

"ខ្សែក្រវ៉ាត់មួយ ផ្លូវមួយ" លើកឡើងពីសាវតាមូលដ្ឋានមួយគឺ ទំនាក់ទំនងរវាងចិន និងពិភពលោកបានប្រែប្រួលហើយ ប្រទសចិនមិនត្រឹមតែសមាហរណកម្មចូលសកលភាវូបនីយកម្ម ហើយក៏ត្រូវបង្កើតស្តង់ដាសកលភាវូបនីយកម្មថ្មី។ ពិភពលោកទាំងមូលកំពុងតែធ្វើកិច្ចសហប្រតិបត្តិការតំបន់គ្រប់បែបគ្រប់យ៉ាង អាមេរិកក៏ជម្រុញTPP, TTIPយ៉ាងសកម្ម ការចរចារកិច្ចព្រមព្រៀងវិនិយោគកម្រិតពិភពលោក របៀបរៀបរយអន្តរជាតិ និងវិធានអន្តរជាតិខ្លួនឯងកំពុងតែមានការផ្លាស់ប្តូរ ប្រព័ន្ធអន្តរជាតិពីមុនពិបាកនឹងបន្តទៅមកទៀត។ ប្រទេសចិនមិនមែនជាភាគីពាក់ព័ន្ធផលប្រយោជន៍ធម្មតាប៉ុណ្ណោះទេ ជាពិសេសគឺក្រោយវិបត្តិហិរញ្ញវត្ថុ សហគមន៍អន្តរជាតិគិតថាចិនគឺជាភាគីដែលទទួលផលប្រយោជន៍ធំជាងគេពីសកលភាវូបនីយកម្ម ដូច្នេះបច្ចុប្បន្នបានបង្កើតនូវវិធានច្បាប់ជាច្រើនឲ្យចិនអាច "ជិះឡានទទេរទៀត" ចង់ឲ្យចិនចំណាយដើមទុនកាន់តែខ្ពស់។ ដូច្នេះចិនក៏កំពុងតែបង្កើតនូវច្បាប់ពាណិជ្ជកម្ម និងច្បាប់វិនិយោគថ្មីយ៉ាងសកម្ម។

ការមានប្រៀបក្នុងការប្រកួតប្រជែងពីមុនរបស់ចិនគឺមានកម្លាំងពលកម្មថោក ដូច្នេះវត្ថុធាតុដើម និងធនធានទាំងឡាយនៃពិភពលោកបានត្រូវយកមកធ្វើការកែច្នៃនៅប្រទេសចិនរួចនាំចេញទៅ

ប្រទេសផ្សេងៗលើពិភពលោកវិញៗ ដូច្នេះរបៀបនេះប្រាកដជាមិនមាននិរន្តរភាពទៀតទេៗ ពីដំបូង ប្រទេសចិនសង្ឃឹមជាថ្លែងតាមរយៈការបើកទីផ្សារដើម្បីប្តូរយកបច្ចេកទេសពីប្រទេសអភិវឌ្ឍន៍ ប៉ុន្តែ បច្ចេកទេសស្នូលគឺមិនអាចប្រើទីផ្សារប្តូរយកបានទេៗ ហើយបច្ចុប្បន្ន បច្ចេកទេសចិនមិនស្ទូវជាអន់ ថយនោះទេ មានវិស័យខ្លះបានមានការនាំមុខទៅហើយ ទុនថវិការក៏មានច្រើនផងដែរ មានប្រើយប័ណ្ណ បម្រុងអន្តរជាតិចំនួន៤ទ្រីលានដុល្លារអាមេរិកៗ នៅពេលដែលទុននិងបច្ចេកទេសសុទ្ធតែមានប្រៀប ខ្លួរួចមក គឺត្រូវការស្វែងរកទីផ្សារកាន់តែធំ ដោយយកបច្ចេកទេសនិងទុនដែលមានប្រៀបប្រគួយទៅ ជាប្រែកស្តុងជាមួយដែលមានប្រៀប ដូចជាថេត្បើងឡើរនៃឡើន និងខ្សែបណ្តាញអគ្គិសនីធ្លូងតាម រយៈការផ្សព្វផ្សាយបានក្លាយទៅជា "ស្តង់ដារចិន" និងធ្វើឱ្យចិននៅក្នុងការប្រកួតប្រជែងសកលភាព នៃឧកម្មជុំថ្មីនេះ អភិវឌ្ឍចេញពីសង្វាក់ឧស្សាហកម្មកម្រិតទាប និងកម្រិតកណ្តាលឆ្ពោះទៅកាន់កម្រិត ខ្ពស់នៃខ្សែៗ

ចាប់តាំងពីប្រទេសចិនធ្វើកំណែទម្រង់បើកចំហរមក វិនិយោគបានឈ្នះ៤៨%នៃសេដ្ឋកិច្ច សរុបរបស់ចិន រីឯប្រទេសអភិវឌ្ឍន៍ធម្មតាគឺមានចំនួនក្រោម៤០%។ ធ្វើយ៉ាងមេចទើបធ្វើឱ្យសមាមាត្រ នៃវិនិយោគធ្លាក់ចុះមួយកម្រិតទៀត ចម្លើយគឺធ្វើឱ្យវិនិយោគជាច្រើនចេញទៅក្រៅប្រទេសៗ ពីមុន "Made in China"(ផលិតនៅចិន) គឺផលិតឱ្យពិភពលោកទាំងមូល បច្ចុប្បន្នពិភពលោកប្រើប្រាស់ មិនបានច្រើននោះទេ សេដ្ឋកិច្ចចិនក៏ចូលទៅក្នុងដំណាក់កាល "ស្ថានភាពថ្មី" នៅក្រោមស្ថានភាពនេះ សមត្ថភាពផលិតជាច្រើនរបស់ចិនគឺត្រូវរផ្ទេរទៅក្រៅប្រទេសៗ

ប្រទេសចិនមិនមែនជាភាគីឣ្នកពាំផ្តាច់ផលប្រយោជន៍ធម្មតាប៉ុណ្ណោះទេ ប៉ុន្តែវាគឺជាក្បាលម៉ាស៊ីន នៃសកលភាវូបនីយកម្មៗ របៀបផលិតរបស់ចិនដែលមានហ្វានៅក្នុងប្រព័ន្ធបែងចែកការងារពិភព លោកបានសម្រេចនូវការផ្គាស់ប្តូរទំនាក់ទំនងរវាងចិន និងពិភពលោក ហើយថែមទាំងសម្រេចនូវ របៀបធ្វើយតបនៃគោលនយោបាយការបរទេសៗ ទំនាក់ទំនងរវាងចិន និងពិភពលោកគឺចាប់ចេញពី ទំនាក់ទំនងទិព្វលក់ ទំនាក់ទំនងវិនិយោគលើកកម្រិតទៅជាទំនាក់ទំនងអភិវឌ្ឍន៍ ហើយលើកកំរិតពី សហគមន៍ផលប្រយោជន៍រួម ទំនូលខុសត្រូវរួមទៅជាសហគមន៍វាសនាតែមួយៗ ជាពិសេសគឺគំនិត ផ្តួចផ្តើម "ខ្សែក្រវ៉ាត់មួយ ផ្លូវមួយ" លើកឡើងរយៈពេលជាង១ឆ្នាំមក មានជាង៦០ប្រទេសនៅតាម បណ្តោយខ្សែសម្ពន្ធ័នូវការធ្វើយតប និងបញ្ជាក់ច្បាស់ពីការគាំទ្រ រីឯផ្សារភ្ជាប់ជាមួយនឹងផែនការ អភិវឌ្ឍន៍នៃប្រទេសនោះៗ "ខ្សែក្រវ៉ាត់មួយ ផ្លូវមួយ" ក្លាយទៅជាទិសដៅដ៏សំខាន់មួយនៃគោល នយោបាយការបរទេសរបស់ចិនទៅអនាគត នេះឧសពីដំណាក់កាលការបរទេសនៃ "ការកសាងសេដ្ឋ កិច្ចជាស្នូល" ផ្លាស់ប្តូរទៅដំណាក់កាលខិតខំប្រើងប្រែង លើកគំនិតផ្តួចផ្តើមនិងផ្តល់នូវផលិតផលសា ធារណៈអន្តរជាតិយ៉ាងសកម្មៗ

ប្រទេសចិនបានលើកជាមួយប្រទេសលោកទីៗនូវ "គំនិតយុត្តិធម៌និងផលប្រយោជន៍" ទំនួល ខុសត្រូវរួម យ៉ាងក្រឹមត្រូវ ចំពោះប្រទេសអភិវឌ្ឍន៍ចិននិយាយអំពី "សហគមន៍ផលប្រយោជន៍រួម" ចំពោះប្រទេសជុំវិញចិននិយាយអំពី "សហគមន៍វាសនាតែមួយ"។ ទស្សនៈសុវត្ថិភាពថ្មីរបស់អាស៊ីគឺធ្វ បញ្ជ្រាបនូវសហគមន៍វាសនាតែមួយ ក្នុងបំណងដោះស្រាយបញ្ហាលំបាកមួយចំនួនដែលនៅជុំវិញ រក

យើញទ្រនូវផ្លូវរួមរស់នៅជាមួយគ្នាដ៏ឈ្នះអភិវឌ្ឍរវាងចិន និងប្រទេសដែលនៅជុំវិញ ការទូតគឺចាប់ផ្ដើមពី ការកសាងសេដ្ឋកិច្ចជាសំខាន់ប្រែក្លាយទៅជាចន្លោះពីគឺការអភិវឌ្ឍន៍ និងសុវត្ថិភាព។ ការអភិវឌ្ឍន៍នេះ រួមបញ្ចូលការអភិវឌ្ឍន៍ប្រកបដោយចីរភាព ការបម្រែបម្រួលអាកាសធាតុ ថាមពល និងសុវត្ថិភាពជា ច្រើនផ្នែកទៀត ដែលវាមានភាពកាន់តែធំទូលាយជាងការអភិវឌ្ឍន៍សេដ្ឋកិច្ច។

ជារួម ចាប់ពី "ពិភពលោកជួយចិន" ដល់ "ចិនផ្ដល់ឱ្យពិភពលោក" គឺជាសាវតាសម័យកាលនៃ ការលើកឡើងពីយុទ្ធសាស្ត្រ "ខ្សែក្រវាត់មួយ ផ្លូវមួយ"។ ការប្រចាប់បញ្ចូលគ្នានូវសុបិនចិន និងសុបិន ពិភពលោកគឺជាការទទួលបន្ទុកនៅអនាគតនៃ "ខ្សែក្រវាត់មួយ ផ្លូវមួយ"។

ជំពូកទី២ ឱកាសពិភពលោកនៃ "ខ្សែក្រវ៉ាត់មួយ ផ្លូវមួយ"

"ខ្សែក្រវាត់មួយ ផ្លូវមួយ" គឺជាគំនិតផ្ដួចផ្ដើមដ៏អស្ចារ្យដែលលើកឡើងដោយចិន លើកឡើង ត្នាក់ទទួលបាននូវការយកចិត្តទុកដាក់យ៉ាងទូលំទូលាយពីប្រទេសនៅតាមបណ្ដោយខ្សែ និងពិភព លោក។ វាប្រហែលនឹងជះឥទ្ធិពលដល់ចិន ប្រទេសផ្លូវសូត្រនិងពិភពលោកក្នុង១០ឆ្នាំរឺក៏កាន់តែវែង ជាងនេះទៀត។

ជាផលិតផលសាធារណៈនៃទំនាក់ទំនងអន្តរជាតិ "ខ្សែក្រវាត់មួយ ផ្លូវមួយ" នឹងនាំមកឱ្យពិភព លោកនូវឱកាសជាច្រើន ជាពិសេសគឺឱកាសសហប្រតិបត្តិការក្នុងតំបន់និងឱកាសអភិវឌ្ឍន៍ពិភពលោ ក។

ផ្នែកទី១ ឱកាសសហប្រតិបត្តិការតំបន់នៃ "ខ្សែក្រវ៉ាត់មួយ ផ្លូវមួយ"

"ខ្សែក្រវាត់មួយ ផ្លូវមួយ" បើទោះបីជាគំនិតផ្ដួចផ្ដើមរបស់ចិន ប៉ុន្តែវាគឺទ្រេប្រៀបអភិវឌ្ឍមួយ ដែលចេញដំណើរពីចិននិងអាស៊ីប៉ាស៊ីហ្វិកហើយរីកលាលដាលដល់ពិភពលោកទាំងមូល។ "ខ្សែក្រវ៉ាត់ មួយ ផ្លូវមួយ" ដែលផ្ដួចផ្ដើមនូវកាលគំនិតទំនាក់ទំនងគ្នាប់គ្នា និងសូត្រគឺផលប្រយោជន៍រួមគ្នានិង វាសនាតែមួយ និងជម្រុញកិច្ចសហប្រតិបត្តិការតំបន់ឈានចូលកម្រិតថ្មីនិងកំពស់ថ្មី ហើយនឹងជម្រុង ប្រសិទ្ធភាពយន្តការសហប្រតិបត្តិការពហុភាគី ព្រមទាំងដើរតួនាទីកាន់តែប្រសើរឡើងក្នុងយន្តការកិច្ច សហប្រតិបត្តិការពហុភាគីដែលមានស្រាប់ដូចជាអង្គការសហប្រតិបត្តិការសៀងហៃ(SCO) ចិន-អា ស៊ាន(១០+១) អង្គការកិច្ចសហប្រតិបត្តិការសេដ្ឋកិច្ចអាស៊ីប៉ាស៊ីហ្វិក(APEC) កិច្ចប្រជុំអាស៊ីអឺរ៉ុប (ASEM) កិច្ចសន្ទនាសហប្រតិបត្តិការអាស៊ី(ACD) កិច្ចប្រជុំស៊ីកា(CICA) វេទិកាកិច្ចសហប្រតិបត្តិ ការចិនអារ៉ាប់ កិច្ចសន្ទនាយុទ្ធសាស្ត្រចិន-គណៈកម្មាធិការសហប្រតិបត្តិការនៃប្រទេសឈូងសមុទ្រអា រ៉ាប់ កិច្ចសហប្រតិបត្តិការសេដ្ឋកិច្ចនៃមហាអនុតំបន់ទន្លេមេគង្គ(GMS) កិច្ចសហប្រតិបត្តិការសេដ្ឋកិច្ច តំបន់អាស៊ីកណ្ដាល(CAREC)។ល។

១. បំពេញរៀបទៅវិញទៅមក ជម្រុញការអភិវឌ្ឍន៍ទំនាក់ទំនងសេដ្ឋកិច្ចពាណិជ្ជកម្ម ពន្លឿនការ កសាងសមាហរណកម្មសេដ្ឋកិច្ចតំបន់

"ខៀក្រវ៉ាត់មួយ ផ្លូវមួយ" កាត់តាមតំបន់អ៊ីវ៉ុបអាស៊ីដោយតភ្ជាប់រង្វង់សេដ្ឋកិច្ចអាស៊ីប៉ាស៊ីហ្វិក ជាមួយនិងរង្វង់សេដ្ឋកិច្ចអ៊ីវ៉ុប ប្រទេសស្ថិតនៅតាមបណ្ដោយខៀនេះរួមមានប្រទេសអភិវឌ្ឍន៍នៅតំបន់ អ៊ីវ៉ុប និងអាស៊ីប៉ាស៊ីហ្វិក ហើយក៏មានប្រទេសកំពុងអភិវឌ្ឍន៍ជាច្រើនទៀតរួមបញ្ចូលទាំងចិន និងបូក រួមទាំងប្រទេសអភិវឌ្ឍន៍តិចតួចមួយចំនួនទៀត តំបន់នេះគ្រប់ដណ្ដប់ប្រជាជនប្រមាណ៤៦០០លាន នាក់ ដែលស្មើនឹង៦៣%នៃសកលលោក មានទំហំសេដ្ឋកិច្ចសរុប២១ទ្រីលានដុល្លារអាមេរិកដែលស្មើ នឹង២៩% នៃពិភពលោក។ រចនាសម្ព័ន្ធសេដ្ឋកិច្ច ធនធានបម្រុង រចនាសម្ព័ន្ធពាណិជ្ជកម្ម រវាងបណ្ដាល ប្រទេសនៅតាមបណ្ដោយខៀនេះគឺមានលក្ខណៈពិសេសរៀង១ខ្លួន ហើយផ្ដែករចនាសម្ព័ន្ធសេដ្ឋកិច្ច និងវិនិយោគ គឺមានភាពបំពេញឲ្យគ្នាទៅវិញទៅមកយ៉ាងខ្លាំង។

គោលគំនិតឯកភាពជាមួយនៃ "ខៀក្រវ៉ាត់មួយ ផ្លូវមួយ" គឺទំនាក់ទំនងតភ្ជាប់គ្នា គោលគំនិតជាមួយ នេះសង្កត់ធ្ងន់ទៅលើ "ខៀក្រវ៉ាត់មួយ ផ្លូវមួយ" មិនមែនត្រាន់តែជាការសម្រេចយុទ្ធសាស្ត្រដែលកើត ចេញពីការគិតគូរឯនផលប្រយោជន៍ប្រទេសចិនប៉ុណ្ណោះទេ ប៉ុន្តែវាគឺជាគំនិតផ្ដួចផ្ដើមនិងការគិតគូរមួយ ដែលកើតចេញពីការសម្រេចឯនផលប្រយោជន៍ជាទូទៅនៃកិច្ចសហប្រតិបត្តិការតំបន់ នេះជាតម្រូវការ នៃប្រទេសនៅតាមបណ្ដោយខៀចាប់ផ្ដើមកិច្ចសហប្រតិបត្តិការគ្នាយ៉ាងស៊ុលទូលាយ ដោយឈរលើ មូលដ្ឋាននៃការផ្ដល់ផលប្រយោជន៍ និងឈ្នះជាមួយគ្នា។

ស្របពេលជាមួយគ្នានេះ តំបន់នៅតាមបណ្ដោយ "ខៀក្រវ៉ាត់មួយ ផ្លូវមួយ" ភាគច្រើនគឺជាប្រ ប្រទេសដែលមានសេដ្ឋកិច្ចអភិវឌ្ឍន៍ឡើង និងប្រទេសកំពុងអភិវឌ្ឍន៍ ដែលជាទូទៅមានសេដ្ឋកិច្ច អភិវឌ្ឍន៍ស្ថិតនៅក្នុងដំណាក់កាលកើនឡើង ហើយវាមានបំណងអភិវឌ្ឍន៍ល្អចំពោះទំនាក់ទំនងសេដ្ឋ កិច្ចពាណិជ្ជកម្ម និងវិនិយោគក្រៅប្រទេសក្នុងតំបន់។ ការជម្រុញ "ខៀក្រវ៉ាត់មួយ ផ្លូវមួយ" ក៏នឹងធ្វើឲ្យ ការកសាងវិស័យហេដ្ឋារចនាសម្ព័ន្ធ ផ្លូវគមនាគមន៍ ការជីកជញ្ជូន ខៀសង្វាក់ឧស្សាហកម្មទំនិញ។ល។ កាន់តែប្រសើរឡើង ជម្រុញកំរិតសេរីភាវូបនីយកម្ម និងភាពងាយស្រួលនៃពាណិជ្ជកម្មនិងវិនិយោគ។ ការអភិវឌ្ឍន៍នៃទំនាក់ទំនងសេដ្ឋកិច្ចពាណិជ្ជកម្ម និងក្លាយទៅជាមូលដ្ឋាន និងការនាំផ្លូវនៃការកសាង "ខៀក្រវ៉ាត់មួយ ផ្លូវមួយ" ដោយជម្រុញប្រទេសនៅតាមបណ្ដោយខៀឲ្យគ្នាយទៅជាលំនាំសហប្រតិបត្តិ ការដែលមានលក្ខណៈ៖វិស័យទូលំទូលាយ កំរិតជ្រៅ សមត្ថភាពខ្លស់ និងគ្រប់ផ្នែក។[5]

ដោយស្របតាមការអភិវឌ្ឍន៍ស៊ីជម្រៅនៃសេដ្ឋកិច្ចសកលភាវូបនីយកម្ម រចនាសម្ព័ន្ធនៃពាណិជ្ជ កម្ម និងវិនិយោគសុទ្ធតែមានការរីកសម្រួលជំរំ ប្រទេសនៅតាមបណ្ដោយខៀប្រឈមនឹងបញ្ហារួមគឺ ការលើកកំរិតនៃការប្រែក្លាយសេដ្ឋកិច្ច សមាហរណកម្មសេដ្ឋកិច្ចនៅក្នុងតំបន់គឺជាសេចក្ដីប្រាថ្នារួមរវាង ប្រទេសនិមួយៗ។ លោកប្រធានាធិបតីចិន ស៊ី ជិនភីង ក៏បានបង្ហាញនៅក្នុងកិច្ចប្រជុំដ៏ណាក់កាល ទី១នៃកិច្ចប្រជុំក្រៅផ្លូវការរបស់ថ្នាក់ដឹកនាំAPEC "ចិនគឺជាអ្នកទទួលផលប្រយោជន៍នៃកិច្ចសហ

---

[5] កៅហ្វីនីង៖ «ស៊ីជម្រៅកិច្ចសហប្រតិបត្តិការសេដ្ឋកិច្ចពាណិជ្ជកម្ម រួមគ្នាបង្កើតភាពរុងរឿងថ្មី» «ការសែតប្រជាជន» ទំព័រទី១១ ចុះថ្ងៃទី២ ខែ កក្កដា ឆ្នាំ២០១៤ ។

ប្រតិបត្តិការក្នុងតំបន់   រឹតតែជាអ្នកផ្ដួចផ្ដើមនិងជាម្រេញយ៉ាងសកម្មនៅក្នុងកិច្ចសហប្រតិបត្តិការតំបន់ ឃើងសុខចិត្តជម្រេញសេរីការូបនីយកម្ម   និងភាពងាយស្រួលនៃពាណិជ្ជកម្មនិងវិនិយោគក្នុងតំបន់នេះ យ៉ាងសកម្ម ពន្លឿនសមាហរណកម្មសេដ្ឋកិច្ចតំបន់ ចាប់ដៃគ្នាជម្រេញតំបន់អាស៊ីប៉ាស៊ីហ្វិកឲ្យមានការ អភិវឌ្ឍរុងរឿង“ ដែលនេះក៏បង្ហាញនូវការប្ដេជ្ញាចិត្តរបស់ចិនក្នុងការផ្ដួចផ្ដើមសមាហរណកម្មសេដ្ឋកិច្ច ក្នុងតំបន់។ នៅក្នុងតំបន់អឺរ៉ុប សហគមន៍អឺរ៉ុបប្រើជាអង្គការដែលកាន់តែមានភាពចាស់ទុំនៃសមាហរណ កម្មសេដ្ឋកិច្ច និងនយោបាយ ហើយនៅក្នុងការកសាងនិងការបញ្ចូលគ្នានៃសមាហរណកម្មសេដ្ឋកិច្ច នៅក្នុងតំបន់   គឺក៏បានឆ្លុះបញ្ចាំងនូវភាពជាគំរូដ៏ល្អ។   នៅក្នុងតំបន់ភាគច្រើននៃអាស៊ីប៉ាស៊ីហ្វិក ដោយសារសេចក្ដីប្រាថ្នារួមនៃសមាហរណកម្មសេដ្ឋកិច្ចតំបន់   កិច្ចព្រមព្រៀងសេដ្ឋកិច្ចពាណិជ្ជកម្មជា ច្រើនរួមមាន តំបន់ពាណិជ្ជកម្មសេរីចិន-កូរ៉េខាងត្បូង តំបន់ពាណិជ្ជកម្មសេរីចិន-អាស៊ាន និង TPP សុ ទ្ធតែកើតឡើងនៅក្នុងតំបន់អាស៊ីប៉ាស៊ីហ្វិកទាំងមូល ដែលបានដើរតួនាទីជម្រេញ ហើយថែមទាំងនាំមក នូវការប្រកួតប្រជែង និងជំលោះរោងច្បាប់ពាណិជ្ជកម្ម។ ចិនជម្រេញការកសាង “ខ្សែក្រវ៉ាត់មួយ ផ្លូវ មួយ“ ក្នុងគោលបំណងឆ្លងតាមរយ:ទំនាក់ទំនងពាណិជ្ជកម្ម និងឬប្បធម៌បញ្ចូលគ្នា ផ្លើឲ្យកាន់តែ ប្រសើរឡើងនូវទំនាក់ទំនងសេដ្ឋកិច្ចពាណិជ្ជកម្មអាស៊ីប៉ាស៊ីហ្វិកទាំងមូល ដោយនាំមកនូវរបៀបអភិវឌ្ឍ ថ្មីនៃសមាហរណកម្មសេដ្ឋកិច្ចតំបន់។

២. កិច្ចសហប្រតិបត្តិការរួមគ្នា ការជម្រេញកិច្ចសហប្រតិបត្តិការសុវត្ថិភាពតំបន់ ការបង្ក្រាបអំពើរ កេរវេកម្ម

តំបន់អាស៊ីប៉ាស៊ីហ្វិកប្រឈមនឹងបញ្ហាសុវត្ថិភាពដ៏សុតស្ងាប   ការពិចារណរក្សាសុវភាពឲ្យបាន ឃួរអង្វែងនៃបរិស្ថានជុំវិញ ក៏ជាកត្តាករិតមួយនៃការអភិវឌ្ឍន៍សេដ្ឋកិច្ចអាស៊ីប៉ាស៊ីហ្វិក និងការអភិវឌ្ឍន៍ វិស័យផ្សេងៗទៀត។   ក្នុងនោះកេរវេកម្មគឺជាបញ្ហាគំរាមដ៏ធំមួយនៃបរិស្ថានសុវត្ថិភាពតំបន់អាស៊ីប៉ាស៊ី ហ្វិក។

ប្រកសមុទ្រម៉ាឡាកា ដែលជាផ្លូវដើកជញ្ជូនពាណិជ្ជកម្មក្រៅប្រទេស និងថាមពលដ៏សំខាន់នៃ តំបន់អាស៊ីប៉ាស៊ីហ្វិក តែងតែប្រឈមនឹងបញ្ហាចោរសមុទ្រ និងអំពើរកេរវេកម្មលើសមុទ្រដែលបានបង្ក ទៅជាការគំរាមកំហែងដល់សុវត្ថិភាពថាមពល នៃប្រទេសជុំវិញឬហូតដល់ពិភពលោកទាំងមូល។ ផ្ទែ ក្នុងប្រទេសមួយចំនួន នៃតំបន់អាស៊ីខាងត្បូងនៅតែប្រឈមនឹងការគំរាមកំហែងពីពួកទស្ឋានប្រជាប់ អាវុធប្រឆាំងនឹងរដ្ឋាភិបាល និងពួកកេរវេករ ស្ថេរភាពនយោបាយផ្ទែក្នុងសុទ្ធតែទទួលបាននូវការគំរាម កំហែង។ តំបន់អាស៊ីកណ្ដាល និងផ្នែកខាងលិចឬប្រទេសចិនតែងតែទទួលរងនូវការគំរាមកំហែងពីកំ លាំងកេរវេកម្មហ៊ឺស្វា កំលាំងបំបែកបំបាក់ជាតិសាសន៍ និងកំលាំងពួកសាសនាជ្រុលនិយម មិនត្រឹមតែ បានជ:ឥទ្ធិពលយ៉ាងខ្លាំងដល់បរិស្ថានវិនិយោគ ថែមទាំងបានជ:ឥទ្ធិពលដល់សន្តិសុខប្រទេស និង ស្ថេរភាពតំបន់។

នៅពេលដែលឆ្លើយតបនឹងកត្តាអស្ថេរភាពទាំងនេះ:   កិច្ចសហប្រតិបត្តិការផ្នែកគោល នយោបាយនិងការឆ្លើយតបទៅវិញទៅមកមានភាពទន់ខ្សោយ ពិបាកនឹងបង្កើតឡើងនូវវេទិការសហ ប្រតិបត្តិការអន្តរជាតិដ៍មានប្រសិទ្ធភាពក្នុងការប្រយុទ្ធប្រឆាំងជាមួយនឹងអំពើរកេរវេកម្ម វាក៏ពិបាករួមកំ

លំដាប់ដែលគ្មាកសាងសុវត្ថិភាពក្នុងតំបន់។ ដោយហេតុនេះ រដ្ឋាភិបាលចិនផ្លូងតាមរយៈវេទិការអង្គការកិច្ចសហប្រតិបត្តិការរសៀងហៃមួយនេះបង្កើតនូវយន្តការសហប្រតិបត្តិការដូចជា សមយុទ្ធប្រយុទ្ធប្រឆាំងអំពើភេរវកម្មគ្នា ការពារសុវត្ថិភាពវេទិការអន្តរជាតិធំៗ កិច្ចប្រជុំផ្លាស់ប្តូរព័ត៌មានចារកម្ម ក្រុមការងាររួមបង្ក្រាបភេរវកម្មតាមប្រព័ន្ធអ៊ិនធឺណេតៗ។ បានភ្លាយទៅជាការប្រយុទ្ធប្រង្ក្រាបជាមួយនឹងអំពើភេរវកម្មគ្នា ការបង្កើតមូលដ្ឋានយន្តការសុវត្ថិភាពក្នុងតំបន់។ គំនិតផ្តួចផ្តើម "ខ្សែក្រវ៉ាត់មួយ ផ្លូវមួយ" ក៏នឹងអនុវត្តទៅតាមរយៈវេទិការអង្គការកិច្ចសហប្រតិបត្តិការរសៀងហៃ ហើយបានបន្ថែមនូវវដ្ដសហប្រតិបត្តិការក្នុង និងក្រៅតំបន់ដល់វេទិការនេះជាច្រើនទៀត ជម្រុញឱ្យមានសកម្មភាពរួមគ្នាក្នុងការបង្ក្រាបអំពើភេរវកម្ម។

នៅក្នុងគំនិតផ្តួចផ្តើម "ខ្សែក្រវ៉ាត់មួយ ផ្លូវមួយ" ចិនជ្រើសរើសនាទីសួលយ៉ាងសំខាន់នៅក្នុងកិច្ចសហប្រតិបត្តិការប្រឆាំងអំពើភេរវកម្មដែលអាចមានប្រសិទ្ធភាព ក្នុងការកាត់បន្ថយស្ថានការណ៍តឹងតែងរវាងការទទួលខុសត្រូវទៅវិញទៅមកនៃប្រទេសនីមួយៗ។ ក្រោយពីប្រកដឹកជញ្ជូនសមុទ្រពែណិម៉ាឡាកាមួយនេះ ការកសាងរួចរាល់ជាបន្តបន្ទាប់នូវកំពង់ផែយុទ្ធសាស្ត្រខ្សោះជា កំពង់ផែកូឡុំបូៗល។ នឹងផ្លល់នូវជម្រើសផ្លូវថ្មីដល់ការដឹកជញ្ជូនធនធាននៃប្រទេសចិន និងតំបន់អាស៊ីប៉ាស៊ីហ្វិកទាំងមូល ដែលវាគឺអាចកាត់បន្ថយសំពាធដឹកជញ្ជូននៅតាមប្រកសមុទ្រម៉ាឡាកា ហើយក៏អាចបន្ថែមនូវជម្រើសនៃការដឹកជញ្ជូនធនធាននៃប្រទេសនៅក្នុងតំបន់ដ៏ដាក់លាក់មួយ មានប្រសិទ្ធភាពធានាបាននូវសន្តិសុខថាមពលរបស់ប្រទេស។

៣. ការជម្រុញអន្តរជាតិភូបនីយកម្មនៃរូបិយប័ណ្ណយ័នចិន

ការកសាង "ខ្សែក្រវ៉ាត់មួយ ផ្លូវមួយ" តម្រូវការដើមទុនមូលនិធិដែលមានទំហំដ៏ធំ។ ទោះបីជាមានមូលនិធិរបស់ធនាគារអភិវឌ្ឍន៍ជាតិថ្មី(BRICS Development Bank) មូលនិធិធនាគារអភិវឌ្ឍន៍វិនិយោគហេដ្ឋារចនាសម្ព័ន្ធអាស៊ី(AIIB) ឬក៏មូលនិធិផ្លូវសូត្រសមុទ្រក៏ដោយ គឺសុទ្ធតែមានគោលបំណងដើម្បីទទួលបាននូវការគាំទ្រនៅក្នុងតំបន់ ហើយជាពិសេសគឺការកសាងប្រព័ន្ធហេដ្ឋារចនាសម្ព័ន្ធផ្លូវថ្មល បណ្តាញទូរគមនាគមន៍ និងការដឹកជញ្ជូនតាមកំពង់ផែៗល។ ដែលស្របតាមគម្រោងផ្លូវ "ខ្សែក្រវ៉ាត់មួយ ផ្លូវមួយ" ដែលជាទីបញ្ចប់ វាសម្រចបាននូវការយកមូលធនចេញទៅក្រៅប្រទេស។

"ខ្សែក្រវ៉ាត់មួយ ផ្លូវមួយ" ជាការផ្តួចផ្តើមគំនិតអំពីអន្តរការិយកម្មហិរញ្ញវត្ថុ ជួយជម្រុញឱ្យមានអន្តរជាតិភូបនីយកម្មរូបិយប័ណ្ណយ័នចិន។

ស្ថិតនៅដំណាក់កាលទីផ្សារហិរញ្ញវត្ថុអន្តរជាតិមានទំនាក់ទំនងគ្នា យុទ្ធសាស្ត្រូបិយវត្ថុនិងយុទ្ធសាស្ត្រសេដ្ឋកិច្ចហិរញ្ញវត្ថុនៅគ្រប់ប្រទេសក្នុងពិភពលោក កំពុងតែស្វែងរកឱកាសនោះសមត្ថភាពនៃកិច្ចព្រាងព្រៀងផ្លាស់ប្តូររូបិយប័ណ្ណ វាពិតជាបានប្រលាមន្តរការបម្រែបម្រួលហានិភ័យឱ្យឆ្ងាយវៃហ្ញជាការគាំទ្រផ្នែកវិនិយោគ និងពាណិជ្ជកម្មទៅវិញទៅមកៗ។ ដូចនេះវាពិតជាបានជួយកាត់បន្ថយហានិភ័យចំពោះអត្រាប្តូរប្រាក់ ហើយថែមទាំងបានជួយដល់គ្រឹះស្ថានហិរញ្ញវត្ថុនៅក្រៅប្រទេសក៏ដូចជាក្រុមហ៊ុនសហគ្រាសនៅក្រៅប្រទេសរបស់ចិនមានចន្លោះគេចរទៅវិញទៅមក ដែលអន្តរជាតិភូបនីយកម្មរូបិយ

បណ្ណយ៉ាន ជម្រុញឲ្យមានដំណើរការកិច្ចសហប្រតិបត្តិការជាលក្ខណៈសេដ្ឋកិច្ចអន្តរជាតិ វិនិយោគ និងពាណិជ្ជកម្ម។

ស្របពេលជាមួយគ្នានេះប្រទេសចិន និង ប្រទេសជាច្រើនបានបង្កើតកិច្ចព្រមព្រៀងផ្លាស់ប្ដូររូបិយប័ណ្ណរបស់ខ្លួនទៅវិញទៅមក ហើយគឺវាចុចជាបានបង្កើតឡើងនូវប្រព័ន្ធមួយដែលយករូបិយប័ណ្ណយ៉ាន់ចិនធ្វើជាចំណុចកណ្ដាល "មួយឈរលើងច្រើន" សម្រាប់ធ្វើការគណនា ការផ្លាស់ប្ដូរ ការផ្ដល់ហិរញ្ញប្បទាន ដោយវាមានសារៈប្រយោជន៍ជួយជម្រុញឲ្យរូបិយប័ណ្ណចិនបានប្រែក្លាយទៅជារូបិយប័ណ្ណមួយដ៏សំខាន់ នៅលើពិភពលោកយើងក្នុងវិស័យពាណិជ្ជកម្ម សេដ្ឋកិច្ច និង រូបិយប័ណ្ណបម្រុង។

ការវិវត្តន៍នៃអន្តរជាតិកម្មូបនីយកម្មរូបិយប័ណ្ណយ៉ាន និងមជ្ឈមណ្ឌលរូបិយប័ណ្ណយ៉ាន់ក្រៅប្រទេសពិតជាបានឈរលើផែនការ "ខ្សែក្រវ៉ាត់មួយ ផ្លូវមួយ" ដែលជាមធ្យោបាយដ៏មានសារៈសំខាន់សម្រាប់ការធ្វើជំនួញឆ្លងប្រទេស និងអន្តរការវិនិមយកម្មហិរញ្ញវត្ថុ ហើយវាពិតប្រាកដណាស់នឹងជម្រុញឲ្យមានដំណើរការវិនិយោគអន្តរជាតិ និងកិច្ចសហប្រតិបត្តិការនៅក្នុងតំបន់។

៤. ការរៀបចំរួមបញ្ចូលគ្នាទីផ្សារអាស៊ីអឺរ៉ុប ការជម្រុញសហប្រតិបត្តិការអាស៊ីអឺរ៉ុប

បច្ចុប្បន្ននេះ ដោយសារកត្តាបញ្ហាចរាចរណ៍ធ្វើដំណើរ ការដឹកជញ្ជូនទំនិញ និងកត្តាបញ្ហាផ្សេងៗទៀត បានបង្ហាញឲ្យឃើញអំពីភាពខ្វះខាតនូវទំនាក់ទំនងទៅវិញទៅមករវាងតំបន់ដ៏ងងឹតសេដ្ឋកិច្ចអាស៊ីប៉ាស៊ីហ្វិក និងតំបន់សេដ្ឋកិច្ចអឺរ៉ុប។ ការកត្តាប់អាស៊ីអឺរ៉ុបនៃ "ខ្សែក្រវ៉ាត់មួយ ផ្លូវមួយ" នឹងជួយផ្ដល់នូវឱកាសដ៏ល្អដល់ការអនុវត្តរៀបចំរួមបញ្ចូលគ្នារបស់ទីផ្សារអាស៊ីអឺរ៉ុប និងកិច្ចសហប្រតិបត្តិការអាស៊ីអឺរ៉ុបឲ្យកាន់តែស៊ីជម្រៅ។

បើមើលតាមទស្សនៈវិស័យរបស់សហគមន៍អឺរ៉ុប នៅថ្ងៃទី៣ ខែមីនា ឆ្នាំ២០១៤ ចិននិងអឺរ៉ុបបានចុះផ្សាយសេចក្ដីថ្លែងការណ៍ «អំពីការដែលធ្វើឲ្យកាន់តែស៊ីជម្រៅ នូវទំនាក់ទំនងយុទ្ធសាស្ត្រដែលគ្របគ្រប់ជ្រុងជ្រោយដែលល្អដល់សារៈប្រយោជន៍គ្នានិងឈ្នះៈឈ្នះជាមួយគ្នារវាងចិននិងសហគមន៍អឺរ៉ុប។ នៅក្នុងសេចក្ដីថ្លែងការណ៍រួមនេះ ភាគីទាំងសងខាងចិនអឺរ៉ុបបានធ្វេងយល់ឃើញថា "ការពង្រឹងទំនាក់ទំនងចរាចរណ៍ដឹកជញ្ជូនពិតជាមានសក្ដានុពលខ្លាំង" ហើយបានសម្រេច "ធ្វើការរួមគ្នាករុវភាពស្រួលគ្នារវាងគោលនយោបាយសហគមន៍អឺរ៉ុបជាមួយនឹងខ្សែក្រវ៉ាត់ផ្លូវស្សត្រសេដ្ឋកិច្ច" ហើយធ្វើការពិភាក្សា "គំនិតផ្ដួចផ្ដើមរួមគ្នាអំពីការបើកកិច្ចសហប្រតិបត្តិការតាមបណ្ដោយប្រកខ្សែក្រវ៉ាត់ផ្លូវស្សត្រសេដ្ឋកិច្ច" [6] ទាំងអស់នេះក្លាយទៅជាស្ដូលគ្រឹៈនៃកិច្ចសហប្រតិបត្តិការអំពីគំនិតផ្ដួចផ្ដើម "ខ្សែក្រវ៉ាត់មួយ ផ្លូវមួយ" រវាងចិនអឺរ៉ុបក្នុងរយៈពេលយ៉ាងឆ្នាយមួយនាថ្ងៃអនាគត។ ឆ្នាំ២០១៥ គឺជាគំរប់ខួប ៤០ឆ្នាំ នៃទំនាក់ទំនងការទូតចិនអឺរ៉ុប ដែលនឹងផ្ដល់ជាឱកាសដ៏ល្អនៃកិច្ចសន្ធនា និងកិច្ចសហប្រតិបត្តិការគ្នារវាងសហគមន៍អឺរ៉ុបនិងចិន "ផែនការចាំងកី" ក្រោយការវិនិយោគនូវទឹកប្រាក់ ៣០០ ៣ន់លានអឺរ៉ូដែលស្ថិតនៅក្រោមមាគ៌ាដ៏ក្រឹមត្រូវនេះរវាងលើកតម្កើងចាមពលនៃសេដ្ឋកិច្ចទ្វីបអឺរ៉ុប ហើយក៏នឹងផ្ដ

---

[6] «ពាក់ព័ន្ធនឹងសេចក្ដីថ្លែងការណ៍ឲ្យកាន់តែស៊ីជម្រៅរួមគ្នាមួយនៃសារៈប្រយោជន៍ឈ្នះៈឈ្នះរបស់ទំនាក់ទំនងយុទ្ធសាស្ត្រដែលគ្របគ្រប់ជ្រុងជ្រោយចិនអឺរ៉ុប»
http://www.gov.cn/xinwen/2014-03/31/content_2650712.htm

លំនូវឱកាសសហប្រតិបត្តិការចិនអឺរ៉ុបទៅលើវិស័យជាច្រើន។ ការបង្កើតបាននូវយន្តការផ្លាស់ប្តូរបែប ធម្មទាំងពីរទៅវិញទៅមកនៃប្រទេសជំៗ ដែលមានចិនអឺរ៉ុប ចិនអង់គ្លេសបានធ្វើឱ្យមានការចូលរួម កាន់តែប្រសើររបស់ទ្វីបអឺរ៉ុបជាមួយនឹងការដើរតួនាទីជាមូលដ្ឋាននៃការកសាង "ខ្សែក្រវាត់មួយ ផ្លូវ មួយ" សហគមន៍អឺរ៉ុបកំនឹងផ្តល់នូវជាកំលាំងចលករកសាងរួមមួយសំរាប់ការរៀបចំរួមបញ្ចូលគ្នា សេដ្ឋ កិច្ចអាស៊ីអឺរ៉ុប និងទីផ្សារអាស៊ីអឺរ៉ុប។

សម្រាប់នាពេលបច្ចុប្បន្ននេះការទំនាក់ទំនងអាស៊ីអឺរ៉ុបនៅប្រឈមនឹង បញ្ហាហេដ្ឋារចនាសម្ព័ន្ធ បញ្ញាចរាចរណ៍ បញ្ញាដឹកជញ្ជូនៗល។ នៅទៀយ គំនិតផ្តួចផ្តើមកសាង "ខ្សែក្រវ៉ាត់មួយ ផ្លូវមួយ" វ៉ាពិត ជាយន្តការសម្រាប់ដោះស្រាយមួយដ៏ល្អ។ ក្នុងភាពជាប្រទេសដែលមានសេដ្ឋកិច្ចលំដាប់ទី៤លើ ពិភពលោក និងជាប្រទេសដែលមានទំហំសេដ្ឋកិច្ចធំជាងគេក្នុងទ្វីបអឺរ៉ុប ប្រទេសអាល្លឺម៉ង់គឺបានដើរតួ នាទីយ៉ាងសំខាន់ក្នុងយុទ្ធសាស្ត្រសហប្រតិបត្តិការរវាងសហគមន៍អឺរ៉ុប និងចិនអឺរ៉ុប។ ដំណើរទស្សន កិច្ចរបស់លោកប្រធានាធិបតី ស៊ី ជិនភីង ទៅកាន់ប្រទេសអាល្លឺម៉ង់គឺលោកមិនត្រឹមតែបានបង្កើន ទំនាក់ទំនងរបស់ប្រទេសទាំងពីរឱ្យឈានឆ្ពោះទៅជា "ទំនាក់ទំនងយុទ្ធសាស្ត្រដែលគ្រប់ជ្រុងជ្រោយ" លោកបានធ្វើការស្វែងរកលទ្ធភាពកិច្ចសហប្រតិបត្តិការក្នុងនិងគ្រប់គ្រងវិស័យថាមពល ជីវៈចំរុះ ប រិស្ថាន ហើយលោកថែមទាំងបានធ្វើការក្រុតពិនិត្យស្វែងយល់ដោយផ្ទាល់ទៅដល់ចំណតចុងក្រោយ របស់ខ្សែផ្លូវរថភ្លើងអន្តរជាតិ Chongqing-Sinkiang-Europe គឺកំពង់ផែ Duisburg លោកបាន ចង្អុលបង្ហាញថា "ចិនអាល្លឺម៉ង់ស្ថិតនៅចុងចំណុចទាំងពីរវិនក្រវ៉ាត់ខ្សែសេដ្ឋកិច្ចផ្លូវសូក្រសមុទ្រ ដែល ជាទំហំសេដ្ឋកិច្ចធំពីរបស់អាស៊ីអឺរ៉ុប និងបង្គោលកំណើន ហើយរាក់ជាចំណុចចាប់ផ្តើម និងចំណុច បញ្ចប់នៃខ្សែផ្លូវរថភ្លើងអន្តរជាតិ Chongqing-Sinkiang-Europe ផងដែរ។ ប្រទេសទាំងពីរគួរណាស់ តែពង្រឹងកិច្ចសហប្រតិបត្តិការជាមួយគ្នា ជម្រុញការកសាងខ្សែក្រវ៉ាត់សេដ្ឋកិច្ចផ្លូវសូក្រសមុទ្រ។ កំពង់ ផែ Duisburg គឺជាកំពង់ផែទឹកសាបធំជាងគេនៅលើពិភពលោក ហើយរាក់ជាចំណុចប្រសព្វដ៏សំខាន់ សម្រាប់ការធ្វើដំណើរ ដឹកជញ្ជូន ដែលសង្ឃឹមថារាអាចដើរតួនាទីកាន់តែធំក្នុងការជម្រុញការអភិវឌ្ឍន៍ កិច្ចសហប្រតិបត្តិការចិនអាល្លឺម៉ង់ ចិនអឺរ៉ុប" [7]។

បច្ចុប្បន្ននេះស្ថាននឆ្លងទ្វីបថ្មីអាស៊ីអឺរ៉ុបបានដាក់ឱ្យដំណើរការ ដោយហេតុថាផ្លូវរថភ្លើងឆ្លងហ្វា យប្រទេសចិន និងផ្លូវរថភ្លើងប្រទេសកាហ្សាក់ស្តង់បានតភ្ជាប់ ដែលឆ្លងកាត់ប្រទេសរុស្ស៊ី បេឡារុស្ស ប៉ូ ឡូញ អាល្លឺម៉ង់ រហូតដល់កំពង់ផែ Rotterdam ប្រទេសហូឡង់ ហើយបច្ចុប្បន្ននេះវ៉ាគឺជាក្រៅផ្លូវវែលដែល មានភាពងាយស្រួលជាងគេបំផុតរបស់ទ្វីបអាស៊ី-អឺរ៉ុប។ ក្រោយពីឆ្នាំ២០១៣ ប្រទេសចិនបានដាក់ឱ្យ ដំណើរការនូវរើដើររថភ្លើងដឹកទំនិញតាមពេលកំណត់ពីទីក្រុងឈិនទូ ទៅកាន់ទីក្រុង Lodz ប្រទេសប៉ូ ឡូញ និងដើររើរថភ្លើងដឹកទំនិញជាច្រើនខ្សែពីទីក្រុងអ៊ូហានទៅកាន់ទីក្រុង Pardubice ប្រទេសឆែក ទីក្រុងឆុងឈីនទៅកាន់ទីក្រុង Duisburg ប្រទេសអាល្លឺម៉ង់ ទីក្រុងចិនចូវទៅកាន់ទីក្រុង Hamburg

---

[7] ប្រព័ន្ធផ្សព្វផ្សាយស៊ីនហ័រៈ «ផ្លូវសូក្រសមុទ្រផ្តល់ឱ្យឱកាសថ្មីនៃកិច្ចសហប្រតិបត្តិការចិនអឺរ៉ុប»
http//news.xinhuanet.com/world/2014-09/05/c_1112384738.htm,2015/3/2

ប្រទេសអាល្លឺម៉ង់ ទីក្រុងហ្វ្រីហ្វាជើទៅកាន់ទីក្រុង Frankfurt ប្រទេសអាល្លឺម៉ង់។ ដែលធ្វើឲ្យរាគ្លាយទៅជាការតភ្ជាប់ផ្លាស់ប្តូរគ្នាទៅវិញទៅមកម៉ុនគេបង្កស់រវាងប្រទេសចិន និង អឺរ៉ុប។

នៅខែតុលា ឆ្នាំ២០០៩ ក្រុមហ៊ុនសារជីវកម្មដឹកជញ្ជូនផ្លូវសមុទ្រចិន (COSCO) បានទទួលសិទ្ធគ្រប់គ្រងធ្វើអាជីវកម្មកំពង់ផែ Piraeus របស់ប្រទេសអេហ្ស៊ីប និងក៏ទទួលបានសិទ្ធគ្រប់គ្រងពិសេសសម្រាប់ការធ្វើអាជីវកម្មកំពង់ផែ Piraeus ផែលេខ២ ផែលេខ៣ រយៈពេល៣៥ឆ្នាំ ហើយបន្ទាប់មកបានចូលរួមយ៉ាងសកម្មក្នុងការធ្វើឯកជនភាពវូបនីយកម្មនៃគម្រោងអាជ្ញាធរកំពង់ផែ Piraeus។ នៅក្នុងកំឡុងពេលកិច្ចប្រជុំផ្ដាក់ដឹកនាំប្រទេសចិន-ប្រទេសអឺរ៉ុបកណ្ដាល និងអឺរ៉ុបខាងកើតលើកទី ៣ ចិនអឺរ៉ុបសម្រេចបានក្ដីបំណងពាក់ព័ន្ធផែនការកសាងច្រកផ្លូវដឹកជញ្ជូនតាមសមុទ្រ និងជើគោកថ្មីរួមគ្នា គឺដោយពឹងផ្អែកលើប្រកផ្លូវរថភ្លើងប្រទេសហុងគ្រី កំពង់ផែ Piraeus ។ល។ ដែលវាបានផ្លះបញ្ជាំងម្តងទៀតឲ្យយើញឃើញថាទ្វីបអឺរ៉ុបគឺមានតួនាទីយ៉ាងសំខាន់នៅក្នុងការកសាង "ខ្សែក្រវ៉ាត់មួយ ផ្លូវមួយ"។ តំបន់អឺរ៉ុបកណ្ដាលនិងអឺរ៉ុបខាងកើត និងតំបន់អាស៊ីកណ្ដាលគឺអាចក្លាយទៅជាចំណុចប្រសព្វនៃ "ខ្សែក្រវ៉ាត់មួយ ផ្លូវមួយ" និងការសម្រេចជាមូលដ្ឋានលើហេដ្ឋារចនាសម្ព័ន្ធដឹងណើរណោងមួយកម្រិតទៀតដែលអាចតភ្ជាប់ "ខ្សែក្រវ៉ាត់មួយ ផ្លូវមួយ" អាស៊ីអឺរ៉ុប ហើយនឹងជួយផ្ដល់នូវឱកាសដ៏ល្អដល់ការអនុវត្តរៀបចំរួមបញ្ចូលគ្នារបស់ទីផ្សារអាស៊ីអឺរ៉ុប និងកិច្ចសហាប្រតិបត្តិការអាស៊ីអឺរ៉ុបឲ្យកាន់តែស៊ីជម្រៅ។

ដូចតាមទស្សនៈយល់ឃើញទាំងនេះ "ខ្សែក្រវ៉ាត់មួយ ផ្លូវមួយ" វាពិតជាមិនមែនជាយុទ្ធសាស្ត្ររបស់ប្រទេសចិនតែឯងឯងនោះទេ ប៉ុន្តែក៏ជាការចូលរួមអនុវត្តតាមទ្រង់របស់ប្រទេសដែលនៅតាមបណ្ដោយខ្សែផ្លូវនេះផងដែរ ជាពិសេសគឺជាការពួតដៃរួមគ្នារបស់ចិន-អឺរ៉ុប ក្នុងការគ្រប់គ្រងអាជីវកម្មទីផ្សារអឺរ៉ុប-អាស៊ីដ៏ធំមួយនេះ។

ជំពូកទី២ "ខ្សែក្រវ៉ាត់មួយ ផ្លូវមួយ" ធ្វើឲ្យទ្វីបអឺរ៉ុបកែប្រែពិភពលោក

"ខ្សែក្រវ៉ាត់មួយ ផ្លូវមួយ" បាននាំមកនូវឱកាសសមួយទៀតដល់ទ្វីបអឺរ៉ុបសម្រាប់កែប្រែពិភពលោក ដែលវាសង្ខេបជារួមគឺមាននូវឱកាសទាំង៨ដូចជា៖

ទី១គឺជាឱកាសធ្វើឲ្យមានការវិភាគលុបលាស់សេដ្ឋកិច្ចឡើងវិញរបស់ទ្វីបអឺរ៉ុប។ សេដ្ឋកិច្ចអឺរ៉ុបគឺមិនទាន់រួចផុតចេញពីវិបត្តិបំណុលរបស់ទ្វីបអឺរ៉ុបនៅឡើយនោះទេ ដោយសារតែវឹងវឹតវិបត្តិលនូវការប៉ះទង្គិចរបស់វិបត្តិប្រទេសអុយក្រែន ធនាគារកណ្ដាលអឺរ៉ុបបង្ខំចិត្តបានបើកឲ្យដំណើរការនូវគោលនយោបាយផ្គូស្រាលនូវរូបិយប័ណ្ណអឺរ៉ូ ដែលជាហេតុបណ្ដាលឲ្យប្រាក់អឺរ៉ូមានការធ្លាក់ថ្លៃចុះ។ ដើម្បីធ្វើឲ្យមានការវិភាគលុបលាស់សេដ្ឋកិច្ចឡើងវិញរបស់ទ្វីបអឺរ៉ុប និងលើកដម្កើនការប្រកួតប្រជែងសេដ្ឋកិច្ចអឺរ៉ុបនោះ គណៈកម្មការសហគមន៍អឺរ៉ុបបានដាក់ស្នើឡើងនូវផែនការយុទ្ធសាស្ត្រវិនិយោគហេដ្ឋារចនាសម្ព័ន្ធដែលមានចំនួនទឹកប្រាក់ ៣៥១៣៣ពាន់លានអឺរ៉ូ---គឺផែនការចាំងគី ដែលវាពិតជាអាចភ្ជាប់បាននឹង "ខ្សែក្រវ៉ាត់មួយ ផ្លូវមួយ" ជម្រុញការកសាងនូវការផ្លាស់ប្ដូរទំនាក់ទំនងអឺរ៉ាស៊ីគ្នាទៅវិញទៅមកហើយនឹងជួយឲ្យសេដ្ឋកិច្ចទ្វីបអឺរ៉ុបដើបឡើងវិញបាន។

ទី២គឺជាឱកាសកសាងទីផ្សារដ៍ធំរបស់អឺរ៉ាស៊ីនិងអរិយធម៌ឲ្យរស់ឡើងវិញ។ នៅក្នុង
ប្រវត្តិសាស្ត្រ ទឹកដីទ្វីបអាស៊ីអឺរ៉ុបគឺវាតែងតែជាចំណុចកណ្តាលនៃអរិយធម៌ពិភពលោក។ អរិយធម៌
មហាសមុទ្ររបស់ទ្វីបអឺរ៉ុប គឺវាបានវិកសុះសាយរហូតដល់សង្គ្រាមលោកលើកទី២ត្រូវបានបញ្ចប់
ប្រទេសអាមេរិកបានក្លាយទៅជាស្តេចក្រោញនៅលើដែនសមុទ្រ ប្រទេសក្រោមអាណាគមរបស់អឺរ៉ុប
បាននាំគ្នាទូលងករាជ្យភាពជាបន្តបន្ទាប់ ហើយអឺរ៉ុបបានបង្ខូចចិត្តវិលត្រឡប់មករកដែនដីគោកវិញ
ដោយឆ្លងតាមរយៈការធ្វើសមាហរណកម្ម នៃការពឹងផ្អែកលើខ្លួនឯងដើម្បីសម្រេចបាននូវគោលបំណង
រួមគ្នា។ ទោះជាយ៉ាងណា វិបត្តិបំណុលអឺរ៉ុប វិបត្តិប្រទេសអ៊ុយក្រែនបានធ្វើឲ្យមានការប៉ះទង្គិចយ៉ាង
ខ្លាំងមកលើការកសាងទីផ្សារអឺរ៉ុបដ៍ធំមួយនេះ ប្រជាជនអឺរ៉ុបទាំងមូលពីមួយថ្ងៃទៅមួយថ្ងៃបានយល់
ឃើញថាមានតែការកសាងទីផ្សារដ៍ធំរបស់អឺរ៉ាស៊ី ហើយត្រូវតែមានប្រទេសរុស្ស៊ីចូលរួមជាមួយទើប
អាចធ្វើឲ្យមានសំលឹងដល់ការអភិវឌ្ឍន៍ និងបញ្ហាសន្តិសុខមានសកាពល្ល ដោយឈរលើការរស់ឡើង
ឡើងនៃអរិយធម៌របស់អឺរ៉ាស៊ីទើបនាំឲ្យទ្វីបអឺរ៉ុបវិកលូតលាស់ឡើងវិញ ដែលទាំងអស់នេះវាគឺជា
ជម្រើសជាប្រវត្តិសាស្ត្រ។

ទី៣គឺជាឱកាសរួមបញ្ចូលគ្នានៃតំបន់ទ្វីបអឺរ៉ុប។ នារយៈពេលឈ្មុះអង្វែងកន្លងមកនេះ គោល
នយោបាយសហគមន៍អឺរ៉ុប "ផែនការភាគជាដៃគូនៃតំបន់ខាងកើត" និង "ផែនការភាគជាដៃគូនៃតំបន់
មេឌីទែរ៉ាណេ" ចះតែមានការប្រទាក់ក្រឡាគ្នាម្ងងខ្យាយម្ងងខ្លាំង ហើយការអនុវត្តនូវកម្មវិធីផែនការ
រៀង១១ខ្លួនចះតែជួបប្រទះបញ្ហា ដោយបច្ចុប្បន្ននេះវិបត្តិប្រទេសអ៊ុយក្រែនក៏បានបំបែកទ្វីបអឺ រ៉ូបឲ្យ
ចេញពីគ្នា។ តាមការយល់ឃើញថា ក្នុងការពន្លឿងតំបន់អឺរ៉ុប គឺជាទស្សនវិស័យរូបបញ្ចូលគ្នាមិនអាច
កំណត់ក្រឹមតែនៅទ្វីបអឺរ៉ុបប៉ុណ្ណោះនោះទេ ទោះបីជាផ្នែកក្នុងរបស់អឺរ៉ុបខ្លួនឯងក៏ត្រូវតែមានទស្សនវិ ស័
យប្រកបដោយភាពថ្មីប្រឌិតផងដែរ។ ការអនុវត្ត "ខ្សែក្រវ៉ាត់មួយ ផ្លូវមួយ" បានធ្វើឲ្យអឺរ៉ុបកណ្តាល
និងខាងកើតក្លាយទៅជាប្រកទ្វារថ្មីរបស់ចិននៅក្នុងទ្វីបអឺរ៉ុប ជាពិសេសគឺប្រទេសប៉ូឡូញ អេហ្ស៊ី តំបន់
បាល់កង់ ប្រកផ្លូវចរភ្លើងប្រទេសហុងគ្រី កំពង់ផែ Piraeus សុទ្ធតែបានក្លាយជាកិច្ចសហប្រតិបត្តិការ
ផលិតផលការប្រក្ខតប្រជែង "១៦+១" គឺហើយជាស្ថានសម្រាប់តភ្ជាប់រវាងផ្លូវខ្សែសូត្រសមុទ្រនិងដី
គោក។ "ខ្សែក្រវ៉ាត់មួយ ផ្លូវមួយ" បានលើកកម្ពស់ការអភិវឌ្ឍន៍បញ្ចូលគ្នា ហើយជម្រុញជាងដប់ខេត្ត
នៅតាមបណ្តោយព្រំដែនរបស់ចិនបង្កើតឲ្យមានទំនាក់ទំនងវិនិយោគ ជំនួញពាណិជកម្មជិតស្ទិទ្ធ
ជាមួយនិងគ្រប់តំបន់ទាំងអស់នៃទ្វីបអឺរ៉ុប ដែលវាគឺជាឱកាសរួមបញ្ចូលគ្នានៃតំបន់ទ្វីបអឺរ៉ុប។

ទី៤គឺឱកាសនៃការផ្សះផ្សាគ្នាអឺរ៉ុបនិងរុស្ស៊ី។ អង្គការណាតូពិតណាស់បានដាក់នូវគោលដៅ
យុទ្ធសាស្ត្រ "Keep Russia Out" (បណ្តេញប្រទេសរុស្ស៊ីចេញ) ដូចមានវិបត្តិនៅប្រទេសអ៊ុយក្រែន
សព្វថ្ងៃនេះហើយ ដែលឆ្លុះបញ្ចាំងឲ្យឃើញនូវលទ្ធផលដ៍អាក្រក់នៃយុទ្ធសាស្ត្រមួយនេះ។ តាមការពិត
ទៅ ការផ្សះផ្សាអឺរ៉ុបនិងរុស្ស៊ីគឺជាសួលគ្រ:ស្រេវភាពនៃទ្វីបអឺរ៉ុបទាំងមូល។ "ខ្សែក្រវ៉ាត់មួយ ផ្លូវមួយ" គឺវា
ឆ្នានហួសពីផ្លូវវេស្រ្តសម័យកាលបុរាណ ដែលជាពិសេសបានផ្តោតយ៉ាងសំខាន់នូវគម្រោងអភិវឌ្ឍន៍
ធំ ហ្វា អ៊ស របស់រុស្ស៊ីបញ្ចូលគ្នា ដោយតាមរយៈទីក្រុងម៉ូស្គូ និងសហភាពសេដ្ឋកិច្ចអឺរ៉ាស៊ី អង្គការសន្តិ
សុខរួមងការជ្ញ អង្គការកិច្ចសហប្រតិបត្តិការសៀងហៃ និងស្ថាបត្យកម្មដែលធបគ្នាផ្សេងទៀតក្នុងតំបន់

ដែលក្នុងគោលបំណងគឺ "Keep Russia In" (រក្សាទុកប្រទេសរុស្ស៊ីវិញ)។ ការដែលធ្វើជាអ្នកជិតខាង
គ្នាគឺវាគ្មានជម្រើសនោះទេ ហើយវានឹងធ្វើឲ្យសហភាពសេដ្ឋកិច្ចអឺរ៉ាស៊ីនិងសហគមន៍អឺរ៉ុបផ្សារភ្ជាប់គ្នា
ក្នុងន័យដោះស្រាយវិបត្តិប្រទេសអ៊ុយក្រែន និងដើម្បីស្វែងរកដំណើរស្បេភាពជំនាត់វ៉ៃឲ្យអរង្វែងនៅអឺ
រ៉ុប។

ទី៥គឺជាឱកាសរបស់សហគមន៍អឺរ៉ុបកាន់តែ មានភាពជាយស្រួលក្នុងការចូលរួមកិច្ចការងារអា
ស៊ីប៉ាស៊ីហ្វ៊ិក។ នៅក្រោយពេលដែលប្រទេសអាមេរិកបានដាក់ចេញនូវយុទ្ធសាស្ត្រ "វិលត្រឡប់មកកាន់
អាស៊ីប៉ាស៊ីហ្វ៊ិកវិញ" នោះ សហគមន៍អឺរ៉ុបបានបង្ហាញយ៉ាងច្បាស់អំពីក្ដីព្រួយបារម្ភ ក៏យព្រួយគ្នាយជួប
ប្រទះការលំបាក ដូច្នេះហើយបានធ្វើការពន្លឿនជម្រុញយុទ្ធសាស្ត្រ FTA(តំបន់៣ជ្រជុកម្មសេរី)
ជាមួយនឹងបណ្ដាប្រទេសអាស៊ី ក៏ប៉ុន្នែវ៉ៃដំណើរការទៅមិនដូចបំណងដែលបានគ្រោងទុក។ "ខ្សែក្រវ៉ាត់
មួយ ផ្លូវមួយ" ធ្វើឲ្យទ្វីបអឺរ៉ុបចាប់ពីដែនដីគោក និងដែនសមុទ្រផ្សារភ្ជាប់គ្នាជាមួយនឹងទ្វីបអាស៊ីក្នុង
ពេលតែមួយ វ៉ៃជួយបង្កើនឲ្យមានភាពជាយស្រួលនៃការចូលរួមរបស់ទ្វីបអឺរ៉ុបទៅលើការងារជំនួញ
អាស៊ីប៉ាស៊ីហ្វ៊ិក ហើយក៏នឹងជួយបង្កើនសមត្ថភាពសហគមន៍អឺរ៉ុបឲ្យក្រោបបានឱកាសធ្វើការអភិវឌ្ឍន៍
ខ្លួននៅអាស៊ីប៉ាស៊ីហ្វ៊ិក ដែលបានពង្រីកឥទ្ធិពលសហគមន៍អឺរ៉ុបនៅតំបន់អាស៊ីប៉ាស៊ីហ្វ៊ិក។

ទី៦គឺជាឱកាសលើកដំឡើងឥទ្ធិពលរបស់សហគមន៍អឺរ៉ុបនៅទូទាំងពិភពលោក។ ប្រទេសដែល
បិតនៅតាមបណ្ដោយ "ខ្សែក្រវ៉ាត់មួយ ផ្លូវមួយ" ភាគច្រើនគឺជាប្រទេសដែលធ្លាប់នៅក្រោមអាណា
និគមអឺរ៉ុប ដោយហេតុនេះវ៉ៃបានសង្កត់ធ្ងន់បញ្ជាក់អំពីការផ្សារភ្ជាប់យុទ្ធសាស្ត្រនៅជុំវិញតំបន់ប្រទេស
ជិតខាងរបស់សហគមន៍អឺរ៉ុប។ ដូច្នេះហើយ វ៉ៃត្រូវបញ្ជាក់ងើបចេញពីសេណារ៉ាធន៍ខាងដោះស្រាយបញ្ហានៅក្នុង
តំបន់ និងនៅលើពិភពលោករបស់ទ្វីបអឺរ៉ុបគឺថាវិធីសាស្ត្រនិងមធ្យោបាយគឺជាការចាំបាច់បំផុត---- "ខ្សែ
ក្រវ៉ាត់មួយ ផ្លូវមួយ" គឺជាពណ៌៉បែត003 ការថែរក្សាបរិស្ថាន ប្រកបដោយចីរភាព គឺវ៉ៃអនុវត្តទៅតាម
ប្រតិបត្តិការទ្បេីផ្សារនិងបទដ្ឋានអន្តរជាតិ ដែលទាំងនេះគឺសុទ្ធសឹងជាកំលាំងបិនទសង្កត់ធ្ងន់របស់អឺរ៉ុប
ហើយខ្លួនវ៉ៃផ្ទាល់បានឆ្លុះបញ្ចាំងពីអំណាចទន់របស់អឺរ៉ុប។ ការបើកកិច្ចសហប្រតិបត្តិការចិនអឺរ៉ុប ការ
គ្រប់គ្រងធ្វើអាជីវកម្មទ្បេីផ្សារភាគីទី៣បី ដែលរួមមានតំបន់អាស៊ីខាងលិច អាហ្វ្រិក មហាសមុទ្រឥណ្ឌា
អាស៊ីកណ្ដាល។ល។ ដែលបិតនៅក្រោមក្របខ័ណ្ឌ "ខ្សែក្រវ៉ាត់មួយ ផ្លូវមួយ" ធ្វើឲ្យមានឱកាស
ដោតជំយកាន់តែច្រើន។ បទពិសោធន៍ ប្រព័ន្ធស្តង់ដារ និងឥទ្ធិពលវប្បធម៌ប្រវត្តិសាស្ត្ររបស់ទ្វីបអឺរ៉ុប
គឺវ៉ៃមានសារៈតម្លៃយ៉ាងខ្លាំងសម្រាប់ប្រទេសចិន។ "ខ្សែក្រវ៉ាត់មួយ ផ្លូវមួយ" គឺតាំទ្រនិងអនុវត្តទៅមុខ
នូវសាមគ្គីភាពការរៀបទុកចិត្តគ្នាទៅវិញទៅមក អត្ថប្រយោជន៍រួមស្មើភាពគ្នា ការអត់អោនរៀនសូត្រពី
គ្នាទៅវិញទៅមក និងគឺជាកិច្ចសហប្រតិបត្តិការឈ្នះរួមគ្នានៃស្មារតីផ្លូវសូត្រ ដែលវ៉ៃមានទំនាក់ទំនង
គោលំនិតជាមួយគ្នានិងសហគមន៍អឺរ៉ុប និងមានបង្កើតអនុភាពកំលាំងបទដ្ឋានជាមួយនិងសហគមន៍
អឺរ៉ុប ហើយនឹងរួមគ្នាលើកដំឡើងឥទ្ធិពលចិនអឺរ៉ុបនៅទូទាំងពិភពលោក។

ទី៧គឺជាឱកាសបង្កើនបន្ថែមមួយកម្រិតទៀត នូវទំនាក់ទំនងដៃគូយុទ្ធសាស្ត្រគ្រប់ជ្រុងជ្រោយ
ចិនអឺរ៉ុប។ ដោយការណ៍រ៉ៃនៅលើមូលដ្ឋានគឺ៖ 《ផែនការយុទ្ធសាស្ត្រកិច្ចសហប្រតិបត្តិការចិនអឺរ៉ុបឆ្នាំ
២០២០》 ចិនអឺរ៉ុបកំពុងតែចរចារគ្នាពីកិច្ចព្រមព្រៀងវិនិយោគទ្វេភាគី(BIT) ហើយក៏កំពុងពិចារណា

នៅលើមូលដ្ឋានគ្រឹះនេះសិក្សាពីលទ្ធភាពអនុវត្តកិច្ចព្រមព្រៀងពាណិជ្ជកម្មសេរី(FTA)។ ផែនការ "ខ្សែ ក្រវ៉ាត់មួយ ផ្លូវមួយ" នេះបានធ្វើឲ្យគ្នាយទៅជាកំណាងចលករការតែធំ ដែលជម្រុញឲ្យចិនអឺរ៉ុបមាន ការអភិវឌ្ឍន៍នូវ "កិច្ចសហប្រតិបត្តិការភាពជាដៃគូជំហរ" ---- ភាពជាដៃគូដើម្បីសន្តិភាព ភាពជាដៃគូ កំណើនសេដ្ឋកិច្ច ភាពជាដៃគូកំណែទម្រង់ និងភាពជាដៃគូទំនាក់ទំនងស៊ីវិល័យ។ ខ្សែបណ្តោញដឹក ជញ្ជូនផ្លូវដែកកន្លងជាតិលើៀនលៀនអ៊ីស៊ីងអ៊ុ ជងស៊ីងអ៊ុ អ៊ុស៊ីងអ៊ុផ្លែងកាត់អាស៊ីអឺរ៉ុបទាំង១៣ខ្សែបាន និងកំពុងតែផ្សារភ្ជាប់ការអភិវឌ្ឍន៍ចិនអឺរ៉ុបជាមួយគ្នា។ ពាក់ព័ន្ធជុំវិញការកសាងផ្លូវសូត្រសមុទ្រសតវត្ស ទី២១នេះ៖ កិច្ចសហប្រតិបត្តិការមហាសមុទ្រនឹងក្លាយជាការទាញចំណាប់អារម្មណ៍ថ្មីនូវកិច្ចសហ ប្រតិបត្តិការចិនអឺរ៉ុប ដែលវាសុចសឹងអាចវិឌ្ឍន៍ទៅជាយន្តការកិច្ចសន្ធនាថ្មីរវាងចិននិងអឺរ៉ុប។

ទី៨គឺជាឱកាសល្អកាត់ការអភិវឌ្ឍន៍ដែលមានគុណភាពនៃទំនាក់ទំនងអាត្លង់ទិក។ ក្រោយស ង្រ្គាមលោកលើកទី២សហភមន៍អឺរ៉ុបពឹងផ្អែកយ៉ាងខ្លាំងលើទំនាក់ទំនងអាដង់ទិក ហើយវាយ៉ាងណា តែងតែមានភាពលំបាកក្នុងការគេចឲ្យផុតពីភាពមិនស៊ីមេទ្រីគ្នានៃការប្រកួតប្រជែង និងកិច្ចសហ ប្រតិបត្តិការរវាងអឺរ៉ុបនិងអាមេរិក "ដែលការបបេញ្ញមតិតែងតែកងឯង" ទីបំផុតគឺវាគ្រាន់តែជាភាពអាម៉ាស់ នៃក្តីអស់សង្ឃឹមតែប៉ុណ្ណោះ។ "ខ្សែក្រវ៉ាត់មួយ ផ្លូវមួយ" គឺធ្វើការសង្កត់ធ្ងន់ទៅលើការបើកចំហរ អនុគ្រោះ មិនរើសអើងប្រទេសនៅក្រៅតំបន់ មិនស្រាវមកអំណាចនៅជុំវិញខ្លួន មិនពង្រឹកឥទ្ធិពលវិស័ យ្យាយ៣ មានការជាក់បញ្ចូលអនុគ្រោះដល់អាមេរិក ដែលវាមានភាពលើសពី TTIPទ្វាគឺវិធ្វង់មុខ។ អាមេរិកក្រៅពីមានគោលនយោបាយ TTIP ក៏នៅមាន TTP ទៀតផងដែរ ហើយអឺរ៉ុបវិញគឺមានតែ TTIP តែប៉ុណ្ណោះ ដែលវានៅថ្ងៃអនាគតនឹងធ្វើឲ្យទំនាក់ទំនងអាត្លង់ទិកនឹងមានគុណវិបត្តិ។ ប៉ុច្ចុប្បន្ន នេះ "ខ្សែក្រវ៉ាត់មួយ ផ្លូវមួយ" បានបន្ថែមជាជម្រើសឲ្យអឺរ៉ុបដាកមករកមើលលោកខាងកើត ដែលធ្វើឲ្យ អឺរ៉ុបមានការប្រែប្រួលមុខមាត់ដែលត្រូវង់ចាំទំនាក់ទំនងពីអាមេរិកចំពោះតួនាទីរបស់ខ្លួន ធ្វើឲ្យមាន ការអភិវឌ្ឍន៍ដែលមានគុណភាពនៃទំនាក់ទំនងអាត្លង់ទិក។

ប្រទេសចិនគឺជាចំណុចចាប់ផ្ដើមនៃ "ខ្សែក្រវ៉ាត់មួយ ផ្លូវមួយ" អឺរ៉ុបគឺជាចំណុចចុងបញ្ចប់ ហើយអឺរ៉ុបចំពោះ "ខ្សែក្រវ៉ាត់មួយ ផ្លូវមួយ" គួរតែមានប្រតិកម្មធ្វើយតបយ៉ាងសកម្មខ្លាំង។ ប៉ុន្តែទោះជា យ៉ាងណា អឺរ៉ុបតែងតែមានសកម្មភាពយឺតយ៉ាវទៅវិញ ហើយការយល់ដឹងរបស់ប្រជាជនអឺរ៉ុបចំពោះ គំនិតផ្ដួចផ្ដើម "ខ្សែក្រវ៉ាត់មួយ ផ្លូវមួយ" របស់ប្រទេសចិននៅមានកម្រិតនៅឡើយ។

គឺពួកគេមានការចាប់អារម្មណ៍ច្រើនតែទៅលើបញ្ហាបួន៖

ទី១ តើអ្វីទៅជាសារៈសំខាន់របស់ "ខ្សែក្រវ៉ាត់មួយ ផ្លូវមួយ"? តើវាពិតជាមានសារៈប្រយោជន៍ ដល់អឺរ៉ុបដែរឬទេ ?

ទី២ តើមានប្រទេសណាខ្លះនៅក្នុងសហភមន៍អឺរ៉ុបទទួលបាននូវឥទ្ធិពលវិជ្ជមានពីគំនិតផ្ដួចផ្ដើ មថ្មីរបស់ចិននេះ? និងកម្រិតទទួលឥទ្ធិពលនេះវាយ៉ាងដូចម្ដេចដែរ? ហើយវានឹងទទួលបាននៅក្នុង រូបភាពបែបទណាខ្លះដែរ។

ទី៣ ចំពោះគំនិតផ្តួចផ្តើមថ្មីរបស់ចិននេះ តើសហគមន៍អឺរ៉ុបនឹងដើរតួនាទីជាអ្វី? ប្រសិនបើ ប្រទេសជាសមាជិកនៃសហគមន៍អឺរ៉ុបទទួលឥទ្ធិពលនៃគំនិតផ្តួចផ្តើមនេះ ការបើកផ្លូវកិច្ចសហប្រតិបត្តិ ការសេដ្ឋកិច្ច និងជំនួញរវាងចិននិងសហគមន៍អឺរ៉ុបនឹងមានភាពជិតស្និទ្ធកម្រិតណា?

ទី៤ តើការបង្កើតច្បាប់បញ្ញតិនៃគំនិតផ្តួចផ្តើមថ្មីរបស់ចិននេះមានឥទ្ធិពលផំកម្រិតណាដែរ? ហើយវានឹងជួយផ្តល់បាននូវអ្វីខ្លះចំពោះការបង្កើតច្បាប់បញ្ញតិដល់ចិននៅក្នុង កិច្ចសហប្រតិបត្តិការ សេដ្ឋកិច្ចអន្តរជាតិ?

តាមរយៈការពិគ្រោះពិភាក្សារជាច្រើនដើរច្រើនដង១មក ប្រទេសជាច្រើននៅអឺរ៉ុបមានការ ស្វែងយល់ដឹងអំពី "ខ្សែក្រវ៉ាត់មួយ ផ្លូវមួយ" គឺវាបុក្ខុមបញ្ចូលមានប្រព័ន្ធផ្លូវរថែក ហេផ្ពរចនាសម្ព័ន្ធផ្លូវ ថ្មល់១១។ ហើយក៏មានខ្សែបំពង់ប្រេងឧស្ម័ន ប្រព័ន្ធទូគមនាគមន៍ ប្រព័ន្ធអ៊ីនធឺណេត និងផ្លូវហោះ ហើរអាកាសចរណ៍១។ ផងដែរ គឺវាជាប្រព័ន្ធហុបុណ្ណាញ ហើយវាធ្វើការតភ្ជាប់ចិនជាមួយនិង អឺរ៉ុប ដែលជាផែនការតភ្ជាប់ទៅកាន់ទីផ្សារផំរបស់អឺរ៉ុបដ៏មានសារះសំខាន់។

ក្រៅពីការដេកពូនលើគោកតាមរយៈផ្លូវរថភ្លើង កិច្ចសហប្រតិបត្តិការលើផ្ទៃសមុទ្រចិនអឺរ៉ុប វា នឹងក្លាយទៅជាចំណុចទាក់ទាញទៅថ្ងៃអនាគត។ សហគមន៍អឺរ៉ុបគឺមានសមត្ថភាពនៃការដេកពូន លើសមុទ្រចំនួន៤១%ទូទាំងពិភពលោកទាំងមូល ដែលជាប់លេខ១នៅលើពិភពលោក គឺជាមេដឹកនាំ នៃការដេកពូនតាមសមុទ្រ។ ក្នុងពេលជាមួយគ្នានេះដែរ ការដេកពូនតាមសមុទ្រគឺជាផ្នែកមួយ យ៉ាងសំខាន់របស់សេដ្ឋកិច្ចសហគមន៍អឺរ៉ុប ដែលវាបានរ៉ាប់រងជំនួញដេកពូនទំនិញសហគមន៍អឺរ៉ុប ទាំងអស់៤០% និងបានផ្តល់ឱកាសមានការងារធ្វើចំនួន១៨ម៉ឺននាក់ ហើយវាបានកាត់បន្ថយការ សាយភាយកាបូនឌីអុកស៊ីតិចជាងការដេកពូនតាមផ្លូវថ្មល់ពី ១៥-១៨ ដង១។ ដើម្បីអភិវឌ្ឍការដេក ពូនតាមសមុទ្រ សហគមន៍អឺរ៉ុបធ្លាប់បានដាក់ចេញនូវ "ផែនការម៉ាកូប៉ូឡូ" នៅឆ្នាំ២០០៣ ប៉ុន្តែ ដោយសារតែមិនបានផ្តល់នូវការគាំទ្រពេញលេញគ្រប់គ្រាន់ ដល់បណ្ណាក្រុមហ៊ុនដេកពូនតាមសមុទ្រ ដែលធ្វើឱ្យក៏រវាងផែនការនេះមិនបានអនុវត្តទៅតាមគោលដៅដូចការរំពឹងទុកឡើយ។ ដើម្បីធ្វើឱ្យមាន ការអភិវឌ្ឍន៍ការដេកពូនតាមសមុទ្ររយៈចម្ងាយជិតបាន សហគមន៍អឺរ៉ុបបានបង្កើត "ផ្លូវហាយវេរ៉ស មុទ្រ" គឺគួរតែអនុវត្តវិធានការពង្រឹងការកសាងហេផ្ពរចនាសម្ព័ន្ធកំពង់ផែ ការធ្វើឱ្យប្រសើរឡើងនូវអន្តរ កំពង់ផែ ហើយនិងការធ្វើឱ្យប្រសើរឡើងនូវប្រព័ន្ធបណ្ណាញចរាចរណ៍រវាងកំពង់ផែនឹងព្រែកជីក ផ្លូវថ្មល់ ផ្លូវរថែក ធ្វើការអភិវឌ្ឍន៍ឧស្សាហកម្មដេកពូនសមុទ្រ លើកកម្ពស់យន្តការស្តង់ដារសុវត្តិភាពសហគម ន៍អឺរ៉ុប១។

តម្រូវការអភិវឌ្ឍន៍និងសមត្ថភាពលើផ្ទៃសមុទ្ររបស់សហគមន៍អឺរ៉ុប គឺវាចំពេលជាតម្រូវការ របស់ប្រទេសចិនសម្រាប់ធ្វើដំណើរតភ្ជាប់ផ្លោះទៅកាន់មហាសមុទ្រ។ កិច្ចសហប្រតិបត្តិការមហាស មុទ្ររវាងចិនអឺរ៉ុបគឺវាពិតអាចក្លាយទៅជាចំណុចកិច្ចសហប្រតិបត្តិការថ្មីចិនអឺរ៉ុប។ ធ្វើការបង្កើតទំនាក់ ទំនងភាពជាដៃផំដូនតី "ភាពជាដៃគូដើម្បីសន្តិភាព ភាពជាដៃគូកំណើនសេដ្ឋកិច្ច ភាពជាដៃគូ កំណើនទម្រង់ និងភាពជាដៃគូទំនាក់ទំនងស៊ីវិល" កិច្ចសហប្រតិបត្តិការមហាសមុទ្រវាគឺជាចំណុចចាប់ ផ្តើមថ្មីមួយ។ ធ្វើយតបនឹងការអភិវឌ្ឍន៍កិច្ចសហប្រតិបត្តិការសេដ្ឋកិច្ចមហាសមុទ្រចិនអឺរ៉ុប ប្រទេស

ចិនបានដាក់ចេញនូវគំនិតផ្តួចផ្តើម "ខ្សែក្រវ៉ាត់មួយ ផ្លូវមួយ" នេះគឺជាយុទ្ធសាស្ត្រមហាសមុទ្រដើម្បី
តុប្ផប់ឲ្យមានប្រសិទ្ធភាពរាំងសហគមន៍អឺរ៉ុប និងប្រទេសនៅទ្វីបអឺរ៉ុបទាំងអស់ ជាពិសេសគឺប្រទេស
ក្រិចដែលនឹងក្លាយទៅជាប្រកទ្វារដ៏មានសារៈសំខាន់សម្រាប់ចិនចូលទៅកាន់ទ្វីបអឺរ៉ុប និងជាស្ថាននាំ
មុខនៃកិច្ចសហប្រតិបត្តិការចិន-អឺរ៉ុបកណ្តាលនិងខាងកើត។

ពាក្យដែលថា "អ្នកដែលបានអឺរ៉ុបដូចជាបានពិភពលោកទាំងមូល អ្នកដែលបានចិនដូចជា
បានពិភពលោកទាំងមូល" គឺរៀបរាប់អំពីទិដ្ឋភាពឈ្មោះរួមគ្នានៃកិច្ចសហប្រតិបត្តិការចិនអឺរ៉ុប។ កិច្ច
សហប្រតិបត្តិការចិនអឺរ៉ុបគឺមិនត្រឹមតែផ្តើមសម្រាប់ជាប្រយោជន៍ដល់ប្រជាជនទាំងសងខាង ហើយនិង
ជួយសម្រេចបាននូវការស្តារវិកឡំរឹងនិងរស់ឡើងវិញរបស់ពួកគេផងដែរ ម្យ៉ាងទៀតដោយការ
អភិវឌ្ឍន៍គ្រប់គ្រងទីផ្សារភាគីទីបីរួមគ្នា អាចជួយលើកស្ទួយសក្តានុពលកិច្ចសហប្រតិបត្តិការទ្វេភាគី
និងជះឥទ្ធិពលនៅលើពិភពលោក។ ការសម្រេចបាននូវសមាហរណកម្មក្នុងតំបន់និងការអភិវឌ្ឍន៍
បើកទូលាយសកលភាវូបនីយកម្ម ដែលជាសេចក្តីរីករាយទូក្សមគ្នារបស់ចិនអឺរ៉ុប។ អឺរ៉ុបគួរតែក្តាប់ឱកាស
នៃការបើកដំណើរការ "ខ្សែក្រវ៉ាត់មួយ ផ្លូវមួយ" របស់ចិនជាលើកទីពីរនេះ ដើម្បីសម្រេចបានក្តីសុចិន
អឺរ៉ុបនិងចិនដំណើរឆ្ពោះទៅមុខជាមួយគ្នា។

ជំពូកទី៣ "ខ្សែក្រវ៉ាត់មួយ ផ្លូវមួយ" ជាឱកាសអភិវឌ្ឍពិភពលោក

គំនិតផ្តួចផ្តើម "ខ្សែក្រវ៉ាត់មួយ ផ្លូវមួយ" គឺជាគំនិតទស្សនៈដែលរដ្ឋាភិបាលចិនលើកចេញ
ឡើងក្នុងស្ថានភាពសេដ្ឋកិច្ចចិននិងពិភពលោកសុទ្ធតែកំពុងតែមានការផ្លាស់ប្តូរ។ ការដែលសេដ្ឋកិច្ច
ប្រទេសចិនបានធ្លាក់ចូលក្នុងស្ថានភាពថ្មី បានបន្ថែមខ្លឹមសារថ្មីដល់គំនិតផ្តួចផ្តើម "ខ្សែក្រវ៉ាត់មួយ ផ្លូវ
មួយ" ការជម្រុញគំនិតផ្តួចផ្តើម "ខ្សែក្រវ៉ាត់មួយ ផ្លូវមួយ" គឺវាមិនត្រឹមតែដើម្បីការអភិវឌ្ឍន៍គ្រប់
ប្រទេសដែលនៅតាមបណ្តោយខ្សែនោះទេ គឺការដើបឡើងវិញនៃសេដ្ឋកិច្ចអឺរ៉ុបវាបាននាំមកនូវឱកាស
ថ្មី ហើយវាក់បាននាំមកនូវឱកាសនៃការអភិវឌ្ឍន៍របស់ពិភពលោកទាំងមូលផងដែរ។

១-"ខ្សែក្រវ៉ាត់មួយ ផ្លូវមួយ" ជាការបណ្តុះផ្កាសាងភាពបើកចំហរទិការកិច្ចសហប្រតិបត្តិការ ដែល
បង្ហាញពី "ភាពទំនួលខុសត្រូវរបស់ចិន"

ចេតនាដើម្បីរបស់ចិនដែលផ្តើមគំនិត "ខ្សែក្រវ៉ាត់មួយ ផ្លូវមួយ" គឺវាមិនមែនជាការបង្កើតប្រព័ន្ធ
បិទប្រកកិច្ចសហប្រតិបត្តិការដើម្បីតែផលប្រយោជន៍របស់ខ្លួននោះទេ តែជាការស្ថាបនាវិការបើក
ចំហរវិនៃកិច្ចសហប្រតិបត្តិការ វាសមស្របជាមួយនឹងតម្រូវការរួមគ្នារបស់ប្រទេសនៅតាមបណ្តោយ
ខ្សែ ហើយវាមានភាពអនុគ្រោះខ្លាំងបំផុត គឺវាអនុញ្ញាតប្រទេសទាំងអស់ដែលយល់ស្របនិងមាន
គោលបំណងចង់ចូលរួមជាមួយនិងយុទ្ធសាស្ត្រនេះ អាចចូលរួមបានគ្រប់ពេលវេលា ដែលធ្វើឲ្យគ្រប់
ប្រទេសក្នុងពិភពលោកនឹងទទួលបាននូវឱកាសនៃការអភិវឌ្ឍន៍ពីគំនិតផ្តួចផ្តើមនេះ។

គោលនយោបាយកំណែទម្រង់និងបើកចំហរក្នុងរយៈពេលជិត៤០ឆ្នាំនេះ ធ្វើឱ្យសេដ្ឋកិច្ច នយោបាយ សង្គម វប្បធម៌។ល។នៃប្រទេសចិន មានការកែប្រែផ្លាស់ប្ដូរលើគ្រប់វិស័យទាំងអស់ កម្រិត ជីវភាពរស់នៅរបស់ប្រជាជនគឺពិតជាមានភាពប្រសើរឡើងយ៉ាងខ្លាំង ហើយចិនក៏បានក្លាយជាប្រទេស ដែលមានសេដ្ឋកិច្ចធំបំផុតទីពីរបស់ពិភពលោក។ ក៏ប៉ុន្តែដោយសារតែក្នុងពេលឈ្មោះអន្តែងងមកនេះ ប្រទេសចិនបានធ្វើការផ្សព្វផ្សាយទៅពិភពខាងក្រៅ ច្រើនតែសង្កត់ធ្ងន់ថាប្រទេសខ្លួនឋិតនៅក្នុង "ដំណាក់កាលបឋមនៃសង្គមនិយមរយៈពេលវែង" ហើយបានកំណត់មុខដំណែងខ្លួនជា "ប្រទេស កំពុងអភិវឌ្ឍន៍ធំបំផុតនៅលើពិភពលោក" នេះហើយ បានធ្វើឱ្យប្រពន្ធពត៌មាននៃបរទេសមួយចំនួនធ្វើ ការវិភាគថាចិនជាប្រទេសមិនព្រមទទួលរ៉ាប់រងការកិច្ចអន្តរជាតិឱ្យច្រើនឡើង ដែលវាធ្វើឱ្យ:ពាល ដល់រូបភាពរបស់ចិន។ តាមការពិត ការចូលរួមកិច្ចការដោអន្តរជាតិកាន់តែច្រើន ការរ៉ាប់រងការកិច្ចអន្តរ ជាតិកាន់តែច្រើន និងមានអត្ថប្រយោជន៍ដើម្បីបង្ហាញដល់ពិភពលោកថាចិនមានសមត្ថភាព និងមាន ទំនួលខុសត្រូវនៅលើឆាកអន្តរជាតិ។

កំនិតផ្ដួចផ្ដើម "ខ្សែក្រវ៉ាត់មួយ ផ្លូវមួយ" គឺបង្ហាញឱ្យយើញអំពី "ទំនួលខុសត្រូវរបស់ចិន"។ ប្រទេសចិន ក្នុងថ្នាក់នាមជាអ្នកផ្ដួចផ្ដើម "ខ្សែក្រវ៉ាត់មួយ ផ្លូវមួយ" បានស្ម័គ្រចិត្តផ្ដល់ជាប្រភពជវិកៈ មូលនិធិផ្លូវស្រត្រ ប៉ុន្តែបានបង្ហាញបញ្ញាក់ថា "មិនស្វែងរកការធ្វើជាអ្នកគ្រប់គ្រាន់ៅក្នុងយុទ្ធសាស្រ្តនេះ ទេ" ហើយក៏បានលើកឡើងនូវគំនិតថ្មីការបរទេសជុំវិញនៃអំពី "ភាពស្និទ្ធស្នាលជាបងប្អូន ភាពស្មោះ ត្រង់ គុណប្រយោជន៍ ភាពស្រុះស្រួលចុះសម្រង់គ្នា"។ ប្រទេសចិននៅពេលផ្ដួតផ្ដើមគំនិតនេះគឺបាន លើក ប្រវត្តសាស្រ្តវិញ ដែលបានយកផ្លូវស្រត្រនៃសម័យបុរាណមកធ្វើជាការផ្ដេបញ្ចាំងពីឱកាសនៃការ អភិវឌ្ឍន៍ចុះសម្រង់គ្នានាសម័យបច្ចុប្បន្ន និងការខិតខំដើម្បីលុបបំបាត់ពីមន្ទិលសង្ស័យរបស់មជ្ឈដ្ឋាន ពិភពលោកលើអ្វីដែល "ហៅថាការគំរាមកំហែងមកពីចិន"។ អ្វីៗទាំងអស់នេះគឺចង់សម្ដែងឱ្យយើញថា ចិនមានក្ដីសង្ឃឹមចង់ចូលរួមពីកិច្ចការអន្តរជាតិឱ្យកាន់តែច្រើនជាងមុន និងមានគោលបំណងល្អចង់ធ្វើ ការរ៉ាប់រងការកិច្ចអន្តរជាតិឱ្យកាន់តែច្រើនផងដែរ។ "ខ្សែក្រវ៉ាត់មួយ ផ្លូវមួយ"នឹងបង្ហាញឱ្យពិភពលោក យើញអំពីសមត្ថភាពរបស់ចិន មានលទ្ធភាពទទួលខុសត្រូវនៅលើឆាកអន្តរជាតិ ធ្វើការកែប្រែទស្សន: ស្វែងយល់ដើងនិងកំណត់ទិសដៅរបស់ពិភពលោកចំពោះចិន ដែលដូរច្នះវាអាចជួយជម្រុញការ ប្រាស្រ័យទាក់ទង និងកិច្ចសហាប្រតិបត្តិការរបស់ចិនជាមួយនឹងពិភពលោកឱ្យកាន់តែមានប្រសិទ្ធភាព បានច្រើនថែមទៀត។

២- "ខ្សែក្រវ៉ាត់មួយ ផ្លូវមួយ" ធ្វើឱ្យរូបមន្តចិនផ្ដល់អត្ថប្រយោជន៍មកឱ្យដល់ ពិភពលោកវិញ

សេដ្ឋកិច្ចពិភពលោកបច្ចុប្បន្នមិនទាន់ដើរចេញពីវិបត្តនៅឡើយ ដោយត្រូវកម្រិតពីរចនាសម្ព័ន្ធ ភាពសេដ្ឋកិច្ចគ្នានិងអតុល្យភាពសេដ្ឋកិច្ចរបស់ប្រទេសនីមួយៗ។ សេដ្ឋកិច្ចពិភពលោកនៅតែបង្ហាញពី សញ្ញានៃការធើបឡើងវិញខ្សោយ។ ស្របពេលនេះផងដែរ បញ្ហាតន្លឹ:ជាងនេះទៅទៀតនោះគឺ ដោយសារត្រូវកម្រិតពីសេដ្ឋកិច្ចខ្សោយ រដ្ឋាភិបាលនៃប្រទេសនីមួយៗបានកាត់បន្ថយការវិនិយោគលើ

ហេដ្ឋារចនាសម្ព័ន្ធនិងសេវ៉ាយកិច្ចការសាធារណៈ   ដែលនេះនឹងក្លាយទៅជាការវិលជុំដ៏អាក្រក់និង
អវិជ្ជមានមួយ ហើយវានឹងរារាំងដល់ការអភិវឌ្ឍន៍នៃសេដ្ឋកិច្ចពិភពលោកទៅអនាគតកាល។

ស្ថិតនៅក្នុងដំណាក់កាលរចនាសម្ព័ន្ធសេដ្ឋកិច្ចមានការផ្លាស់ប្ដូរ   និងក្រោមស្ថានការថ្មីនៃសេដ្ឋ
កិច្ច ប្រទេសចិនកំពុងតែអភិវឌ្ឍយ៉ាងឆាប់រហ័សនៅលើវិស័យហេដ្ឋារចនាសម្ព័ន្ធ ការកសាងខ្សែបណ្ដាញដឹក
ជញ្ជូន ផ្លូវរថភ្លើងល្បឿនលឿន។ បានក្លាយទៅជាចំណុចកំណើនថ្មីនៃការវិនិយោគក្រៅប្រទេស
របស់ចិន។ ឧទាហរណ៍រថភ្លើងល្បឿនលឿន តម្លៃដើមនៃឧស្សាហកម្មរថភ្លើងល្បឿនលឿនគឺស្ថិតនឹង
មួយភាគបីនៃស្ដង់ដារអន្តរជាតិ ប៉ុន្តែចម្ងាយប្រតិបត្តិការស្ដើងនឹង៤៨%នៃពិភពលោក តម្លៃសមម្យ បច
ពិសោធន៍ច្រើនក្នុងការកសាង។ បន្ទាប់ពីប្រធានប្របពូលគ្នាឆក អាជីវកម្មក្រៅប្រទេសរបស់ក្រុមហ៊ុន
CRRC មានមិនដល់១០%ផង ហើយឧស្សាហកម្មជួចគ្នានេះអាជីវកម្មក្រៅប្រទេសរបស់ប្រទេសក្រៅ
មានប្រហែល៥០% ។ ឧស្សាហកម្មជាច្រើនមិនត្រឹមតែមានប្រៀបជាគក្បាល ហើយក៏មានកំលាំងគ្រប់
គ្រាន់ដើម្បីពង្រីកទៅក្រៅប្រទេសផងដែរ។

ក្រៅពីរថភ្លើងល្បឿនលឿន ថាមពលនុយក្លេអ៊ែ បរិក្ខាគុណភាពខ្ពស់ គ្រឿងសំណង់ ខ្សែស
ង្វាក់ផលិតកម្ម។ល។ ចិនសុទ្ធតែមានលទ្ធភាពផ្ដល់ឲ្យប្រទេសដែលនៅតាមបណ្ដោយនៃ "ខ្សែក្រវ៉ាត់
មួយ ផ្លូវមួយ" នូវវិស័យដែលមានប្រៀប។ ដូច្នេះ ប្រទេសចិនមិនត្រឹមតែបានដាក់បញ្ចូលវិស័យហេដ្ឋា
រចនាសម្ព័ន្ធ ជាប្រធានបទជំយយក្នុងចំណោមប្រធានបទទាំងបីនៃកិច្ចប្រជុំថ្នាក់ដឹកនាំAPECលើកទី
២២ប៉ុណ្ណោះទេ ថែមទាំងបានដាក់បញ្ចូលការតភ្ជាប់ហេដ្ឋារចនាសម្ព័ន្ធទៅក្នុងគោលគំនិត "៥ក្បាប់"ផង
ដែរ។

ក្រោមគំនិតផ្ដួចផ្ដើម "ខ្សែក្រវ៉ាត់មួយ ផ្លូវមួយ" ប្រទេសចិនបានចាប់ជាប់នូវចំណុចដ៏សំខាន់នៃ
ការអភិវឌ្ឍន៍វិញ្ញង់ទាន់ខ្សោយនៃសេដ្ឋកិច្ចពិភពលោក   ដែលបានផ្ដល់នូវរបៀបថ្មីនិងជម្រើសថ្មីនៃការ
អភិវឌ្ឍន៍សេដ្ឋកិច្ចពិភពលោក ហើយក៏បានផ្ដល់នូវភាពងាយស្រួលខាងផ្នែកហេដ្ឋារចនាសម្ព័ន្ធដល់ការ
តភ្ជាប់សេដ្ឋកិច្ចក្នុងតំបន់អាស៊ីអឺរ៉ុប ដើម្បីបញ្ចូលនូវកំលាំងថ្មីក្នុងការដោះស្រាយបញ្ហាខ្វះកំលាំងក្នុងការ
អភិវឌ្ឍន៍ទៅអនាគតនៃសេដ្ឋកិច្ចពិភពលោក។ គំនិតផ្ដួចផ្ដើមនៃ "ខ្សែក្រវ៉ាត់មួយ ផ្លូវមួយ" ធ្វើជាស្ពានថ្មី
នៃការតភ្ជាប់ចិននិងពិភពលោក ហើយក៏នឹងធ្វើឲ្យពិភពលោកទទួលបានប្រយោជន៍ពីរបៀបរបបរបស់
ចិននិងពីផលរបស់ចិន។

៣- "ខ្សែក្រវ៉ាត់មួយ ផ្លូវមួយ" ៣គ្រឿងការតភ្ជាប់ពិភពលោក ដោយដាក់បញ្ចូលទៅក្នុងជទិការតែ
មួយនៃសេដ្ឋកិច្ចប្រទេសនីមួយៗក្នុងពិភពលោក

ដោយសារការកើតឡើងនូវវិបត្តិសេដ្ឋកិច្ច   និងការដែលសេដ្ឋកិច្ចពិភពលោកប្រឈមមុខនឹង
ដំណាក់កាលផ្លាស់ប្ដូរ ការគាំពារពេលាដើកម្មផ្នែកក្នុងនៃប្រទេសនីមួយៗក៏មានការកើនឡើង ក្នុងពេល
ដែលផ្ដោតលើសេដ្ឋកិច្ចនិងផលប្រយោជន៍ប្រទេសរបស់ខ្លួន បានបង្ហាញចេញនូវមនសិការគេវៈការ
ទទួលខុសត្រូវចំពោះការអភិវឌ្ឍន៍សេដ្ឋកិច្ចពិភពលោក។ ប៉ុន្តែសកលការូបនីយកម្មនៃសេដ្ឋកិច្ចពិភព
លោកនៅតែជានិន្នាការអភិវឌ្ឍន៍ដែលមិនអាចទប់ស្កាត់បាន ហើយ "ខ្សែក្រវ៉ាត់មួយ ផ្លូវមួយ" ដែល

បំបែកនូវផ្នែកគំនិតដែលទម្លាក់ការលំបាកឲ្យអ្នកជិតខាង ហើយគឺជាគំនិតផ្តួចផ្តើមផ្តល់នូវវេទិកាថ្មីនៃ កិច្ចសហប្រតិបត្តិការសេដ្ឋកិច្ចពិភពលោក។ ប្រទេសនីមួយៗនៅលើពិភពលោក ទោះជាប្រទេសទាំង នោះធំឬតូចក្តី ហើយមានចម្ងាយឆ្ងាយឬជិតពីប្រទេសចិនក៏ដោយ សុទ្ធតែត្រូវបានដាក់បញ្ចូលទៅក្នុងវិ ថីនៃគំនិតផ្តួចផ្តើមមួយនេះ នោះគឺបានន័យថា ឆ្លងតាមរយៈការកសាង "ខ្សែក្រវ៉ាត់មួយ ផ្លូវមួយ" មិន ត្រឹមតែសេដ្ឋកិច្ចអាស៊ីអឺរ៉ុបអាចសម្រេចបាននូវការដាក់បញ្ចូលគ្នា និងបំពេញឲ្យគ្នាទៅវិញទៅមកនូវ ចំណុចមានប្រៀបរបស់ខ្លួនប៉ុណ្ណោះទេ ថែមទាំងប្រទេសទ្វីបអាហ្វ្រិក អាមេរិកខាងត្បូងដែលមានទី តាំងភូមិសាស្ត្រនៅឆ្ងាយពីតំបន់ "ខ្សែក្រវ៉ាត់មួយ ផ្លូវមួយ" ក៏នឹងត្រូវដាក់បញ្ចូលក្នុងនេះផងដែរ។ ប្រទេសទាំងអស់អាចបញ្ចេញនូវភាពមានប្រៀបនៃប្រទេសរបស់ខ្លួន បង្កើតនូវរបៀបថ្មីមួយ នៃកិច្ច សហប្រតិបត្តិការសេដ្ឋកិច្ចពិភពលោកដែលមានលក្ខណៈផ្តល់ផលប្រយោជន៍ និងឈ្នះៗរួមគ្នា។

៤- "ខ្សែក្រវ៉ាត់មួយ ផ្លូវមួយ" ផ្តួចផ្តើមនូវគោលគំនិតសហគមន៍វាសនាតែមួយ បម្រើឲ្យកាន់តែល្អ ដល់ការបញ្ចូលគ្នានៃសេដ្ឋកិច្ចពិភពលោក

ក្នុងការផ្ទេរសមាហរណកម្មសេដ្ឋកិច្ចពិភពលោក បណ្តាប្រទេសនិងអង្គការអន្តរជាតិបានលើក ឡើងនូវតំរែងនិងគោលគំនិតរៀងៗខ្លួន ដូចជាតំរែងកិច្ចព្រមព្រៀងភាពជាដៃគូសេដ្ឋកិច្ចគ្រប់ជ្រុង ជ្រោយក្នុងតំបន់(RCEP)ដែលដឹកនាំដោយអាស៊ាន កិច្ចព្រមព្រៀងភាពជាដៃគូយុទ្ធសាស្ត្រសេដ្ឋកិច្ច អន្តរប៉ាស៊ីហ្វិក(TPP)ដែលដឹកនាំដោយអាមេរិក កិច្ចព្រមព្រៀងតំបន់ពាណិជ្ជកម្មសេរី(FTA)រវាង ប្រទេសនីមួយៗ។ល។ ចូកថែមគំនិតផ្តួចផ្តើម "ខ្សែក្រវ៉ាត់មួយ ផ្លូវមួយ" របស់ចិន ទាំងនេះសុទ្ធតែឈរ លើការជម្រុញសមាហរណកម្មសេដ្ឋកិច្ចតំបន់ ហើយជម្រុញសមាហរណកម្មសេដ្ឋកិច្ចពិភពលោកនិង លើកកម្រិតរចនាសម្ព័ន្ធរបស់វា។ បើមើលចេញពីចំណុចចាប់ផ្តើម ទិសដៅរវាងប្រទេសនីមួយៗគឺដូច គ្នា។

បើប្រៀបធៀបជាមួយនឹងកិច្ចព្រមព្រៀង ដែលរវាំងច្បាស់ដល់ប្រទេសសមួយចំនួនមិនឲ្យចូលរួម នោះ គំនិតផ្តួចផ្តើម "ខ្សែក្រវ៉ាត់មួយ ផ្លូវមួយ" មានប្រៀបច្បាស់ខាងផ្នែកបើកចំហរនិងទទួលយក។ ដូច្នេះ គំនិតផ្តួចផ្តើមនៃ "ខ្សែក្រវ៉ាត់មួយ ផ្លូវមួយ" ទឹកចិត្តទំនាក់ទំនងជាដៃគូ តែមិនមែនជាភាពប្រកួត ប្រជែងនោះទេ។ ធ្វើជាអ្នកលើកឡើងនូវគំនិតផ្តួចផ្តើម គោលបំណងរបស់ចិនមិនមែនដណ្តើមយក សិទ្ធិដឹកនាំក្នុងតំបន់ទេ ប៉ុន្តែគឺផ្តួចផ្តើមនូវគំនិតសហគមន៍វាសនាតែមួយ ដើម្បីបម្រើដល់សមាហរណ កម្មសេដ្ឋកិច្ចពិភពលោកឲ្យកាន់តែប្រសើរឡើង។

ពាក់ព័ន្ធទៅនឹងTPP ដែលដឹកនាំដោយអាមេរិក រដ្ឋាភិបាលចិនចាំបាច់រក្សាការប្រុងប្រយ័ត្ន ចំពោះការដឹកនាំរបស់អាមេរិក ក្នុងដំណើរការធ្វើសកលភាវូបនីយកម្មសេដ្ឋកិច្ចក្នុងតំបន់អាស៊ីប៉ាស៊ី ហ្វិក ប៉ុន្តែTPPនេះមានប្រៀបមិនអាចជំនួសបានក្នុងការវិលបំបែករបៀបបែបពាណិជ្ជនៃFTA កាន់តែ យកចិត្តទុកដាក់ លើប្រធានបទបញ្ហាពលករនិងបរិស្ថាន។ល។ក្នុងស្តង់ដារថ្មីនៃកិច្ចព្រមព្រៀងពាណិជ្ជ កម្ម ហើយក៏នឹងផ្តល់ឧបការសដល់ការធ្វើសមាហរណកម្មសេដ្ឋកិច្ចក្នុងតំបន់អាស៊ីប៉ាស៊ីហ្វិកនិងពិភព លោក។ ដូច្នេះ មិនថាភាគីណាមួយទេ លើកឡើងនូវរបៀបផ្សេងដល់ភាគីផ្សេងទៀតគូរសកម្មភិតគូរពី

ចំណុចសហប្រតិបត្តិការក្នុងនោះ ប៉ុន្តែគឺមិនមែនធ្វើការកំណត់ "លទ្ធិអនុត្តរភាព" ដល់ប្រទេសជ័ទេ ទៀតនោះទេ។ កាគឺទាំងអស់គួររិតេខិតខំស្វែងរកចំណុចទូទៅនិងផលប្រយោជន៍រួមគ្នាក្នុងរបៀបសម ហារណកម្មសេដ្ឋកិច្ចគ្រប់តំបន់ ហើយដែលនាំដល់ការសម្របសម្រួល បំពេញឲ្យគ្នាទៅវិញទៅមកនិង សហប្រតិបត្តិការរាងរបៀប ដែលផ្តល់នូវចំណុចកំណើនថ្មីនៃសមហារណកម្មសេដ្ឋកិច្ចពិភពលោកនិង ការអភិវឌ្ឍន៍ពិភពលោក។

៥-"ខ្សែក្រវ៉ាត់មួយ ផ្លូវមួយ" កសាងនូវទំនាក់ទំនងអន្តរជាតិថ្មី អភិវឌ្ឍបណ្តាញដៃគូពិភពលោក

បណ្តាញដៃគូពិភពលោកគឺជាការជានាផ្នែកនយោបាយនៃការកសាង "ខ្សែក្រវ៉ាត់មួយ ផ្លូវមួយ" ក៏ជាការផ្លុះបញ្ចាំងដ៏សំខាន់នៃទំនាក់ទំនងអន្តរជាតិថ្មី។ នៅតាមបណ្តោយ "ខ្សែក្រវ៉ាត់មួយ ផ្លូវមួយ" ចិនបានបង្កើតទំនាក់ទំនងជាដៃគូគ្រប់ប្រភេទស្ទើរតែទាំងអស់។ (ក្នុងតារាងអក្សរជិតគឺប្រទេសដែល ៣ក់ព័ន្ធផ្ទាល់នៅលើបណ្តោយ "ខ្សែក្រវ៉ាត់មួយ ផ្លូវមួយ"។)

តារាងទី១ : តារាងភាពជាដៃគូសហប្រតិបត្តិការរបស់ប្រទេសចិន

ទំនាក់ទំនង	ប្រទេស
ភាពជាដៃគូយុទ្ធសាស្ត្រក្នុងន័យស្ថាប នា (ទំនាក់ទំនងថ្មីនៃប្រទេសជំអាមេរិ កនិងចិន)	សហរដ្ឋអាមេរិក
ទំនាក់ទំនងយុទ្ធសាស្ត្រនិងផ្តល់ផល ប្រយោជន៍ទៅវិញទៅមក	ជប៉ុន
ភាពជាដៃគូយុទ្ធសាស្ត្រគ្រប់ជ្រុង ជ្រោយនៃកិច្ចសហប្រតិបត្តិការ	**រុស្ស៊ី**
ភាពជាដៃគូសហប្រតិបត្តិការយុទ្ធ សាស្ត្រគ្រប់ជ្រុរកាល	**ប៉ាគីស្ថាន**
ភាពជាដៃគូមិត្តភាពប្រពៃណី	កូរ៉េខាងជើង
ភាពជាដៃគូសហប្រតិបត្តិការយុទ្ធ សាស្ត្រគ្រប់ជ្រុងជ្រោយ	**វៀតណាម កម្ពុជា ថៃ មីយ៉ាន់ម៉ា ឡាវ**
ភាពជាដៃគូយុទ្ធសាស្ត្រគ្រប់ជ្រុង ជ្រោយ	អង់គ្លេស បារាំង អ៊ីតាលី អេស្ប៉ាញ ដាណឺម៉ាក **ម៉ាឡេស៊ី** សហភាពអា ហ្រ្វិក ព័រទុយហ្គាល់ អាហ្រ្វិកខាងត្បូង **បេឡារុស ម៉ុងហ្គោលី, កណ្ណេន ស៊ី** ប្រេស៊ីល មុិកស៊ិក អាហ្សង់ទីន វេណេហ្ស៊ុយអេឡា អូស្ត្រាលី នូវ៉ែ លហ្សេឡង់

ភាពជាដៃគូយុទ្ធសាស្ត្រទូលំទូលាយ	អាល្លឺម៉ង់
ភាពជាដៃគូសហប្រតិបត្តិការយុទ្ធសាស្ត្រ	កូរ៉េ អេហ្ស៊ីប **តួណេស៊ី ស្រីលង្កា** អាហ្គានីស្ថាន
ភាពជាដៃគូយុទ្ធសាស្ត្រ	**ប៉ូឡូញ កាហ្សាក់ស្ថាង** អាស៊ាន ម៉ិកស៊ិកកូ សហភាពអឺរ៉ុប នីហ្សេរីយ៉ា កាណាដា
ភាពជាដៃគូសហប្រតិបត្តិការគ្រប់ជ្រុងជ្រោយ	**ក្រអាត** បង់ក្លាដែស នេប៉ាល់ ប៉េរូ ឈីលី **រ៉ូម៉ានី** ហុងឡង់

រុស្ស៊ី ម៉ុងហ្គោលី និងប្រទេសអាស៊ីកណ្ដាលទាំង៥	អាស៊ីអាគ្នេយ៍ ១១ប្រទេស	អាស៊ីខាងត្បូង ៨ ប្រទេស	អឺរ៉ុបកណ្ដាលនិងខាងកើត ១៦ប្រទេស	អាស៊ីខាងលិច និងអាហ្វ្រិកខាងជើង១៦ ប្រទេស	សហព័ន្ធប្រទេសឯករាជ ៥ផ្សេងនិង ហ្សកហ្ស៊ី
ម៉ុងហ្គោលី	តួណេនស៊ី	នេប៉ាល់	ប៉ូឡូញ	អ៊ីរ៉ង់	បេឡារុស
រុស្ស៊ី	កម្ពុជា	ប៊ូតាន់	ម៉ុងតេណេក្រូ	ស៊ីរី	អ៊ុយក្រែន
កាហ្សាក់ស្ថង	ទីម័រខាងកើត	ម៉ាល់ឌីវ	ម៉ាសេដូន	ហ្ស៊ីកដានី	អាហ្សែបៃហ្សង់
តាជីគីស្ថាន	ម៉ាឡេស៊ី	អាហ្គានី ស្ថាន	បូស្ន៊ី និងហឺហ្សេ ហ្គោវីណា	អ៊ីស្រាអែល	មុលដូវ៉ា
កៀហ្គ៊ីស៊ីស្ថាន	ហ្វីលីពីន	ប៉ាគីស្ថាន	អាល់បានី	អ៊ីរ៉ាក់	អាមេនី
អ៊ុបេគីស្ថាន	សិង្ហបុរី	តួណា	លីទុយអានី	លីបង់	ហ្ស៊កហ្ស៊ី
គូមិននីស្ថាន	ថៃ	បង់ក្លាដែស	ឡេតូនី	ប៉ាឡេស្ទីន	
	ស្រីលង្កា		អេស្តូនី	អេហ្ស៊ីប	
	វៀតណាម		សាធារណរដ្ឋឆែក	តួកគី	
	ឡាវ		សាធារណរដ្ឋស្លូវ៉ា គី	អារ៉ាប៊ីសាអ៊ូឌីត	
	មីយ៉ាន់ម៉ា		ហុងគ្រី	អារ៉ាប់រួម	
			ស្លូវេនី	អូម៉ង់	

		សាធារណរដ្ឋឆ្ក អាត	គុយវ៉ែត
		រ៉ូម៉ានី	កាតា
		ប៊ុលហ្គារី	បារ៉ែន
		សែរប៊ី	សាធារណរដ្ឋ យេម៉ែន

តារាងទី២ : "ខ្សែក្រវ៉ាត់មួយ ផ្លូវមួយ" តារាងចំណាត់ថ្នាក់ទាំង៦៤ប្រទេស(មិនរួមបញ្ចូល ប្រទេសចិន)

ជាការពិតណាស់ "ខ្សែក្រវ៉ាត់មួយ ផ្លូវមួយ" គឺបើកចំហរ មិនកំណត់គ្រឹមប្រទេសដូចរៀបរាប់ ខាងលើទេ។ ដូចជា Duisburg នៃអាល្លឺម៉ង់ដែលជាស្ថានីយចុងក្រោយនៃខ្សែរថភ្លើងឆុងឈីង-ស៊ីន ជាំង-អឺរ៉ុប និងជាម៉ាទ្រីដនៃអេស្ប៉ាញដែលជាស្ថានីយចុងក្រោយនៃខ្សែរថភ្លើងអ៊ីអ៊ូ-ស៊ីនជាំង-អឺរ៉ុប គឺជា អ្នកចូលរួមយ៉ាងសកម្មនៃ "ខ្សែក្រវ៉ាត់មួយ ផ្លូវមួយ"។ ការចូលរួមក្នុង "ធនាគាររិនិយោគហេដ្ឋារចនា សម្ព័ន្ធអាស៊ី"(AIIB)នៃប្រទេសអឺរ៉ុបដូចជាអង់គ្លេស បារាំង អាល្លឺម៉ង់ និងអ៊ីតាលី។ល។ បង្ហាញថា "ខ្សែក្រវ៉ាត់មួយ ផ្លូវមួយ" គឺប្រទេសចិនផ្ដល់នូវឱកាសពិភពលោក។

ជំពូកទី៣ ហានិភ័យនៃ "ខ្សែក្រវ៉ាត់មួយ ផ្លូវមួយ"

អ្នកប្រវត្តិវិទូបារាំងលោក Tocqueville ធ្លាប់វិភាគយ៉ាងស៊ីជម្រៅនូវភាពខុសគ្នារវាងប្រទេសជំ និងប្រទេសក្រូច។ គាត់បានលើកឡើងយ៉ាងច្បាស់ថាៈ "គោលដៅរបស់ប្រទេសក្រូចគឺប្រជាពលរដ្ឋរស់ នៅដោយសេរីភាព សម្បូរគ្រប់គ្រាន់ និងសុខមង្គល ចំណែកប្រទេសជំគឺជាតរវាសនាកំណត់ឲ្យគ្រវ បង្កើតភាពអស្ចារ្យនិងអមតៈ ជាមួយគ្នានេះក្រវទទួលការខុសត្រូវនិងការលើចាប់ផងដែរ។"[8]

កិច្ចការដ៏អស្ចារ្យតែងតែប្រឈមនឹងហានិភ័យ។ "ខ្សែក្រវ៉ាត់មួយ ផ្លូវមួយ" ដែលសង្កត់ធ្ងន់ "៥ ភ្ជាប់" បានភ្ជាប់ទំនាក់ទំនងយ៉ាងជិតស្និទ្ធរវាងប្រជាជនចិននិងប្រជាជនពិភពលោក ដែលធ្វើឲ្យអរិយ ធម៌ចិននិងអរិយធម៌ទាំងអស់នៃពិភពលោកមានការអភិវឌ្ឍន៍ខ្លាំង បញ្ចូលគ្នាខ្លាំង និងការអភិវឌ្ឍន៍ យ៉ាងខ្លាំងដែលមិនធ្លាប់មានពីមុន។ គំនិតផ្ដួចផ្ដើម "ខ្សែក្រវ៉ាត់មួយ ផ្លូវមួយ" ដែលត្រូវពះៈពារនូវហានិ

---

[8] (បារាំង) Tocqueville: «វិភាគលទ្ធិប្រជាធិបតេយ្យនៃអាមេរិក» លេខទី១ រោងពុម្ពពាណិជ្ជកម្ម ទំព័រទី១៤១ ឆ្នាំ១៩៩៦

ក័យប្រហែលមិនមែនមិនមានអ្នកមុន ហើយក៏មិនប្រាកដថាមិនមានអ្នកក្រោយផងដែរ ប៉ុន្តែនាពេល បច្ចុប្បន្នគឺលេខលេខមួយ។ "ខ្សែក្រវ៉ាត់មួយ ផ្លូវមួយ" ហេតុអ្វីអាចប្រឈមនឹងហានិក័យ? តើប្រឈមនឹង ហានិក័យណាខ្លះ?

បើមើលពីក្រៅប្រទេសគឺថា "ខ្សែក្រវ៉ាត់មួយ ផ្លូវមួយ" ងាយស្រួលត្រូវបានអ្នកចូលរួមនឹងអ្នកគាំ ទ្រយ៉ាល់ច្រឡំដោយអចេតនា ហើយក៏ងាយស្រួលត្រូវអ្នកប្រឆាំងនិងអ្នកបំផ្លាញបង្ខូចដោយចេតនាផង ដែរ។

បើមើលពីទិដ្ឋភាពរបស់ចិនគឺថា គំនិតផ្តួចផ្តើម "ខ្សែក្រវ៉ាត់មួយ ផ្លូវមួយ" មិនមែនជាការរីករាល ដាលទៅក្រៅនៃកំណែទម្រង់សុីជម្រៅរបស់ចិន ប៉ុន្តែត្រូវការរៀមគាំទ្រ។ ក្នុងប្រទេសចិននៅមានកំ លាំងនិងបញ្ហាបំផ្លាញការកសាង "ខ្សែក្រវ៉ាត់មួយ ផ្លូវមួយ" ជាច្រើន ប្រទេសចិនក៏ខ្វះបទពិសោធន៍។ កិច្ចការ "ខ្សែក្រវ៉ាត់មួយ ផ្លូវមួយ" គឺជាកិច្ចការថ្មីស្រឡាង ដែលត្រូវការគោលនយោបាយថ្មី ផែនការ យុទ្ធសាស្ត្រថ្មី ធនធានមនុស្សថ្មី។ វិធីសាស្ត្រក្នុងការដោះស្រាយបញ្ហាទាំងនេះ បច្ចុប្បន្នអាចរកបាន មួយចំនួន ហើយមានខ្លះទៀតមានតែស្វែងរកនិងបណ្តុះនៅពេលអនុវត្តជាក់ស្តែងនៃ "ខ្សែក្រវ៉ាត់មួយ ផ្លូវមួយ"។

ធម្មជាតិក៏ប្រណាំងប្រជែងជាមួយចិនដែរ។ "ខ្សែក្រវ៉ាត់មួយ ផ្លូវមួយ" យកបណ្តាញ ទូរគមនាគមន៍ធ្វើជាអ្នកនាំផ្លូវ។ កន្លងមក ចិនទោះជាទទួលបាននូវបទពិសោធន៍ជាច្រើន ក្នុងការក សាងក្នុងប្រទេស ជួយកសាងនៅក្រៅប្រទេស និងគម្រោងក្រៅប្រទេស ប៉ុន្តែតាមបណ្តោយ "ខ្សែក្រវ៉ាត់ មួយ ផ្លូវមួយ" ប្រាកដជាអាចមានស្ថានការថ្មីនឹងបញ្ហាថ្មីជាច្រើន។ នេះគឺតម្រូវឱ្យពួកយើងដោះស្រាយ បញ្ហាដោយយោងលើស្ថានការជាក់ស្តែងនៅតំបន់នោះ និងរៀបចំប្រុងប្រយ័ត្នឱ្យបានជាមុន។

បញ្ហាទាំងនេះជាបឋមគឺហានិក័យផ្នែកនយោបាយ។

ហានិក័យនយោបាយទាក់ទងជាសំខាន់ទៅនឹងទំនាក់ទំនងនៃប្រទេស និងយុទ្ធសាស្ត្រពិភព លោកនៃប្រទេសដៃទៃ។ ហានិក័យនយោបាយជះឥទ្ធិពលដល់ "ខ្សែក្រវ៉ាត់មួយ ផ្លូវមួយ" ជាក់ស្តែងគឺជា ហានិក័យសុវត្ថិសុខ។ ប្រសិនបើអាមេរិកទប់ស្កាត់ចិននៅមជ្ឈឹមបូព៌ា នេះជាហានិក័យផ្នែកនយោបា យ។ ការជកកងទ័ពរបស់អាមេរិកធ្វើឱ្យពួកឧទ្ទាមប្រដាប់អាវុធក្នុងតំបន់តំដងមករកចិន នេះគឺជាហានិ ក័យផ្នែកសន្តិសុខ។ ហានិក័យក្នុងស្រុកនិងហានិក័យធម្មជាតិ។ល។ក៏ជាហានិក័យផ្នែកសន្តិសុខផង ដែរ។

គំនិតផ្តួចផ្តើមនៃ "ខ្សែក្រវ៉ាត់មួយ ផ្លូវមួយ" ក៏ពិតជាប្រឈមនឹងហានិក័យផ្នែកសេដ្ឋកិច្ចផង ដែរ។ អាចកើតមានកំលាំងនៃហានិក័យផ្នែកមិនសាស្ត្រចំពោះគំនិតផ្តួចផ្តើម "ខ្សែក្រវ៉ាត់មួយ ផ្លូវមួយ" មានសមត្ថភាពប្រយុទ្ធប្រជែងផ្នែកសេដ្ឋកិច្ចខ្លាំង ប្រហែលជាអាចប្រើមធ្យោបាយសេដ្ឋកិច្ចរាំងការ កសាង "ខ្សែក្រវ៉ាត់មួយ ផ្លូវមួយ"។ ហើយប្រទេសចិននិងប្រទេសនៅតាមបណ្តោយ "ខ្សែក្រវ៉ាត់មួយ ផ្លូវមួយ" ប្រឈមនឹងបញ្ហាសេដ្ឋកិច្ចជាច្រើនរឿងៗខ្លួន ត្រូវការដោះស្រាយក្នុងដំណើរការនៃការកសាង "ខ្សែក្រវ៉ាត់មួយ ផ្លូវមួយ" ប្រសិនបើដោះស្រាយមិនបានល្អ ផ្ទុយទៅវិញប្រហែលធ្វើឱ្យបញ្ហាកាន់តែស្មុគ ស្មាញ។

គំនិតផ្ដួចផ្ដើម "ខ្សែក្រវ៉ាត់មួយ ផ្លូវមួយ" ទទួលបាននូវការស្វាគមន៍ពីប្រជាជនពិភពលោក នេះ
គឺដោយសារវាសមស្របទៅនឹងផលប្រយោជន៍និងសេចក្ដីត្រូវការរបស់ប្រជាជនៗ កំលាំងដែលប្រឆាំង
នឹងគំនិតផ្ដួចផ្ដើម "ខ្សែក្រវ៉ាត់មួយ ផ្លូវមួយ" នឹងវិរកគ្របំមឈ្មាឈ្មោបាយដើម្បីធ្វើឱ្យប្រជាជនឃ្លាតឆ្ងាយពី
"ខ្សែក្រវ៉ាត់មួយ ផ្លូវមួយ"។ ប្រសិនបើចិនក្នុងដំណើរការកសាង "ខ្សែក្រវ៉ាត់មួយ ផ្លូវមួយ" មិនអាច
ទំនាក់ទំនងជិតស្និទ្ធជាមួយមហាជននៃបណ្ដាប្រទេសទាំងនេះបានទេ វាក៏អាចធ្វើឱ្យខូចខាតដល់រូប
ភាពនៃ "ខ្សែក្រវ៉ាត់មួយ ផ្លូវមួយ" ។

ដូច្នេះមើលទៅ មានហានិភ័យ៤ប្រភេទឆ្លើយតបទៅនឹង "៥ភ្ជាប់" នៃ "ខ្សែក្រវ៉ាត់មួយ ផ្លូវមួយ"
ទន្ទឹមគ្នា។ ហានិភ័យផ្នែកនយោបាយគឺវាមកកំហែងទំនាក់ទំនងផ្នែកគោលនយោបាយ។ ការតភ្ជាប់ហេ
ដ្ឋារចនាសម្ព័ន្ធត្រូវការទប់ទល់ជាមួយហានិភ័យផ្នែកសន្តិសុខ។ ការភ្ជាប់ពាណិជ្ជកម្មនិងចរិកគឺទទួល
ផលទ្រពលពីហានិភ័យផ្នែកសេដ្ឋកិច្ចៗ ចិត្តប្រជាជនមិនត្រូវគ្នានឹងធ្វើឱ្យ "ខ្សែក្រវ៉ាត់មួយ ផ្លូវមួយ" ធ្លាក់
ក្នុងហានិភ័យផ្នែកសីលធម៌។

ចិននិងពិភពលោកបច្ចុប្បន្នកំពុងប្រឈមនឹងការប្រែប្រួល ដែលមិនធ្លាប់មានក្នុងហាសិបឆ្នាំ
ប្រាំរយឆ្នាំ និងប្រាំពាន់ឆ្នាំកន្លងមកៗ អត្ថន័យជ័ងអស្ចារ្យនៃគំនិតផ្ដួចផ្ដើម "ខ្សែក្រវ៉ាត់មួយ ផ្លូវមួយ" បាន
សម្រេចថាមិនអាចដំណើរការរលូនបានទេ។ ការរាំងស្ទះ ការធ្វើពហិការ ការបំផ្លាញ និងបរិហារកេរ្ដិ៍គឺ
ជៀសមិនរួចឡើយ ហើយមានតែឈ្នះតាមរយៈភាពជោគជ័យនៃ "ខ្សែក្រវ៉ាត់មួយ ផ្លូវមួយ" ខ្លួនឯង
ផ្ទាល់ទើបអាចលុបបំបាត់បាន។ "ចាប់ពីពេលនេះទៅត្រូវមានការត្រៀមឱ្យបានរួចជាស្រេច"។

ផ្នែកទី១ ហានិភ័យផ្នែកនយោបាយ

ថ្ងៃទី២៨ ខែមីនា ឆ្នាំ២០១៥ គណៈកម្មាធិការកំណែទម្រង់និងអភិវឌ្ឍន៍ជាតិចិន ក្រសួងការ
បរទេស ក្រសួងពាណិជ្ជកម្មបានរួមគ្នាប្រកាសនូវឯកសារផ្លូវការវៃដែលមានចំណងជើងថា «ចក្ខុវិស័យ
និងសកម្មភាពអំពីការជម្រុញរួមគ្នាកសាងខ្សែក្រវ៉ាត់សេដ្ឋកិច្ចផ្លូវសូត្រ   និងផ្លូវសូត្រសមុទ្រសតវត្សទី
២១» ក្នុងនោះបានបញ្ជាក់ច្បាស់ពីក្របខ័ណ្ឌភូមិសាស្ត្រដែល "ខ្សែក្រវ៉ាត់មួយ ផ្លូវមួយ" គ្របដណ្ដប់
ដែលនោះគឺខ្សែក្រវ៉ាត់សេដ្ឋកិច្ចផ្លូវសូត្រ សំខាន់គឺចេញពីចិនឆ្លងកាត់តាមអាស៊ីកណ្ដាល រស៊ីទៅដល់
អឺរ៉ុប (សមុទ្របាលទិក) ចេញពីចិនកាត់តាមអាស៊ីកណ្ដាល អាស៊ីខាងលិចទៅដល់ឈូងសមុទ្រពែក្ស
និងមេឌីទៀរ៉ាណេ និងមួយទៀតគឺផ្លូវចេញពីចិនឆ្លងតាមផ្លូវអាស៊ីអាគ្នេយ៍ អាស៊ីខាងត្បូងនិងមហាស
មុទ្រឥណ្ឌា។ ផ្លូវសូត្រសមុទ្រសតវត្សទី២១ ទិសដៅសំខាន់គឺចេញពីកំពង់ផែធ្លៃផ្សេសមុទ្រចិនកាត់តាម
សមុទ្រចិនខាងត្បូងទៅដល់មហាសមុទ្រឥណ្ឌា បន្តទៅដល់អឺរ៉ុប និងចេញពីកំពង់ផែតាមផ្លូវសមុទ្រ
ចិនកាត់តាមសមុទ្រចិនខាងត្បូងចូលទៅដល់មហាសមុទ្រអាស៊ីប៉ាស៊ីហ្វិកខាងត្បូង។ អាចមើលឃើញ
ថា "ខ្សែក្រវ៉ាត់មួយ ផ្លូវមួយ" មានសាលភាពភូមិសាស្ត្រគ្របដណ្ដប់យ៉ាងទូលំទូលាយ ដោយភ្ជាប់នូវ
ទ្វីបអឺរ៉ុបនិងអាស៊ី រីកលជាលាតាមបណ្ដោយខ្មែរ ដោយតភ្ជាប់យ៉ាងជិតស្និទ្ធរវាងអឺរ៉ុបអាស៊ីនិងអា
ហ្វ្រិក។

ដូច្នេះ វិស័យនិងតំបន់ដែលពាក់ព័ន្ធនឹង "ខ្សែក្រវាត់មួយ ផ្លូវមួយ" គឺសុទ្ធតែមានវិសាលភាពធំ ធេងណាស់ ដូចដែលពេលជនជាតិអឺរ៉ុបដើរទៅកាន់សមុទ្រដូចគ្នាគឺនៅមានបញ្ហាវិភាគនិងគេចពីហានិ ភ័យ។ ដូចជា តំរោង "ខ្សែក្រវាត់មួយ ផ្លូវមួយ" ភាគច្រើនគឺហេដ្ឋារចនាសម្ព័ន្ធធំៗ ត្រូវរយៈពេលវិនិ យោគវែង ទុនធំ ដូច្នេះការប្រតិបត្តិនិងការរៃបែរក្សាមិនងាយស្រួលនោះទេ។

ទិដ្ឋភាពទូទៅ នៃតំរោងហេដ្ឋារចនាសម្ព័ន្ធមួយចំនួនដែលបានប្រកាសរួច

វិស័យ	តំរោងដែលគ្រោងនិងកំពុងសាងសង់
រថភ្លើងល្បឿនលឿន ឆ្លងកាត់ព្រំដែន	⎷ រថភ្លើងល្បឿនលឿនអឺរ៉ាស៊ី (ចេញពីទីក្រុងឡុងដ៍, ឆ្លងកាត់តាមទីក្រុងប៉ារីស, បឺកឡ្យាំង, វ៉ារស្សាវ៉ា, ទីក្រុងកៀវ, បន្ទាប់ពីឆ្លងកាត់ទីក្រុងម៉ូស្គូរួចចែកចេញជាពីរខ្សែ, ខ្សែទីមួយបាន ឆ្លោះទៅប្រទេសកាហ្សាក់ស្តង់, ចំណែកមួយខ្សែទៀតឆ្លោះទៅប្រទេសសុស្ស៊ីខាងកើត, បន្ទាប់ មកចូលមកកាន់ស្រុកម៉ាន់ចូរលីនៃប្រទេសចិន) ⎷ រថភ្លើងល្បឿនលឿននៅអាស៊ីកណ្តាល (ចេញពីទីក្រុងអ៊ូរូមឈីនៃប្រទេសចិន, ឆ្លងកាត់តាម អ៊ូបេគីស្តាន, តួមិននីស្តាន, ប្រទេសអ៊ីរ៉ង់, ប្រទេសតួកគីរហូតដល់ប្រទេសអាល្លីម៉ង់) ⎷ រថភ្លើងល្បឿនលឿនឆ្លងកាត់អាស៊ី (ចេញពីទីក្រុងឃុនមីងខេត្តយុននាននៃប្រទេសចិន ឆ្លោះទៅប្រទេសមីយ៉ាន់ម៉ា, ខ្សែចំបងឆ្លោះទៅប្រទេសឡាវ, ប្រទេសវៀតណាម, ប្រទេស កម្ពុជា, ប្រទេសម៉ាឡេស៊ីរហូតដល់ប្រទេសសិង្ហបុរី, ចំណែកខ្សែមួយទៀតឆ្លោះទៅប្រទេស ថៃ)
ហេដ្ឋារចនាសម្ព័ន្ធ	⎷ ការសាងសង់បំពង់ឧស្ម័នធម្មជាតិខ្សែDរវាងប្រទេសចិន-អាស៊ីកណ្តាល ⎷ ស្ពានឆ្លងលើកម្រិតផ្លូវដែកប្រទេសឥណ្ឌា ⎷ ជម្រុញការសាងសង់ និងប្រតិបត្តការកំពង់ផែប្រទេសស្រីលង្កា ការអភិវឌ្ឍន៍សាងសង់ស្ពាន ឧស្សាហកម្មជាប់សមុទ្រ
បំពង់បង្ហូរប្រេង និង ឧស្ម័នឆ្លងកាត់ព្រំដែន ផ្លូវគោក	⎷ រួមបញ្ចូលតំរោងបញ្ចូនឧស្ម័នពីលិចទៅកើតនៃខ្សែលេខ៣ ខ្សែលេខ៤ និងខ្សែលេខ៥ ⎷ បំពង់ឧស្ម័នធម្មជាតិខ្សែDរវាងប្រទេសចិន-អាស៊ីកណ្តាល ⎷ បំពង់ឧស្ម័នធម្មជាតិខ្សែខាងកើត និងខ្សែខាងលិចនៃប្រទេសចិន និងប្រទេសរុស្ស៊ី
ទូរគមនាគមន៍ និង ចាមលអគ្គិសនី	⎷ ខ្សែទូរគមនាគមន៍ឆ្លងដែនមិនទាន់បញ្ចប់ចិនមីយ៉ាន់ម៉ា ចិនតាជីគីស្តាន ចិនប៉ាគីស្តាន។ល។ ⎷ ទិសដៅអាស៊ីអាគ្នេយ៍ដែលមិនទាន់បើកឱ្យប្រើប្រាស់ខ្សែកាបក្រោមបាតសមុទ្រ ⎷ ផ្លូវបញ្ចូនចាមលអគ្គិសនីនៅភាគគិរគី, តំរោងផែនការនៃការសាងសង់ ឬការធ្វើឱ្យប្រសើរ ឡើងនៃផ្លូវបញ្ចូនចាមលអគ្គិសនីរបស់ប្រទេសចិននិងប្រទេសរុស្ស៊ី

មិនអាចប្រែកែកបាននោះ គឺការធ្វើការសោងសង់នៅក្នុងតំបន់ដ៏ធំល្វឹងល្វើយដូចនេះ ត្រូវតែ
ប្រឈមនឹងហានិភ័យផ្សែកនយោបាយគ្រប់ប្រភេទ។ ហានិភ័យផ្សែកនយោបាយរួមមានពីរផ្សែកធំៗ៖
ហានិភ័យនយោបាយផ្សែកក្នុងប្រទេសនិងមួយៗនឹងហានិភ័យនយោបាយភូមិសាស្ត្រ។

តើេប៉ប់ទល់ទៅនឹងហានិភ័យដែលពាក់ព័ន្ធដូចម្តេច ? អនុសាសន៍របស់ខ្ញុំគឺគួរតែបង្កើតគោល
គំនិត "ការទទួលយកពីរ" "ការបែងចែកពីរ" "ចក្រវាលពីរ" ។

"ការទទួលយកពីរ" ទីមួយគឺទទួលយកបញ្ចូលនៅក្របខណ្ឌសហប្រតិបត្តិការដែលមានស្រាប់
មិនបង្កើតថ្មីតាមតែអាចធ្វើទៅបាន ទីពីរគឺទទួលយកកំលាំងពីតំបន់ខាងក្រៅ ដោយមិនបដិសេធត
លំាងរបស់ប្រទេសរុស្ស៊ី អាមេរិក អឺរ៉ុបនិងជប៉ុន ។ល។ ការមានៀបៀបរបស់អាមេរិកគឺប្រពន្ធសម្ព័ន្ធភាព
យោធា ចំណុចៀបៀបរបស់ចិនគឺមនុស្ស បច្ចេកទេស បទពិសោធន៍និងទីតាំងភូមិសាស្ត្រ ដូច្នេះអាច
យកគំរូតាមៀបៀបនៃកិច្ចសហប្រតិបត្តិការអង្គការណតូនិងសហគមន៍អឺរ៉ុប-----អង្គការណតូ ផ្តល់សន្តិ
សុខផ្សែកដែលដល់អឺរ៉ុប ហើយអឺរ៉ុបផ្តល់សេវាសន្តិសុខផ្សែកទន់វិញ ៀជៀសៀៀងធ្វើមួងៗៀត និងការប្រកួត
ប្រជែង-----សម្រេចនូវទំនាក់ទំនងថ្មីនៃប្រទេសមហាអំណាចចិនអាមេរិក នៅលើភាពចុះសម្រុងគ្នានៃ
"ខៀៀក្រៅតំមួយ ផ្ទៃមួយ"។

"ការបែងចែកពីរ" គឺបែងចែកប្រាក់ចំណេញនឹងការទទួលខុសត្រូវឲ្យបានល្អ មិនអាចទទួល
យកទាំងអស់ទេ។ ការវិនិយោគហិរញ្ញវត្ថុមិនអាចឲ្យធនាគារចិនធនាបន្ទរទេ ហានិភ័យផ្សែកសន្តិសុខមិន
អាចឲ្យទាហានចិនធនាទេ ត្រូវឲ្យភាគីផលប្រយោជន៍ពាក់ព័ន្ធក្នុងតំបន់និងកម្លាំងសង្គមឆ្លាប់ជាមួយគ្នា
ប្រឆាយចិនការរក្សាសន្តិសុខឲ្យទៅជាប្រទេសទាំងអស់ត្រូវការរក្សាសន្តិសុខផ្តាល់ខ្លួន សម្រេច
បាននូវការទទួលខុសត្រូវរួមលើហានិភ័យ។

"វិធានពីរ" គឺជាទស្សនៈផ្សេងគ្នាចំពោះប្រទេសនៅតាមបណ្តោយខៀៀ និងក្រៅតំបន់ ដែលជម្រុ
ញឆ្ពាមគ្នាដួចៗៃផ្សែកខាងក្រោម។

ផ្សែកទី១សន្តិសុខនិងសេដ្ឋកិច្ច៖ ដោយស្រាយជម្លោះព្រំដែនសមុទ្រជាមួយប្រទេសពាក់ព័ន្ធតាម
រយៈការចរចារទ្វេភាគី។ ត្រូវតែសង្កត់ធ្ងន់ថាផ្សែវស្រុកសមុទ្រដែលជាតម្លៃនៃការជម្រុញគំនិតផ្សែចផ្សើមនៃ
កិច្ចសហប្រតិបត្តិការតំបន់និងផលិតផលសាធារណៈអន្តរជាតិនោះ មិនទទួលនូវការៀៀៀៀតផ្សែកតី
ប្រវត្តិសាស្ត្រនិងជម្លោះជាក់ស្តែងនោះៗ ៀជៀសៀៀងចាត់ទុកវាថាជាយុទ្ធសាស្ត្រដែលចិនជម្រុញតែ
ឯកតោភាគី។ ក្រោយពីមានគោលគំនិតដួចខ្ញុំៗ ៅនឹងផ្ទៃស្រុកលើៀៀក ផ្ទៃស្រុកសមុទ្រគឺសង្កត់ធ្ងន់ច្រើន
ទៅលើគោលការណ៍បើកចំហារ ទទួលយក និងតម្លាភាព។ កិច្ចសហប្រតិបត្តិការផ្ទៃស្រុកសមុទ្រត្រូវ
យកចិត្តទុកដាក់ចំពោះផលប្រយោជន៍ពីគ្រប់ភាគី ទើបអាចក្លាយទៅជាចំណុចរំលេចថ្មីនៃទំនាក់ទំនង
ក្រៅប្រទេសរបស់ចិន។

ផ្សែកទី២គឺទ្វៃភាគីនិងពហុភាគី៖ កិច្ចសហប្រតិបត្តិការទ្វៃភាគីជាមួយប្រទេសនៅតាម
បណ្តោយខៀៀ ដួចជាតំបន់ពណិជ្ជកម្មសេរី ការចរចារកិច្ចព្រមៀៀងវិនិយោគគឺមានសារៈសំខាន់
ណាស់ ប្រករៀៀងសេដ្ឋកិច្ចពហុភាគី ដួចជាប្រករៀៀងសេដ្ឋកិច្ចបង់ក្លាដេស-ចិន-តណ្ហា-មីយ៉ាន់ម៉ាក់
មានសារៈសំខាន់ផងដែរ វាគឺជាមជ្ឈមណ្ឌលតភ្ជាប់ផ្ទៃស្រុកសមុទ្រនិងផ្ទៃស្រុកលើៀៀក ដែលអ្នកទាំង

ពីគេបំពេញជម្រុញនិងជួយគ្នាទៅវិញទៅមក   រួមគ្នាពង្រឹករៀបថ្មីនៃកិច្ចសហប្រតិបត្តិការសេដ្ឋកិច្ច
ដែលផ្តល់ផលប្រយោជន៍ឲ្យគ្នានិងឈ្នះរួមគ្នា។

ផ្នែកទី៣គឺសមុទ្រចិនខាងត្បូងនិងមហាសមុទ្រឥណ្ឌា   សមុទ្រចិនខាងត្បូងគឺជាចំណតទី១
នៃផ្លូវសូត្រសមុទ្រ មហាសមុទ្រឥណ្ឌាគឺជាចំណតចុងក្រោយនៃផ្លូវសូត្រសមុទ្របុរាណ វាមានសារៈ
សំខាន់ខ្លាំងណាស់ក្នុងការភ្ជាប់ទំនាក់ទំនងអាស៊ីអាហ្វ្រិកនិងអឺរ៉ុប ដែលភាគីទាំងពីរគឺតំរៀតគ្នាទៅវិញ
ទៅមក គឺជាផ្លូវផ្លែងកាត់ទៅដល់ស្ថានីយចុងក្រោយនៃអឺរ៉ុបតែម្យ៉ាងគត់។ ឆ្លងតាមកំពង់ផែ Gwadar
ព្រែកជីក Kra ដែលវាងប្រកសមុទ្រម៉ាឡាកា គឺជាវ៉ាធានពីរជម្រុញកំនិតផ្លូវផ្លែមដែលអាចធ្វើទៅបាន
នៃសមុទ្រចិនខាងត្បូង និងមហាសមុទ្រឥណ្ឌា។

ពិគណាស់ចក្រវាលពីរគឺវិធី មិនមែនគោលបំណងនោះទេ ចុងក្រោយត្រូវសម្រេចវ៉ានពីរ
បង្រួមចូលគ្នា ចូលរួមជម្រុញជាមួយគ្នា។

និយាយពីបស្ចិនខាងក្រៅ អាមេរិកនៅតែមានឧទ្ធិពលដ៏សំខាន់ ត្រូវបោះបង់ចោលនូវគំនិត
គេចចេញពីអាមេរិក។ ស្រី្ត អង្គការសហប្រតិបត្តិការនៃប្រទេសឈូងសមុទ្រពែក្ស ពណ្ណា អឺរ៉ង់ គូតគី។
ល។ គឺជាចំណុចគន្លឹះ សហគមន៍អឺរ៉ុបគឺជាអ្នកចាប់យក "ខ្សែក្រវ៉ាត់មួយ ផ្លូវមួយ" មិនមែនប្រទេសចិន
ធ្វើសកម្មភាពតែម្នាក់នោះទេ ចំណតចុងក្រោយគឺនៅអឺរ៉ុប ត្រូវការប្រែកងលិចមកចូលរួមសហការ។
ជាពិសេស គឺត្រូវខ្ជិលដែលអឺរ៉ុបរៀបចំឲ្យបានល្អនូវទំនាក់ទំនងរវាងប្រទេសទាំងៗ ចិន អាមេរិក និងរុស្ស្រី
សម្រប់សម្រួលបញ្ចាប់វិបត្តិអ៊ុយក្រែន។ ជម្រុញសហគមន៍អឺរ៉ុបចូលរួម "អង្គការសហប្រតិបត្តិការស
មុទ្រ" សហការជាមួយប្រទេសអឺរ៉ុបចូលរួមធ្វើអាជីវកម្មទីផ្សារអាស៊ីកណ្តាល មជ្ឈិមបូព៌ា អាស៊ីខាងលិច
និងអាហ្វ្រិកខាងជើង។ លើកកំពស់ចំពោះសិទ្ធបញ្ចេញមតិក្នុងការគ្រប់គ្រងជាអន្តរជាតិលើប្រព័ន្ធអ៊ិនធឺ
ណេត។ ចាប់យកគំរោង "បោះបង់ចោល" របស់អាមេរិកចំពោះការផ្តល់សិទ្ធដែន Domain Name លើ
ប្រព័ន្ធអ៊ិនធឺណេតដល់ក្រុមហ៊ុនឯកជន ធ្វើការរួមដែលជាមួយអឺរ៉ុបជម្រួលទ្ធិប្រជាធិបតេយ្យ។ ឈរលើ
ទំនាក់ទំនងដែលគួរឱ្យទុកទុកស្រ្តគ្រប់ជ្រុងជ្រោយបែបបថ្មីចិន-អឺរ៉ុប ជម្រុញកិច្ចសហប្រតិបត្តិការសមុទ្រចិន-
អឺរ៉ុប កិច្ចសហប្រតិបត្តិការភាគីទី៣ សហប្រតិបត្តិការបណ្ណាញអ៊ិនធឺណេតចូលរួមជម្រុញ "ប្រាំភ្ជាប់"
គោលនយោបាយ ហេដ្ឋារចនាសម្ព័ន្ធ ៣ពាណិជ្ជកម្ម ប្រាក់ទុន និងទឹកចិត្តប្រជាជន។ល។ គ្រប់គ្រងឲ្យ
បានល្អនូវហានិភ័យនៃ "ខ្សែក្រវ៉ាត់មួយ ផ្លូវមួយ"។

ផ្នែកទី២ ហានិភ័យផ្នែកសន្តិសុខ

"ខ្សែក្រវ៉ាត់មួយ ផ្លូវមួយ" នេះគ្របដណ្តប់ផ្ទៃដីផំ ៣ក់ព័ន្ធទៅនឹងទំនាក់ទំនងផលប្រយោជន៍
គ្រប់ប្រភេទនៃតំបន់ជាច្រើន ប្រឈមនឹងហានិភ័យក្នុងសាស្ត្រគ្រប់ប្រភេទ ហើយហានិភ័យផ្នែក
ភូមិសាស្ត្រទាំងនេះមានទំនាក់ទំនងយ៉ាងជិតស្និទ្ធជាមួយហានិភ័យផ្នែកសន្តិសុខ។ នៅក្នុងដំណើរការ
នៃការកសាង "ខ្សែក្រវ៉ាត់មួយ ផ្លូវមួយ" ត្រូវការយកចិត្តទុកដាក់ខ្លស់ចំពោះបញ្ហាសន្តិសុខគ្រប់ប្រភេទ
ត្រូវរៀបចំការងារទុកជាមុន ដើម្បីការពារ "ខ្សែក្រវ៉ាត់មួយ ផ្លូវមួយ" ដំណើរការទៅដោយរលូន។
និយាយឲ្យចប់ហានិភ័យផ្នែកសន្តិសុខគ្រប់ប្រភេទមានដូចខាងក្រោម។

ទី១-សន្តិសុខប្រពៃណីនិងសន្តិសុខមិនប្រពៃណី

ដែលហៅថាសន្តិសុខប្រពៃណី សំខាន់គឺសំដៅទៅលើសន្តិសុខផ្នែកយោធា នយោបាយ ការបរ ទេស។ល។ ដែលទាក់ទិនទៅនឹងការប៉ះទង្គិចយោធារវាងប្រទេស។ បច្ចុប្បន្នប្រទេសចិនដែលដើរ ឡើងប្រកបដោយសន្តិភាពនេះ ព្រាកដជាមិនប្រចុំយបើកប្រតិបត្តិការយោធាទៅប្រឆាំងនឹងប្រទេស នៅតាមបណ្តោយខ្សែនោះទេ។ ប៉ុន្តែនៅមជ្ឈិមបូព៌ានិងតំបន់មានចំណុចក្តៅមួយចំនួន ប្រហែលជា អាចប្រឈមនឹងការតំរាមកំហែងប៉ះទង្គិចប្រដាប់អាវុធដែលលបង្កដោយប្រទេសឆ្ងងតំបន់ ធ្វើឲ្យការ កសាង "ខ្សែក្រវ៉ាត់មួយ ផ្លូវមួយ" ត្រូវឈ្លៀតដំណើរការ។ ប៉ុន្តែនៅក្នុងដំណើរការកសាងជាក់ស្តែង អ្វី ដែលប្រឈមកាន់តែច្រើននោះគឺការតំរាមកំហែងខាងផ្នែកសន្តិសុខមិនប្រពៃណី នោះគឺការតំរាម កំហែងក្រៅពីសង្គ្រាម ដែលវាគ្របដណ្តប់យ៉ាងទូលំទូលាយ ដូចជាតំរាមកំហែងភេរវកម្ម ការបំពុល វិស្សាន សន្តិសុខព័ត៌មាន សន្តិសុខធនធាន។ល។ ដោយសារសន្តិភាពនិងការអភិវឌ្ឍន៍កាន់តែក្លាយទៅ ជាចរន្តសម័យកាលដ៏សំខាន់ លទ្ធភាពសង្គ្រាមទ្រង់ទ្រាយផ្ទែ ឡើងនៅលើពិភពលោកតិចតួចណាស់ ដូច្នេះប្រទេសនីមួយៗ គួរតែផ្តល់ការយកចិត្តទុកដាក់ជាសំខាន់ដល់ការទប់ទល់ជាមួយសន្តិសុខមិន ប្រពៃណី។ និយាយឲ្យច្បាស់ ការជួបប្រទះផ្នែកសន្តិសុខមិនប្រពៃណីក្នុងដំណើរការកសាង "ខ្សែក្រវ៉ាត់មួយ ផ្លូវមួយ" សំខាន់គឺរួមបញ្ចូលផ្នែកមួយចំនួនដូចខាងក្រោម។

១. ហានិភ័យផ្នែកធម្មជាតិ

ការកសាង "ខ្សែក្រវ៉ាត់មួយ ផ្លូវមួយ" ជាដំបូងគឺជាការប្រយុទ្ធជាមួយធម្មជាតិ។ ការកសាង "ខ្សែក្រវ៉ាត់មួយ ផ្លូវមួយ" ដែលមានវិសាលភាពពង្រើកនៃទ្វីបអឺរ៉ុបនិងអាស៊ី កត្តាធម្មជាតិច្រើនយ៉ាង សណ្តានដ៏ពិសេសគ្រប់បែបយ៉ាងក៏នាំមកនូវហានិភ័យធម្មជាតិគ្រប់ប្រភេទផងដែរ ដូចជាការអឺល បាក់ដី ការអឺលបាក់ភ្នំ។ល។ ដែលមិនអាចទាយទុកនិងមានលក្ខណៈកើតមកភ្លាមៗ។ ដែលភាគ ច្រើនគឺជាហានិភ័យផ្នែកសន្តិសុខដែលលបង្កឡើងដោយករណីប្រធានស័ក្តិ។ នៅពេលកើតឡើងគ្រោះ មហន្តរាយធម្មជាតិ មួយផ្នែកអាចប៉ះពាល់ដល់ពេលវេលានៃតំរោង គុណភាពតំរោងនិងសុវត្ថិភាពក្រុម ហ៊ុនសាងសង់ដ៏មួយផ្នែកទៀតប៉ះពាល់ដល់ការប្រតិបត្តិការ និងការថែរក្សាក្រោយពេលបញ្ចប់តំរោង។ បញ្ហាទាំងនេះមិនក្រឹមតែអាចបង្កើតឲ្យមានការខាតបង់ទ្រព្យសម្បត្តិប៉ុណ្ណោះទេ ហើយថែមទាំងនឹងធ្វើ ឲ្យខូចកេរ្តិ៍ឈ្មោះតំនិតផ្តួចផ្តើម "ខ្សែក្រវ៉ាត់មួយ ផ្លូវមួយ" ទៀត។ ចំពោះហានិភ័យប្រភេទនេះ ត្រូវតែ ពង្រើងការត្រួតពិនិត្យ និងពង្រើងយន្តការព្រាមានជាមុន។

២. ហានិភ័យផ្នែកបរិស្ថាន

នៅក្នុងឯកសារផ្លូវការរបស់ប្រទេសចិន បានលើកឡើងនូវគោលតំនិតអភិវឌ្ឍន៍មួយ "ផ្លូវស្បែក បៃតង" ប្រកបដោយថ្មែប្រឆិត។ នេះមានន័យថា ក្នុងដំណើរការកសាង "ខ្សែក្រវ៉ាត់មួយ ផ្លូវមួយ" ត្រូវ យកចិត្តទុកដាក់ដល់ការការពារបរិស្ថាន ដោយប្រកាន់នូវតែវិយាបថទទូលខុសត្រូវ អភិវឌ្ឍដោយសម ហេតុសមផល និងសមរម្យ ប្រើមធ្យោបាយវិទ្យាសាស្ត្របច្ចេកវិទ្យាទប់ទល់ជាមួយការតំរាមកំហែង វិស្សាន ក្នុងពេលអភិវឌ្ឍសេដ្ឋកិច្ចកសាងបាននូវវេសភាពដ៏ស្រស់ត្រកាល។ បរិស្ថានអេកូឡូស៊ីនៅ ប្រទេសជាច្រើននៃបណ្តោយ "ខ្សែក្រវ៉ាត់មួយ ផ្លូវមួយ" មានសភាពផុយស្រួយ ខ្វះបទពិសោធន៍និង

បច្ចេកទេសក្នុងការគ្រប់គ្រង នៅពេលមានការកើតឡើងនូវការបំផ្លាញបរិស្ថាន ការបំផ្លាញខ្វាំង និង
ទំហំប៉ះពាល់ធំ។ ដូចជា នៅពេលវាលស្មៅកើតទៅជាវាលរហោឋានវាចាប់កែរកលាដោយខ្លួនឯង
ត្រូវប្រើកំលាំងមនុស្សនិងធនធានជាច្រើនដើម្បីដោះស្រាយ ការកសាងផ្លូវថ្មលនិងផ្លូវរថភ្លើងត្រូវចូល
ជ្រៅទៅតំបន់ដាច់ស្រយាលស្ងៀងតែគ្មានមនុស្សទៅដល់ មួយផ្នែកនេះប្រហែលវារាំងការបន្ធាស់ទីរបស់
សត្វព្រៃ មួយផ្នែកទៀតអ្នកបើកបរតាមផ្លូវនិងអ្នកដំណើររោះសំរាម ដែលប្រមូលផ្តុំឡូវៗក៏អាចបង្ក
ឲ្យមានការបំពុលផងដែរ។ នេះគឺត្រូវការប្រទេសនៅតាមបណ្ដោយខ្សែពង្រឹងការសម្រុបសម្រួល រៀបចំ
បន្ធើតលក្ខខ័ណ្ឌបរិស្ថាននៅក្នុងកំឡុងពេលនៃការកសាង "ខ្សែក្រវ៉ាត់មួយ ផ្លូវមួយ" ហើយត្រូវអនុវត្តឲ្យ
គឺងវ៉ិង។ ក្រៅពីនេះ តំរោងកសាងឧស្សាហកម្មនិងកសិកម្មផ្សេងទៅទៀតនៃ "ខ្សែក្រវ៉ាត់មួយ ផ្លូវមួយ" ក៏
មានហានិភ័យផ្នែកបរិស្ថានផងដែរ។ ការរុករករ៉ែទួលទុលាយប្រហែលអាចបំផ្លាញជី បន្ធើតឲ្យមានធូលី
ជី ទឹកសំណល់ ការបំពុលកាកសំណល់ អាលុយមីញ៉ូមបំពុលបរិយាកាស វាយនភ័ណ្ឌបំពុលទឹកទន្លេ
ក្នុងពេលផលិតកសិកម្ម ការចិញ្ចឹមសត្វច្រើនហួសប្រមាណ ការកាប់ព្រៃឈើនិងបន្ធើតតំរោងកសិកម្ម
ធំៗដោយមិនដឹងមុន។ល។ សុទ្ធតែអាចបំផ្លាញបរិស្ថានអេកូឡូស៊ីក្នុងតំបន់នោះ។

ជាពិសេសត្រូវរកត់សម្គាល់ថា ហានិភ័យធម្មជាតិអាចបណ្ដាលឲ្យមានហានិភ័យផ្នែកនយោ
បាយ។ ឧទាហរណ៍ នៅអាស៊ីអាគ្នេយ៍ទន្លេខ្វែងដែលហូរឆ្លងកាត់ប្រទេសជាច្រើនទទូលរងនូវការបំពុល
ប្រហែលអាចកើតមានបញ្ហាឆ្លងប្រទេស។ ហើយដូចជាតំបន់ខ្វែងនៅអាស៊ីកណ្ដាលប្រើប្រាស់ទឹកច្រើន
ហួស ការចាប់ត្រី បានបន្ថែមបន្ទុកកាន់តែខ្លាំងដល់តំបន់អាស៊ីកណ្ដាលដែលមានបញ្ហាធនធានទឹក
យ៉ាងធ្ងន់ធ្ងររូចមកហើយនោះ។ ដើម្បីទ្រៀងរៀងនូវការបំផ្លាញសាមគ្គីភាពនៃប្រទេសនៅតាមបណ្ដោយ
"ខ្សែក្រវ៉ាត់មួយ ផ្លូវមួយ" នៅក្នុងពេលអនុវត្តជាក់ស្ដែង ត្រូវលើកនូវគោលគំនិតរួមតែមួយ "រុងរឿង
ជាមួយគ្នា ខាតបង់ទាំងអស់គ្នា" ។

៣. ការតំរៀមកំហែងពីពួកកម្លាំងជ្រុលនិយម

នៅតាមបណ្ដោយ "ខ្សែក្រវ៉ាត់មួយ ផ្លូវមួយ" មានកម្លាំងជ្រុលនិយមជាច្រើន ក្នុងនោះខ្លះមាន
កម្លាំងនិងឆទ្វិសោធន៍ច្បាំងជាច្រើនបង្ហូរ ដូចជាកម្លាំងជ្រុលនិយមរដ្ឋអ៊ីស្លាម(ISIS)បច្ចុប្បន្នកំពុង
សកម្មនៅតំបន់មជ្ឈិមបូព៌ា។ អង្គការ"រដ្ឋអ៊ីស្លាម"ប្រើប្រាស់ស្ថានការវេញវេញ្ញនៅស៊ីរីនិងអ៊ីរ៉ាក់បានធើ
ឡើងយ៉ាងរហ័ស ហើយបានបន្ធើតទៅជាកម្លាំងកេរករកម្មហិង្សាអន្តរជាតិយ៉ាងសំខាន់ មិនត្រឹមតែតំរាម
កំហែងដល់រដ្ឋអំណាចប្រទេសទាំងពីរស៊ីរីនិងអ៊ីរ៉ាក់ ហើយថែមទាំងជម្រុញឲ្យមាន "ផលវិបាកជ្រុល
ជ្រើប" ដែលបន្ធើតការប្រឈមដល់សន្តិសុខក្នុងតំបន់និងពិភពលោក។[៩] ការកសាង"ខ្សែក្រវ៉ាត់មួយ
ផ្លូវមួយ" នៅក្នុងតំបន់មជ្ឈិមបូព៌ាក៏អាចទទួលនូវផលប៉ះពាល់ពីអង្គការ "រដ្ឋអ៊ីស្លាម" ហើយនឹងជើរយឺត
ផងដែរ។

បច្ចុប្បន្ន គ្រោះថ្នាក់ "បែបមជ្ឈិមបូព៌ា" នៃតំបន់អាស៊ីកណ្ដាល អាហ្វ្រិក និងអាស៊ីអាគ្នេយ៍
កាន់តែខ្លាំង។ នៅក្នុងផែនក្នុងរបស់វា អង្គការជ្រុលនិយមនីមួយៗខាងផ្នែកមនោគមវិជ្ជានិងកំលាំងគឺមិន

[៩] គុង ម៉ានយាន៖ "ផលប៉ះពាល់និងលទ្ធភាពនៃការដើបឡើង"រដ្ឋអ៊ីស្លាម" «ការស្រាវជ្រាវបញ្ហាអន្តរជាតិ» លេខ៥ ឆ្នាំ២០១៤

ដូចគ្នាទៅ។ បើនិយាយពីប្រភេទ នៅតំបន់អាស៊ីកណ្ដាលនិងមជ្ឈិមបូព៌ាមានអង្គការដែលដងប៉ុលនឹង
សាសនាច្រើន តំបន់អាស៊ីអាគ្នេយ៍និងអាហ្រ្វិកមានអង្គការជ្រុលនិយមដែលមិនមែនសាសនាច្រើន។

បើនិយាយពីលក្ខណៈយោធា កម្លាំងជ្រុលនិយមសុទ្ធតែមានសមត្ថភាពប្រយុទ្ធក្នុងកម្រិតជាក់
លាក់ ដូច្នេះវាអង្គការតំរូវមកំហែងដល់ការកសាង "ខ្សែក្រវ៉ាត់មួយ ផ្លូវមួយ"។ សមាជិកអង្គការជ្រុល
និយមជាច្រើននៃតំបន់អាស៊ីកណ្ដាលនិងមជ្ឈិមបូព៌ា។ល។ ថ្លាប់ប្រយុទ្ធជាមួយកងទ័ពសហភាពសូ
វៀត អាមេរិកនិងអង់គ្លេស។ល។ មានបទពិសោធន៍ជាច្រើន មានខ្លះថ្លាប់បំរើជាកងទ័ពត្រឹមត្រូវ។ ជា
ពិសេសក្រោយពេលដែលអាមេរិកបញ្ចូនទ័ពទៅតំបន់មជ្ឈិមបូព៌ា និងអាហ្គានីស្ថានរួចមក ពួកវាទ
ទូលបាននូវការប្រយុទ្ធជាមួយកងទ័ពត្រឹមត្រូវដោយស្ថិតនៅក្រោមលក្ខ័ណ្ឌនៃចេករវិទ្យាខ្ពស់ ហើយជា
ពិសេសគឺក្រុមថយន្តរវាយលុកនិងបទពិសោធន៍នៅបន្ទាប់ គឺកាន់តែមានសមត្ថភាពប្រយុទ្ធ។ ក្រុម
ប្រដាប់អាវុធនៅអាស៊ីអាគ្នេយ៍បានប្រយុទ្ធជាមួយកងទ័ពរដ្ឋាភិបាលនៃប្រទេសនីមួយៗ ជាពិសេសពួកគេ
ខាងប្រើប្រាស់សណ្ឋានជីងនិងអាកាសធាតុក្នុងតំបន់ធ្វើការវាយឆ្មក់ ហើយក៏អាចលាក់ខ្លួនបានយ៉ាង
លឿនបន្ទាប់ពីទូលងនូវការវាយប្រហារ មានសមត្ថភាពរស់នៅខ្លាំងណាស់។ ចំពោះក្រុមប្រដាប់
អាវុធជាច្រើននៅអាហ្រ្វិកទោះជាមានគ្នាច្រើន តែខ្លះការហ្វឹកហាត់ មិនហ៊ានប្រយុទ្ធស៊ីគ្សាញ ហើយ
ក៏មិនពូកែខាងវាយស៊ូ ប៉ុន្តែពួកគេពូកែបត់បែន ពូកែប្រើប្រាស់លក្ខខណ្ឌនយោបាយនិងសង្គមនៅតំបន់
នោះការពារខ្លួនឯង។

តើកម្លាំងជ្រុលនិយមពិតជាអាចវាយប្រហារការកសាង "ខ្សែក្រវ៉ាត់មួយ ផ្លូវមួយ"?

ចម្លើយគឺពិតប្រាកដណាស់។ ជាបឋម ផ្នែកមនាគមវិជ្ជា "ខ្សែក្រវ៉ាត់មួយ ផ្លូវមួយ" គឺមិនត្រូវ
គ្នាជាមួយនឹងកម្លាំងជ្រុលនិយមទាំងនេះទេ។ គោលបំណងរបស់ "ខ្សែក្រវ៉ាត់មួយ ផ្លូវមួយ" គឺធ្វើឲ្យ
តំបន់មានភាពសម្បូរសប្បាយ ចែករំលែកទ្រព្យសម្បត្តិ ប៉ុន្តែក្រុមជ្រុលនិយមគឺវាយប្រហារបរបដែល
មានបច្ចុប្បន្ន គោលបំណងគឺសម្រេចនូវបរបផ្ដាច់ការ ដូច្នេះជម្លោះរវាងអ្នកទាំងពីរមិននិយាយក៏អាច
ដឹងបានដែរ។ ប្រៀបជាមួយក្រុមជ្រុលនិយមដែលមិនមានសាសនា មេក្លោងរបស់វាប្រហែលជាមិន
ព្រាហើនវាយប្រហារការកសាង "ខ្សែក្រវ៉ាត់មួយ ផ្លូវមួយ" ទេ ប៉ុន្តែដោយសារតែក្នុងអង្គការមាន
សមាជិកសុក្រស្ញាញ ក្ខនថៅជ្រុលនិយមមួយចំនួនប្រហែលអាចធ្វើសកម្មភាពដោយគ្មានការអនុញ្ញា
ត។ នៅលើបញ្ហាកសាង "ខ្សែក្រវ៉ាត់មួយ ផ្លូវមួយ" ក្រុមមួយចំនួនក៏អាចយកលេសការពារ "ការកសាង
ខ្សែក្រវ៉ាត់មួយ ផ្លូវមួយ" សម្រេចគោលបំណងវាយប្រហារចំពោះគូរប្រជែង។ ហើយគួរតែគិតគូររនោះគឺ
ក្នុងដំណើរការកសាង "ខ្សែក្រវ៉ាត់មួយ ផ្លូវមួយ" ប្រទេសចិនត្រូវការពង្រឹងកិច្ចសហប្រតិបត្តិការជាមួយ
រដ្ឋបាលតំបន់ ប៉ុន្តែដោយសារក្រុមជ្រុលនិយមមានជម្លោះជាមួយរដ្ឋបាលតំបន់ ដូច្នេះអាចនឹងផ្ដាស់
ប្ដូរគោលដៅវាយប្រហារសំដៅទៅលើការកសាង "ខ្សែក្រវ៉ាត់មួយ ផ្លូវមួយ" វិញ។

បន្ថាប់មក បើមើលពីសកម្មភាពរបស់ "ខ្សែក្រវ៉ាត់មួយ ផ្លូវមួយ" គំនិតផ្ដួចផ្ដើមនេះមិន
អំណោយផលដល់ការអភិវឌ្ឍន៍របស់ក្រុមជ្រុលនិយមទេ ដូច្នេះអាចទទួលរងនូវការវាយបកពីក្រុម
នេះ។ គំនិតផ្ដួចផ្ដើម "ខ្សែក្រវ៉ាត់មួយ ផ្លូវមួយ" គឺធ្វើទំនាក់ទំនងផ្នែកគោលនយោបាយ ស្របពេលនោះ
ក៏កសាងផ្លូវ ពង្រឹងការកសាងហេដ្ឋារចនាសម្ព័ន្ធ របៀបអភិវឌ្ឍន៍នៃការទទួលយកនេះមានប្រយោជន៍

ដល់ការជម្រុញប្រទេសនីមួយៗឱ្យសម្របរុងរឿងជាមួយគ្នា   បង្កើនការផ្លាស់ប្ដូរនិងការយោគយល់គ្នា
រវាងប្រទេស ដែលផ្ដល់ផលប្រយោជន៍យ៉ាងខ្លាំងដល់ការកាត់បន្ថយជម្លោះជាតិសាសន៍ ប្រវត្តិសាស្ត្រ
ទោះជានយោបាយផ្សេងក្នុងតំបន់ក៏ដោយ ដែលជួយសម្រេចកែលម្អបានឬបរិស្ថានជុំនៃតំបន់ទាំងមូលៗ
ប៉ុន្តែ វាមានផលអាក្រក់ណាស់បើមើលពីផ្នែកនៃការរកសាងក្រុមជ្រុលនិយមៗ មួយផ្នែកគឺទំនាក់ទំនង
រវាងប្រទេសបានកែលម្អរជាបណ្ដើរៗ ធ្វើឱ្យជម្លោះទាំងឡាយដែលត្រូវបានក្រុមជ្រុលនិយមអាចយកម
កប្រើប្រាស់បាននោះមានការថយចុះ   កិច្ចសហប្រតិបត្តិការរវាងរដ្ឋាភិបាលចិននិងរដ្ឋាភិបាលនៃ
ប្រទេសផ្សេងៗក៏អាចឆ្លាយទៅជាកម្លាំងដ៏សំខាន់ក្នុងការប្រឆាំងជាមួយកម្លាំងពួកជ្រុលនិយម ធ្វើឱ្យ
ក្រុមជ្រុលនិយមពិបាកនឹងទទួលបានការអភិវឌ្ឍន៍បន្ត និង លទ្ធភាពធ្វើសកម្មភាពធ្លងប្រទេសមានការ
ធ្លាក់ចុះៗ មួយផ្នែកទៀត ចំនួននៃប្រជាជនធម្មតាដែលជាផ្នែកមួយដ៏សំខាន់នៃក្រុមជ្រុលនិយមនឹង
មានការធ្លាក់ចុះៈ នៅពេលដែល "ខ្សែក្រវ៉ាត់មួយ ផ្លូវមួយ" ជម្រុញសេដ្ឋកិច្ចអភិវឌ្ឍរីកចំរើន និងក្រោម
លក្ខខណ្ឌជីវភាពប្រជាជនកាន់តែមានការកើនឡើង   ពួកក្រុមជ្រុលនិយមពិបាកចាប់ប្រជាជនមួយ
ចំនួនធំធ្វើជាចំណាប់ខ្លាំងតាមរយៈមធ្យោបាយមអូសទាញ ហើយមូលដ្ឋាននៃការរស់នៅទទួលងនុវការ
គំរាមកំហែង ឥទ្ធិពលក្នុងសង្គមនឹងមានការកាត់បន្ថយជាលំដាប់ៗ។

ចំណុចទាំងពីរខាងលើ ធ្វើឱ្យកម្លាំងជ្រុលនិយមពិបាកចូលរួមដល់ការរកសាង "ខ្សែក្រវ៉ាត់មួយ
ផ្លូវមួយ" នៅកំឡុងពេលប្រតិបត្តិការជាក់ស្ដែង ត្រូវតែបង្ការឱ្យបានគឺឹងវ៉ឹងចំពោះការងាររនេះ។

៤. ហានិភ័យពីអង្គការក្រៅរដ្ឋាភិបាល

ក្នុងពេលចាប់ដំណើរការរកសាង "ខ្សែក្រវ៉ាត់មួយ ផ្លូវមួយ" អាចមានប្រឈមជាមួយនឹងហានិ
ភ័យដែលមានក្រុមអង្គការក្រៅរដ្ឋាភិបាលជាចម្បងបំផុសប្រជាជនឱ្យធ្វើការប្រឆាំង។ អំពីល្បែងរបស់ចិន
ប្រហែលអាចត្រូវបានអង្គការក្រៅរដ្ឋាភិបាលគ្រប់ប្រភេទរបស់លោកខាងលិច   បកស្រាយខុសទៅជា
ការបង្កើតសិទ្ធិដឹកនាំក្នុងតំបន់ក្រោម "ការគំរាមរបស់ចិន" ។ ដូចជា ការរកសាង"ខ្សែក្រវ៉ាត់មួយ ផ្លូវ
មួយ" មួយផ្នែកត្រូវរបង្កើតសហគ្រាសធនធានជាច្រើន មួយផ្នែកទៀតត្រូវអភិវឌ្ឍឧស្សាហកម្មដឹក
ជញ្ជូននិងឧស្សាហកម្មធុនស្រាលនិងធ្ងន់ នេះប្រហែលជាអាចត្រូវបានអង្គការក្រៅរដ្ឋាភិបាលវ៉ៈគន់ថា
ប្លន់យកធនធានប្រទេសនោះ បំផ្លាញបរិស្ថានអេកូឡូស៊ី។ អង្គការក្រៅរដ្ឋាភិបាលអាចយកបញ្ហានេះធ្វើ
ជាលេស ដើម្បីបំផុសសមាហជនធ្វើការប្រឆាំង។ នៅប្រទេសដែលមិនមានស្ថេរភាពនយោបាយ ប្រហែល
ជាអាចទាក់ទាញកំលាំងផ្សេងៗឱ្យចូលរួម   ហើយវិគ្គបន្ថែមទៅជាការចលាចលយ៉ាងខ្លាំងនិងទៅជា
បដិវត្តន៍ពណ៌។

បើនិយាយពី "ខ្សែក្រវ៉ាត់មួយ ផ្លូវមួយ" ខ្លួនឯង ផលប៉ះពាល់ដែលកើតចេញពីការគំរ៉ាអាច
បង្ការញចេញជាពីរផ្នែកៗ ជាដំបូង ការគំរ៉ានឹងអាចធ្វើឱ្យគម្រោងកដំណើរការៗ ចិនមិនមានបទ
ពិសោធន៍គ្រប់គ្រាន់ខាងផ្នែកនេះទេ ហើយក៏មិនមានបង្កើតផែនការដែលអាចធ្វើបាន។ បន្ទាប់មក
សកម្មភាពប្រភេទនេៈប្រហែលអាចត្រូវបានក្រុមកម្លាំងជ្រុលនិយមប្រើប្រាស់។

ការរកសាង"ខ្សែក្រវ៉ាត់មួយ ផ្លូវមួយ" ប្រហែលជាប្រឈមជាមួយនឹងបញ្ហាការគំរ៉ាដូចគ្នាទៅនឹង
បញ្ហាពួកលទ្ធិជ្រុលនិយម ក៏ត្រូវឆ្លងកាត់តាមរយៈ: "ខ្សែក្រវ៉ាត់មួយ ផ្លូវមួយ" ខ្លួនឯងផ្ទាល់មកជម្រុញ

ដោះស្រាយ។ មួយផ្នែក "ខ្សែក្រវាត់មួយ ផ្លូវមួយ" នាំកន្ទុយការអភិវឌ្ឍន៍សេដ្ឋកិច្ចរួមនៅតាមបណ្ដោយ ខ្សែ និងដោះស្រាយបញ្ហាសង្គមជាច្រើនដែលប្រទេសនោះកំពុងតែជួបប្រទះ។ មួយផ្នែកទៀត អ្នក កសាង "ខ្សែក្រវាត់មួយ ផ្លូវមួយ" មិនត្រូវដាក់ខ្លួនឯងនៅដាច់ឆ្ងាយពីមហាជននៅក្នុងតំបន់នោះទេ ប៉ុន្តែត្រូវសកម្មធ្វើការទំនាក់ទំនងជាមួយមហាជន ស្វែងយល់ពីក្ដីប្រាថ្នានិងតម្រូវការរបស់ពួកគាត់ ដោយស្វាគមន៍ប្រជាជនក្នុងតំបន់នោះ[រ]ចូលរួមក្នុងការកសាង "ខ្សែក្រវាត់មួយ ផ្លូវមួយ" យ៉ាងទូលំ ទូលាយនិងប្រកបដោយគតិវិជ្ជាបខ្សែស្រួលគ្នា។ ស្របពេលជាមួយគ្នានេះ នៅក្នុងដំណើរការនេះ ចេញដំណើរដាក់ស្ដែងពីតំបន់ហើយជួយគិតប្រយោជន៍[រ]ឲ្យតំបន់នោះ ដើម្បីធ្វើ[រ]ឲ្យមហាជនក្នុងតំបន់ នោះជាពិសេសគឺយុវជន[រ]ឲ្យយល់ពិតប្រាកដជាថាតើចិនមកដើម្បី[អ]វី គំនិតផ្ដួចផ្ដើម"ខ្សែក្រវាត់មួយ ផ្លូវ មួយ" កើតឡើងដោយសារអ្វី ហើយចាត់ទុក "ខ្សែក្រវាត់មួយ ផ្លូវមួយ" ជាផ្លូវរបស់ខ្លួន។

៥. ហានិភ័យសន្តិសុខសមុទ្រ

"ផ្លូវសូត្រសមុទ្រសតវត្សទី២១" របស់ចិន ឆ្លងកាត់តាមប្រកសមុទ្រល្បីឈ្មោះជាច្រើនលើពិភព លោក ហើយផ្នែកសន្តិសុខសមុទ្រគឺនៅមានហានិភ័យ។ ឧទាហរណ៍បញ្ហាចោរសមុទ្រ គ្រប់ប្រទេសសុទ្ធ ដែលគាំទ្រប់ល់ជាមួយនឹងការតំរាមពីចោរសមុទ្រ ប៉ុន្តែសុទ្ធតែមិនអាចទទួលបានលទ្ធផលល្អ។ នៅក្នុង ដំណើរការនៃការកសាង"ខ្សែក្រវាត់មួយ ផ្លូវមួយ" យើងត្រូវតែកសាងយន្តការត្រួតពិនិត្យប្រកបដោយ ប្រសិទ្ធិភាព ដោះស្រាយបញ្ហាការបំពាក់ដល់ក្រុមសន្តិសុខនៅលើប៉ាល ជាមួយគ្នានេះពេលចូលដល់ តំបន់ទឹកដែលចោរសមុទ្រសាហាវ ត្រូវធ្វើសកម្មភាពប្រឆាំងនឹងចោរសមុទ្រ ព្រមទាំងកិច្ចសហប្រតិបត្តិ ការជាមួយប្រទេសក្នុងតំបន់ ចូលរួមប់ល់ទាំងជាមួយហានិភ័យចោរសមុទ្រ។ ចិនអ៊ីប៉ុបចាប់ដៃគ្នាប្រឆាំង ជាមួយចោរសមុទ្រនៅតំបន់សូម៉ាលី ផ្តល់នូវបទពិសោធន៍ដ៏គជ័យដល់ការប់ល់ទាំងជាមួយការតំរាម កំហែងប្រភេទនេះ។

ទី២- សន្តិសុខចិននិងសន្តិសុខអន្តរជាតិ

១. ការរៀបចំនិងអនុវត្តគោលនយោបាយរបស់ចិន

ការកសាង"ខ្សែក្រវាត់មួយ ផ្លូវមួយ" គឺតម្រោងយួអង្វែងដែលបន្តកសាងជាប់ ក្នុងពេលរៀបចំ យន្តការជាក់ស្ដែង ពិបាកជៀសផុតពីបានលួតគខ្លាំណាស់។

ជាបឋម បើមើលពីការរចនាគម្រោងនៃ "ខ្សែក្រវាត់មួយ ផ្លូវមួយ" គម្រោងកសាងនៃ "ខ្សែក្រ វាត់មួយ ផ្លូវមួយ" គឺមានចំនួនច្រើន វិធានការគាំពារ[រ]ដែលលាក់ព័ន្ធមានចំនួនតិច។

ទីពីរ ដោយសារ "ខ្សែក្រវាត់មួយ ផ្លូវមួយ" ត្រូវការន្លុ្ធនធានពលកម្មជាច្រើន។ មួយផ្នែក គឺ ដោយសារប្រទេសចិនត្រូវការជួយតំបន់នោះកសាងហេដ្ឋារចនាសម្ព័ន្ធ ជួបច្នេត្រូវការបញ្ចូនធនធាន មនុស្សទៅក្រៅ ក្នុងពេលនេះគឺមានបញ្ហាបណ្ដុះបណ្ដាលធនធានមនុស្ស។ ក្នុងដំណើរការកសាង "ខ្សែ ក្រវាត់មួយ ផ្លូវមួយ" ការបណ្ដុះបណ្ដាលអ្នកជំនាញនិងអ្នកបច្ចេកទេសដែលលាក់ព័ន្ធ មិនគ្រឹមតែត្រូវ ការមានកម្រិតបច្ចេកទេសល្អ ហើយត្រូវស្គាល់ស្ថានការជាក់ស្ដែងតំបន់ អាចសម្របខ្លួនចូលក្នុងតំបន់ យ៉ាងរហ័សនិងមានប្រសិទ្ធិភាព ប្រមូលកំលាំងធ្វើការកសាង។ ស្របពេលនេះផងដែរ ត្រូវធ្វើចេញពី កម្រិតរចនាយុទ្ធសាស្ត្រថ្នាក់ជាតិការពារសុវត្ថិភាពនិងទ្រព្យសម្បត្តិផ្ទាល់ខ្លួន។ មួយផ្នែកទៀត ការ

កសាង "ខ្សែក្រវ៉ាត់មួយ ផ្លូវមួយ" ត្រូវការទាក់ទាញកំលាំងពលកម្មជាច្រើនក្នុងតំបន់ ប្រសិនដោះ ស្រាយមិនសមស្របក់អាចបង្កនូវបញ្ហាជាច្រើន។ ឧទាហរណ៍ នៅពេលប្រតិបត្តិជាក់ស្ដែង ដោយសារ បុគ្គលិកមានចំនួនច្រើន ពិបាកនិងគ្រប់គ្រងបុគ្គលិកនៃប្រទេសទាំងនេះ ដែលវាផ្ដល់លទ្ធភាពដល់ សមាជិកក្រុមជួលនិយមអាចធ្វើការរៀបរៀងត្រជែកជានបាន។ មួយទៀត កម្លាំងជួលនិយមប្រហែលជាអាច តាមរយៈចាប់មនុស្សជាចំណាប់ខ្មាំងមកតំរ៉ាមរដ្ឋាភិបាលធ្វើការសម្រេះសម្រេល ដើម្បីបង្អាក់ដំណើរការ នៃការកសាងជាក់ស្ដែងនៃ "ខ្សែក្រវ៉ាត់មួយ ផ្លូវមួយ" ដូច្នេះប្រទេសនីមួយៗត្រូវយកចិត្តទុកដាក់ចំពោះ បញ្ហាដែលមិនមែនជាសន្តិសុខប្រពៃណីនេះ។

អំពីវិធានការណ៍ដោះស្រាយបញ្ហាជាក់លាក់ ការកិច្ចគន្លឹះគឺនៅត្រង់ផ្ទេរហានិភ័យរយៈពេលវែង ទៅជាហានិភ័យរយៈពេលខ្លី ដូចដែលងកសារផ្ទេរការបានលើកឡើង ជាងមួយឆ្នាំកន្លះ រដ្ឋាភិបាល ចិនជម្រុញការកសាង "ខ្សែក្រវ៉ាត់មួយ ផ្លូវមួយ" យ៉ាងសកម្ម ពន្លើនការទំនាក់ទំនងពិភាក្សាជាមួយ ប្រទេសដែលស្ថិតនៅតាមបណ្ដោយខ្សែ ជម្រុញកិច្ចសហប្រតិបត្តិការជាក់ស្ដែងជាមួយប្រទេសនៅតាម បណ្ដោយខ្សែ អនុវត្តនូវវិធានការគោលនយោបាយមួយចំនួន ខិតខំដើម្បីទទួលបានសមិទ្ធផលដ៏ប្លូង។ គំនិតដូចនេះនៅត្រូវការពង្រឹងឲ្យបានកាន់តែស៊ីជម្រៅ បន្ថែលមួយមន្ទការនិងរចនាគោលនយោបាយ ស្របពេលក្នុងដំណើរការនៃការកសាង "ខ្សែក្រវ៉ាត់មួយ ផ្លូវមួយ" មួយផ្នែកត្រូវការកសាងយន្តការកិច្ចសហ ប្រតិបត្តិការសន្តិសុខជាមួយប្រទេសទាំងអស់ ប្រមូលនូវស្ថានភាពពិតប្រាកដនៃតំបន់ផ្សេងគ្នាដើម្បីធ្វើ ការរចនាគោលនយោបាយ ដោយប្រើវិធានការនយោបាយយ៉ាងសកម្មឆ្លើយទល់ជាមួយនឹងហានិភ័យ និងឧបថ្ថម្ភនៃការខ្សត់ខ្វះ។ មួយផ្នែកទៀត ការបញ្ចេញនូវអត្ថប្រយោជន៍នៃ "ខ្សែក្រវ៉ាត់ មួយ ផ្លូវមួយ" យ៉ាងពេញលេញ បន្ថែនឲ្យនូវការគោលគំនិតបើកចំហរទទួលយកនៃផ្លូវសូត្រប្រពៃណី នៅ ក្នុងដំណើរការនៃការវេចវែលកប្រាក់ចំណេញពីការអភិវឌ្ឍន៍របស់ចិន ធ្វើឲ្យប្រជាជននៅតំបន់នោះ ស្គាល់នៅអត្ថប្រយោជន៍នៃ "ផ្លូវសូត្រ" ជម្រុញនូវការតភ្ជាប់នៃចិត្តមនុស្ស។

ផ្នែកខាងលើគឺជាហានិភ័យនៃការរៀបចំគោលនយោបាយចិន ក្រៅពីនេះនៅក្នុងពេលអនុវត្ត ប្រហែលអាចប្រឈមទៅនឹងបញ្ហាគ្រប់ប្រភេទដែលបណ្ដាលឲ្យមានគ្រោះថ្នាក់ ហើយដែលនឹងប៉ះ ពាល់ទៅដល់ការកសាង "ខ្សែក្រវ៉ាត់មួយ ផ្លូវមួយ" ។

ការកសាង "ខ្សែក្រវ៉ាត់មួយ ផ្លូវមួយ" ត្រូវការធ្វើឲ្យបាននូវការតភ្ជាប់ហេដ្ឋារចនាសម្ព័ន្ធ ប៉ុន្តែដួច រៀបរាប់ខាងលើ ប្រទេសនៅតាមបណ្ដោយខ្សែមានលក្ខខណ្ឌខ្លះច្រើនយ៉ាង ចង់សម្រេចនូវ "ការតភ្ជាប់" ពិតប្រាកដនៅត្រូវការជំនះបញ្ហាលំបាកជាច្រើន។ នៅក្នុងប្រទេសចិនស្របពេលដែលគម្រោងផ្លូវរថ ភ្លើងអភិវឌ្ឍន៍យ៉ាងលឿន ចិនមានបទពិសោធន៍ខាងកសាងផ្លូវរថភ្លើងនៅលើវាលខ្សាច់ តំបន់ព្រៃគ្រ ពិច តំបន់ខ្ពង់រាប និងតំបន់ត្រជាក់ខ្លាំង ប៉ុន្តែវាពិបាកចម្លងទៅប្រទេសផ្សេងៗទៀត ប្រទេសនីមួយៗ សុម្បីតែតំបន់សំណង់ជាក់ស្ដែងមួយសុទ្ធតែមានស្ថានភាពរបស់វារៀងៗខ្លួន សុទ្ធតែអាចកើតឡើងនូវ បញ្ហាដែលនឹកស្មានមិនដល់។ នៅក្នុងការកសាង "ខ្សែក្រវ៉ាត់មួយ ផ្លូវមួយ" របភ្លើងឡើងលឿនលឿន ផ្លូវ ថ្នល់ ផ្លូវរថភ្លើង ភ្លៃរ៉ៃ និងគម្រោងកសាងសំណង់ផ្សេងៗសុទ្ធតែមានតម្រូវការយ៉ាងតឹងរ៉ឹងចំពោះគុណ ភាពនៃការរចនា និងការសាងសង់ ពីព្រោះវាទាក់ទងទៅដល់នឹងសុវត្ថិភាពជីវិតនៃប្រជាជន គ្រោះថ្នាក់

មួយណាសុទ្ធតែអាចក្លាយទៅជាគ្រោះថ្នាក់នយោបាយ ដែលនាំឲ្យមានការប៉ះទង្គិចទៅដល់ការកសាង "ខ្សែក្រវ៉ាត់មួយ ផ្លូវមួយ" ។

ចិនត្រូវតែគិតគូរទៅដល់បញ្ហាគ្រោះថ្នាក់នៅក្នុងពេលប្រតិបត្តការ ដែលចំណុចសំខាន់របស់វាបង្ហាញដូចៗផ្នែកខាងក្រោម។

ទី១ បើមើលពីការតភ្ជាប់ហេដ្ឋារចនាសម្ព័ន្ធ បន្ទាប់ពីការកសាងរុញច្រានផ្លូវថ្មល់ ផ្លូវរថភ្លើង ជាពិសេសរថភ្លើងល្បឿនលឿន ដោយសារភូមិសាស្ត្រនៃខ្សែរថភ្លើងទាំងមូលមានវិសាលភាពគ្របដណ្តប់ធំទូលាយ ដែលអាចកើតមាននូវគ្រោះមហន្តរាយធម្មជាតិធ្ងន់ធ្ងរៗ។ នេះគឺត្រូវការស្វែងរកឲ្យឃើញនូវបញ្ហាឲ្យបានទាន់ពេលវេលា និងដោះស្រាយបញ្ហាភ្លាមៗ ដើម្បីធានាឲ្យផ្លូវដំណើរការដោយល្អន។ ក្រៅពីនេះ ហេដ្ឋារចនាសម្ព័ន្ធផ្លូវថ្មល់អាចចាស់ខូចខាត ដូចជាការធ្លាក់ភ្លៀងនិងទឹកជំនន់បណ្តាលឲ្យបរិក្ខារអគ្គិសនីកាត់ផ្តាច់ឬក៏ហួរផ្តាច់គ្រឹះផ្លូវ ការហូរបាក់ដីកាត់ផ្តាច់ផ្លូវរថភ្លើងៗលៗ។ នៅក្នុងតំបន់វាលស្មៅ និងព្រៃអាចមានសត្វព្រៃចេញមកពីគ្រប់ទិសទីឡូងកាត់ផ្លូវគ្រប់ពេលវេលា ប៉ះទង្គិចជាមួយផ្លូវរថភ្លើងហើយបណ្តាលឲ្យមានគ្រោះថ្នាក់។ ឧទាហរណ៍ ផ្លូវរថភ្លើងល្បឿនលឿនគឺជាគម្រោងកសាងក្រៅប្រទេសដ៏សំខាន់របស់ចិន ដែលវាមានអត្តន័យយ៉ាងខ្លាំងធំពេជំពោះការកសាង "ខ្សែក្រវ៉ាត់មួយ ផ្លូវមួយ" ។ នៅក្នុងដំណើរការនៃការកសាងកាត់ស្ទែងនៃផ្លូវរថភ្លើងល្បឿនលឿន វាប្រឈមនូវបញ្ហាជាច្រើន ដូចជាការបណ្តុះបណ្តាលបុគ្គលិក ការថែរក្សាផ្លូវរថភ្លើង និងការដោះស្រាយបញ្ហាបន្ទាន់ៗ។ ចំពោះបញ្ហានេះ មួយផ្នែកចិនត្រូវតែពង្រឹងការបណ្តុះបណ្តាលបុគ្គលិក ការរៀបចំកម្លាំងឆ្លាត ការគ្រប់គ្រងបញ្ហា អ្នកបើកបរនិងជួសជុល និងថែរក្សា ដែលវិភាគហាត់បានល្អ មួយផ្នែកទៀតប្រើមធ្យោបាយទំនើបដើម្បីវិភាគមុខឧបករណ៍បរិក្ខារ បន្ថែមនូវភាពជឿជាក់ ហើយបង្កើតនូវប្រព័ន្ធបណ្តាញត្រួតពិនិត្យគ្រប់គ្រងប្រកបដោយប្រសិទ្ធិភាពទៅលើខ្សែទាំងអស់នៃខ្សែផ្លូវតែមនាគមន៍ ជាមួយគ្នានេះផងដែលបើកការថែរក្សាផ្លូវរថែកតាមកាលកំណត់ ដើម្បីដោះស្រាយបញ្ហាគ្រោះថ្នាក់ដែលមើលមិនឃើញឲ្យបានជាអតិបរមា។ ក្រៅពីនេះវានៅត្រូវការចិនពង្រឹងទំនាក់ទំនងជាមួយស្ថាប័នផ្លូវរថភ្លើងតំបន់ តាមរបៀបចូលរួមសហការ កំណត់ពេលវេលាត្រួតពិនិត្យ រៀបចំការបណ្តុះបណ្តាលទេ។កគឺ រួមគ្នាធានាប្រតិបត្តិការដោយល្អនៃផ្លូវរថភ្លើង។

ទី២ ផ្នែកដឹកជញ្ជូនផ្លូវទឹក ទោះបីជាចិនបានស្គាល់យ៉ាងច្បាស់ហើយនូវកំពង់ផែដែលនៅតាមបណ្តោយខ្សែនៃ "ខ្សែក្រវ៉ាត់មួយ ផ្លូវមួយ" ប៉ុន្តែគ្រោះថ្នាក់ក៏អាចនៅតែមាន។ បច្ចុប្បន្នក៏ប៉ាល់បានបំពាក់នូវឧបករណ៍ជំនួយដែលមានលក្ខណៈពិសេស និងប៉ុន្តែនៅពេលដែលមានបញ្ហាកើតឡើងកម្លាំងជំនួយជាក់ស្ទែងនៃប្រទេសសមួយច័ន្ធនៃបែបដោយមានភាពទន់ខ្សោយណាស់ នេះគឺតម្រូវឲ្យមាននៅក្នុងការកសាង "ខ្សែក្រវ៉ាត់មួយ ផ្លូវមួយ" ត្រូវតែប្តូរផ្តាកសាងឡើងនូវកម្លាំង សង្គ្រោះនៅតាមកំពង់ផែនីមួយៗនៃបណ្តោយខ្សែដែលមានសង្ខាដារ និងប្រសិទ្ធភាព។

ទី៣ ការអភិវឌ្ឍន៍មិនត្រឹមត្រូវប្រហែលជាអាចនឹងបំផ្លិចបំផ្លាញធនធានធម្មជាតិជារៀងរហូត។ ដូចជាគ្រោះអគ្គីភ័យវើលឡើងថ្ម ប្រហែលអាចបង្កឲ្យមានការផាបថេ នៃស្រទាប់ក្រោមឲ្យឡើងថ្ម មិនត្រឹមតែខូចខាយធនធានឲ្យខូចថ្ម វារាំងទៅដល់ការធ្វើអាជីវកម្ម ហើយថែមទាំងបំផ្លិចបំផ្លាញទៅដល់ស្រទាប់រុក្ខ

ជាតិ ដែលបណ្ដាលឲ្យមានការបំពុលបរិយាកាសយ៉ាងធ្ងន់ធ្ងរ។ ការធ្វើឲ្យប្រសើរឡើងវិញនូវស្រទាប់ធ្យូងថ្មដែលឆេះត្រូវការថវិការ បច្ចេកទេស សំភារៈ និងកម្លាំងពលកម្មជាច្រើន ហើយវាគឺជាគម្រោងដ៏យូរអង្វែងមួយ។ ប្រសិនបើកើតឡើង វាគឺជាការវាយប្រហារយ៉ាងខ្លាំងទៅដល់ការកសាងនៃ "ខ្សែក្រវ៉ាត់មួយ ផ្លូវមួយ" និងប្រទេសនោះ។ ចំពោះការធ្វើអាជីវកម្មប្រេង និងឧស្ម័នធម្មជាតិ។ល។ ក៏អមទៅដោយហានិភ័យផ្នែកបរិស្ថានរៀងៗខ្លួន។ ប្រទេសចិន អាមេរិក ឥណ្ឌា ឥណ្ឌូនេស៊ី។ល។ មានមេរៀនខាងផ្នែកនេះ។

២. ការវាយប្រហារ និងការតភ្ជាប់នៃតំបន់នីមួយៗ

ការកសាង "ខ្សែក្រវ៉ាត់មួយ ផ្លូវមួយ" គ្របដណ្ដប់ពេញពិភពលោក កត្តាធម្មជាតិសង្គមនៃប្រទេសដែលនៅតាមបណ្ដោយខ្សែ និងបណ្ដោយផ្លូវមានភាពស្មុគស្មាញ កម្លាំងផ្សេងៗកើតមានជាបន្តបន្ទាប់ ប្រសិនបើកម្លាំងជ្រុលនិយមទាំងនេះធ្វើការប្រមូលផ្ដុំគ្នាដោយចាប់ផ្ដើមធ្វើសកម្មភាពព្រមគ្នានៅតាមតំបន់ និងប្រទេសផ្សេងៗគ្នាដែលនៅតាមបណ្ដោយខ្សែនៃ "ខ្សែក្រវ៉ាត់មួយ ផ្លូវមួយ" វានឹងបង្កើតឲ្យមានការលំបាកជាច្រើនដល់ការកសាង "ខ្សែក្រវ៉ាត់មួយ ផ្លូវមួយ"។

ផ្នែកមួយ បើមើលពីតំបន់ទាំងឡាយ តំបន់នីមួយៗសុទ្ធតែមានលទ្ធភាពធ្វើការវាយប្រហារដល់ការកសាងនៃ "ខ្សែក្រវ៉ាត់មួយ ផ្លូវមួយ"។

តំបន់អាស៊ីកណ្ដាល មជ្ឈឹមបូព៌ាមានផ្ទៃដីធំល្វឹងល្វើយជាច្រើនកន្លែងពិបាកនឹងរៀបចំការពារ ហើយផ្លូវគមនាគមន៍សំខាន់ជាច្រើនត្រូវឆ្លងកាត់តំបន់ដែលមានស្ថានដីរឹងមាំ និងកន្លែងវាយឆ្មក់ដ៏សមស្រប។ តំបន់អាស៊ីអាគ្នេយ៍មានកន្លែងជាច្រើនមានភ្នំខ្ពស់ព្រៃស្ដុក ដែលលក្ខណៈពិសេសនៃអាកាសធាតុ និងទីកន្លែងភូមិសាស្ត្ររបស់វាធ្វើឲ្យខ្សែគមនាគមន៍ទាំងសងខាង និងគម្រោងការដ្ឋានជុំវិញគ្របដណ្ដប់ទៅដោយព្រៃក្រាស់ ខ្វះទីកន្លែងសង្គ្រោះបណ្ដោះអាសន្ន ក្បួនឡានឬក៏រថភ្លើងងាយទទួលរងនូវការវាយប្រហារ។ ស្របពេលជាមួយគ្នានេះសំណង់អាគារ និងផ្លូវថ្នល់ពេលដែលទទួលរងនូវការបំផ្លិចបំផ្លាញនៅក្នុងតំបន់ត្រូពិច និងព្រៃត្រូពិច ការជួសជុលមានការលំបាកខ្លាំង ដែលវាមិនមានអត្ថប្រយោជន៍ដល់ការចាប់ផ្ដើមប្រតិបត្តិ "ខ្សែក្រវ៉ាត់មួយ ផ្លូវមួយ"។ ការដឹកជញ្ជូនតាមទន្លេក្នុងនៃតំបន់អាស៊ីអាគ្នេយ៍ក៏ប្រឈមទៅនឹងបញ្ហាស្រដៀងគ្នាដែរ។ តំបន់មួយចំនួននៅអាស៊ីអាគ្នេយ៍ ផ្លូវទន្លេបត់បែន ទឹកហូរយឺតៗ សងខាងដងទន្លេព្រៃក្រាស់ ទោះជាកប៉ាល់ពាណិជ្ជកម្មក៏កប៉ាល់ល្បាតបើកបានតែល្បឿនយឺតប៉ុណ្ណោះ ដែលពិបាកគេចចេញពីការវាយឆ្មក់ ចោរទន្លេអាចបង្កនូវការគំរាមកំហែងយ៉ាងធ្ងន់ធ្ងរដល់ការដឹកជញ្ជូនតាមទន្លេ។

សណ្ឋានដីនិងអាកាសធាតុនៃទ្វីបអាហ្វ្រិកបានប្រមូលផ្ដុំនូវលក្ខណៈពិសេស នៃតំបន់មជ្ឈឹមបូព៌ា អាស៊ីកណ្ដាល និងអាស៊ីអាគ្នេយ៍ វាក៏ផ្ដុំនូវបញ្ហានៅតំបន់ទាំងនេះផងដែរ។ ហើយដោយសារផ្ទៃដីអាហ្វ្រិកធំល្វឹងល្វើយ កម្លាំងជ្រុលនិយមប្រហែលអាចធ្វើការរត់គេចឆ្លងប្រទេសបាន បញ្ហានឹងក្លាយទៅកាន់តែធ្ងន់ធ្ងរ។

មួយផ្នែកទៀត   ប្រទេសចិននៅត្រូវការទប់ទល់ជាមួយកំលាំងប្រមូលផ្តុំដែលមកពីក្រុមជ្រុល
និយមនៅតំបន់ផ្សេងៗក៏ក្នុងតំបន់ដែលជះឥទ្ធិពលដល់ការកសាង "ខ្សែក្រវ៉ាត់មួយ ផ្លូវមួយ"។ ដូចជា
"បដិវត្តន៍ពណ៌" និង "កម្ព្លាំងទាំងប៊ី" បណ្តាលឲ្យមានអស្ថេរភាពតំបន់ ស្របពេលដែលការកសាង "ខ្សែ
ក្រវ៉ាត់មួយ ផ្លូវមួយ" ចាប់ដំណើរការយ៉ាងតគ្រីកតគ្រេង ប្រាកដជាអាចកើតមានការរាយប្រហារដល់
"បដិវត្តន៍ពណ៌" និង "កម្ព្លាំងទាំងប៊ី"។ ដូច្នេះ ទោះបីជា "បដិវត្តន៍ពណ៌" ក៏ដី "កម្ព្លាំងទាំងប៊ី" សុទ្ធតែ
អាចយកការកសាងប្រភេទមួយចំនួននៃសេដ្ឋកិច្ចពាណិជ្ជកម្មក្នុង "ខ្សែក្រវ៉ាត់មួយ ផ្លូវមួយ" ធ្វើជារិស័យ
សំខាន់ធ្វើការបង្ការ រាំងផ្តល់នូវឥត្តាជាក់ស្តែងដល់ការរៀបរួមគ្នានៃភាគីទាំងពីរៗ។ ការបង្ការនិងការរាយ
ប្រហារបស់ភាគីទាំងពីរៗនៅលើកម្រិតផ្សេងគ្នា មួយផ្នែកបានបំបែកនូវធនធានរបស់រដ្ឋាភិបាលប្រទេស
នីមួយៗ និងអង្គការសហប្រតិបត្តិការរៀងៗហៃ ធ្វើឲ្យការកសាង "ខ្សែក្រវ៉ាត់មួយ ផ្លូវមួយ" ពិបាក
ប្រមូលផ្តុំកម្ព្លាំងពលកម្ម ធនធានហិរញ្ញវត្ថុក្នុងរយៈពេលខ្លី ធ្វើឲ្យរយៈពេលអូសបន្លាយវែង និងសន្និ:
យឹត មួយផ្នែកទៀតធ្វើឲ្យករណីណេះ "ខ្សែក្រវ៉ាត់មួយ ផ្លូវមួយ" ទទួលរងនូវការខូចខាត ដែលមិនមាន
ប្រយោជន៍ដល់ការសម្រេចបាននូវ "ចិត្តមនុស្សភ្ជាប់គ្នា"។

        គំនិតផ្តួចផ្តើម "ខ្សែក្រវ៉ាត់មួយ ផ្លូវមួយ" មិនត្រឹមតែជាកិច្ចការរបស់អ្នកយុទ្ធសាស្ត្រទេ វាថែម
ទាំងជាកិច្ចការរបស់អ្នកសាងសង់រាប់ពាន់រាប់ម៉ឺននាក់   គឺជាកិច្ចការរបស់ប្រជាជនចិននិងប្រជាជននៃ
ប្រទេសដែលនៅបណ្តោយខ្សែ គឺជាកិច្ចការរបស់ប្រជាជនពិភពលោក។ គំនិតផ្តួចផ្តើមដ៏អស្ចារ្យនេះ
ត្រូវតែឆ្លុះកាត់តាមការអនុវត្តផ្ទាល់នៃប្រជាជនគ្រប់ប្រទេស នៃតំបន់អឺរ៉ុបអាស៊ីដើម្បីឲ្យឆ្លាយទៅជាការ
ពិតៗ។ ស្របពេលដែល "ខ្សែក្រវ៉ាត់មួយ ផ្លូវមួយ" ចាប់ដំណើរការយ៉ាងស៊ីជម្រៅបញ្ហាមួយចំនួន
ទាំងឡាយដូចជា សេដ្ឋកិច្ច នយោបាយ និងវប្បធម៌ៗលៗ ក៏បានកើតឡើងកាន់តែច្បាស់ ប្រទេសចិន
ត្រូវការរក្សានូវភាពរួយប៉ុងប្រយ័ត្ន   យោងតាមស្ថានការជាក់ស្តែងនៃតំបន់ផ្សេងៗធ្វើការពិភាក្សា
ជាមួយប្រទេសទាំងឡាយដោយស្មើៗត្រង់ចូលរួមជម្រុញការដោះស្រាយបញ្ហាជាមួយគ្នា។

ផ្នែកទី៣ ហានិភ័យសេដ្ឋកិច្ច

        ទស្សនៈវិស័យ និងសកម្មភាពនៃ "ខ្សែក្រវ៉ាត់មួយ ផ្លូវមួយ" និងស្ថើររៀបរៀបអភិវឌ្ឍន៍សេដ្ឋកិច្ច
បែបថ្មី តាមរយៈ "ខ្សែក្រវ៉ាត់សេដ្ឋកិច្ចផ្លូវសូត្រ" បានដាក់តំបន់អឺរ៉ុបនិងអាស៊ីបញ្ចូលគ្នា ហើយភ្ជាប់
ជាមួយនឹងវង្ខង់សេដ្ឋកិច្ចដែលមានកម្ព្លាំងផ្ទុំទាំង២នៅលើពិភពលោក ស្របពេលដែលខឹតខំប្រឹងប្រែង
ចេករំលែកនូវប្រាក់ចំណេញពីការអភិវឌ្ឍន៍សេដ្ឋកិច្ចរបស់ចិន ធ្វើឲ្យសម្រេចបាននូវការអភិវឌ្ឍន៍រួមរៀង
ជារួម។ ដូចដែលទស្សនៈវិស័យ និងសកម្មភាពនៃ "ខ្សែក្រវ៉ាត់មួយ ផ្លូវមួយ" បានលើកឡើង
ប្រទេសចិននឹងបន្តអនុវត្តប្រកាន់ខ្ជាប់គោលនយោបាយបើកចំហរជាតិជាមូលដ្ឋាន បង្កើតនូវរបបថ្មី
នៃការបើកចំហរគ្រប់ផ្នែក និងធ្វើសមាហរណកម្មក្នុងប្រព័ន្ធសេដ្ឋកិច្ចពិភពលោកយ៉ាងស៊ីជម្រៅ។

១. ទិដ្ឋភាពទូទៅនៃហានិភ័យសេដ្ឋកិច្ច

កំណើនសេដ្ឋកិច្ចពិភពលោកនៅឆ្នាំ២០១៤មានភាពប្រសើរឡើងបន្តិច ប៉ុន្តែល្បឿននៃកំណើន នៅតែរក្សាក្នុងរង្វង់កម្រិតទាប គឺមានតែ២,៦% [10] បើប្រៀបធៀបមុនពេលវិបត្តិហិរញ្ញវត្ថុអន្តរជាតិ ផលិតផលសរុបក្នុងស្រុកនៃបណ្ដាសម្ព័ន្ធសេដ្ឋកិច្ចមួយចំនួនជំមានកំណើនទាបយ៉ាងច្បាស់ ហើយភាព ឧសគ្គនៃសេដ្ឋកិច្ចប្រេសអភិវឌ្ឍន៍កាន់តែកើនឡើង និងល្បឿនកំណើននៃប្រទេសកំពុងអភិវឌ្ឍន៍ មានភាពដើរយឺតយ៉ាងច្បាស់។

សតវត្សទី២១គឺជាសម័យកាលថ្មីដែលមានប្រធានបទសន្តិភាព ការអភិវឌ្ឍន៍ កិច្ចសហ ប្រតិបត្តការ និងឈ្នះទាំងអស់គ្នា "ខ្សែក្រវ៉ាត់មួយ ផ្លូវមួយ" ប្រើប្រែងតភ្ជាប់តំបន់អាស៊ី អាហ្ស្រិក និង អឺរ៉ុបនិងតំបន់សមុទ្រជុំវិញ បង្កើតបានជាបណ្ដាញតភ្ជាប់គ្រប់ផ្នែក ច្រើនកម្រិត និងបញ្ចូលគ្នាដោយ សម្រេចបាននូវការអភិវឌ្ឍន៍លើគ្រប់វិស័យ ស៊ីជម្រៅ តុល្យភាព និងបរិភាគនៃបណ្ដាប្រទេសនៅតាម បណ្ដោយខ្សែ ដូច្នេះការប្រឈមជាមួយនឹងស្ថានការណ៍ថ្មីនៃការឡើងឡើងវិញយ៉ាងទន់ខ្សោយនៃសេដ្ឋ កិច្ចពិភពលោក និងស្ថានភាពស្មុគស្មាញនៃពិភពលោក និងតំបន់ យើងត្រូវការបន្ថែមនូវការប្រុង ប្រយ័ត្ន និងការបង្ការហានិភ័យសេដ្ឋកិច្ចនៅក្នុងដំណើរការនៃការកសាង "ខ្សែក្រវ៉ាត់មួយ ផ្លូវមួយ" រក្សា ការពារឲ្យបាននូវវិភាគទាន និងលទ្ធផលដែល "ខ្សែក្រវ៉ាត់មួយ ផ្លូវមួយ" នាំមកឲ្យសេដ្ឋកិច្ចពិភព លោក។

ទី១ បើមើលក្នុងរយៈពេលខ្លី ត្រូវការប្រុងប្រយ័ត្នហានិភ័យនៃការបែកខ្ញែកគោលនយោបាយ រូបិយវត្ថុពិភពលោក

ប៉ុន្មានឆ្នាំចុងក្រោយនេះ សេដ្ឋកិច្ចពិភពលោកកើនឡើងមិនស្ថិតគ្នា គោលនយោបាយរូបិយវត្ថុ នៃសម្ព័ន្ធសេដ្ឋកិច្ចសំខាន់ៗក៏កំពុងដើរទៅកាន់ការបែកបាក់។

តាំងពីឆ្នាំ២០០៧ វិបត្តិហិរញ្ញវត្ថុពិភពលោកមក គោលនយោបាយរូបិយវត្ថុដែលមានភាពធូរ លុងនៃសម្ព័ន្ធសេដ្ឋកិច្ចប្រទេសអភិវឌ្ឍន៍ ធ្វើឲ្យទុនអន្តរជាតិជាច្រើនហូរចូលទៅក្នុងទីផ្សារដែលមាន ការអភិវឌ្ឍន៍ល្អៗ នៅពេលដែលសហព័ន្ធបម្រុងអាមេរិកដំឡើងការប្រាក់ សម្ព័ន្ធសេដ្ឋកិច្ចដែលមាន ការអភិវឌ្ឍន៍ល្អៗនឹងប្រឈមជាមួយសម្ពាធជាច្រើន រួមមានទុនហូរទៅក្រៅប្រទេស និងការចុះថ្លៃនៃ រូបិយវត្ថុប្រទេសខ្លួនៗ។ ដែលវាមិនអាចមើលស្រាលបានទេចំពោះការប៉ះពាល់ទៅដល់សម្ព័ន្ធសេដ្ឋ កិច្ចដែលមានការអភិវឌ្ឍន៍ល្អៗ។ នៅតាមបណ្ដោយ "ខ្សែក្រវ៉ាត់មួយ ផ្លូវមួយ" ភាគច្រើនគឺជាប្រទេស កំពុងអភិវឌ្ឍន៍ដែលមានហេដ្ឋារចនាសម្ព័ន្ធហិរញ្ញវត្ថុទន់ខ្សោយ និងបញ្ហាការត្រួតពិនិត្យ និងការ គ្រប់គ្រងមិនបានល្អៗ។ ដែលងាយទទួលរងនូវផលប៉ះពាល់នៃការប្រែប្រួលគោលនយោបាយរូបិយ វត្ថុនៃសម្ព័ន្ធសេដ្ឋកិច្ចប្រទេសអភិវឌ្ឍន៍។ សម្ព័ន្ធសេដ្ឋកិច្ចមួយចំនួនដូចជាប្រទេស ប្រេស៊ីល ពណ្ណានេស៊ី ស្រី អាហ្ស្រិកខាងត្បូង និងតួកគីៗល។ [11] មានឯកភាពគណនីសេដ្ឋកិច្ចយ៉ាងខ្លាំងនិងបញ្ហាកំណើន ហួសហេតុនៃការផ្តល់តម្លៃទាន អ្នកវិនិយោគបរទេសមានកំរិតចូលរួមខ្ពស់ចំពោះទីផ្សារមូលបត្រក្នុង ប្រទេស ហើយសមត្ថភាពទូទៅក្នុងការប្រឆាំងហានិភ័យពីផ្នែកខាងក្រៅមានសភាពខ្សោយ។ ការ

---

[10] របាយការណ៍«ស្ថានភាព និងទស្សនវិស័យនៃសេដ្ឋកិច្ចពិភពលោកឆ្នាំ២០១៥ អង្គការសហប្រជាជាតិ ២០១៥»

[11] «ការសិក្សាហិរញ្ញវត្ថុអន្តរជាតិ» ទំព័រទី៥ លេខទី១ ឆ្នាំ២០១៥

"្បូរមុខ" ឆ្នាំៗនៃគោលនយោបាយរូបិយវត្ថុនៃសម្ព័ន្ធសេដ្ឋកិច្ចប្រទេសអាមេរិកខ្លាន ប្រហែលជាអាចនាំ មកនូវការខាតបង់យ៉ាងខ្លាំងដល់ទីផ្សារទុននៃប្រទេសនៅតាមបណ្ដោយខ្សែទាំងនេះ ថែមទាំងអាចនាំ មកនូវហានិភ័យដល់លំហូរមូលធនធ្លុងកាត់ព្រំដែនៗ។

ហើយការដើរឆ្លោះទៅកាន់ភាពទាក់ខ្សែចនៃគោលនយោបាយរូបិយវត្ថុ នៃសម្ព័ន្ធសេដ្ឋកិច្ចសំ ខាន់ៗប្រាកដជានឹងធ្វើឲ្យមូលធនមានការរីបកខ្សែកផងដែរ គោលនយោបាយរូបិយវត្ថុធម្មតានិងមិន ធម្មតាជាច្រើនដែលនាំមកនូវ "ការចលិតដោយសប្បាយ" ទោះបីជាដោះស្រាយបានបញ្ហាវិបត្តិជាប ណ្ដោះអាសន្ន ប៉ុន្តែមូលធនទាំងនេះក៏អាចបង្កើតឲ្យនូវអស្ថេរភាពដល់សេដ្ឋកិច្ចហិញ្ញវត្ថុនៃសម្ព័ន្ធសេដ្ឋ កិច្ចដែលមានការអភិវឌ្ឍន៍លឿន។ ធ្វើជាប្រទេសដែលជាអ្នកលើកទ្បើងនិងជាអ្នកអនុវត្តនូវ "ខ្សែក្រវ៉ាត់ មួយ ផ្លូវមួយ" និងជាសម្ព័ន្ធសេដ្ឋកិច្ចដែលមានការអភិវឌ្ឍន៍លឿនផងជាង គ ប្រទេសចិនមិនគ្រឹមតែត្រូវ ការប្រុងប្រយ័ត្នចំពោះការផ្លាស់ប្តូរគោលនយោបាយរូបិយវត្ថុនៃសម្ព័ន្ធសេដ្ឋកិច្ចប្រទេសអាមេរិកខ្លាន ដូចជា អ៊ីរ៉ុបអាមេរិកនិងជប៉ុនៗល។ ដែលនាំមកឲ្យចិននូវហានិភ័យនៃការហូរចូលនិងហូរចេញនៃមូលធន ហើយត្រូវប្រុងប្រយ័ត្តក្នុងដំណើរការកសាង "ខ្សែក្រវ៉ាត់មួយ ផ្លូវមួយ" ប្រទេសដែលនៅតាមបណ្ដោយ ខ្សែ ពីព្រោះទទួលរងនូវហានិភ័យពីការរីបកចាក់និងការផ្លាស់ប្តូរនៃគោលនយោបាយរូបិយវត្ថុប្រទេស សេដ្ឋកិច្ចសំខាន់ៗទាំងឡាយដូចជាអ៊ីរ៉ុប អាមេរិកនិងជប៉ុនៗល។ ដែលផ្ដើមមកឲ្យចិនៗ។

ក្រៅពីនេះ ដោយទទួលរងវៃទ្ធិពលពីគោលនយោបាយរូបិយវត្ថុរីបកខ្សែកនៃប្រទេសសំខាន់ៗ លើពិភពលោក ទីផ្សារូបិយវត្ថុអន្តរជាតិពិភពលោកមានការរីវត្តខុសគ្នា ប្រទេសជាច្រើននៅតាម បណ្ដោយ "ខ្សែក្រវ៉ាត់មួយ ផ្លូវមួយ" ឆ្លាយទៅជាតំបន់ងងគ្រោះផ្ទាក់ដំធុន់ធ្ងរនៃការចុះថ្លៃរូបិយវត្ថុៗ។ សហគ្រាសវិនិយោគនិងធ្វើ៣ណិជ្ជកម្មនៅប្រទេសស្ទើរនិងប្រទេសតាមបណ្ដោយ "ខ្សែក្រវ៉ាត់មួយ ផ្លូវ មួយ" ប្រហែលជាអាចកើតឡើងនូវការខាតបង់យ៉ាងច្រើនពីការ្បូរប្រាក់ៗ។ តាមទ្រឹស្ដី យើងអាចប្រើ ប្រាស់ឧបករណ៍ការពារហានិភ័យមកគ្រប់គ្រងហានិភ័យ ប៉ុន្តែ ប្រទេសស្ទើរនិងប្រទេសភាគច្រើននៅ តាមបណ្ដោយ "ខ្សែក្រវ៉ាត់មួយ ផ្លូវមួយ" គីជាប្រទេសគ្រប់គ្រងមូលធន ហើយឧបករណ៍ហិញ្ញវត្ថុមិន គ្រប់គ្រាន់ សហគ្រាសពិបាកនឹងរកបានឧបករណ៍ការពារ នេះគីត្រូវយកចិត្តទុកដាក់ការពារហានិ ភ័យៗ។ ទៅអនាគត ដោយពេលទទួលរងក្រោមផលប៉ះពាល់នៃការរីបកខ្សែកនូវគោលនយោបាយរូបិយ វត្ថុពិភពលោក អគ្រាប្ដូរប្រាក់នៃប្រទេសនីមួយៗនឹងមានហាងឆេងឡើងចុះមិននឹងនៗ។ ហើយនៅក្នុង ការកសាង "ខ្សែក្រវ៉ាត់មួយ ផ្លូវមួយ" ត្រូវពង្រឹងការប្រុងប្រយ័ត្នចំពោះហានិភ័យនៃអគ្រាប្ដូរប្រាក់ដែល កើតចេញពីការរីបកខ្សែកនៃគោលនយោបាយរូបិយវត្ថុពិភពលោក ជៀសរៀងការឡើងចុះនៃអគ្រាប្តូរ ប្រាក់ដែលនាំមកនូវការខាតបង់ៗ។

ទី២ បើមើលក្នុងរយៈពេលវៃង ត្រូវប្រុងប្រយ័ត្នចំពោះហានិភ័យដែលកើតចេញពីការប្រែប្រួល នៃរចនាសម្ព័ន្ធសេដ្ឋកិច្ចពិភពលោកនាពេលអនាគត

យើងមិនពិបាករកឃើញថា បច្ចុប្បន្នសារតានៃការដើរឆ្លោះទៅកាន់ការរីបកបាក់នៃគោល នយោបាយរូបិយវត្ថុពិភពលោកនិងមូលធន គីជាភាពខុសគ្នានៃរចនាសម្ព័ន្ធសេដ្ឋកិច្ចហិញ្ញវត្ថុ យើង អាចរៃងឃបាននោះគី ទោះបីជារចនាសម្ព័ន្ធសេដ្ឋកិច្ចនៃសម្ព័ន្ធសេដ្ឋកិច្ចប្រទេសអាមេរិកខ្លានឬសម្ព័ន្ធសេដ្ឋ

កិច្ចនៃប្រទេសអភិវឌ្ឍន៍ឡើងនឹងចូលក្នុងបរិបថនៃការផ្លាស់ប្ដូរដ៏ស៊ីជម្រៅមួយក៏ដោយ វានឹងអាចបង្ក ឲ្យមានហានិភ័យមិនច្បាស់លាស់មួយចំនួនដល់ទស្សនីយភាពនៃសេដ្ឋកិច្ចពិភពលោក ក្នុងកម្រិត មួយ។ ជាពិសេសគឺបន្ទាប់ពីវិបត្តិហិរញ្ញវត្ថុចមក ទោះបីជាប្រទេសអភិវឌ្ឍន៍ឬប្រទេសកំពុងអភិវឌ្ឍន៍ រចនាសម្ព័ន្ធសេដ្ឋកិច្ចនៃសម្ព័ន្ធសេដ្ឋកិច្ចភាគច្រើនមិនអាចគាំទ្រនូវរបៀបរបស់ខ្លួន ឲ្យអភិវឌ្ឍន៍បាន ឡើងដូចមុនវិបត្តិនោះទេ។ ហើយកំពុងប្រឈមជាមួយនឹងហានិភ័យនៃអត្រាកំណើនធ្លាក់ចុះ។ ឧទាហរណ៍ដូចជា បន្ទាប់ពីការកើតឡើងនូវវិបត្តិបំណុលនៅអឺរ៉ុបចមក ដោយប្រឈមទៅនឹងសម្ពាធ បំណុលយ៉ាងធំធេង រដ្ឋាភិបាលប្រទេសក្រិចត្រូវបានបង្ខំឲ្យទទួលយក "សេះបីមួយក្រុម"[12] ដែលយក "ការរឹតស្អិតហិរញ្ញវត្ថុ" ជាស្នូលក្នុងការកែទម្រង់ ដែលធ្លាក់ចូលទៅក្នុងភាពវិលវល់ដ៏អាក្រក់នៃការរឹត ស្អិតហិរញ្ញវត្ថុ និងថែមទាំងការផ្លាក់ចុះនៃសេដ្ឋកិច្ច ដែលមកដល់បច្ចុប្បន្នពិបាកនឹងដកខ្លួនរួច ដែលធ្វើ ឲ្យសង្គមមានអារម្មណ៍កាន់តែមិនពេញចិត្តចំពោះគោលនយោបាយរឹតស្អិតនេះ ដែលពេលនោះធ្វើឲ្យ មហាជនមានគំនិតគិតថាប្រទេសក្រិចនឹងចាកចេញពីសហគមន៍អឺរ៉ុប។

វិបត្តិបំណុលអឺរ៉ុបមកដល់ពេលបច្ចុប្បន្នមិនទាន់បានបញ្ចប់នៅឡើយ ភាពវិតវិវរនៃវិបត្តិបំណុល នៅក្រិចបង្ហាញថាសហគមន៍អឺរ៉ុប ធនាគារកណ្ដាលអឺរ៉ុប និងIMFសង្កត់ធ្ងន់ពេកទៅលើគោ លនយោបាយរឹតស្អិតហិរញ្ញវត្ថុដែលមិនមែនជាជម្រើសដ៏ល្អនោះទេ ហើយតម្រូវការរបស់គឺមិនមែនជា ការសង្គ្រោះក្នុងរយៈពេលខ្លីនោះទេ ប៉ុន្តែគឺជាការផ្លាស់ប្ដូររចនាសម្ព័ន្ធសេដ្ឋកិច្ចមូលដ្ឋានគ្រឹះរបស់វា។ ប្រទេសក្រិចដែលស្ថិតនៅតំបន់ប្រើប្រាស់លុយអឺរ៉ុប សេដ្ឋកិច្ចទោះបីជាមានការរឹតលម្អិតក្រោមការជម្រុ ញនៃវិធានការរូបិយវត្ថុនិងបរិមាណធូររលុងរបស់ធនាគារកណ្ដាលអឺរ៉ុបក៏ដោយ ប៉ុន្តែទស្សនវិស័យការ ដើរឡើងវិញរបស់សេដ្ឋកិច្ចនៅតែមានការព្រួយបារម្ភ។ ប្រទេសអភិវឌ្ឍន៍ជាច្រើនរួមបញ្ចូលទាំងអាមេ រិកផងដែរសុទ្ធតែកំពុងប្រឈមជាមួយបញ្ហា តើក្នុងរយៈពេលខ្លីត្រូវធ្វើឲ្យមានតុល្យភាពយ៉ាងដូចម្ដេច ចំពោះការយកការចំណាយហិរញ្ញវត្ថុគាំទ្រឲ្យសេចក្ដីត្រូវការសរុប និងបញ្ជាធានាដល់និន្នាការហិរញ្ញវត្ថុ ក្នុងរយៈពេលវែង។ មួយផ្នែកទៀតបើនិយាយចំពោះប្រទេសកំពុងអភិវឌ្ឍ គឺវាកំពុងប្រឈមជាមួយនឹង ភាពវិលវល់នៃការអភិវឌ្ឍន៍ដែលមានសភាពខ្សោយនៃផ្នែកសេដ្ឋកិច្ចពិត បញ្ហាមូលធនហូរចូល និងហូរ ចេញ។ល។ កំណើនសេដ្ឋកិច្ចនាពេលអនាគតនឹងកាន់តែយឺតប្រិកើនឡើងយឺតក្នុងរយៈពេលវែង។ សម្ព័ន្ធសេដ្ឋកិច្ចទាំងអស់នៃពិភពលោកនាពេលអនាគត ត្រូវការផ្លាស់ប្ដូររចនាសម្ព័ន្ធសេដ្ឋកិច្ចរបស់វាឲ្យ បានទាន់ពេលវេលា ស្វែងរក និងអភិវឌ្ឍចំណុចកំណើនសេដ្ឋកិច្ចថ្មី នេះគឺបានន័យថាពិភពលោកដល់ ពេលដែលត្រូវថ្លែងកាត់ការផ្លាស់ប្ដូររៀបចំនៃរចនាសម្ព័ន្ធជារួមម្ដង។

ការកសាង "ខ្សែក្រវ៉ាត់មួយ ផ្លូវមួយ" គឺជាប្រព័ន្ធស្វែកម្មមួយ ដែលពាក់ព័ន្ធដល់ប្រទេសជា ច្រើនដែលមានកម្រិតនៃការអភិវឌ្ឍន៍ខុសគ្នា និងរចនាសម្ព័ន្ធសេដ្ឋកិច្ចខុសគ្នា នៅពេលដែលធ្វើកិច្ច សហប្រតិបត្តិការជាមួយប្រទេសទាំងនេះ ប្រទេសចិនមិនត្រឹមតែត្រូវសកម្មផ្ដួចផ្ដើមជម្រុញការផ្លាស់ប្ដូរ រចនាសម្ព័ន្ធសេដ្ឋកិច្ចប៉ុណ្ណោះទេ ហើយថែមទាំងត្រូវគាមងាននិងវិភាគគ្រប់ពេលវេលានូវជំហានផ្លាស់

[12] ទីនេះគឺសំដៅលើគណៈកម្មាធិការសហគមន៍អឺរ៉ុប ធនាគារកណ្ដាលអឺរ៉ុប អង្គការមូលនិធិរូបិយវត្ថុអន្តរជាតិ

ឬរចនាសម្ព័ន្ធសេដ្ឋកិច្ចនៃប្រទេសនីមួយៗ និងប្រែប្រួលភ្លួំចំពោះហានិភ័យដែលកើតចេញពីការផ្លាស់ឬរចនាសម្ព័ន្ធសេដ្ឋកិច្ចនៃប្រទេសនីមួយៗដែលប៉ះពាល់ទៅដល់ការកសាង "ខ្សែក្រវ៉ាត់មួយ ផ្លូវមួយ"។

ទី៣ នៅក្នុងពេលប្រតិបត្តិការជាក់ស្ដែងត្រូវប្រែប្រួលភ្លួំនិងការពារហានិភ័យវិនិយោគនិងការផ្ដល់ហិរញ្ញប្បទាន ការពារហានិភ័យនៃបំណុលអធិបតេយ្យភាពនិងបំណុលតំបន់

ការបញ្ចៀបមូលធនគឺជាការគាំទ្រដ៏សំខាន់ក្នុងការកសាង "ខ្សែក្រវ៉ាត់មួយ ផ្លូវមួយ"។ ប្រទេសនៅតាមបណ្ដោយ "ខ្សែក្រវ៉ាត់មួយ ផ្លូវមួយ" មានការខ្វះមូលធនជាច្រើនក្នុងការកសាងហេដ្ឋារចនាសម្ព័ន្ធ យោងតាមការគណនារបស់ធនាគារអភិវឌ្ឍន៍អាស៊ី មុនឆ្នាំ២០២០ តំបន់អាស៊ីមានតម្រូវការវិនិយោគលើហេដ្ឋារចនាសម្ព័ន្ធនឹងមានចំនួនខ្ពស់បំផុតដល់ ៧៣០ពីលានក្នុងមួយឆ្នាំ ហើយ ស្ថាប័នពហុភាគី[13] បច្ចុប្បន្នមិនអាចផ្ដល់ជូននូវចំនួនទឹកប្រាក់ដ៏ច្រើនដូចនេះបានទេ។ បច្ចុប្បន្ន ប្រកពទុនដ៏សំខាន់ដែលគាំទ្រទៅដល់ការកសាង "ខ្សែក្រវ៉ាត់មួយ ផ្លូវមួយ" មានធនាគារវិនិយោគហេដ្ឋារចនាសម្ព័ន្ធអាស៊ី(AIIB) មូលនិធិផ្លូវសូត្រ ធនាគារអភិវឌ្ឍន៍ប្រទេសប្រិក ធនាគារអភិវឌ្ឍន៍នៃអង្គការសហប្រតិបត្តិការសៀងហៃ និងវេទិកាផ្ដល់ហិរញ្ញទាន "ខ្សែក្រវ៉ាត់មួយ ផ្លូវមួយ" ។ កាលពីថ្ងៃទី២៨ ខែមីនា ឆ្នាំ២០១៥ មានគណៈកម្មាធិការកែទម្រង់និងអភិវឌ្ឍន៍ជាតិចិន ក្រសួងការបរទេសចិន និងក្រសួងពាណិជ្ជកម្មចិនដោយឯកឆន្ទតាមរយៈការប្រគល់សិទ្ធិពីក្រុមប្រឹក្សារដ្ឋរួមគ្នាប្រកាសឯកសារ «ទស្សនវិស័យនិងសកម្មភាព ស្ដីពីការជម្រុញរួមគ្នាស្ថាបនាខ្សែក្រវ៉ាត់សេដ្ឋកិច្ចផ្លូវសូត្រ និងផ្លូវសូត្រសមុទ្រសតវត្សទី២១» (ហៅកាត់ថា ទស្សនវិស័យនិងសកម្មភាពនៃ "ខ្សែក្រវ៉ាត់មួយ ផ្លូវមួយ") បានលើកឡើងថា៖ "គាំទ្ររដ្ឋាភិបាលនៃប្រទេសនៅតាមបណ្ដោយខ្សែ និងសហគ្រាសដែលមានចំណាត់ថ្នាក់ឥណទានខ្ពស់ និងស្ថាប័នហិរញ្ញវត្ថុចេញផ្សាយមូលបត្របំណុលជាប្រាក់យ័នក្នុងប្រទេសចិន រីងស្ថាប័នហិរញ្ញវត្ថុដែលមានលក្ខណៈសម្បត្តិគ្រប់គ្រាន់ និងសហគ្រាសក្នុងប្រទេសចិនអាចចេញផ្សាយមូលបត្រជាប្រាក់យ័ន និងរូបិយប័ណ្ណបរទេស លើកទឹកចិត្តដល់ប្រទេសតាមបណ្ដោយខ្សែប្រើប្រាស់នូវទុនដែលប្រមូលបាន។"

នៅពេលធ្វើការបញ្ចៀបមូលធន នៅមានរួមបញ្ចូលពង្រឹងកិច្ចសហប្រតិបត្តិការត្រួតពិនិត្យ និងគ្រប់គ្រងហិរញ្ញវត្ថុ ជម្រុញការចុះហត្ថលេខាលើអនុស្សរណៈយោគយល់គ្នាស្ដីពីកិច្ចសហប្រតិបត្តិការត្រួតពិនិត្យនិងគ្រប់គ្រងទ្វេភាគី ដោយបង្កើតនូវប្រព័ន្ធសម្រាបសម្រួលត្រួតពិនិត្យគ្រប់គ្រងដែលមានប្រសិទ្ធភាពក្នុងតំបន់បន្ដិចម្ដងៗ។ កែលម្អការទប់ទល់ហានិភ័យ និងការរៀបចំប្រព័ន្ធដោះស្រាយវិបត្តិ បង្កើតប្រព័ន្ធព្រមានហានិភ័យហិរញ្ញវត្ថុតំបន់ បង្កើតនូវយន្តការសហប្រតិបត្តិការផ្លាស់ប្ដូរទប់ទល់ជាមួយនឹងហានិភ័យឆ្លងកាត់ព្រំដែន និងការដោះស្រាយវិបត្តិ។ ពង្រឹងការផ្លាស់ប្ដូរ និងសហប្រតិបត្តិការឆ្លងព្រំដែនរវាងស្ថាប័នគ្រប់គ្រងគណនាទាន ស្ថាប័នតណនាទាន និងស្ថាប័នផ្ដល់ចំណាត់ថ្នាក់។ ប្រើប្រាស់គ្តនាទីមូលនិធិស្យូត្រ និងមូលនិធិអធិបតេយ្យភាពនៃប្រទេសនីមួយៗឲ្យបានពេញលេញ ណែនាំមូលនិធិវិនិយោគភាគហ៊ុនពាណិជ្ជកម្ម និងមូលធនរបស់សង្គមចូលរួមជាមួយគ្នាកសាងគម្រោងសំខាន់ៗនៃ "ខ្សែក្រវ៉ាត់មួយ ផ្លូវមួយ" ។

---

[13] ដូចជាធនាគារអភិវឌ្ឍអាស៊ី ធនាគារពិភពលោក អង្គការមូនិធីរូបិយវត្ថុអន្តរជាតិ ។ល។

បច្ចុប្បន្នអឺរុបនៅមានរដ្ឋាភិបាលនៃប្រទេសមួយចំនួន មានអនុបាតបំណុលនិងអត្រាឱនភាព ដែលមានកម្រិតស្ថិតនៅពីលើខ្សែបន្ទាត់ព្រមានចំនួន៦០% និង ៣% ហានិភ័យបំណុលអធិបតេយ្យ ភាពនៃប្រទេសនិងតំបន់ដែលស្ថិតនៅតាមបណ្ដោយ "ខ្សែក្រវ៉ាត់មួយ ផ្លូវមួយ" ត្រូវការយកចិត្តទុក ដាក់។ លោក ចូ វិនចុង អគ្គលេខាធិការនៃអវិទិការប៉ាអាអាស៊ី បញ្ជាក់ថាអត្រាកំណើននៃទុំហំបំណុល ពិភពលោកខ្ពស់ជាងអត្រាកំណើននៃGDPពិភពលោក។ ដូច្នេះនៅក្នុងដំណើរការនៃការជម្រុញការ កសាង "ខ្សែក្រវ៉ាត់មួយ ផ្លូវមួយ" ប្រទេសចិនមិនត្រឹមតែត្រូវការប្រុងប្រយ័ត្ធចំពោះស្ថានការបំណុល ខ្ពស់មិនចុះក្នុងប្រទេស ហើយថែមទាំងត្រូវធ្វើការវិភាគម្លងមួយៗដោយល្អិតចំពោះដៃគូសហប្រតិបត្តិ ការ ដើម្បីរៀបរៀងហានិភ័យបំណុលពិភពលោកប៉ះពាល់ទៅដល់ការកសាង "ខ្សែក្រវ៉ាត់មួយ ផ្លូវ មួយ" ។

ចំពោះផ្នែកវិនិយោគ ត្រូវការបង្ការហានិភ័យចំពោះការខាតបង់នៃការវិនិយោគ ការកសាង "ខ្សែ ក្រវ៉ាត់មួយ ផ្លូវមួយ" ពាក់ព័ន្ធទៅនឹងគម្រោងហេដ្ឋារចនាសម្ព័ន្ធជាច្រើន វិនិយោគធំ ហើយការទទួល ផលមកវិញមានរយៈពេលវែង គឺទទួលបាននូវផលចំណេញប៊ូក៏ប្រឈមនូវហានិភ័យណាខ្លះ៖ មុន ពេលធ្វើការវិនិយោគត្រូវតែការវិភាគឲ្យបានម៉ត់ចត់។ ស្របពេលជាមួយគ្នានេះ នៅមានការប្រឈមទៅ នឹងហានិភ័យដែលមិនអាចយកថវិកាត្រលប់មកវិញបានដោយសារការផ្លាស់ប្ដូរអំណាច នៃបណ្ដា ប្រទេសតាមបណ្ដោយខ្សែ ឬត្រូវបានលុបចោលកិច្ចសហប្រតិបត្តិការដោយគ្មានហេតុផល ឧទាហរណ៍ ដូចជាគម្រោងផ្លូវភ្លើងល្បឿនលឿនចិនថៃ ព្រឹត្តិការណ៍វ៉ារ័ក្ខគ្គីសនីចិនមីយ៉ាន់ម៉ា និងព្រឹត្តិការណ៍ ដែលប្រទេសក្រិចបញ្ចប់ការលក់កំពង់ផែPiraeus។ល។ នេះគឺត្រូវការប្រទេសចិនពង្រឹងនូវទំនាក់ ទំនងគោលនយោបាយ ធ្វើការសម្របសម្រួលជាច្រើនផ្នែកជាមួយរដ្ឋាភិបាល និងប្រជាជនក្នុងតំបន់ នោះ រៀបរៀងកើតឡើងនៅស្ថានការស្របៀងគ្នា ដូចជាការទុកចោលនៅគម្រោងវ៉ារ័ក្ខគ្គីសនី Myitsone ចិនមីយ៉ាន់ម៉ា គម្រោងអាជីវកម្មរ៉ែមាសកៀបហ៊្សីស្ថានដែលមានជម្លោះជាមួយនឹងប្រជាជន ក្នុងតំបន់។ល។

ក្រៅពីនេះ នៅក្នុងដំណើរការនៃការកសាង "ខ្សែក្រវ៉ាត់មួយ ផ្លូវមួយ" អ្នកកសាង "ខ្សែក្រវ៉ាត់ មួយ ផ្លូវមួយ" ត្រូវប្រុងប្រយ័ត្ធកត្តាភូមិសាស្ត្រនយោបាយ។ល។ ដែលជះឥទ្ធិពលដល់ម៉ាក្រូសេដ្ឋកិច្ច។ បច្ចុប្បន្នជម្លោះរុស្ស៊ីអ៊ុយក្រែន ស្ថានការនៅតំបន់មជ្ឈិមបូព៌ា។ល។ ស្ថានភាពនយោបាយភូមិសាស្ត្រ កាន់តែអាក្រក់ មួយផ្នែកធ្វើឲ្យអស្ថេរភាពក្នុងតំបន់នោះ និងគាបសង្កត់ជំនឿទុកចិត្តរបស់អ្នកវិនិយោគ ធ្វើឲ្យមូលធនអន្តរជាតិដកចេញពីតំបន់នោះ៖ ធ្វើឲ្យមានការខាតបង់មូលធនក្នុងនិងក្រៅប្រទេស មួយ ផ្នែកទៀតក៏ធ្វើឲ្យទិដ្ឋភាពនៃទំនិញទូទៅដែលពាក់ព័ន្ធក្នុងតំបន់នោះមិនមានស្ថេរភាព ដូចជាថាមពល ធនធានរ៉ែ។ល។ ទាំងនេះសុទ្ធតែជាផ្នែកតម្រូវការដ៏សំខាន់នៅក្នុងដំណើរការនៃការកសាង "ខ្សែក្រវ៉ាត់ មួយ ផ្លូវមួយ"។

បច្ចុប្បន្ននេះ ការធើបឡើងវិញនៃកំណើនសេដ្ឋកិច្ចពិភពលោកមានសភាពស្មុគស្មាញ ស្ថាន ភាពកំណើនសេដ្ឋកិច្ចប្រទេសនៃសម្ព័ន្ធសេដ្ឋកិច្ចអភិវឌ្ឍ និងទីផ្សារនៃប្រទេសអភិវឌ្ឍន៍លឿនមានការ បែកចាក់។ ដោយទទួលឥទ្ធិពលក្ដាប៉ះពាល់ពីការធ្លាក់ចុះពាណិជ្ជកម្មអន្តរជាតិ ការកាត់បន្ថយនៅវិនិ

យោគផ្ដាល់ពីបរទេស ការវិប្រួលតម្លៃនៃទំនិញទូទៅ កង្វះថាមពល និងរូបិយវត្ថុទន់ខ្សោយៗល។ នឹងអាចជះទ្រពលដោយផ្ទាល់ដល់កំណើនសេដ្ឋកិច្ចនៃប្រទេសនៅតាមបណ្ដោយ "ខ្សែក្រវ៉ាត់មួយ ផ្លូវមួយ" ។

២. ការសម្ដែងចេញនៃហានិភ័យសេដ្ឋកិច្ច

ប្រទេសចិនដែលអនាគតជាម៉ាស៊ីនក្សាលកំណើនសេដ្ឋកិច្ចនៃអាស៊ីហ្សូតដល់ពិភពលោក បើចង់ត្រូវផ្លូវកាត់តាមរយៈសមប្រតិបត្តិការណ៍ទាំងអស់គ្នាចូលរួមអភិវឌ្ឍទាំងអស់គ្នា ចូលរួមចែករំលែកលទ្ធផលដែលកើតចេញពីការអភិវឌ្ឍន៍សេដ្ឋកិច្ច គឺត្រូវតែគួជាមុនទៅដល់ហានិភ័យផ្សេកម៉ាក្រសេដ្ឋកិច្ចនៃបណ្ដាតំបន់នៅតាមបណ្ដោយខ្សែ និងប្រទេសនីមួយៗ។ នៅក្នុងកម្រិតបង្កើត និងអនុវត្តគោលនយោបាយ ត្រូវរក្សាទុការយល់ដឹងយ៉ាងច្បាស់លាស់ចំពោះហានិភ័យសេដ្ឋកិច្ចដើម្បីគេចចេញពីហានិភ័យនោះ ដោយបញ្ចេញនៅអត្ថប្រយោជន៍នៃផ្លូវស្គ្រួបានជាអតិបរមា។

ជាបឋម ប្រទេសចិនដែលជាអ្នកផ្ដល់នូវមូលធនប្រហែលជាអាចប្រឈមទៅនឹងហានិភ័យ ដែលមិនអាចប្រមូលយកមូលធនត្រលប់មកវិញបាន។ ប្រសិនបើជាភាគីដែលទទួលមូលធនកើតមាន នូវការផ្លាស់ប្ដូរអំណាច តើត្រូវប្រមូលមកវិញនូវមូលធនយ៉ាងដូចម្ដេច គឺជាបញ្ហាជាក់ស្ដែងត្រូវធ្វើការ ស្រាវជ្រាវៗ។ ដូច្នេះប្រទេសចិនត្រូវពង្រឹងនូវការសម្របសម្រួលផ្សេកគោលនយោបាយវាងប្រទេស អភិវឌ្ឍ ជាពិសេសគឺត្រូវយកចិត្តទុកដាក់បញ្ចេញនៅគូនាទីធានារ៉ាប់រងឥតណទានសម្រាប់ការនាំចេញ ចូលរួមយ៉ាងសកម្មជាមួយនឹងយន្តការដែលពាក់ព័ន្ធនៃការសម្របសម្រួល និងសហប្រតិបត្តិការអន្តរ ជាតិដូចជា "ក្លឹបប៉ារីស និង "សមាគមន៍ Berne"ៗល។ យោងតាមតម្រូវការឯកសារ នឹងធ្វើឲ្យរួននៃកិច្ច សហប្រតិបត្តិការ ធ្វើឲ្យបានធំ និងកាន់តែល្អ ។

បន្ទាប់មកប្រទេស និងសហគ្រាសប្រហែលប្រឈមនឹងហានិភ័យនៃកម្លាំងជម្រឿញបច្ចេកទេស ផ្ទៃប្រទិព្ទិនគ្រប់ៗ។ ទោះជាប្រទេសចិនអាចផ្ទេរខ្សាហកម្មរបស់ខ្លួនទៅក្រៅ ប៉ុន្តែនេះមិនមាននិ័យថា យន្តការខ្សាហកម្មចិនគឺល្អប្រសើរគ្រប់គ្រាន់ហើយ ប្រទេសចិននៅត្រូវការប្រទិព្ទីត្មីជាបន្តបន្ទាប់ដើម្បី ធ្វើយកតបទៅនឹងតម្រូវការជាក់ស្ដែងនៃតំបន់ខុសគ្នាៗ។ ស្របពេលជាមួយគ្នានេះ ជាមួយការកសាង "ខ្សែ ក្រវ៉ាត់មួយ ផ្លូវមួយ" កំពុងតែប្រព្រឹត្តគួទៅយ៉ាងស៊ីជម្រៅ ទីផ្សារដែលផលិតផលចិនលក់អាចកាន់តែវីកធំ ការកើនឡើងនៃប្រាក់ចំណេញរបស់សហគ្រាស នឹងអាចអមដោយជំហានវិទ្យាសាស្ត្របច្ចេកវិទ្យា បង្កើតថ្មីដំណើរការយឺត ដូច្នេះកើតមានទិដ្ឋភាពកម្លាំងបង្កើតថ្មីមិនគ្រប់គ្រាន់ៗ។

ក្រៅពីនេះ ដោយសារប្រទេសចិនខ្វះការយល់ដឹងពីអ្នកជាប់ពន្ធ និងយន្តការកំណត់ត្រួតពិនិត្យ ប្រសិនបើធ្វើសកម្មភាពតាម ប្រហែលអាចកើតមានហានិភ័យបំណុលថ្មីៗ។ ប្រសិនបើនិយាយកាលពី ១៥ឆ្នាំមុន កូនបំណុលរបស់ចិនសំខាន់គឺសហគ្រាសរដ្ឋ បច្ចុប្បន្នកូនបំណុលរបស់ចិនសំខាន់គឺរដ្ឋាភិ បាលមូលដ្ឋាននោះ បន្ទាប់មកប្រសិនបើមិនយកចិត្តទុកដាក់ពង្រឹងការគ្រប់គ្រងហានិភ័យចាប់ពីពេល

នេះទៅទេនោះ ១៥ឆ្នាំក្រោយមកកូនបំណុលសំខាន់គឺប្រហែលគ្លាយទៅជា រដ្ឋកិបាលឬសហគ្រាស ក្រៅប្រទេស ដល់ពេលនោះចិននឹងដោះស្រាយហានិភ័យបំណុលនេះយ៉ាងដូចម្ដេច ?[14]

ទី១. ហានិភ័យម៉ាក្រូ

ការបង្កើនល្បឿននៃការធ្វើសមាហារណកម្មសកលភាវូបនីយកម្មសេដ្ឋកិច្ច គឺជាស្ថានការដ៏ជំ បំផុតនៃសេដ្ឋកិច្ចពិភពលោកចាប់តាំងពីសតវត្សទី២១មក។ "ខ្សែក្រវាត់មួយ ផ្លូវមួយ" គឺជាដំណើរការ ផ្លាស់ប្ដូរដ៏សំខាន់របស់ចិនដែលចាប់ចេញពីការ "ទាក់ទាញចូលមក" ទៅដល់ "ទាក់ទាញចូលមកបូក និងការដើរចេញទៅក្រៅ" វាក៏ជាដំណើរការដ៏សំខាន់ក្នុងការធ្វើឱ្យស៊ីជម្រៅនៃកិច្ចសហប្រតិបត្តិការ ជាមួយប្រសនៅតាមបណ្ដោយខ្សែនិងជះតទិ្ធពលឱ្យគ្គាទៅវិញទៅមកយ៉ាងស៊ីជម្រៅ។ ការបើកចំហារ ទៅក្រៅប្រទេសហើយធ្វើសមាហារណកម្មចូលទៅក្នុងសេដ្ឋកិច្ចពិភពលោកគឺជាជម្រើសតែមួយគត់ ប៉ុន្តែផលប៉ះពាល់អវិជ្ជមានគឺសេដ្ឋកិច្ចរបស់ប្រសនោះអាចនឹងសម្ងែងចេញមកក្រៅនៅលើហានិភ័យ ដែលវារាយប្រហារការរឡើងចុះនៃសេដ្ឋកិច្ចខាងក្រៅ។ ស្ថិតនៅក្រោមសាវតារនេះប្រព័ន្ធសេដ្ឋកិច្ច យន្តការ ប្រតិបត្តិការសេដ្ឋកិច្ច គុណភាពសេដ្ឋកិច្ច កម្រិតបើកចំហារ កម្រិតគ្រប់គ្រងនៃប្រទេសនីមួយៗ សេដ្ឋ កិច្ចដែលគ្លាប់ជាមួយអនុជាតិ និងកម្រិតស្មើរភាពៗ។ កត្តាម៉ាក្រូសេដ្ឋកិច្ចទាំងនេះគឺគ្លាយទៅជាអត្ត នៃយដែលត្រូវពិចារណាក្នុងការកសាង "ខ្សែក្រវាត់មួយ ផ្លូវមួយ"។ ហើយប្រព័ន្ធសេដ្ឋកិច្ច យន្តការ ប្រតិបត្តិការ កម្លាំងត្រួតពិនិត្យនិងគ្រប់គ្រងនៃប្រទេសនីមួយៗ។ល។ គឺមិនដូចគ្លាទេ ហើយនៅក្នុង ពេលសហការជាមួយប្រទេសនីមួយៗ ត្រូវប្រឈមភាពមិនច្បាស់លាស់ខុសគ្លា។

ហើយគម្រោងដែលពាក់ព័ន្ធកិច្ចសហប្រតិបត្តិការពហុភាគី សហភាពការកាន់តែស្មុគស្មាញ។ ជាពិសេសគឺប្រទេសនៅតាមបណ្ដោយ "ខ្សែក្រវាត់មួយ ផ្លូវមួយ" មានផ្ទៃដីតូច ប្រជាជនតិច ទំហំសេដ្ឋ កិច្ចតូច និងមានការបារម្ភចំពោះស៊ុយភាពសេដ្ឋកិច្ចៗ។ នឹងមានការបារម្ភចំពោះប្រទេសចិនដែល មានទំហំសេដ្ឋកិច្ចយ៉ាងធំ។ ដូច្នេះនៅក្នុងកំឡុងពេលសហប្រតិបត្តិការដ៏បូង ដំណើរការមិនប្រាកដជា ល្បៀនទេ។

បើមើលពីជ្រុងម៉ាក្រូ ប្រភពមូលធនដ៏សំខាន់សម្រាប់កសាង "ខ្សែក្រវាត់មួយ ផ្លូវមួយ" គឺ ធនាគារវិនិយោគហេដ្ឋារចនាសម្ព័ន្ធអាស៊ី និងមូលនិធិផ្លូវស្ក្រ ប្រទេសចិនត្រូវទប់ទល់ជាមួយអ្នកទាំង ពីរក្នុងកំឡុងពេលកសាងដែលអាចកើតឡើងនូវបញ្ហាផ្សេងៗ។

នៅឆ្នាំ២០១៣ លោកប្រធានាធិបតី ស៊ី ជិនពីង នៅពេលដែលធ្វើទស្សនកិច្ចនៅប្រទេសឥណ្ឌូ នេស៊ីបានលើកឡើងជាដំបូងស្ដីពី ការបង្កើតធនាគារវិនិយោគហេដ្ឋារចនាសម្ព័ន្ធអាស៊ី។ ធនាគារវិនិ យោគហេដ្ឋារចនាសម្ព័ន្ធអាស៊ីគឺជាស្ថាប័នអភិវឌ្ឍពហុភាគីក្នុងតំបន់អាស៊ីរវាងរដ្ឋាភិបាល ការធ្វើ ប្រតិបត្តិការដោយយោងតាមរបៀបនិងគោលការណ៍ធនាគារអភិវឌ្ឍពហុភាគី សំខាន់គឺគាំទ្រដល់ការក សាងហេដ្ឋារចនាសម្ព័ន្ធតំបន់អាស៊ី។ ធនាគារវិនិយោគហេដ្ឋារចនាសម្ព័ន្ធអាស៊ី និងសហការជិតស្និទ្ធ

[14] ឃៃជាងៗ ៖ ប្រូងប្រយ័ត្ន យុទ្ធសាស្ត្រ "ខ្សែក្រវាត់មួយ ផ្លូវមួយ" អាចប្រឈមនឹងហានិភ័យ «ព័ត៌មានកាសែតសេដ្ឋកិច្ចសតវត្សទី២១»
ថ្ងៃទី១១ ខែមិនាឆ្នាំ២០១៤

ជាមួយធនាគារពិភពលោក ធនាគារអភិវឌ្ឍអាស៊ី និងស្ថាប័នអភិវឌ្ឍពហុភាគី និងទ្វេភាគីផ្សេងៗទៀត។ ល។ ជម្រុញទំនាក់ទំនងកិច្ចសហប្រតិបត្តិការនិងភាពជាដៃគូក្នុងតំបន់ ចូលរួមដោះស្រាយរាល់វិស័យ អភិវឌ្ឍដែលប្រឈមនឹងការប្រកួតប្រជែង ដែលអាចលើកកម្ពស់ប្រសិទ្ធិភាពនៃការប្រើប្រាស់មូលធន បង្កើនសមត្ថភាពហិរញ្ញវត្ថុទានក្នុងការកសាងហេដ្ឋារចនាសម្ព័ន្ធ ជម្រុញសម្រេចឲ្យបាននូវផល ប្រយោជន៍ឈ្នះៗរួមនៃប្រទេសកំពុងអភិវឌ្ឍ។

ប៉ុន្តែធនាគារវិនិយោគរចនាសម្ព័ន្ធអាស៊ីដែលជាការផ្ដួចផ្ដើមមួយរបស់ចិន នៅក្នុងពេលអនុវត្ត ជាក់ស្ដែងអាចប្រឈមនឹងភាពប្រកួតប្រជែងនៃបញ្ហាសេដ្ឋកិច្ចជាច្រើន ដូចជាបន្ទាប់ពីការចូលរួមរបស់ ប្រទេសអ៊ីរ៉ុបមក ព្រាកដជាដើម្បីប្រយោជន៍ផ្ទាល់ខ្លួនខិតខំស្វែងរកសិទ្ធិគ្រប់គ្រងហ៊ុនកាន់តែច្រើន តើ អាចធ្វើឲ្យមានគុណភាពល្អនៃរចនាសម្ព័ន្ធភាគហ៊ុនរវាងក្រុមនិងក្រុម គឺជាការសាកល្បងបញ្ហារបស់ចិន ឧទាហរណ៍មួយទៀតប្រទេសអាស៊ីនៃធនាគារវិនិយោគហេដ្ឋារចនា សម្ព័ន្ធអាស៊ីមានកម្រិតអភិវឌ្ឍ សេដ្ឋកិច្ចទាបជាងប្រទេសលោកខាងលិច ហេដ្ឋារចនាសម្ព័ន្ធអន្ថជយ អត្រាផលចំណេញនៃធនាគារវិនិ យោគហេដ្ឋារចនាសម្ព័ន្ធអាស៊ីក៏គ្នាយទៅជាបញ្ហាប្រឈមដ៏សំខាន់របស់ចិន ស្របពេលជាមួយគ្នានេះ ការកើតឡើងនៅធនាគារវិនិយោគហេដ្ឋារចនាសម្ព័ន្ធអាស៊ីព្រាកដជាប៉ះពាល់ទៅដល់ផលប្រយោជន៍អា មេរិកនិងចិន ប្រកួតប្រជែងជាមួយនឹងអនុត្តរភាពនៃប្រាក់ដុល្លារអាមេរិក ប្រហែលជាអាចបណ្ដាលឲ្យ មានជម្លោះសេដ្ឋកិច្ចរវាងចិនជាមួយនឹងអាមេរិកនិងជប៉ុន។ ដូច្នេះនៅពេលដែលកសាងធនាគារវិនិ យោគហេដ្ឋារចនាសម្ព័ន្ធអាស៊ី ភាគីចិនត្រូវសាមគ្គីជាមួយប្រទេសផ្សេងៗជាអតិបរមាដោយប្រើនៅ ជំនាញការទូតដ៏ពិនប្រសព្វរបស់ខ្លួន ស្វែងរកកិច្ចសហប្រតិបត្តិការ ធនាការបង្កើតដោយល្អនៅ ធនាគារវិនិយោគហេដ្ឋារចនាសម្ព័ន្ធអាស៊ី ហើយជម្រុញការកសាង "ខ្សែក្រវាត់មួយ ផ្លូវមួយ" អភិវឌ្ឍឲ្យ កាន់តែស៊ីជម្រៅ។

កាលពីថ្ងៃទី៨ខែវិច្ឆិកាឆ្នាំ២០១៤ លោក ស៊ី ជីនភីងក៏បានថ្លែងសុន្ទរកថានៅក្នុងកិច្ចប្រជុំក្រៅផ្លូវ ការនៃថ្នាក់ដឹកនាំ APEC ដែលមានចំណងជើងថា «ការតភ្ជាប់នាំមុខការអភិវឌ្ឍន៍ ដៃគូផ្ដោតទៅ លើសហប្រតិបត្តិការ» បានប្រកាសថាចិននឹងដាក់ទុន៤០ប៊ីលានដុល្លារអាមេរិកបង្កើតមូលនិធិផ្លូវ ស្វ្រូត្រដើម្បីជានាដល់ការចាប់ផ្ដើមដំណើរការកិច្ចការ "ខ្សែក្រវាត់មួយ ផ្លូវមួយ" ដោយល្អ។ ស្រដៀង គ្នាទៅនឹងធនាគារវិនិយោគហេដ្ឋារចនាសម្ព័ន្ធអាស៊ី មូលនិធិផ្លូវស្វ្រូត្រក៏មានអត្ថន័យយ៉ាងជ័ឋជេងចំពោះ ការដោះស្រាយបញ្ហាលំបាកនៃធនធាន ប៉ុន្តែក៏ប្រឈមទៅនឹងបញ្ហាសេដ្ឋកិច្ចដូចគ្នា។ ដូចជាតើត្រូវធ្វើ ឲ្យមានគុណភាពល្អយ៉ាងដូចម្ដេចរវាងទំនាក់ទំនងនៃ "មូលនិធិផ្លូវស្វ្រូត្រ" ដែលជាមធ្យោបាយសេដ្ឋកិច្ច ជាមួយនឹង "ខ្សែក្រវាត់មួយ ផ្លូវមួយ" ដែលជានិតផ្ដួចផ្ដើមនយោបាយ គឺត្រូវពិចារណាដល់ផ្នែក នយោបាយ ហើយក៏ត្រូវពិចារណាដល់ផ្នែកសេដ្ឋកិច្ច ស្របពេលជាមួយគ្នានេះបទពិសោធន៍ផ្នែក គ្រប់គ្រងមូលនិធិផ្លូវស្វ្រូត្រ ទោះជាកន្លងទៅធ្លាប់មានគម្រោងស្រដៀងគ្នានេះដូចជាមូលនិធិចិនអា ហ្រ្វិក។ល។ ក៏ប៉ុន្តែនៅក្នុងពេលអនុវត្តសេដ្ឋកិច្ចជាក់ស្ដែងនៅតែខ្វះការចង្អុលបង្ហាញ ចំពោះដំណើរការ នៃការដកប្រើប្រាស់នៅមូលនិធិ ការរៀបចំផែនការថវិការ ការអនុម័តហិរញ្ញវត្ថុ។ល។ ងាយកើតឡើង នូវបញ្ហាសេដ្ឋកិច្ច។

ទី២. ហានិភ័យឧស្សាហកម្ម

"ខ្សែក្រវ៉ាត់មួយ ផ្លូវមួយ" គឺជាយុទ្ធសាស្ត្រជាតិរបស់ចិន ប៉ុន្តែជាមួយគ្នាវាក៏ជាយុទ្ធសាស្ត្រអភិវឌ្ឍពិភពលោកផងដែរ។ ការកសាង "ខ្សែក្រវ៉ាត់មួយ ផ្លូវមួយ" មិនត្រឹមតែទទួលបន្ទុកដោះស្រាយសមត្ថភាពផលិតដែលលើស និងបញ្ហាឧស្សាហកម្មដើរចេញទៅក្រៅប្រទេសប៉ុណ្ណោះទេ ហើយថែមទាំងទទួលខុសត្រូវដ៏ធ្ងន់ធ្ងរក្នុងការសម្រេចឲ្យបាន នៅការលើកកម្ពស់ឧស្សាហកម្មនៃ បណ្ដានៅតាមបណ្ដោយខ្សែ និងសេដ្ឋកិច្ចអភិវឌ្ឍរួមគ្នា ដូច្នេះការកសាង "ខ្សែក្រវ៉ាត់មួយ ផ្លូវមួយ" ត្រូវពិចារណាយ៉ាងពេញលេញទៅដល់រចនាសម្ព័ន្ធឧស្សាហកម្មនៃបណ្ដាប្រទេសដែលស្ថិតនៅតាមបណ្ដោយខ្សែ ទំហំទីផ្សារ ស្ថានភាពលើកកម្រិតនៃឧស្សាហកម្មនឹងការប្រែប្រួលទីផ្សារនាពេលអនាគត។ បើនិយាយដូច្នេះ ការវិនិយោគតែម្នាងធ្វើឲ្យមានហានិភ័យដល់រចនាសម្ព័ន្ធឧស្សាហកម្មនៃប្រទេសស្ថិតនៅតាមបណ្ដោយ "ខ្សែក្រវ៉ាត់មួយ ផ្លូវមួយ" មានភាពមិនប្រក្រតី ដែលគួរឲ្យយកចិត្តទុកដាក់។

ការអនុវត្តសេដ្ឋកិច្ចឃ្លាតមិនឆ្ងាយពីតុល្យភាពនៃរចនាសម្ព័ន្ធសេដ្ឋកិច្ច នេះគឺត្រូវការកសិឧស្សាហកម្មដើរទន្ទឹមគ្នា ជាពិសេសគឺធ្វើឲ្យឧស្សាហកម្មដែលមានប្រៀបនៅតំបន់នោះ និងឧស្សាហកម្មប្រពៃណីមានភាពរស់រវើកឡើងវិញ។ ប្រទេសដែលនៅតាមបណ្ដោយ "ខ្សែក្រវ៉ាត់មួយ ផ្លូវមួយ" សុទ្ធតែមានឧស្សាហកម្មបែបប្រពៃណីដែលមានប្រៀបរបស់ខ្លួន។ ដូចជាអាស៊ីកណ្ដាលធ្លាប់មានឧស្សាហកម្មដ៏អភិវឌ្ឍន៍ តំបន់នេះមិនត្រឹមតែការផលិតប្រឈមនឹងការផ្លាស់ប្ដូរ លើសកម្រិត ហើយកសិកម្ម និងឧស្សាហកម្មផ្សេងទៀតក៏មានឱកាសដ៏ធំធេង។ នៅតំបន់ល្វឹងល្វើយនៃអាស៊ីកណ្ដាល មជ្ឈិមបូព៌ា អាហ្វ្រិក អាស៊ីអាគ្នេយ៍ សង្គ្រាមនិងការចលាចលធ្វើឲ្យកសិកម្មអន់ថយ ប្រជាជនលំបាកវេទនា ប្រទេសច្របូកច្របល់ បង្កើតឲ្យបានទៅជាការវិលវល់ដ៏អាក្រក់។ តាមរបៀបអភិវឌ្ឍសេដ្ឋកិច្ចប្រសិនបើគ្រាន់តែធ្វើអាជីវកម្មធនធាននៅតំបន់នោះ ការឆ្នៃរួចលក់ត្រលប់មកចិនឬក៏លក់នៅតំបន់នោះ ទោះបីជាទំហំសេដ្ឋកិច្ចសរុបមានការកើនឡើង ប៉ុន្តែប្រជាជនភាគច្រើននៃតំបន់នោះបែរជាមិនទទួលបានផល មានតែចំណូលរបស់កម្មករនៃឧស្សាហកម្មផលិតមានការកើនឡើង។ ប្រសិនបើមិនអាចបង្កើនផលប្រយោជន៍ដ៏ត្រឹមត្រូវទេនោះ ហើយនៅតែពឹងផ្អែកទៅលើប្រាក់ខែទាប ប្រជាជននៅតំបន់នោះគឺមិនអាចទទួលបានផលប្រយោជន៍ពីការអភិវឌ្ឍន៍សេដ្ឋកិច្ចបានឡើយ បន្ទាប់មកបណ្ដាលឲ្យសេដ្ឋកិច្ចនៃប្រទេសនោះខ្វះនូវកម្លាំងរបស់ខ្លួន ការអភិវឌ្ឍន៍ឧស្សាហកម្មផលិតមានតែពឹងផ្អែកទៅលើការវិនិយោគជាបន្តបន្ទាប់របស់ចិន។ ទិដ្ឋភាពបែបនេះមួយផ្នែកគឺធ្វើឲ្យរដ្ឋាភិបាលនៃប្រទេសនោះប្រឈមនឹងការរិះគន់ មួយផ្នែកទៀតមិនអាចធ្វើឲ្យមហាជនពិតប្រាកដជាមានអារម្មណ៍ថា "ខ្សែក្រវ៉ាត់មួយ ផ្លូវមួយ" គឺដើរតួនាទីដ៏ល្អក្នុងការជម្រុញការអភិវឌ្ឍន៍ក្នុងប្រទេស និងលើកកម្ពស់កម្រិតជីវភាពរបស់ខ្លួនឡើយ ហើយបានធ្វើឲ្យធ្លាក់ចុះនៅប្រសិទ្ធិភាពនៃ "ខ្សែក្រវ៉ាត់មួយ ផ្លូវមួយ"។

តើធ្វើដូចម្ដេចទើបអាចសម្រេចបាននូវការអភិវឌ្ឍន៍សម្របសម្រួលនៃឧស្សាហកម្មផលិត និងកសិឧស្សាហកម្ម វាសាកល្បងនៅគំនិតយុត្តធម៌ និងផលប្រយោជន៍របស់ចិន។ កសិកម្មគឺជាទុននៃការអភិវឌ្ឍន៍ប្រទេសដែលអាចធ្វើឲ្យប្រជាជនរស់នៅដោយសុខស្រួលសប្បាយ ប្រទេសមួយមានតែដោះស្រាយបញ្ហាហូបបាយមុនគេទើបអាចនិយាយពីការអនុវត្តទៅថ្ងៃក្រោយ។ នេះគឺយើងទទួលបាននូវ

សេចក្ដីសន្និដ្ឋានដែលចេញពីប្រវត្តិសាស្ត្រនៃចិន និងពិភពលោក ដែលមិនហួសសម័យជារៀងរហូត។ ជួយប្រទេសដែលនៅតាមបណ្ដោយ "ខ្សែក្រវាត់មួយ ផ្លូវមួយ" អភិវឌ្ឍពេញលេញនៃកសិឧស្សាហកម្ម ជាពិសេសគឺអភិវឌ្ឍឧស្សាហកម្មប្រពៃណីដែលមានប្រៀបរបស់ខ្លួន គឺជាការសាកល្បងដ៏ស្លោះនៃគំនិត ផ្លូវចម្ងើម "ខ្សែក្រវាត់មួយ ផ្លូវមួយ" ។ ចំណុចនេះពាក់ព័ន្ធផ្ទាល់ទៅដល់គំនិតផ្លូវចម្ងើម "ខ្សែក្រវាត់មួយ ផ្លូវមួយ" អាចឧស្សគ្គាជាមួយនឹងផែនការជំនួយ ផែនការជះលុយ ផែនការប្រចាប់បញ្ចូលគ្នា និង ផែនការម៉ាស្សាល.។

ពិនិត្យមើល «ទស្សនវិស័យនិងសកម្មភាព ស្ដីពីការជម្រុញរួមគ្នាបង្កើតខ្សែក្រវាត់សេដ្ឋកិច្ចផ្លូវ សូត្រ និងផ្លូវសូត្រសមុទ្រសតវត្សទី២១» អាចឃើញថា កិច្ចសហាប្រតិបត្តិការឧស្សាហកម្មចិនអាចត្រូវ ដីកតាស់បានកម្រិតជ្រៅ និងវិសាលភាពផំទូលាយ។ ការចាប់ដំណើរការនៅកិច្ចសហាប្រតិបត្តិការ ឧស្សាហកម្មត្រូវតែពង្រីកនូវវិស័យពាណិជ្ជកម្ម និងធ្វើឱ្យប្រសើរឡើងនៅនៅហេដ្ឋារចនាសម្ព័ន្ធពាណិជ្ជក ម្ម។ មួយផ្នែកស្ថិតនៅក្រោមមូលដ្ឋាននៃស្វ័យភាពពាណិជ្ជកម្ម ជំរកចំណុចកំណើនថ្មីនៃពាណិជ្ជកម្ម ជម្រុញឱ្យមានគុណភាពពាណិជ្ជកម្ម ជម្រុញឱ្យមានការពង្រឹកវិស័យវិនិយោគគ្នាទៅវិញទៅមកចាប់ ចេញពីឧស្សាហកម្មប្រពៃណីដូចជា កសិកម្មព្រៃឈើ ការចិញ្ចឹមសត្វ និងក្រីដល់ឧស្សាហកម្មដែល អភិវឌ្ឍន៍ល្បើនដូចជាថាមពលថ្មី សម្ភារះថ្មី។ បំពេញប្រៀបផ្សេងគ្នាទៅវិញទៅមក ផ្តល់ផល ប្រយោជន៍និងឈ្នះជាមួយគ្នា ស៊ីជម្រៅកិច្ចសហាប្រតិបត្តិការនៃឧស្សាហកម្មបង្កើតថ្មីទៅវិញទៅមក។ មួយផ្នែកទៀតត្រូវរៀបចំបែងចែកកម្លាំងពលកម្មបង្កើនប្រសិទ្ធិភាពខ្សែសង្វាក់ឧស្សាហកម្ម លើកទឹក ចិត្តបង្កើតប្រព័ន្ធស្រាវជ្រាវនិងអភិវឌ្ឍ ផលិតនិងផ្សព្វផ្សាយ លើកកម្ពស់សមត្ថភាពគាំទ្រដល់ឧស្សាហ កម្មតំបន់ និងការប្រកួតប្រជែងជាទូទៅ។ ស្របពេលជាមួយនេះប្រទេសចិនបានបង្កើតឡើងដោយ លើកឡើងនៅផែនការ "ផ្លូវសូត្របៃតង" គោលបំណងគឺតម្រង់ការត្រួតពិនិត្យចំពោះបរិស្ថានអេកូឡូស៊ី រក្សាការពារជីវសាស្ត្រដែលសម្បូរបែប ដោយចូលរួមសហការជាមួយនឹងប្រទេសផ្សេងៗលើពិភពលោក ក្នុងការទប់ស្កាត់ការប្រែប្រួលអាកាសធាតុ នេះគឺបង្ហាញនៅ "ការកសាងអេកូឡូស៊ី" ក្នុងប្រទេសចិន ហើយក៏បង្ហាញនៅការទទួលខុសត្រូវជាអន្តរជាតិរបស់ចិន បង្ហាញនៅការជម្រុញដល់ការធ្វើឱ្យប្រសើរ ឡើងពិភពលោក។

ទី៣. ចំណុចខ្វះខាតនៃយន្តការធ្វើយគបនឹងហានិភ័យ

ការកែទម្រង់ស៊ីជម្រៅគ្រប់ជ្រុងជ្រោយរបស់ចិន ត្រូវការបញ្ចេញនូវសមត្ថភាពផលិត ត្រូវធ្វើឱ្យ កម្លាំងសេដ្ឋកិច្ចចិនទាក់ទងកាន់តែច្រើនជាមួយនឹងទីផ្សារក្រៅប្រទេស ជាពិសេសគឺមូលធន ពីមុនត្រូវ ការមូលធនចូលពីបរទេស បច្ចុប្បន្នត្រូវការមូលធនរបស់ចិនចេញទៅក្រៅ។ [15] សហគ្រាសចិនពេល ដែលជើរចេញទៅក្រៅទូលនូវវត្ថិពលដ៏ទន់ខ្សោយដូចជាទស្សនៈអន្តរជាតិ ច្បាប់អន្តរជាតិនិង គ្រប់គ្រងការបម្រុងទុកធនធានមនុស្សរបទេស។ល។ ការខ្វះនូវការយល់ដឹងដ៏ស៊ីជម្រៅចំពោះប្រទេស នៅតាមបណ្ដោយខ្សែ បណ្ដាលឱ្យខ្វះនូវភាពយល់ដឹងនៅនៅហានិភ័យនៃប្រតិបត្តិការអន្តរជាតិដែលមាន

[15] ហ៊ុងអារៈ "ខ្សែក្រវាត់មួយ ផ្លូវមួយ" ចិនផ្លូវចម្ងើមបង្កើតឡើងវិញនៅស្ថានការថ្មីនៃនយោបាយសេដ្ឋកិច្ចអាស៊ី "ការសែតតុងហ្វាង" ចុះថ្ងៃទី១៩ខែ ១សភា ឆ្នាំ២០១៤

គ្រប់គ្រាន់ ដូច្នេះកាន់តែមិនអាចបង្កើតនូវយន្តការដែលធ្វើឡើងតបទៅនឹងហានិភ័យ នៅក្នុងដំណើរការ នៃការវិនិយោគអន្តរជាតិក៏ខ្វះនៅយន្តការធានារ៉ាប់រងគ្រប់គ្រាន់ផងដែរ។

ទី៤. ការគាំទ្រឧស្សាហកម្មសេវាកម្មទំនើបមិនគ្រប់គ្រាន់

ឧស្សាហកម្មសេវាកម្មបច្ចុប្បន្ន គឺជាផ្នែកមួយដ៏សំខាន់នៃសេដ្ឋកិច្ចសកលភាវូបនីយកម្ម ហើយ ការប្រកួតប្រជែងដ៏មានប្រៀបរបស់ខ្លួនក៏កាន់តែចេញមកពីមួយថ្ងៃទៅមួយថ្ងៃ ស្តាល់ច្បាស់ពីការ គ្រប់គ្រងអន្តរជាតិ ប្រព័ន្ធគណនីលោកខាងលិច ការគ្រប់គ្រងពាណិជ្ជកម្មនិងទីប្រឹក្សា ការប្រឹក្សា គណនីនិងសារវនកម្ម គឺជាសេវាកម្មឧស្សាហកម្ម "ចេញទៅក្រៅប្រទេស" នៃសម្ព័ន្ធទំនើបដែលមិន អាចខ្វះបាន។ ប៉ុន្តែឧស្សាហកម្មសេវាកម្មទំនើបរបស់ចិនដែលការមានប្រៀបជាលក្ខណៈអន្តរជាតិមិន យើញច្បាស់ ក្នុងនោះការបង្ហាញដែលសំខាន់គឺៈ ការប្រើប្រាស់ទុននៅក្រៅប្រទេសមានកម្រិតទាប សំខាន់គឺប្រមូលផ្តុំនៅលើវិស័យទេសចរណ៍ប្រពៃណី និងការបញ្ចូនពលករទៅក្រៅប្រទេស សេវាកម្ម ខាងចំណេះដឹងប្រមូលផ្តុំនិងបច្ចេកទេសប្រមូលផ្តុំ។ នៅមានកម្រិតទាបនៅឡើយ កម្រិតគ្រប់គ្រង កម្រិតផ្សព្វផ្សាយនៅ ទំហំសហគ្រាសនៃសហគ្រាសសេវាកម្មចិនប្រៀបជាមួយនឹងសហគ្រាសបម្រើ សេវាកម្មអន្តរជាតិគឺនៅមានភាពខុសគ្នាឆ្ងាយ។ ក្នុងដំណើរការវិន "ការដើរចេញទៅក្រៅ" នៃសហ គ្រាសចិនត្រូវការមានសេវាជំនាញដែលមានកម្រិតខ្ពស់ជាលក្ខណៈអន្តរជាតិ ដើម្បីជួយខ្លួនឲ្យយល់ ច្បាស់ពីរបៀបអន្តរជាតិ ឲ្យស្របទៅតាមការប្រតិបត្តិការអន្តរជាតិ។

ផ្នែកទី៤ ហានិភ័យផ្នែកច្បាប់

ច្បាប់ដើរតួនាទីយ៉ាងសំខាន់ ចំពោះសកម្មភាពនៃការប្រព្រឹត្តគ្រប់របស់ភាគីទាំងពីរ។ ក្នុងការ គ្រប់គ្រងរាល់ឧបសគ្គដែលកើតមានឡើង នៅក្នុងកំឡុងពេលដែលធ្វើការស្តារបនា "ខ្សែក្រវ៉ាត់មួយ ផ្លូវ មួយ" ត្រូវផ្នែកទៅលើក្របខណ្ឌនៃច្បាប់ដើម្បីគ្រប់គ្រងគ្រប់ប្រព្រឹត្តឧការណ៍ដ៏មានសារៈសំខាន់នេះ។ ក្នុង រយៈពេលមួយឆ្នាំកន្លងមក ប្រទេសចិននិងបណ្តាប្រទេសមួយចំនួនដែលស្ថិតនៅតាមបណ្តោយខ្សែ បន្ទាត់នេះ បានចុះអនុស្សរណៈក្នុងការកសាងរួមគ្នាចំពោះ "ខ្សែក្រវ៉ាត់មួយ ផ្លូវមួយ" ព្រមទាំងបានចុះ អនុស្សរណៈជាមួយប្រទេសជិតខាងភូមិផងបងជាមួយស្តីអំពី កិច្ចសហប្រតិបត្តិការគ្នាក្នុងតំបន់ និង ផែនការកិច្ចសហប្រតិបត្តិការសេដ្ឋកិច្ចពាណិជ្ជកម្ម រយៈពេលមធ្យមនិងវែងផងដែរ។ ប៉ុន្តែ ការអនុវត្ត អនុស្សរណៈទាំងអស់នេះ ត្រូវការចាំបាច់អោយភាគីទាំងសងខាងគោរពច្បាប់អោយបាន អនុលោមទៅ តាមតម្រូវការរបស់ច្បាប់ដើម្បីពង្រឹករិសាលភាពពាណិជ្ជកម្មទាំងសងខាង។ ហេតុដូច្នេះ ការកសាង "ខ្សែក្រវ៉ាត់មួយ ផ្លូវមួយ" ចាំបាច់បំផុតគឺការធានាអំពីច្បាប់។

យុទ្ធសាស្ត្រ "ខ្សែក្រវ៉ាត់មួយ ផ្លូវមួយ" គឺមានការពាក់ព័ន្ធទៅនឹងកិច្ចសហប្រតិបត្តិការរវាង ប្រទេសចិនទៅនិងប្រទេសសាមីនៅតាមបណ្តោយខ្សែបន្ទាត់ ដែលមានដូចជា កិច្ចសហប្រតិ្តបិត្តិការវិ ស័យគមនាគមន៍ សេដ្ឋកិច្ចពាណិជ្ជកម្ម ថាមពលរ៉ែ ហិរញ្ញវត្ថុៗ។ នៅរយៈពេលប៉ុន្មានឆ្នាំចុងក្រោយ នេះការវិនិយោគនៅបរទេសមានកំណើនកើនឡើងជាលំដាប់ ។ ដូចក្នុងរបាយការណ៍របស់ក្រុមប្រឹក្សា

ច្បាប់ពាណិជ្ជកម្មពិភពលោកបានបង្ហាញថា៖ ឆ្នាំ២០១២ ប្រទេសចិនបានវិនិយោគផ្ទាល់ទៅក្រៅ ប្រទេសមានចំនួនសរុប5.2% លើចំនួនសរុបរបស់ប្រទេសទាំងអស់លើសកលលោក គឺជាលើកទីមួយ ដែលវិនិយោគមានគួរលេខលើសការវិនិយោគរបស់ប្រទេសជប៉ុន និងអង់គ្លេសស្រាមទាំងប្រទេសដែល តែងតែឈានមុខគេក្នុងការវិនិយោគទៅក្រៅប្រទេសៗ។ ដែលជាប់លំដាប់ថ្នាក់ទី4នៅលើសកល លោក ។ រហូតដល់ចុងឆ្នាំ២០១៤ ការវិនិយោគក្រៅប្រទេសរបស់ចិនមានរហូតដល់ ៣ទ្រីលានយ័ន ប៉ុន្តែនៅពេលជាមួយគ្នានេះដែរ ដោយហេតុថាទ្រូលេងនៅបែបទំនិញពីខាងក្រៅ ពិសេសគឺប្រទេស ដែលស្ថិតនៅតាមរយៈខ្សែបណ្ដោយ "ខ្សែក្រវ៉ាត់មួយ ផ្លូវមួយ" មានស្ថានភាពនយោបាយស្ថិតស្ថាញ វិបត្តិសេដ្ឋកិច្ចអន្តរជាតិ វិបត្តិបំណុល បានធ្វើអោយការវិនិយោគនៅខាងក្រៅរបស់ប្រទេសចិនចំពោះ បញ្ហាផ្លូវច្បាប់ប្រឈមមុខនិងហានិភ័យសព្វបែបយ៉ាង។

ជាបឋម យុទ្ធសាស្ត្រ "ខ្សែក្រវ៉ាត់មួយ ផ្លូវមួយ" មានការពាក់ព័ន្ធដល់ជាង60ប្រទេស ដែល ប្រព័ន្ធច្បាប់របស់ប្រទេសនីមួយៗក៏ខុសគ្នាជាមួយប្រទេសចិន រហូតដល់ប្រទេសខ្លះមានបញ្ហាប្រព័ន្ធ ច្បាប់ផ្សេងគ្នាជាមួយប្រទេសចិនជាហេតុធ្វើអោយការទទួលបានព័ត៌មានផ្នែកច្បាប់ គឺមានហានិភ័យ ខ្ពស់។ ចំពោះប្រទេសដែលមានជាប់ពាក់ព័ន្ធជាមួយយុទ្ធសាស្ត្រ "ខ្សែក្រវ៉ាត់មួយ ផ្លូវមួយ" ច្បាប់នី មួយៗរបស់ប្រទេសខ្លួនមានភាពខុសគ្នា ដោយក្នុងនោះមានការបែងចែកជាពីរ គឺច្បាប់របស់ដីគោក និងច្បាប់របស់អង់គ្លេស-អាមេរិក និងមានប្រទេសខ្លះមានប្រព័ន្ធច្បាប់តាមបែបយើស្លាម។

ចំពោះប្រទេសដែលមានជាប់ពាក់ព័ន្ធជាមួយនឹងយុទ្ធសាស្ត្រ "ខ្សែក្រវ៉ាត់មួយ ផ្លូវមួយ" មាន ប្រទេសភាគច្រើន ក៏មានច្បាប់របស់ប្រទេសខ្លួនស្របតាមច្បាប់របស់ដីគោកដែរ ដែលក្នុងនោះដូចរដែល គ្របដណ្ដប់រួមមាន ប្រទេសម៉ុងហ្គោលី កូរ៉េខាងត្បូង ជប៉ុន និងប្រទេសតំបន់អាស៊ីអាគ្នេយ៍ លើកលែង តែប្រទេសអាហ្វហ្គានីស្ថានដែលនៅតំបន់អាស៊ីកណ្ដាលចេញ ប្រទេសភូមា ថៃ ឡាវៗល។ អាស៊ីអា គ្នេយ៍ ។ ប្រទេសរុស្ស៊ី អ៊ីរ៉ាក់ ព្រមទាំងលើកលែងប្រទេសអង់គ្លេស អៀកឡង់ចេញ ប្រទេសភាគច្រើន នៅអឺរ៉ុប ក៏សុទ្ធត្រូវបានរាប់បញ្ចូលទៅក្នុងប្រទេសដែលប្រើប្រាស់ច្បាប់ដីគោក ក៏ប៉ុន្តែក្នុងក្របខណ្ឌនៃ ការប្រើប្រាស់ច្បាប់ដីគោកតែមួយដូចគ្នាមែន ក៏មានលក្ខណៈតាក់តែងច្បាប់មិនដូចគ្នាទាំងស្រុងដែរ នៅតែមិនអាចរាប់បញ្ចូលបានថាជាទូទៅដូចគ្នានេះឡើយៗ។

ប្រទេសចិនគឺជាប្រទេសមួយដែលប្រកាន់ច្បាប់និងរបបសង្គមនិយមពិសេសមួយ ទោះបីជា ប្រព័ន្ធច្បាប់មានភាពស្រដៀងច្រើនទៅជាមួយនឹងប្រព័ន្ធច្បាប់ដីគោក ក៏ប៉ុន្តែវានៅតែមានភាពខុសគ្នា យ៉ាងច្រើនជាមួយប្រទេសដីទៃដែលប្រកាន់យកប្រព័ន្ធច្បាប់ដីគោក។

ប្រទេសដែលប្រកាន់យកប្រព័ន្ធច្បាប់របស់អង់គ្លេស-អាមេរិក មានដូចជា ពលណ្ឌា ប៉ាគីស្ថាន និង ប្រទេសអាស៊ីមួយចំនួន តង់ហ្សានី កេនយ៉ា និងប្រទេសទ្វីបអាហ្រ្វិកមួយចំនួន ព្រមទាំងប្រទេស អៀកឡង់ អង់គ្លេស និងប្រទេសនៅអឺរ៉ុប។

ក្រៅពីប្រទេសអ៊ីរ៉ាក់ អ៊ីស្រាអែល និងប្រទេសមួយចំនួនតូចចេញ ប្រទេសនៅមជ្ឈិមបូព៌ាមាន អាហ្វហ្គានីស្ថាន អារ៉ាប៊ីសាអ៊ូឌីត ហ្ស៊ិកដានី ស៊ីរ៉ី តួកគីៗល។ សុទ្ធតែប្រើប្រាស់ប្រព័ន្ធច្បាប់ឥស្លាម។

ប្រទេសមិនដូចគ្នាប្រើប្រាស់ច្បាប់ក៏មិនដូចគ្នា ហើយការប្រើប្រាស់ច្បាប់មិនដូចគ្នា បង្កអោយ មានផលវិបាកក្នុងការរវាងស្រាយវិវាទរវាងគ្នានិងគ្នា តំលៃនៃច្បាប់ត្រូវបានបំផ្លាញអោយគ្មានតំលៃ ដែលជាដើមហេតុបង្កហានិភ័យចំពោះច្បាប់។

ម្យ៉ាងវិញទៀត ច្បាប់របស់ប្រទេសសមួយចំនួនមិនមានភាពសុក្រឹតច្បាស់លាស់ ជារឿយៗតែង តែមានការកែសំរួល ហើយចំពោះការអនុវត្តច្បាប់ទៀតសោធ តែងតែមានការមើលងាយមើលថោកជន បរទេស ឬសហគ្រាសបរទេស ជួនកាលរហូតដល់ព្រោះតែបញ្ហានយោបាយ ផលប្រយោជន៍សេដ្ឋកិច្ច ប្រទេសសាមីបានបង្កើតច្បាប់គ្រប់គ្រងយ៉ាងតឹងរឹងហួសហេតុចំពោះក្រុមហ៊ុននិវេយាគមកពីបរទេស។

សព្វថ្ងៃនេះ កម្លាំងនៃពាណិជ្ជកម្មគាំពារនិយមតាមតំបន់នីមួយៗនៅលើសកលលោក មាន សន្ទុះកើនឡើង ធ្វើអោយជាផលនៃការរីកចំរើនរបស់សេដ្ឋកិច្ចមានការថយចុះ។ ជាហេតុធ្វើអោយ យុទ្ធសាស្ត្រ "ខ្សែក្រវ៉ាត់មួយ ផ្លូវមួយ" ជួបប្រទះនូវបញ្ហាទៅតាមស្ថានការណ៍របស់អន្តរជាតិ និងខ្ជះ សុទិដ្ឋិនិយម។ ដូច្នេះ ប្រសិនបើខ្ជះការយកចិត្តទុកដាក់ចំពោះច្បាប់ មិនស្វែងយល់អំពីច្បាប់របស់ ប្រទេសនីមួយៗ មានជំនឿតែលើទម្លាប់អន្តរជាតិហួសហេតុ ឬក៏ខ្ជះខាតអ្នកចេះដឹងនិងជំនាញខាង ច្បាប់ សុទ្ធតែជាដើមហេតុអាចនិងប្រព្រឹត្តផុយអំពីច្បាប់ក្នុងប្រទេសនីមួយៗបាន។ ចំនុចខាងលើទាំង អស់នេះហើយសុទ្ធតែជាបញ្ហាផ្នែកច្បាប់ដែលយុទ្ធសាស្ត្រ "ខ្សែក្រវ៉ាត់មួយ ផ្លូវមួយ" កំពុងប្រឈម។

ប្រសិនបើយោងតាមខ្លឹមសារ វិស័យ និងរូបភាពនៃការកើតឡើងហានិភ័យយុទ្ធសាស្ត្រ "ខ្សែក្រ វ៉ាត់មួយ ផ្លូវមួយ" ដែលពាក់ព័ន្ធនិងផ្នែកច្បាប់អាចចែកចេញជា៦ផ្នែក៖

1-ការវិនិយោគប្រឈមមុខជាមួយហានិភ័យនៃច្បាប់

ការកសាងយុទ្ធសាស្ត្រ "ខ្សែក្រវ៉ាត់មួយ ផ្លូវមួយ" បានកំណត់យកការវិនិយោគបរទេស គឺដូច ជាតំណរផ្សារភ្ជាប់យ៉ាងសំខាន់ដើម្បីសម្រេចបាននូវកិច្ចសហប្រតិបត្តិការយុទអង្គែរ ហើយនៅក្នុងចន្លោះ នោះដែលហានិភ័យនៃច្បាប់គឺជាបញ្ហាដែលត្រូវប្រឈម។ ដោយហេតុថាផលប្រយោជន៍ប្រទេសសាមី នៅតាមបណ្ដោយខ្សែបន្ទាត់មិនដូចគ្នាជាដើមហេតុ ធ្វើអោយការវិនិយោគរបស់ប្រទេសចិននៅតាម តំបន់ប្រឈមមុខនិងបញ្ហារាំងទីផ្សារៗ។ ឧទាហរណ៍ មានច្បាប់ប្រទេសខ្លះបានចែងថា៖ នៅក្នុងការ បណ្ដាក់ទុននិវេយាគរួមគ្នា ភាគហ៊ុនបរទេសមិនអាចមានច្រើនជាងភាគហ៊ុនក្នុងស្រុកឡើយ ឬមួយក៏ រាល់ការវិនិយោគត្រូវមានការចូលរួមពីរដ្ឋាភិបាលឬតំណាងស្ថាប័នណាមួយដែលរដ្ឋាភិបាលចាត់បញ្ជូន អោយចូលរួមវិនិយោគ ដូចជា មានប្រទេសខ្លះបង្កើតអោយមាន៖ "បញ្ជីវិជ្ជមាន" និង "បញ្ជីអវិជ្ជមាន" ដោយមានការរាំងខ្លប់ទៅលើទំហំនិងវិសាលភាពនៃការវិនិយោគទូទៅ។ ហើយទោះបីជាប្រទេសផ្សេង ដៃទៃដែលមិនមានច្បាប់ដូចន្ហ ក៏រដ្ឋាភិបាលនៃប្រទេសទាំងនោះ បានចូលរួមជ្រៀតជ្រែកបដិសេធ សិទ្ធរបស់ក្រុមហ៊ុននិវេយាគមកពីខាងក្រៅ។ ដែលជាហេតុធ្វើអោយការវិនិយោគទៅខាងក្រៅរបស់កា គឺប្រទេសចិនត្រូវបានរាំងស្ទះនិងខ្ជះតម្លាភាព។ លើសពីនេះទៅទៀតការបណ្ដាក់ទុនរួមគ្នា តែងតែមាន ជំលោះទៅលើកម្មសិទ្ធបញ្ញា មិនបានផ្ដល់ការការពារក្រុមហ៊ុននិវេយាគចិននូវរាស់ដាត់ពាណិជ្ជកម្ម និងកម្មសិទ្ធបច្ចេកវិជ្ជា ។ សូម្បីតែ ក្រុមហ៊ុនចិនដែលមានភាពហ៊ុននិវេយាគតែងនៅបរទេស

ទោះបីជាសហគ្រាសនៅប្រទេសនោះក៏ដោយ តែដោយមូលហេតុថា អ្នកវិនិយោគគឺជាក្រុមហ៊ុនចិន គឺ តែងតែបានទទួលងនូវការវាំងខ្ទប់សព្វបែបប្យ៉ាងក្នុងកំឡុងពេលអភិវឌ្ឍជាក់ស្ដែង។

ប្រទេសម្ពុយចំនួន នៅតាម "ខ្សែក្រវ៉ាត់មួយ ផ្លូវមួយ" តាមរយៈច្បាប់បានលើកឡើងនូវសំណុម ពពិសេសដល់អ្នកវិនិយោគដែលមកពីខាងក្រៅក្នុងការទិញក្រុមហ៊ុនឆ្លងប្រទេស ឬក៏បង្កើតបែបបបទ ត្រួតពិនិត្យដែលមានតម្លាភាពចំពោះការទិញក្រុមហ៊ុនឆ្លងប្រទេសនេះ។ ដូចជា ច្បាប់របស់ប្រទេសម៉ា ឡេស៊ីនៅក្នុងឆ្នាំ១៩៧៤ ស្ដីអំពី «បទប្បញ្ញត្តិស្ដីពី ការប្រ្របាច់បញ្ចូលគ្នានិងទិញយកអាជីវកម្ម» បាន ចែងថា៖ រាល់ការស្នើសុំទិញគ្រប់គ្រងទ្រព្យសម្បត្តិនិងទិញសិទ្ធិគ្រប់គ្រងភាគហ៊ុនសរុបទាំងអស់ត្រូវ សមស្របទៅតាមលក្ខខណ្ឌដូចខាងក្រោម៖ 1-ដោយផ្ទាល់ឬដោយប្រយោលដែលធ្វើឱ្យប្រជាជនម៉ាឡេ ស៊ីកាន់តែមានសិទ្ធិស្មើភាពទៅលើកម្មសិទ្ធិនិងសិទ្ធិគ្រប់គ្រង។ 2-ដូចក្នុងលក្ខខណ្ឌខាងក្រោម ទាំង អស់ដោយផ្ទាល់ឬដោយប្រយោល ដែកនាំមកនូវផលប្រយោជន៍សេដ្ឋកិច្ច ពិសេសគឺកំរិតនៃការចូលរួម របស់ប្រជាជនម៉ាឡេស៊ី ភាពជាម្ចាស់និងការគ្រប់គ្រង ការបែងចែកចំណូល កំណើន ការងារ ការនាំ ចេញ គុណភាពនៃប្រភេទផលិតផលនិងសេវាកម្ម ពហុវិស័យសេដ្ឋកិច្ច លើកកំពស់ការកែច្នៃវត្ថុធាតុ ដើមក្នុងស្រុក បណ្ដុះបណ្ដាលនិងសកម្មភាពស្រាវជ្រាវអភិវឌ្ឍន៍។ 3-មិនប៉ះពាល់វិស័យការពារជាតិ ការថែរក្សាបរិស្ថាន ការរើកចំរើនក្នុងតំបន់។ ក្រមទាំងមិនប៉ះពាល់ដល់ស្ថេរភាពនយោបាយក្នុង ប្រទេស ក៏ដូចជាតុល្យភាពសេដ្ឋកិច្ចហិញ្ញវត្ថុ។[16]

ម្យ៉ាងវិញទៀត ដោយផ្អែកទៅលើការពិចារណារទៅលើ មនោគមវិជ្ជា ផលប្រយោជន៍ជាតិ សុវត្ថិភាព។ល។ ប្រទេសម្ពុយចំនួន ចំពោះមុខជំនួញសំខាន់ៗតែងតែមានការវាំងខ្ទប់ចំពោះការវិនិយោ គមកពីក្រៅប្រទេសដូចជាវិស័យប្រេង ការពារជាតិនិងហេដ្ឋារចនាសម្ព័ន្ធ។ល។ ដូចជានៅប្រទេសសិង បុរី ឧស្សាហកម្មមួយចំនួនដែលជាចំណុចរសើបគឺមានការយកយ៉ាងហ្មត់ដល់ហាមឃាត់តែម្ដង ក្នុង នោះរួមមាន វិស័យគមនាគមន៍ ទូរគមនាគមន៍ អគ្គីសនី សារពត៌មាន និងវិស័យសេវាសាធារណៈ៖ ផ្សេងៗទៀត។ ទៃវិស័យហិញ្ញវត្ថុ ជានាក់ប់វង ក្រុមហ៊ុនវិនិយោគមកពីខាងក្រៅត្រូវទទួលបានសិទ្ធិអនុ ញ្ញាតពីរដ្ឋាភិបាលជាមុនសិន។ រដ្ឋាភិបាលសិង្ហបុរី ចំពោះក្រុមហ៊ុនវិនិយោគបរទេសលើការទិញក្រុម ហ៊ុនក្នុងទិស្សភាគហ៊ុនដែលមានការកំណត់ពិសេសគ្រប់គ្រងយ៉ាងតឹងរ៉ឹងដែរមួយ ។ ទៃភាគរយនៃការនាំ ចេញបច្ចេកវិជ្ជាខ្ពស់ តម្រូវទិសសមាមាត្រវិនិយោគរបស់សហគ្រាសមានរហូតដល់100% ប៉ុន្ដែសម មាត្ររបស់វិនិយោគទុនបរទេស នៅក្រសួងពាណិជ្ជកម្ម មិនលើសពី49%ទេ គឺមិនអោយវិនិយោគទុន បរទេសមានសិទ្ធិកាន់កាប់ភាគហ៊ុនផ្ដាច់នោះឡើយ។

នៅពេលប្រទេសដែលជាម្ចាស់នៃគម្រោងវិនិយោគ សម្ដែងការមន្ទិលសង្ស័យចំពោះវិនិយោគ ទុនរបស់ចិន មានពេលខ្លះក៏បានប្រើប្រាស់និតិប្បញ្ញត្តិបណ្ដោះអាសន្នមកហាមឃាត់ការទិញភាគហ៊ុន របស់សហគ្រាសចិន បង្កអោយមានហានិភ័យផ្លូវច្បាប់យ៉ាងធ្ងន់ធ្ងរ។ នៅក្នុងឆ្នាំ២០០៥ ក្រុមហ៊ុនប្រេង របស់ចិនបានទិញភាគហ៊ុនរបស់ក្រុមហ៊ុនPK នៅថ្ងៃទី០៥ ខែតុលា ឆ្នាំ២០០៥ សភាជាន់ទាបរបស់ ប្រទេសកាហ្សាក់ស្ថង បានអនុម័តជាងកថ្មីៗ អោយរដ្ឋាភិបាលធ្វើអន្តរាគមន៍ទៅក្រុមហ៊ុនប្រេងក្នុង

[16]ឯកសារនេះរៀបតាមលក្ខណៈញ្ញាក្រិត ដកសង់ចេញអំពីអត្ថបទទវៃកាគ និងសារពត៌មាន ឃ្លាប្រយោគតម្ពុយចំនួនមិនទាន់បានធ្វើការកែសម្រួល

ស្រុកអាចលក់ភាគហ៊ុនទៅអោយក្រុមហ៊ុនមកពីបរទេសបាន។ ប្រធានាធិបតីប្រទេសកាហ្សាក់ស្ថង់ណាហ្សាបាអ៊ីវ នៅថ្ងៃទី០៥ ខែតុលា ឆ្នាំ២០០៥ បានចុះហត្ថលេខាលើអនុក្រិតថ្មី ផ្តល់សិទ្ធិជាអាទិភាព ទៅអោយរដ្ឋាភិបាលថ្នាក់ជាតិមានសិទ្ធិទិញវត្ថុធាតុដើមយុទ្ធសាស្ត្រ និងមានសិទ្ធិពេញទីក្នុងការរំសាយចោលនូវកិច្ចសន្យាផ្សេងៗដែលផ្ទុយពីអនុក្រិតនេះ ។ ដែលទីបំផុតក្រុមហ៊ុងប្រេងរបស់ចិន ត្រូវតែបង្ខំចិត្តចុះហត្ថលេខាលើកិច្ចព្រមព្រៀងមួយ ដោយព្រមព្រៀងលក់ភាគហ៊ុន1,4ប៊ីលានដុល្លាអាមេរិកដែលខ្លួនទិញបានចំនួន33% ទៅអោយភាគីក្រុមហ៊ុនប្រេងរដ្ឋ របស់ប្រទេសកាហ្សាក់ស្ថង់ KAZMUNANIGAZ បន្ទាប់មកទើបរដ្ឋាភិបាលកាហ្សាក់ស្ថង់អនុញ្ញាតអោយមានការដាក់ហ៊ុនបញ្ចូលគ្នាបាន។ ដូចបានឃើញស្រាប់គឺអនុក្រិតបន្ទាន់របស់រដ្ឋាភិបាលកាហ្សាក់ស្ថង់ មានចេតនាបន្តុកបង្អាក់ការទិញភាគហ៊ុនរបស់ក្រុមហ៊ុនប្រេងចិនCNPC និងមិនអាចអោយក្រុមហ៊ុនប្រេងចិនCNPCមានសិទ្ធិគ្រប់គ្រងភាគហ៊ុនទាំងមូលរបស់ក្រុមហ៊ុនPK ។

នៅពេលឆ្លងកាត់ការត្រួតពិនិត្យ និងឯកភាពរបស់ប្រទេសសាមីរួចហើយ ដោយសាការយកហ៊ុនពីសំណាក់ភាគីបរទេស អាចនិងបង្កអោយមានការធ្វើអាជីវកម្មផ្តាច់មុខ បង្កអោយមានអស្ថិរភាពចំពោះទីផ្សារក្នុងស្រុកក៏ដូចជាប្រទេសជិតខាង ព្រមទាំងអាចមានសម្ពាធដល់វិស័យឧស្សាហកម្ម ទាំងក្នុងស្រុកនិងប្រទេសជិតខាងក្នុងតំបន់ ។ ដោយសាតែកត្តាទាំងនេះហើយចាំបាច់ត្រូវឆ្លងកាត់ការអនុញ្ញាត ត្រួតពិនិត្យ អំពីស្ថាប័នប្រឆាំងអាជីវកម្មផ្តាច់មុខរបស់សាមីប្រទេសជាមុនសិន។ ឧទាហរណ៍ដូចជា នៅឆ្នាំ2016 ក្រុមហ៊ុនចិនCIMC ក្នុងកំឡុងពេលទិញភាគហ៊ុនរបស់ក្រុមហ៊ុនBORG របស់ប្រទេសហូឡង់ ជួបឧបសគ្គធំបំផុតគឺ មានការជំទាស់របស់គណៈកម្មាធិការប្រឆាំងសិទ្ធអាជីវកម្មផ្តាច់មុខរបស់អឺរ៉ុប និងបានបដិសេធលើការទិញហ៊ុននេះ ដោយលើកហេតុផលថាៈ ក្រុមហ៊ុនចិនCIMC នៅលើទូទាំងសកលលោក ចំពោះអាជីវកម្មកុងទឺន័រ បានក្តោបក្តាប់ភាគហ៊ុនសរុបលើស50%ទៅហើយ ដូចនេះភាគីគណៈកម្មាធិការអឺរ៉ុបយល់ឃើញថា ការលក់ភាគហ៊ុននេះទៅអោយCIMC ប្រៀបបានដូចជាបង្កើតអោយមានភាពផ្តាច់មុខ ទៅដល់ក្រុមហ៊ុនចិនCIMC និងភាពរាំងស្ទះដល់ការប្រកួតប្រជែងលើទីផ្សារ ។ បន្ទាប់មកក្រុមហ៊ុនចិនCIMC ក៏បានផ្លាស់ប្តូរយុទ្ធសាស្ត្រថ្មីក្នុងការប្រមូលទិញភាគហ៊ុននោះ ដូចជានៅក្នុងប្រទេសប៊ែលហ្សិក បានបង្កើតក្រុមហ៊ុនចងសម្ព័ន្ធតូចៗជាមុន ហើយធ្វើការសហការជាមួយក្រុមហ៊ុន PETER ដែលជាដៃគូរកស៊ីជាមួយក្រុមហ៊ុនBORG ហើយក៏រួមគ្នាបង្កើតក្រុមហ៊ុនមួយឈ្មោះ NEWCO (ដែលក្នុងនោះភាគីក្រុមហ៊ុនចិនCIMC មានទុនសរុប80% និងក្រុមហ៊ុន PETER មានទុន20%) រួចបន្ទាប់មកក៏ចាប់ផ្តើមទិញយកភាគហ៊ុនBORGតែម្តង។ ផែនការនេះក៏បានគេចផុតអំពីការសង្ស័យនិងវាយតំលៃរបស់គណៈកម្មាធិការអឺរ៉ុប នៅចុងបញ្ចប់គម្រោងការទិញយកភាគហ៊ុននេះក៏បានទទួលនូវភាពជោគជ័យ។

សហគ្រាសចិនប្រសិនបើចង់ទិញភាគហ៊ុនឆ្លងប្រទេសត្រូវប្រឈមមុខនឹងហានិភ័យខ្ពស់នៃការជំទាស់ក្នុងការទិញហ៊ុន ដោយបូករួមជាមួយនូវលក្ខន្តិកៈនិងច្បាប់ទំលាប់ដ៏ស្មុគស្មាញជាច្រើន។ មានប្រទេសជាច្រើនមានគោលនយោបាយលើកទឹកចិត្តសហគ្រាសក្នុងស្រុក អោយយោងតាមលក្ខន្តិកៈក្រុមហ៊ុនធ្វើការប្រឆាំងជំទាស់ទៅ និងវិធីសាស្ត្រនៃការលក់ភាគហ៊ុន ដូចជាផ្អែកទៅលើច្បាប់ហិរញ្ញវត្ថុ

អាចទិញភាគហ៊ុនត្រឡប់មកវិញ បង្កើតអោយមានភាគហ៊ុនពិសេសជាមួយសហគ្រាសជាដៃគូទៅវិញ ទៅមកៗល។ ឬមួយយោងតាមលក្ខន្តិកៈច្បាប់មូលបត្រ ច្បាប់សហគ្រាស ក្នុងការលក់ភាគហ៊ុន ចាប់ អោយជាប់នូវចំនួនអ្នកផ្តល ចំនួនមិនស្របច្បាប់ក្នុងការលក់ភាគហ៊ុន ដោយឈរលើមូលដ្ឋានច្បាប់វិ រករដ្ឋីប្រឆាំងឱ្យទាល។ កត្តាសព្វបែបយ៉ាងទាំងអស់នេះហើយដែលធ្វើអោយបែបបទ កិច្ចព្រមព្រៀងនៃ ការលក់ភាគហ៊ុនស្របច្បាប់ជួបការលំបាកនិងហានិភ័យ ។ ដូចក្នុង១ទាហរណ៍: ដោយសង្ស័យថាមាន ការបំពានច្បាប់ដែលបានចែងក្នុងប្រទេសកុងហ្គោ រដ្ឋាភិបាលប្រទេសកុងហ្គោបានប្រកាសថា កិច្ចព្រម ព្រៀងរបស់ក្រុមហ៊ុនZIJIN MINING ដែលទិញយក Platinum Congo មិនមានប្រសិទ្ធភាពនៃតំលៃ ផ្លូវច្បាប់ឡើយ។

យោងតាមមូលហេតុខាងលើ នៅទីបំផុត សហគ្រាសដែលចង់លក់ភាគហ៊ុននីមួយៗ អាចនឹង ត្រូវលក់បាំងអំពីសមាសភាពពិតរបស់ខ្លួន ព្រោះទាក់ទងទៅនឹងការធានាការណើរវិញ។ ក្នុងការផ្តល់ ព័ត៌មានមិនគ្រឹមគ្រូវ ជាដើមហេតុធ្វើអោយមានភាពស្មុគស្មាញដល់សហគ្រាសបរទេស ដែលមាន បំណងទិញភាគហ៊ុនក្នុងប្រទេសសាមុីផ្តាក់ចូលក្នុងករណីវិញ ផ្លូវច្បាប់បានយ៉ាងងាយ។

2- ហានិភ័យផ្នែកច្បាប់ដោយសារបញ្ហាពលករណ៍

ក្នុងដំណើរការ "ខ្សែក្រវ៉ាត់មួយ ផ្លូវមួយ" ចំពោះរាល់ វិសាលភាពនៃអាជីវកម្ម ត្រូវមានការប្រុង ប្រយ័ត្នចំពោះហានិភ័យនៃច្បាប់ជួលកំលាំងពលកម្មៗ ជាបឋមសហគ្រាស ប្រសិនបើជ្រើសរើសកំ លាំងពលកម្មក្នុងគុណមិនស្មើភាពគ្នា មើលងាយមើលស្រាលកំលាំងពលកម្មក្នុងស្រុក ភេទៗល។ ធ្វើអោយមានការរើសអើង និងរើសអើងលើភាពស្មើគ្នានៃច្បាប់ការងារ អាចត្រូវប្រឈមមុខនឹងការ ផាកពិន័យជាដើម ។ ម្យ៉ាងវិញទៀតក្នុងនាមជាសហគ្រាស បើមិនស្វែងយល់អោយបានជ្រៅច្បាស់អំពី សិទ្ធិ ច្បាប់ការងារ សមាគមកម្មករ នៃប្រទេសសាមុីអោយបានច្បាស់នោះទេ អាចនឹងមានការប្រព្រឹត្ត ខុសអំពីលក្ខណៈនៃច្បាប់ ប្រាក់កំរៃពេលកម្ម ដែលជាមូលហេតុទទួលបានការពិន័យតាមផ្លូវច្បាប់ និង បង្កអោយការចូលរួមទិញភាគហ៊ុនក្នុងប្រទេសសាមុីត្រូវទទួលបរាជ័យៗ។   ហើយក្នុងន័យនោះដែរ ប្រសិនបើទិញបានភាគហ៊ុននិងមានសិទ្ធិគ្រប់គ្រងហើយក៏ដោយ ក៏ត្រូវតែបង្កើតការប្រុងប្រយ័ត្ន អំពី ការផ្តាស់ប្តូ ឬការត់បន្ថយកំលាំងពលកម្មក្នុងសហគ្រាសចាស់អោយបានត្រឹមត្រូវតាមច្បាប់ការងាររបស់ ប្រទេសសាមុី ដូចជាមានការបញ្ឈប់បុគ្គលិកត្រូវមានការទូទាត់សំណងជាដើម។

3- ហានិភ័យនៃច្បាប់ដោយសារបញ្ហាបរិស្ថាន

ដោយសារប្រទេសទាំងអស់លើសកលោកសព្វថ្ងៃ បានបន្ថែមការយកចិត្តទុកដាក់ចំពោះបញ្ហា បរិស្ថាន និងបង្កើតកំរិតស្តង់ដារនៃការការពារតឹងតែងទៅៗ ដោយបានបង្កើតច្បាប់ការពារ ហាមឃាត់ អ្នកវិនិយោគបរទេសមិនអោយធ្វើការវិនិយោគទៅលើគម្រោងនានាណា ដែលប៉ះពាល់ដល់បរិស្ថានធម្ម ជាតិនិងបំពុលបរិស្ថានៗ។ ជាពិសេសគឺប្រទេសដែលស្ថិតនៅសហគមន៍អឺរ៉ុប ដោយមានការតាមដាន អ្នកវិនិយោគ តាំងពីការសាងសង់សំណង់រោងចក្រ រហូតដល់ចេញជាផលិតផល ដឹកជញ្ជូនចេញ និង ការលក់ចេញសព្វបែបយ៉ាង។ សុទ្ធតែមានច្បាប់គ្រប់គ្រងកំរិតស្តង់ដារ យ៉ាងតឹងតែងជាខ្លាំង បើធៀប ទៅជាមួយនឹងស្តង់ដារប្រទេស ជាហេតុធ្វើអោយសហគ្រាសរបស់ចិន មានការពិបាកក្នុងការសម្រប

ខ្លួនទៅនឹងលក្ខណៈទាំងអស់នោះ ។ ឧទាហរណ៍ដូចជា ក្រុមហ៊ុន SHELL ដែលមានទីតាំងនៅ ប្រទេសអង់គ្លេសនិងហូឡង់ ព្រោះតែបានបំផ្លាញបរិស្ថាននៅតំបន់ដីសណ្ណនីហ្សេរីយ៉ា ត្រូវបានរដ្ឋាភិ បាលក្នុងតំបន់ធ្វើការផាកពិន័យជាទឹកប្រាក់ចំនួន 1,5 ប៊ីលានដុល្លាអាមេរិក ។

គំនិតផ្ដួចផ្ដើមយុទ្ធសាស្ត្រ "ខ្សែក្រវាត់មួយ ផ្លូវមួយ" ចំពោះគម្រោងវិនិយោគក្រៅប្រទេស ត្រូវ បានប្រឈមមុខយ៉ាងធ្ងន់ធ្ងរជាមួយបញ្ហាបរិស្ថាន។ មួយគឺ៖ សហគ្រាសចាំបាច់ត្រូវគោរពច្បាប់ស្ដង់ដារ ការពារបរិស្ថានរបស់ប្រទេសនីមួយៗ ក៏ប៉ុន្តែបញ្ហានេះវាបានធ្វើអោយដើមទុននៃការវិនិយោគមានការ កើនឡើង។ ពីព្រោះ៖ ប្រសិនបើមិនគោរពច្បាប់ស្ដង់ដារការពារបរិស្ថាន ត្រូវប្រឈមមុខនឹងវិវាទធ្ងន់ធ្ងរ ជាមួយផ្លូវច្បាប់ រហូតអាចត្រូវបង្ខំអោយបិទទ្វារសហគ្រាស។ ឧទាហរណ៍ ប្រទេសស្រីលង្កាបាន សម្រេចប្រកាសបញ្ឈប់បណ្ដោះអាសន្ននូវគម្រោងសាងសង់ទីក្រុងកំពង់ផែកូឡុំបូ ដែលជាគម្រោងដ៏ធំ ជាងគេរបស់សហគ្រាសចិននៅក្នុងប្រទេសស្រីលង្កាដែល ការវិនិយោគនេះមានទំហំទឹកប្រាក់សរុប រហូតដល់ 1,5 ប៊ីលានដុល្លាអាមេរិក។ ហេតុផលនៃដើមរឿងនេះគឺ ចាប់ពីចុងឆ្នាំ២០១៤ នៅក្នុង ប្រទេសស្រីលង្កា ចាប់ផ្ដើមធ្វើយុទ្ធនាការជ្រើសរើសប្រធានាធិបតី ហើយគម្រោងសាងសង់ ទីក្រុង កំពង់ផែកូឡុំបូ ត្រូវបានអ្នកនយោបាយយកមកធ្វើជារឿងរ៉ាយប្រហារគ្នាជាពាក្យសំដីទៅវិញទៅមក ដោយនិយាយថា គម្រោងសាងសង់ទីក្រុងកំពង់ផែនេះ បានបំផ្លាញបរិស្ថានយ៉ាងធ្ងន់ធ្ងរ ដាច់ខាតត្រូវ តែបញ្ឈប់។[17] ហេតុដូច្នេះសហគ្រាសត្រូវតែគោរពនូវគោលនយោបាយ ផ្លូវសូត្របែបថង ប្រឹងប្រែងបន្ស៊ាំ ខ្លួនទៅនឹងស្ដង់ដារបរិស្ថានរបស់ប្រទេសខាងក្រៅ កាត់បន្ថយជម្លោះផ្លូវច្បាប់ដែលកើតឡើងអំពីការប៉ះ ពាល់នៃបរិស្ថាន។

4- ហានិភ័យផ្នែកច្បាប់ដោយសារការធ្វើអាជីវកម្មមិនល្អ

សហគ្រាសចិនភាគច្រើនតែងតែខ្វះខាតចំណេះដឹងផ្នែកច្បាប់។ អាចមកពីការគ្រប់គ្រងអាជីវ កម្មភាគច្រើនមិនសូវបានយកចិត្តទុកដាក់ទៅលើហានិភ័យនៃច្បាប់ ហើយហានិភ័យនៃច្បាប់ទាំងនោះ មានដូចជា៖ ជាបឋម បើសហគ្រាសមិនស្វែងយល់ មិនយកចិត្តទុកដាក់ មិនសិក្សាស្រាវជ្រាវអោយ បានច្បាស់អំពីច្បាប់នៃប្រទេសធ្វើអាជីវកម្ម វាអាចធ្វើអោយរាំងស្ទះដល់ការគ្រប់គ្រងអាជីវកម្ម និងប៉ះ ពាល់ផ្លូវច្បាប់ក្នុងប្រទេសសាមី ។ ម្យ៉ាងនៅក្នុងការគ្រប់គ្រងសហគ្រាស អាចប្រឈមមុខនឹងការសុី សំណូក ប្រព្រឹត្តអំពើពុករលួយ ដែលជាគ្រោះថ្នាក់ត្រូវប្រឈមមុខចំពោះផ្លូវច្បាប់។ ព្រោះជាប្រទេសនៅ ក្នុងសហគមន៍អឺរ៉ុបគឺជាប្រទេសដែលមានច្បាប់ប្រឆាំងអំពើពុករលួយយ៉ាងតឹងរឹងបំផុត ប្រសិនបើរក ឃើញថាមានករណីប្រព្រឹត្តអំពើពុករលួយ ស៊ីសំណូកសូកប៉ាន់កើតមានក្នុងសហគ្រាសណាមួយ កិត្តិនាមរបស់សហគ្រាសនោះនិងត្រូវសាបសូន្យតែមួយប្រិចភ្នែក ស្របពេលជាមួយគ្នានោះដែរត្រូវ ប្រឈមមុខជាមួយបណ្ដឹងនិងទណ្ឌកម្មផ្សេងៗបែមទៀត។ ដៃប្រទេសដែលនៅក្នុងទ្វីបអាស៊ីនិងអា

17 ឌីន ណុង,យ៉ាង សាណា៖ ប្រទេសស្រីលង្កាបញ្ឈប់បណ្ដោះអាសន្នគម្រោងទីក្រុងកំពង់ផែរបស់ក្រុមហ៊ុនចិន រដ្ឋាភិបាល បណ្ដោះអាសន្នបញ្ឈញ តវ៉ាយបទមិនសមស្រប យោងតាមពត៌មាន Global Times ចុះថ្ងៃទី 06 ខែមិនា ឆ្នាំ2015

ប្រឹកវិញ នៅក្នុងប្រព័ន្ធនយោបាយមានអំពើពុករលួយកើតមានឡើងយ៉ាងធ្ងន់ធ្ងរ មិនដួចប្រទេសដែល
រីកចំរើននោះឡើយ ជាហេតុធ្វើអោយការអនុវត្តតម្រោងនីមួយៗរបស់សហគ្រាសចិនដួចបន្ទរហានិភ័យធ្ងន់
ធ្ងន់ធ្ងរ។

ចំពោះគោលនយោបាយបង់ពន្ធអាករវិញ ច្បាប់បង់ពន្ធអាករ របស់ប្រទេសនីមួយៗមិនដួចគ្នា។
ប្រទេសដែលមានអធិបតេយ្យភាពផ្សេងៗគ្នា ក៏អាចយោងតាមច្បាប់ប្រមូលពន្ធអាករបស់ប្រទេសរៀងៗ
ខ្លួន ធ្វើការប្រមូលពន្ធអាករលើអង្គភាពដែលត្រូវមានការកិច្ចបង់តែមួយដួចគ្នា។ ដួចជាការធ្វើអាជី
កម្មនៅក្រៅប្រទេសសហគ្រាសចិន តាមគោលការណ៍លក្ខខណ្ឌច្បាប់ គឺជាករណីចាំបាច់ក្នុងការបង់
ពន្ធអាករដល់រដ្ឋាភិបាលចិន ហើយក៏ត្រូវបង់ពន្ធអាករដល់ប្រទេសសាមីផងដែរ គឺត្រូវប្រឈមមុខនឹង
ការបង់ពន្ធអាករត្រួតគ្នា ។ ហើយស្ថានភាពបង់ពន្ធអាករបស់សហគ្រាសចិន និងមធ្យោបាយគេចវេស
ពីការកិច្ចបង់ពន្ធអាករអាចមិនសមស្របទៅតាមច្បាប់បង់ពន្ធអាករបស់ប្រទេសសាមី នេះជាដើម
ហេតុបង្កហានិភ័យផ្នែកច្បាប់ពន្ធដារដល់សហគ្រាស។

5- ហានិភ័យផ្នែកច្បាប់ដោយសារប្រទេសពាក់ព័ន្ធនៅតាមបណ្តោយមានប្រព័ន្ធច្បាប់មិនទាន់ល្អ
ប្រពៃ

យុទ្ធសាស្ត្រ "ខ្សែក្រវាត់តែមួយ ផ្លូវតែមួយ" មានការពាក់ព័ន្ធជាមួយនឹងប្រទេសយ៉ាងច្រើន ក្នុងនោះ
មានប្រទេសមួយចំនួនប្រព័ន្ធច្បាប់មិនទាន់មានលក្ខណៈល្អប្រពៃ នៅក្នុងកំឡុងពេលធ្វើអាជីវកម្ម
សហគ្រាសចិនអាចប្រឈមមុខនឹងបញ្ហាមួយចំនួនដែលមិនអាចប្រព្រឹត្តធ្លុបអនុវត្តតាមបាន។ ម្យ៉ាងវិញ
ទៀតដោយក្នុងបញ្ហាផ្លូវច្បាប់មិនទាន់បានចែងទៀតនោះ ប្រសិនបើសហគ្រាសចិនចែងជន្យមានជម្លោះ
កើតឡើងជាយថាហេតុជាមួយក្រសួងអនុវត្តច្បាប់ប្រទេសសាមី ប្រទេសសាមីអាចនឹងដើម្បីផល
ប្រយោជន៍របស់ប្រទេសខ្លួន ធ្វើអោយសហគ្រាសចិនទទួលរងនូវការខាតបង់ នេះក៏ជាហានិភ័យមួយ
ដែរ។

ចុងក្រោយ ប្រសិនបើគោលនយោបាយនិងច្បាប់របស់ប្រទេសសាមីមានការប្រែប្រួល ដួចជា
សមាមាត្រវិនិយោគ វិសាលភាពវិនិយោគ កម្រិតនៃការបើកទីផ្សារៗល។ ទាំងអស់នេះហើយជាហានិ
ភ័យដែលមិនអាចជៀងមុនរបស់សហគ្រាសចិនចំពោះបញ្ហាផ្នែកច្បាប់។

6- ហានិភ័យផ្នែកច្បាប់ដោយសារបញ្ហាពាណិជ្ជកម្ម

ចំនុចសំខាន់របស់យុទ្ធសាស្ត្រ "ខ្សែក្រវាត់តែមួយ ផ្លូវតែមួយ" គឺកិច្ចសហប្រតិបត្តិការផ្នែកពាណិជ្ជ
កម្ម ដោយលុបលួនគ្មានការរារាំង ក្នុងការអនុវត្តផ្នែកពាណិជ្ជកម្មអន្តរជាតិក៏រៀងសមិនផុតពីការប្រឈមមុខ
នឹងហានិភ័យផ្នែកច្បាប់ដែរ។ បើយើងនិយាយអំពីភាពខុសគ្នារវាងស្តង់ដារទំនិញនៃពាណិជ្ជកម្មអន្តរជាតិ
ទាក់ទងទៅនឹងប្រទេសដែលតូពាណិជ្ជកម្ម ក្នុងយុទ្ធសាស្ត្រ "ខ្សែក្រវាត់តែមួយ ផ្លូវតែមួយ" គឺបានបង្កើតស្តង់
ដារទំនិញជារៀងៗតែងតែផ្សេងពីស្តង់ដារទំនិញរបស់ចិន ជាពិសេសគឺសហគមន៍អឺរ៉ុប ចំពោះស្តង់ដារ
ទំនិញនិងស្តង់ដារចំណីអាហារគឺមានភាពតឹងរឹងបំផុត ។ ហើយទំនិញដែលត្រូវតាមស្តង់ដាររបស់
ប្រទេសចិនពេលដែលអាចចូលទៅក្នុងប្រទេសផ្សេងៗបាន គឺត្រូវប្រឈមមុខនឹងហានិភ័យដែលមិន
ស្របទៅតាមស្តង់ដារទំនិញក្នុងប្រទេសនោះ។ បើយើងនិយាយអំពីបំរាំងពាណិជ្ជកម្ម ក្នុងយុទ្ធសាស្ត្រ

"ខ្សែក្រវ៉ាត់មួយ ផ្លូវមួយ" ប្រទេសដែលគួពណិជកម្មទាំងឡាយ ព្រោះតែក្នុងន័យការពេរផលប្រយោជន៍សេដ្ឋកិច្ចរបស់ប្រទេសខ្លួន   តែងតែបង្កើតច្បាប់ដ៏គឺងដឹងមកអនុវត្តដើម្បីថែរក្សាគោលនយោបាយពណិជកម្មរបស់ខ្លួន។ ការកម្រិតនៃច្បាប់ទាំងនេះគឺស្តែងចេញនៅផ្នែកពន្ធគយនិងការគ្រប់គ្រង និតិវិធីផ្សេងដែន រប៉ាងបច្ចេកទេស នយោបាយក្នុងការលក់បង្អួចតំលៃ និងការលុបចោលការអនុគ្រោះពន្ធ។ ល។

ជំពូកទី៥ ហានិភ័យនៃសីលធម៌

យុទ្ធសាស្ត្រ "ខ្សែក្រវ៉ាត់មួយ ផ្លូវមួយ" ប្រឈមមុខទៅនឹងហានិភ័យនៃគុណធម៌អាចបែងចែកជាបីថ្នាក់។ ដែលមានហានិភ័យនៃគុណធម៌សំខាន់ៗគឺ ថ្នាក់ប្រទេស ថ្នាក់សហគ្រាស និងថ្នាក់បុគ្គល។

(1)-ហានិភ័យនៃគុណធម៌ថ្នាក់ប្រទេស

ការស្ថាបនាយុទ្ធសាស្ត្រ "ខ្សែក្រវ៉ាត់មួយ ផ្លូវមួយ" គឺត្រូវមានប្រទេសក្នុងនាមជាអ្នកអនុវត្តតំនិតផ្តួចផ្តើមជម្រុញជាមួយគ្នា ដោយតាមរយៈសហការរវាងរដ្ឋាភិបាលនិងប្រទេស។ ដូច្នេះហើយបានជាប្រទេសដែលស្ថិតនៅបណ្តោយខ្សែនេះគឺមានការបណ្តុះផ្តាំចិត្តគោរពពាក្យសន្យាបែបណា   ដើម្បីថែរក្សាអោយបាននូវកិត្តិនាមល្អ ចំពោះការចូលរួមកសាងយុទ្ធសាស្ត្រ "ខ្សែក្រវ៉ាត់មួយ ផ្លូវមួយ" នោះមានសារៈសំខាន់ណាស់ ពីព្រោះវាមានទំនាក់ទំនងដល់គ្រប់សាខា នៃដំណើរការយុទ្ធសាស្ត្រ "ខ្សែក្រវ៉ាត់មួយ ផ្លូវមួយ"។ មានតែរដ្ឋាភិបាលប្តេជ្ញាគោរពសន្យានិងរក្សាអោយបាននូវកិត្តិនាមល្អ ទើបអាចធានាបានការស្ថាបនាយុទ្ធសាស្ត្រ "ខ្សែក្រវ៉ាត់មួយ ផ្លូវមួយ" នៅថ្នាក់ក្រោមផ្សេងៗទៀតចាប់ផ្តើមទៅមុខដោយល្អន និងអាចស្វែងរកគោលនយោបាយសមស្របមួយមកដោះស្រាយបញ្ហាទាំងឡាយបាន ធ្វើអោយរដ្ឋាភិបាលប្រទេសនីមួយៗបង្កើននូវនយោបាយទុកចិត្តគ្នាទៅវិញទៅមក   ធ្វើអោយកាន់តែស៊ីជម្រៅនូវកិច្ចសហប្រតិបត្តិការយុទ្ធសាស្ត្រ "ខ្សែក្រវ៉ាត់មួយ ផ្លូវមួយ"។

ជាដំបូង និយាយអំពី អាស៊ីកណ្តាលនិងមង្ស៉ូលីមបុប៉ាំ អាស៊ីកណ្តាលនិងមង្ស៉ូលីមបុប៉ាំគឺបានអនុវត្តនូវគោលនយោបាយ "គុណភាពការទូត" ខិតខំចរចាររវាងបណ្តោយប្រទេសនៅខាងក្រៅ ដើម្បីទទួលបានផលប្រយោជន៍ជាអតិបរមារបស់ពួកគេៗ។ ទោះបីជា ការស្ថាបនាយុទ្ធសាស្ត្រ "ខ្សែក្រវ៉ាត់មួយ ផ្លូវមួយ" របស់រដ្ឋាភិបាលចិន អាចនាំអោយអាស៊ីកណ្តាលមានឱកាសរីកចំរើនយ៉ាងជំផេង ទាំងការកសាងហេដ្ឋារចនាសម្ព័ន្ធនិងលើកកំពស់ជីវភាពរស់នៅរបស់ប្រជាជន វាប្រៀបដូចជាប្រទេសចិនកំពុងបែងចែកផលលាភចំណេញទៅអោយបណ្តោយប្រទេសទាំងអស់នោះ បង្កើតអោយប្រទេសនៅក្នុងតំបន់ទទួលបានអត្ថប្រយោជន៍ណ:ណ្ណ:ជាមួយគ្នាទៅវិញទៅមក ក៏ពិតមែន ប៉ុន្តែប្រទេសតំបន់ភូមិភាគអាស៊ីកណ្តាលត្រូវប្រឈមមុខនឹងយុទ្ធសាស្ត្រប្រទាញប្រទង់ពីសំណាក់អាមេរិក ជប៉ុន អឺរ៉ុបៗ ល។ ប្រសិនបើប្រទេសក្នុងតំបន់អាស៊ីកណ្តាលធ្វើអោយតុល្យភាពន:ផ្លៀងទៅម្ខាងទៀត មិនគោរពនូវសេចក្តាត នោះក៏វាមិនអំណោយផលដល់ការស្ថាបនាយុទ្ធសាស្ត្រ "ខ្សែក្រវ៉ាត់មួយ ផ្លូវមួយ" ហើយតំបន់មង្ស៉ូលីមបុប៉ាំក៏វាដូចគ្នាអញ្ចឹងដែរ។

ជាបន្តាប់ នៅតំបន់អាស៊ីអាគ្នេយ៍គោលនយោបាយសព្វថ្ងៃបានពង្រីកផ្តែកទៅលើសហរដ្ឋអាមេរិក វិងផ្តែកសេដ្ឋកិច្ចវិញពឹងផ្តែកទៅលើប្រទេសចិន ។ យុទ្ធសាស្ត្រ "ខ្សែក្រវ៉ាត់មួយ ផ្លូវមួយ" នៅតំបន់អាស៊ី អាគ្នេយ៍ប្រឈមមុខទៅនឹងការវិលត្រឡប់មកជាថ្មីរបស់សហរដ្ឋអាមេរិក ព្រមទាំងការគំរាមកំហែងទៅ វិញ នៃការចរចារកិច្ចព្រមព្រៀងពាណិជ្ជដៃគូអន្តរប៉ាស៊ីហ្វិក (TPP)។ ហើយបណ្តាចំណុចសំខាន់មួយទៀត គឺ ប្រទេសក្នុងតំបន់អាស៊ីអាគ្នេយ៍អាចត្រូវទូលនូវការគាបសង្កត់ពីសហរដ្ឋអាមេរិក ហើយក៏បែរមក ជាក់សម្ពាធអោយប្រទេសចិន បង្កអោយមានភាពរាំងស្ទះដល់ការស្តាបនាយុទ្ធសាស្ត្រ "ខ្សែក្រវ៉ាត់មួយ ផ្លូវមួយ"។ ក្នុងនាមជាផ្តែកសំខាន់មួយនៃតំបន់ដែលនៅជុំវិញប្រទេសចិន ភាពជឿទុកចិត្តគ្នាក្សា កិត្តិនាមប្រទេសជាតិល្អ អាចនឹងធ្វើអោយវិយាកាសជុំវិញមានភាពនឹងនរ និងជាកត្តិជ្ជមានមួយក្នុង ការស្តាបនាយុទ្ធសាស្ត្រ "ខ្សែក្រវ៉ាត់មួយ ផ្លូវមួយ"។

លើសពីនេះទៅទៀត បណ្តាប្រទេសនៅទ្វីបអាហ្វ្រិក ដោយហេតុថា បានណានជើងចូលទៅ ដល់ឱកាសនៃយុទ្ធសាស្ត្រសំខាន់ៗ ប្រទេសសំខាន់ៗទាំងអស់លើសកលលោកសុទ្ធតែបានបង្កើន ចំណងទាក់ទងជាមួយ បណ្តាប្រទេសនៅទ្វីបអាហ្វ្រិក ហើយដើម្បីយុទ្ធសាស្ត្រស៊ីជម្រៅ អ៊ីរ៉ុបក៏តែ ចាំបាច់ត្រូវតែសហការជាមួយប្រទេសក្នុងទ្វីបអាហ្វ្រិក។ បើមើលតាមប្រវត្តិសាស្ត្រ បណ្តាប្រទេសក្នុង ទ្វីបអាហ្វ្រិកគឺជាបណ្តាប្រទេសដែលចិនតែងបានបង្កាត់បង្រៀន អារម្មណ៍ប្រៀបបីដូចជាបងជាប្អូននឹង គ្នា ហើយប្រទេសចិនក៏បានផ្តល់ប្រាក់កម្ចីដោយមិនគិតការប្រាក់ ដើម្បីភាពរីកចំរើនក្នុងបណ្តាប្រទេស នៅទ្វីបអាហ្វ្រិក ។ ក៏ប៉ុន្តែ ប្រទេសដែលកំពុងអភិវឌ្ឍន៍នៅទ្វីបអាហ្វ្រិក ប្រហែលជាអាចចូលក្លួខណ្ឌ ដោយបង្ខំណាមួយ ដើម្បីផលប្រយោជន៍សេដ្ឋកិច្ចខ្លួន ទទួលឥទ្ធិពលគុណាត់លែពីលោកខាងលិច ដែលជាហេតុនាំអោយកំលាំងនៃការគាំទ្រយុទ្ធសាស្ត្រ "ខ្សែក្រវ៉ាត់មួយ ផ្លូវមួយ" ត្រូវបានធ្លាក់ចុះ។

(2)-ហានិភ័យគុណធម៌ថ្នាក់សហគ្រាស

នៅក្នុងការស្តាបនាយុទ្ធសាស្ត្រ "ខ្សែក្រវ៉ាត់មួយ ផ្លូវមួយ" ប្រទេសចិនបាននិយោគដើមទុន យ៉ាងច្រើនដើម្បីធ្វើការសម្រួលផ្តែកម៉ាក្រ ដើម្បីជាប្រយោជន៍ថែរក្សាអោយបានភាពល្អនក្នុងការក សាងផ្លូវសូត្រ។ ដំណាក់កាលនេះដែរ ជំហានដំបូងក្នុងការស្តាបនាយុទ្ធសាស្ត្រ "ខ្សែក្រវ៉ាត់មួយ ផ្លូវ មួយ" គឺការកសាងហេដ្ឋារចនាសម្ព័ន្ធ ហើយការកិច្ចដ៏ចំបងនេះមានតែសហគ្រាសរបស់ចិនជាអ្នកដើរត្រ នាទីបំពេញ ហើយកំឡុងពេលបំពេញការកិច្ចដ៏ធ្ងន់ធ្ងរនេះ សហគ្រាសចិនត្រូវប្រឈមមុខនឹងហានិភ័យ នៃគុណធម៌។ ដែលក្នុងនោះបានបែងចែកជា ហានិភ័យគុណធម៌ទីផ្សារ និងហានិភ័យគុណធម៌ សង្គម។

ហានិភ័យគុណធម៌ទីផ្សារ ដែលក្នុងនោះវង្សារភ្ជាប់ទៅនឹងសកម្មភាពសេដ្ឋកិច្ច របស់សហ គ្រាសចិន ចាំបាច់ត្រូវការពង្រើងវិយាបទរបស់ខ្លួន ក្នុងពេលនោះដែរត្រូវមានការយកចិត្តទុកដាក់ខ្ពស់ ចំពោះស្ថានភាពសេដ្ឋកិច្ចក្នុងតំបន់ ដើម្បីទទួលបានការធានានូវភាពល្អនក្នុងការរីកចំរើន។ បើនិយាយ អោយជាក់លាក់ សហគ្រិនត្រូវប្រឈមមុខនឹងហានិភ័យទីផ្សារដូចតទៅ:

ទីមួយ: ភាពផ្ទាប់មុខនឹងការប្រកួតប្រជែងមិនគ្រឹមត្រូវ។ សហគ្រាសចិនក្នុងពេលធ្វើអាជីវកម្ម នៅបរទេស ប្រសិនបើដោយសារកត្តាផ្ទាប់មុខឬការប្រកួតប្រជែងមិនគ្រឹមត្រូវជាហេតុបណ្តាលអោយ

មានបញ្ហាប្រហុកប្រចប់ដល់ទីផ្សារក្នុងប្រទេសសាមុីក៏ដូចជាប្រទេសក្នុងតំបន់ ធ្វើអោយមានហានិក័យ គុណធម៌ទីផ្សារ។ ក្រៅពីនេះទៀត ចំពោះយុទ្ធសាស្ត្រ "ខ្សែក្រវាត់មួយ ផ្លូវមួយ" អាចបណ្តាលអោយបះ ពាល់ដល់ប្រទេសដែលមានទ្រង់ទ្រាយសេដ្ឋកិច្ចតូចតាច ត្រូវប្រឈមមុខនឹងភាពផ្ដាច់មុខរបស់សហ ក្រាសជំៗរបស់ចិន។ ដូចឧទាហរណ៍ ក្នុងខែមីនា ឆ្នាំ២០១៥ គណៈកម្មាធិការគ្រប់គ្រងទ្រព្យសម្បត្តិរដ្ឋ នៃក្រុមប្រឹក្សារដ្ឋកភាពជាគោលការណ៍បានសម្រេចអោយ ក្រុមហ៊ុនផលិតឡានភាគខាងត្បូងនិង ក្រុមហ៊ុនផលិតឡានភាគខាងជើងច្របាច់ហ៊ុនបញ្ចូលគ្នា។ ក្រុមហ៊ុនផលិតឡានភាគខាងត្បូងនិងភាគ ខាងជើង នៅបរទេសមានទីផ្សារយ៉ាងច្រើន ក្នុងកំឡុងពេលនៃការច្របាច់បញ្ចូលគ្នាចាំបាច់ត្រូវការ ស្វែងយល់អោយបានច្បាស់អំពីច្បាប់ក្នុងតំបន់ ដើម្បីទទួលបានការអនុញ្ញាតអំពីស្ថាប័នប្រឆាំងភាព ផ្ដាច់មុខ។ ប៉ុន្តែសហក្រាសចិនជារឿយៗតែងតែច្របាច់បញ្ចូលគ្នាហើយ គឺមានភាគតិចណាស់ដែល ស្វែងយល់និងការអនុញ្ញាតពីស្ថាប័នប្រឆាំងភាពផ្ដាច់មុខរបស់ប្រទេសផ្សេងៗ។

ទីពីរ: ការវិលោកលើសេចក្ដីទុកចិត្តនិងកិច្ចព្រមព្រៀងធរបោក។ ខែកញ្ញា ឆ្នាំ២០០៩ ក្រុមហ៊ុន ចិនក្រៅប្រទេស (China Oversea Holdings Limited) ដេញថ្លៃបានគម្រោងសាងសង់ផ្លូវល្បឿន លឿនមួយកំណត់ នៅក្នុងប្រទេសប៉ូឡូញ នេះគឺជាលើកទីមួយហើយដែលប្រទេសក្នុងសហគមន៍អឺរ៉ុប សម្រេចប្រគល់អោយជាផ្លូវការដល់សហក្រាសចិនបានមានសិទ្ធិសាងសង់។ ក៏ប៉ុន្តែ គម្រោងដ៏ប្ងូងនេះ ហើយ ដែលបច្ចុប្បន្នពីព្រោះពេលនោះក្រុមហ៊ុនចិនក្រៅប្រទេសមិនបានវាយតំលៃថ្លៃដើមឲ្យបានត្រឹម ត្រូវ ប៉ុក្រុមទាំងក្រុមហ៊ុនផ្កត់ផ្កង់ក្នុងប្រទេសប៉ូឡូញរួមគ្នាធ្វើឡើងថ្លៃសម្ងារ។ដើម្បីធ្វើបាបក្រុមហ៊ុនចិន ក្រៅប្រទេស ដែលជាហេតុធ្វើអោយតំលៃនៃការសាងសង់លើសតំលៃដែលត្រូវដេញថ្លៃបានយ៉ាងច្រើន ជាអនេក ក្រុមហ៊ុនចិនក្រៅប្រទេសកាលណៈមិនត្រឹមតែខាតដើមលាយក្រុមហ៊ុន បង្ខំចិត្តបញ្ឈប់ការ សាងសង់។ ទឹបំផុតគឺលើសនិងកិច្ចព្រមព្រៀង ហើយប្រឈមមុខនឹងការផាកពិន័យប្រមាណ 2,5ប៊ី លានលុយយ័នចិន ថែមទាំងបានធ្វើអោយខូចឈ្មោះកិត្តិនាមរបស់សហក្រាសចិននៅលើឆាកអន្តរជាតិ ថែមទៀតផង។ ហេតុនេះ សហក្រាសចិនពេលធ្វើអាជីវកម្មនៅក្រៅប្រទេស ប្រសិនបើមិនគោរពតាម ស្មារតីនៃកិច្ចសន្យា តែងតែលើសកិច្ចព្រមព្រៀង ឬចូលរួមក្នុងកិច្ចព្រមព្រៀងធរបោក សុទ្ធតែជាដើម ហេតុបង្កអោយមានហានិក័យនៃគុណធម៌។

ទីបី: លើសបទបញ្ញត្តិផ្ដូរហានិក័យ គេចវេសពីបំណុល ។ សហក្រាសចិនពេលធ្វើអាជីវកម្ម នៅប្រទេសខាងក្រៅតែងតែទទួលបានការផ្ដល់ហិរញ្ញប្បទានអំពីប្រទេសសាមុី រហូតអាចទទួលបាន ការចុះបញ្ជីក្នុងទីផ្សារភាគហ៊ុននៅប្រទេសសាមុីទៀតផង។ សហក្រាសចិនប្រសិនបើផ្ដងតាមឆ្លោបាយ មិនគ្រឹមត្រូវ ដើម្បីទទួលបានប្រាក់កម្ចីមួយចំនួនធំប្ផុច្ចុះដើមទុនវិនិយោគ តែដោយសារមូលហេតុក្ស័យ ធុន។ៗ ហើយមិនអាចសងបំណុលបាន អាចធ្វើអោយធនាគាររបស់ប្រទេសសាមុី ស្ថាប័នហិរញ្ញវត្ថុប្ផូ ម្ហាស់បំណុលទទួលងនូវការខាតបង់ដ៏ធំធេង ជាហេតុបង្កើតអោយមានហានិក័យនៃគុណធម៌។ ឧទាហរណ៍ ក្រុហ៊ុនវិនិយោគប្រេងរបស់ចិន(CAO) នៅប្រទេសសិង្ហបុរីបានក្ស័យធុន ខាតបង់សរុប 550លានដុល្លាអាមេរិក ហើយទ្រព្យសកម្មសុទ្ធមានមិនដល់145លានដុល្លាអាមេរិកផង គឺទ្រព្យសម្បត្តិ

ដែលមានមិនគ្រប់សងបំណុល មានបញ្ហាក្ស័យធន់ធ្ងន់ធ្ងរ ធ្វើអោយខូចកិត្តិនាមរបស់ក្រុមហ៊ុនចិនអន្តរ
ជាតិ។

ទីបួន៖ ក្នុងពាណិជ្ជកម្មមានការលក់បង្ខូចតម្លៃ និងការឧបត្ថម្ភ។ នៅថ្ងៃទី១៨ ខែតុលា ឆ្នាំ
២០១១ ក្រុមហ៊ុនអាល្លឺម៉ង់ SolarWorld សាខាអាមេរិកសហការជាមួយក្រុមហ៊ុន៦ផ្សេងទៀតបានស្នើ
ជាផ្លូវការអោយក្រសួងពាណិជ្ជកម្មរបស់អាមេរិកត្រួតពិនិត្យឡើងវិញលើបញ្ហា "ប្រឆាំងពីរ" ចំពោះ
ផលិតផលស៊ុល្លាររបស់ចិន។ សហគ្រាសទាំងនោះស្រែកថា សហគ្រាសស៊ុល្លាររបស់ចិនបានចូលទីផ្សារ
របស់អាមេរិកដោយលក់បង្ខូចតំលៃដោយខុសច្បាប់នូវថ្លៃនៃផ្លូវងស៊ុល្លា និងបានស្រែកថា រដ្ឋាភិបាល
ចិនបានឧបត្ថម្ភ បានបង្កើតរាំងពាណិជ្ជកម្ម។ ហើយបានសំណូមពរអោយរដ្ឋាភិបាលសហព័ន្ធ
យកពន្ធពីផលិតផលស៊ុល្លាររបស់ចិនចំនួនប៉ិលានដុល្លាអាមេរិក។ ពត៌មានដែលថា សហគ្រាសចិន
ទទួលបានការសើបអង្កេតចំពោះការប្រឆាំងទៅនិងការលក់បង្ខូចតម្លៃនិងការឧបត្ថម្ភទុនមានជាច្រើន។
ទាំងអស់នេះបង្ហាញអោយឃើញថា ការធ្វើអាជីវកម្មនាំចេញរបស់សហគ្រាសគឺត្រូវយកចិត្តទុកដាក់ហា
និភ័យនៃគុណធម៌។

ហានិភ័យនៃគុណធម៌សង្គម សំដៅទៅលើ សហគ្រាសចិនពេលដែលមានសកម្មភាពនានាដែល
ទាក់ទងដល់ជាមួយប្រទេសនៅតាមបណ្តោយខ្មែរ អាចជាហេតុធ្វើអោយប៉ះពាល់ដល់សង្គមនិង ប្រជា
ជន នៃប្រទេសទាំងអស់នោះ ក៏ជារឿងហេតុដែលបង្កើតអោយមានហានិភ័យនៃគុណធម៌សង្គម ដែល
សំខាន់រួមបញ្ចូលបីផ្នែកដូចខាងក្រោម៖

ទីមួយ ដោយហេតុថា ការខ្ជះខ្ជាយធនធានធម្មជាតិនិងការបំពុលបរិស្ថានរបស់ប្រទេសនៅតាម
រយៈបណ្តោយ ជាហេតុបង្កអោយមានហានិភ័យធម្មជាតិ។ សហគ្រាសចិន ដោយហេតុថា អនុវត្តតាម
សកម្មភាពអាជីវកម្មនៃយុទ្ធសាស្ត្រ "ខ្សែក្រវាត់មួយ ផ្លូវមួយ" នៅក្រៅប្រទេស មួយផ្នែកអាចនឹងលួង
តាមការធ្វើអាជីវកម្មលើធនធានធម្មជាតិ និងមួយផ្នែកទៀតអាចបញ្ចេញកាកសំណល់យ៉ាងច្រើន បង្ក
អោយមានការបំពុលបរិស្ថាន។ ចំណុចទាំងពីរនេះអាចអោយជាមូលហេតុរួមមួយបណ្តាលអោយមាន
ការប៉ះពាល់ដល់ការអភិវឌ្ឍន៍ប្រកបដោយចីរភាព បង្កអោយមានហានិភ័យនៃធម្មជាតិ។ឧទាហរណ៍ ថ្ងៃ
ទី30 ខែកញ្ញា ឆ្នាំ2011 ប្រធានាធិបតីប្រទេសកុមា លោកថែន សែន បានប្រកាសជាងក្តោកាគីថា៖
នៅក្នុងកំឡុងពេលដែលលោកកាន់អំណាច គឺត្រូវបញ្ឈប់សិននូវការកសាងគម្រោងវារីអគ្គិសនីម៉ីតសុន
ដែលជាការសហការរួមគ្នារវាងក្រសួងអគ្គិសនីកុមា ក្រុមហ៊ុននិនិយោគអគ្គិសនីចិន និងក្រុមហ៊ុនកុមា
ពិភពអាស៊ី ដោយលើកមូលហេតុឡើងថា គម្រោងនេះប៉ះពាល់ដល់តុល្យភាពអេកូឡូស៊ី និងប៉ះពាល់
ដល់បរិស្ថាននៅក្នុងតំបន់។ ក្រៅពីនោះ ដោយសារអ៊ីរ៉ូបនិងប្រទេសលើសកលលោកចំពោះកិច្ចការពារ
និងថែរក្សាបរិស្ថាន ទប់ស្កាត់ការបំពុលបរិស្ថានបានបង្កើតស្ទង់ដារច្បាប់គឺវិងវិងជាងប្រទេសចិនយ៉ាង
ច្រើន ដោយមានសំណូមពរពិលក្ខខណ្ឌនៃការបង្កើតសហគ្រាស ការផលិត ការលក់ចេញ សេវាកម្ម
អាជីវកម្មផ្សេងៗ ដ៏ច់ខាតត្រូវគិតគូរដល់ការបញ្ចេញកាកសំណល់គ្រឹមត្រូវនិងកិច្ចការពារបរិស្ថានអោ
យបានគ្រឹមត្រូវ។ ដូច្នេះ សហគ្រាសរបស់ចិនពេលដែលធ្វើអាជីវកម្មនៅប្រទេសទាំងនោះ ត្រូវតែបង្កើន
ការប្រុងប្រយ័ត្នខ្ពស់ចំពោះកិច្ចការពារបរិស្ថាន យកចិត្តទុកដាក់ចំពោះហានិភ័យនៃគុណធម៌សង្គម។

ទីពីរៈ ដោយសារភាពខុសគ្នារវាងវប្បធម៌និងអរិយធម៌ ជាហេតុបណ្ដាលអោយមានហានិភ័យ គុណធម៌សង្គម។ ដោយហេតុថាស្ថានភាពវប្បធម៌ ទំនៀមទំលាប់ប្រពៃណីជនជាតិចិនមានច្រើនបែប ច្រើនយ៉ាង ដែលមានភាពខុសគ្នាទៅនិងបណ្ដាប្រទេសនៅតាមបណ្ដោយនៃយុទ្ធសាស្ត្រ "ខ្សែក្រវ៉ាត់ មួយ ផ្លូវមួយ" នេះក៏ជាហេតុនាំអោយបញ្ហានៃទំនៀមទំលាប់ប្រពៃណីបង្កអោយមានហានិភ័យគុណ ធម៌សង្គម។ ប្រភពនៃហានិភ័យជាក់លាក់ទាំងអស់នោះមានដូចជាៈ សហគ្រាសចិនដែលធ្វើអាជីវកម្ម នៅក្រៅប្រទេសបានធ្វើអោយខានដល់ជំនឿ និងសាសនារបស់ប្រជាជនរបស់ប្រទេសសាម៉ី មិនគោរព នូវទំនៀមទំលាប់ប្រពៃណី សាសនារបស់ប្រជាជនប្រទេសសាម៉ី សុទ្ធតែជាដើមហេតុបង្កអោយមានការ ប្រឆាំងជំទាស់។

ទីបីៈ ដោយសារសកម្មភាពរបស់ហគ្រាសចិនដែលធ្វើអាជីវកម្មនៅប្រទេសតាមបណ្ដោយខ្សែ នេះ បង្កអោយមានការប៉ះពាល់ដល់ការរស់នៅរបស់ប្រជាជនប្រទេសសាម៉ី ជាហេតុបណ្ដាលអោយ មានហានិភ័យគុណធម៌សង្គម។ សហគ្រាសរបស់ចិនជារឿយៗតែងតែបង្កអោយមានផលប៉ះពាល់ដល់ ការរស់នៅរបស់ប្រជាជននៅតាមតំបន់ ប្រសិនបើមិនវិភាគដើម្បីស្រាយទំនាក់ទំនងជាមួយប្រជាជន នៅតាមតំបន់អោយបានទាន់ពេលវេលា និងផ្តល់ជាសំណងអោយបានសមរម្យនោះទេ អាចបង្កអោយ មានហានិភ័យគុណធម៌សង្គម។ ទាក់ទងនិងបញ្ហានេះមាន១ទាហរណ៍ជាក់ស្ដែងមួយនោះគឺគម្រោងរ៉ែ ស្ថាន់Leipzing របស់ចិនភូមានៅម៉ូនីវ៉ា។ ថ្ងៃទី០៨ ខែកក្កដា ឆ្នាំ២០១១ ក្រុមហ៊ុនរ៉ែអ៊ិតស៊ីនីចិនដេញ ថ្លៃបានដោយជោគជ័យនូវគម្រោងការសាងសង់រ៉ែស្ថាន់Leipzing របស់ភូមានៅម៉ូនីវ៉ា។ តែទោះបីជា យ៉ាងណា នៅថ្ងៃទី១៩ ខែវិច្ឆិកា ឆ្នាំ២០១២ ប្រជាជននិងព្រះសង្ឃ ព្រមទាំងសកម្មជនរបស់យេនាក់ បានចូលទៅធ្វើការតវ៉ានិងប្រឆាំងដល់ក្នុងតំបន់ទីតាំងកសាងគម្រោងនោះ ព្រមទាំងបានបោះតង់ បណ្ដោះអាសន្ននៅក្បែរទីនោះចំនួន06កន្លែង ដោយឡើងថាការដោះស្រាយផលសំណងមិនមានភាព យុត្តិធម៌ ប៉ះពាល់ដល់បរិស្ថាន រុះរើវត្ថុអារ៉ាម។ល។ ធ្វើអោយការកសាងត្រូវបានបញ្ឈប់ទាំងកណ្ដាល ទី។ ចាប់តាំងពីថ្ងៃទី02 ខែធ្នូ ឆ្នាំ2012 ប្រធានគណៈកម្មាធិការសើុបអង្កេតគីឡោកស្រីប្រធាន អ៊ុង សានស៊ូជី បានចាប់ផ្ដើមធ្វើការសើុបអង្កេតនិងសិក្សាល័អិតអំពីគម្រោងនេះ។ ថ្ងៃទី11 ខែមីនា ឆ្នាំ2013 របាយការណ៍លទ្ធផលនៃការសើុបអង្កេតស្រាវជ្រាវបានបង្ហាញថាៈ គម្រោងរ៉ែស្ថាន់Leipzing បានធ្វើអោ យមានការប៉ះពាល់ដល់ស្ថានភាពបច្ចុប្បន្ន ដោយសារកង្វះខាតនៃកម្លាំភាព អ្នកវិនិយោគនិងប្រជាជន នៅក្នុងតំបន់ព្រមទាំងរដ្ឋាភិបាលក្នុងតំបន់ខ្វះការប្រាស្រ័យទាក់ទងពន្យល់គ្នាស្ដែងរកដំណោះស្រាយ។ ដោយហេតុថាការដោះស្រាយផលប៉ះពាល់ដ៏ថ្មីនៅតំបន់ប៉ះពាល់មានតំលៃទាប និងអត្ថប្រយោជន៍នៃ ការដោរមិនទាន់ទទួលបានការធានាត្រឹមត្រូវជាមូលហេតុបង្កអោយមានបាតុភាពបាតុកម្មកើតឡើង និង ដោយសារការក្នុងពេលដោះស្រាយផលប៉ះពាល់ដ៏ថ្មី រដ្ឋាភិបាលក្នុងតំបន់មិនបានពន្យល់បកស្រាយ អោយបានច្បាស់លាស់ដល់ប្រជាជន និងដោយមានការចូលរួមពីអង្គការក្រៅរដ្ឋាភិបាលនិងសកម្មជន មកពីខាងក្រៅ មកកំដៅរឿងហេតុធ្វើអោយរឿងហេតុក្ដៅឡើង១ជាបន្តបន្ទាប់។ ក្នុងរបាយការណ៍លទ្ធ ផលនៃការសើុបអង្កេតស្រាវជ្រាវបានបង្ហាញនិងផ្ដល់យោបលថាៈ ត្រូវថែរក្សាបរិស្ថាន ទូទាត់សំណង ដល់ប្រជាជនក្នុងតំបន់ កិច្ចព្រមព្រៀងសហការជាមួយក្រុមហ៊ុនត្រូវមានការកែតម្រូវ និងផ្ដល់យោបល់

អោយក្រុមហ៊ុនវិនិយោគធ្វើការពិភាក្សាជាមួយប្រជាជនក៏ដូចជារដ្ឋាភិបាលក្នុងតំបន់ អាចធ្វើការបន្លាស់ទីទាំងស្រុងនៅវត្ថុអារាំមដែលនៅក្នុងតំបន់គម្រោងៗល។

(3)- ហានិភ័យនៃគុណធម៌ថ្នាក់បុគ្គល

ស្របពេលដែលសេដ្ឋកិច្ចរបស់ប្រទេសជាតិចិនកំពុងមានភាពរីកចំរើន ភៀវទេសចរណ៍របស់ចិនធ្វើដំណើរទៅកំសាន្តនៅបរទេសមានចំនួនកើនឡើងជាលំដាប់ ប្រជាជនចិនចេញទៅក្រៅប្រទេសជាលក្ខណៈឯកជន បានក្លាយជារូបភាពមួយតំណាងអោយប្រជាជាតិចិន ហើយឯកសារជាផ្លូវការក៏បានបង្ហាញថាជារដ្ឋាភិបាលចិន ក៏បានគាំទ្រនិងសហការទៅលើវិស័យទេសចរណ៍ ពង្រីកទ្រង់ទ្រាយវិស័យទេសចរណ៍ជាកាតព្វកិច្ចចំបង និងលើកកំពស់កិច្ចការទំនាក់ទំនងប្រជាជននិងប្រជាជន ។ នៅក្នុងបរិបទនេះ ប្រសិនបើប្រជាជនចិននៅក្នុងប្រទេសនៅតាមបណ្ដោយនៃយុទ្ធសាស្ត្រ "ខ្សែក្រវ៉ាត់មួយ ផ្លូវមួយ" បានប្រព្រឹត្តអំពើអសីលធម៌ និងបង្កអោយមានហានិភ័យនៃគុណធម៌របស់បុគ្គល ប៉ះពាល់ដល់ការកសាងយុទ្ធសាស្ត្រ "ខ្សែក្រវ៉ាត់មួយ ផ្លូវមួយ" ។ ទន្ទឹមនឹងនោះដែរបានធ្វើអោយក្សោនូវឧត្តមគតិនៃរបសកកម្មចេញទៅក្រៅប្រទេសរបស់អ្នកបង្កើតយុទ្ធសាស្ត្រ "ខ្សែក្រវ៉ាត់មួយ ផ្លូវមួយ" ទៀតផង ជនកាលអាចមកពីការយល់ដឹងមិនបានជ្រៅជ្រះ៖ វិធីសាស្ត្រនៃការងារមិនគ្រឹមត្រូវ មានចេតនាវ៉ាងខាងដល់ការទំនាក់ទំនងជាមួយប្រជាជន មិនបានគោរពតាមទំនៀមទំលាប់ប្រពៃណីរបស់ប្រជាជននៅក្នុងតំបន់អោយបានសព្វគ្រប់ជ្រោយ បង្កអោយមានហានិភ័យនៃគុណធម៌។

ខាងក្រោមនេះខ្ញុំជាអ្នកនិពន្ធសូមលើកយកបុគ្គលបីប្រភេទជាៗទាហារណ៍ ដើម្បីបង្ហាញអំពីហានិភ័យនៃគុណធម៌ថ្នាក់បុគ្គល៖

ប្រភេទទីមួយ៖ អ្នកសាជីវកម្ម ។ ដូចបានរៀបរាប់ខាងលើក្នុងដំណាក់កាលនៃការស្ដោបនាយុទ្ធសាស្ត្រ "ខ្សែក្រវ៉ាត់មួយ ផ្លូវមួយ" សហគ្រាសបានដើរតួនាទីយ៉ាងសំខាន់ ហើយអ្នកសាជីវកម្ម ដែលជាអ្នកទទួលខុសត្រូវកិច្ចការងងករាជ្យការពរបស់ក្រុមហ៊ុន ធានាឧស្សាហ៍ត្រូវលើផ្លូវច្បាប់ សង្គម សេដ្ឋកិច្ច ក៏ជាបុគ្គលសំខាន់មិនអាចខ្វះបានរបស់សហគ្រាសដែរ ប៉ុន្តែអ្នកសាជីវកម្ម ប្រហែលជាអាចជាអោយសារការស្វែងរកលាភសការ គេងចំណេញលើគោលនយោបាយរបស់រដ្ឋ ដែលនាំអោយយុទ្ធសាស្ត្រនៃការស្ដោបនា "ខ្សែក្រវ៉ាត់មួយ ផ្លូវមួយ" ក្លាយទៅជាឧបករណ៍ស្វែងរកផលប្រយោជន៍ ពុករលួយ សុីសំណូក សុកប៉ាន់ ប្រព្រឹត្តបទល្មើសផ្ដុយនឹងច្បាប់ បង្កអោយមានហានិភ័យនៃគុណធម៌។ ប្រភេទនេះគឺបានលើសយ៉ាងធ្ងន់ធ្ងរចំពោះច្បាប់ប្រទេសសាមុី ក៏ដូចជាច្បាប់របស់ប្រទេសចិនដែរ ដោយមួយផ្នែកបានធ្វើអោយ ប្រាក់ដើមទុននៃការវិនិយោគមានចន្លោះប្រហោង គោលជំហារនៃការកសាងផ្លូវស្ត្រត្រូវបានចុះខ្សោយ ទន្ទឹមនឹងនោះដែរ និងបង្កើតអោយមានខ្សែចង្វាក់ និងបែបផែននៃបរិវិកាសអាក្រក់ រួមគ្នាមួយក្នុងកំឡុងពេលនៃការស្ដោបនានៃយុទ្ធសាស្ត្រ "ខ្សែក្រវ៉ាត់មួយ ផ្លូវមួយ" និងមួយផ្នែកទៀត បើសម្លឹងមើលពីមជ្ឈដ្ឋានខាងក្រៅ ធ្វើអោយខូចមុខមាត់ប្រទេសចិន បើបញ្ហាទាំងនេះមិនធ្វើការកែប្រទេ និងអាចធ្វើអោយប្រទេសទៃទៀតមានការសង្ស័យនិងដកទំនុកទុកចិត្ត ចំពោះគោលនយោបាយនៃយុទ្ធសាស្ត្រ "ខ្សែក្រវ៉ាត់មួយ ផ្លូវមួយ"។

ប្រភេទទីពីរ: ក្រុមពាណិជ្ជករ ។ ចំពោះអ្នកប្រកបមុខរបរពាណិជ្ជកម្ម ពឹងផ្អែកទៅលើការអនុវត្ត ទ្រឹស្ដីទូលទូលាយនៃយុទ្ធសាស្ត្រ "ខ្សែក្រវាត់សមុទ្រ ផ្លូវមួយ" ដែលពីមុនអ្នកខ្លះមិនធ្លាប់ប្រឡូកក្នុងអាជីវកម្ម សោះ ក៏ចង់ឆ្លៀតឱកាសនេះមករកស៊ីនៅក្នុងប្រទេសចិន ឬក៏ធ្វើជំនួញរវាងប្រទេសខ្លួននិងប្រទេសចិន ក្នុងឯកសារជាផ្លូវការបានបង្ហាញថា រដ្ឋាភិបាលចិនស្វាគមន៍ជានិច្ចចំពោះអ្នកនីវិនិយោគមកពីគ្រប់ទិសទី លើសកលលោក ការអនុវត្តទ្រឹស្ដីទូលទូលាយនៃយុទ្ធសាស្ត្រ "ខ្សែក្រវាត់សមុទ្រ ផ្លូវមួយ" ប្រហែលជាអាចក្លាយ ជាប្រធានបទក្ដៅគគុកមួយសំរាប់អ្នកមានបំណងចង់មករកនីវិនិយោគនៅក្នុងប្រទេសចិន។ ប៉ុន្ដែប្រហែល ជាមិនរាង់ភាសាចិន ខ្វះបទពិសោធន៍ធ្វើការរកស៊ីនៅក្នុងប្រទេសចិន ឬក៏អាចជាបានដើមទុនតិចតួច ស្ទាក់ស្ទើង មិនអាចទប់ទល់បាននូវហានិភ័យជាយថាហេតុបាន ដូច្នេះអ្នកទាំងនោះគឺមិនអាចទប់បាន ថាជាអ្នកដែលរកស៊ីខាតបង់នៅក្នុងប្រទេសចិនបានទេ ហើយក្រុមពាណិជ្ជករខាងលើនេះគេក៏មាន ទស្សនៈអវិជ្ជមានចំពោះប្រទេសចិន បង្កើតជាទស្សនៈចាមអារ៉ាមមិនល្អចំពោះប្រទេសចិន ធ្វើអោយ ប្រជាជនក្នុងស្រុករបស់ប្រទេសសាមីដែលមិនធ្លាប់បានមកប្រទេសចិន បានទទួលមនោគមន៍វិជ្ជាមិន ត្រឹមត្រូវពីក្រុមអគតិទាំងអស់នោះ ធ្វើអោយមានការយល់ឃើញមិនត្រឹមត្រូវមកលើប្រទេសចិន។ ដូច្នេះ ប្រទេសចិនត្រូវតែយកចិត្តទុកដាក់ខ្ពស់ចំពោះមិត្ដពាណិជ្ជករក្រៅប្រទេសដែលរកស៊ីនៅក្នុង ប្រទេសចិន ចំពោះការបំពេញបែបបទឯកសារ ឯណាទាន អាជីវកម្ម ត្រូវតែជួយសម្រួលនិងជ្រោមជ្រែង ដើម្បីបង្កើនកិត្ដិស័ព្ទរបស់ប្រទេសចិនក្នុងវិស័យពាណិជ្ជកម្មទាំងក្នុងស្រុកក៏ដូចជាបរទេស។

ប្រភេទទីបី: ក្រុមនិស្សិតបរទេស។ ក្រុមនិស្សិតបរទេសក៏ជាផ្នែកមួយដែលធ្វើអោយប្រជាជន លើសកលលោកបានស្វែងយល់អំពីប្រទេសចិនផងដែរ។ តាមបទបច្ចុប្បន្នភាព និស្សិតដែលមកពីប្រទេស នៅតាមរយៈបណ្ដោយយុទ្ធសាស្ត្រ "ខ្សែក្រវាត់សមុទ្រ ផ្លូវមួយ" គឺច្រើនតែជាកូនចៅអ្នកមានជីវភាពធូរ ធារ ឬក៏ជានិស្សិតដែលប្រទេសសងខាងផ្ដល់អាហារូបករណ៍ ពួកគេទាំងអស់នោះថ្វីត្បិតតែជាចំណែក សំខាន់មួយដែលជួយចូលរួមផ្សព្វផ្សាយវប្បធម៌របស់ចិន ក៏ប៉ុន្ដែការពិតជាក់ស្ដែង ជារៀងរាល់ថ្ងៃ និស្សិតទាំងនោះមិនបានចូលខ្លួនផ្សារភ្ជាប់ទៅនិងការរស់នៅរបស់និស្សិតចិននោះឡើយ ពិបាកនឹង ស្វែងយល់អោយច្បាស់លាស់ និងស៊ីជម្រៅអំពីវប្បធម៌អរិយធម៌ពិតប្រាកដរបស់ជនជាតិចិនណាស់។ ម្យ៉ាងវិញទៀត និស្សិតបរទេសខ្លះហាក់ដូចជាមានការយល់ឃើញតិចទុកជាមុន ទទួលនូវផ្នត់គំនិត (ទ្រឹស្ដីគំរាមកំហែងរបស់ចិន) មិនអាចកែប្រែនូវទស្សនៈ់ចាស់ដែលមានតាំងពីដើមជំបុ៉ងចំពោះការ យល់ឃើញមិនល្អមកលើប្រទេសចិន ហើយក៏មាននិស្សិតខ្លះគឺមិនព្រមធ្វើការស្វែងយល់តែម្ដង។ ដើម្បី ដោះស្រាយនូវបញ្ហាទាំងអស់នេះ ឯកសារជាផ្លូវការរបស់ប្រទេសចិនបានបង្ហាញថា ប្រទេសចិននឹងពង្រីក កិច្ចសហប្រតិបត្ដិការផ្ដល់អាហារូបករណ៍ ដល់និស្សិតជាមួយបណ្ដាប្រទេសសំខាន់ៗលើសកលលោក ដោយក្នុងមួយឆ្នាំៗប្រទេសចិនបាន ផ្ដល់អាហារូបករណ៍ដល់និស្សិតនៅតាមរយៈបណ្ដោយយុទ្ធសាស្ត្រ "ខ្សែក្រវាត់សមុទ្រ ផ្លូវមួយ" ចំនួន១ម៉ឺននាក់ នេះសបញ្ជាក់អោយឃើញពីការយកចិត្ដទុកដាក់របស់ ប្រទេសចិនទៅទៀកោសល្យរបស់ក្នុងដំុង។ និងក៏ជាវិធីសាស្ត្រសាកល្បងបង្កើនកិច្ចទំនាក់ទំនងទឹក ចិត្ដរបស់ប្រជាជនទូទៅ។ ហើយសិស្សនិស្សិតដែលមកសិក្សាទាំងអស់ មិនគួរមានតែ និស្សិតឧត្ដម សិក្សាដែលមកពីបរទេសនោះទេ គួរតែមានផ្សេងពីនេះអោយបានទូលទូលាយ ដូចជា៖ មានសិស្សជា

• 97 •

កម្មករ កសិករ មកពីប្រទេសផ្សេងៗលើសកលលោក អោយមករៀនសូត្របច្ចេកទេសនៅក្នុងប្រទេស ចិន និងកុំអោយបែងចែកហាន: វាងអ្នកជំនាញនិងបុគ្គលិកបច្ចេកទេស ដោយផ្តែកទៅលើកាតរភាពគ្នា និងគ្នា។ ប្រសិនបើប្រទេសវិមានទំនាក់ទំនងកំលាំងពលករជម្មគ្នាទៅវិញទៅមក អាចបង្កើននូវ ចំណងមិត្តភាពចិត្តនិងចិត្តរបស់ប្រជាជនទាំងពីរប្រទេសបាន និងជាកំលាំងជួយជម្រុញភាពរីកចំរើន ប្រទេសដែលនៅតាមបណ្តោយខ្សែបន្ទាត់យុទ្ធសាស្ត្រ "ខ្សែក្រវ៉ាត់មួយ ផ្លូវមួយ" ។

ដើម្បីអោយបញ្ហាគុណធម៌ថ្នាក់បុគ្គលត្រូវបានដោះស្រាយ ចាំបាច់ត្រូវធ្វើការងារពីរ៖

ទីមួយ: ត្រូវឲ្យអនិកជនចិន ដែលនៅប្រទេសតាមបណ្តោយខ្សែដើរគួនាទីវិធួមាន ហើយប្រើ ប្រាស់វិទ្យាស្ថានខុងជឺ ដើម្បីលើកកំពស់ការយល់ដឹងវាងមនុស្សនិងមនុស្ស។ គួនាទីនៃការខិតខំប្រឹង ប្រែងរបស់អនិកជនចិនប្រសិនបើមិនប្រើប្រាស់រាវហាក់ដូចជាការខាតបង់ដ៏ធំ ហើយវិទ្យាស្ថានខុងជឺក៏ មិនមែនបង្កើតឡើងដើម្បីតែយុទ្ធសាស្ត្រ "ខ្សែក្រវ៉ាត់មួយ ផ្លូវមួយ" ដែលការពិតជាក់ស្តែង តែបើនិយាយ តាមសុទិដ្ឋិនិយមគឺបានធ្វើជាស្ថានបង្កើតទំនាក់ទំនងរបស់ប្រជាជននៃប្រទេស នៅតាមបណ្តោយខ្សែ បន្ទាត់យុទ្ធសាស្ត្រ "ខ្សែក្រវ៉ាត់មួយ ផ្លូវមួយ" នៅក្នុងបរិបទនៃយុគសម័យថ្មីមួយ វិទ្យាស្ថានខុងជឺអាច ព្រឹកជដគ្គាជាធ្លុងជាមួយយុទ្ធសាស្ត្រ "ខ្សែក្រវ៉ាត់មួយ ផ្លូវមួយ"។ វិទ្យាស្ថានខុងជឺ បានធ្លុះបញ្ចាំងពីការ រស់ឡើងវិញនៃសង្គមអរ្យធម៌ ក៏ជារូបភាពទាក់ទាញរស់រវើករបស់ប្រទេសចិន។ តាំងពីសម័យដើម ឡើយផ្លូវសូត្របានធ្លុះបញ្ចាំងអំពីគ្រោប់ពូជមិត្តភាពវាងប្រទេសចិនជាមួយ និងប្រទេសនៅតាម បណ្តោយខ្សែបន្ទាត់យុទ្ធសាស្ត្រ «ខ្សែក្រវ៉ាត់មួយ ផ្លូវមួយ» និងផ្លុងតាមការរុករាចទឹកដាក់ជឺរបស់វិទ្យា ស្ថានខុងជឺ បានចាក់ឬសជ្រៅពន្លក ព្រមទាំងឆ្លងតាម ផ្លែផ្កានៃការស្តាបនាយុទ្ធសាស្ត្រ "ខ្សែក្រវ៉ាត់មួយ ផ្លូវមួយ"។ យុទ្ធសាស្ត្រ "ខ្សែក្រវ៉ាត់មួយ ផ្លូវមួយ" ផ្តោតសំខាន់លើកិច្ចសហការរោយ៉ាណីជម្មរួមគ្នា ចែក រំលែកផ្តាំកំនិតរួមគ្នា ជាសៃលាមតែមួយជាមួយនិងវិទ្យាស្ថានខុងជឺ។ លើកកម្លស់កិច្ចសហាប្រតិបត្តិ ការប្រកបដោយសន្តិវិធី បើកចំហារនិងអត់អោនអោយគ្នា រៀនសូត្រពីគ្នាទៅវិញទៅមក ទទួលបានអត្ថ ប្រយោជន៍ទៅវិញទៅមក ស្ថាគីផ្លូវសូត្រជារួមមួយ ដោយសារមូលដ្ឋានបែបនេះហើយ រាគីជាថាមពល ថ្មីដែលជំនួយដល់ការរីកចំរើនទៅអនាគតកាលរបស់វិទ្យាស្ថានខុងជឺ បង្កើនការយល់ដឹងកម្រិតបុគ្គល ទៅវិញទៅមក ជៀងសៀងបាននូវបញ្ហាគុណធម៌ថ្នាក់បុគ្គលដែលកើតឡើងក្នុងកម្រិតមួយ។

ទីពីរ: ហានិក័យនៃគុណធម៌របស់យុទ្ធសាស្ត្រ "ខ្សែក្រវ៉ាត់មួយ ផ្លូវមួយ" គឺកើតឡើងអំពីផ្ទៃក្នុង ប្រទេសចិនខ្លួនឯង នោះគឺចាំបាច់បំផុតប្រទេសចិនខ្លួនឯងក្នុងការកសាងយុទ្ធសាស្ត្រ "ខ្សែក្រវ៉ាត់មួយ ផ្លូវមួយ" ត្រូវយកចិត្តទុកដាក់បង្កើនទំនាក់ទំនងជាមួយប្រជាជនរួមជាតិខ្លួន បន្ថែមអោយសុីជម្រៅកម្រិត នៃនយោបាយបើកចំហារ ជម្រុញការរីកទម្រង់នៅក្នុងប្រទេស ខិតខំធ្វើយ៉ាងណាអោយប្រទេសនៅតាម បណ្តោយនៅជិតខាងជុំវិញអោយស្គេងយល់កាន់តែសុីជម្រៅអំពីប្រទេសចិន យោងតាមស្មាគី ភាពរវាងប្រជាជននិងប្រជាជន ឈរលើមូលដ្ឋានទទួលខុសត្រូវមកដោះស្រាយហានិកៃនៃគុណ ធម៌ដែលកើតឡើងចំពោះការកសាងយុទ្ធសាស្ត្រ "ខ្សែក្រវ៉ាត់មួយ ផ្លូវមួយ"។ ដូចក្នុងឯកសារជាផ្លូវការ បានបង្ហាញថា ទទួលបន្ទុកនិងលើកកំពស់ស្មាតីសហភាគរភាពនៃផ្លូវសូត្រប្រ្រើត្តយ៉ាងទូលំទូលាយនូវ កិច្ចសហាប្រតិបត្តិការផ្លាស់ប្ដូរវប្បធម៌ទៅវិញទៅមក ទំនាក់ទំនងចំណេះដឹងទូទៅទៅវិញទៅមក សហា

ប្រតិបត្តិការប្រពន្ធឬឪផ្សាយ ការផ្លាស់ប្តូរយុវជនយុវនារី សេវាស៊ីគ្រចិត្តៗល។ ធ្វើអោយស៊ីជម្រៅនៃ
មូលដ្ឋានគ្រឹះកិច្ចសហប្រតិបត្តិការសាធារណៈទ្វេភាគីនិងពហុភាគី   ត្រូវបោះជំហានតាមរយៈ
មធ្យោបាយខាងលើ ជំនះលើហានិភ័យនៃគុណធម៌ ជម្រុញអោយសម្រេចបាននូវទឹកចិត្តប្រជាជន
"វេញជាផ្តុំមួយ"។

ជំពូកទី៤ គើត្រូវធ្វើដូចម្តេច
ដើម្បីជម្រុញការស្តាបនា "ខ្សែក្រវ៉ាត់មួយ ផ្លូវមួយ"

គើត្រូវធ្វើដូចម្តេចដើម្បីជម្រុញការស្តាបនា "ខ្សែក្រវ៉ាត់មួយ ផ្លូវមួយ"? លោកប្រធានាធិបតី ស៊ី
ជិនភីងបានមានប្រសាសន៍ថាៈ គន្លឹះសំខាន់គឺត្រូវសម្រេចអោយបាននូវ "ការផ្តោរភ្ជាប់៥" ១-ស្ថាបនាផ្លូវ
ដឹកជញ្ជូន ចាប់ពីមហាសមុទ្រប៉ាស៊ីហ្វិកទៅដល់សមុទ្របាលទិក និងពីមហាសមុទ្រតណ្ណោទៅទូទាំង
ទ្វីបអឺរ៉ុបអាស៊ី សម្រេចអោយបានរចនាសម្ព័ន្ធលូតភ្ជាប់គ្នា។ ២-ធ្វើអោយមានលំហូរយ៉ាងរលូននៃពាណិជ្ជ
កម្មនិងការវិនិយោគ។ កាត់បន្ថយរបៀបរបរៈពាណិជ្ជកម្ម ធ្វើអោយប្រសើរឡើងនូវរចនាសម្ព័ន្ធពាណិជ្ជ
កម្ម បង្កើនបច្ចេកវិទ្យាខ្ពស់និងសមមាត្រនៃផលិតផលដែលមានតម្លៃបន្ថែមខ្ពស់ និងបន្ថែមកិច្ចសហ
ប្រតិបត្តិការវិនិយោគ។ ៣-បង្កើនមូលនិធិហិរញ្ញប្បទាន។ ជម្រុញការរោៈដូររូបិយប័ណ្ណ យករូបិយប័ណ្ណ
ក្នុងស្រុកធ្វើការរោៈដូរទូទាត់ពាណិជ្ជកម្ម ធ្វើអោយប្រសើរឡើងនូវប្រព័ន្ធហិរញ្ញវត្ថុ ដើម្បីទប់ស្កាត់និង
ហានិភ័យនៃហិរញ្ញវត្ថុ លើកដំកើងសមត្ថភាពប្រកួតប្រជែងខ្លាតអន្តរជាតិ បង្កើតស្ថាប័នហិរញ្ញវត្ថុដើម្បី
ផ្តល់ហិរញ្ញប្បទានដល់ការសាងសង់ផ្លូវស្រុ្តទាំងពីរៗ។ ៤-ពង្រឹងគោលនរយោបាយទំនាក់ទំនង ដោយ
យក ការសាងសង់ផ្លូវស្រុ្តទាំងពីរអោយប្រែក្លាយទៅជាការសាងសង់សហគមន៍ផលប្រយោជន៍រួមនិង
សហគមន៍វាសនារួម។ ៥-ពង្រឹងកិច្ចសហប្រតិបត្តិការមនុស្សសាស្ត្រ ជម្រុញអោយសម្រេចបានទឹកចិត្ត
ប្រជាជនវេញចូលជាផ្តុំមួយ។

ការផ្តោរភ្ជាប់ទាំងប្រាំផ្នែកនេៈ គឺហុ្សសពីទស្សនៈរបស់ជនជាតិអឺរ៉ុប ដែលកន្លងបានបង្កើត
សកលការបនីយកម្មចំនុចប្រមូលផ្តុំតែលើលំហូររលូននៃពាណិជ្ជកម្ម និងដំណាក់កាលមូលនិធិហិរញ្ញ
ប្បទាន ហើយទស្សនៈនេៈក៏បានហុ្សសពីទស្សនៈរបស់ទស្សនៈផ្លូវស្រុ្តសម្រ័យដើមដែលយកទំនិញដូរ
ទំនិញ។ ទស្សនៈនេៈ គឺពាក់ព័ន្ធនឹងផ្នាក្រិបាល ក្រុមហ៊ុន សង្គមគ្រប់លំដាប់ថ្នាក់ហើយត្រូវជំរុញការ
ផ្លាស់ប្តូរនិងការបង្កើតថ្មីក្នុងក្របខ័ណ្ឌទាំងអស់ដោយរួមទាំង វិស័យដឹកជញ្ជូន លំហូរសាច់ប្រាក់ លំហូរ
មនុស្ស លំហូរនៃពត៌មានផងៗ។

ដើម្បីសម្រេចបាននូវការផ្លាស់ប្តូរភ្ជាប់ទាំងប្រាំផ្នែក   ចាំបាច់ត្រូវតែមានការថ្លែប្រឌិតថ្មីទាំងគំនិត
ទាំងទ្រឹស្ត និងទាំងវិធីសាស្ត្រ។

ការប្រកួតប្រជែងរបស់ប្រទេសធំៗ ឈ្មេនិងចាញ់នៅលើគំនិត ។ "ខ្សែក្រវ៉ាត់មួយ ផ្លូវមួយ"
ផ្តោតសំខាន់ទៅលើការធ្វើអាជីវកម្មរួម ស្ថាបនារួម គោលការណ៍រួម ហុ្សសពីផែនការរបស់ម៉ាស្យាល ការ

ផ្តល់ជំនួយទៅខាងក្រៅ ព្រមទាំងយុទ្ធសាស្ត្រដើរចេញទៅក្រៅ ចំនុចសំខាន់នៅត្រង់ថា តើត្រូវធ្វើបែបណាក្នុងកំឡុងពេល អនុវត្តទស្សនៈមួយនេះ។

បច្ចុប្បន្នការកែទម្រង់និងបើកចំហររបស់ប្រទេសចិន គឺជាការផ្លាស់ប្តូរដ៏ធំបំផុតមួយនៅលើពិភពលោកយើងនេះ ដែលជាផលនៃការបើកចំហរគ្រប់ជ្រុងជ្រោយ "ខ្សែក្រវ៉ាត់មួយ ផ្លូវមួយ" កំពុងបង្កើតថ្មីទ្រឹស្តីប្រករបៀងសេដ្ឋកិច្ច ទ្រឹស្តីខ្សែក្រវ៉ាត់សេដ្ឋកិច្ច ទ្រឹស្តីនៃកិច្ចសហប្រតិបត្តិការអន្តរជាតិនៅក្នុងសតវត្សទី21 ដោយឈរលើមូលដ្ឋាននៃទ្រឹស្តីអភិវឌ្ឍន៍សេដ្ឋកិច្ច ទ្រឹស្តីកិច្ចសហប្រតិបត្តិការក្នុងតំបន់ ទ្រឹស្តីសកលភាវូបនីយកម្មដែលមានពីមុនមក។

ចំពោះការស្ថាបនា "ខ្សែក្រវ៉ាត់មួយ ផ្លូវមួយ" មានទំនាក់ទំនងទៅដល់ប្រទេសដែលនៅតាមបណ្តោយខ្សែ ហើយនៅក្នុងតំបន់ខ្លះក៏មានក្របខណ្ឌនៃកិច្ចសហប្រតិបត្តិការរួចទៅហើយ បញ្ហាតភ្ជាប់បណ្តាញ ហេដ្ឋារចនាសម្ព័ន្ធ ងាយរងនូវឥទ្ធិពលបំផ្លាញនិងចម្ងល់ពីមជ្ឈដ្ឋានក្នុងក្រៅ ដូច្នេះចាំបាច់ត្រូវអនុវត្តយុទ្ធវិធីថ្មី សំរេចនិងអនុវត្តអោយបាននូវ "វិធីផ្សារភ្ជាប់ទាំង5" ទើបអាចទទួលលទ្ធផលជាផ្លែផ្កាក្នុងរយៈពេលវែង ហើយបានយករឿងល្អធ្វើអោយបានល្អធ្វើអោយបានជោគជ័យ។

ផ្នែកទី១ ការផ្លែប្រឌិតគំនិតថ្មីក្រោមបរិបទថ្មី

"ខ្សែក្រវ៉ាត់មួយ ផ្លូវមួយ" ផ្តោតសំខាន់ទៅលើការធ្វើអាជីវកម្មរួមស្ថាបនារួម គោលការណ៍រួមហួសពីផែនការរបស់ម៉ាស្យល ការផ្តល់ជំនួយទៅខាងក្រៅ ព្រមទាំងយុទ្ធសាស្ត្រ "ដើរចេញទៅក្រៅ" បានផ្តល់អោយកិច្ចសហប្រតិបត្តិការអន្តរជាតិនៅក្នុងសតវត្សទី21នូវគំនិតថ្មី ។

ទ្រង់ទ្រាយនៃការស្ថាបនា "ខ្សែក្រវ៉ាត់មួយ ផ្លូវមួយ" វាសាកសមទៅនឹងស្ថានភាពរីកចំរើនរបស់ប្រទេសចិនក៏ដូចជាពិភពលោកយើងទាំងមូលដែរ ដើម្បីអោយសមស្របទៅនឹងការប្រើប្រាស់រូបិយប័ណ្ណបរទេសបម្រុង សំរេចអោយបាននូវការលើកកំពស់ផ្នែកស្មារតីអោយប្រសើរឡើង កែតម្រូវនិងបង្កើនគុណភាពរចនាសម្ព័ន្ធផលិតកម្មក្នុងស្រុក ដើម្បីជីកសក្តានុភាពរបស់តំបន់ដីគោក រក្សាបាននូវសន្ទុះនៃកំណើនសេដ្ឋកិច្ច ព្រមទាំងផ្តល់បន្ថែមនូវថាមពលថ្មីៗ ក្នុងគោលបំណងដើម្បីបង្កើតសន្តិភាពបង្កើតឡើងថ្មីនូវបរិស្ថានជុំវិញនូវភាពចុះសម្រុងគ្នា បើសម្លឹងក្នុងរយៈពេលវែងក៏អាចធ្វើឲ្យប្រទេសចិនអាចបង្កើនទំនុកចិត្តរឹងមាំ សាកសមជាប្រទេសធំមួយដែលមានភាពទទួលខុសត្រូវ ផ្តល់ជូនទាំងផ្នែកសម្ភារៈ ទំនុកទុកចិត្ត និងការគាំទ្រ។ "ខ្សែក្រវ៉ាត់មួយ ផ្លូវមួយ" ក្រោមការសម្របខ្លួនទៅនិងបរិបទថ្មីតម្រូវការនៃការអភិវឌ្ឍន៍សេដ្ឋកិច្ចនិងសង្គម វាបានឆ្លុះបញ្ចាំងពីទស្សនៈថ្មីនៃកិច្ចសហប្រតិបត្តិការ បើកចំហរនូវគំនិតនិងការអភិវឌ្ឍន៍ ឆ្លុះបញ្ចាំងឲ្យឃើញអាកប្បកិរិយាថ្មីស្រឡាង ការអភិវឌ្ឍន៍ខ្លួនឯងរបស់ប្រទេសចិនចំពោះការស្ថាបនាបរិស្ថានជុំវិញខ្លួន និងចំពោះការចូលរួមរៀបរៀងរបៀបវារៈសន្តិសិទ្ធអន្តរជាតិ និងធ្វើតច្បាប់វិធានការអន្តរជាតិផង។

1-គំនិតអំពីកិច្ចសហប្រតិបត្តិការពហុភាគី និងគំនិតអំពីឈ្នះឈ្នះទាំងអស់គ្នា

កិច្ចសហប្រតិបត្តិការណ៍ឈ្នះៗគឺ ជាមូលដ្ឋាននៃគោលនយោបាយដែលប្រទេសទាំងអស់យក
មកដោះស្រាយកិច្ចការអន្តរជាតិ។ លោកអគ្គលេខាបក្ស ស៊ី ជីនភីង បានចង្អុលបង្ហាញថា: "យើងខ្ញុំធ្វើ
ការវិតទម្រង់អោយបានស៊ីជម្រៅ ទូលំទូលាយ គ្រប់ផ្នែកគ្រប់ស្ថាប័ន ឈរលើមូលដ្ឋានសំខាន់ គឺការ
ស្ថាបនាប្រព័ន្ធសេដ្ឋកិច្ច អោយកាន់តែមានថាមពលកាន់តែប្រសើរឡើង អភិវឌ្ឍកិច្ចសហប្រតិបត្តិការ
អន្តរជាតិគ្រប់ជ្រុងជ្រោយ និងគ្រប់លំដាប់ថ្នាក់ ពន្លឿកសមាហរណកម្មនៃផលប្រយោជន៍ជាមួយបណ្ដា
ប្រទេសនិងតំបន់នានា បាននូវការផ្ដល់អត្ថប្រយោជន៍ទៅវិញទៅមកឈ្នះៗ"[18]។ សំណើរសំអេឡ
ស្ថាបនា "ខ្សែក្រវ៉ាត់មួយ ផ្លូវមួយ" គឺសមស្របទៅតាមការអភិវឌ្ឍន៍រួមគ្នារបស់ប្រទេសដែលនៅតាម
បណ្ដោយខ្សែផ្លូវ ជាឱកាសល្អនិងចក្ខុវិស័យរួមមួយ ហើយក៏បានស្ដែងអោយឃើញពីការប្រឈមមុខ
ទៅនិងទំនាក់ទំនងសេដ្ឋកិច្ចសកលរួមគ្នាជាមួយ ការបណ្ដុះចិត្ត និងទន្ទឹងរួមពួតដៃគ្នាជំនះៗបសអគ្គជើម្បី
ភាពរីកចំរើន។ រដ្ឋាភិបាលចិនបានលើកឡើងជាបន្ដបន្ទាប់នូវទស្សន: "ពាណិជ្ជកម្មរួម ស្ថាបនារួម
ចែករំលែករួម" និង "វាសនារួមតែមួយ" ផលប្រយោជន៍រួមតែមួយ" ដែលតំណាងឲ្យគំនិត "សហគមន៍
រួមតែមួយ" ស្ដើឲ្យស្ថាបនាសភាពការថ្មីនៃកិច្ចសហប្រតិបត្តិការអន្តរជាតិដែលឈ្នះៗពហុភាគី។

ការលើកឡើងនៃទស្សន: "ពាណិជ្ជកម្មរួម ស្ថាបនារួម ចែករំលែករួម" ជាចម្លើយល្អរបស់
ប្រទេសចិនចំពោះការវិះគុណដែលចិនស្ថាបនា "ខ្សែក្រវ៉ាត់មួយ ផ្លូវមួយ"ធ្វើឯកភោគកាគីនិយម មាន
គោលបំណងដឹកនាំដោយខ្លួនឯងលើមហាជីគោកអាស៊ីនិងអឺរ៉ុប។ ការស្ថាបនា "ខ្សែក្រវ៉ាត់មួយ ផ្លូវ
មួយ" និងដំណើរការ ដោយឈរលើគោលការណ៍សន្តិសហវិជ្ជមាន និងក្រោមការណែនាំនៃគោល
បំណងនៃធម្មនុញ្ញរបស់អង្គការសហប្រជាជាតិផង។

ជាបឋម ការលើកឡើងនូវទស្សន: "ពាណិជ្ជកម្មរួម" របស់ប្រទេសចិនគឺសំដៅលើការគោរព
ពេញលេញចំពោះសិទ្ធិបញ្ចេញសំលេង ក្នុងការចូលរួមបញ្ចានៃកិច្ចសហប្រតិបត្តិការរបស់ប្រទេសនៅ
តាមបណ្ដោយ "ខ្សែក្រវ៉ាត់មួយ ផ្លូវមួយ" ដោះស្រាយផលប្រយោជន៍របស់ប្រទេសនីមួយៗអោយបាន
ត្រឹមត្រូវ។ ប្រទេសនៅតាមបណ្ដោយ "ខ្សែក្រវ៉ាត់មួយ ផ្លូវមួយ" មិនថាប្រទេសធំឬប្រទេសតូច ខ្លាំង
ឬខ្សោយ ក្រឬមាន សុទ្ធតែជាប្រទេសដែលមានសិទ្ធិស្មើៗគ្នា គឺសុទ្ធតែអាចប្រើងប្រែងចូលរួមក្នុងការ
ផ្ដល់យោបល់បានដូចៗគ្នា និងមានតទ្ធិពលដូចៗគ្នាក្នុងកិច្ចសហប្រតិបត្តិការពហុភាគី ប៉ុន្តែមិនអាច
ខ្វែងដៃខ្វែងជើងចំពោះសិទ្ធជ្រើសរើសរកភាពរីកចំរើនរបស់ប្រទេសដទៃបានឡើយ ផ្លងតាមការទំនាក់
ទំនងនិងពិគ្រោះយោបល់ជាលក្ខណ:ទ្វេភាគីឬពហុភាគី ប្រទេសទាំងអស់អាចរកឃើញ ចន្លោះ
ប្រហោងថ្មីៗបំពេញតម្លាភាពនៃសេដ្ឋកិច្ច ដើម្បីសំរេចបានចំណងផ្សារភ្ជាប់យុទ្ធសាស្ត្រអភិវឌ្ឍន៍។

ទីពីរគឺ ទស្សន:ផ្ដួចផ្ដើមរដ្ឋាភិបាលចិនដែលថា "ស្ថាបនារួមគ្នា"។ "ពិភាក្សា" ត្រាន់តែជាការ
ចូលរួមយ៉ាងមានសារ:សំខាន់ក្នុងដំហានទីមួយនៃការស្ថាបនា "ខ្សែក្រវ៉ាត់មួយ ផ្លូវមួយ" ពីគ្រប់ភាគី
ទាំងអស់ បន្ទាប់មកត្រូវបោះជំហានបន្ថែមលើការដងរសេវា "ដើរចេញទៅក្រៅ" ទន្ទឹមនឹងនោះដែរ ក៏ត្រូវ

_____

[18] ស៊ី ជីនភីង "លើកកំពស់ស្មារតីផ្លូវសូត្រ សហការស៊ីជម្រៅរៀងចិននិងអារ៉ាប់" សារពត៌មានស៊ីនហួរ ថ្ងៃទី០៥ ខែមិថុនា ឆ្នាំ២០១៤

http://news.xinhuanet.com/2014-06-05/c 1111003387.htm

លើកទឹកចិត្តប្រទេសនៅតាមបណ្តោយខ្សែក្រោយពីការនាំចូលដើមទុនវិនិយោគ បច្ចេកទេសគឺត្រូវតែបណ្តុះបណ្តាលធនធានមនុស្សផងដែរ ដើម្បីលើកកំពស់ការអភិវឌ្ឍន៍ដោយខ្លួនឯង។ ទាល់តែសម្រេចបាននូវចំនុចទាំងពីរខាងលើ ទើបអាចជានាបានផ្លែផ្កានៃការស្ថាបនា "ខ្សែក្រវ៉ាត់មួយ ផ្លូវមួយ" សំរាប់ចែករំលែករួមជាមួយបណ្តាប្រទេសនៅតាមបណ្តោយ។

ទស្សនៈ "សហគមន៍រួមតែមួយ" និងជួយលើកកំពស់កិច្ចសហប្រតិបត្តិការឈ្នះៗទៅវិញទៅមក "ការប្រកួតផលបូកសូន្យ" និងចិត្តគំនិតសង្គ្រាមត្រជាក់វាបានហួសសម័យទៅហើយ អត្ថន័យរបស់ "សហគមន៍រួមតែមួយ" យ៉ាងច្បាស់ណាស់វាបានឆ្លុះបញ្ចាំងពីការសំលឹងឃើញថ្មីរបស់ចិនចំពោះកិច្ចសហប្រតិបត្តិការអន្តរជាតិៈ ប្រទេសមួយគឺមិនអាចដើម្បីការអភិវឌ្ឍន៍របស់ខ្លួន ហើយទៅបំផ្លាញការអភិវឌ្ឍន៍របស់ប្រទេសមួយទៀតបាននោះទេ តុល្យភាពនៃការរីកចំរើនមិនមែនផ្ទេរការអភិវឌ្ឍន៍ដែលមានផលបូកសូន្យនោះទេ គឺយើងអាចឈរលើមូលដ្ឋានគ្រឹះនៃការបង្កើតថ្មីស្វែងរកការអភិវឌ្ឍន៍ក្នុងភាពឈ្នះឈ្នះជាមួយគ្នា។ ប្រទេសដែលស្ថិតនៅតាមបណ្តោយ "ខ្សែក្រវ៉ាត់មួយ ផ្លូវមួយ" គឺមានសេចក្តីស្រេកឃ្លានចំពោះការអភិវឌ្ឍន៍ដូចគ្នា ក្រោមគោលការណ៍ប្រាំរួបរួមគ្នាដោយសន្តិវិធី ធ្វើការយ៉ាងសកម្មក្នុងការទំនាក់ទំនងផ្លាស់ប្តូរយោបល់គ្នា បូកបន្ថែមរយះបណ្តោយ "ខ្សែក្រវ៉ាត់មួយ ផ្លូវមួយ"យកចិត្តទុកដាក់ចំពោះការស្ថាបនាហេដ្ឋារចនាសម្ព័ន្ធ ចរាចរណ៍និងទូរគមនាគមន៍ទូលំទូលាយ ធ្វើឲ្យប្រទេសដែលនៅតាមបណ្តោយ "សហគមន៍រួមតែមួយ" រឹតតែមានទំនាក់ទំនងយ៉ាងស្អិតរមួតឡើង។ ហើយយើងក៏អាចនិយាយម្យ៉ាងទៀតថា "ខ្សែក្រវ៉ាត់មួយ ផ្លូវមួយ" និងធ្វើឲ្យប្រទេសនៅតាមបណ្តោយមានការយល់ឃើញរួមគ្នា បង្កើតបានទៅជា "សហគមន៍រួមតែមួយ" ជួយដល់ការរីកចំរើនជាមួយគ្នាមានភាពរស់រវើក និងភាពចុះសម្រុងគ្នា។

ការស្ថាបនា "ខ្សែក្រវ៉ាត់មួយ ផ្លូវមួយ" ធ្វើឲ្យប្រទេសដែលនៅតាមបណ្តោយខ្សែបានទទួលនូវវឌ្ឍនភាពរុងរឿងរួមគ្នា កិច្ចសហប្រតិបត្តិការសេដ្ឋកិច្ចស៊ីជម្រៅនៅក្នុងតំបន់ លើកកំពស់នយោបាយជឿទុកចិត្តគ្នាទៅវិញទៅមកនិងជាអ្នកជិតខាងល្អ ហើយក៏អាចធ្វើអោយចិនដីគោក អាចបង្កើនល្បឿនកែទម្រង់បើកចំហរ រួបរួមគ្នាផ្សះផ្សារចិនដីគោកនិងចិនដីសមុទ្រ លិចកើតជួយគ្នាក្នុងបរិបទថ្មីនៃការបើកចំហរគ្រប់ជ្រុងជ្រោយ។ រួមគ្នាស្ថាបនា"ខ្សែក្រវ៉ាត់មួយ ផ្លូវមួយ" គួរតែពឹងផ្អែកនិងលើកកំពស់ប្រពៃណីមិត្តភាពជាយូរអង្វែងរវាងប្រទេសនៅតាមបណ្តោយខ្សែ និងប្រើប្រាស់អោយអស់លទ្ធភាពឱកាសនៃកិច្ចសហប្រតិបត្តិការដែលមានស្រាប់ និងតួនាទីថែរក្សាអោយបាននូវផលប្រយោជន៍គ្រប់ភាគីពាក់ព័ន្ធ គោលជំហររួបរួមគ្នា ពង្រីកផលប្រយោជន៍រួម ជម្រុញយ៉ាងសកម្មនូវទស្សនៈ ឈ្នះទាំងសងខាង ឈ្នះច្រើន ឈ្នះរួម ប្រើប្រាស់អទិភាពនៃទំនាក់ទំនងនយោបាយអទិភាពភូមិសាស្ត្រ ឲ្យប្រែទៅជាចំណុចល្អប្រសើរសំរាប់ការនៅភូមិផងរបងជាមួយ អទិភាពជួយជ្រោមជ្រែងសេដ្ឋកិច្ចជាមួយគ្នាសហការជាក់ស្តែង និរន្តភាពនៃភាពរីកចម្រើន។

2-គំនិតបើកចំហរនិងការរួមបញ្ចូលគ្នា ដែលមិនធ្លាប់មានពីមុន

ចំណុចសូលនៃទស្សន: "ខ្សែក្រវ៉ាត់មួយ ផ្លូវមួយ" គឺការរួមបញ្ចូលគ្នា។[19] នៅពីក្រោយខ្នងនៃ
គំនិតបើកចំហររបស់ "ខ្សែក្រវ៉ាត់មួយ ផ្លូវមួយ" គឺជាការរួមបញ្ចូលគ្នាដែលមិនធ្លាប់មានពីមុនមក អត្ត
បទបោះពុម្ពផ្សាយរបស់ រដ្ឋមន្ត្រីក្រសួងពាណិជ្ជកម្មរបស់ចិន លោកការ ហ្ស៊ីងិ បានបង្ហាញថា ការស្តាប
នារួមរបស់ "ខ្សែក្រវ៉ាត់មួយ ផ្លូវមួយ" គឺជាការចាប់ផ្ដើមបើកចំហរទូលំទូលាយរបស់ប្រទេសចិនតាម
លំនាំថ្មី។ ការស្តាបនា "ខ្សែក្រវ៉ាត់មួយ ផ្លូវមួយ" គឺជាទស្សន:ថ្មីរបស់គណ:បក្សកុម្មុនីស្តចិន និងរដ្ឋា
បាលចិន ដើម្បីជម្រុញឈ្លៀនឆ្លើលជុំថ្មីនៃការបើកចំហរ វាជាជំនួយជួយរួមចំណែកដល់បង្កើតគ្នានៅក់
ទិនងកិច្ចសហប្រតិបត្តិការរបស់ប្រទេសចិនទៅជាមួយនិងអន្តរជាតិ ជួយជម្រុញទៅវិញទៅមកក្នុង
គោលការណ៍បើកចំហរទាំងក្នុងនិងក្រៅ ពង្រើកចង្វោះនៃការអភិវឌ្ឍន៍ បញ្ចេញអោយអស់នូវសក្ដានុ
ពលអភិវឌ្ឍន៍ ឈ្លើលជុំថ្មីនៃការបើកចំហរនិងរូបរួមបញ្ចូលគ្នា ក្រោមលក្ខខណ្ឌប្រមូលផ្ដុំអោយបានជា
ទូលំទូលាយ។[20]

"បើកចំហរទូលំទូលាយ" មិនមែនជាប្រធានបទថ្មីនោះទេ ទោះបីយ៉ាងណាក់ដោយ តាមការ
ស្រាវជ្រាវរបស់មជ្ឈមណ្ឌលស្រាវជ្រាវនិងអភិវឌ្ឍន៍របស់ក្រុមប្រឹក្សារដ្ឋចិនបង្ហាញថា បច្ចុប្បន្នភាពកំរិត
នៃការបើកចំហររបស់ប្រទេសចិននៅទាបនៅឡើយ បើធៀបជាមួយប្រទេសលើសកលលោកដ៍ទៃទៀត
សេរាកម្មពាណិជ្ជកម្ម និងទំហំនៃការវិនិយោគទៅក្រៅប្រទេស់នៅមានគន្លាតខុសគ្នាច្រើនជាមួយ
ប្រទេសដែលមានការអភិវឌ្ឍន៍លើសកលលោក ក្នុងសង្គមទាំងមូលការបើកទូលាយនៅមានកំរិតទាប
នៅឡើយ។[21] បទពិសោធន៍របស់ប្រវត្តិសាស្ត្របង្ហាញថា ការបើកចំហរនៅក្រៅគឺត្រូវស្របតាមនិន្នាការ
នៃវិទេសសម័យកាលសង្គម ហើយប្រសិនចង់ធ្វើការបើកចំហរ ចាំបាច់ត្រូវតែចេះក្ដាប់អោយបានឱ
កាសនៃ "សម័យកាលឧស្សាហកម្ម4.0" ថែរក្សានិងពន្លារពេលឱកាសយុទ្ធសាស្ត្ររបស់ចិនដែលជាផ្លូវ
ត្រូវឆ្លងកាត់។

"ខ្សែក្រវ៉ាត់មួយ ផ្លូវមួយ" ជាគំនិតផ្ដួចផ្ដើមក្នុងការសាងសង់ "ប្រព័ន្ធបើកចំហរទូលំទូលាយ"
ហើយចំនុចសំខាន់នៅលើការដោះស្រាយភាពរឹកវ៉ឺនមិនស្មើភាពគ្នាបង្កអោយមានទំនាស់ និងបញ្ហា
តាំងពីបុរាណកាលរៀងមក និងធ្វើអោយ "បរិបទថ្មី" នៃសេដ្ឋកិច្ចចិនរៀបចំផែនការបានរួចជាស្រេច
អភិវឌ្ឍន៍សក្ដានុពលសេដ្ឋកិច្ចចិនដ៍គោក(ជាពិសេសគឺភូមិភាគខាងលិចរបស់ចិន)។ ក៏ប៉ុន្តែអត្ថន័យ
នៃពាក្យថា ប្រព័ន្ធបើកចំហរ "ទូលំទូលាយ" វាមិនមែនមានត្រឹមនេះនោះទេ។ ក្នុងនាមការបើកចំហរនៃ
ឈ្លើនឆ្លើលជុំថ្មីត្រូវសម្រេចអោយបានននូវ"បច្ចុប្បន្ន" ភាពបួនយ៉ាង:

---

[19] ចាង ជានកីង ទស្សន:សូលរបស់«ខ្សែក្រវ៉ាត់មួយ ផ្លូវមួយ»គឺការរួមបញ្ចូលគ្នា, ពត៌មានវិទ្យុចិន ថ្ងៃទី24 ខែធ្នូ ឆ្នាំ2014

http://finance.enr.en/zt/dgdsd12/jbgd.201441224/t20141224 517204295.shtml

[20] ការ ហ្ស៊ីង, យុទ្ធសាស្ត្រនៃ«ការស្ដាបនារួមគ្នា ខ្សែក្រវ៉ាត់មួយ ផ្លូវមួយ» គំនិតផ្ដួចផ្ដើមថ្មីនៃការបើកចំហរទូលំទូលាយរបស់ចិន<សារពត៌មានស្វែងរក>ឆ្នាំ2015 សប្ដាហ៍ទី05

[21] ការ ហ្ស៊ីង (ភ្លោះបន្ថោកអោយបានស្ថានការពិភពលោក ពង្រើកវិសាលភាពនៃការបើកចំហរ), <សារពត៌មានស្វែងរក> ឆ្នាំ2015 សប្ដាហ៍ទី2

មួយគឺ៖ ផ្នែកសំខាន់នៃការបើកចំហារ។ ការស្ដារនា "ខ្សែក្រវ៉ាត់មួយ ផ្លូវមួយ" សង្កត់ធ្ងន់ទៅលើ ការបង្កើនកម្រិតបើកចំហារបស់តំបន់ដីគោក វិធីសាស្ត្របន្ថយឧបទ្ធភាពវិកចំរើនក្នុងកំឡុងពេលនៃការ បើកចំហារ ដែលធ្វើអោយតំបន់ខ្លះប្រឈមមុខនិងការវិកចំរើនមិនស្មើភាពគ្នា។ ការស្ដារនា "ខ្សែក្រវ៉ាត់ មួយ ផ្លូវមួយ" ត្រូវមានការកែប្រែគ្រប់បែបយ៉ាងនៃតំបន់នៅតាមរយៈបណ្ដោយខ្សែ ក៏ដូចជាមានកិច្ច ខិតខំប្រឹងប្រែងរបស់តំបន់នៅតាមមូលដ្ឋានផងដែរ។ ជាពិសេសគឺ កិច្ចខិតខំប្រឹងប្រែងកែប្រែតំបន់ភាគ ខាងលិច(ទីប) ដែលមិនទាន់បើកចំហារទូលំទូលាយ និងតំបន់ដែលមិនស្ងួមានការអភិវឌ្ឍន៍ ធ្វើឱ្យ សក្តានុពលផលិតកម្ម ទីផ្សារ និងតម្រូវការរបស់ភាគខាងកើត និងតំបន់តាមបណ្ដោយផ្លូវស្ងួគ្រួម បញ្ចូលគ្នាឡើង។

ពីរគឺ៖ មុខសញ្ញាដែលត្រូវបើកចំហារ។ គោលនយោបាយ "ខ្សែក្រវ៉ាត់មួយ ផ្លូវមួយ" បានបង្កើត ឡើងគោលដោយធ្វើអោយកាន់តែមានភាពទូល័ទូលាយវាងទីផ្សារក្នុងស្រុក និងទីផ្សារអន្តរជាតិ។ "ខ្សែក្រ វ៉ាត់មួយ ផ្លូវមួយ" គឺចាប់ផ្ដើមចេញពីប្រទេសចិន គឺជាប្រចក្រវៀងសេដ្ឋកិច្ចដែលមានទំហំធំ និងមាន រយៈចំងាយវែងបំផុតលើពិភពលោក។ ការស្ដារនា "ខ្សែក្រវ៉ាត់មួយ ផ្លូវមួយ" ជំរុញត្រូវវាជ្រើកការ "បើក ចំហារគ្រប់តំបន់ដែលនៅក្នុងប្រទេស" ដូចជាការបោះទុនរបស់ខេត្តទាំងអស់ដែលនៅតាមបណ្ដោយ ខ្សែ កសាងសេដ្ឋកិច្ចផ្ដល់ខ្លួនអោយវឹងមាគ្រប់តម្រោងនៅក្នុងតំបន់ដែលគ្រប់គ្រងដោយរដ្ឋាភិបាល ត្រូវវាបោះទុនអោយបំគោលដៅ សំរេចអោយបានកិច្ចសហប្រតិបត្តិការទៅវិញទៅមកទាំងក្នុងស្រុក និង តំបន់ផ្សេងៗ។ ការស្ដារនា "ខ្សែក្រវ៉ាត់មួយ ផ្លូវមួយ" ក៏ត្រូវវៃតពង្រើក "បើកចំហារទៅក្រៅប្រទេស" ផង ដែរ ទោះបីត្រូវប្រឈមមុខទៅប្រទេសកាន់តែច្រើន ហើយកម្រិតសម្បូរបែបកាន់តែខ្ពស់ក៏ដោយ។ "ខ្សែ ក្រវ៉ាត់មួយ ផ្លូវមួយ" មានភាពបើកចំហារជានិច្ចចំពោះប្រទេសនៅតាមបណ្ដោយ ឬអង្គភាព និងប្រទេស ដៃទៃផ្សេងៗទៀតទោះបីប្រើប្រាស់រូបភាពផ្សេងៗចូលរួមក៏ដោយ លើកកំពស់អាជីវកម្មសំបូរបែប តស៊ូមតិ យោបល់របស់រដ្ឋាភិបាល សហគ្រាស ទំនាក់ទំនងប្រជាជនគ្រប់ជាន់ថ្នាក់។ កិច្ចជម្រុញការស្ដារនា "ខ្សែក្រវ៉ាត់មួយ ផ្លូវមួយ" របស់ប្រទេសចិន គឺមិនចំពោះ មិនប្រានចោលប្រទេសមួយណាទាំងអស់ គឺ ជាការជ្រើសរើសេន្ធរកិច្ចសហប្រតិបត្តិការភាពជាដៃគូ ដែលពីមុនមិនធ្លាប់មាន។ "ខ្សែក្រវ៉ាត់មួយ ផ្លូវ មួយ" ផ្សារភ្ជាប់អាស៊ីកណ្ដាល អាស៊ីអាគ្នេយ៍ អាស៊ីខាងត្បូង អាស៊ីខាងលិច ហុតដល់តំបន់មួយចំនួន ប៉ែកខាងអឺរ៉ុប រង្វង់សេដ្ឋកិច្ចអាស៊ីប៉ាស៊ីហ្វិក រង្វង់សេដ្ឋកិច្ចអឺរ៉ុបប៉ែកខាងលិច ដែលការផ្សារភ្ជាប់ទាំង នេះវាបានឆ្លងហួស ទីតាំងព្រំដែនភូមិសាស្ត្រតាំងពីបុរាណរៀងមក។ ហើយរដ្ឋាភិបាលចិនវៃតែតែចង់ បង្ហាញថា ក្រៅអំពីប្រទេសនៅតាមបណ្ដោយខ្សែ និងប្រទេសទាំងអស់លើសកលលោកនិងអន្តរជាតិ និងវាល់សកម្មភាពចូលរួមកសាងនៅក្នុងតំបន់សុទ្ធតែទទួលបានការស្វាគមន៍ជានិច្ច[22]ដើម្បីបង្ហាញពី សន្ធិភាពនៃភាពស្មោះត្រង់ រដ្ឋាភិបាលចិនបានខិតខំពន្យល់ប្រទេសផ្សេងៗច្រើនលើកច្រើនសារអំពី គំនិតផ្ដួចផ្ដើម "ខ្សែក្រវ៉ាត់មួយ ផ្លូវមួយ"នេះ ហើយថែមទាំងបានបង្កើតធនាគារបម្រុងសំរាប់ការវិនិយោ គនិងសាងសង់ហេរ្យវចនាសម្ព័ន្ធអាស៊ី ព្រមទាំងឧបនិធិហិរញ្ញវត្ថុផ្សេងៗទៀត ក្នុងន័យទៅធ្វើការ ពន្យល់ណែនាំដល់ប្រទេសដែលមានវិស័យហិរញ្ញវត្ថុវិកចំរើនដូចជា ប្រទេសអាមេរិកនិងបណ្ដាប្រទេស

_____
[22] ការវិភាគរបស់លោក ចូង ស៊ីង <មុននិងក្រោយប្រកាន់ខ្ជាប់ទៅនិងអាជីវកម្ម ស្ថាបនារួម ថែករវៃលក្រម> សារពត៌មានប្រជាជនចិន ចុះថ្ងៃទី16 ខែ02 ឆ្នាំ2015 ទំព័រទី03

សហគមន៍អឺរ៉ុប សង្ឃឹមថាអាចស្រូបយកប្រទេសនិងអង្គភាពនានាបានកំលាំងកាន់តែច្រើន រួបរួមគ្នាជាធ្លុងមួយសំរេចអោយបាននូវកិច្ចការដ៏មហាអស្ចារ្យនេះ។

បីគឺៈ របៀបនៃសកម្មភាពឆ្លើយឆ្លងគ្នា។ ការបើកទូលាយគឺដើម្បីអោយសេដ្ឋកិច្ចទ្វេភាគីឬពហុភាគីធ្វើការកំរើកទៅរកវឌ្ឍនៈភាពរួមគ្នាមួយ។ បើមើលទៅលើវិស័យពាណិជ្ជកម្ម "ខ្សែក្រវ៉ាត់មួយ ផ្លូវមួយ" នឹងអាចធ្វើអោយហេដ្ឋារចនាសម្ព័ន្ធនៃវិស័យគមនាគមន៍ វិស័យទូរគមនាគមន៍ របស់ប្រទេសចិនបានភ្ជាប់ទៅនឹងបណ្តាប្រទេសនានាតាមរយៈបណ្តោយ លើកកំពស់ប្រសិទ្ធភាពដឹកជញ្ជូនទំនិញទៅវិញទៅមក សម្រួលដល់ការធ្វើពាណិជ្ជកម្មជាមួយគ្នាទៅវិញទៅមក ដោយឆ្លងតាមការលើកកំពស់កម្រិតចំណាយនៃការប្រើប្រាស់របស់ប្រជាជននៅក្នុងតំបន់តាមរយៈបណ្តោយ ហើយក៏អាចគាស់រំលើងទីផ្សារអតិថិជនបានកាន់តែច្រើនថែមទៀត បង្កើតបានជាទំនាក់ទំនងពាណិជ្ជកម្មប្រកបដោយចីរភាព។ បើមើលទៅលើការវិនិយោគ គឺអាចបន្តនិងជួយជម្រុញអោយសហគ្រាសរបស់ចិនអាច(ដើរចេញទៅក្រៅ) ខិតខំបង្កើត និង(នាំចូលមក)នូវកំរិតទំនាក់ទំនងកំរើកទៅរកភាពជោគជ័យរួមគ្នាមួយដែលវាគឺជាអត្ថន័យសំខាន់នៃការបើកចំហរបញ្ចូលគ្នារបស់ "ខ្សែក្រវ៉ាត់មួយ ផ្លូវមួយ"។ ក្នុងកំឡុងពេលដប់ឆ្នាំកន្លងទៅ ការនាំចេញរបស់ចិន មានការកើនឡើងយ៉ាងឆាប់រហ័ស គឺមិនមែនទំនិញប្រើប្រាស់កម្រិតទាប ដែលកែច្នៃរួចហើយបិតស្លាកថា(ផលិតនៅប្រទេសចិន)នោះទេ តែវាគឺជាការនាំចេញ នាវាឡាន បរិក្ខាទូរគមនាគមន៍ បរិក្ខាសំរេចជាឈុតៗ។ ដូចជាៈ ផលិតផលរបស់ហ៊័រវ៉ួយ ចុងស៊ីងនាំចេញទៅលក់លើទីផ្សារពាសពេញពិភពលោក ដែលដំបូងឡើយផលិតផលទាំងនេះគ្រាន់តែសម្រាប់ផ្គត់ផ្គង់ទីផ្សារក្នុងស្រុកតែប៉ុណ្ណោះ តែបន្ទាប់មកការលក់នៅទីផ្សារក្រៅស្រុកមានចំនួនច្រើនជាងទីផ្សារក្នុងស្រុកទៅ ទៀត។ ការស្ថាបនា "ខ្សែក្រវ៉ាត់មួយ ផ្លូវមួយ" ដើម្បីបង្កើតឧស្សាហូបនីយកម្មដល់ប្រទេសដែលកំពុងអភិវឌ្ឍន៍ និងឱកាសថ្មីនៃនគរូបនីយកម្ម ពួកគេត្រូវការចាំបាច់ណាស់ក្នុងការកសាងហេដ្ឋារចនាសម្ព័ន្ធសព្វបែបយ៉ាង។ ដោយក្នុងនោះរួមមាន ថាមពល អគ្គិសនី ដែកថែប គ្រឿងយន្តគមនាគមន៍ ទូរគមនាគមន៍ ។ល។ សហគ្រាសចិននៅក្នុងការប្រកួតប្រជែងជាលក្ខណៈសកលរូបនីយកម្មគឺមានកំលាំងខ្លាំងក្លាជាងគេ។ ក្រុមអ្នកជំនាញបានវិភាគថា នៅក្នុងអនាគតកាលដ៏ខ្លីខាងមុខសកលលោកនិងប្រឈមមុខទៅនិងសន្ទុះនៃការស្ថាបនាហេដ្ឋារចនាសម្ព័ន្ធដ៏ខ្លាំងក្លា។ ដែលនេះសុទ្ធតែជាឱកាសរបស់ប្រទេសចិន និងប្រទេសស្ថិតនៅតាមបណ្តោយ "ខ្សែក្រវ៉ាត់មួយ ផ្លូវមួយ"។

ទីបួនៈ ចិត្តគំនិតដែលបើកចំហរ។ ប្រទេសចិនតាមរយៈការស្ថាបនា "ខ្សែក្រវ៉ាត់មួយ ផ្លូវមួយ" និង ជម្រុញអោយមានភាពរួមបញ្ចូលគ្នានៃការបើកចំហរ ភាពរួមបញ្ចូលគ្នានៃការចាប់ផ្តើមកិច្ចសហប្រតិបត្តិការជាក់ស្តែង ឈានមុខគេក្នុងការដឹកនាំកិច្ចសហប្រតិបត្តិការអន្តរជាតិតាមបែបផែននៃរចនាបទថ្មី។ ហេតុដែលយើងជ្រើសយកការបើកដំណើរការសេដ្ឋកិច្ចលក្ខណៈទ្រង់ទ្រាយធំដោយរួមទាំងការស្ថានាផងដែរនោះ គឺដោយសារក្នុងរយៈពេលកន្លងមក ប្រទេសដែលលេចធ្លោមួយចំនួន ច្រើនតែជ្រើសយកការនាំចេញជាឯកទិស ដើម្បីជានាបាននូវអត្ថប្រយោជន៍ផ្ទាល់ខ្លួន។ នៅក្នុងដំណើរស្ថាបនា "ខ្សែក្រវ៉ាត់មួយ ផ្លូវមួយ" ប្រទេសចិននិងរក្សាខ្ជាប់ខ្ជួនអោយបានការនូវគោលការណ៍ជៀតជ្រែកចូលកិច្ចការផ្ទៃក្នុងប្រទេសដ៏ទៃ មិនដើរតាមគន្លងចាស់ដែលងាយនឹងបង្កជម្លោះ ធ្វើជាប្រទេសជិតខាងល្អ

រួបរួមគ្នាដោយភាពប្រពៃថ្លៃថ្នូរ ស្វែងរកការអភិវឌ្ឍន៍រួម។ "ខ្សែក្រវ៉ាត់មួយ ផ្លូវមួយ" បានសង្កត់ធ្ងន់មិនអោយប្រទេសចិនប្រព្រឹត្តដាច់ខាតនូវគំនិតឯកតោភាគី មិនត្រូវបង្ខំអោយគេប្រតិបត្តិតាមគំនិតដែលខ្លួនចង់បាន ។ "ខ្សែក្រវ៉ាត់មួយ ផ្លូវមួយ" ស្វាគមន៍ឧត្តមភាពនិងភាពចាំបាច់នៃការអភិវឌ្ឍន៍គ្រប់បណ្តាប្រទេសនៅតាមរយៈបណ្តោយខ្សែ គាំទ្រនិងលើកកំពស់គំនិតការច្នៃប្រឌិតថ្មីៗរបស់ប្រទេសនៅតាមរយៈបណ្តោយខ្សែ ដោយឈរលើស្មារតីស្មោះត្រង់គោរពគ្នាទៅវិញទៅមក ដើម្បីសំរេចបានកិច្ចសហប្រតិបត្តិការដែលមានប្រសិទ្ធិភាពខ្ពស់។ ទោះបីជាយុទ្ធសាស្ត្រនេះ គឺប្រទេសចិនផ្ទាល់ជាអ្នកលើកឡើង ក៏ប៉ុន្តែនៅក្នុងការយុទ្ធសាស្ត្រ "ខ្សែក្រវ៉ាត់មួយ ផ្លូវមួយ" ប្រទេសចិនអាចមិនចាំបាច់(ជាអ្នកនាំមុខគេ)ក៏ថាបាន ធ្វើយ៉ាងណាអោយតែប្រទេសនៅតាមបណ្តោយខ្សែជានាបាននូវការពិគ្រោះយោបល់ស្មើភាពគ្នា ហើយគ្រប់គម្រោងដែលពាក់ព័ន្ធគឺសមហេតុសមផលដែលអាចធ្វើទៅបាន។ ទន្ទឹមនឹងនោះដែរការកសាង "ខ្សែក្រវ៉ាត់មួយ ផ្លូវមួយ" ចាំបាច់ត្រូវយកចិត្តទុកដាក់ចំពោះ(ទឹកចិត្តប្រជាជនរួបរួមគ្នាវេញជាធ្លុងមួយ) ព្រោះវាមានការចាំបាច់ដែលត្រូវអោយមានការចូលរួមពីសំណាក់ប្រជាជនដែលនៅតាមបណ្តោយខ្សែអោយបានទូលំទូលាយ យោគយល់គ្នា ទាំងវប្បធម៌និងអរិយធម៌អាចរួមរស់នៅជាមួយគ្នាបានអត្ថប្រយោជន៍រួម ដើម្បីធ្វើការគាំទ្រលើកកំពស់ទំនុកទុកចិត្ត ការស្ថាបនា និងការអភិវឌ្ឍន៍សេដ្ឋកិច្ចរួមគ្នា។ ប្រទេសចិនសន្យាខិតខំផ្គត់ផ្គង់ទំនិញសាធារណៈ ផ្តួចផ្តើមមុនគេចំពោះការទទួលខុសត្រូវរបស់អន្តរជាតិ ជម្រុញរកភាពរីកចំរើនរួមគ្នាជាមួយបណ្តាប្រទេសនិងតំបន់នៅតាមរយៈបណ្តោយខ្សែ ដោយយកទស្សនៈដូចគ្នាសំលឹងមើលប្រទេសផ្សេងៗ ផ្លាស់ប្តូរមូលដ្ឋាននៃការពិចារណា ពង្រីកទស្សនៈបើកចំហរអោយកាន់តែទូលំទូលាយខិតអោយជិតជាមួយនិងប្រជាជន។

3- ទស្សនៈការអភិវឌ្ឍន៍ដោយសមភាពនិងតុល្យភាព

ទស្សនៈ "ខ្សែក្រវ៉ាត់មួយ ផ្លូវមួយ" បានរាប់បញ្ចូលទិសដៅគោលនយោបាយទាំងក្នុងនិងក្រៅរបស់រដ្ឋាភិបាលចិន គឺគោលនយោបាយអភិវឌ្ឍន៍ខាងក្នុងផងនិងទំនាក់ទំនងជាមួយខាងក្រៅផងផ្សំបញ្ចូលគ្នា ដោយបានឆ្លុះបញ្ចាំងយ៉ាងល្អចំពោះទស្សនៈនៃទិសដៅទាំងពីរនេះ គឺការអភិវឌ្ឍន៍ដោយស្មើភាពនិងតុល្យភាព។

"ខ្សែក្រវ៉ាត់មួយ ផ្លូវមួយ"យកចិត្តទុកដាក់ចំពោះការអភិវឌ្ឍន៍ដោយមានស្មើភាពនិងតុល្យភាពនៅក្នុងប្រទេសចិនគ្រប់តំបន់។

ការកែទម្រង់និងបើកចំហររយៈពេលជាង30ឆ្នាំមកនេះ ការកសាងសេដ្ឋកិច្ចរបស់ប្រទេសចិនទទួលបានភាពរីកចម្រើនដ៏ត្រចះត្រចង់ដែលពិភពលោកសំដែងការចាប់អារម្មណ៍យ៉ាងខ្លាំង ក៏ប៉ុន្តែទន្ទឹមនឹងនោះដែរការរីកចំរើនមិនស្មើភាពគ្នាបាននិងកំពុងតែក្លាយជាឧបសគ្គមួយទប់ស្កាត់ប្រទេសចិនចំពោះពាក្យថា «រីកចំរើនមន្ថែមទៀត»។ នៅដើមសតវត្សថ្មីនេះ ប្រទេសចិនបានខិតខំជម្រុញនិងអនុវត្តគោលដៅកែតម្រូវយុទ្ធសាស្ត្របើកអោយធំទូលាយនៅតំបន់ភាគខាងលិច(ទីបេ) បន្ទាប់មកទៀតគឺជម្រុញយុទ្ធសាស្ត្រភូមិភាគកណ្តាលអោយក្រោកឡើង និងលើកកំពស់ផែនការយុទ្ធសាស្ត្រភូមិភាគឦសាន ទោះបីជាលទ្ធផលល្អគួរអោយកត់សម្គាល់ក៏ពិតមែន ក៏ប៉ុន្តែដោយហេតុថាយុទ្ធសាស្ត្រទាំងអស់នេះពាក់ព័ន្ធ និងចំនួនប្រជាជនក្រីក្រនៅតំបន់ដីគោកនៅតែមានចំនួនច្រើន ការរីកចម្រើនរបស់

សេដ្ឋកិច្ចនិងសង្គមប្រឈមមុខទៅនឹងបញ្ហាចាក់ស្រេះយ៉ាងជ្រៅ ដែលមិនទាន់ដោះស្រាយអោយបាន
ត្រឹមត្រូវ។ ក្នុងនាមជើសាស្ត្រថ្មីនៃគោលនយោបាយបើកចំហរ «ធ្វើក្រោយតែវិកេចម្រើនទាន់គេ» ទទួល
រងនូវវគ្គាល់បាកដូចជា កត្តាភូមិសាស្ត្រធម្មជាតិ លក្ខខណ្ឌគមនាគមន៍ មូលដ្ឋានសេដ្ឋកិច្ច កម្រិតទី
ផ្សារៗ។ តំបន់ដីគោកពិបាកនឹងទទួលបាននូវសក្តានុពលការអភិវឌ្ឍន៍ធនធានធម្មជាតិតាមបែប
ផែនវិទ្យាសាស្ត្រណាស់។ ដោយប្រឈមមុខទៅនឹងសម័យសកលការូបនីយកម្មនេះ គុណាបិត្តិនៃការ
ប្រកួតប្រជែងគឹក៏ស្វែងអោយឃើញនៅចំពោះមុខ ឧសគ្គាយ៉ាងធ្ងាយស្រឡះបើផ្ទៀងជាមួយតំបន់ជាប់
ឆ្នេសមុទ្រ។

បច្ចុប្បន្ន កត្តាដែលនាំអោយមានការរាំងស្ទះដល់ការអភិវឌ្ឍន៍តំបន់ដីគោកគឺ ភាពបើកទូលាយ
នៅមានកម្រិតនៅឡើយ ចង្វាក់ផលិតកម្មមិនសមស្រប ហើយការធ្វើការវិកែប្រែអោយទាន់សម័យមាន
ការលំបាក។ [23] ការស្ថាបនាខ្សែក្រវ៉ាត់សេដ្ឋកិច្ចនៃផ្លូវសូត្រ តម្រូវអោយមានការបូជ្ជាចិត្តដើម្បីពង្រីក
ព្រាមទាំងបើកចំហរផ្លូវរវតំបន់ដីគោកដោយផ្ទាល់ ធ្វើជាបង្អុចក្នុងន័យអោយភូមិភាគកណ្ដាលនិងខាង
លិចទទួលបាននូវការបើកចំហរវផ្ទែកសេដ្ឋកិច្ច ដើម្បីរអោយប្រជាជននៅភូមិភាគកណ្ដាលនិងខាងលិច
ទទួលបានភាពរស់រវើកនៃការអភិវឌ្ឍន៍និង ប្រាក់ចំណូលបានកើនឡើង បង្កើនភាពបើកវើនវាងផ្ទែក
សេដ្ឋកិច្ចនិងសង្គម ជម្រុញដំណើរការទីផ្សារ កាត់បន្ថយភាពវិកែវើនមិនស្មើភាពគ្នាដែលតែងតែបង្ក
អោយមានបញ្ហាបន្ទាប់បន្សាំ។ ហើយក្នុងនោះវដែរ អត្ថប្រយោជន៍របស់ ″ខ្សែក្រវ៉ាត់មួយ ផ្លូវមួយ″ ចំពោះ
តំបន់នឹងត្រូវបានរូបញ្ចូលទៅក្នុងមុខញ្ញែញយុទ្ធសាស្ត្រ «អភិវឌ្ឍន៍រួមគ្នាប៉ែកាំង-ធានជីន-ហឺបិ៉» និង
«ក្រវ៉ាត់សេដ្ឋកិច្ចទន្លេធាងជាង» របស់ប្រទេសជាតិ។ គ្រប់តំបន់ទាំងអស់និងអាចស្ថាបនាហេផ្ទារចនា
សម្ព័ន្ធបានយ៉ាងល្អប្រពៃ បង្កើតអោយមានចង្វាកនៃកិច្ចទំនាក់ទំនងផ្សារភ្ជាប់គ្នា។ នេះមិនត្រឹមតែបង្ក
ភាពងាយស្រួលដល់តំបន់ដីគោក «ឱីនាវាបើកទៅសមុទ្រ» ប្រើប្រាស់អោយអស់លទ្ធភាព សេដ្ឋកិច្ចនៅ
ចញ្ជាយៈពេលវែងនៃតំបន់តាមមាត់សមុទ្រ អភិវឌ្ឍន៍បទពិសោធន៍និងទំនាក់ទំនង បំពេញសេចក្ដីត្រូវ
ការរបស់តំបន់នៅតាមមាត់សមុទ្រ និងទីផ្សារក្រៅស្រុក បញ្ញាសមកវិញវាអាចជម្រុញតំបន់ដីគោក
គ្រប់ខេត្តទាំងអស់អោយមានការផ្ទាស់ប្ដូរគំនិតអភិវឌ្ឍដោយយោងតាមតម្រូវការ និងភូមិសាស្ត្រធ្វើការ
អភិវឌ្ឍន៍សក្តានុពលនៃធនធាន រកអោយឃើញនូវជើសាស្ត្របង្កើនកម្រិតវិកែចំរើននៃ ឧស្សាហកម្ម
លើកកំពស់សមត្ថភាពប្រកួតប្រជែងរបស់សហគ្រាស លុបបំបាត់សមត្ថភាពផលិតកម្មអន់ថយ លើក
កំស់វិធីនៃចនាសម្ព័ន្ធ ឧស្សាហកម្មអោយកាន់តែប្រសើរឡើង។

ទន្ទឹមនឹងនោះ: ″ខ្សែក្រវ៉ាត់មួយ ផ្លូវមួយ″ បានអូសទាញសេដ្ឋកិច្ចរបស់ប្រទេសទាំងអស់នៅតាម
បណ្ដោយខ្សែអោយមានភាពវិកែចំវើនឡើង លើកកំពស់សមត្ថភាពវិកែវើននៃសេដ្ឋកិច្ចសកល។ ក្នុងកំ
ឡុងពេលនៃការវិកែចំវើនរបស់សេដ្ឋកិច្ចសកលតែងតែមាន ឥទ្ធិពលម៉ាថាយ (Matthew): ដោយ
ប្រទេសខ្លះកាន់តែមានបានសម្បូរហូរហៀរ រីឯប្រទេសខ្លះវិញអន់ថយក្រលំបាកមានរយៈពេលកាន់តែ

_____

[23] ឌីង កាំពីន, វ៉ៃ យ៉ងជើង, ‹ខ្សែក្រវ៉ាត់សេដ្ឋកិច្ចថ្មីនៃផ្លូវសូត្រ: ឱកាសអភិវឌ្ឍន៍ថ្មីនៃតំបន់ភាគខាងលិច›, ‹ សុទិដ្ឋិនិយមនៃការគ្រប់គ្រងសេដ្ឋកិច្ច› ឆ្នាំ2014
ទំព័រទី 62

យូរ ស្ថានការណ៍បែបនេះពិបាកនិងបន្តទៀតណាស់។ ពេលនេះ ទោះបីជាផលប៉ះពាល់របស់វិបត្តិសេដ្ឋ កិច្ចនិងហិរញ្ញវត្ថុកាលពីដើមុន នៅមិនទាន់បានបញ្ចប់ជាស្ថាពរនៅឡើយក៏ដោយ ហើយជាមួយការម កដល់នៃយុគសម័យ «ឧស្សាហកម្ម4.0» ប្រទេសដែលមានសេដ្ឋកិច្ចអភិវឌ្ឍនិងប្រទេសដែលកំពុង អភិវឌ្ឍន៍សុទ្ធតែត្រូវបង្ខំអោយចេះក្លាប់យកឱកាស ជាមួយនឹងការបើកចំហរឲ្យទូលាយនៃស្វែករកឱកាស សំរាប់ធ្វើអោយដើរឡើងវិញនៃសេដ្ឋកិច្ច។ បើតាមការរៀបរៀបយេីងឃេីញថា រចនាសម្ព័ន្ធសេដ្ឋកិច្ច របស់ប្រទេសកំពុងអភិវឌ្ឍន៍មានលក្ខណៈទន់ខ្សោយ មូលនិធិ ធនធានមនុស្ស បច្ចេកវិទ្យានៅមានភាព ខ្វះខាត ចាំបាច់ត្រូវវៃតទទួលបានការគាំទ្រពីមជ្ឈដ្ឋានខាងក្រៅទេីបបាន។ "ខ្សែក្រវ៉ាត់មួយ ផ្លូវមួយ" ផ្តង កាត់មហាជីគោកអាស៊ីអឺរ៉ុបនិង រួមជាមួយប្រទេសកំពុងអភិវឌ្ឍន៍ជាច្រើន។ លោកអគ្គលេខាបក្ស ស៊ី ជិនភីងក៏បានចង្អុលបង្ហាញថា៖ «ទឹកឡើងទូកខ្ពស់ ទន្ទេូចមានទឹក ទន្ទេជំមានទឹកពេញ ទាំងអស់គ្នា វិកចំរើនរួមគ្នា ទេីបនាំឲ្យវិកចំរើនទាំងអស់គ្នាបាន។ គ្រប់ប្រទេសទាំងអស់ក្នុងពេលដែលស្វែងរកភាព វិកចំរើនរបស់ខ្លួន គឺត្រូវតែជម្រុញប្រទេសដ៍ទៃទៀតអោយមានការវិកចំរើនរួមគ្នា អោយលទ្ធផលនៃការ វិកចំរើនកាន់តែច្រើន កាន់តែលួបានដល់ប្រជាជនគ្រប់ប្រទេសទាំងអស់» [24] ឈរលើស្មារតីបែបនេះ៖ ប្រទេសចិនធ្លងតាមរយៈការស្ថាបនា "ខ្សែក្រវ៉ាត់មួយ ផ្លូវមួយ" អាចចែករំលែកផលប្រយោជន៍នៃកំណែ ទម្រង់និងការអភិវឌ្ឍន៍ ហើយក៏ព៌ំនាំយកបទពិសោធន៍និងមេរៀនរបស់ខ្លួន ទៅជម្រុញ ពិភាក្សា និង សហការជាមួយបណ្ដាប្រទេសនៅតាមបណ្ដោយខ្សែ បង្កើតអោយមានសមត្ថភាព គុណភាពនៃការវិក ចំរើនស្ថាបនាទំនាក់ទំនងដៃគូថ្មីក្នុងសហការសកលលោក ដែលកាន់តែមានសមភាពនិងគុណភាព គាំមូលដ្ឋានដ៏រឹងមាំដល់ការវិកចំរើនសេដ្ឋកិច្ចសកលលោកដោយមានស្ថេរភាពនិងយូរអង្វែង។

ជំពូកទី២ ទ្រឹស្ដីថ្មែប្រឌិតថ្មីអំពីសមាហរណកម្មក្នុងពិភពលោក

អំពីការស្ថាបនា "ខ្សែក្រវ៉ាត់មួយ ផ្លូវមួយ" ក្រោមទស្សនៈធ្វើអោយវិកម្មរួមគ្នា ស្ថាបនារួម ចែករំលែក រួម ថ្នាក់ដឹកនាំនៃប្រទេសចិនបានគួបផ្សំគ្នានូវស្ថានភាពខាងក្នុង និងខាងក្រៅផ្ដែកបានធ្វើការថ្មែប្រ ឌិតថ្មីរួមទ្រឹស្ដី ក្នុងនោះរួមមានក្របខណ្ឌនៃកិច្ចសហប្រតិបត្តិការនិងក្របខណ្ឌអភិវឌ្ឍន៍សេដ្ឋកិច្ច។ ការ ណែនាំនៃក្រោមទ្រឹស្ដីថ្មែប្រឌិតថ្មីនេះ ប្រទេសចិនគួបផ្សំការ «នាំចូល» «ការដេីរចេញទៅក្រៅ» កាន់តែ លួប្រពៃ ក្នុងពេលកំពុងដេីរចូលទៅក្នុងពិភពលោក ចែករំលែកផលប្រយោជន៍វិកចំរើន ចង់បានការ បើកចំហរស្មើភាពគ្នាជាមួយពិភពលោកទាំងមូល ដេីម្បីភាពវិកចំរើនរួមនិងផលប្រយោជន៍ឈ្នះ១រួម។ ទ្រឹស្ដីនៃការថ្មែប្រឌិតថ្មីនេះ គឺលើសពីទ្រឹស្ដីសេដ្ឋកិច្ចពីបុរាណកាល និងកិច្ចសហប្រតិបត្តិការក្នុងតំបន់ ទស្សនៈ «គុណភាព ឈ្នះ១សម្រុងគ្នា» សុខដុមនោបានជ្រាបចូលយ៉ាងជ្រៅក្នុងដំណេីរការនៃសកលភា វូបនីយកម្ម ដេីម្បីផ្ដល់អោយពិភពលោកនូវតំនិតអភិវឌ្ឍន៍ថ្មី ជម្រុញអោយសំរេចបានយ៉ាងឆាប់រហ័ស នូវកិច្ចសហប្រតិបត្តិការជាសកល។

[24] ស៊ី ជិនភីង "បន្តគោលការណ៍សន្តិភាពព្រៀវ៉ាង កិច្ចសហប្រតិបត្តិការស្ថាបនារួមដេីម្បីអោយពិភពលោកកាន់តែស្រស់បំព្រង" ‚ <សារព័ត៌មានប្រជា ជន>ថ្ងៃទី២៥ ខែមិថុនា ឆ្នាំ២០១៤ ការរេាបរុម្មផ្សាយលេីកទី១។

1-ទ្រឹស្តីនៃការអភិវឌ្ឍន៍សេដ្ឋកិច្ច

ចាប់តាំងពីសន្និបាតមជ្ឈិមបក្សលើកទី18 និងកិច្ចប្រជុំពេញអង្គលើកទីបីមក ថ្នាក់ដឹកនាំ ប្រទេសចិនក្រោមមូលដ្ឋានគ្រឹះប្រវត្តិសាស្ត្រនៃការបន្តវិវឌ្ឍគ្នាមក គឺបានយកកិច្ចសហប្រតិបត្តិការសេដ្ឋ កិច្ចជាកិច្ចការបំបង បើកទ្វារយនិងបញ្ចូលគ្នាចំពោះជីគោកនិងសមុទ្រក្នុងពេលដំណាលគ្នានោះដែរក៏ ចាប់ផ្តើមស្តាបនា «ផ្លូវសូត្រ» ផងដែរៗ ក្នុងការស្តាបនា "ខ្សែក្រវ៉ាត់មួយ ផ្លូវមួយ" ទ្រឹស្តីនៃការអភិវឌ្ឍន៍ សេដ្ឋកិច្ច និងគោលបំណងនៃការស្តាបនាប្រករដោយភាពថ្មៃទ្បិតលើសពីទ្រឹស្តីសេដ្ឋកិច្ចពីបុរាណ កាល និងបានចែកវិលែកផលប្រយោជន៍រីកចំរើនរបស់ប្រទេសចិន គ្របដណ្តប់ដល់ប្រទេសដែលនៅជុំ វិញ បង្កើននូវស្មារតីខិតខំប្រឹងប្រែង ជៀសវៀងបាននូវទំនាស់ផលប្រយោជន៍ទៅវិញទៅមកនិងការ បំបែកជាងសេដ្ឋកិច្ច ដើម្បីនិរន្តរភាពនៃសេដ្ឋកិច្ចតំបន់និងតំបន់ បន្តកសាងប្រសិទ្ធភាពនៃកិច្ចសហ ប្រតិបត្តិការ ដោយឈរតាមការចូលរួមពីបណ្តាប្រទេសនៅតាមបណ្តោយខ្សែ កិច្ចសហប្រតិបត្តិការស្មី ភាពគ្នា រូបរាងគ្នាកសាងនយោបាយរួមនិងពាណិជ្ជកម្មរួម វឌ្ឍនៈភាពសេដ្ឋកិច្ចរួម សុខដុមភាពវប្បធម៌ និងទស្សនៈថ្មីៗ។

ប្រទេសចិនចំពោះគំនិតថ្មៃទ្បិតថ្មីនៃទ្រឹស្តីការអភិវឌ្ឍន៍ "ខ្សែក្រវ៉ាត់មួយ ផ្លូវមួយ" ការសំខាន់គឺ ផ្តោតទៅក្នុងការកសាង «ផ្លូវសូត្រលើដីគោក» ដោយក្នុងនោះរួមមាន៖ ការកសាង «ក្រវ៉ាត់សេដ្ឋកិច្ចនៃ ផ្លូវសូត្រ» និងការកសាង «ច្រករបៀងសេដ្ឋកិច្ច»។ ទន្ទឹមនឹងនោះការផ្តោតទៅលើចំណុចទាំងពីរនៃ តំបន់ផ្សេងៗគ្នា ក៏ត្រូវតែមានការព្រាងរៀបចំដុលបង្ហាញពីថ្នាក់ជាតិដើម្បីចង្អើតចំណូចរួមដែរ រូបរាងគ្នា ផ្ដួចផ្ដើមការបើកទ្វារយទៅខាងក្រៅតាមលំនាំថ្មីរបស់ប្រទេសចិន អោយការតែមានភាពទូលទុស ត្រូវនិងដំណើរការចូលទៅក្នុងសកលភាវូបនីយកម្ម ដោយចាប់ផ្ដើមពីការពឹងផ្ដែកទៅលើធនធានមកពី ក្រៅតំបន់ មកជម្រុញការតភ្ជាប់កិច្ចទំនាក់ទំនងទៅវិញទៅមកជាមួយពិភពលោក ទៅសំរេចអោយបាន យ៉ាងពិតប្រាកដនូវទស្សនៈ «ពាណិជ្ជកម្មរួម ស្ថាបនារួម ចែករំលែករួម» ដើម្បីជម្រុញកិច្ចអភិវឌ្ឍន៍ឈ្ល ឈ្លោះរួមអីរ៉ុបអាស៊ីនិងជីគោក។

១-ការស្ថាបនា «ខ្សែក្រវ៉ាត់សេដ្ឋកិច្ចនៃផ្លូវសូត្រ»

ការស្ថាបនា «ខ្សែក្រវ៉ាត់សេដ្ឋកិច្ចនៃផ្លូវសូត្រ» គឺចង់បង្កើតគំរូអភិវឌ្ឍន៍ថ្មីនិងកិច្ចសហប្រតិបត្តិ ការថ្មីៗ គឺឈរលើគោលការណ៍ «មិនវើសអើង» បើកចំហរស្រុះស្រួលគ្នា ស្វាគមន៍គ្រប់មជ្ឈដ្ឋានគ្រប់ ប្រទេសមកចូលរួមជាមួយគ្នាជាប្រពៃណី ទន្ទឹមនឹងនោះដែរក៏មានបំណងកំចាត់ការដាក់កំហិតដែល កិច្ចសហប្រតិបត្តិការបែបបុរាណដែលមានការកំណត់ស្តួងដារជាគោលការណ៍ចេញពី «ពីគូអង្គលើស ពីប្រទេសជាតិ» គឺដើម្បីសម្រេចបានផលប្រយោជន៍ឈ្ណៈឈ្ណៈរួមគ្នាលើមូលដ្ឋាននៃការតភ្ជាប់គ្នា។

គំនិតនៃ «ខ្សែក្រវ៉ាត់សេដ្ឋកិច្ច» គឺសំដៅទៅលើការបង្កើតគំរូថ្មីនៃកិច្ចសហប្រតិបត្តិការក្នុង តំបន់ ដែលក្នុងនោះមានច្រករបៀងសេដ្ឋកិច្ច ចិន-រុស្ស៊ី-ម៉ុងហ្គោលី ស្ថានចម្លងថ្មីនៃអាស៊ីអីរ៉ុប ច្រក របៀងសេដ្ឋកិច្ចចិន-អាស៊ី ច្រករបៀងសេដ្ឋកិច្ចបង់ក្លាដេស-ចិន-ឥណ្ឌា-ភូមា ច្រករបៀងសេដ្ឋកិច្ចចិន-ឥណ្ឌូចិន ច្រករបៀងសេដ្ឋកិច្ចសមុទ្រលៗ។ ដើម្បីបង្កើតកំណើនសេដ្ឋកិច្ចថ្មីគ្របដណ្តប់ប្រទេសនៅជុំ វិញ លើសពីទ្រឹស្តីនៃការអភិវឌ្ឍន៍សេដ្ឋកិច្ចបែបបុរាណ។

ការបង្ហាញខ្លួនរបស់ «ខ្សែក្រវ៉ាត់សេដ្ឋកិច្ចនៃផ្លូវសូត្រ» វាមានអត្ថន័យនៅពីខាងក្រោយដ៏ជ្រាលជ្រៅ។ មួយគឺ៖ បើមើលពីការអភិវឌ្ឍន៍ផ្នែកខាងក្នុង ផ្លូវតាមការវិវឌ្ឍទម្រង់បើកចំហរយៈពេលជាងដប់ឆ្នាំមក តំបន់ភាគខាងកើតប្រទេសចិន ពិសេសគឺតំបន់នៅតាមជួរមាត់សមុទ្រទទួលបានការវិវឌ្ឍចម្រើនយ៉ាងឆាប់រហ័ស ធនធានសង្គមសម្បូរបែប ធនធានមនុស្សច្រើនក្រៃលែង ទំនាក់ទំនងពីមជ្ឈដ្ឋានខាងក្រៅទូលំទូលាយ ករិតនៃការបើកចំហរខ្ពស់។ ដូច្នេះ វាបង្ហាញអាយយើញពីការរៀបរៀងយ៉ាងច្បាស់ មួយគឺ ទោះបីជាប្រទេសចិនខិតជម្រុញគោលការណ៍យុទ្ធសាស្ត្រ «បើកទូលាយតំបន់ភូមិភាគខាងលិច» ក៏ដោយ ក៏ប៉ុន្តែតំបន់ភូមិភាគខាងលិចនៅតែទទួលឥទ្ធិពលនៃកត្តាទីតាំងភូមិសាស្ត្រ ធ្វើអាយការទាក់ទាញអ្នកវិនិយោគមានការលំបាក បង្គួរអាយការបើកចំហរនៅមានករិតទាប ហេដ្ឋារចនាសម្ព័ន្ធមិនទាន់បានប្រសើរ រីឯធនធានមនុស្សនៅក្នុងតំបន់វិញដូចពាក្យថា «សត្វក្រោកហោះហើរទៅទិសខាងកើតនិងខាងត្បូង»។ ដូច្នេះការស្ថាបនាសេដ្ឋកិច្ចនៃ «ផ្លូវសូត្រ» ដោយរួមជាមួងការស្ថាបនា «ប្រករបៀងនៃសេដ្ឋកិច្ច» គឺដើម្បីចង់កែប្រែទុក្ខលំបាកនេះ ដោយយកតំបន់ភូមិភាគខាងលិចធ្វើជាចំណុចសំខាន់សំរាប់តភ្ជាប់ទៅ អាស៊ីកណ្ដាល អាស៊ីខាងត្បូង និងអាស៊ីអាគ្នេយ៍ រហូតដល់អឺរ៉ុបទាំងមូលដោយយកតំបន់ជើគោកធ្វើជាតំបន់អមសម្រាប់ជម្រុញការបើកទូលាយចេញទៅព្រំដែនខាងក្រៅ បង្កួមគម្លាតនៃការវិវឌ្ឍចម្រើនមិនស្មើភាពគ្នា សម្រេចបានយុទ្ធសាស្ត្របើកចំហរទូលំទូលាយគ្រប់ជ្រុងជ្រោយរបស់ប្រទេសចិន។

មួយផ្នែកទៀតគឺ៖ បើមើលពីផ្នែកខាងក្រៅ ជាមួយយុទ្ធសាស្ត្រនៃការក្រឡប់មកអាស៊ីប៉ាស៊ីហ្វិក វិញសារជាថ្មីរបស់សហរដ្ឋអាមេរិកនោះ ប្រទេសជប៉ុនខិតខំប្រើប្រែងប្រើប្រាស់យុទ្ធសាស្ត្រការទូតសកលលោក «ទ្រីស្ដីនៃការតំរមកំហែងពីប្រទេសចិន» ទៅកាន់ពិភពលោកយ៉ាងព្រហើន ធ្វើអាយប្រទេសចិននៅក្នុងតំបន់អាស៊ីប៉ាស៊ីហ្វិកទទួលរងនូវសំពាធនិងឥទ្ធនាប។ ខណៈនេះប្រទេសចិនបានលើកឡើងនូវគំនិត «ខ្សែក្រវ៉ាត់សេដ្ឋកិច្ចនៃផ្លូវសូត្រ» យ៉ាងច្បាស់ណាស់វាបានឆ្លុះបញ្ចាំងពីគំនិតដ៏ស្មោះត្រង់របស់កាគីចិន ប្រទេសចិនដាច់ខាតមិនជ្រណើមខ្លួនធ្វើជាអធិរាជ្យ គឺមានតែការបែកវែលកផ្លែ ផ្កានៃភាពចំរើនដល់គ្រប់ប្រទេស អាយប្រទេសទាំងអស់មានការកែប្រែនូវមនោសញ្ចេតនាដែលថា «ប្រទេសខ្លាំងនឹងតាំងខ្លួនជាអធិរាជ្យ» ចំពោះចិន។ ហើយទន្ទឹមនឹងផងដែរ ការផ្ទុះឡើងនូវវិបត្តិសេដ្ឋកិច្ចសកលរបស់លោកខាងលិច បានធ្វើអាយសេដ្ឋកិច្ចប្រទេសអភិវឌ្ឍន៍មូលធននិយមមានការធ្លាក់ចុះខ្សោយ ហើយប្រទេសដែលកំពុងមានការអភិវឌ្ឍន៍វិញបែជាមានសន្ទុះនៃការវិវឌ្ឍចម្រើនខ្លាំងគ្នាទៅវិញ ហើយការបង្ហាញខ្លួនរបស់ «ខ្សែក្រវ៉ាត់សេដ្ឋកិច្ចនៃផ្លូវសូត្រ» គឺមានភាពអំណោយផលដល់ការសីជម្រៅរបស់ប្រទេសចិនជាមួយ និងប្រទេសដែលកំពុងអភិវឌ្ឍន៍នឹងវិវឌ្ឍចម្រើន ដើម្បីស្វែងរករូបមន្តថ្មីជម្រុញការអភិវឌ្ឍន៍ដោយខ្លួនឯង។

បើនិយាយតាមបែបផែនធម្មជាតិ ប្រទេសចិនលើកឡើងនូវគំនិត «ខ្សែក្រវ៉ាត់សេដ្ឋកិច្ចនៃផ្លូវសូត្រ» គឺឧសគ្គាទៅនឹងប្រវត្តិសាស្ត្រដែលឆ្លាប់បង្ហាញអំពី «តំបន់សេដ្ឋកិច្ច» និង «សម្ព័ន្ធភាពសេដ្ឋកិច្ច» ដោយគំនិតរបស់ចិនមានភាពរស់រវើកខ្ពស់ ភាពសមស្របទូលំទូលាយនិងការអនុវត្តមានចំនុចពិសេសខ្លាំង គ្រប់ប្រទេសដែលចូលរួមទាំងអស់សុទ្ធតែមានសិទ្ធិស្មើភាពគ្នា ដោយផ្នែកទៅលើការចូល

រួមដោយស្មុគ្រចិត្ត មានគោលការណ៍សហការគ្នារួមអនុវត្តទៅមុខនិងរួមបញ្ចូលគ្នានូវស្នាដៃពីបុរាណ កាលរបស់ផ្លូវសូត្រ។ «ខ្សែក្រវ៉ាត់សេដ្ឋកិច្ចនៃផ្លូវសូត្រ» គ្របដណ្ដប់ទៅលើតំបន់សំខាន់ៗដូចជា៖ តំបន់ អាស៊ីខាងកើតរហូតដល់អឺរ៉ុប ដោយឆ្លងកាត់ អាស៊ីកណ្ដាល អាស៊ីខាងលិច និងតំបន់ជាច្រើនមួយ ចំនួនទៀតៗល។ ដោយហេតុថា «ខ្សែក្រវ៉ាត់សេដ្ឋកិច្ចនៃផ្លូវសូត្រ» មានលក្ខណៈបើកចំហរទូលំ ទូលាយ ដូច្នេះនៅលើយន្តការប្រមូលផ្តុំដែលកំណត់ដោយស្ថាប័នឬៀបជាមួយនិងសហគមន៍អឺរ៉ុបដែល កំណត់យកគោលការណ៍រួមនិងបង្ខំអោយគ្រប់ប្រទេសជាសមាជិកត្រូវអនុវត្តតាមនោះ គឺមានគោល នយោបាយមិនដូចគ្នានោះទេ។ ព្រោះ «ខ្សែក្រវ៉ាត់សេដ្ឋកិច្ចនៃផ្លូវសូត្រ» បានធ្វើអោយប្រទេសនីមួយៗ នៅតាមបណ្ដោយខ្សែអាចបញ្ចេញសមត្ថភាពឋិតឋេរ និងបក្ខានុពលគោលនយោបាយពិសេស រៀងៗ ខ្លួនបាន លើកឡើងនូវកិច្ចសហប្រតិបត្តិការផ្លាស់ប្ដូរទៅវិញទៅមករវាងប្រទេសដែលមានកម្រិតនៃការ រីកចំរើនមិនដូចគ្នា រៀនសូត្រពីគ្នាទៅវិញទៅមក ចូលរួមជាមួយគ្នាហេតុសម្រេចបានការកសាង «ខ្សែ ក្រវ៉ាត់សេដ្ឋកិច្ចនៃផ្លូវសូត្រ»។

បច្ចុប្បន្នការកសាង «ខ្សែក្រវ៉ាត់សេដ្ឋកិច្ចនៃផ្លូវសូត្រ» ជាបឋមត្រូវកសាងហេដ្ឋារចនាសម្ព័ន្ធ ប្រទេសនៅតាមបណ្ដោយខ្សែជាមុនសិន កសាងអោយបានល្អប្រសើរនៅប្រព័ន្ធគមនាគមន៍នៃការដឹក ជញ្ជូន បង្ខភាពងាយស្រួលដោយសេដែលកំណត់ពលករនិងមូលនិធិ និងសំរេចបាននូវថាមពល ហិរញ្ញ វត្ថុ និងកិច្ចសហប្រតិបត្តិការក្នុងតំបន់សំខាន់ៗផ្សេងៗទៀត សម្រេចអោយបាននូវ «ទំនាក់ទំនងប្រាំ» ។ និងជាពិសេស អ្វីដែលគួរអោយកត់សម្គាល់នោះគឺ តំបន់អាស៊ីកណ្ដាល ពីព្រោះតំបន់អាស៊ីកណ្ដាល មានទីតាំងភូមិសាស្ត្រអំណោយផលនិងសម្បូរទៅដោយធនធានធម្មជាតិ គួរតែត្រូវបានដើរតួនាទី សំខាន់ជាគេក្នុងការកសាង «ខ្សែក្រវ៉ាត់សេដ្ឋកិច្ចនៃផ្លូវសូត្រ»។ ឆ្នាំ២០១៣ ប្រទេសចិននិងប្រទេស នៅអាស៊ីកណ្ដាលបានសហការគ្នាបង្កើតភាពជាដៃគូយុទ្ធសាស្ត្ររួម ឬក្រុមនិងវត្តមានរបស់អង្គការកិច្ច សហប្រតិបត្តិការសៀងហៃ ធ្វើអោយកិច្ចសហប្រតិបត្តិការសេដ្ឋកិច្ចនយោបាយរបស់ប្រទេសចិន និង បណ្ដាប្រទេសនៅភូមិភាគអាស៊ីកណ្ដាលមានកំផែងគាំទ្រនិងការពារដ៏រឹងមាំ។ ដើម្បីសម្រេចបានសក្ដា នុពលនៃយុទ្ធសាស្ត្រ និងកិច្ចសហប្រតិបត្តិការស៊ីជម្រៅលើផ្ដេកថាមពលរវាងប្រទេសចិននិងប្រទេស នៅក្នុងតំបន់អាស៊ីកណ្ដាល គឺត្រូវតែស៊ីជម្រៅទៅលើការកសាងវិស័យផ្លូវថ្នល់ ផ្លូវដែក ទូរគមនាគមន៍ អគ្គិសនី និងផ្ដេកហេដ្ឋារចនាសម្ព័ន្ធផ្សេងៗទៀតជាចម្បងសិន ជាពិសេសគឺការកសាងហេដ្ឋារចនាស ម្ព័ន្ធតែម្តង ព្រោះវាគឺជាស្ថានសម្រាប់ជម្រុញការកសាងផ្លូវទីពីរភ្ជាប់ពីអាស៊ីទៅដល់អឺរ៉ុបនិងតំបន់ដៃ គោកដែលមានអត្ថន័យនិងអត្ថប្រយោជន៍ជ្រាលជ្រៅនិងវែងឆ្ងាយ។

២-ការស្វាបបនា «ប្រករបៀងសេដ្ឋកិច្ច»

គំនិតរបស់ «ប្រករបៀងសេដ្ឋកិច្ច» កាលពីដំបូងឡើយគឺយោងទៅតាមយន្តការនៃកិច្ចសហ ប្រតិបត្តិការអនុតំបន់ទន្លេមេគង្គ។ ដែលគំនិតនេះបានលើកឡើងនៅក្នុងកិច្ចសហប្រតិបត្តិការសេដ្ឋកិច្ច អនុតំបន់ទន្លេមេគង្គថ្នាក់រដ្ឋមន្ត្រីលើកទី៨ ដែលប្រារព្ធឡើងក្នុងឆ្នាំ1996នៅទីក្រុងម៉ានីល អគ្គនាយករបស់ វាសំដៅទៅលើ ក្នុងតំបន់ទីតាំងភូមិសាស្ត្រពិសេសទំនាក់ទំនងផលិតកម្ម ៣ណាជួបកម្ម និងយន្តការហេ ដ្ឋារចនាសម្ព័ន្ធ ចំណុចសំខាន់របស់វាគឺ ឆ្លងតាមការបំពេញបន្ថែមប្រករបៀងវិស័យគមនាគមន៍ លើក

កំពស់ផលប្រយោជន៍សេដ្ឋកិច្ច ជម្រុញកិច្ចសហប្រតិបត្តិការវិកៈចម្រើនសេដ្ឋកិច្ចរវាងតំបន់ដែលមានព្រំ ប្រទល់ជាប់គ្នាក់ដូចជាប្រទេសនិងប្រទេស។ ការកសាង «ប្រករបៀងសេដ្ឋកិច្ចឆ្លងប្រទេស» គឺត្រូវ សំណមពរប្រទេសនៅតាមតំបន់ដែលមានព្រំប្រទល់ជាប់គ្នា ធ្វើការបញ្ចេញនូវសក្តានុពលធនធាននិង អំណោយទានជំពិសិដ្ឋដែលខ្លួនមានសក្តានុពលបំពេញភាពខ្វះខាតទៅវិញទៅមក កសាងហេដ្ឋារចនា សម្ព័ន្ធ វិនិយោគព.ណិជ្ជកម្ម កិច្ចសហប្រតិបត្តិការឧស្សាហកម្ម ព.ណិជ្ជកម្មទេសចរណ៍។ល។ [25] ក្នុង នាមក្នុងការស្ថាបនា «ខ្សែក្រវ៉ាត់មួយ ផ្លូវមួយ» និង «ក្រវ៉ាត់សេដ្ឋកិច្ចនៃផ្លូវសូត្រ» រៀនសូត្រពីគ្នាទៅ វិញទៅមកចាត់វិធានការគាំទ្រ និងសម្របសម្រួល ការកសាង «ប្រករបៀងសេដ្ឋកិច្ច» របស់ចិន និងធ្វើ អោយអាស៊ីខាងកើត អាស៊ីកណ្ដាលាន អាស៊ីអាគ្នេយ៍ អាស៊ីខាងត្បូង ឬឧតដល់ប្រទេសអាហ្រ្វិកភាគ ខាងជើងមានការសហការយ៉ាងជិតស្និទ្ធជាមួយគ្នា ឆ្លងតាមកិច្ចសហប្រតបត្តិការសិជម្រៅផ្នែកព.ណិជ្ជ កម្ម ព.ធ្វើការធ្វើជំនួញទៅវិញទៅមក បង្រួបបង្រួមគ្នាតែមួយ ព្រមទាំង «បើកចំហរអោយបាន ទូលាយ» និង «រូបរួមជាផ្លង់មួយ» បង្កើតស្ថានភាពថ្មីមួយនៃការអភិវឌ្ឍន៍សេដ្ឋកិច្ច ដើម្បីអោយកិច្ច សហប្រតិបត្តិការសេដ្ឋកិច្ចរវាងតំបន់និងតំបន់ទួលបាននូវតំនិតថ្មីនិងគំរូថ្មី។

      យោងតាមទិសដៅនៃ «ខ្សែក្រវ៉ាត់មួយ ផ្លូវមួយ» លើជំរេគោកព.ឯង់ផ្នែកទៅលើមហាបឺមុន្ទរជាតិ យកទីក្រុងមជ្ឈឹមដែលនៅតាមបណ្ដោយធ្វើជាសសរទ្រូង យកតំបន់ឧស្សាហកម្ម សេដ្ឋកិច្ចព.ណិជ្ជកម្ម សំខាន់ៗជាវេទិការសហការរួម រូបរួមគ្នាកសាងប្រករបៀងនៃកិច្ចសហប្រតិបត្តិការសេដ្ឋកិច្ចអន្តរជាតិ។ និយាយអោយជាក់ស្ដែងទៅ ប្រទេសចិននៅតំបន់អាស៊ីអាគ្នេយ៍ អាស៊ីអាគ្នេយ៍ អាស៊ីខាងត្បូង អាស៊ីកណ្ដាលយោងតាមស្ថានភាពដែលឈ្មេ១ៗពីគ្នា បានបង្កើតរូបមន្ត «ប្រករបៀងសេដ្ឋកិច្ច» ដោយ ឈរលើលក្ខណៈពិសេសក្នុងស្រុកផ្សេង១ៗគ្នា ក្នុងនោះរួមមាន «ប្រករបៀងសេដ្ឋកិច្ចចិន-ម៉ុងហ្គោលី-រុ ស្ស៊ី» «ប្រករបៀងសេដ្ឋកិច្ចបង់ក្លាដេស-ចិន-ឥណ្ឌា-ភូមា» «ប្រករបៀងសេដ្ឋកិច្ចចិន-ប៉ាគីស្ថាន» ប្រក របៀងសេដ្ឋកិច្ចចិន-អាស៊ីកណ្ដាល-អាស៊ីខាងលិច ចិន-ឥណ្ឌាចិន។ ទោះបីជាប្រករបៀងសេដ្ឋកិច្ចទាំង អស់នេះមិនដូចគ្នា មានភាពខុសគ្នានៅក្នុងការរៀបចំវិធានការ គោលនយោបាយក៏ពិតមែន ក៏ប៉ុន្ដែគឺ មានទស្សនៈវិស័យស្របគ្នាតែមួយនោះ១ទេ ដែលបានបង្ហាញអំពីគំនិត «ព.ណិជ្ជកម្មម ស្ថាបនារួម ចែកវិលក្រុម» ហើយឈរលើគោលការណ៍ការបើកចំហរទូលំទូលាយស្រុះស្រួលគ្នា មិនបង្កើតបង្កភ្នំអ្នកដ ៃ១។ ទាំងនេះស្ដែងអោយឃើញអំពីរូបមន្តសេដ្ឋកិច្ចនៃការវិនិធ្ធប្រឌិតថ្មី ដែលរួមរស់ជាមួយគ្នាដោយភាព សុខដុមរម្យនា។

      ក្នុងនាមជាដៃគូជ្រោមជ្រែងនិងគ្រប់ជ្រុងជ្រោយយុទ្ធសាស្ត្រ ប្រទេសរុស្ស៊ី ប្រទេសម៉ុងហ្គោលី និងប្រទេសចិនគឺមានមូលដ្ឋានគ្រឹះដ៏រឹងមាំនិងល្អប្រសើរក្នុងកិច្ចសហប្រតិបត្តិការជាមួយគ្នា។ ជាជំពុង ភាគីទាំងបីនៅលើខៀនសេដ្ឋកិច្ចពិសេស គឺធនធានជាមធ្យមានលក្ខណៈជួយជ្រោមជ្រែងគ្នាបាន យ៉ាងល្អប្រសើរ។ ឆ្លងតាមកិច្ចពិភាក្សាគ្នាអស់រយៈពេលជាង10ឆ្នាំកន្លងមក ទីបំផុតក្នុងខែ៦សភា ឆ្នាំ ២០១៤ ប្រទេសចិននិងរុស្ស៊ីបានចុះកិច្ចព្រមព្រៀងគ្នារយៈពេល30ឆ្នាំ ស្ដីអំពីការផ្គត់ផ្គង់ឧស្ម័នធម្មជាតិ

[25] សារជានតឹង លីវ៉ឹងមីង: "ការកសាងប្រករបៀងសេដ្ឋកិច្ចចិន ឥណ្ឌា ភូមា: អត្ថន័យ ការប្រកួតប្រជែងនិងផ្លូវវ៉ានៃតំនិត" <ការស្រាវជ្រាវសេដ្ឋកិច្ចសម្ទ្រឥណ្ឌា> ទំព័រទី21
លេខ៦ ឆ្នាំ២០១៤។

ដោយក្នុងមួយឆ្នាំផ្តល់កំផ្លង់ ឧស្សីរចំនួន ៣៨ប៊ីលានម៉ែត្រគួប ដែលបានធ្វើអោយកិច្ចទំនាក់ទំនងវាងចិន និងរុស្ស៊ីកាន់តែស្និតស្មុគថែមទៀត។ ភាគីខាងរុស្ស៊ីដោយហេតុថា ទទួលរងនូវបញ្ហាដែលទាក់ទងទៅ នឹងប្រទេសអ៊ុយក្រែនត្រូវបានប្រទេសលោកខាងលិចដាក់ទណ្ឌកម្មផ្នែកសេដ្ឋកិច្ច ដំណាលគ្នានោះដែរ គឺតម្លៃប្រេងនៅប្រទេសរុស្ស៊ីមានការធ្លាក់ចុះទៀត ព្រោះតែទទួលរងនូវបដិវត្ត ឧស្សី ដូច្នេះប្រទេសរុស្ស៊ី ត្រូវការចាប់ផ្តុំកម្លាំងក្នុងការចុះកិច្ចព្រមព្រៀងជាមួយប្រទេសចិន ដើម្បីពង្រឹកសក្តានុពលទីផ្សារថ្មី។ ក្នុងហេតុផលដូចគ្នា ប្រទេសមុំងហ្គោលីក៍មានការពឹងផ្នែកយ៉ាងខ្លាំងទៅលើជនធានាថាមពលរបស់រុស្ស៊ី ប្រទេសទាំងបីចិន រុស្ស៊ី មុំងហ្គោលី ប្រសិនបើអាចសាងសង់បំពង់បង្ហូរឧស្សីនរម នោះនឹងក្លាយជា ជំហានមួយដ៏ជោគជ័យ។ ម្យ៉ាងវិញទៀតចិន រុស្ស៊ី មុំងហ្គោលី ទាំងបីប្រទេសនេះមានព្រំប្រល់ជាប់គ្នា ទីតាំងភូមិសាស្ត្រមានទំនាក់ទំនងរម ប្រើប្រាស់ឧស្សីនរមនោះនឹងធ្វើអោយពាណិជ្ជកម្ម នយោបាយមាន ការវិកចំរើនរមគ្នា។ ហើយប្រទេសទាំងបី អាចរួបរួមគ្នាជ្រើសសមត្ថភាព ថែរក្សាបាននូវស្ថេភាពតំបន់ អាស៊ីខាងកើត អាស៊ីកណ្តាសាន ហួតដល់អាស៊ីទាំងមូល។ ដោយហេតុថា ភាគនៃការបើកចំហរនិង ភាពសម្របខ្លួនមានកម្រិតខ្ពស់ ការលើកឡើងរបស់ប្រទេសចិននូវផែនការ «ប្រករបៀបសេដ្ឋកិច្ចចិន- មុំងហ្គោលី-រុស្ស៊ី» វាអាចមានរួបហើយនៅក្នុងតំបន់ដូចគ្នា ដូចជាគម្រោងរបស់រុស្ស៊ី «សម្ព័ន្ធភាពអឺរ៉ុប អាស៊ី» និងគម្រោងរបស់ប្រទេសមុំងហ្គោលីខ្លួនឯង «វាលស្មៅនៃផ្លូវសូត្រ» គឺសុទ្ធតែមានលក្ខណៈស្រ ដេៀងគ្នា បំពេញគុណសម្បត្តិអោយគ្នាទៅវិញទៅមក មានអត្ថប្រយោជន៍ដល់ប្រទេសទាំងបីក្នុងការ រួបរួមទីផ្សារ បង្កើតបានការកសាងប្រព័ន្ធនូវសេដ្ឋកិច្ចដោយស្រួលជាមួយគ្នាទៅវិញទៅមក ទាំងនេះសុទ្ធតែ មានតួនាទីយ៉ាងសំខាន់ក្នុងការជួយរក្សាអោយបាននូវស្ថេភាព និងសមាហារណកម្មសេដ្ឋកិច្ចក្នុងតំបន់ ។

ការកសាង «ប្រករបៀបសេដ្ឋកិច្ចបង់ក្លាដេស-ចិន-ពណ្ណា-ភូមា» និងគត្បាប់តំបន់អាស៊ីខាង កើត អាស៊ីខាងត្បូង អាស៊ីអាគ្នេយ៍។ ដោយដំបូងឡើយនិតចធ្វើនេះគឺលោកនាយករដ្ឋមន្ត្រីចិន លី ខឺឈាំង ជាអ្នកលើកឡើងនៅក្នុងពេលដែលលោកធ្វើទស្សនកិច្ចនៅប្រទេសពណ្ណានាឆ្នាំ២០១៣ ចិន និងពណ្ណាបានផ្តចធ្វើមឡើងនូវវិទិការកិច្ចសហប្រតិបត្តិការបង់ក្លាដេស-ចិន-ពណ្ណា-ភូមា ដោយឈរ លើមូលដ្ឋានរួមគ្នាស្ថាបនាប្រករបៀបសេដ្ឋកិច្ច។ ហើយគំនិតផ្តចធ្វើមនេះលើកឡើងមិនបានយូរពេល ប៉ុន្មានផងទេ ក៏ទទួលបានការគាំទ្រពីប្រទេសជាទៃទៀតយ៉ាងច្រើន ដៃប្រទេសដែលជាប់ពាក់ព័ន្ធទាំងបួន រមមាន បង់ក្លាដេស-ចិន-ពណ្ណា-ភូមា ក៏បានមូលមតិគ្នាងមិភាគទាំងស្រុងតែម្តង។ នៅក្នុងឆ្នាំ២០១២ ក្រោយពីសមាជបក្សកុម្មុយនីស្តចិនលើកទី ១៨ ចំពោះវិស័យការទូត ប្រទេសចិនបានបន្ថែមការយកកិច្ច ទូទ្បាក់ន្ទុសារៈសំខាន់របស់ប្រទេសដែលនៅជុំវិញជិតខាងខ្លួន ដោយឈរលើស្មារតីខឹតខំបង្កើន ទំនាក់ទំនងល្អ ជាដៃគូល្អ ជាអ្នកជិតខាងល្អ វិបុលភាព និងសុខសន្តិភាព ផ្លូវបញ្ចាំងអំពីភាពស្ទិទ្ធស្វាល ស្មោះត្រង់ យោគយល់ ។ ហើយ «ប្រករបៀបសេដ្ឋកិច្ចបង់ក្លាដេស-ចិន-ពណ្ណា-ភូមា» នេះបានស្តែង ចេញអោយយើ្រេហ្វានវាពរស់រវើក របស់ទស្សនៈវិស័យនៃការទូតរបស់ប្រទេសចិន ការកសាងប្រក របៀបសេដ្ឋកិច្ចរបស់ភាគីទាំងបួន គឺមានគុណប្រយោជន៍ដល់កត្តានៃការផលិតក្នុងតំបន់ ឧទាហរណ៍ លំហូរចូលទៅវិញទៅមកដោយសេរីន្ទ កំលាំងពលកម្ម ដើមទុននិនិយោគ បច្ចេកទេស ព័ត៌មាន។ល។

ទន្ទឹមនឹងនោះដែរ ការជ្រើសរើសយកភាពអោយតំលៃស្មើគ្នារបស់ប្រទេសចិន ដល់គ្រប់ប្រទេសទាំង អស់មិនថាតូចធ្ងន់ ទន់ឬខ្សោយ សុទ្ធតែមានសិទ្ធិចូលរួមនៅក្នុងការស្ថាបនាប្រករបៀងសេដ្ឋកិច្ចដូចគ្នា ដើម្បីកាត់បន្ថយភាពវិកចម្រើនមិនស្មើភាពគ្នា សម្រេចបានសុខសន្តិភាពនិងស្ថេរភាពក្នុងតំបន់។ ទន្ទឹម នឹងនោះដែរ ការស្ថាបនា «ប្រករបៀងសេដ្ឋកិច្ចបង្គ្លាដេស-ចិន-ឥណ្ឌា-ភូមា» មានអត្ថប្រយោជន៍ ចំពោះការជួយលើកកំពស់កំរិតនៃការបើកចំហារភូមិភាគនិរតីរបស់ចិន បង្កើនទំនាក់ទំនងរបស់ខេត្ត យុននាន់ដែលជាខេត្តតំណាងអោយភូមិភាគនិរតីរបស់ចិន ទៅផ្សារភ្ជាប់ជាមួយអាស៊ីខាងត្បូង និង អាស៊ីអាគ្នេយ៍ កាត់បន្ថយការវិកចម្រើនមិនស្មើភាពគ្នារបស់តំបន់ភាគខាងកើតនិងខាងលិច បង្កើន កម្រិតនៃការវិកទម្រង់ស៊ីជម្រៅរបស់ចិន សម្រេចអោយបាននូវស្មោគតីរបស់សមាជបក្សកុម្មុយនីស្តចិន លើកទី១៨ សម័យប្រជុំពេញអង្គលើកទី៣ ដែលស្តីអំពី «កិច្ចការជម្រុញនិងលើកកំពស់គោល នយោបាយបើកចំហារបស់តំបន់ដីគោក» ។

នៅដើមឆ្នាំ២០១៣ ប្រទេសចិនបានយល់ព្រមទទួលយកការធ្វើអាជីវកម្មទៅលើកំដង់ផែ «Gwadar» ជំនួសប្រទេសសិង្ហបុរីដែលមានទីតាំងនៅក្នុងប្រទេសប៉ាគីស្ថាន។ ហើយនៅក្នុងខែ៩សភា ឆ្នាំដដែល ធ្លៀតឱកាសពេលដែលលោកនាយករដ្ឋមន្ត្រីចិន លី ខឹណាំង អញ្ជើញទៅទស្សនៈកិច្ចនៅ ប្រទេសប៉ាគីស្ថាន ក្រោយពីកិច្ចប្រជុំបានបញ្ចប់ ភាគីទាំងសងខាងបានចេញនូវសេចក្តីថ្លែងការណ៍រួម មួយស្តីអំពី «យុទ្ធសាស្ត្រនៃកិច្ចសហប្រតិបត្តិការគ្រប់ជ្រុងជ្រោយ» ដោយក្នុងនោះបានលើកឡើងអំពី ការកសាង «ប្រករបៀងសេដ្ឋកិច្ចចិន-ប៉ាគីស្ថាន» គោលបំណងសំខាន់គឺចង់ទំលុះប្រករបស់ខេត្តស៊ីន ជាំងរបស់ចិនអោយដល់ប្រទេសប៉ាគីស្ថាននិងមហាសមុទ្រឥណ្ឌា។ បើមើលតាមស្ថានភាពបច្ចុប្បន្ន ទំនាក់ទំនងសេដ្ឋកិច្ចចិន-ប៉ាគីស្ថានមានសភាពវិកចម្រើន ប្រទេសចិនគឺជាគូពាណិជ្ជកម្មធំទី៣និង ជាគោលដៅនាំចេញធំទី៥ ទំនាក់ទំនងប្រទេសចិន-ប៉ាគីស្ថានមានភាពល្អប្រសើរ រួមផ្សំនិងមូលដ្ឋាន គ្រឹះដែលមានស្រាប់នៃទំនាក់ទំនងហាង្សាចនាសម្ព័ន្ធ ការកសាង «ប្រករបៀងសេដ្ឋកិច្ចចិន-ប៉ាគីស្ថាន» និងធ្វើអោយមានមូលដ្ឋានគ្រឹះល្អប្រសើរនិងអនាគតទុលទុលាយ។ ភាគីទាំងពីរគូរតែខិតខំបន្តទៀតនូវ កិច្ចសហប្រតិបត្តិការយុទ្ធសាស្ត្រស៊ីជម្រៅ ជម្រុញបន្តមនុវកិច្ចសហប្រតិបត្តិការទំនាក់ទំនងពាណិជ្ជ កម្ម ធនធនមនុស្ស ធនធានថាមពល និងន្ថើរៗសំខាន់ៗផ្សេងៗទៅវិញទៅមក លើកតម្កើនកម្រិតកិច្ច ការទំនាក់ទំនងដែលមានស្រាប់ ក្រុសក្រាយ និងអភិវឌ្ឍអោយបានវិកចម្រើនដល់តំបន់ដែលនៅតាម រយៈបណ្តោយនៃប្រករបៀង ក្នុងនោះមានតំបន់ស៊ីនជាំងប្រទេសចិន ហួតដល់ប្រទេសប៉ាគីស្ថាន។

៣-ទ្រឹស្តីនៃការអភិវឌ្ឍន៍សេដ្ឋកិច្ចផ្លូវសមុទ្រ

«នៅក្នុងអរិយធម៌របស់ប្រទេសចិនមិនខ្វះវប្បធនៃដែនសមុទ្រនោះឡើយ គឺគ្រាន់តែត្រូវបាន បង្ហាបរាំងដោយវប្បធនៃដែនដីគោកអស់រយៈកាលយ៉ូរអង្វែង»។ [26] នៅក្នុងសង្គមបច្ចុប្បន្ន «ដែនសមុទ្រ» បានក្លាយទៅជាវិស័យការទូតពេញនិយមតែមួយ។ ចាប់ពីដែនដីគោកឆ្ពោះទៅដែនសមុទ្រគឺជាជម្រើស ចាំបាច់ និងអនុលោមទៅតាមទ្រឹស្តី «ផ្លូវសូត្រសមុទ្រសតវត្សទី២១» ដែលបានលើកឡើង ហើយ

---

[26] វ៉ៃ អ៊ុយ: <សង្គ្រាមសមុទ្រ ? កំណត់ត្រាវប្បធម៌អ៊ីរ៉ូប>,សតវត្សរ៍បោះពុម្ពផ្សាយ ទស្សនាវត្តីប្រជាជនសៀងហៃ ក្នុងឆ្នាំ2013

ប្រទេសចិនក៏បានខិតខំជាបណ្តើរៗពីការទូតដីគោករហូតដល់ការទូតសមុទ្រ ការដើររឡងពី «ទន្លេ» ទៅ «សមុទ្រ» ពង្រឹងកំលាំងលើសមុទ្រ បង្កើនកិច្ចទំនាក់ទំនងវិភាគម្រើនរូបមភ្នាជាមួយប្រទេសជិតខាង នេះគឺដើម្បីជៀសវៀងជម្លោះដែនសមុទ្រជាមួយប្រទេសជិតខាង ហើយក៏ជាសេចក្តីត្រូវការដើម្បីរួម បញ្ចូលក្នុងពិភពលោកទាំងមូលឲ្យកាន់តែល្អប្រសើរឡើងៗ។

«ផ្លូវសូត្រសមុទ្រសតវត្សទី21» សំដៅទៅលើការចេញដំណើរពីកំពង់ផែក្នុងដែនសមុទ្រចិន ឆ្លងកាត់តាមឈូងសមុទ្រម៉ាឡាក្កា ចូលទៅដល់មហាសមុទ្រវណ្ណា ដែលក្នុងនោះបានឆ្លងកាត់តំបន់សំ ខាន់ៗដូចជា៖ អាស៊ីអាគ្នេយ៍ អាស៊ីខាងត្បូង អាស៊ីខាងលិច អាហ្រ្វិកខាងជើង និងតំបន់ផ្សេងៗ ព្រម ទាំងផ្សារភ្ជាប់យ៉ាងស្អិតស្អមុតទៅនឹងប្រទេស ដែលនៅក្នុងតំបន់ភាគខាងត្បូងនៃមហាសមុទ្រប៉ាស៊ី ហ្វិក។ ឧទាហរណ៍បច្ចុប្បន្នប្រទេសចិន ចាប់ផ្តើមកិច្ចចរចាជាមួយប្រទេសជប៉ុន កូរ៉េខាងត្បូង ស្ដីអំពី តំបន់ពាណិជ្ជកម្មសេរី ទន្ទឹមនឹងនោះដែរក៏បង្កើនទំនាក់ទំនងតំបន់ពាណិជ្ជកម្មសេរីជាមួយអាស៊ានផង ដែរ ពង្រឹកបណ្ដាញនៃកិច្ចសហប្រតិបត្តិការ ជម្រុញល្បឿននៃសមាហរណកម្មក្នុងតំបន់ ទន្ទឹមនឹងនោះ ដែរ ផ្លូវសូត្រដែនសមុទ្រក៏អាចសហការបានយ៉ាងទូលំទូលាយជាមួយផ្លូវសូត្រនៃគោកបានផងដែរៗ ផ្នែកក្នុងនិងក្រៅរួមគ្នារបស់ «ខ្សែក្រវ៉ាត់មួយ ផ្លូវមួយ» ការផ្សារភ្ជាប់សមុទ្រជាមួយដីគោក គឺក្នុងពេលតែ មួយជួយជម្រុញកិច្ចការកំណែទម្រង់បើកចំហរស៊ីជម្រៅរបស់ចិនទៅជាមួយអាស៊ីអ៊ីរ៉ុប រហូតដល់ពិភព លោកទាំងមូលឲ្យទទួលបានសុខសន្តិភាព និងការអភិវឌ្ឍន៍រុងរឿងជាវិជ្ជនិច្ច។

ចិនគឺជាប្រទេសដែលមានទំហំពាណិជ្ជកម្មធំជាងគេ ហើយអនុវត្តនយោបាយមិនចងបក្ស សម្ព័ន្ធ ហើយបានលើកឡើងអំពីកិច្ចកសាងទំនាក់ទំនងប្រទេសជំរូបបែបថ្មីជាមួយអាមេរិកដែលជា ប្រទេសអធិរាជលើលំហរសមុទ្រៗ នេះគឺស្របតាមទស្សន:វិស័យនៃកិច្ចសហប្រតិបត្តិការដែនសមុទ្រ សតវត្សទី21 ការដើកជម្ពូនតាមផ្លូវសមុទ្រប្រកបដោយគំនិតថ្មី ទំនិញចេញចូល កិច្ចសហប្រតិបត្តិការ សន្តិសុខ ឆ្លងតាមសិទ្ធិសម្បទានអាជីវកម្ម ស្ថាបនាកំពង់ផែមុន ទទួលបានអត្ថប្រយោជន៍រួម និង មធ្យោបាយផ្សេងៗទៀត ជម្រុញការផ្សារភ្ជាប់គ្នារវាងដែនសមុទ្រ និង ផ្លូវសូត្រដីគោកៗ «ផ្លូវសូត្រស មុទ្រសតវត្សទី21» មានន័យសំខាន់នៅក្រង់សតវត្សទី21បង្ហាញអោយឃើញថា ប្រទេសចិនមិនដើរ តាមគន្លងចាស់របស់ប្រទេសលោកខាងលិច ដែលពង្រឹកបង្ខំជម្លោះនិងធ្វើអាណានិគមលើលំហរស មុទ្រ ហើយក៏មិនដើរតាមផ្លូវឧបល្ងោងរបស់សហរដ្ឋអាមេរិក ដែលធ្វើអនុត្តភាពនិយមនៅលើលំហរស មុទ្រ ប្រទេសចិនគឺចង់ធ្វើយ៉ាងណាជៀសរៀងហានិភ័យនៃសកលភាវូបនីយកម្មជាប្រៃណីឲ្យបាន បង្កើតការងារកាពគ្នារវាងមនុស្ស និងសមុទ្រ រួមរស់នៅក្នុងសុខសន្តិភាព ហើយបន្តនិន្ទភាពលើការ អភិវឌ្ឍន៍ដែលមានអរិយធម៌ថ្មីនៃមហាសមុទ្រៗ

«ផ្លូវសូត្រសមុទ្រសតវត្សទី21» ក៏បានស្តែងអោយឃើញអំពី «ទស្សន:ថ្មីនៃកិច្ចសហប្រតិបត្តិ ការដែនសមុទ្រសតវត្សទី21» របស់ប្រទេសចិនៗ ទស្សន:ថ្មីនេះស្តែងអោយឃើញពីទម្រង់នៃកិច្ចសហ ប្រតិបត្តិការតាមបែបផែនថ្មីនៃការដើកជម្ពូនតាមផ្លូវសមុទ្រ ឧទាហរណ៍ដូចជា៖ លើកឡើងនូវគំនិតសិទ្ធ សម្បទានអាជីវកម្ម ការកសាងកំពង់ផែមុននិងមធ្យោបាយផ្សេងៗទៀត ហើយចំណុចដែលលេចធ្លោរ ជាងគេនោះគឺ ទស្សន:បង្កើតថ្មី និងស្របតាមសម័យកាលនៃកិច្ចសហប្រតិបត្តិការលំហរសមុទ្ររបស់

ចិន ដូចជាការលើកឡើងនូវគោលគំនិតរបស់ប្រទេសចិនគឺ ការកសាងវិថីមួយដែលស្មើភាពគ្នា ស្មោះ
ត្រង់ជាមួយគ្នា រួមរួបគ្នាទៅរកភាពចម្រុងចម្រើន បន្ថែមជំហានលើវិថីនៃការអភិវឌ្ឍន៍ប្រកបដោយសុខសន្តិភាព
ៗ។ ដូចនៅខែមិថុនា ឆ្នាំ2014 ក្នុងវេទិកាវិចូសហប្រតិបត្តិការលំហរសមុទ្រ លោកនាយករដ្ឋមន្ត្រីចិន
លី ខឺឆាំង បានលើកឡើងថាៈ ប្រទេសចិនយល់ព្រមជើរលើវិថីរួមតែមួយ ជាមួយប្រទេសទាំងអស់
លើសកលលោក ឆ្លងតាមការអភិវឌ្ឍន៍លំហរសមុទ្រ ទៅជម្រុញកិច្ចការអភិវឌ្ឍន៍សេដ្ឋកិច្ច កិច្ចសហ
ប្រតិបត្តិការស៊ីជម្រៅ លើកកំពស់សុខសន្តិភាពអន្តរជាតិ ខិតខំប្រឹងប្រែងស្ថាបនាជែនសមុទ្រមួយដែល
មានសុខសន្តិភាព កិច្ចសហប្រតិបត្តិការ និងភាពសុខដុមមេនា។[27]

ដោយយោងតាមទ្រឹស្ដីសេដ្ឋកិច្ចនៃការរៀបបង្កើតថ្មីខាងលើរួមមាន «ខ្សែក្រវ៉ាត់សេដ្ឋកិច្ចផ្លូវសូត្រ»
«ប្រករបៀងសេដ្ឋកិច្ច» ព្រមទាំង «ផ្លូវសូត្រសមុទ្រសតវត្សទី21» គឺសុទ្ធតែមិនអាចអនុវត្តបានដោយ
ល្បឿននោះទេ ក្នុងកំឡុងពេលអនុវត្តការកសាងប្រាកដច្បាស់លាស់ណាស់ និងទទួលនូវឧទ្ទិពលពីខាងក្នុង
និងខាងក្រៅជាក់ជាមិនខាន។ គោលនយោបាយរបស់ប្រទេសទាំងអស់មិនដូចគ្នា ដូចជា៖ «ផែនការ
ផ្លូវសូត្រថ្មីរបស់អាមេរិក» «យុទ្ធសាស្ត្រអាស៊ីកណ្ដាលថ្មីរបស់សហគមន៍អឺរ៉ុប» និង «ប្រទេសសម្ព័ន្ធ
ភាពភាសាតួកគី» របស់ប្រទេសតួកគីដែលបានលើកឡើង។ ដោយសារកត្តាដែលទាក់ទងទៅនឹងទី
តាំងភូមិសាស្ត្រ សុទ្ធតែធ្វើអោយមានការប៉ះពាល់ដល់ការអនុវត្តយុទ្ធសាស្ត្រ «ខ្សែក្រវ៉ាត់មួយ ផ្លូវមួយ»
ទន្ទឹមនឹងនោះដែរ ដោយសារតែទស្សនៈយល់ខុសតាំងពីដើមរៀងមករបស់លោកខាងលិច ដែលថាៈ
យោងតាមការវិភាគចម្រើនរបស់ចិន «ចិនមានបំណងចង់ធ្វើជាអធិរាជពិភពលោក» «ប្រទេសចិនគំរាម
កំហែងពិភពលោក» និងទស្សនៈមិនល្អផ្សេងៗទៀតមិនចេះចប់មិនចេះហើយ ធ្វើអោយវិសាលភាព
គ្រប់ប្រទេសដែលចង់គាំទ្រប្រទេសចិនត្រូវបានចុះខ្សោយ ជាពិសេសធ្វើអោយប្រទេសដែលនៅជុំវិញ
ជិតខាងប្រទេសចិនពិចារណាចំពោះដំនើរនៃគោលនយោបាយរបស់ប្រទេសចិន ជាហេតុធ្វើអោយប៉ះ
ពាល់ដល់ការអនុវត្តនូវទស្សនៈវិស័យថ្មី ក៏ប៉ុន្តែទោះបីជាយ៉ាងណាក៏ដោយ យើងខ្ញុំនៅតែមានជំនឿ
យ៉ាងមុតមាំថា ផ្លូវទោះបីជាលំបាកមែន តែមនាគតគឺភ្លឺស្វាងត្រចះត្រចង់។

ក្នុងការស្ថាបនា «ខ្សែក្រវ៉ាត់មួយ ផ្លូវមួយ» ប្រទេសចិនបានបង្ហាញគ្រប់បែបយ៉ាងអំពីទ្រឹស្ដីនៃ
ការអភិវឌ្ឍន៍សេដ្ឋកិច្ចដែលមានលក្ខណៈរួមមួយ គឺជាការបើកចំហរនិង មានចិត្តទូលំទូលាយ។
ប្រទេសចិនខ្លួនឯងមិនដែលគិតចង់បានថ្នាក់ដឹកនាំគេ គឺគ្រាន់តែធ្វើជាអ្នកផ្ដចផ្ដើមគំនិតក្នុងការកសាង
តែប៉ុណ្ណោះ។ ដោយហេតុថាទ្រឹស្ដីនៃគោលនយោបាយ «មិនរើសអើង»ទេ ប្រទេសទាំងអស់ក្នុងសកល
លោកអាចចូលរួមការកសាងគ្រប់បែបយ៉ាងដោយស្មើគ្រចិត្តក្នុងក្របខណ្ឌស្មើភាពគ្នាទាំងអស់ ឆ្លងតាម
កិច្ចទំនាក់ទំនងស្វេងយល់រៀងៗគ្នានិងគ្នា ចែករំលែកផលប្រយោជន៍នៃការបើកទូលាយកំណែទម្រង់
សេដ្ឋកិច្ចរបស់ចិន ជ្រួតជ្រាបអំពីអាកប្បកិរិយាទទួលខុសត្រូវរបស់ប្រទេសចិនក្នុងនាមជាមហាប្រទេស
សំរេចអោយបានភាពចម្រុងរួមគ្នា អភិវឌ្ឍន៍រួមគ្នា ។ និងគិតតែសំខាន់ជាងនេះគឺ ប្រទេសចិនបានលើក
ឡើងយ៉ាងច្រើនអំពីទ្រឹស្ដីនៃការអភិវឌ្ឍន៍សេដ្ឋកិច្ច ដែលបានបំបែងទម្រង់នៃកិច្ចសហប្រតិបត្តិការបែប
បុរាណចាស់គម្រិលចេញ ចំពោះគ្រប់ប្រទេសដែលមានសេដ្ឋកិច្ចកំចម្រើនយឺតយ៉ាវ ក្រោយរបៈត្ត

---

[27] hhttp://polities.people.com.cn/n/2014/0621/c1024-25179672.html

ហិរញ្ញវត្ថុផ្តល់នូវគំនិតថ្មីនៃការអភិវឌ្ឍន៍សេដ្ឋកិច្ចគឺ «មិនកសាងស្ថាប័នដែលឆ្លងរដ្ឋនិងយន្តការ តែដោយឈរលើមូលដ្ឋានគ្រឹះគោរពផលប្រយោជន៍រួមគ្រប់ប្រទេសទាំងអស់ ឲ្យមានសមាហរណកម្មនិងអន្តរសកម្មភាពដោយស្វ័យប្រវត្តិ» ធ្វើអោយរចនាសម្ព័នសេដ្ឋកិច្ចពិភពលោករីកចម្រើនកាន់តែសមហេតុសមផល ធានាបាននូវស្ថេរភាពសេដ្ឋកិច្ចគ្រប់ប្រទេសនិងក្នុងតំបន់ ដោយពឹងផ្អែកទៅលើទំនាក់ទំនងសេដ្ឋកិច្ចនាំឲ្យមានដល់កិច្ចទំនាក់ទំនងវប្បធម៌និងនយោបាយ ធ្វើអោយមានស្ថេរភាពនៃទំនាក់ទំនង ទុកចិត្តគ្នាទៅវិញទៅមក រួបរួមគ្នាកសាងអភិវឌ្ឍន៍សេដ្ឋកិច្ចឆ្ពោះទៅរកវឌ្ឍនៈភាព។[28]

2-ទ្រឹស្តីនៃកិច្ចសហប្រតិបត្តិការតំបន់

ដូចបានរៀបរាប់យ៉ាងច្រើនខាងលើអំពីទ្រឹស្តីនៃការអភិវឌ្ឍន៍សេដ្ឋកិច្ច គឺសុទ្ធតែដូចគ្នាទៅនឹងការស្ថាបនា "ខ្សែក្រវ៉ាត់មួយ ផ្លូវមួយ" ក្នុងតំបន់ដោយមានទំនាក់ទំនងយ៉ាងស្អិតរមួត កិច្ចសហប្រតិបត្តិការនិងការរួមបញ្ចូលគ្នារវាងគ្រប់តំបន់ផ្សេងៗពីគ្នា ក៏ត្រូវបានអនុលោមទៅតាមការចង្អុលបង្ហាញរបស់ទ្រឹស្តីនៃសេដ្ឋកិច្ចខាងលើដែរ។ បុរាណសម័យនៃផ្លូវសូត្រ គ្រប់តំបន់ផ្សេងៗគ្នាទាំងអស់ ខ្វីផ្លូវសូត្រធ្វើពាណិជ្ជកម្មជាមួយគ្នា តាមរយៈបណ្តោយនៃផ្លូវមានសភាពរីកចម្រើន មិនមានផលទំនាស់ជាមួយគ្នា មិនប្រឈមមុខនឹងគ្នា រស់នៅក្នុងសុខសន្តិភាព ដោយឈរលើគោលការណ៍អធ្យាស្រ័យគ្នាទៅវិញទៅមក បានដើរតួនាទីយ៉ាងសំខាន់ក្នុងកិច្ចពង្រឹងទំនាក់ទំនងលើកិច្ចសហប្រតិបត្តិការគ្រប់តំបន់។ ម្យ៉ាងវិញទៀត វិថីនេះ នឹងជួយអោយវប្បធម៌ដ៏យូរលង់របស់ចិន វប្បធម៌ពែក្ស វប្បធម៌អារ៉ាប់ រហូតដល់វប្បធម៌ក្រិកមានទំនាក់ទំនងផ្សារភ្ជាប់គ្នាយ៉ាងជិតស្និទ្ធ ប្រែក្លាយទៅជាស្ពានចំលងវប្បធម៌គ្នាទៅវិញទៅមក។ បច្ចុប្បន្នការផ្តួចផ្តើម "ខ្សែក្រវ៉ាត់មួយ ផ្លូវមួយ" វិសាលភាពនៃការគ្របដណ្តប់បើប្រៀបទៅនឹងសម័យបុរាណ គឺវាមានវិសាលភាពធំធេងជាង តំបន់ខាងកើតរហូតដល់អាស៊ីប៉ាស៊ីហ្វិក ខាងលិចរហូតដល់អឺរ៉ុប នៅក្នុងតំបន់ដ៏មានវិសាលភាពធំធេងនេះ ធ្វើការកសាង "ខ្សែក្រវ៉ាត់មួយ ផ្លូវមួយ" គឺវាចាំបាច់ណាស់ពោរពេញដោយឱកាសនិងបញ្ហាប្រឈម ប៉ុន្តែទាំងគំនិតបង្កើតថ្មីនៃកិច្ចសហប្រតិបត្តិការតំបន់ក៏ដូចជាវិធីសាស្ត្រនៃការដោះស្រាយជម្លោះក្នុងតំបន់ គឺសុទ្ធតែបានដើរតួនាទីយ៉ាងសំខាន់ក្នុងការបើកទំព័រថ្មីនៃកិច្ចសហប្រតិបត្តិការជាមួយគ្នាទៅវិញទៅមក។

១-គោលការណ៍នៃកិច្ចសហប្រតិបត្តិការតំបន់

ក្នុងកិច្ចសហប្រតិបត្តិការតំបន់របស់ "ខ្សែក្រវ៉ាត់មួយ ផ្លូវមួយ" ប្រទេសចិនគឺប្រកាន់គោលជំហរ «យកចិត្តទុកដាក់ចំពោះការខ្វែងគំនិតគ្នា ជម្រុញកិច្ចសហប្រតិបត្តិការ អភិវឌ្ឍន៍រួមគ្នា ទទួលបានអត្ថប្រយោជន៍ឈ្នះឈ្នះរួមគ្នា»។ "ខ្សែក្រវ៉ាត់មួយ ផ្លូវមួយ" គ្របដណ្តប់ទំហំធំធេង ប្រទេសច្រើន សញ្ជាតិច្រើន បញ្ហាប្រវត្តិសាស្ត្រ បញ្ហាសាសនា បញ្ហាជម្លោះទឹកដីជាច្រើនសព្វបែបយ៉ាង ដែលមិនមែនជារឿងថ្មី ។ ទន្ទឹមនឹងនោះដែរ ប្រទេសជាច្រើនក្នុងតំបន់មានភូមិសាស្ត្រ នយោបាយលិចឆ្លោរ ជាហេតុធ្វើឲ្យប្រទេសធំៗដែលស្ថិតនៅក្រៅតំបន់រិះរកវិធីមកចូលរួម ដើម្បីពង្រីកវិសាលភាពនៃអំណាចខ្លួន បង្កើត

[28] ស៊ុន ជ័ងជឺៈ ផ្នែកខាងក្រោយនៃទស្សនៈ <ក្រវ៉ាត់សេដ្ឋកិច្ចនៃផ្លូវសូត្រ >បញ្ហាប្រឈមនិងនិន្នាការពេលអនាគត, <សេដ្ឋកិចអឺរ៉ុបអាស៊ី> ឆ្នាំ2014, សប្តាហ៍ទី4, ទំព័រទី18

សិទ្ធិអំណាចនាំមុខគេ។ បញ្ហាដ៏សុក្រស្មាញខាងលើជាដើមហេតុបង្កអោយមានការវែងគំនិតគ្នា ។ ក៏ ប៉ុន្តែចំពោះគោលការណ៍របស់ប្រទេសចិនវិញ នៅក្នុងកិច្ចសហប្រតិបត្តិការតំបន់ កិច្ចសហប្រតិបត្តិការ គឺជានិន្នាការនៃប្រធានបទ ភាពខ្វែងគំនិតគ្នា មិនគួរនិងមិនត្រូវបានក្លាយជាឧបសគ្គនៃកិច្ចសហ ប្រតិបត្តិការតំបន់នោះឡើយ។

នៅក្នុងដំណើរការប្រព្រឹត្តជាក់ស្តែង ប្រទេសចិនប្រកាន់យកគោលជំហារគោរពគ្នាទៅវិញទៅ មក រួបរួមគ្នាដោះស្រាយការវែងគំនិតគ្នា តែមិនគេចវេសពីការវែងគំនិតគ្នាទេ។ ឈរលើមូលដ្ឋានខាង លើ ចិនខិតខំខ្វែងស្វែងរកផលប្រយោជន៍រួមដល់ទាំងអស់គ្នា ដោយឈរលើគោលការណ៍ពង្រីក ផលប្រយោជន៍រួមជាមួយគ្នាដើម្បីដោះស្រាយផលប៉ះពាល់ ដែលមកពីការវែងគំនិតគ្នា ទីបំផុតអាចសំ រេចបាន «ការអភិវឌ្ឍន៍រួមគ្នា ទទួលបានអត្ថប្រយោជន៍ឈ្នះឈ្នះរួមគ្នា» គោលដៅនៃកិច្ចសហប្រតិបត្តិ ការតំបន់នេះ សមស្របទៅនឹងនិន្នាការសមហរណកម្មសេដ្ឋកិច្ចពិភពលោក ជម្រុញទំនិញ វិនិយោគ និងកំលាំងពលកម្ម និងកត្តានៃការផលិតមានលំហូររេចរញ្ចចូលដោយសេរី។

ប្រទេសចិនលើកឡើងឯងនូវ គោលការណ៍នៃកិច្ចសហប្រតិបត្តិការតំបន់ បង្ហាញអោយឃើញថា ប្រទេសចិនមិនលួចដៃដែលជ្រៀតជ្រែកកិច្ចការផ្ទៃក្នុង មិនស្វែងរកវិសាលភាពនៃអំណាច និងអំណាចនាំមុខ គេ។ កំឡុងពេលកសាង "ខ្សែក្រវ៉ាត់មួយ ផ្លូវមួយ" អ្វីដែលប្រទេសចិនស្វែងរកគឺ ការវិចកវិលែកម្រួម ទទួលផលប្រយោជន៍រួម និងការស្តារបានរួម។ ខាងក្រោមគឺលើកយក មជ្ឈិមបុព៌ា តំបន់អាស៊ីកណ្តាលម កជាឧទាហរណ៍សំរាប់បង្ហាញអោយឃើញលទ្ធផលជាក់ស្តែង ចំពោះគោលការណ៍នៃកិច្ចសហប្រតិបត្តិ ការតំបន់របស់ប្រទេសចិនក្នុងការដោះស្រាយភាពខ្វែងគំនិតគ្នាក្នុងតំបន់។

"ខ្សែក្រវ៉ាត់មួយ ផ្លូវមួយ" មានជាប់ទាក់ទងទៅជាមួយនិងតំបន់មជ្ឈិមបុព៌ា តំបន់អាស៊ីកណ្តាល និងតំបន់ផ្សេងៗទៀត ដែលសុទ្ធតែមានធនធានវ៉ែធមជាតិដ៏សំបូរបែប និងមានសក្តានុពលទីតាំងភូមិ សាស្ត្រពិសេស ហើយប្រទេសចិនបានបញ្ចូលតំបន់មជ្ឈិមបុព៌ា តំបន់អាស៊ីកណ្តាលទៅក្នុងប្រភេទ "ខ្សែក្រវ៉ាត់មួយ ផ្លូវមួយ" ដែលមិនអាចខ្វះបាន ជាហេតុបង្កអោយមានទំនាស់លើផ្នែកការទូត។ ហើយ ប្រឈមមុខនិងទំនាស់នេះ ប្រទេសចិនបានជ្រើសរើសយកវិធីបទស្មោះត្រង់ ស្មើទ្ធស្មាលទៅដោះ ស្រាយ។ បើយោងតាមក្រិតនៃទ្រឹស្តីមកនិយាយ ជាដំបូង គោលនយោបាយ "ខ្សែក្រវ៉ាត់មួយ ផ្លូវមួយ" របស់ចិន បង្ហប់ដោយភាពបើកចំហរខ្លាំងក្លាទូលំទូលាយនិងយោគយល់គ្នា អាចនៅក្នុងតំបន់តែមួយ ទទួលយកផែនការប្រអង្គការប្រេនដែលមានស្រាប់ និងមិនអោយកើតមានផលទំនាស់ជ្រៀលជ្រៅអ្វី នោះឡើយ ។ ហេតុដូច្នេះ ផែនការ "ខ្សែក្រវ៉ាត់មួយ ផ្លូវមួយ" និងផែនការរបស់ប្រទេសទាំងអស់គឺបង្ហប់ នូវចេន្ទ្រៈប្រហាងរួមគ្នា។ ម្យ៉ាងវិញទៀត ប្រទេសចិននិងប្រទេសទទៅក៏ដូចជាតំបន់ដទៃផ្សេងៗទៀត សុទ្ធតែបង្ហប់នូវផលប្រយោជន៍រួមគ្នា ឧទាហរណ៍ ក្នុងកិច្ចការប៉ែរក្សាសន្តិសុខនៅមជ្ឈិមបុព៌ា ប្រឆាំង និងក្រុមជ្រុលនិយមISIS ធានាបាននូវការជើកជញ្ជូនថាមពល សុទ្ធតែបង្ហប់នូវផលប្រយោជន៍រួមគ្នា ហើយប្រទេសចិនក៏បានខិតខំប្រឹងប្រែងចូលរួមសហការជាយគ្រប់បណ្តាប្រទេសទាំងអស់ ដើម្បីផល ប្រយោជន៍រួមគ្នា សម្រabsសម្រួលដោះស្រាយជម្លោះ ក្នុងការស្តារបានា "ខ្សែក្រវ៉ាត់មួយ ផ្លូវមួយ" ឈរលើ ជវិធីបទទទួលឧសត្រូវខ្ពស់ មានទំនាក់ទំនងដោយស្មោះត្រង់និងស្មើភាពគ្នាជាមួយបណ្តាប្រទេស

· 118 ·

ទាំងអស់ ជួយសម្រួលដល់កិច្ចទំនាក់ទំនងវាងគ្នានិងគ្នាក្នុងកម្រិតខ្ពស់ រួមម្គាដើម្បីស្ថេរភាពនិងវឌ្ឍ
នៈភាពក្នុងតំបន់។

២-ចំនុចពិសេសនិងខ្លឹមសារលម្អិតនៃកិច្ចសហប្រតិបត្តិការតំបន់

ខែកញ្ញា ឆ្នាំ២០១៣ លោកអគ្គលេខាធិការបក្ស ស៊ី ជិនភីង ប្រទេសកាហ្សាក់ស្តង់បានថ្លែង
សុន្ទរកថានៅក្នុងសកលវិទ្យាល័យណាហ្សាប៉ាយេវ៉ ចាប់ផ្តើមផ្សព្វផ្សើមគំនិតស្ថាបនា «ខ្សែក្រវ៉ាត់សេដ្ឋ
កិច្ចផ្លូវសូត្រ» ពេលនោះគឺបានកំណត់គោលដោយច្បាស់សម្រាប់តម្រោងមួយនេះគឺ «យកចំណុចច្បាប់ជា
ផ្នែក ចាប់ពីសរសៃដល់បន្ទុះជំ ជាបន្តបន្ទាប់ឲ្យទៅជាកិច្ចសហប្រតិបត្តិការទ្រង់ទ្រាយធំក្នុងតំបន់»
ហើយថែមទាំងលើកឡើងនូវគំនិត «ផ្សារភ្ជាប់ទំនាក់ទំនង៥ផ្នែក» ក្នុងនោះគឺមានការផ្សារភ្ជាប់
«គោលនយោបាយ ផ្លូវគមនាគមន៍ ៣ណិជ្ជកម្ម រូបិយប័ណ្ណ និងទឹកចិត្តប្រជាជន»។ «ការផ្សារភ្ជាប់
ទំនាក់ទំនងទាំង៥ផ្នែក» នេះបានឆ្លុះបញ្ចាំងអំពីខ្លឹមសារសំខាន់និងចំនុចពិសេសនៃកិច្ចសហប្រតិបត្តិ
ការក្នុងតំបន់នៅក្នុងដំណើរការស្ថាបនា «ខ្សែក្រវ៉ាត់មួយ ផ្លូវមួយ»។

ក្នុងខែវិច្ឆិកា ឆ្នាំ២០១៤ «កិច្ចជម្រុញការស្ថាបនាខ្សែក្រវ៉ាត់សេដ្ឋកិច្ចផ្លូវសូត្រនិង ការស្ថាបនាផ្លូវ
សូត្រលើដែនសមុទ្រ ហើយបង្កើតឲ្យបានសកាពការណ៍ថ្មីនៃការបើកចំហរហើយគ្រប់ជ្រុងជ្រោយ»
ត្រូវបានបញ្ចូលជាផ្លូវការក្នុងសម័យប្រជុំពេញអង្គលើកទី១៨ នៃ «សេចក្តីសម្រេចអំពីបញ្ហាក្នុងការរំ
ទម្រង់ស៊ីជម្រៅគ្រប់ជ្រុងជ្រោយរបស់គណៈកម្មាធិការមជ្ឈិមបក្សកុម្មុនីស្តចិន ដែលធ្វើសមាជបក្ស
កុម្មុយនីស្តចិនលើកទី៣» ។ និយាយអំពីខ្លឹមសារនៃសេចក្តីសំរេចនេះ ដោយហេតុថា ការកសាង «ខ្សែ
ក្រវ៉ាត់មួយ ផ្លូវមួយ» មិនអាចសំរេចបានទាំងស្រុងតែមួងនោះទេដោយសារមានភាពស្មុគស្មាញ ហើយ
ត្រូវការពេលវេលាយ៉ាងយូរអង្វែង គឺត្រូវការចាំបាច់វិភាគច្បាស់លាស់សេចក្តីតម្រូវការរបស់ប្រទេសនី
មួយៗលើមូលដ្ឋាននេះចែកមុខការតាមសេចក្តីត្រូវការ ហើយជំរុញដំណើរជាបន្តបន្ទាប់។ ទី១គឺ៖
ចេនាសម្ព័ន្ធផ្លូវថ្នល់ ដែកជផ្លូវ ទូរគមនាគមន៍ ព័ត៌មាននិងការកសាងហាដ្ឋារចនាសម្ព័ន្ធកសាងឲ្យបាន
ល្អនិងគ្រប់គ្រាន់។ ដោយហេតុថា «ខ្សែក្រវ៉ាត់មួយ ផ្លូវមួយ» មានជាប់ទាក់ទងទៅនឹងតំបន់ច្រើន ក្នុង
នោះតំបន់ប្រទេសកំពុងអភិវឌ្ឍន៍ច្រើននៅកណ្តាលហាដ្ឋារចនាសម្ព័ន្ធនៅមានលក្ខណៈមិនទាន់ប្រសើរ
ដូចជាវិស័យដែកជផ្លូវថ្នល់មានលក្ខណៈអន់ខ្សោយ មានគ្រោះថ្នាក់ច្រើន ការផ្គត់ផ្គង់ពេត៌មានមាន
ការលំបាក បណ្តាញវិស័យទូរគមនាគមន៍មានលក្ខណៈគួចចង្អៀត មានប្រសិទ្ធភាព អន់ថយៗ។ ការ ក
សាងហាដ្ឋារចនាសម្ព័ន្ធបានប្រសើរ គឺជាមូលដ្ឋានគ្រឹះនៃការសំរេចការផ្សារភ្ជាប់ទំនាក់ទំនងគ្នា ដូច្នេះ
បានជាយកសហប្រតិបត្តិការ ការស្ថាបនាហាដ្ឋារចនាសម្ព័ន្ធជាកិច្ចការចំបងទីមួយក្នុងសហការតំបន់
«ខ្សែក្រវ៉ាត់មួយ ផ្លូវមួយ» នេះគឺជាការចាំបាច់ និងសមហេតុសមផលពិតប្រាកដ។ ទី២គឺ៖ លើមូល
ដ្ឋានគ្រឹះនៃកិច្ចស្ថាបនាហាដ្ឋារចនាសម្ព័ន្ធអោយមានភាពប្រសើរ ត្រូវស្វែងយល់គ្នាអោយកាន់តែស៊ី
ជម្រៅ បង្កើនការសំរុងសំរួងគ្នាផ្នែកគោលនយោបាយ ខំជម្រុញការស្ថាបនាតំបន់៣ណិជ្ជកម្មសេរីគ្រប់
ប្រភេទ ព្រមទាំងឲ្យសង្កាត់ជាមួយគ្នានឹង ដែលមានស្រាប់គ្រប់ប្រភេទ លើកកម្ពស់កិច្ចសហប្រតិបត្តិ
ការឲ្យស្ថិតមួតគ្រប់ជាន់ថ្នាក់។ នៅក្នុងដំណាក់កាលមួយនេះ ប្រទេសចិនត្រូវតែចាប់យកកំណូចរូម

ដើម្បីលើកកម្ពស់កិច្ចសហប្រតិបត្តិការ ដោយយោងតាមតម្រូវការចាំបាច់របស់ប្រទេសនីមួយៗ ម្រីក
ប្រកទផ្សេងៗគ្នានៃកិច្ចសហប្រតិបត្តិការសហគ្រាសនិងថាមពល។។ ដូចជា ប្រទេសចិនអាចជ
ម្រុញវិស័យឧស្សាហកម្មដែលលើសក្នុងប្រទេស រួមមាន ឧស្សាហកម្មដែកថែបដែលផ្ទេរទៅក្រៅប្រទេសល្អុង
តាមការប្រើប្រែជាក់ស្ដែង ជម្រុញអោយប្រទេសដែលជាគោលដៅមានសេដ្ឋកិច្ចរីកចម្រើន។ ហើយ
ទន្ទឹមនឹងនោះវែរ ដើម្បីបង្កើនល្បឿននៃការស្ដារឡាន "ខ្សែក្រវ៉ាត់មួយ ផ្លូវមួយ" ប្រទេសចិនអាចបង្កើន
កម្រិតនៃកិច្ចសហប្រតិបត្តិការ ដូចជាលើកកំពស់តំបន់ពាណិជ្ជកម្មសេរីចិនបណ្ដាប្រទេសអាស៊ានឡ្យ
ឡើងថ្នាក់ទៀត ស្ងួងរកការបង្កើតតំបន់ពាណិជ្ជកម្មសេរីជាមួយបណ្ដាប្រទេសអាស៊ីកណ្ដាល ហើយ
ទាក់ទាញប្រទេសក្នុងតំបន់អាហ្វ្រិកភាគខាងជើង ព្រមទាំងប្រទេសនៅតាមបណ្ដោយខ្សែទាំងអស់មក
ចូលរួមសហការជាមួយគ្នា។ ទី៣គឺ៖ នៅក្នុងការសម្រេចអោយបានកិច្ចការ «ផ្លូវភ្ជាប់ទំនាក់ទំនងទាំង
៥ផ្នែកនេះ» គឺត្រូវបង្កើតឡើងបន្តិចម្ដងៗនូវក្រុមដៃគោកអាស៊ីខាងកើត អាស៊ីខាងត្បូង អាស៊ីអាគ្នេយ៍
អាស៊ីកណ្ដាល អាស៊ីខាងលិច រហូតដល់ទ្វីបអឺរ៉ុបផង នៅក្នុងនេះ សម្រេចអោយបាននូវកត្តាផលិតកម្ម
អាចហូរចេញចូលដោយសេរី ធ្វើឲ្យកំណត់ពលកម្ម ធនធានវិនិយោគនិងរូបិយប័ណ្ណ មានលំហូរដោយ
សេរី បង្កើតភាពជាយស្រួលនូវប្រព័ន្ធគមនាគមន៍ ទំនាក់ទំនងព័ត៌មាន និងបច្ចេកវិទ្យាវិទ្យាសាស្ត្រ កាត់
បន្ថយឧបសគ្គពាណិជ្ជកម្ម បង្កើនកិច្ចសហប្រតិបត្តិការពាណិជ្ជកម្ម បង្កើតឡើងបានយ៉ាងពិតប្រាកដ
នូវសហគមន៍រួមដែលមានតែស្មៀរភាពនិងភាពចុះសម្រុងគ្នា ជម្រុញនិងលើកកម្ពស់វឌ្ឍនៈភាពរួម
អភិវឌ្ឍន៍រួម រីកចម្រើនរួម។ ចំពោះ «ដើរទាំងពាជំហាន» ខាងលើគឺជាការចង់បង្ហាញរបស់អ្នកនិពន្ធ ស្ដី
អំពីការរៀបចំផែនការទ្រង់ទ្រាយជំនៃការកសាងកិច្ចសហប្រតិបត្តិការតំបន់របស់ប្រទេសចិន តែនៅក្នុង
កិច្ចការអនុវត្តលម្អិតវិញ ត្រូវតែរួមបញ្ចូលទៅជាមួយនឹងស្ថានភាពជាក់ស្ដែង ដោយយោងតាមពេល
វេលា ទីកន្លែង និងលក្ខខណ្ឌ។ ប៉ុន្តែការម្យ៉ាងដែលយើងអាចជឿជាក់បានគឺ ប្រទេសចិនក្នុងការជម្រុញ
កិច្ចសហប្រតិបត្តិការតំបន់ គឺតែងតែប្រកាន់ភ្ជាប់ស្មៃភាពព្រមទាំងបរិភាគ បោះជំហានមួយៗឲ្យបាន
និងជឿងស៊ីជម្រៅជាបន្តបន្ទាប់ ពង្រឹងការរយោគយល់វាងគ្នានិងគ្នា ទំនាក់ទំនងក្នុងន័យស្មោះត្រង់នឹង
គ្នា បង្កើតអោយមាននូវសហគមន៍មួយដែលអាចរួមសុខរួមទុក្ខជាមួយគ្នាបាននៅក្នុងការសម្រេចឲ្យ
បានកិច្ចការ «ផ្លូវភ្ជាប់ទំនាក់ទំនង៥ផ្នែក»។

នៅក្នុងដំណើរពង្រឹងកិច្ចសហប្រតិបត្តិការតំបន់ដើម្បីសម្រេចទិសដៅនៃ "ខ្សែក្រវ៉ាត់មួយ ផ្លូវ
មួយ" ប្រទេសចិនបានផ្ដល់នូវទស្សនៈវិស័យថ្មីៗដល់សហគមន៍អន្តរជាតិ ដែលបញ្ចេញយ៉ាងពេញ
លេញនូវលក្ខណៈពិសេសផ្ទាល់របស់ខ្លួន៖

ទី១-ភាពផ្ដួចផ្ដើមជាមុន។ នៅក្នុងកំឡុងពេលអភិវឌ្ឍន៍កិច្ចការរីកទម្រង់បើកចំហរ ជាដំបូង
ប្រទេសចិនជ្រើសរើសយកយុទ្ធសាស្ត្រនៃការ «ភាពទាក់ទាញអោយចូលមក» ដោយប្រើរបៀប «ដៃគូ
បើកបរ» ដើម្បីខ្លួនជាធានអន្តរជាតិមកជម្រុញការអភិវឌ្ឍន៍សេដ្ឋកិច្ចរបស់ខ្លួន។ បន្ទាប់មកគឺការ «ដើរ
ចេញទៅក្រៅ» រីកតែអាចប្រើប្រាស់ទីផ្សារក្រៅប្រទេសបានយ៉ាងប្រៃ បង្កើនកម្រិតនឹងសមត្ថភាពក្នុង
កិច្ចការរីកទម្រង់ស៊ីជម្រៅ។ បច្ចុប្បន្ន GDP របស់ប្រទេសចិនបានលើសប្រទេសជប៉ុនហើយ ស្ថិតក្នុង
លំដាប់ថ្នាក់ទី២លើសកលលោក ប្រឈមមុខទៅនឹងភាពសង្ស័យរបស់សហគមន៍អន្តរជាតិដែលថា តើ

ប្រទេសចិននឹងធ្វើអ្វីខ្លះ? ធ្វើបែបណា? រដ្ឋាភិបាលចិនបានធ្វើជាម្ចាស់ការគំពារខ្លួនគឺយកការ «ទាញអោយចូលមក» ផ្សារភ្ជាប់និងការ «ដើរចេញទៅក្រៅ» ចែករំលែកយ៉ាងពេញលេញភាគលាភ ក្នុងការអភិវឌ្ឍន៍ខ្លួនឯងជាមួយប្រទេសនៅជុំវិញតាមបណ្ដោយខ្សែ ហើយទទួលខុសត្រូវក្នុងហាន:ជា មហាប្រទេសមួយ បានបង្ហាញអោយអន្ដរជាតិបានដឹងអំពីឥរិយាបថគំរូរបស់ខ្លួន បំបាត់ចោលភាព មន្ទិលសង្ស័យនៃបណ្ដាប្រទេសជាអតិបរិមា កុំអោយមានការភាន់ច្រឡំចំពោះទស្សន: «ការគំរាម កំហែងរបស់ចិន»។ «ទាញចូលមក» ផ្សារភ្ជាប់ទៅនឹងការ «ដើរចេញទៅក្រៅ» ធ្វើឲ្យចិនតែតែអាចប្រើ ប្រាស់ទីផ្សារធនធានពីរប្រភេទទាំងក្នុងនិងក្រៅប្រទេសបានយ៉ាងប្រពៃ អាចធ្វើអោយមានភាពសុី ជម្រៅក្នុងកិច្ចការវិកទម្រង់បើកចំហរ ហើយនិងជម្រុញកិច្ចសហប្រតិបត្តិការវាងគំបន់ផ្សេងៗគ្នា បាន។

ទី២-ភាពទូលំទូលាយ។ ប្រទេសចិននៅក្នុងកិច្ចការជម្រុញកិច្ចសហប្រតិបត្តិការក្នុងគំបន់ អនុលោមតាមមាតារ «យកចំនុចភ្ជាប់ជាផ្នែកជំ ចាប់ពីសរសៃលួ្តិតរហូតដល់បន្ទ:ជំ ប្រែក្លាយបន្ទិចម្ដងៗ ទៅជាកិច្ចសហប្រតិបត្តិការទ្រង់ទ្រាយជំក្នុងគំបន់» អនុលោមទៅតាមវិធីសាស្ត្រលានទៅមុខជា បណ្ដើរៗនេះ បានបង្ហាញការដាក់ដែននយោបាយនៅក្នុងវិមាត្រនៃលំហារ វិមាត្រនៃពេលវេលាផ្សេងៗ គ្នា។ ប្រទេសចិនឆ្លងតាមការបកស្រាយអំពីខ្លឹមសារវៃនៃកិច្ចសហប្រតិបត្តិការក្នុងគំបន់ខាងលើ យើង អាចដឹងបានថា: «ខ្សែក្រវ៉ាត់មួយ ផ្លូវមួយ" មិនត្រឹមតែជាការផ្សារភ្ជាប់ទំនាក់ទំនងហេដ្ឋារចនាសម្ព័ន្ធតែ ប៉ុណ្ណោះទេ ថែមទាំងយកនេះជាចំណុចចាប់ផ្ដើមបណ្ដើរៗដោយសុីជម្រៅ អនុវត្តបានយ៉ាងពេញលេញ ទូលំទូលាយ ដើម្បីជម្រុញពាណិជ្ជកម្ម បច្ចេកវិទ្យាវិទ្យាសាស្ត្រ មនុស្សសាស្ត្រ និងកិច្ចសហប្រតិបត្តិការ កាន់តែច្រើន និងគ្រប់ជ្រុងជ្រាយ ហើយនិងបង្កើតឡើងនូវរូបមន្តថ្មីនៃកិច្ចសហប្រតិបត្តិការ «ពាណិជ្ជ កម្មូម ស្ថាបនារូម ទទួលបានអត្ថប្រយោជន៍រូម» ក្នុងគំបន់ទាំងមូល។

ទី៣-ភាពជាក់ស្ដែង។ ប្រទេសចិននៅក្នុងការជម្រុញកិច្ចសហប្រតិបត្តិការ «ខ្សែក្រវ៉ាត់មួយ ផ្លូវ មួយ" តម្រូវអោយមានគោលការណ៍ជាក់ស្ដែងស្របទៅនឹងកាល:ទេស: ដោយពិនិត្យមើលពីផ្នែកក្នុង ប្រទេសនិងអន្តរជាតិ ឈរទៅលើការពិតជាក់ស្ដែង ជម្រុញដំណើរទៅមុខយ៉ាងប្រាកដប្រជា។ បើ និយាយអំពីស្ថានភាពក្នុងស្រុកចិន ការវិកទម្រង់បើកចំហរបានធ្វើអោយ ភូមិភាគខាងកើតមានកម្រិត នៃការវិវឌ្ឍច្រើនខ្ពស់ជាងភូមិភាគខាងលិចយ៉ាងច្រើន ហេតុដូច្នេះយើងយកភូមិភាគខាងលិចជា ចំណុចគន្លឹះនៃការកសាង «ខ្សែក្រវ៉ាត់មួយ ផ្លូវមួយ" វាអាចមានប្រសិទ្ធិភាពក្នុងការជួយកាត់បន្ថយការ វិកចម្រើនមិនស្មើភាពគ្នាបាន ព្រមទាំងជួយលើកកំពស់កម្រិតនៃការបើកចំហររបស់គំបន់ភាគខាងលិច បង្កើតបានគំបន់ជំទាំងពីរកើតនិងលិច មានស្ថានភាពណប្រសើរឡើងគ្នាក្នុងការបើកចំហរ។ បើនិយាយ អំពីស្ថានភាពសហគមន៍អន្តរជាតិ ភាពស្ដាល់កាលសទេស:របស់ប្រទេសចិន មួយផ្នែកគឺបង្ហាញអោយ យើញពីការក្លាប់បានស្ថានភាពដាក់ស្ដែងរបស់ប្រទេសនីមួយៗ ធ្វើការប្រែងចែកដោយយោងតាមតម្រូវ ការចាំបាច់របស់ប្រទេសនីមួយៗ បញ្ញោញ អោយអស់សមត្ថភាពក្នុងការទទួលខុសត្រូវកិច្ចការអន្តរ ជាតិ សម្រេចអោយបានកំណើននៃការចូលរួមសម្របសម្រួលកិច្ចការក្នុងគំបន់ កាត់បន្ថយការវិក ចម្រើនមិនស្មើភាពគ្នារបស់ប្រទេសនីមួយៗ សម្រេចបានគោលដៅ អភិវឌ្ឍន៍រូម វិកចម្រើនរូម។ ម្យ៉ាង

ទៀត ប្រទេសចិនសហប្រតិបត្តិការជាមួយតំបន់ផ្សេងៗគ្នា គឺខិតខំប្រើប្រៃងដោះស្រាយទំនាក់ទំនង តំបន់ជាមួយនឹងមហាប្រទេសអោយបានល្អ ដោយគិតអំពីផលប្រយោជន៍ប្រទេសផ្សេងៗដ៏ទៃទៀត ដែរ។ ចំពោះប្រទេសដែលមានការវិខ្លែងគំនិតនឹងគ្នា ប្រទេសចិននឹងទុកការរំពឹងផលប្រយោជន៍របស់ ខ្លួនជាមុន ព្រមជាមួយគ្នានេះនឹងខិតខំខ្ចូវខ្វែងគំនិតគួរទៅដល់សំណមពរសមហា_ហេតុសមផលរបស់គូរភា គី ជ្រើសយកវិធីយាបទសមភាពស្មោះត្រង់ជាមួយគ្នាក្នុងការដោះស្រាយបញ្ហា។ ចំពោះអង្គការនិង ផែនការប្រចាំតំបន់ដែលមានស្រាប់ហើយ ប្រទេសចិននឹងខិតខំស្វែងរកគោលនយោបាយផ្សារភ្ជាប់កិច្ច សហប្រតិបត្តិការរួមគ្នា ទាំងនេះសុទ្ធតែបង្ហាញអោយឃើញពីលក្ខណៈពិសេសនៃស្ថិតភាពគ្នា និងភាព ជាក់ស្ដែង។

ទ្រឹស្ដីនៃកិច្ចសហប្រតិបត្តិការតំបន់របស់ប្រទេសចិន បានបង្ហាញអោយឃើញការបើកចំហរ ដោយយោគយល់គ្នា ស្ថិតភាពគ្នានិងស្មោះត្រង់គ្នា និងមានវិធីយាបទទទួលបានផលប្រយោជន៍ល្អៈ ល្អរួមពីសំណាក់ប្រទេសចិន ដើម្បីជាកិច្ចស្វែងរកគំនិតថ្មីនៃកិច្ចសហប្រតិបត្តិការរបស់ប្រទេសផ្សេ ងៗគ្នា ជនជាតិផ្សេងៗគ្នា និងតំបន់ផ្សេងៗគ្នា ផ្តល់ជូននូវរបៀបទបៀបថ្មីមួយ។ នៅក្នុងកិច្ចសហប្រតិបត្តិ ការតំបន់ប្រទេសចិនគាំទ្រអោយមានកិច្ចសហប្រតិបត្តិការរវាងតំបន់ផ្សេងៗរួមគ្នា ដើម្បីសម្រេចបាន ផលប្រយោជន៍ល្អៈល្អរួមគ្នា ប្រទេសចិនឈរលើមូលដ្ឋាននៃគោលនយោបាយរបស់ខ្លួនប្រកាន់ខ្ជាប់ នឹងវិស័យការទូតជាមួយប្រទេសជិតខាង ដែលមានមេត្រីភាពគោលនយោបាយស្មោះភាពនិងភាពរិត ចម្រើនដល់ប្រទេសជិតខាង ហើយធ្វើជាប្រទេសជិតខាងល្អ ជាដៃគូល្អ បញ្ហាដោះស្រាយផ្សេងៗពីគ្នា ភាពស្ថិទ្ធស្ថាលជាបងប្អូន ភាពស្មោះត្រង់ សារៈប្រយោជន៍រួម ការយោគយល់គ្នា ដោយបង្កើតអោយ មានភាពកាន់តែប្រសើរចំពោះវិស័យការទូតជាមួយប្រទេសជិតខាង លើកកម្ពស់ការសម្រេចអោយបាន នូវកិច្ចសហប្រតិបត្តិការនិងការអភិវឌ្ឍន៍។ ទន្ទឹមនឹងនោះដែរ នៅក្នុងកិច្ចសហប្រតិបត្តិការក្នុងតំបន់ ប្រទេសចិនមិនតាំងខ្លួនអធិរាជ ហើយក៏មិនអនុញ្ញាតអោយប្រទេសណាមួយតាំងខ្លួនជាអធិរាជ គ្រប់គ្រងគេដែរ មិនមានគំនិតបង្ខបង្កើតខ្លួនឯងឲ្យធ្លាយជាបងធំក្នុងតំបន់ ប្រកាន់ខ្ជាប់ទៅនឹងវិធីនៃការ រិតចម្រើនដោយសន្តិភាព ហើយទទួលបន្ុកខ្លួនឯងនូវភារកិច្ចអន្តរជាតិ។ នៅក្នុងពេលអនុត្តភាពជាក់ ស្ដែង ប្រទេសចិននឹងចាប់ផ្ដើមកិច្ចសហប្រតិបត្តិការដោយស្ថិតភាពគ្នាទៅវិញទៅមកជាមួយបណ្ដា ប្រទេសទាំងអស់ គោរពគ្នាទៅវិញទៅមក យោគយល់គ្នាទៅវិញទៅមក ស្គាល់នូវសំនួនពរនិងផល ប្រយោជន៍ដែលសមហេតុសមផល ខិតខំប្រើប្រៃងជម្រុញកិច្ចសហប្រតិបត្តិការ(ផ្សារភ្ជាប់ទាំង៥ ផ្នែក) អោយលេចចេញជារូបរាង។ ម៉្យាងវិញទៀត គោលគំនិតនៃការអភិវឌ្ឍន៍សេដ្ឋកិច្ចរួមជាផ្នែកមួយ គី ចំពោះកិច្ចសហប្រតិបត្តិការក្នុងតំបន់ ប្រទេសចិនក៏មិនមែនជាអ្នកនាំមុខនឹងជាថ្នាក់ដឹកនាំនៃ "ខ្សែ ក្រវ៉ាត់មួយ ផ្លូវមួយ" នោះដែរ ប្រទេសចិនគ្រាន់តែជាអ្នកផ្ដចផ្ដើមគំនិតក្នុងគោលបំណងលើកដំកើង ស្មារតីទទួលនិងរួមបួមទាំងអស់គ្នា មានវិធីយាបទទួលទូលាយ ខ្លួវខ្វែងគ្រប់ប្រទេសទាំងអស់ អំពារនារ ដល់គ្រប់ប្រទេសទាំងអស់ឲ្យស្ម័គ្រចិត្តចូលរួមក្នុងកិច្ចការស្ថាបនា "ខ្សែក្រវ៉ាត់មួយ ផ្លូវមួយ" ចូលរួម ចំណែកជាមួយគ្នាក្នុងកិច្ចសហប្រតិបត្តិការក្នុងតំបន់ នេះគឺជាចំណុចពិសេសដែលមិនរើសអើងក្នុង ការស្ថាបនា "ខ្សែក្រវ៉ាត់មួយ ផ្លូវមួយ"។

៣-ទ្រឹស្តីសកលភាវូបនីយកម្ម

សម័យបច្ចុប្បន្ននេះ គឺសម័យសកលភាវូបនីយកម្ម ជាពិសេសគឺផ្ដែកទៅលើសកលភាវូបនីយកម្ម សេដ្ឋកិច្ចជាចម្បង ការផលិត ៣ណិជ្ជកម្ម ហិរញ្ញវត្ថុ និងក្នុងកំឡុងពេលដែល សហគ្រាសពាណិជ្ជកម្ម នៃសកលភាវូបនីយកម្ម បានចូលរួមចំណែកបង្កើតអោយមានទ្រព្យសម្បត្តិជាហូរហៀរនោះ ក៏បាន បង្កើតបញ្ហាផ្សេងៗទៀតដែរៗ។ គោលនយោបាយរបស់ "ខ្សែក្រវ៉ាត់មួយ ផ្លូវមួយ" ព្រមទាំងការរីក ចម្រើននៃសេដ្ឋកិច្ច និងកិច្ចសហប្រតិបត្តិការក្នុងតំបន់ដែលតំនិតថ្លៃ៉ប្រទិតក្នុងនិយ័អភិវឌ្ឍន៍ទាំងពីរនេះ ចំពោះសកលភាវូបនីយកម្មក្នុងដំណាក់កាល ដែលស្វែងចេញអោយឃើញនូវការដោះស្រាយនូវបញ្ហា ដែលជាប្រយោជន៍ជាច្រើនៗ។ អាចនិយាយបានថា តំនិតថ្លៃ៉ប្រទិតជាច្រើនរបស់ "ខ្សែក្រវ៉ាត់មួយ ផ្លូវ មួយ" បញ្ចេញនូវអត្ថប្រយោជន៍កាន់តែច្បាច់ចំពោះកិច្ចខិតខំប្រើងប្រែងនៃសកលភាវូបនីយកម្ម ទន្ទឹម និងនោះដែរ វាមានអត្ថន័យលើសពីសមាហរណកម្មនៃការកសាងបែបបុរាណ ហើយស្វែងរកកិច្ចសហ ប្រតិបត្តិការឈ្មោះឈ្នោះនៃសម័យសកលភាវូបនីយកម្មៗ។ បើនិយាយអំពីសម័យកាលបច្ចុប្បន្ននៅក្នុង សកលភាវូបនីយកម្មបានកើតមានដូចជាៈ "ពិភពលោកច្រើនបែបច្រើនសណ្ឋាន" "វិម្ភ្យៈការរ៉នសិទ្ធ អភិបាលកិច្ចសកល" "បញ្ហាអន្តរជាតិមានការរ៉បងច៉កជាបំណែកៗ" "យន្តការផ្ដើសមាហរណកម្ម ក្នុងតំបន់មានសន្ទុះកើនឡើង" ព្រមទាំងបញ្ហាជាច្រើនៗៗ។ តាមការពិតទៅ ការស្ដាបនារ្យមគ្នារបស់ "ខ្សែក្រវ៉ាត់មួយ ផ្លូវមួយ" និងការដោះស្រាយបញ្ហាជាច្រើនខាងលើ គឺមានទំនាក់ទំនងគ្នាយ៉ាងស្និតស្មុគ ប្រសិនបើឡេៀននៃកិច្ចជម្រុញបានកាន់តែប្រសើរ ចំពោះចរន្តនៃភាពរីកចម្រើនរបស់សកលភាវូបនីយ កម្មគឺបានកាន់តែប្រសើរ៉ដែរ និងជាជំនួយយ៉ាងច្រើនដល់កិច្ចខិតខំប្រើងប្រែងៗ។ [29] បើនិយាយអោយ លម្អិតគឺៈ ការស្ដាបនា "ខ្សែក្រវ៉ាត់មួយ ផ្លូវមួយ" របស់ប្រទេសចិន ចំពោះទ្រឹស្តីសកលភាវូបនីយកម្ម ការផ្ដើចផ្ដើមត្រូវបានផ្ដុៈបញ្ចាំងយ៉ាងចម្បងនៅក្នុងផលប្រយោជន៍រួមរបស់វាតែមួយ វាសនារួមតែមួយ និងកិច្ចស្ដាបនា ការទទួលខុសត្រូវរួមតែមួយ ស្មើភាពគ្នា យោគយល់គ្នា និងភាពសុខដុម សមស្រប តាមទ្រឹស្តីសំខាន់ទាំង៣គឺៈ

1-រចនាសម្ព័ន្ធនៃសហគមន៍រួម

ដោយហេតុថា ការកសាង "ខ្សែក្រវ៉ាត់មួយ ផ្លូវមួយ" ផ្ដែកទៅលើអភិវឌ្ឍរួមគ្នា ដូច្នេះការកសាង រចនាសម្ព័ន្ធសហគមន៍រួមដែលគ្របដណ្ដប់តំបន់តាមបណ្ដោយខ្សែគឺជាការមិនអាចខ្ជះ៉បានទេៗ។ នេះ ហើយគឺជាតំនិតបង្កើតថ្មី៉របស់ប្រទេសចិនលើទ្រឹស្តីអំពីសកលភាវូបនីយកម្មៗ។

ពិភពលោកយើងបច្ចុប្បន្ននៅសេសសល់ក្រុមដែលជា «សហគមន៍រួម» មិនច្រើនទេ ពួកគេច្រើន ជាក្រុមមួយនៃកិច្ចសហការតាមតំបន់ទំនាក់ទំនងពាណិជ្ជកម្មជាញឹកញាប់ និងកិច្ចសហប្រតិបត្តិការ សេដ្ឋកិច្ចមិនតខ្លាស់ បង្ហ៉ជាខ្លឹមសារសំខាន់ៗ។ នៅក្នុងប្រវត្តិសាស្ត្រ ៣ក្បា «សហគមន៍រួម» មួយនេះ ដែលគេរាល់គ្នាបានដឹងបានលី គឺព្រោះតែក្នុងឆ្នាំ១៩៦៩ សហគមន៍សេដ្ឋកិច្ចរួមរបស់អឺរ៉ុបត្រូវបាន បង្កើត គឺបានតំណាងអោយដំណាក់កាលមួយនៃសមាហរណកម្មសេដ្ឋកិច្ចក្នុងតំបន់បានបង្ហាញអំពី

---

29 លោក ឡ្យ ស៉ (ក្រវ៉ាត់មួយ ផ្លូវមួយ)៖ ដំណើងនិងនិន្នាការថ្មី៉នៃសកលលោក (សារពត៌មានរ៉បិយវត្ថុរបស់ចិន) ថ្ងៃ ទី 01ខែតុលា ឆ្នាំ2014

លក្ខណៈជាប្រព័ន្ធនៃកិច្ចសហប្រតិបត្តិការសេដ្ឋកិច្ចក្នុងតំបន់។ ក៏ប៉ុន្តែទន្ទឹមនឹងដំណើរសកលភាវូបនីយកម្មសេដ្ឋកិច្ចសុីជម្រៅ និងវីរច័ររពីរយ៉ាងឆាប់រហ័សនៃគមនាគមន៍សម័យទំនើប បច្ចេកវិទ្យាទូរគមនាគមន៍ សកម្មភាពអន្តរជាតិមានទំនាក់ទំនងទីឌីពីងឆ្នាក់តែខ្លាំង វ័ងមនុស្សជាតិត្រូវប្រឈមមុខនឹងបញ្ហាខាងក្រៅកាន់តែច្រើនឡើង ចេរនាសម្ព័ន្ធអភិបាលកិច្ចការអន្តរជាតិ កំពុងតែមានការផ្លាស់ប្តូរៗ។ ដោយយលលើការយល់ដឹងនេះ រដ្ឋាភិបាលការណ៍របស់មហាសន្និបាតគណបក្សកុម្មុយនីសចិនលើកទី ១៨បានលើកឡើងនូវគោលគំនិតសហគមន៍ជោគវាសនារួមរបស់មនុស្សជាតិ ផ្តួចផ្តើមការស្វែងរកផលប្រយោជន៍របស់ប្រទេសខ្លួន ទន្ទឹមនឹងការរ៉ក់មានការយកចិត្តទុកដាក់ដល់ផលប្រយោជន៍របស់ប្រទេសដ៍ទៃយ៉ាងសមរម្យ យកការស្វែងរកការអភិវឌ្ឍន៍របស់ខ្លួនអោយដើរទន្ទឹមគ្នាទៅនឹងការអភិវឌ្ឍន៍របស់ប្រទេសដ៍ទៃរួមគ្នា ដើម្បីបង្កើតទំនាក់ទំនងដៃគូបែបថ្មីអោយមានភាពកាន់តែស្និទ្ធភាពៗ។ គោលគំនិតនេះចម្រើនគំនិត «សហគមន៍រួម» ជាប្រពៃណីធ្វើអោយរាល់គ្នាយល់អំពីអត្ថន័យរបស់សហគមន៍រួមហូសក្របខណ្ឌនៃភូមិសាស្ត្រ ក៏អាចស្គាល់លើសពីកិច្ចសហប្រតិបត្តិការសេដ្ឋកិច្ចក្នុងវិស័យតែមួយបានជម្រុញមនុស្សជាតិឱ្យវីរច័ររកាន់តែមានវឌ្ឍនភាពគ្រប់ជ្រុងជ្រោយៗ។

ហេតុមកដល់បច្ចុប្បន្ននេះ ថ្នាក់ដឹកនាំរបស់ប្រទេសចិន ក្នុងរាល់គ្រប់កិច្ចប្រជុំទាំងអស់តែងតែលើកឡើងអំពី «សហគមន៍រួម» ដែលក្នុងនោះមាន «សហគមន៍ផលប្រយោជន៍រួម» «ទទួលខុសត្រូវរួមសហគមន៍» និង «វាសនារួមសហគមន៍»ៗល។ ប្រទេសចិនតែងតែបង្ហាញអំពីគំនិតកសាង «សហគមន៍រួម» ចំពោះ អាសុីអាន អាហ្វ្រិក អាមេរិកឡាទីន និងតំបន់សមុទ្រការ៉េប៊ៀន អោយបានយល់ដឹងហើយក៏បានសំដែងបំណងបង្កើតទំនាក់ទំនងទូលំទូលាយរវាងប្រទេសចិន ទៅនឹងតំបន់ទាំងអស់នោះៗ។ ឧទាហរណ៍ដូចជា៖ ប្រទេសចិនបានស្នើកសាង «សហគមន៍វាសនារួមចិន-អាសុីអាន» ដោយសង្កត់ធ្ងន់លើការប្រកាន់ខ្ជាប់ទៅនឹងការកាន់ពក្សទុកចិត្តគ្នា មានមេត្រីភាព ពិភាក្សាគ្នាជាមួយប្រទេសជិតខាង កិច្ចសហប្រតិបត្តិការឈ្នះ ឈ្នះរួមគ្នា ជួយជ្រោមជ្រែងគ្នា បើកចំហរនិងអត់អោនអោយគ្នាដើម្បីអោយភាគីទាំងខាងសងខាងនិងប្រជាជនក្នុងតំបន់កាន់តែទទួលបានផលប្រយោជន៍។ លោកអគ្គលេខាធិការបក្ស សុី ជីនភីង បានឡើងជាលើកដំបូងអំពីនយោបាយចិនចំពោះអាហ្វ្រិកបានចង្អុលបង្ហាញថា៖ «ចិននិងអាហ្វ្រិកតាំងពីដើមរៀងមកគឺជាសហគមន៍វាសនារួមតែមួយ» ព្រមទាំងគាំទ្រប្រទេសនៅទ្វីបអាហ្វ្រិកអោយឈីតខ្វីវិរកមគាំជសមស្របដើម្បីធ្វើការអភិវឌ្ឍន៍ប្រទេសរបស់ខ្លួន។ អត្ថន័យនៃទស្សនៈរបស់ «សហគមន៍រួម» គឺមាននន័យទូលំទូលាយបន្ថែមទៀតៗ។ បើមើលពីលទ្ធផលនៃគោលបំណងផ្សារភ្ជាប់កិច្ចទំនាក់ទំនងប្រទេសនៅតាមបណ្តោយនៃកិច្ចស្ថាបនា "ខ្សែក្រវ៉ាត់មួយ ផ្លូវមួយ" អាចធ្វើអោយប្រទេសចិននិងប្រទេសនៅតាមបណ្តោយខ្សែ គឺជាផ្លូវរួមមួយដែលរួបរួមគ្នាកសាង គោលនយោបាយជឿទុកចិត្តគ្នា សេដ្ឋកិច្ចរួមបញ្ចូលគ្នា ប្បជម៌អត់អោនគ្នាទៅវិញទៅមកក្នុងទិសដៅ ស្ថាបនាបាននូវសហគមន៍ផលប្រយោជន៍រួម សហគមន៍វាសនារួម និងសហគមន៍ទទួលខុសត្រូវរួមៗ។

ខែមេសា ឆ្នាំ២០១៤ ក្នុងពិធីបើកវេទិកាអាសុីប៉ាអៅ លោកនាយករដ្ឋមន្ត្រីចិនលី ខឺឆាំង បានចង្អុលបង្ហាញថា ត្រូវតែព្យាយាមប្រកាន់ខ្ជាប់ទិសដៅផ្នៃការអភិវឌ្ឍន៍រួមគ្នា ដើម្បីបង្កើតសហគមន៍ផលប្រយោជន៍អាសុីរួមគ្នារៀបចំចេរនាសម្ព័ន្ធវ័កច្រើនរួមគ្នា បង្កើតអោយបានសហគមន៍វាសនាអាសុី

រួមគ្នា ថែរក្សាសន្តិភាពនិងការអភិវឌ្ឍន៍ បង្កើតអោយបាននូវសហគមន៍ទទួលខុសត្រូវអាស៊ីរួមគ្នា។ កម្រិតនៃការបង្កើនឡើងស្ថាបនា "ខ្សែក្រវ៉ាត់មួយ ផ្លូវមួយ" ដោយផ្អែកទៅលើសកលភាវូបនីយកម្មនៃ ទំនាក់ទំនងស្មើរភាពរបស់ប្រទេសទាំងអស់ អំពើនោះអោយគ្រប់ប្រទេសទាំងអស់ អោយរូបរូមគ្នា បង្កើតសហគមន៍មួយដែលយកឈ្នះបូខាងបង់រួមគ្នានោះប្រឈមមុខទៅនឹងបញ្ហាដែលត្រូវដោះស្រាយ ទាំងអស់ សម្រេចបានភាពរីកចម្រើននិងការអភិវឌ្ឍន៍រួមគ្នា។

បើនិយាយជាក់ស្តែងទៅ សហគមន៍ផលប្រយោជន៍រួមគ្នាគឺសំដៅទៅលើ ការយល់ស្របគ្នា ចំពោះកម្រិតនៃផលប្រយោជន៍របស់ប្រទេសនីមួយៗដែលមិនដូចគ្នា រាល់គ្រប់ប្រទេសក្នុងពេលស្វែង រកផលប្រយោជន៍រួមគ្នា ត្រូវតែរួមគ្នាកាត់បន្ថយទំនាស់ សហការគ្នាដើម្បីផលប្រយោជន៍រួម ស្វែងរក ភាពរីកចម្រើន សម្រេចអោយបានផលប្រយោជន៍ឈ្នះៗរួមគ្នាទៅវិញទៅមក។ សហគមន៍វាសនារួម សំដៅទៅលើកម្រិតរីកចម្រើននៃសកលភាវូបនីយកម្មបច្ចុប្បន្ន វាសនារបស់ប្រទេសទាំងអស់លើសកល លោកមានការផ្សារភ្ជាប់ជាមួយគ្នាយ៉ាងស្និទស្នាល ជាការពិតណាស់បើទាញសក់មួយសរសៃនិងនាំឲ្យ កម្រើកដល់ខ្លួនប្រាណទាំងមូល គឺវាបានក្លាយទៅជាស្ថានភាពទូទៅមួយទៅហើយ។ ប្រទេសដែល ផ្សេងៗគ្នា មិនថាជំផុតូច មានឬក្រ ខ្លាំងឬខ្សោយ សុទ្ធតែមានទំនួលខុសត្រូវចំពោះវាសនារួមគ្នា ដូច្នេះត្រូវតែអោយប្រទេសទាំងអស់មានសិទ្ធិស្មើគ្នាចូលរួមក្នុងការកសាងសហគមន៍រួម។ សហគមន៍ ទទួលខុសត្រូវរួម សំដៅទៅលើការដែលសង្គមបច្ចុប្បន្នមានបញ្ហាជាច្រើនដែលលើសពីអត្តសញ្ញាណ ប្រទេស ការរៀបចណ្ត្រែងព្រំដែនជាតិ បើពឹងផ្អែកលើតែកំលាំងរបស់ប្រទេសមួយគឺពិបាកនិងដោះស្រាយ ណាស់ ដូចជាបញ្ហាអេឌស៍ បញ្ហាសន្តិសុខមិនប្រពៃណីទាំងអស់នេះសុទ្ធតែត្រូវការចាំបាច់អោយ មានការចូលរួមទទួលខុសត្រូវពីបណ្តាប្រទេសទាំងអស់ ដោយបង្កើនការទំនាក់ទំនង និងសម្រប សម្រួលជាមួយគ្នាទៅវិញទៅមក ចោះបង់ចោលកំរិតមកពីមនោគមវិជ្ជាខុសគ្នា រួមចិត្តគ្នាប្រឈមមុខ ទៅនឹងរាល់បញ្ហានាៗ។ ក្នុងកម្មាំងការអនុវត្តពិតប្រាកដនៃការកសាង "ខ្សែក្រវ៉ាត់មួយ ផ្លូវមួយ" ក្រោម ការណែនាំ«កិច្ចផ្សារភ្ជាប់ទាំង៥» ផ្តួចផ្តើមការអភិវឌ្ឍន៍ទំនាក់ទំនងដៃគូសេដ្ឋកិច្ចជាមួយបណ្តាប្រទេស នៅតាមបណ្តោយខ្សែ រូបរូមគ្នាកសាងដែលមាននយោបាយទំនុកទុកចិត្តជាមួយគ្នា សេដ្ឋកិច្ចរួមបញ្ចូល គ្នា វប្បធម៌អត់អោនអោយគ្នាទៅវិញទៅមក។ សហគមន៍ផលប្រយោជន៍រួម សហគមន៍វាសនារួមនិង សហគមន៍ទទួលខុសត្រូវរួម។

2-លក្ខណៈពិសេសនៃទាំងបាទ្រីស្ទី

លក្ខណៈពិសេសបំផុតដែលត្រូវពិចារណាក្នុងការស្ថាបនា "ខ្សែក្រវ៉ាត់មួយ ផ្លូវមួយ" គឺពីចំណុច គួចចំរើនដល់ផ្ទាំងធំ ពីមួយផ្អែករីរើនដល់ដល់ទ្រង់ទ្រាយពេញក្ត ដោយផ្អែកលើក្នុងចក្ខុវិស័យទូលំ ទូលាយនៃសកលការូបនីយកម្ម ប៉ុន្តែជាមួយនិងសកលការូបនីយកម្ម វាមានភាពខុសគ្នាគឺទ្រីស្ទីចិនអំពី "ខ្សែក្រវ៉ាត់មួយ ផ្លូវមួយ" រិតតែសង្កត់ធ្ងន់ទៅលើការពង្រីកលក្ខនាទីជ្វ័មាននៃសកការូបនីយកម្មជាអតី បរមា រិៈរកមធ្យោបាយគេចចេញពីហានិភ័យឡេ្បីងៗ និងផ្តល់គំនិតអភិវឌ្ឍន៍ថ្មីស្រឡាងមួយដល់ មនុស្សជាតិ។ ការស្ថាបនា "ខ្សែក្រវ៉ាត់មួយ ផ្លូវមួយ" គឺជាការធ្វើសមាហរណកម្មក្នុងតំបន់ បង្ហាញលក្ខ ណៈពិសេសអំពីគុល្យភាព ភាពអត់អោនគ្នា និងភាពសុខដុមរមនាគ្នា។

ទី១-គុណភាព: សម័យសកលភាវូបនីយកម្ម បានស្តែងចេញនូវចំណុចពិសេសសម្ងួយគឺ ប្រទេស អភិវឌ្ឍន៍តែងតែប្រមូលយកធនធានពីប្រទេសកំពុងអភិវឌ្ឍន៍ឥតឈប់ឈរ ទន្ទឹមនឹងនោះវិញក៏បាន ផ្តាច់មុខទៅលើទីផ្សារបស់ប្រទេសអភិវឌ្ឍន៍ ដែលជាហេតុបង្កឲ្យ «ប្រទេសមានកាន់តែមាន ហើយ ប្រទេសក្រកាន់តែក្រ»។ លក្ខណៈគុណភាពនៃ «ខ្សែក្រវ៉ាត់មួយ ផ្លូវមួយ» ដាក់ចេញចំពោះបញ្ហានេះ។ គុណភាពគឺមានន័យថាមិនត្រូវអាយប្រទេសណាមួយផ្តាច់មុខលើទ្រព្យធនបានឡើយ ការអភិវឌ្ឍន៍ដ៏ ពិតប្រាកដគឺជាការអភិវឌ្ឍន៍រួបរួមគ្នាសម្បូរុងរឿងជាមួយគ្នា ចែករំលែកជាមួយគ្រប់ប្រទេសពិភពលោក លោកចំនៃពីការអភិវឌ្ឍន៍ ខិតខំបង្កាញឲ្យអាយបាននូវតម្លាតខុសគ្នារវាងប្រទេសមាន និងប្រទេស ក្រ។ ឧទាហរណ៍ដូចជា ស្មារតី «ខ្សែក្រវ៉ាត់មួយ ផ្លូវមួយ» បានលើកឡើងនូវមូលនិធិផ្លូវស្សត្រ ចំនួន40ប៊ី លានយ៉ែន ដែលប្រទេសចិនជាអ្នកទទួលវ៉ាប់រង ក្នុងនាមជាមហាប្រទេសដែលមានសាកល្បទ្ធិចូលទួល ខុសត្រូវ បំណងចង់ធ្វើអាយសង្គមមនុស្សជាតិមានការវិកចម្រើនស្មើភាពគ្នា ចែករំលែកនូវផលទទួលនៃ ការវិកចម្រើនរបស់ខ្លួនជាមួយនិងពិភពលោកទាំងមូល។

ទី២-ភាពអត់អោនគ្នា: ការវិកចម្រើននៃសកលភាវូបនីយកម្មទន្ទឹមនឹងការបង្កើនល្បឿននៃសមា ហរណកម្ម នៅក្នុងកម្រិតបង្កើនល្បឿននៃសមាហរណកម្ម វ៉ានិងជម្រុញបាននូវវឌ្ឍនៈភាពក្នុងតំបន់ ក៏ ប៉ុន្តែវ៉ាក៏បង្កើតអោយមានចំណុចអវិជ្ជមានយ៉ាងច្រើនដែរ។ ឧទាហរណ៍ដូចជា សហគមន៍អឺរ៉ុប វិបត្តិ បំណុលអឺរ៉ុបបានផ្ទុះឡើង បង្កាញអោយឃើញអំពីចំណុចខ្សោយនៃរចនាសម្ព័ន្ធក្នុងសហគមន៍អឺរ៉ុប សមាហរណកម្មបង្កអោយលើសពីយន្តការជាតិនិងបទបញ្ញត្តិ ជាហេតុបង្កអោយមានការពិបាកដល់ការ ជ្រោមជ្រែងដល់ស្ថានភាពដ៏ពិតប្រាកដនៃប្រទេសនីមួយៗ។ ក្រោមការដឹកនាំរបស់ធនាគារកណ្ដាលអឺរ៉ុប គោលការណ៍រួមនៃត្រាូប្រូប្រាក់អឺរ៉ូទាំងមូល បានធ្វើអោយប្រទេសជាសមាជិកបានបាត់បង់អត្រាប្រូ ប្រាក់ដែលជាឧបករណ៍របស់ខ្លួន ហើយបណ្ដោយអោយខ្លួនឯងការប៉ះពាល់និងការធ្វើសមាហរណកម្ម អឺរ៉ុបទាំងមូល គោលនយោបាយរូបិយប័ណ្ណតែមួយគត់និងនយោបាយខុសគ្នានៃប្រទេសជាសមាជិក នានា ភាពទាស់បង្កអោយទៅជាទំនាស់។ ភាពអត់អោនគ្នាក្នុងកម្រិតមួយអាចជំនះបាននូវការលំបាក នៃសមាហរណកម្មមួយនេះ គឺថាដំណើរការសមាហរណកម្មចាំបាច់យកចិត្តទុកដាក់កាន់តែច្រើនទៅ ដល់អរិយធម៌ ពិសេសនៃប្រទេសដែលជាសមាជិកនានា លក្ខណៈពិសេសនៃការអភិវឌ្ឍន៍ឧត្តមភាពនៃ ធនធាននិងរបៀបរបបដើម្បីបង្គ្រប់បង្រួមទៅក្នុងការកសាងសមាហរណកម្ម។ នេះគឺលើសពីចំណុច ពិសេសនៃសមាហរណកម្មជាប្រពៃណី ហើយបានផ្តល់គំនិតថ្មីដល់ការស្ដារបនាសមាហរណកម្មក្នុង សករាជថ្មី។

ទី៣-ភាពសុខដុមមេនា: ការកសាង «ខ្សែក្រវ៉ាត់មួយ ផ្លូវមួយ» បានខ្ពើយកទ្រឹស្ដីអំពីការអភិវឌ្ឍន៍ សេដ្ឋកិច្ច និងទ្រឹស្ដីអំពីកិច្ចសហប្រតិបត្តិការក្នុងតំបន់នៅក្នុងសកលភាវូបនីយកម្មនិងសមាហរណកម្ម នៃពិភពលោក ដែលបង្កើនល្បឿននៃដំណើរការបច្ចុប្បន្នផ្តល់នូវដំណោះស្រាយដ៏ប្រៃ ដើម្បីដោះ ស្រាយបញ្ហាពិភពលោក។ ប្រសិនបើយើងអាចចំផុសស្មារតីខ្ញុងខ្វែងបានយ៉ាងពេញលេញចំពោះ ប្រទេសដែលនៅតាមបណ្ដោយ «ខ្សែក្រវ៉ាត់មួយ ផ្លូវមួយ» ទាំងអស់មានជាង60ប្រទេស និងមានប្រជា ជនសរុប 4ប៊ីលាននាក់ អោយទទួលស្គាល់និង ស្វែងយល់អំពីអត្ថប្រយោជន៍នៃសហគមន៍រួម ខំបង្កើត

អោយបានបរិស្ថានសកលលោកឲ្យមានគុណភាពអត់អោនគ្នា និងសុខដុមមេនាគ្នា និងផ្ញើអោយ លើសពីសមាហរណកម្មនិង ដំណើរសកលភាវូបនីយកម្មជាប្រៃលើកន្លងមក ជួយដោះស្រាយបញ្ហា ពិភពលោក ជួយជ្រោមជ្រែងពិភពលោកអោយរីកចម្រើនបានធាប់រហ័សនិងទទួលបាននូវភាពរុងរឿង រុមគ្នា។

<h1 align="center">ផ្នែកទី៣ វិធីសាស្ត្រថ្មីនៃកិច្ចសហប្រតិបត្តិការជាក់ស្តែង</h1>

ហូតមកដល់បច្ចុប្បន្ននេះខ្លឹមសារសំខាន់នៃ «ប្រករបៀងសេដ្ឋកិច្ចផ្លូវសូត្រ» បានបង្ហាញយ៉ាង ច្បាស់ នៅពេលក្នុងសុន្ទរកថាដែលលោកប្រធានាធិបតីចិន ស៊ី ជិនភីង បានថ្លែងនៅសាកលវិទ្យាល័យ Nazabaev នៃប្រទេសកាហ្សាក់ស្តង់ និងនៅក្នុងកិច្ចប្រជុំលើកទី១៣ របស់ក្រុមប្រឹក្សាថ្នាក់ដឹកនាំអង្គ ការសហប្រតិបត្តិការសៀងហៃ ដោយលើកអំពីចំណុចថ្មីៗនៃគោលនយោបាយរបស់ចិនចំពោះតំបន់ អាស៊ីកណ្ដាលគឺ «គោលការណ៍សំខាន់ទាំង៤» «សសរទ្រូងទាំង៥» របស់ «ខ្សែក្រវ៉ាត់សេដ្ឋកិច្ចផ្លូវ សូត្រ» និងអង្គការសហប្រតិបត្តិការសៀងហៃធ្វើប្រតិបត្តិការ។ វិធានការធំទាំង៥ ដោយក្នុងនោះការ ផ្សារភ្ជាប់រហូតដល់ហេដ្ឋារចនាសម្ព័ន្ធគឺជាមូលដ្ឋានគ្រឹះ លំហូរពាណិជ្ជកម្មដោយសេរីគឺមានគតិការដ៏សំខាន់។

«គោលការណ៍សំខាន់ទាំង៤» គឺ៖ ប្រទេសចិននិងអាស៊ីកណ្ដាលត្រូវធ្វើជាអ្នកជិតខាងល្អមួយ របស់ ជាមួយគ្នាក្នុងសុខសន្តិភាព ដោយខិតខំថែរក្សាទំនាក់ទំនងជាមិត្តភាពរវាងគ្នានិងគ្នាកូនកតៅ ត្រូវធ្វើ ជាមិត្តស្មោះត្រង់និងជឿជាក់គ្នា ដោយបញ្ជាក់ចិត្តគាំទ្រគ្នាទៅវិញទៅមក ត្រូវធ្វើជាដៃគូល្អដែលទទួល បានផលប្រយោជន៍ល្អឈ្នះៗរុមគ្នា ដោយបង្កើនកិច្ចសហប្រតិបត្តិការជាក់ស្តែងជាមួយគ្នា។ ត្រូវមាន សន្ដានចិត្តទូលំទូលាយ មានចក្ខុវិស័យវែងឆ្ងាយ ដើម្បីពង្រើកកិច្ចសហប្រតិបត្តិការក្នុងតំបន់ រុមគ្នា បង្កើតសមិទ្ធិផលថ្មីៗគ្រូចៗគ្រង់ៗ។ សរុបសេចក្ដីទៅ «គោលការណ៍សំខាន់ទាំង៤» ស្របទៅនឹង «ការ ព្យាយាមទាំង៤» ដែលព្យាយាមបើកបំហរសហប្រតិបត្តិការទូលំទូលាយ ព្យាយាមអត់អោនគ្នាទៅវិញ ទៅមកក្នុងនិយាមរក្សាសុខដុមមេនាភាព ព្យាយាមប្រតិបត្តិការតាមទីផ្សារ ព្យាយាមរក្សាផលប្រយោជន៍ ឈ្នះៗរុមគ្នា។

1- «សសរទ្រូងទាំង៥» នៃគំនិតរបស់ «ខ្សែក្រវ៉ាត់សេដ្ឋកិច្ចផ្លូវសូត្រ»

«ទំនាក់ទំនងទាំង៥» បានលើកឡើងយោងជាក់ស្តែងលំអិតដល់គោលដៅទាំង៥ផ្នែកគឺសំរុះសំ រួលគោលនយោបាយ ផ្សារភ្ជាប់ហេដ្ឋារចនាសម្ព័ន្ធ ធ្វើពាណិជ្ជកម្មសេរី មូលនិធិហិរញ្ញផ្សារភ្ជាប់ទឹកចិត្ត ប្រជាជន។ ដើម្បីស្រាយនូវសំនួរដាក់ស្តែងអោយដល់ប្រទេសនៅតាមបណ្ដោយខ្សែអោយបានជិង បានគូសផែនទីផ្លូវមួយផ្ទាំង អំពីការដែលត្រូវធ្វើយ៉ាងណាស្ថាបនាអោយផ្សារភ្ជាប់កិច្ចទំនាក់ទំនងរវាង និងគ្រប់ប្រទេសនៅតាមបណ្ដោយខ្សែនេះ បង្ហាញបំណងក្នុងកិច្ចជម្រុញការស្ថាបនា "ខ្សែក្រវ៉ាត់មួយ ផ្លូវមួយ" ជាមួយនឹងប្រទេសនៅតាមបណ្ដោយខ្សែទាំងអស់លើកបង្កើនគំរិតជឿៗចិត្តគ្នាទៅវិញទៅមក រវាងប្រទេសចិន អភិវឌ្ឍន៍សេដ្ឋកិច្ចរបស់ប្រទេសទាំងអស់ដែលនៅតាមបណ្ដោយផ្លូវសូត្រ បង្កើនកិច្ច

ទៅមករកគ្នាប្រជាជន និងផ្សល់ប្ដូរវប្បធម៌វាងគ្នានិងគ្នា បង្ហាញយ៉ាងពេញលេញនូវការប្តេជ្ញាចិត្តរបស់ប្រទេសចិននិងតវិយាបទជាក់ស្តែង ។

«ទំនាក់ទំនងទាំង៥» គឺសម្រាប់ផ្សារភ្ជាប់ជាមួយនឹងប្រទេសចិនបង្កើនកិច្ចសហប្រតិបត្តិការក្នុងតំបន់ ហើយប្រទេសដែលនៅតាមបណ្ដោយ «ខ្សែក្រវាត់មួយ ផ្លូវមួយ» ជាត្រីស័យស្ងេងរកភាពវីកចម្រើនវ្មួគ្នា។ ឆ្លងតាមកាបង្កើនល្បឿននៃកិច្ចទំនាក់ទំនងជាលក្ខណៈប្រព័ន្ធលើហេង្ការវនាសម្ព័ន្ធនិងសន្ទនាភាពស្មៀះត្រង់ជាមួយគ្នាទៅវិញទៅមក ប្រទេសចិនខិតខំប្រឹងប្រែងសម្រេចអោយបានជាបន្តបន្ទាប់នូវមហាជីគោក អាស៊ីអឺរ៉ុបដែលគ្របដណ្ដប់ អាស៊ីខាងកើត អាស៊ីខាងត្បូង អាស៊ីអាគ្នេយ៍ អាស៊ីកណ្ដាល អាស៊ីខាងលិចរហូតដល់អឺរ៉ុប សម្រេឡ្យកត្តាចង្វាក់ផលិតកម្មលើតដោយសេរី កិច្ចទំនាក់ទំនងវាងប្រទេសនិងប្រទេសដែលនាំឡ្យកាន់តែមានសុខសន្តិភាព ធ្វើអោយភាគីទាំងអស់ទៅជាអ្នកជិតខាងល្អ ជាមិត្តល្អដែលជាដៃគូល្អមួសុខុមទុក្ខនិងផ្សល់ដោកាសនាជាមួយគ្នាបង្កើតបានជាសហគមន៍វ្មួមួយ ដោយរស់នៅក្នុងសុខសន្តិភាពនិងការអភិវឌ្ឍន៍។

មូលហេតុទាំងនេះដែលនាំអោយកិច្ច «ទំនាក់ទំនងទាំង៥» សម្រេចបានសសរទ្រូងទាំង៥នៃខ្សែក្រវាត់សេដ្ឋកិច្ចផ្លូវសូត្រ។

១-ការសំរុះសំរួលផ្ទែកគោលនយោបាយ។ ការជម្រុញ «ខ្សែក្រវាត់មួយ ផ្លូវមួយ» អោយបានល្អនគឺត្រូវពឹងផ្ទែកទៅលើគោលនយោបាយជៀឡទុកចិត្តគ្នា ក្នុងកម្រិតខ្ពស់របស់ប្រទេសនៅតាមបណ្ដោយខ្សែ។ វិស័យសេដ្ឋកិច្ចភាពពឹងផ្ទែកលើគ្នាមួយធ្វើអោយទំនាក់ទំនងនៃសុខសន្តិភាពវាងប្រទេសនិងប្រទេស ទទួលកំណើនរស់រវីកឡើតគណបំណើរ។ ឆ្លងតាមកិច្ចពិភាក្សានិងសន្ទនាជាត្រីភាគ គ្រប់ប្រទេសទាំងអស់អាចវិៈរកយុទ្ធសាស្ត្រអភិវឌ្ឍសេដ្ឋកិច្ចរួកចម្រើនវ្មួគ្នា គោលនយោបាយដែលមិនចុះសម្រុងគ្នា និងឧបសគ្គក្នុងកិច្ចសហការពិគ្រោៈនិងពិភាក្សាចាត់វៃនការសហប្រតិបត្តិការក្នុងតំបន់ដោយយកគោលនយោបាយ ច្បាប់ និងសិទ្ធិសញ្ញាអន្តរជាតិទៅជួយការពាសេមហារណកម្មសេដ្ឋកិច្ចនៅតាមបណ្ដោយខ្សែក្រវាត់។

ហេតុនេះវហើយ ការបង្កើនកិច្ចសហប្រតិបត្តិការវាងរដ្ឋាភិបាល ខិតខំប្រឹងប្រែងស្ថាបនាយន្តការសំរុះសំរួលគោលនយោបាយគ្រប់ជាន់ថ្នាក់វាងរដ្ឋាភិបាល ធ្វើសមហារណកម្មស៊ីជម្រៅលើផលប្រយោជន៍ បង្កើននយោបាយទុកចិត្តគ្នាទៅវិញទៅមក សម្រេចបានគំនិតសហការថ្មីៗ គឺជាការធានាវ៉ាប់រងសំខាន់ចំពោះការកសាង «ខ្សែក្រវាត់មួយ ផ្លូវមួយ»។ ដើម្បីឱាយស្រួលដល់ប្រទេសនៅតាមបណ្ដោយខ្សែ យុទ្ធសាស្ត្រអភិវឌ្ឍន៍សេដ្ឋកិច្ច វិៈរកកិច្ចផ្សារភ្ជាប់រួមគ្នាថ្មីផែនការនិងវៃនការជម្រុញកិច្ចសហប្រតិបត្តិការ ចូលរួមពិភាក្សាគ្នាក្នុងកិច្ចការដោះស្រាយបញ្ហាប្រឈមវ្មួម អាចផ្ដល់ការគាំទ្រខាងផ្ទែកនយោបាយនៃកិច្ចស្ថាបនាគម្រោងធំៗ ឧបមាថាអាចរៀបចំជាអង្គការប្រជាវិទិការនៃផ្លូវសូត្រពិភាក្សាក្នុងថ្នាក់ខ្ពស់បុក្កនៅក្នុងសាលរៀនរបស់មន្ត្រីមបក្សបង្កើតអោយមានកម្មវិធីនៃការសិក្សាពិភាក្សាគ្នាស៊ីអំពីផ្លូវសូត្រ ដោយផ្ដល់ជូនអោយកម្មាភិបាលថ្នាក់កណ្ដាលនៃប្រទេសនៅតាមបណ្ដោយ «ខ្សែក្រវាត់មួយ ផ្លូវមួយ» អាចទទួលបានវិទិការវៀនសូត្រ។

២-គឺកិច្ចផ្សារភ្ជាប់ទំនាក់ទំនងហេដ្ឋារចនាសម្ព័ន្ធ។ ការផ្សារភ្ជាប់ហេដ្ឋារចនាសម្ព័ន្ធសំខាន់មាន បួនវិស័យគឺ: មួយគឺ ហេដ្ឋារចនាសម្ព័ន្ធគមនាគមន៍ ពិសេសគឺប្រកផ្លូវដែលជាគន្លឹះ ជាចំណុចកណ្តាប់ និងការដ្ឋានសំខាន់ ហើយគឺការផ្សារភ្ជាប់កំណាត់ផ្លូវដែលខ្វះចន្លោះអោយមានចារចរណ៍ឡើងវិញ ផ្លូវ ដែលជាកង្វល់ ធ្វើអោយកាន់ប្រសើរនៃរចនាសម្ព័ន្ធផ្លូវថ្នល់ ដោយគិតទៅដល់សុវត្ថិភាពបំពាក់សម្ភារ: បរិក្ខារនិងឧបករណ៍ត្រួតពិនិត្យចារចរណ៍ហេដ្ឋារចនាសម្ព័ន្ធ លើកកំពស់កំរិតនៃបណ្តាញផ្លូវថ្នល់។ ជម្រុញបង្កើតយន្តការសម្របសម្រួលមួយ ដោយឯងកភាពទៅលើការដ៏កជញ្ជូនផ្លូវទាំងមូល បង្កើន វិសាលភាពគ្រប់ដណ្តប់បណ្តាញផ្លូវថ្នល់ កសាងដ៏កជញ្ជូនរួមជាលក្ខណ:អន្តរជាតិ ផ្គាស់ប្តូររូបភាព ទំនាក់ ទំនងនៃការដ៏កជញ្ជូនគ្រប់បែបយ៉ាង បង្កើតឡើងជាបណ្តើរវេនរួបទាំពញ្ញត្តិស្តង់ដារដ៏កជញ្ជូនជាលក្ខ ណ:រួម សម្រេចបាននូវសមាហរណកម្មការដ៏កជញ្ជូនជាលក្ខណ:អន្តរជាតិ។ ពីរគឺ ហេដ្ឋារចនាសម្ព័ន្ធ តាមប្រកព្រំដែន។ ពង្រីករវិសាលភាពនៃការដ៏កជញ្ជូនទាំងផ្លូវទឹកនិងផ្លូវរគោក ជម្រុញកិច្ចស្ថាបនានិង សហប្រតិបត្តិការកំណង់ផែ បង្កើនបន្ថែមផ្លូវនាវាចរណ៍និង ចំនួននាវាចេញចូល បង្កើនភាពជាដៃគូដ៏ក ជញ្ជូនលើផ្ទៃសមុទ្រ ដោយយលរលើមូលដ្ឋាននេះពង្រឹងយន្តការនៃកិច្ចសហប្រតិបត្តិការយ៉ាងពេញ លេញក្នុងការគាំទ្រដល់អាកាសចរណ៍ស៊ីវិល បង្កើនលម្បៀននៃការស្ថាបនាហេដ្ឋារចនាសម្ព័ន្ធរបស់ អាកាសចរណ៍។ បីគឺ ហេដ្ឋារចនាសម្ព័ន្ធថាមពល។ រួបរួមគ្នាថែរក្សាបណ្តាញបង្ករប្រេង ឧស្ម័ននិង សុវត្ថិភាពនៃការដ៏កជញ្ជូនថាមពល ជម្រុញកិច្ចស្ថាបនាគ្រប់បណ្តាញអគ្គិសនីឆ្លងដែន ខិតខំប្រឹង ប្រែងលើកំពស់កិច្ចសហប្រតិបត្តិការកែលំអ អភិវឌ្ឍន៍ប្រព័ន្ធបណ្តាញអគ្គិសនីក្នុងត់ចំបន់ ។ បួនគឺ: បណ្តាញខ្សែកាបអុបទិកនិងខ្សែបណ្តាញមេនៃប្រព័ន្ធទូរគមនាគមន៍។ ធ្វើអោយប្រសើរឡើងនូវរគម្រិត ទំនាក់ទំនងរបស់ប្រព័ន្ធទូរគមនាគមន៍ បើកចំហរការកាន់តែទូលាយនូវរប្រព័ន្ធពត៌មានរបស់ផ្លូវស្នូរ។ ជ ម្រុញអោយកាន់តែលឿនក្នុងកិច្ចស្ថាបនាបណ្តាញខ្សែកាបអុបទិកឆ្លងដែនទេភាគី ស្ថាបនាតរម្រាងខ្សែ កាបអុបទិកក្រោមបាតសមុទ្រឆ្លងទ្វីប ធ្វើអោយប្រសើរឡើងថ្មីៗនៃពត៌មានក្នុងលំហរការអាកាស(ផ្កាយ រណប) ពង្រីករវិសាលភាពទំនាក់ទំនងនិងកិច្ចសហប្រតិបត្តិការផែកពត៌មានវិទ្យា។

ប្រទេសចិនបានដើររទៅមុខមួយជំហានមុននូវកិច្ចស្ថាបនានិងការអភិវឌ្ឍន៍ហេដ្ឋារចនាសម្ព័ន្ធលើ គ្រប់វិស័យ។ ការពិតបានបង្ហាញថា: ចំពោះកិច្ចការរលើកំពស់កម្រិតនៃការវែកម្រង់បើកចំហរ ការ ស្ថាបនាបណ្តាញផ្លូវថ្នល់ ទូរគមនាគមន៍ ថាមពល អគ្គិសនី និងហេដ្ឋារចនាសម្ព័ន្ធសព្ទបែបយ៉ាងមាន សារ:សំខាន់ពិតប្រាកដក្នុងការបង្កើននូវរបរិយាកាសយ៉ាងល្អដល់អ្នកវិនិយោគ ជួយជម្រុញសេដ្ឋកិច្ច ត់ចំបន់ដែលនៅជុំវិញអោយមានការរីកចរម្រើន និងបង្កើនចំណូលដល់ប្រជាជន។ ជាការពិត កិច្ចផ្សារ ភ្ជាប់ទំនាក់ទំនងហេដ្ឋារចនាសម្ព័ន្ធគឺ ជាតម្រូវការមុនគេបង្អស់របស់កិច្ចស្ថាបនា "ខ្សែក្រវ៉ាត់មួយ ផ្លូវ មួយ"។ ប្រទេសចិននិងប្រទេសនៅតាមបណ្តោយ "ខ្សែក្រវ៉ាត់មួយ ផ្លូវមួយ" ក្នុងកម្រិតនៃកិច្ចផ្សារភ្ជាប់ ទំនាក់ទំនងហេដ្ឋារចនាសម្ព័ន្ធទៅវិញទៅមកគឺមានការយឺតយ៉ាវ ដោយសារមូលហេតុមួយគឺរបៀងនៃ លក្ខខណ្ឌធម្មជាតិ។ ស្ថានភាពភូមិសាស្ត្ររបស់ប្រទេសនៅតាមបណ្តោយខ្សែមានលក្ខណ:សុគស្មាញ ទំហំនៃការដ្ឋាននិងការលំបាកមានលក្ខណ:ធំធេង ចាំបាច់តម្រូវអោយមានការចំណាយចំរើការយ៉ាង ច្រើនសន្ធឹកសន្ធាប់ ។ និងមូលហេតុមួយរវិញទៀតគឺ: ខ្ចការថែរក្សា ផ្លូវដែលជាផ្នែកសំខាន់ៗមានការ

ដាច់ចរន្តេះនិងខ្ចុចខាត ក្នុងនោះក៏ដោយសារផ្ទៃខ្លះត្រូវបានកសាងក្នុងគុណភាពតកម្រិតទាប មិនអាច បំពេញតាមសំណូមពរនៃកិច្ចផ្សារភ្ជាប់ទំនាក់ទំនងបាន។ «កិច្ចផ្សារភ្ជាប់ទំនាក់ទំនង» គឺនៅក្នុងកិច្ច ស្ថាបនា "ខ្សែក្រវ៉ាត់មួយ ផ្លូវមួយ" ប្រើប្រាស់អោយបានសមស្របនូវសមាសភាពនៃមុខងារឧស្សាហកម្ម ដែលទាក់ទងទៅនឹងកិច្ចឧបនាហេដ្ឋារចនាសម្ព័ន្ធ បញ្ចេញនូវបច្ចេកវិជ្ជាទំនើប ធនធានមនុស្សដែល មានសមត្ថភាព អនុវត្តនូវបទពិសោធន៍ដែលជាអទិភាព ដើម្បីធ្វើជាស្ថានចម្លងក្នុងកិច្ចបើកទូលាយផ្លូវ ស្ត្រ ទាំងផ្លូវទឹកនិងផ្លូវគោកដល់ប្រទេសនៅតាមបណ្តោយ កសាងវិថីនៃភាពរឹកចម្រើន និងវិថីសម្បូរ សប្បាយ។ ការសម្រេចអោយបានទំនាក់ទំនងហេដ្ឋារចនាសម្ព័ន្ធចំបាច់គឺត្រូវមានការចូលរួមអោយ អស់ពីសម្ត្ថភាពរបស់ប្រទេសនៅតាមបណ្តោយខ្សែ បង្កើនកិច្ចតភ្ជាប់ពង្រើករិវសាលភាពទំនាក់ទំនងផ្លូវ គមនាគមន៍ និងចាចចរណ៍ទំនិញចេញចូលដោយរលួន បើកចំហរនូវផ្លូវសមុទ្រចាប់ពីសមុទ្របាលទិក ដល់មហាសមុទ្របាស៊ីហ្វិក ពីអាស៊ីកណ្តាលដល់មហាសមុទ្រឥណ្ឌា និងគមនាគមន៍ដឹកជញ្ជូនតាម ច្រករបៀងឈូងសមុទ្រពែក្យ។ ផ្លូវថ្នល់ ផ្លូវរៃដក(ផ្លូវរៃដកល្បឿនលឿន) ការដឹកជញ្ជូនលើសមុទ្រ អគ្គិ សនី ទូរគមនាគមន៍ ថាមពល។ល។ កិច្ចផ្សារភ្ជាប់ទំនាក់ទំនងហេដ្ឋារចនាសម្ព័ន្ធជាផ្លូវរៃដកនាំអោយ ប្រទេសនៅតាមបណ្តោយ "ខ្សែក្រវ៉ាត់មួយ ផ្លូវមួយ" ក្លាយជាសហគមន៍នៃទំនាក់ទំនង ប្រើ «ផ្ដែករឹង» ដើម្បីធានាកិច្ចសហប្រតិបត្តិការឲ្យមានប្រសិទ្ធភាពនិងយូរអង្វែងធង។

ដូចនេះ៖ ដោយឈរលើការគោរពអធិបតេយ្យភាពនិងចំណាប់អារម្មណ៍សន្តិសុខរបស់ប្រទេស ដែលពាក់ព័ន្ធ ប្រទេសដែលស្ថិតនៅតាមបណ្តោយខ្សែត្រូវមានផែនការកសាងហេដ្ឋារចនាសម្ព័ន្ធបន្ថែម មានទម្រង់ស្តង់ដារបច្ចេកទេសនៃការតភ្ជាប់បណ្តាញ រូបមន្តកសាងវិថីអន្តរជាតិសំខាន់ៗដែលជាថ្មីង ទ្រទ្រង់ អោយបោះជំហានទៅផ្សារភ្ជាប់តំបន់អាស៊ីគ្រប់អនុតំបន់ទាំងអស់ ព្រមទាំងប្រព័ន្ធហេដ្ឋារចនា សម្ព័ន្ធរបស់អាស៊ី អឺរ៉ុប អាហ្វ្រិក ទាំងនេះហើយគឺជាការស្ថាបនាមូលដ្ឋាននៃហេដ្ឋារចនាសម្ព័ន្ធ "ខ្សែក្រ វ៉ាត់មួយ ផ្លូវមួយ"។ ព្រាវដណាស់ ទាំងអស់នេះគឺត្រូវតែជម្រុញកិច្ចឧបនាហេដ្ឋារចនាសម្ព័ន្ធឲបតងកា បូនទាប នៅក្នុងការគ្រប់គ្រងកិច្ចឧបនាត្រូវយកចិត្តទុកដាក់ខ្ពស់ទៅដល់ផលប៉ះពាល់នៃការបម្រែ ម្រួលអាកាសធាតុដើម្បីស្ថាបនាផ្លូវស្ត្រៃបតងឲ្យបាន។

៣-ទំនាក់ទំនងពាណិជ្ជកម្មដោយសេរី។ ការធ្វើពាណិជ្ជកម្មជាមួយបរទេសគឺជាមាត្រដ្ឋាននៃ គុណភាព និងកម្រិតបើកចំហរទៅខាងក្រៅរបស់ប្រទេសមួយ។ បើយើងនិយាយអំពីពាណិជ្ជកម្មទំនិញ តាមបែបប្រពៃណី ប្រទេសនៅតាមបណ្តោយបន្ទាត់ "ខ្សែក្រវ៉ាត់មួយ ផ្លូវមួយ" ត្រូវឈរលើមូលដ្ឋាននៃ ការធ្វើសំរុះសំរួល គោលនយោបាយទាន់ពេលវេលា ទើបអាចស្វែងយល់បានគ្រប់ជ្រុងជ្រោយអំពីគំនិត អភិវឌ្ឍរបស់ប្រទេសងដៃទៃធ្វើការវិភាគដោយសមហេតុលំចំពោះរចនាសម្ព័ន្ធឧស្សាហកម្មរបស់ប្រទេស ដែលពាក់ព័ន្ធអំពីដំណាក់កាលនៃការអភិវឌ្ឍន៍និងលក្ខណៈពិសេសនៃការជួញដូរ ហើយផ្គើតអារម្មណ៍ បន្ថែមទៀតក្នុងការអភិវឌ្ឍន៍សក្តានុពលនៃធនធានធម្មជាតិ ផលិតកម្មដែលមានប្រៀបបញ្ចេញអោយ អស់នូវឧត្តមភាពដែលខ្លួនមានស្រាប់។ ពាណិជ្ជកម្មផ្ដែកសេវាកម្ម ក៏ជាផ្ដែកសំខាន់មួយនៃពាណិជ្ជកម្ម ខាងក្រៅជាមួយបរទេស ពាណិជ្ជកម្មផ្ដែកសេវាកម្មកាន់តែរីកដុះដាល រឹតតែពឹងផ្ដែកទៅលើការសម្រប សម្រួលគោលនយោបាយរបស់ប្រទេសដែលពាក់ព័ន្ធ។ ដោយការមកដល់នៃសម័យកាលពត៌មានវិទ្យា

ពាណិជ្ជកម្មផ្នែកសេវាកម្មក៏ចាប់ផ្តើមការចាល័តពីបុគ្គលិកជាប្រពៃណីឡើងទៅសម័យនិយម ដោយក្នុង
នោះរួមមានសេវាកម្មផ្នែកអេឡិចត្រូនិក ដែលមានប្រព័ន្ធយ៉ាងធំធេង។ មានតែប្រើប្រាស់ច្បាប់ គោល
នយោបាយ   សន្ធិសញ្ញានៃកិច្ចសហប្រតិបត្តិការអន្តរជាតិនិងទម្រង់បែបបទឈ្មោអង្គនៃកិច្ចសហ
ប្រតិបត្តិការ សម្រេចអោយបានលទ្ធផលនៃការសម្របសម្រួលនយោបាយ ប្រើប្រាស់អោយអស់កិច្ច
ផ្សារភ្ជាប់ទំនាក់ទំនងហេដ្ឋារចនាសម្ព័ន្ធ ដែលនាំអោយលំហូរនៃផលិតផលទំនិញមានភាពលូនមិនរាំង
ស្ទះ រួមគ្នាបំបែកនាំងធម្មជាតិនិងមនុស្ស កាត់បន្ថយហានិភ័យនៃផលិតកម្មឆ្លងដែនគ្រប់ប្រភេទ ទើប
ធ្វើអោយបទេសនៅតាមបណ្តោយខ្សែអាចបង្កើនប្រសិទ្ធភាពរចនាសម្ព័ន្ធពាណិជ្ជកម្ម សម្រេចបាន
កំណើនទាំង «ចំនួន» និងទាំង «គុណភាព»។

        «ខ្សែក្រវ៉ាត់សេដ្ឋកិច្ចផ្លូវសូត្រ» មានប្រជាជនសរុបប្រម៉ាណ ៣ពាន់លាននាក់ សក្តានុពលនិង
ទំហំទីផ្សារគឺលេខមួយក្នុងសកលលោក។   គ្រប់ប្រទេសទាំងអស់មានសក្តានុពលធំធេងក្នុងវិស័យ
ពាណិជ្ជកម្មនិងការវិនិយោគ។ គ្រប់ភាគីទាំងអស់ គួរតែធ្វើការពិភាក្សាផ្តល់ប្តូរយោបល់គ្នាដើម្បីដោះ
ស្រាយបញ្ហាអោយបានយ៉ាងសមរម្យ ផ្តល់ភាពងាយស្រួលដល់ពាណិជ្ជកម្មនិងវិនិយោគ បំបាត់អោយ
បាននូវរនាំងសេដ្ឋកិច្ច កាត់បន្ថយដើមទុនពាណិជ្ជកម្មនិងវិនិយោគ លើកកំពស់ល្បឿននិងគុណភាព
នៃសេដ្ឋកិច្ចក្នុងតំបន់ សម្រេចអោយបាននូវកិច្ចសហប្រតិបត្តិការឈ្នះៗរួមគ្នា។

        កិច្ចសហប្រតិបត្តិការវិនិយោគនិងពាណិជ្ជកម្មគឺជាខ្លឹមសារដ៏សំខាន់សំរាប់កិច្ចស្ថាបនា «ខ្សែក្រវ៉ាត់
មួយ ផ្លូវមួយ»។ ការដែលជម្រុញភាពងាយស្រួលដល់ការវិនិយោគនិងពាណិជ្ជកម្ម ពង្រឹងកិច្ចព្រម
ព្រៀងការពារវិនិយោគទ្វេភាគី ពិគ្រោះយោបល់គ្នាជៀសវៀងការបង់ពន្ធគ្រឆគ្នា ការពារសិទ្ធិនិងផល
ប្រយោជន៍ស្របច្បាប់នៃវិនិយោគិន បង្កើតបរិស្ថានអាជីវកម្មល្អដល់ប្រទេសនៅក្នុងតំបន់ ខិតខំជាមួយ
ប្រទេសតំបន់នៅតាមបណ្តោយខ្សែ រួបរួមគ្នាកសាងតំបន់ពាណិជ្ជកម្មសេរី ជម្រុញការផ្សព្វផ្សាយសក្តា
នុពលនៃកិច្ចសហប្រតិបត្តិការ ហើយធ្វើ «នំខេក» កិច្ចសហប្រតិបត្តិការអោយធំឪ្យល្អ   គឺជាទិសដៅ
នៃការខិតខំប្រឹងប្រែង។

        ៤-គឺអនុគាវិយកម្មហិរញ្ញវត្ថុ។ ប្រសិនបើគ្រប់ប្រទេសទាំងអស់អាចធ្វើការប្តូរនិងទូទាត់ដោយ
រូបិយវត្ថុរបស់ប្រទេសសាមី ចំពោះគម្រោងទ្វេទៅនិងគម្រោងមូលធន អាចកាត់បន្ថយឧបករណ៍ចំណាយ
នៃដើមទុនបានយ៉ាងច្រើន បង្កើនការសមត្ថភាពទប់ស្កាត់ហានិភ័យហិរញ្ញវត្ថុ លើកកំពស់សេដ្ឋកិច្ចក្នុង
តំបន់ប្រកួតប្រជែងជាមួយអន្តរជាតិ ។ ការកសាង «ខ្សែក្រវ៉ាត់មួយ ផ្លូវមួយ» និងផ្តល់អោយប្រទេសចិន
និងប្រទេសនៅតាមបណ្តោយខ្សែនូវឱកាសថ្មីមួយអាចសម្រេចបានសុវត្ថិភាពផ្នែកហិរញ្ញវត្ថុ។ ហិរញ្ញវត្ថុ
ត្រូវបានគ្រប់គ្នាយល់ថាគឺជាស្សួលនៃការអភិវឌ្ឍន៍សេដ្ឋកិច្ចសម័យទំនើប។   ប្រទេសភាគច្រើនដែល
«ខ្សែក្រវ៉ាត់មួយ ផ្លូវមួយ» ធ្លងកាត់សុទ្ធតែប្រើប្រាស់រូបិយវត្ថុក្រៅតំបន់មកធ្វើការទូទាត់និងគិតបញ្ញី។
ដើម្បីបំពេញនូវសេចក្តីត្រូវការធ្វើកហិរញ្ញប្ប្ទានដល់ប្រទេសតាមបណ្តោយខ្សែ   គាំទ្រនូវកិច្ចសហ
ប្រតិបត្តិការគម្រោងធំៗនិងប្រទេសនិងការកសាង «ខ្សែក្រវ៉ាត់មួយ ផ្លូវមួយ» ចាំបាច់ត្រូវវែប្រើប្រាស់
អោយបានល្អ   «មូលនិធិផ្លូវសូត្រ»   ស្ថាប័នពហុភាគីនិងក្នុងតំបន់ធនធានធនាគារវិនៃការអភិវឌ្ឍន៍
ធនធានវិនិយោគ   ប្រើប្រាស់និងសម្របសម្រួលធនធានធនាគារជាលក្ខណៈប្រព័ន្ធនៃអង្គការសៀង

ហៃ   បង្កើតថ្មីនិងស៊ីជម្រៅនូវកិច្ចសហប្រតិបត្តិការហិរញ្ញវត្ថុជាមួយប្រទេសនៅតាមសហការបណ្ដោយ
ខ្សែៗ។ ទន្ទឹមនឹងនោះវិដែរ ការលើកឡើងរបស់ "ខ្សែក្រវាត់មួយ ផ្លូវមួយ" ស្ដីអំពីធ្វើការប្តូរនិងទូទាត់រូបិយ
វត្ថុប្រទេសសាម៉ីឲ្យកាន់តែច្រើនធ្វើឲ្យកាត់បន្ថយនូវហានិភ័យអត្រាប្តូរប្រាក់ និងដើមទុននៃវិនិយោគនៃ
សកម្មភាពពាណិជ្ជកម្មនិងវិនិយោគ ធ្វើឲ្យបណ្ដាប្រទេសដែលមានទំនាក់ទំនងសេដ្ឋកិច្ចជាមួយគ្នា
រួមគ្នាទូលខុសត្រូវលើហានិភ័យហិរញ្ញវត្ថុ នឹងទូលបាននូវស្ថិតិភាពប្រព័ន្ធរូបិយវត្ថុ លើសពីនេះទៅ
ទៀតគឺអាចបង្កើនសមត្ថភាពគាំពារស្ថិតិភាពហិរញ្ញវត្ថុ និងផលប្រយោជន៍សេដ្ឋកិច្ចរបស់ប្រទេសទាំង
អស់។

«ចក្ខុវិស័យនិងសកម្មភាពអំពីការជម្រុញការកសាងរួមគ្នានូវខ្សែក្រវាត់សេដ្ឋកិច្ចផ្លូវសូត្រ និងផ្លូវ
សូត្រសមុទ្រសតវត្សទី21» បានលើកឡើងថា អន្តរការិយកម្មហិរញ្ញវត្ថុគឺជាសសរទ្រទ្រង់ដ៏សំខាន់
ចំពោះកិច្ចស្ហបា "ខ្សែក្រវាត់មួយ ផ្លូវមួយ"។ ត្រូវធ្វើឲ្យកាន់តែស៊ីជម្រៅលើកិច្ចសហប្រតិបត្តិការ
ហិរញ្ញវត្ថុ ជម្រុញការស្ថាបនាប្រព័ន្ធរូបិយវត្ថុអាស៊ីអោយមានស្ថេរភាព ស្ថាបនាប្រព័ន្ធវិនិយោគនិង
ប្រព័ន្ធឥណទាន។ ពន្លើកវិសាលភាពនៃការផ្ដល់ប្តូររូបិយវត្ថុទាំងសងខាងជាមួយប្រទេសនៅតាម
បណ្ដោយខ្សែជម្រើកទីហំនិងទ្រង់ទ្រាយនៃការទូទាត់វិនិយប័ត្រ។ ជម្រុញទីផ្សារមូលបត្របំណុលបត្ររបស់
អាស៊ីអោយបើកទូលាយនិងវិកចំរើន។ រួមគ្នាជម្រុញការចាត់តាំងធនាគារវិនិយោគហេដ្ឋារចនាសម្ព័ន្ធ
អាស៊ី ធនាគារអភិវឌ្ឍន៍នៃប្រទេសBRICS រួមគ្នាពិភាក្សាអំពីលោរបង្កើតស្ថាប័នហិរញ្ញប្បទាននៃអង្គការ
កិច្ចសហការៀងហៃ បង្កើនល្បឿនស្ថាបនាប្រតិបត្តិការមូលនិធិផ្លូវសូត្រ។ កិច្ចសហប្រតិបត្តិការអោ
យកាន់តែស៊ីជម្រៅក្នុងប្រព័ន្ធធនាគាររវាងចិន-អាស៊ាន   កិច្ចសហប្រតិបត្តិការជាក់ស្ដែងនៃប្រព័ន្ធ
ធនាគារអង្គការសហប្រតិបត្តិការៀងហៃ ប្រាក់កម្ចីឥណទានពីក្រុមធនាគារ និងដើម្បីបើកកិច្ចសហ
ប្រតិបត្តិការហិរញ្ញវត្ថុពហុភាគី។ គាំទ្រដល់   រដ្ឋាភិបាលនៃប្រទេសនៅតាមបណ្ដោយខ្សែ និងផ្ដល់
ណទានដល់សហគ្រាសដែលមានកំរិតដ៏ខ្ពស់   ព្រមទាំងស្ថាប័នហិរញ្ញវត្ថុនៅក្នុងប្រទេសចិន
បញ្ចេញផ្សាយមូលប្បទានបត្រជាយ័នចិន។ ស្ថាប័នហិរញ្ញវត្ថុនិងសហគ្រាសដែលមានលក្ខខណ្ឌសម
ស្របនៅក្នុងប្រទេសចិន   អាចបញ្ចេញមូលប្បទានបត្រជាលុយយ័ននិងមូលប្បទានបត្រជាលុយ
បរទេសនៅក្រៅប្រទេស លើកទឹកចិត្តប្រទេសនៅតាមបណ្ដោយខ្សែ អោយប្រើប្រាស់មូលនិធិដែល
បានប្រមូលទាំងនេះ។ ទន្ទឹមនឹងនេះវិដែរ បង្កើនកិច្ចហប្រតិបត្តិការក្នុងការត្រួតពិនិត្យហិរញ្ញប្បវត្ថុ ជម្រ
ញការចុះអនុស្សរណៈយោគយល់គ្នាទ្វេភាគីស្ដីពីកិច្ចសហប្រតិបត្តិការក្នុងកិច្ចការត្រួតពិនិត្យ បង្កើតឲ្យ
មានយន្តការសម្រាបសម្រួលនិងគ្រប់គ្រងដែលមានប្រសិទ្ធភាពខ្ពស់នៅក្នុងតំបន់។ ធ្វើឲ្យប្រសើរឡើង
ក្នុងការទប់ទល់ជាមួយហានិភ័យ   និងកែសម្រួលប្រព័ន្ធសំរាប់ដោះស្រាយវិបត្តិនិងទប់ទល់ហានិភ័យ
បង្កើតប្រព័ន្ធព្រមានហានិភ័យហិរញ្ញវត្ថុក្នុងតំបន់ បង្កើតបានយន្តការកិច្ចសហប្រតិបត្តិការទប់ទល់ហា
និភ័យ និងការដោះស្រាយវិបត្តិឆ្លងដែន។ ពង្រើកការផ្ដល់ប្តូរនិងកិច្ចសហប្រតិបត្តិការរវាងផ្នែកនិងស្ថា
ប័នឆ្លងដែនសំរាប់គ្រប់គ្រងឥណទាននិងស្ថាប័នផ្ដល់ចំណាត់ថ្នាក់   បញ្ចេញអោយអស់លទ្ធភាពនៃភ្ន
នាទីរបស់ហិរញ្ញប្បទានផ្លូវសូត្រនិងមូលនិធិអធិបតេយ្យរបស់ប្រទេសនីមួយៗ។ ណែនាំមូលនិធិវិនិយោគ

ភាគហ៊ុនដែលមានលក្ខណៈពាណិជ្ជកម្មនិងមូលនិធិសង្គម ឲ្យចូលរួមចញ្ចគ្នាជាមួយតំរោងកសាង "ខ្មែរ ក្រវ៉ាត់មួយ ផ្លូវមួយ"។

៥-បង្កើនភាពរួបរួមទឹកចិត្តរបស់ប្រជាជនទៅវិញទៅមកៗ ការស្ថាបនា "ខ្មែរក្រវ៉ាត់មួយ ផ្លូវមួយ" ចាំបាច់ត្រូវមានការពង្រើកស្ពៅរគីជាភាគភាពរវាងប្រជាជនប្រទេសជិតខាងនៅភូមិដងបេងជាមួយ និង សហការភ្នាក្នុងវិស័យអប់រំ វប្បធម៌ ទេសចរណ៍ ព្រមទាំងវិស័យផ្សេងៗទៀត ត្រូវជម្រុញបន្ថែមនូវកិច្ច ទំនាក់ទំនងរវាងប្រជាជននិងប្រជាជន ផ្លាស់ប្តូរវប្បធម៌គ្នាទៅវិញទៅមក ជម្រុញនូវការបង្កើតនិង ពង្រើកចំសួន:បើកចំហរទូលាយ អត់អោនអាយទៅវិញទៅមក បង្កើតឲ្យមានអារម្មណ៍ទទួលស្គាល់ វប្បធម៌រវាងគ្នានិងគ្នាទៅវិញទៅមក ដើម្បីអោយទទួលបាននូវកិច្ចសហប្រតិបត្តិការកាន់តែស៊ីជម្រៅ បន្ថែមទៀតដោយផ្តល់ជូននូវការជម្រុញ និងលើកទឹកចិត្តចញ្ចពីផ្នែកខាងក្នុងចិត្តទៅ។ ក្នុងរយៈពេល ប៉ុន្មានឆ្នាំនេះ ប្រទេសចិននិងប្រទេសនៅតាមបណ្ដោយខ្មែរ តាំងពីថ្នាក់ដឹកនាំរហូតដល់ប្រជាជនគឺមាន ទំនាក់ទំនងជាមួយគ្នាយ៉ាងសកម្ម កិច្ចសហប្រតិបត្តិការរវាងមនុស្សនិងមនុស្សកាន់តែជិតស្និទ្ធពីមួយ ថ្ងៃទៅមួយថ្ងៃ។ ប្រទេសចិននៅតែធ្វើដូចពីមុនទទួលបន្ទុកនិងពង្រើក «ស្មារតីផ្លូវសូត្រ» លើកតម្កើង មិត្តភាព និងកិច្ចសហប្រតិបត្តិការអុសទាញទឹកចិត្តរបស់ប្រជាជននៅតាមបណ្ដោយខ្មែរឲ្យជិតជាប់គ្នា ធ្វើអោយក្លាយទៅជាមូលដ្ឋានគ្រឹះនៃកិច្ចសហប្រតិបត្តិការផ្នែកទឹកចិត្តដ៏រឹងមាំ។ ប្រទេសចិននិង ប្រទេសនៅតាមបណ្ដោយខ្មែរ ក្នុងកិច្ចការផ្លាស់ប្តូរប្រជាជនគឺនៅមានទំហំដ៏ធំទូលាយ វិធានការជាក់ លាក់មួយចំនួនត្រូវបានច្នៃបញ្ចឹងក្នុងសុន្ទរកថានៃជំនួបថ្នាក់ដឹកនាំកំពូល។ ឧទាហរណ៍ដូចជា ប្រទេសចិនមានផែនការបន្ថែមចំនួនអាហារូបករណ៍ ដល់និស្សិតទាំងអស់នៃប្រទេសដែលនៅតាម បណ្ដោយខ្មែរ និងឧបត្ថម្ភដល់សិក្ខាកាមនៃប្រទេសនៅតាមបណ្ដោយខ្មែរដែលមកចូលរួមវគ្គបណ្ដុះប ណ្ដាលនៅក្នុងប្រទេសចិន រួមគ្នាជាមួយប្រទេសនៅតាមបណ្ដោយខ្មែរប្រារព្ធពិធីឆ្នាំនៃវប្បធម៌ មហាស្រូតសិល្បៈនិងកម្មវិធីផ្សេងៗទៀត: ពង្រើកកិច្ចសហប្រតិបត្តិការនិងផ្សព្វផ្សាយលើវិស័ យទេសចរណ៍ ជាមួយប្រទេសនៅតាមបណ្ដោយខ្មែរ ពង្រើកកិច្ចសហប្រតិបត្តិការវិនិយោគលើវិស័យ ទេសចរណ៍ៗល។ ទីក្រុងអ៊ូលុមុឈីកំពុងតែមានគម្រោងស្ថាបនាមជ្ឈមណ្ឌលវៃវផ្នែកសាស្ត្រាអាស៊ីកណ្ដាល នេះគឺក្នុងន័យវៃចំណោទទំនាក់ទំនងទឹកចិត្តជាមួយប្រជាជនដ៏មានប្រសិទ្ធភាពបំផុត។

២- «វិធានការណ៍ទាំង៥» នៃគំនិត «ខ្មែរក្រវ៉ាត់សេដ្ឋកិច្ចផ្លូវសូត្រ»

យើងអាចមើលឃើញថា «ខ្មែរក្រវ៉ាត់សេដ្ឋកិច្ចផ្លូវសូត្រ» រហូតមកដល់បច្ចុប្បន្ននៅតែជាគំនិតអរ ូប៉ីនៅឡើយ ចំពោះវិសាលភាពគ្របដណ្ដប់ភូមិសាស្ត្ររបស់ខ្មែរក្រវ៉ាត់សេដ្ឋកិច្ច វិសាលភាពនៃកិច្ចសហ ប្រតិបត្តិការ និងយន្តការនៃកិច្ចសហប្រតិបត្តិការ វិធីសាស្ត្រលំអិត ដំណាក់កាលនៃការអនុវត្ត ព្រមទាំង គោលដៅនិងអ្វីផ្សេងៗទៀត សុទ្ធតែចាំបាច់ត្រូវអោយមានភាពលំអិតជាក់ស្ដែងនិងយ៉ាងឆាប់រហ័ស ដើម្បីបង្កើតអោយមានគំនិតងៃកធំធុន។

ជាការវគ្គរអោយវៃកវាយដែរការស្ថាបនា «ខ្មែរក្រវ៉ាត់មួយ ផ្លូវមួយ» បច្ចុប្បន្នបានបង្កើតអោយមាន ការទទួលស្គាល់ដូចខាងក្រោម៖ លើសពីធនធាននិងវត្ថុធាតុដើមពាណិជ្ជកម្មតែមួយផ្នែក តែធ្វើការ ចាប់ផ្ដើមចេញពីទ្វៃភាគី បន្ថែមការវិនិយោគផ្នែកសេដ្ឋកិច្ចនិងលឿនដល់ប្រទេសនៅតាមបណ្ដោយខ្មែរ

ចាំបាច់ត្រូវផ្តល់អោយកាន់តែច្រើននូវផលិតផលសាធារណៈនិងសេវាកម្មសាធារណៈ។ ជៀសរៀងនូវ
ភាពវីសើអើង សង្កត់ធ្ងន់ទៅលើភាពបើកចំហរនិងអត់អោនគ្នា ស្វែងរកអោយចំណែចគួបផ្សំគ្នានៃ
ប្រយោជន៍ជាមួយប្រទេសនៅតាមបណ្តោយខ្សែក្នុងការស្ថាបនា «ផ្លូវសូត្រ» ទាំងពីរវិស្សអនុវត្តគោល
ការណ៍ទទួលបានអត្តប្រយោជន៍ឈ្នះៗឈ្នះជាមួយគ្នា រួមគ្នាជាមួយបណ្តាប្រទេសដែលនៅជុំវិញបង្កើត
បានជាសមាគមន៍ផលប្រយោជន៍រួម នៅក្នុងកិច្ចស្ថាបនាបរិស្ថានទន់ បង្កើនការជៀសុកចិត្តដល់អតិថិ
ជន សម្រេចអោយបានការជួយជ្រោមជ្រែងគ្នាទៅវិញទៅមករបស់សហគ្រាសនិងការផ្លាស់ប្តូរវប្បធម៌
ធនធានមនុស្ស និងការអប់រំ។

«ខ្សែក្រវាត់សេដ្ឋកិច្ចផ្លូវសូត្រ» ជាខ្សែក្រវាត់សេដ្ឋកិច្ចឆ្លងប្រទេស ទិសដៅយ៉ូអេង្កែងគឺបង្កើតឡុយ
មានរូបមន្តបែបថ្មីនៃកិច្ចសហប្រតិបត្តិការក្នុងតំបន់។ «ខ្សែក្រវាត់សេដ្ឋកិច្ចផ្លូវសូត្រ» និងកិច្ចសហ
ប្រតិបត្តិការក្នុងតំបន់តាមបែបប្រពៃណីមានភាពខុសគ្នាត្រង់ថា កិច្ចសហប្រតិបត្តិការជាប្រពៃណីក្នុង
តំបន់ គឺឡុងតាមការរៀបចំអោយបង្កើតពាណិជ្ជកម្មនិងវិនិយោគទៅវិញទៅមក ដែលមានការបង់ពន្ធ
រួម បង្កើតអោយមានស្ថាប័នរួបរួមដែលលើសពីប្រទេសជាតិមកអនុវត្តនូវកិច្ចសហប្រតិបត្តិការស៊ីជ
ម្រៅ។ «ខ្សែក្រវាត់សេដ្ឋកិច្ចផ្លូវសូត្រ» មិនមានដាក់គោលដៅខ្ពស់ទេ បច្ចុប្បន្នសំខាន់គឺកិច្ចសហ
ប្រតិបត្តិការវិស្នែក ពាណិជ្ជកម្ម គមនាគមន៍ វិនិយោគ នាពេលអនាគតមិនមានបង្កើតសហព័ន្ធគយ។
«ខ្សែក្រវាត់សេដ្ឋកិច្ច» មិនមែនជា «ក្រុមដែលមានកិច្ចសហប្រតិបត្តិការមួយដែលមានភាពជិត
ស្និទ្ធទេ» វាមិនអាចបំបែកយន្តការនិងរបបដែលមានស្រាប់ក្នុងតំបន់ ដែលភាគច្រើនគឺជាការរៀបចំនូវ
កិច្ចសហប្រតិបត្តិការវិស្នែកសេដ្ឋកិច្ចដ៏រស់រវើកនិងដាក់ស្តែង។

វិស័យសហប្រតិបត្តិការរួមមាន៖ ផ្សារភ្ជាប់គ្នានូវកិច្ចស្ថាបនាផ្លូវហេដ្ឋារចនាសម្ព័ន្ធបង្កភាពងាយ
ស្រួលផ្លែកពាណិជ្ជកម្ម បង្កើតជាវិធីសាស្ត្រថ្មីនៃពាណិជ្ជកម្ម លើកទឹកចិត្តកិច្ចការវិនិយោគផ្ទាល់ ពង្រីក
វិសាលភាពនៃការវិនិយោគ បង្កើនឱកាសការងារដល់ប្រជាជននៅក្នុងតំបន់ បង្កើនកិច្ចសហប្រតិបត្តិ
ការវិស្នែកហិរញ្ញវត្ថុ ជម្រុញការទូទាត់បញ្ជីពាណិជ្ជកម្មដោយរូបិយវត្ថុក្នុងស្រុក បង្កើនកិច្ចសហប្រតិបត្តិ
ការវិស្នែកវប្បផ្សាមពល លើកកំពស់ការវិកែផ្លែនិងគំរូលែបន្ថែមនៃ ឧស្សាហកម្មៗ សម្រេចអោយបាននូវការនាំ
ចេញនិងនាំចូលផ្លែកវប្បផ្សាមពលមានរូបភាពច្រើន ទំនាក់ទំនងមនុស្សសាស្ត្រនិងបរិស្ថានអេកូឡូស៊ីល្អៗ។

វិធីសាស្ត្រទាំង៥ដែលសមស្របសសម្រេងទាំង៥ខាងលើនេះរួមមានដូចខាងក្រាម៖

ការផ្តល់ពិណទាន ប្រទេសចិនបានប្រកាសចំពោះទ្វីបអាស៊ី ទ្វីបអាហ្រ្វិក ទ្វីបអាមេរិកឡាទីន
និងប្រទេសកំពុងអភិវឌ្ឍន៍ថាស៊ីគ្រប់ចិត្តផ្តល់ពិណទានរដ្ឋដល់ប្រទេសជាមិត្ត សំរាប់ប្រើប្រាស់ក្នុងកិច្ចការ
កសាងហេដ្ឋារចនាសម្ព័ន្ធ។

ការកាត់បន្ថយពន្ធ៖ ប្រទេសចិននឹងកាត់បន្ថយពន្ធដារចំពោះបណ្តាប្រទេសជាមិត្តមិនទាន់បាន
អភិវឌ្ឍន៍នៅឡើយ ដោយមានការបន្ធូរបន្ថយពន្ធចំពោះមុខទំនិញមួយចំនួន ដើម្បីអោយពាណិជ្ជកម្ម
ជាមួយគ្នាកាន់តែមានភាពរុងរឿងឡើង។

ការបណ្ដុះបណ្ដាលធនធានមនុស្ស៖ ប្រទេសចិននឹងបណ្ដុះបណ្ដាលធនធានមនុស្សគ្រប់ផ្លែក
ដល់ប្រទេសដែលកំពុងអភិវឌ្ឍន៍ ជួយបង្កើតអោយមានស្ថាប័នបណ្ដុះបណ្ដាលនិងស្រាវជ្រាវនៅហុឺង

កន្លែង ផ្តល់អាហារូបករណ៍រដ្ឋាភិបាលដល់និសិត្សដែលមកសិក្សា។ល។ ដើម្បីអោយសេដ្ឋកិច្ចក្នុងតំបន់អាចមានការរីកចម្រើនពីផ្នែកខាងក្នុងពិតប្រាកដ។

ការបន្ថែមជំនួយៈ ទាក់ទងដល់ផ្នែកកសិកម្ម ជំនួយស្បៀងអាហារ អប់រំបណ្តុះបណ្តាល សុខាភិបាល អនាម័យ ថាមពលនិងផ្នែកផ្សេងៗជាច្រើនទៀត ប្រទេសចិននឹងផ្តល់ជំនួយសព្វបែបយ៉ាងដល់ប្រទេសដែលកំពុងអភិវឌ្ឍន៍។ ដោយក្រោមស្ថានភាពនៃវិបត្តិហិរញ្ញវត្ថុ មិនកាត់បន្ថយជំនួយ ដោយរួបរួមគ្នាជាមួយប្រទេសជាបងប្អូនអភិវឌ្ឍរួមគ្នានិងពុះពារការលំបាករួមគ្នា។

ការបំបាត់បំណុលៈ ចាប់តាំងពីវិបត្តិហិរញ្ញវត្ថុបានផ្ទុះឡើង ប្រទេសចិនបានពុះពារការលំបាករបស់ខ្លួនឯង នៅតែផ្តល់ជំនួយជាបន្តទៀតដល់ប្រទេសកំពុងអភិវឌ្ឍន៍ទ្វីបអាស៊ី ទ្វីបអាហ្វ្រិក ទ្វីបអាមេរិកឡាទីន ដោយមានទាំងជំនួយឥតសំណង ប្រាក់កម្ចីមិនមានការប្រាក់ ប្រាក់កម្ចីសម្បទាន និងជំនួយផ្សេងៗទៀត។

៣- ការស្វះស្វែងរកពិសោធន៍យ៉ាងប្រកដប្រជាជាក់ស្តែងអំពី "ខ្សែក្រវ៉ាត់មួយ ផ្លូវមួយ"

គំនិតស្ថាបនា «ខ្សែក្រវ៉ាត់សេដ្ឋកិច្ចផ្លូវសូត្រ» និង «ផ្លូវសូត្រសមុទ្រសតវត្សទី21» បានផ្តល់ឲ្យ «ផ្លូវសូត្រ» នូវខ្លឹមសារនិងជីវពលនៃសម័យការថ្មីស្រឡាង។ "ខ្សែក្រវ៉ាត់មួយ ផ្លូវមួយ" ដែលពីមុនមិនធ្លាប់មាននូវភាពអត់អោននិងយោគយល់គ្នា វាបានក្នុងវង្វង់នៃកិច្ចសហប្រតិបត្តិការពហុភាគី បញ្ចេញនូវភាពទាក់ទាញលេចធ្លោ។ ប៉ុន្តែទន្ទឹមនឹងនោះដែរ ក្នុងកិច្ចការជម្រុញ "ខ្សែក្រវ៉ាត់មួយ ផ្លូវមួយ" ក៏នឹងជួបប្រទះនឹងបញ្ហាប្រឈមមុខ និងការសាកល្បងជាច្រើន។ កិច្ចសហប្រតិបត្តិការនៅក្រោមក្របខណ្ឌរបស់ "ខ្សែក្រវ៉ាត់មួយ ផ្លូវមួយ" គឺក្នុងចក្ខុវិស័យវែងឆ្ងាយ ចុះសម្រុងអត់អោនគ្នា មានឋានានុក្រមនៃកិច្ចសហប្រតិបត្តិការ ដែលចាំបាច់ត្រូវការយើងរៀបរាប់អំពីផែនការបែងចែកនៃការអភិវឌ្ឍន៍ ចែកជាដំណាក់កាលជ្រោមជ្រែងដល់កិច្ចអភិវឌ្ឍន៍នៃឧស្សាហកម្មចំបង ចាំបាច់ត្រូវការយើងពិចារណាទៅដល់ប្រទេសជាតិ សហគ្រាស បញ្ហាផ្ទាល់ខ្លួន និងឥរិយាបទសំខាន់ៗដែលជាអត្ថប្រយោជន៍ចំបង ចាំបាច់ត្រូវការអោយពួកយើងធ្វើការពិចារណាអោយបានគ្រប់ជ្រុងជ្រោយដល់កម្រិតនៃការអភិវឌ្ឍន៍ និងសេចក្តីត្រូវការរបស់ប្រទេសនៅតាមបណ្តោយខ្សែ និងត្រូវគិតគូរដល់តុល្យភាពប្រទេសនៅតាមបណ្តោយខ្សែទាំងផ្នែកនយោបាយ សេដ្ឋកិច្ច វប្បធម៌ និងបញ្ហាសន្តិសុខ ព្រមទាំងផលប្រយោជន៍និងសេចក្តីត្រូវការសព្វបែបយ៉ាង។

កិច្ចប្រជុំជាលើកដំបូងក្នុងការជម្រុញកិច្ចការស្ថាបនា "ខ្សែក្រវ៉ាត់មួយ ផ្លូវមួយ" លោកឧបនាយករដ្ឋមន្ត្រីចិន ចាង ការលីបានសង្កត់ពាក្យថាៈ កិច្ចស្ថាបនា "ខ្សែក្រវ៉ាត់មួយ ផ្លូវមួយ" គឺគម្រោងជាប្រព័ន្ធដ៏ធំមហិមា ត្រូវផ្តោតទៅលើចំណុចសំខាន់ៗ ពេលឆ្ងាយនិងជិតរួមបញ្ចូលគ្នា ជម្រុញដោយមានថាមពលមានរបៀបមានប្រសិទ្ធភាព ធានាបានការបើកផ្លូវបានយ៉ាងល្អនៃកិច្ចការស្ថាបនា "ខ្សែក្រវ៉ាត់មួយ ផ្លូវមួយ" បោះជំហានឲ្យល្អ ត្រូវប្រកាន់ភ្ជាប់ទៅនិងកិច្ចសហការពាណិជ្ជកម្មរួម ស្ថាបនារួម និងគោលការណ៍ចែករំលែករួម ខិតខំប្រឹងប្រែងផ្សារភ្ជាប់មុខព្រួញអភិវឌ្ឍនទៅជាមួយប្រទេសស្ថិតនៅតាមបណ្តោយខ្សែ។ ត្រូវក្តាប់ឲ្យបានទិសដៅនៃចំណុចសំខាន់នៅតាមដីគោកត្រូវពឹងផ្អែកទៅនឹងវិថីដ៏ទូលំទូលាយរបស់អន្តរជាតិ ដោយយោងទៅលើតំបន់និងសួនឧស្សាហកម្មធ្វើជាវេទិកានៃកិច្ចសហប្រតិបត្តិ

ការ រួមគ្នាបង្កើតច្រករបៀងសេដ្ឋកិច្ចអន្តរជាតិអោយបានច្រើន។ លើផ្លូវសមុទ្រពឹងផ្អែកទៅលើទីក្រុង កំពង់ផែសំខាន់ៗ រួមគ្នាបង្កើតផ្លូវដើកជញ្ជូនដែលមានប្រសិទ្ធភាពខ្ពស់និងសុវត្ថិភាព។ ត្រូវមានផែនការ ដ៏វែងឆ្ងាយក្នុងការទាក់ទាញដឹកនាំ យកគោលដៅវែងឆ្ងាយនិងការពារពេលជួបរួមបញ្ចូលគ្នា បង្កើនការ ណែនាំដ៏មានប្រសិទ្ធភាពចំពោះការដាក់ជាស្ទ្រេង ត្រូវក្តាប់អោយបានតម្រោងដ៏សំខាន់ ដោយយក កិច្ចការផ្សារភ្ជាប់ទំនាក់ទំនងហេដ្ឋារចនាសម្ព័ន្ធជាចំណុចឈានមុខ បញ្ចេញអោយអស់ប្រសិទ្ធភាពនៃ កិច្ចជម្រុញការស្តារបនា «ខ្សែក្រវ៉ាត់មួយ ផ្លូវមួយ» ដែលជាបែបបទផែននៃតំរេវណ្ណមុខ ត្រូវពង្រីកវិសាល ភាពនៃកិច្ចការវិនិយោគនិងពាណិជ្ជកម្ម ជម្រុញអស់ពីសមត្ថភាពក្នុងកិច្ចផ្តល់ភាពជាស្រួលនៃវិនិយោគ និងពាណិជ្ជកម្ម បង្កើតអោយវិធ្យាកាសពាណិជ្ជកម្មក្នុងតំបន់ ក្តាប់អោយបាននូវការស្តារបនាសុន ឧស្សាហកម្មក្រៅប្រទេស ជម្រុញឱ្យមានកិច្ចសហការនិងអភិវឌ្ឍន៍សេដ្ឋកិច្ចឈ្មោះឈ្នួសរួមគ្នាតាមលំនាំថ្មី ក្នុងតំបន់។ ត្រូវពង្រឹកកិច្ចសហប្រតិបត្តិការវិផ្នែកហិរញ្ញវត្ថុ បង្កើនសន្ទុះនៃអនុភាពក្នុងកិច្ចតំទ្រការវិនិ យោគហិរញ្ញប្បទាន ពង្រឹកការធនាប្រាក់ទុនសំរាប់ការស្តារបនា «ខ្សែក្រវ៉ាត់មួយ ផ្លូវមួយ»។ ត្រូវលើក កំពស់ការផ្លាស់ប្ដូរផ្នែកមនុស្សសាស្ត្រ ទទួលបន្តនិងពង្រឹកស្មារតីនៃកិច្ចសហប្រតិបត្តិការភាតរភាពផ្លូវ សូត្រសម័យបុរាណ ពង្រឹងមូលដ្ឋានមតិសាធារណៈនិងរចនាសម្ព័ន្ធសង្គមក្នុងការកសាង «ខ្សែក្រវ៉ាត់ មួយ ផ្លូវមួយ» ។ ត្រូវថែរក្សាការពារបរិស្ថានអេកូឡូស៊ី គោរពតាមបញ្ចាប់និងបទប្បញ្ញត្តិ មានទំនុលខុស ត្រូវក្នុងសង្គម រួមគ្នាស្តារបនា «ខ្សែក្រវ៉ាត់មួយ ផ្លូវមួយ» ដែលមានបរិស្ថានល្អ ភាពសុខដុមណៈឈ្មោះរួម គ្នា។ ត្រូវពង្រឹងកិច្ចប្រាស្រ័យទាក់ទងនិងពិគ្រោះយោបល់ បញ្ចេញអោយអស់មុខងារអទ្ធភាពគីនិងពហុ ភាគីនៃគ្រប់ស្ថាប័ននិងអធិការតំបន់ក៏ដូចអនុតំបន់ពង្រីកផលប្រយោជន៍រួម សូវរស្វែងរកកិច្ចរិចចម្រើន រួម ពុតដៃគ្នាជម្រុញការកសាង «ខ្សែក្រវ៉ាត់មួយ ផ្លូវមួយ» ។

កិច្ចដែលសម្រេចអោយបានទំនាក់ទំនងផ្សារភ្ជាប់គ្នាជាមួយនិងប្រទេសនៅតាមបណ្តោយខ្សែ គីសំណុមពរនៃការជម្រុញកិច្ចស្តារបនា «ខ្សែក្រវ៉ាត់មួយ ផ្លូវមួយ» ស្តាបនាកិច្ចសហប្រតិបត្តិការអន្តរជាតិ តាមបែបផែនថ្មី។ កិច្ចដែលយកការកសាងហេដ្ឋារចនាសម្ព័ន្ធជាមុខព្រញញមុនគេ ធ្វើឱ្យមានប្រសិទ្ធភាព ក្នុងការរៀបចំហេដ្ឋារចនាសម្ព័ន្ធឧស្សាហកម្ម ជម្រុញការអភិវឌ្ឍន៍រួមគ្នារវាងប្រទេសចិននិងប្រទេសនៅ តាមបណ្តោយខ្សែ គីជាគោលដៅចាំបាច់បំផុតរបស់ «ខ្សែក្រវ៉ាត់មួយ ផ្លូវមួយ»។ លោកប្រធានាធិបតី ចិន ស៊ី ជីនភីង ខែតុលា ឆ្នាំ២០១៤ បានថ្លែងសន្ទរកថាក្នុងសន្និសីទសុន្ទនាភាពជាដៃគូ «ពង្រឹងភាព ជាដៃគូអន្តរប្រតិបត្តិការ» បានចង្អុលបង្ហាញថា ប្រសិនបើយើងប្រៀបប្រដូច «ខ្សែក្រវ៉ាត់មួយ ផ្លូវមួយ» ទៅនិងស្លាបទាំងពីរសំរាប់ការអភិវឌ្ឍន៍របស់អាស៊ីទេ នោះការភ្ជាប់ទាំងគ្រប់វ៉ិសៃយគីជាសសៃឈាមនៃ ស្លាបទាំងគូរនេះ។[30]«ខ្សែក្រវ៉ាត់មួយ ផ្លូវមួយ» គីជាមហាគំនិតដ៏មហិមាវែលធ្លងកាត់សម័យកាល និង ឆ្លាយទៅជាវទិការការទូតមួយដែលប្រទេសចិនខ្លួនឯងជាអ្នកកសាងនាឡើង ។ បើចង់ស្តាបនាអោយ បានល្អនូវវទិការនេះ ប្រទេសចិនចាំបាច់ត្រូវតែបន្តទទួលយកគវិធ្យាបទនិងរចនាបទនៃកិច្ចសហ ប្រតិបត្តិការដាក់ស្ទ្រេង ធ្វើអោយសំណុមពរនៃ «ភាពជាដៃគូអន្តរប្រតិបត្តិការ»អាចឆ្លាយទៅជាការពិត

---

[30] សារព័ត៌មានចិនស៊ីនហ្វាចុះថ្ងៃទី០៨ ខែតុលា ឆ្នាំ២០១៤

ហើយបើទង់ប្រើប្រាស់វេទិការនេះអោយបានល្អ ប្រទេសចិនចាំបាច់ត្រូវតែមានគោលដៅរយៈពេលវែង ធ្វើអោយ «ក្តីសុបិន្តរបស់ប្រទេសចិន» អាចកត្លាប់ជាមួយក្តីសុបិន្តវិកចំរើនរុងរឿងរបស់ប្រទេសនៅតាម បណ្តោយខ្មែរ ហើយកត្លាប់ជាមួយក្តីសុបិនសន្តិការរបស់ពិភពលោកយើងផងៗ។

ដូចនេះ៖ តើត្រូវធ្វើបែបណាដើម្បីធ្វើការផ្សារភ្ជាប់សុបិន្តរបស់ប្រទេសចិនទៅជាមួយនិងសុបិន្ត របស់ប្រទេសដ៏ទៃ ក៏ដូចជាសុបិន្តរបស់ពិភពលោក?

១គឺ៖ ពង្រឹកស្មារតីផ្លូវសូត្រារៀនសូត្ររវាយធម៌ប្បេជធម៌គ្នាទៅវិញទៅមក បង្កើតសហគមន៍អរិយ ធម៌អោយបានៗ។ ផ្លូវសូត្រនៅក្នុងប្រវត្តិសាស្ត្រ អរិយធម៌ប្បេធម៌ពិភពលោកគឺមានតួនាទីយ៉ាងពិសេសៗ។ ក្នុងនាមជាទីតាំងនៃចំណុចចាប់ផ្តើមភាគខាងកើតរបស់ផ្លូវសូត្របុរាណ ប្រទេសចិនគឺជាប្រទេសដែល បង្កើតអរិយធម៌ដ៏បុ៎ក និងជាតំបន់កណ្តាលៗ ផ្លូវសូត្របុរាណបានផ្សារភ្ជាប់តំបន់ដែលជាដើមកំណើត នៃអរិធម៌ធំទាំង៤ដោយយកណាមជ្ជកម្មទំនិញបញ្ចូលគ្នាអរិយធម៌នៃប្រទេសចិន ជាមួយអរិយធម៌របស់ ប្រទេសផ្សេងៗ ហើយបានរួមវិភាគទានដ៏ពិសេសក្នុងភាពរីកចំរើននៃសង្គមមនុស្សៗ។ កំលាំងរីក សាយភាយនៃអរិយធម៌ចិន ក៏ដោយសារមកពីផ្លូវសូត្រពីរខ្មែរ ដែលបានផ្សព្វផ្សាយដល់ប្រទេសដែល នៅជុំវិញ បង្កើតបានទៅជាវង្វង់អរិយធម៌ចិនដ៏ធំសម្បើមមួយក្នុងន័យភូមិសាស្ត្របានរួមនិងតំបន់ អាស៊ីកណ្តាលដែលសព្វថ្ងៃនេះ៖ស្ថិតនៅជុំវិញប្រទេសចិនៗ។ អាស៊ីអាគ្នេយ៍និងតំបន់អាស៊ីខាងកើតមួយ ភាគធំៗ។ ហេតុដូច្នេះ៖ "ខ្មែរក្រវាត់មួយ ផ្លូវមួយ" ទទួលបន្លយកកេរ្តិ៍ណែលនៃផ្លូវសូត្របុរាណ គឺមាន មូលដ្ឋានគ្រឹះជាប្រវត្តិសាស្ត្រដ៏ជ្រាលជ្រៅៗ។ នៅក្នុងប្រវត្តិសាស្ត្រតំបន់ ដែលទទួលឥទ្ធិពលអរិយធម៌ គឺ ជាដៃគូដ៏រួបរស្សរបស់ប្រទេសចិនក្នុងកិច្ចស្ថាបនាសហគមន៍អរិយធម៌រួមៗ។ ការកត្លាប់ហេដ្ឋារចនា សម្ព័ន្ធនិងបង្កើតអោយមានភាពងាយស្រួលក្នុងកិច្ចផ្លាស់ប្តូរវិធ្មែកមនុស្សសាស្ត្រ ទទួលបន្លកេរ្តិ៍ណែល និងពង្រឹកវិសាភាពនៃអរិយធម៌និងរីកតែតមានភាពទូលំទូលាយបន្ថែមទៀតៗ។

ការពង្រឹកស្មារតីផ្លូវសូត្រត្រូវការពឹងផ្អែរជ្រើសរើសសតួអរិយធម៌និងប្រទេសដ៏ទៃទៀត ក្នុងការអភិវឌ្ឍន៍ៗ។ អរិយធម៌របស់មនុស្សលោកតាំងពីដើមរៀងមកមិនត្រូវមានកម្រិតនៃគុណសម្បត្តិនិងគុណវិបត្តិៗ។ ការ ផ្លាស់ប្តូរស្មើភាពគ្នានៃអរិយធម៌ ឬការប៉ះទង្គិចគ្នាសុទ្ធតែអាចបន្ថែមអត្ថន័យដ៏សំបូរបែប ធ្វើអោយបើក ឡើងនូវផ្នែកតំរិតថ្មី និងធ្វើអោយអរិធម៌របស់មនុស្សលោកកាន់តែមានភាពស្រស់ធើតធាយសម្បូរបែ ប។

កិច្ចស្ថាបនា "ខ្មែរក្រវាត់មួយ ផ្លូវមួយ" គួរតែលើកកំពស់អរិយធម៌នៃការអត់អោន លើកទីកចិត្តនូវ ការសិក្សារៀនសូត្រអរិយធម៌ពីគ្នាទៅវិញទៅមក ដោយយលលើភាពអត់អោនអោយគ្នា មកជម្រុញសុខ សន្តិការម្យ ក្នុងគោលបំណងរៀនសូត្រពីគ្នាដើម្បីភាពរីកចំរើន មិនអោយកំលាំងជ្រុលនិយមមកបង្ក ភាពប៉ះទង្គិច ឬបង្កើតអោយមានគម្លាតអរិយធម៌នោះឡើយដើម្បីបង្កើនកំលាំងសាមគ្គីភាពនិង ភាករាវរាងគ្រប់បណ្តាប្រទេសនៅតាមបណ្តោយខ្មែរៗ។

២គឺ៖ យោគយល់គ្នាទៅវិញទៅមក សហការគ្រប់ជ្រុងជ្រោយ បង្កើតបានជាសហគមន៍ផល ប្រយោជន៍រួមៗ។ ទស្សនៈនៃការបង្កើតបានជា «សហគមន៍ផលប្រយោជន៍រួម» គឺផ្តែកទៅលើកិច្ចសហ ប្រតិបត្តិការពហុភាគីជាក់ស្តែង លើកកំពស់ផលប្រយោជន៍រួម ពង្រឹកកតលប់ឈរនៃរចំនុចប្រសព្វនៃ

ផលប្រយោជន៍រួម។ «សហគមន៍ផលប្រយោជន៍រួម» តម្រូវការអោយសម្រេចបាននូវ ការសម្រេច
សម្រួលផលប្រយោជន៍រវាងប្រទេសចិននិងប្រទេសនៅតាមបណ្ដោយខ្សែ។

ប្រទេសនៅតាមបណ្ដោយផ្លូវសូត្រភាគច្រើនគឺជា ប្រទេសដែលកំពុងអភិវឌ្ឍន៍។ កន្លងទៅជាង
១០ឆ្នាំមកនេះ ប្រទេសចិននិងប្រទេសទាំងអស់នេះធ្វើការអនុវត្តទំនាក់ទំនង៣ណិជ្ជកម្មទៅវិញទៅ
មកភាគច្រើនដោយគឺជានិច្ចប្រើប្រាស់ដែលមានតំលៃវត្ថុធាតុ យកទៅប្ដូរនិងប្រេង ឧស្ម័នធម្ម
ជាតិ ព្រមទាំងធនធានរ៉ែធម្មជាតិ ទម្រង់នៃទំនាក់ទំនងបែបនេះជារឿយៗមិនបានជួយជ្រោមជ្រែង
ផលិតកម្មក្នុងតំបន់ឡើយ ហើយក៏មិនបានបំពេញនូវតម្រូវការជាមូលដ្ឋានក្នុងជីវភាពប្រចាំថ្ងៃរបស់
ប្រជាជនបានផងដែរ និងវ៉ែតែមិនអាចធ្វើអោយប្រសើរឡើង នូវសក្ដានុពលនៃធនធាននិងថ្វកវិទ្យា
របស់ចង្វាក់ផលិតកម្មដែលពាក់ព័ន្ធបាននោះទេ។ ហើយម្យ៉ាងវិញទៀត ក្នុងបណ្ដាប្រទេសនៅតាម
បណ្ដោយខ្សែកាន់តែច្រើនឡើងៗ មិនសុខចិត្តផ្ដល់ក្រឹមតែជាមូលដ្ឋានផ្គត់ផ្គង់វត្ថុធាតុដើមនិងថែកចាយ
ផលិតផលរបស់ចិននោះទេ។ និងវ៉ែតែមានប្រទេសមួយចំនួនមានការប្រារម្ភណ៍ចំពោះទំនាក់ទំនងក្នុង
ស្ថានភាពមិនល្អជាមួយប្រទេសចិននិងសុវត្ថិភាពសេដ្ឋកិច្ចរបស់ខ្លួន ហើយយើតយ៉ាក់ក្នុងការបង្ហាញ
ពរិយាបទគំទ្រយុទ្ធសាស្ត្រស្ថាបនា "ខ្សែក្រវ៉ាត់មួយ ផ្លូវមួយ" របស់ចិន ជាហេតុបៈពាល់ដល់ល្បៀន
ស្ថាបនា "ខ្សែក្រវ៉ាត់មួយ ផ្លូវមួយ"។ ប្រទេសចិនក៏បានយល់អំពីបញ្ហានេះ ហើយបានលើកឡើងអំពីការ
កសាងសហគមន៍ផលប្រយោជន៍រួមតែមួយ ក្នុងន័យលំឡាយចោលនូវភាពឋិតឌ្ឍនៃសង្ស័យរបស់ប្រទេស
នៅតាមបណ្ដោយខ្សែ។

ភាពជាក់ស្ដែងបានបង្ហាញថា មានតែធ្វើយតបតាមសំណូមពរនៃការរីកចម្រើនតាមបែបទំនើប
ការូបនីយកម្មដល់ប្រទេសនៅតាមបណ្ដោយខ្សែនោះទេទើបកិច្ចការស្ថាបនា "ខ្សែក្រវ៉ាត់មួយ ផ្លូវមួយ"
ទទួលបានការគំទ្រនិងចូលរួមពីប្រទេសនៅតាមបណ្ដោយខ្សែ។ គម្រោង "ខ្សែក្រវ៉ាត់មួយ ផ្លូវមួយ"
អាចបង្ហាញអោយឃើញថាប្រទេសចិនកាន់តែមកចិត្តទុកដាក់ដល់ទំនាក់ទំនងការទូត និងផល
ប្រយោជន៍ដែលជាសេចក្ដីត្រូវការរបស់ប្រទេសជាដៃគូៗ។ ការស្ថាបនា "ខ្សែក្រវ៉ាត់មួយ ផ្លូវមួយ" គឺបាន
ពិចារណាយ៉ាងពេញលេញដល់តម្រូវការ នៃការរីកចម្រើនរបស់ប្រទេសដែលពាក់ព័ន្ធទាំងអស់
សម្រេចអោយបាននូវទំនើបការូបនីយកម្មសេដ្ឋកិច្ច ដល់ប្រទេសនៅតាមបណ្ដោយខ្សែ(ពិសេស
ប្រទេសដែលកំពុងអភិវឌ្ឍន៍) ស្ថែងរកចំនុចនៃផលប្រយោជន៍រួមខ្លាជ់ពិតប្រាកដ។ កិច្ចសហប្រតិបត្តិ
ការរបែបថ្មីនេះ គឺឈរលើមូលដ្ឋានគ្រឹះនៃការស្ថាបនាកិច្ចពិភាក្សានិងផ្ដល់បូរយោបល់គ្នាអស់ពីកំលាំង
កាយនិងចិត្តជាមួយប្រទេសដែលជាប់ពាក់ព័ន្ធទាំងអស់ ធានាអោយបានសមិទ្ធផលនៃការស្ថាបនា មិន
ត្រឹមតែសមស្របតាមផលប្រយោជន៍និងតម្រូវការរបស់គូរភាគី ហើយក៏អាចលើកកំពស់សហគ្រាស
របស់ចិនខ្លួនឯងអាច «ដើរចេញទៅក្រៅ» បាន ហើយនិងបានកែប្រមុខមាត់និងបង្កើនកិត្តិយសរបស់
ប្រទេសចិនខ្លួនឯងលើឆាកអន្តរជាតិ។

មិនត្រឹមតែប៉ុណ្ណោះ ការស្ថាបនា "ខ្សែក្រវ៉ាត់មួយ ផ្លូវមួយ" តម្រូវអោយក្នុងពេលដែលអភិវឌ្ឍ
ទំនាក់ទំនងជាមួយមជ្ឍដ្ឋានខាងក្រៅ ត្រូវសម្រេចបាននូវតុល្យភាពនៃផលប្រយោជន៍និងភាពសម្រប
សម្រួលផ្នែកសេដ្ឋកិច្ច នយោបាយ សុវត្ថិភាព វប្បធម៌។

យកប្រពៃណីនៃទំនាក់ទំនងការទូត មកដោះស្រាយទំនាក់ទំនងជាមួយមជ្ឈដ្ឋានខាងក្រៅ ងាយ ធ្វើអោយ សេដ្ឋកិច្ច នយោបាយ សន្តិសុខ វប្បធម៌ និងផលប្រយោជន៍ជាតិដែលមានលក្ខណៈខុសៗគ្នា ធ្វើការវិភាគដោយឡែកពីគ្នា។ ពិសេសគឺប្រទេសដែលនៅជុំវិញប្រទេសចិនមានបរិកសការទូតសុគ្រ ស្មាញ មានទំនាស់ប្រវត្តិសាស្ត្រជាច្រើន ជម្លោះភូមិសាស្ត្រ សាសនា និងជនជាតិកើតឡើងជារឿយៗ កិច្ចផ្សព្វផ្សាយទំនាក់ទំនងជាមួយប្រទេសនៅជុំវិញមានគ្រប់ស្ថានភាព ដូចជាទំនាក់ទំនងប្រទេសចិន និងជប៉ុនជារឿយៗតែងតែកើតឡើងនូវបាតុភាព «នយោបាយត្រជាក់និងសេដ្ឋកិច្ចក្តៅ» ដែលវាជា ឧទាហរណ៍ដ៏សំខាន់មួយ។ «ខ្សែក្រវ៉ាត់មួយ ផ្លូវមួយ» ក្នុងនាមជាអ្នកបង្កើតផែនការផ្លូវចម្ងើមជាមួយ បរទេស ធ្វើអោយផលប្រយោជន៍ជាតិក្នុងគ្រប់គម្រោង ទាំងអស់ផ្សព្វផ្សាយបន្លបន្ទាប់គ្នា បានបង្កើតឡើង នូវគំនិតការទូតថ្មី។

នៅក្នុងគំរោង «ខ្សែក្រវ៉ាត់មួយ ផ្លូវមួយ» ប្រទេសចិនបានយកកិច្ចសហប្រតិបត្តិការសេដ្ឋកិច្ចជា កិច្ចការចំបង ដើម្បីជានាបាននូវបំណងសហការរបស់ប្រទេសនៅតាមបណ្ដោយខ្សែ ហើយយកកិច្ច សហប្រតិបត្តិការនយោបាយជាមូលដ្ឋានគ្រឹះ ដើម្បីលុបបំបាត់ឧបសគ្គសិប្បនិម្មិត កិច្ចសហប្រតិបត្តិ ការសេដ្ឋកិច្ចយកការផ្លាស់ប្ដូរកិច្ចសហប្រតិបត្តិការអរិយធម៌និងវប្បធម៌ជាការគាំទ្រ ដើម្បីបំពេញចន្លោះ ក្នុងការទូតចិត្តគ្នារវាងប្រទេសនៅតាមបណ្ដោយខ្សែ និងទទួលបានការគាំទ្រអំពីប្រជាជន បង្កើត គ្រឹះស្ថាននៃកិច្ចសហប្រតិបត្តិការ សម្រកទៅមុខបំបាត់ឧបសគ្គល់នៃភាពជ្រុលនិយម ទប់ស្កាត់ជម្លោះ សុត្តិភាព បង្កើតអោយបានទស្សនៈការវិែចម្រើនរួម ទំនាក់ទំនងខាងក្រៅគ្រប់ជ្រុងជ្រាយ។ ទស្សនៈ មួយនេះគឺ «ពហុវិជ្ជមាន» មានអត្តប្រយោជន៍ជានាបានការបង្កើតអត្តប្រយោជន៍ «ផ្លូវសុគ្រ» តបស្នង ទៅពិភពលោកវិញ ផ្ដល់អោយមានសន្តិភាពដែលមិនឆ្លាប់មានពីមុនមកនៃយុទ្ធសាស្ត្រ «ខ្សែក្រវ៉ាត់មួយ ផ្លូវមួយ»។

៣គឺ៖ ទទួលបន្ទុករួមគ្នាលើហានិភ័យ អភិបាលកិច្ចរួមគ្នា បង្កើតសហគមន៍ទទួលខុសត្រូវរួម។ ការកសាង «ខ្សែក្រវ៉ាត់មួយ ផ្លូវមួយ» គឺគ្រប់ប្រទេសទាំងអស់ដែលនៅតាមបណ្ដោយខ្សែចូលរួមខិតខំ ប្រយុទ្ធទៅនឹងបញ្ហាប្រឈមរួម សាកល្បងធ្វើអភិបាលកិច្ចល្អរួមគ្នា។ បច្ចុប្បន្ននេះបរិស្ថាននយោបាយ ក្នុងពិភពលោកកំពុងតែស្ថិតក្នុងដំណាក់កាលផ្លាស់ប្ដូរដ៏សំខាន់ ក្រោមលក្ខណៈកលការវូបនីយកម្ម សេដ្ឋកិច្ចនិងពត៌មានវិទ្យា ដែលតាំងពីដើមមកបន្សល់ទុកនូវបញ្ហាប់បែបប្រស្រលអាកាសធាតុ សន្តិសុខ ស្បៀងអាហារ និងបញ្ហាក្រីក្រយៈពេលវែងដែលមិនទាន់បានទទួលការកែលំអរនិងដោះស្រាយ។ ការ វិសាយកាយនៃអាវុធនុយក្លេអ៊ែ បញ្ហាសន្តិសុខហិរញ្ញវត្ថុ សន្តិសុខតាមបណ្ដាញអ៊ីនធឺណេត សន្តិសុខ ផែនសមុទ្រ និងបញ្ហាប្រឈមដែលមិនមែនជាប្រពៃណីមាននិន្នាការវិកាលដោយកាន់តែខ្លាំងឡើងៗ។ ការផ្ទុះឡើងនៃបញ្ហាសកល ទាមទារអោយពិភពលោកទាំងមូលចូលរួមបង្កើនពន្លឹនអភិបាលកិច្ចនិង ការគ្រប់គ្រង។ ការកសាង «ខ្សែក្រវ៉ាត់មួយ ផ្លូវមួយ» មានសំនូមពរយ៉ាងខ្ពស់ចំពោះប្រទេសនៅតាម បណ្ដោយខ្សែទាំងអស់ មកចូលក្នុងកិច្ចសហប្រតិបត្តិការទូទៅជាមួយគ្នា តម្រូវអោយប្រទេសដែលពាក់ ព័ន្ធទាំងអស់ត្រូវមានគោលនយោបាយសហការគ្នា ផ្សព្វផ្សាយហេដ្ឋារចនាសម្ព័ន្ធ ទទួលខុសត្រូវរួមគ្នា ចំពោះហានិភ័យនៃហិរញ្ញវត្ថុ ជម្រុញកិច្ចការទៅមករកគ្នារវាងប្រជាជននិងប្រជាជន។ សំណុមពរទាំង

អស់នេះ និងអាចធ្វើអោយទំនាក់ទំនងរបស់ប្រទេសនៅតាមបណ្តោយខ្សែឈាននៅទៅដល់កម្រិតខ្ពស់ថ្មី មួយ ដែលជាហេតុធ្វើអោយប្រទេសនៅតាមបណ្តោយខ្សែទាំងអស់សុខចិត្តចូលរួមប្រឈមមុខជាមួយ បញ្ហាទូទៅ។ ហេតុដូចនេះ ការចូលរួមជាមួយកិច្ចស្នាបនា "ខ្សែក្រវ៉ាត់មួយ ផ្លូវមួយ" របស់ប្រទេសដែល ពាក់ព័ន្ធគឺជាការចូលរួមដោយស្រោយបញ្ហាប្រឈមរបស់ពិភពលោករួមគ្នា រវាជាជំនួយក្នុងការពួតដៃគ្នា រួមគ្នាជាកំលាំងផ្គត់ផ្គង់ទំនិញសាធារណៈ សម្រេចអោយបានពិតប្រាកនូវការទទួលខុសត្រូវរួមជាមួយ គ្នា។

ប្រទេសចិននៅក្នុងសហគមន៍ទទួលខុសត្រូវរួមនេះ និងផ្តួចផ្តើមនូវការទទួលខុសត្រូវមុនគេក្នុង នាមជាមហាប្រទេស ខិតខំប្រឹងប្រែងផ្តល់ជូនអោយ "ខ្សែក្រវ៉ាត់មួយ ផ្លូវមួយ" នូវរសៀវគាំទ្រនិង ផលិតផលសាធារណៈ ។ ប្រទេសចិនបានមើលឃើញផលប៉ះពាល់បែតិ្តសេដ្ឋកិច្ចកាលពីដុំមុន និង ឃើញច្បាស់ពីតម្រូវការបន្ទាន់ដើម្បីស្ថារសេដ្ឋកិច្ចជាតិនៃគ្រប់ប្រទេស កែលំអរចនាសម្ព័ន្ធបន្ទាន់ ការ បែងចែកកំលាំងពលកម្មនៃសហគ្រាសសកល ឃើញច្បាស់លទ្ធផលយ៉ាងធ្ងន់ធ្ងរនៃសមត្ថភាពផលិត របស់ពិភពលោកដែលលើសពីសេចក្តីត្រូវការ ឆ្លងតាមការផ្តួចផ្តើមគំនិត "ខ្សែក្រវ៉ាត់មួយ ផ្លូវមួយ" ប្រទេសចិនបានបោះជំហានមួយយ៉ាងសំខាន់ ក្នុងការក្លាយខ្លួនទៅជាមហាប្រទេសដែលមានទំនួល ខុសត្រូវរិតខ្ពស់។ បន្ទាប់មកទៀត ប្រទេសចិននឹងប្រើប្រាស់កំលាំងហិរញ្ញវត្ថុវឹងម៉ា និងហេដ្ឋារចនា សម្ព័ន្ធឧស្សាហកម្មដែលទាក់ទងនិងកម្លាំងពលប្រក្តប្រជែងដ៏ខ្លាំង ជួយគាំទ្រប្រទេសនៅតាម បណ្តោយខ្សែ សម្រេចបានឧស្សាហូបនីយកម្ម ដោយមូលនិធិបញ្ចេកករទេស ធនធានមនុស្សរបស់ ប្រទេសចិននិងការគាំទ្រ ដោយចិត្តគំនិតសាកសមជាមហាប្រទេសមួយធ្វើការស្តាបនា "ខ្សែក្រវ៉ាត់មួយ ផ្លូវមួយ" ឲ្យបានសព្វគ្រប់។

៤គឺ៖ ពង្រឹងលទ្ធផលនៃកិច្ចសហាប្រតិបត្តការសេដ្ឋកិច្ច ប្រយុទ្ធប្រឆាំងភាពជ្រុលនិយម បង្កើត សហគមន៍សន្តិសុខរួម។ ចុងឆ្នាំ២០១៤ លោកយៀន លិហ្ស អតីតនាយកខុទ្ទកាល័យកិច្ចការបរទេស របស់ក្រសួងការពារជាតិចិន បានថ្លែងក្នុងវេទិកាសៀងសាននថា ប្រទេសនៅទ្វីបអាស៊ី មានបញ្ហាចម្រុះ គ្នាយ៉ាងច្រើន បើចង់សហគមន៍កសាងសន្តិសុខរួម ហាក់ដូចជាមានភាពលៀនរហើសពេក។ "ខ្សែក្រវ៉ា ត់មួយ ផ្លូវមួយ" ទាក់ទងទៅនឹងភូមិសាស្ត្ររបស់ប្រទេសជាប់ពាក់ព័ន្ធមានភាពរប៉ាត់រប៉ាយ ស្ថានភាព ជាក់ស្តែងប្រទេសនីមួយៗក៏មានភាពខុសគ្នាស្រឡះ នៅក្នុងរយៈពេលខ្លីមួយ បើចង់កសាងសហគមន៍ សន្តិសុខរួម គឺត្រូវប្រឈមមុខទៅនឹងបញ្ហាលំបាកមិនធម្មតានោះឡើយ។

ការកសាង "ខ្សែក្រវ៉ាត់មួយ ផ្លូវមួយ" និងផ្តល់ជូននូវឱកាសសំខាន់បីដល់ការកសាងសន្តិសុខ សហគមន៍រួម។ មួយគឺ៖ ដោយយោងតាមនិយមន៍ឧយនៃ Karl Deutsch សហគមន៍សន្តិសុខរួមសំដៅ ទៅលើការរួមបញ្ចូលគ្នាយ៉ាងខ្ពស់របស់ហ្គុងមនុស្សប្រអង្គការ ដែលមិនយកសង្រ្គាមមកដោះស្រាយវិ វាទ។ វាគឺជាសង្គមគំនិតអំពី គឺក្រុមមនុស្សនៃប្រទេសផ្សេងៗគ្នា ដែលរួមគ្នាទទួលស្គាល់លទ្ធផលនៃ ការបង្កើតនិងបណ្ណេបណ្ណោល។ កិច្ចផ្សារភ្ជាប់ទំនាក់ទំនងគឺជាស្នួល និងជាលក្ខខណ្ឌចាំបាច់ សម្រាប់ ការបង្កើតសហគមន៍ស្មើភាពរួម គឺជាការមានវត្តមានរបស់អង្គការនិងការរក្សាភាពស្ថិតដូចជាដ៏រាវៗ។ កិច្ចទំនាក់ទំនង និងការស្វែងយល់គ្នា អាចនឹងបង្កើតបាននូវអារម្មណ៍នៃការទទួលស្គាល់រួម ក្លាយទៅ

• 140 •

ជាក្រុមមួយដែលមានមូលដ្ឋានគ្រឹះសំខាន់នៃគំនិត ទស្សន: អាកប្បកិរិយា រួមដូចគ្នា។ [31] ឯការស្តាប
នា "ខ្មែរក្រវ៉ាត់មួយ ផ្លូវមួយ" វិញគឺជាកិច្ចផ្សារភ្ជាប់ទំនាក់ទំនងវាងគ្នានិងគ្នាទៅវិញទៅមក និងផ្តល់ឱ
កាសអោយប្រជាជននៅតាមបណ្ដោយខ្មែរ មានកិច្ចទំនាក់ទំនងនិងការវិនិយោគយល់គ្នា ដែលជាហេតុធ្វើ
អោយសហគមន៍សុវត្តិភាព ប្រភ្លាយបន្តិចម្តងៗទៅជាមូលដ្ឋានគ្រឹះយ៉ាងជំនៃមតិសាធារណ:។ ពីរ
គឺ: សន្តិសុខសេដ្ឋកិច្ចគឺជាបំណែកនៃធាតុផ្សំយ៉ាងសំខាន់របស់សន្តិសុខជាតិ ។ កិច្ចផ្សារភ្ជាប់ទំនាក់
ទំនងក្នុងកម្រិតខ្ពស់អាចនាំអោយកម្រិតពឹងផ្អែកសេដ្ឋកិច្ចផ្លូវស្វ័ក្រប់របស់ប្រទេស ដែលនៅតាម
បណ្ដោយខ្មែរកើនឡើងដល់ចំនុចខ្ពស់ជាប្រវត្តិសាស្ត្រថ្មីមួយ។ ការពឹងផ្អែកលើកំលាំងសេដ្ឋកិច្ចធ្វើអោ
យជម្លោះរវាងប្រទេសនិងប្រទេសមានការប៉ះយះ: ទន្ទឹមគ្នានេះដែរ ក៏ធ្វើអោយសេដ្ឋកិច្ចជាក់ស្តែងនិង
ផ្តេងៗនៃសន្តិសុខហរិញ្ញវត្ថុតែមានទំនាក់ទំនងយ៉ាងស្ថិតស្មគ្រជាមួយគ្នា កាលណាដែលជួបបញ្ហាហរិ
ក៏យដ៏ធ្លន់ធ្លរចាប់ត្រូវតែអាចប្រឈមទៅមុខបាន រូបរាងគ្នាធានាបាននូវសន្តិសុខសេដ្ឋកិច្ចនិងហរិញ្ញ
វត្ថុ ។ បីគឺ: ដោយយោងតាមកិច្ចជម្រុញការស្ដាបនា "ខ្មែរក្រវ៉ាត់មួយ ផ្លូវមួយ" ថែរក្សាផ្ទៃផ្សានៃកិច្ចសហ
ប្រតិបត្តិការសេដ្ឋកិច្ច ធានាអោយបានប្រក្រតីភាពនៃដំណើរការកិច្ចផ្សារភ្ជាប់ទំនាក់ទំនងផ្សែកហេដ្ឋា
រចនាសម្ព័ន្ធ ដើម្បីប្រភ្លាយផ្លូវស្វ័ក្រពីមួយថ្ងៃទៅមួយថ្ងៃអោយទៅជាសេចក្តីត្រូវការតែមួយរបស់
ប្រទេសដែលនៅតាមបណ្ដោយខ្មែរ។ «ខ្មែរក្រវ៉ាត់សេដ្ឋកិច្ចផ្លូវស្វ័ក្រ» ឆ្លងកាត់ អាស៊ីកណ្ដាល ចុងភាគ
ខាងជើងនៃតំបន់អាស៊ីខាងលិច និងមជ្ឈិមបូព៌ា ដែលជាតំបន់ដែលមានស្ថានភាពចលាចល ទទួល
រងនូវអំពើភេរវកម្ម ក្រុមបំបែករដ្ឋ ទទួលរងនូវវត្ថិពលជ្រុលនិយមសាសនាយ៉ាងខ្លាំង ដែលកម្រិតផ្ទុះ
ឡើងជាជម្លោះក្នុងតំបន់មានសភាពខ្ពស់។ «ផ្លូវស្វ័ក្រសមុទ្រ» ឆ្លងកាត់សមុទ្រខាងកើតនិងខាងត្បូង
របស់ចិន ជម្លោះដែលនសមុទ្រ ក៏ជាហេតុធ្វើអោយមានការតំវាមកំហែងយ៉ាងធ្លន់ធ្លរដល់សន្តិសុខចនាស
ម្ព័ន្ធផ្លូវស្វ័ក្រ និងចរាចរណ៍ទំនិញដោយសេរី។ ការស្ដាបនា "ខ្មែរក្រវ៉ាត់មួយ ផ្លូវមួយ" ធ្វើអោយប្រទេស
នៅតាមបណ្ដោយខ្មែរអាចរួបរួមគ្នាទប់ស្កាត់កំលាំងក្រុមជ្រុលនិយម ទទួលបានផ្ទៃផ្សកិច្ចសហប្រតិបត្តិ
ការដ៍រឹងមាំផ្ទៃកសេដ្ឋកិច្ច ដោយយបង្គ្រួបបង្គ្រមផលប្រយោជន៍ខ្លួននិងផលប្រយោជន៍ប្រទេសដ៍ទៃ។

ប្រាំគឺ: ប្រឈមរួមទល់បញ្ហា រួមគ្នាស្វែងរកការអភិវឌ្ឍន៍ បង្កើតសហគមន៍វាសនារួម ។ គំនិតទាំង
ប្រាំនៃ «សហគមន៍រួម» គឺមាន៥កម្រិតផ្សែងៗគ្នា កម្រិតនីមួយៗមានអត្ថន័យផ្សែងៗពីគ្នា ស្វែងចេញ
ឲ្យឃើញពីវិយាបទជាក់ស្តែងនៃកិច្ចសហប្រតិបត្តិការផ្សែកការទូតរបស់ប្រទេសចិន ។ សហគមន៍
វាសនារួមគឺ ការធ្វើអោយប្រសើរឡើងនូវចំនុចសហគមន៍រួមទាំងឡូនខាងលើ និងមានដំណាក់កាល
ខ្ពស់ជាងនេះ។ ប្រទេសចិនបានលើកឡើងចំពោះប្រទេសដែលស្ថិតនៅជុំវិញខ្លួន និងប្រទេសដែល
ស្ថិតនៅតាមបណ្ដោយ ពិសេសគឺប្រទេសដែលកំពុងអភិវឌ្ឍន៍ថា គំនិត «សហគមន៍វាសនារួម» ត្រូវ
ផ្សែកទៅលើការយល់ស្គាល់អំពីប្រទេសដែលកំពុងផ្លូវកាត់ដំណើរអភិវឌ្ឍនប្រហាក់ប្រហែលនឹងខ្លួនឯង

[31] លីន យ៉ាលីង «ទស្សន:ទំនាក់ទំនងអន្តរជាតិ ពិចារណានិងស្តោរឡើងវិញ » ចោះពុម្មផ្សាយដោយមហាវិទ្យាល័យបេកាំង នៅក្នុងខែ4 ឆ្នាំ2012 លើក
ទី1 ទំព័រទី16

ហើយក៏សម្តែងបំណងអំពីការវិវិចម្រើនរួមគ្នា ទទួលខុសត្រូវលើកតព្វកិច្ចរួមគ្នា ប្រឈមទល់បញ្ហារួម និងទទួលនូវអត្ថប្រយោជន៍រួមគ្នាៗ

«សហគមន៍វាសនារួម» បានឯ្យឃើញជាបន្តបន្ទាប់ក្នុងរបាយការណ៍សមាជលើកទី១៨របស់បក្សកុម្មុយនីស្តចិន ក្នុងរបាយការណ៍នៃសន្និសីទ្ធការងារអំពីប្រទេសជុំវិញ និងក្នុងឯកសារសំខាន់ៗដែលលង្ហាញអោយឃើញអំពីកទិដ្ឋលខ្លាំងៗៗ នៅក្នុងការវិវិចម្រើនកម្រិតខ្ពស់នៃសកលភាវូបនីយកម្ម នាពេលបច្ចុប្បន្ន វាសនាបណ្តាគ្រប់ប្រទេសទាំងអស់បានផ្សារភ្ជាប់យ៉ាងស្និតរម្ចតជាមួយគ្នាៗ «សហគមន៍វាសនារួម» មានគំនិតនៃសិទ្ធិអំណាចដែលមានសមភាពនិងយុត្តិធម៌ មានទស្សនៈនៃកិច្ចសហប្រតិបត្តិការឈ្នះ-ឈ្នះរួម និងគំនិតផលប្រយោជន៍សុច្ចរិតអន្តរជាតិរបស់ចិនខ្លួន គឺយកចិត្តទុកដាក់ទៅលើគំនិតជីៈទុកតែមួយ រួមសុខ្យមទុក្ខជាមួយគ្នា ស្ដេងចេញអោយឃើញពីការផ្តាស់ប្តូរសំខាន់របស់ទស្សនៈការទូតចិនពីការធ្វើខ្លួនល្អដោយខ្លួនឯង ទៅដល់ការផ្តល់ផលប្រយោជន៍ចំពោះពិភពលោកទាំងមូលៗ

ពិភពលោកបានជួយប្រទេសចិន ប្រទេសចិនតបស្នងទៅពិភពលោកវិញៗ កំណែទម្រង់បើកចំហរក្នុងរយៈពេលជាង៣០ឆ្នាំមកនេះ ប្រទេសចិនសម្រេចបាននូវកំណើនសេដ្ឋកិច្ចដ៏អស្ចារ្យ ហើយទទួលសមិទ្ធិផលធ្វើអោយពិភពលោកចាប់អារម្មណ៍ផងដែរនៅក្នុងការអភិវឌ្ឍន៍សង្គមកិច្ច និងជីវភាពរស់នៅរបស់ប្រជាជនមានភាពប្រសើររុងរឿងៗ ផ្តាមួយទទមិនបានបង្ហាញពីសម្រស់និទាយជូវរទ ផ្តាប្រើនរយទទមានភាពស្រស់បំព្រាងពេញស្រូនៗស្ថានៗ ក្នុងការលើកតម្កើងសេដ្ឋកិច្ចសកលលោក ជម្រុះសុខសន្តិភាពនិងការវិវិចំរើនពិភពលោក ចាំបាច់ត្រូវមានការចូលរួមខិតខំប្រឹងប្រែងពីបណ្តាប្រទេសទាំងអស់លើសកលលោកៗ មានខ្លឹមសារសំខាន់ពីគឺការខិតខំប្រឹងប្រែងដើម្បីកាពុងរឿងរបស់ចិន និងរួមវិភាគទាន «ក្តីសុចិន្តរបស់ចិន» ដើម្បីការវិវិចម្រើនរបស់ពិភពលោកៗ «ខ្យួរក្រវ៉ាត់មួយ ផ្លូវមួយ» នឹងធ្វើអោយការទាំងពីរនេះចូលរួមជាមួយគ្នា ហើយជៈាតរ្សនាមនាគតរបស់ប្រទេស ដែលនៅតាមបណ្តោយខ្យួក៍វីតែមានទំនាក់ទំនងផ្សារភ្ជាប់យ៉ាងស្និតរម្ចតរួមសុខ្យមទុក្ខជាមួយគ្នាៗ ប្រទេសចិនបង្ហាញការស្វាគមន៍ដោយត្រង់ៗ ដល់ប្រទេសពាក់ព័ន្ធទាំងអស់ «នាំគ្នាជីៈ្បល្យានអភិវឌ្ឍន៍រួមគ្នាជាមួយប្រទេសចិន»ៗ ឆ្លងតាមការយកគោលការណ៍ទទួលបានអត្ថប្រយោជន៍ទៅវិញទៅមកនៃកិច្ចសហប្រតិបត្តិការអន្តរជាតិ និងបង្ផើនរហូតដល់កម្រិតខ្ពស់សហគមន៍វាសនារួមក្នុងកិច្ចស្ថាបនា «ខ្យួក្រវ៉ាត់មួយ ផ្លូវមួយ» ប្រទេសចិននឹងបង្ហាញនូវកប្បកិរិយាសហការគ្នាទៅវិញទៅមក ក្នុងន័យទទួលបាននូវផលប្រយោជន៍ឈ្នះ-ឈ្នះជាមួយគ្នា ជាមួយប្រទេសនៅតាមបណ្តោយខ្យួៗ កំណត់បានច្បាស់នូវផលប្រយោជន៍រួមជាមួយគ្នា និងភាគីទាំងអស់លើកតម្កើងសមហរណកម្មផលប្រយោជន៍ដល់កម្រិតខ្ពស់ ផ្ញើអោយការវិវិចម្រើនរបស់ប្រទេសចិន វិតៈតែមានអត្ថប្រយោជន៍ដល់ប្រទេសដៃទៃផ្សេងៗទៀត ហើយក៏ផ្ញើអោយប្រទេសចិន អាចទទួលបានអត្ថប្រយោជន៍ពីក្នុងការវិវិចម្រើនរបស់ប្រទេសដៃទៃផងដែរៗ

សេចក្តីសន្និដ្ឋាន៖ និពន្ធរឿងអោយបានល្អអំពី "ខ្សែក្រវ៉ាត់មួយ ផ្លូវមួយ" ផ្តត់ផ្គង់ផលិតផល សាធារណៈអន្តរជាតិ

បុព្វបុរសបុរាណបានពោលថា៖   «ទំនាក់ទំនងប្រទេសល្អគឺប្រាស្រ័យដោយមិត្តភាពប្រជាជន មិត្តភាពរបស់ប្រជាជនកើតមានប្រាស្រ័យលើការរល់ដឹងចិត្តគ្នា»។ ផ្នែកការទូតនៃផ្លូវសូត្រ ក្នុងនាម ជាស្ថានភាពទូទៅនៃវិស័យការទូតរបស់ប្រទេសចិន តម្រូវអោយមានប្រតិបត្តិការ រយៈពេលវែង មាន តម្រោងផែនការយ៉ាងម៉ត់ចត់ ប្រតិបត្តិការអោយបានត្រឹមត្រូវ ដោយក្នុងនោះ៖ «ចំណងផ្លូវភ្ជាប់បេះ ដូងប្រជាជន» គឺជាគន្លឹះដ៍សំខាន់មិនអាចខ្វះបាន។ ការទូតសាធារណៈត្រូវដោយស្រាយក្នុងការកសាង វិថីនៃសូត្រពីរខ្សែ «កិច្ចផ្សារភ្ជាប់ទាំង៥» ដែលជាផ្នែកមួយនៃការរឹតចំណងមិត្តភាពទឹកចិត្តរបស់ប្រជា ជន។ ខ្សែក្រវ៉ាត់មួយផ្លូវមួយខិតខំល្បាយម្រប្រគាយប្រទេសនៅតាមបណ្ដោយខ្សែអោយទៅជាប្រទេស ជិតខាងដ៍ល្អ មិត្តភ័ក្តល្អ ដៃគូល្អ ដូច្នេះ ការទូតសាធារណៈនៃផ្លូវសូត្រ គឺត្រូវតែខិតខំប្រើងប្រែងនាំយកការរឹត ចម្រើនរបស់ប្រទេសចិន ផ្សារភ្ជាប់ទៅជាមួយនឹងការរឹតចម្រើនរបស់ប្រទេសនៅតាមបណ្ដោយខ្សែទាំង អស់ យកក្តីសុបិន្តរបស់ប្រទេសចិនផ្សារភ្ជាប់ទៅនិងក្តីសុបិន្តរបស់ប្រទេសនៅតាមបណ្ដោយខ្សែ ដែល ជីវភាពរស់នៅរបស់ប្រជាជនមានភាពសម្បូរសប្បាយ ធ្វើអោយប្រទេសដែលនៅជុំវិញប្រទេសចិនអាច ទទួលបានផលប្រយោជន៍ និងជាកំលាំងជួយជ្រោមជ្រែងពីការរឹតចម្រើនរបស់ប្រទេសចិន ហើយក៏ធ្វើ អោយប្រទេសចិនអាចទទួលអត្ថប្រយោជន៍ពីក្នុងភាពរឹតចម្រើនរបស់ប្រទេសដែលនៅជុំវិញផងដែរ។

តំនិតផ្ដួចផ្ដើម "ខ្សែក្រវ៉ាត់មួយ ផ្លូវមួយ" គឺជាគោលនយោបាយការទូតថ្មីរបស់ប្រទេសចិន មិន ត្រឹមតែអាចដោះស្រាយនូវសម្ពូកាផលិតកម្មដែលលើសពីសេចក្តីត្រូវការរបស់ចិន ហើយក៏សមស្រប ទៅតាមយុទ្ធសាស្ត្របើកចំហរលើគ្រប់វិស័យរបស់ចិនផងដែរ ម្យ៉ាងទៀតក៏អាចអោយប្រទេសចិននៅ ក្នុងពន្លឺបែងចែកការងាររនៃសកលថ្មីមួយ ទៅបង្កើតសមាហរណកម្មមហាជីគោកនៃអឺរ៉ុបអាស៊ីដោយ ប្រើប្រាស់ឧត្តមភាពរបស់ប្រទេសចិន ទាំងអស់នេះគឺត្រូវតែមានពន្យល់ច្បាស់លាស់ចំពោះសហគមន៍ អន្តរជាតិតាំងពីដើមជាដុំៗ។

សារៈសំខាន់របស់វិស័យការទូតសាធារណៈផ្លូវសូត្រនៅក្រុងការសិក្សាវែងឆ្ងាយល្អ   ផ្សព្វផ្សាយ ពន្យល់អោយបានល្អនូវអរិយធម៌ផ្លូវសូត្រសតវត្សទី21 ក្នុងអោយបានល្អនូវល៍ជាប់កាំទាំងបីគឺ ការរើបៗ ឡើងវិញ ការយោគយល់ ការបង្កើតថ្មី។

ជំហានទីមួយគឺការរើបៗឡើងវិញ។   ដ៍គោកអឺរ៉ុបអាស៊ីត្រូវបានអ្នកប្រាជ្ញភូមិសាស្ត្រនយោបាយ លោកម៉ាក យ៉ីនឌ័រ ប្រសិទ្ធនាមអោយថាជា «កោះរបស់ពិភពលោក»។ "ខ្សែក្រវ៉ាត់មួយ ផ្លូវមួយ" គឺជា ការកសាងផ្ដួចផ្ដើមដ៍អស្ចារ្យ រ៉ាកំពុងតែលេចចេញជារូបរាង អត្តសញ្ញាណទូទៅរួមរវាង «ប្រជាជននៅ ទ្វីបអឺរ៉ុបនិងអាស៊ី»   ដែលធ្វើអោយអឺរ៉ុបដ៍គោកអាស៊ីត្រឡប់មកជាផ្ចួមណ្ឌលអរិយធម៌មនុស្សជាតិ វិញ។ ដ៍គោកអឺរ៉ុបអាស៊ីដើមឡើយជាផ្ចួមណ្ឌលអរិយធម៌របស់ពិភពលោក យ៉ាងហើយណាស់បន្ទាប់ ពីការធ្លាក់ចុះនៃអរិយធម៌អេហ្ស៊ីប។ អរិយធម៌ជំពីររបស់ភាគខាងកើតនិងខាងលិចធ្លងតាមប្រវត្តិសាស្ត្រ ផ្លូវសូត្រផ្សារភ្ជាប់ជាមួយគ្នា រហូតដល់ការក្រោកឡើងនៃចក្រភពអូតូម៉ង់ កាត់ផ្ដាច់ផ្លូវសូត្រ អឺរ៉ុបត្រូវបង្ខំ

ចិត្តផ្ដោះទៅរកដែនសមុទ្រ   ហើយការផ្ដោះទៅរកដែនសមុទ្រនេះហើយក៏ដោយសារការវិវឌ្ឍប្រវត្តិកទាំង
ឬ្យនៃប្រទេសចិនរួមទាំង ត្រីវិស័យ គ្រប់វិស័រ ជាដើម បានឆ្លងកាត់តាមអាវ៉ាប់រីកកាលជាលដល់អី
រូប។ ការផ្ដោះទៅរកដែនសមុទ្ររបស់អីរូប គឺយកការធ្វើអាណានិគម ជម្រុញសកលការូបនីយកម្ម ការ
ធ្លាក់ចុះរបស់ផ្ទូវស្បេក្រ ផ្ដើមអោយអរិយធម៌ភាគខាងកើតជាដើរផ្ដោះទៅរកការបិទទ្ទារអកិរ្ស ចូលទៅក្នុងអ្វី
ដែលហៅថាពិភពនៃសម័យទំនើបរបស់មជ្ឈមណ្ឌលលោកខាងលិច។ ឬគដល់មានការរក្រាកឡើង
របស់អាមេរិក មជ្ឈមណ្ឌលលោកខាងលិចបានផ្លាស់ទៅអាមេរិកវិញ។ អីរូបក៏ផ្លាក់ចុះ៖ នោះជាឆ្លងតាម
ការធ្វើសមាហរណកម្មអីរូបហើយនៅតែមិនអាចស្ការបានឡើងវិញនៅស្ថានភាពជើមបានឡើយ។ សព្វ
ថ្ងៃនេះអីរូបបានទទួលនូវឱកាសសារជាថ្មីក្នុងការក្រឡ្បទៅរកតំណែងជាមជ្ឈមណ្ឌលពិភពលោក ក្នុង
ប្រវត្តិសាស្ត្រវិញហើយ នេះហើយគឺជាការដើរបឡើងវិញរបស់ជើគាកអីរូបអាស៊ី។ អន្តរប្រតិបត្តិការរបស់
សហភាពអីរូប ផ្សារភ្ជាប់ទៅនិង "ខ្សែក្រវ៉ាត់មួយ ផ្ទូវមួយ" របស់ចិន ដោយផ្សារភ្ជាប់ទៅលើ គោល
នយោបាយ ៣ណិជ្ជកម្ម គមនាគមន៍ រូបិយវត្ថុ ទឹកចិត្តប្រជាជន កិច្ចផ្សារភ្ជាប់«ទាំង៥» នេះ។ ផ្សារ
ភ្ជាប់ទៅនិងសន្តិភាព កំណើន កែទម្រង់ អរិយធម៌ ទំនាក់ទំនងអីរូបកណ្ដាល «ភាពជាដៃគូធំទាំង៤»
នេះធ្វើអោយជើគាកអីរូបអាស៊ីក្រឡ្បមកជាមជ្ឈមណ្ឌលអរិយធម៌របស់មនុស្សជាតិវិញ និងអាចជះឥទ្ធិ
ពលទៅដល់ជើគាកអាប្រ៊ិក ជម្រុញនិងសម្រេចបានសុខសន្តិភាពជាយូរអង្វែងនិងភាពពុងរឿងរបស់
មនុស្សជាតិ។

ជំហានទីពីរគឺការរយាតយល់គ្នា។ គន្លឹះសំខាន់នៃភាពជាដៃជ័យរបស់ "ខ្សែក្រវ៉ាត់មួយ ផ្ទូវមួយ"
គឺស្ថិតនៅលើការសម្រេចអោយបាននូវភាពរីកចម្រើន សន្តិសុខ និងការស្ការឡើងវិញបីនេះរួមតែមួយ
ដល់ប្រទេសដែលពាក់ព័ន្ធ នៅក្នុងប្រទេសចិនសម្រេចអោយបានមូលដ្ឋានគ្រឹះនៃប្រសិទ្ធភាពស្ការឡើង
វិញសម្រេចអោយបានការអភិវឌ្ឍន៍ប្រកបដោយបីភាពផ្ទូវស្បេក្រនិងសន្តិសុខ សម្រេចបានអរិយធម៌
របស់ចិន អារ៉ាប់ មូ៉ស្ល៊ីម ពែក្យ ពណ្ណា សាសនាគ្រិស្ត និងអរិយធម៌ប្រទេសនៅតាមបណ្ដោយខ្សែ
ផ្សេងៗទៀតអោយដើរបឡើងវិញ ផ្លាស់ប្ដូរនិងផ្ដែប្រទិត្យថ្មី រួមគ្នាស្ថាបនារូបរាងថ្មីនៃអរិយធម៌របស់ផ្ទូវ
ស្បេក្រ។

សកលការូបនីយកម្មតាមបែបប្រពៃណីគឺចាប់ផ្ដើមចេញពីសមុទ្រ កើតចេញពីសមុទ្រ តំបន់តាម
ផ្ទូវសមុទ្រ ប្រទេសតំបន់មាត់សមុទ្រមានការរីកចម្រើនមុនគេ ប្រទេសជើគាក និងតំបន់ខាងក្នុងជើ
គាកមានការអន់ថយជាង បង្ខអោយមានគម្លាតនៃក្រនិងមាន។ គំនិតផ្ដួចផ្ដើម "ខ្សែក្រវ៉ាត់មួយ ផ្ទូវ
មួយ" លើកទឹកចិត្តអោយបើកចំហារចំពោះលោកខាងលិច អូសទាញការអភិវឌ្ឍន៍នៃតំបន់ភាគខាង
លិចរបស់ចិន ព្រមទាំងអាស៊ីកណ្ដាល មួ៉ងហ្គោល និងប្រទេសដែលនៅក្នុងតំបន់ខាងក្នុងជើគាក នៅ
ក្នុងកិច្ចជម្រុញការអភិវឌ្ឍន៍ទស្សនៈរយោគយល់គ្នានៃសកលការូបនីយកម្ម ក្នុងសហគមន៍អន្តរជាតិ
ដំណើរការសកលការូបនីយកម្មយុគសម័យថ្មី អរិយធម៌អត់អោនគ្នានិងរៀនស្បេក្រពីគ្នាទៅវិញទៅមក។

ទីបីគឺការវិឆ្ឆប្រទិត្យថ្មី "ខ្សែក្រវ៉ាត់មួយ ផ្ទូវមួយ" មិនត្រឹមតែជាផ្ទូវាណិជ្ជកម្មរបស់អីរូបជើគាក
អាស៊ីនោះទេ ហើយក៏ជាតំណែតភ្ជាប់នៃការផ្លាស់ប្ដូរអរិយធម៌អីរូបនិងអាស៊ីផងដែរ។ «ខ្សែក្រវ៉ាត់សេដ្ឋ
កិច្ចផ្ទូវស្បេក្រ» មិនត្រឹមតែនៅក្នុងយុតសម័យសកលការូបនីយកម្មទទួលបន្លូវពីណិជ្ជកម្មបុរាណ

និងផ្លូវផ្លែងនៃអរិយធម៌ប៉ុណ្ណោះទេ   ហើយវាក៏គឺជាដំណើរស្ថាបនាសកលភាវូបនីយកម្មជីគោកទៅ
ទ្បប់ទល់ហានិភ័យសកលភាវូបនីយកម្មសមុទ្រ   ផ្សាស់ប្ដូរអរិយធម៌   រៀនសូត្រពីគ្នាទៅវិញទៅមក
សម្រេចបានសុខសន្តិភាពនិងភាពរុងរឿងអោយជីគោកអ៊ីរ៉ុបអាស៊ី   និងសម្រេចអោយអរិយធម៌ថ្មីនៃការ
វិវឌ្ឍមិនប្រកបដោយបីភាពរបស់មនុស្សជាតិ។ «ផ្លូវសូត្រសមុទ្រសតវត្សទី21» វាខុសពីជើសាស្ត្រ
ចាស់របស់មហាអំណាចលោកខាងលិច ដែលដើម្បីពង្រីកអំណាចក្នុងដែនសមុទ្រ បង្កជម្លោះ និងធ្វើ
អាណានិគម។   ដោយវាមានប្រសិទ្ធភាពក្នុងការរៀបរៀងហានិភ័យសកលភាវូបនីយកម្មតាមបែប
ប្រពៃណី   គឺនឹងបង្កើតនូវអរិយធម៌សមុទ្របែបថ្មីដែលមនុស្សជាតិនិងសមុទ្រគឺតែមួយ រួមរស់នៅក្នុង
ភាពសុខដុមរមនា និងប្រកបដោយបីភាពផង។

ឯកសារយោង

ប៉ារ មីងស៊ីន : «ផ្លូវសូត្រ-រូបភាពនិងប្រវត្តិសាស្ត្រ»បោះពុម្ពផ្សាយដោយសារពត៌មានសកលវិទ្យាល័យតុងហួរ បោះពុម្ពក្នុងឆ្នាំ2011។

គង់ យ៉ឺងយាន : (ប្រទេសចិនសតវត្សទី20 «ផ្លូវសូត្រសមុទ្រ» ប្រមូលផ្តុំការសិក្សាស្រាវជ្រាវ) បោះពុម្ពផ្សាយដោយសារពត៌មានសកលវិទ្យាល័យបីជាំង ក្នុងឆ្នាំ2011។

ហ៊ាងម៉ៅ ស៊ីង : (ការឆ្លុះបញ្ចាំងអំពីកាលិត និងប្រវត្តិសាស្ត្រ: ការវឌ្ឍនៈឡើងវិញនៃផ្លូវសូត្រសមុទ្រសតវត្សទី21) បោះពុម្ពផ្សាយដោយសារពត៌មានវិទ្យាសាស្ត្រសេដ្ឋកិច្ច ក្នុងឆ្នាំ2015។

ជៀន ប៉ូចាន់ : (វេទិការប្រវត្តិសាស្ត្រចិន) បោះពុម្ពផ្សាយដោយសារពត៌មានសកលវិទ្យាល័យប៉េកាំង ឆ្នាំ2006។

ជី យុនហ្វី : (សិក្សាស្រាវជ្រាវប្រចាំឆ្នាំផ្លូវសូត្រសមុទ្ររបស់ចិន<2013>) បោះពុម្ពផ្សាយដោយសារពត៌មានសកលវិទ្យាល័យបី ជាំង ក្នុងឆ្នាំ2013។

លី ជិនស៊ីន : (សិក្សាស្រាវជ្រាវសាសនាផ្លូវសូត្រ) បោះពុម្ពផ្សាយដោយសារពត៌មានប្រជាជនស៊ីនជាំង ឆ្នាំ2008។

លីន ម៉ីឈុន : (ផ្លូវសូត្របុរាណវិទ្យា15ចំនុច) បោះពុម្ពផ្សាយដោយសារពត៌មានសកលវិទ្យាល័យប៉េកាំង ឆ្នាំ2006។

លីវ យុហុង : («ផ្លូវសូត្រសមុទ្រថ្មី» ហេដ្ឋារចនាសម្ព័ន្ធគមនាគមន៍ខ្សែក្រវ៉ាត់សេដ្ឋកិច្ច និងការវិកចម្រើនសេដ្ឋកិច្ចក្នុងតំបន់) បោះពុម្ពផ្សាយដោយសារពត៌មានវិទ្យាសាស្ត្រសង្គម ឆ្នាំ2014។

លីវ យុនសេង : «ផ្លូវសូត្រសមុទ្រ» បោះពុម្ពផ្សាយដោយសារពត៌មានប្រជាជនជាំងស៊ូ ឆ្នាំ2014។

លី ចុងមីង : (សិក្សាស្រាវជ្រាវការវិកចម្រើនខ្សែក្រវ៉ាត់សេដ្ឋកិច្ច «ផ្លូវសូត្រសមុទ្រ» បោះពុម្ពផ្សាយដោយសារពត៌មានសេដ្ឋកិច្ចវិទ្យាសាស្ត្រ ឆ្នាំ2011។

ម៉េង ហ្សាងវិន : « សំដីប្រវត្តិសាស្ត្រ ផ្លូវសូត្រសមុទ្រ» បោះពុម្ពផ្សាយដោយសារពត៌មានវិទ្យាសាស្ត្រសង្គម ឆ្នាំ2011។

ម៉ា លីលី, វិន ប៉ាវគីង : (វេបាយការណ៍ការវិកចម្រើនខ្សែក្រវ៉ាត់សេដ្ឋកិច្ចផ្លូវសូត្រសមុទ្រ: ឆ្នាំ2014) បោះពុម្ពផ្សាយដោយសារពត៌មានសេដ្ឋកិច្ចចិន ឆ្នាំ2014។

រុយ ឈាន់មីង : «សិក្សាស្រាវជ្រាវជាតុផ្សំ ផ្លូវសូត្រសមុទ្រ» បោះពុម្ពផ្សាយដោយសារពត៌មានសកលវិទ្យាល័យហ៊ូតាន ឆ្នាំ2009។

យ៉ាង កុងឡ្បី : (ការស្ទែងរុករកផ្លូវសូត្រដំបូង) បោះពុម្ពផ្សាយដោយសារពត៌មានសកលវិទ្យាល័យប៉េកាំងស៊ីហ្វាន ឆ្នាំ2011។

វ៉ង អ៊ីរួយ : (សង្គ្រាមសមុទ្រ កំណត់ត្រាអរិយធម៌អឺរ៉ុប) បោះពុម្ពផ្សាយដោយសារពត៌មានប្រជាជនសៀងហៃ ឆ្នាំ2013។

ចាង ជា : (ការវាយតំលៃអំពីស្ថានភាពសន្តិសុខនៅជុំវិញប្រទេសចិនៈ "ខ្សែក្រវ៉ាត់មួយ ផ្លូវមួយ" និងយុទ្ធសាស្ត្រជុំវិញ) បោះពុម្ពផ្សាយដោយសារពត៌មានវិទ្យាសាស្ត្រសង្គម ឆ្នាំ2015។

ចាង ស៊ាហ្វឹង : (សិក្សាស្រាវជ្រាវប្រវត្តិសាស្ត្របុរាណវិទ្យា រាជកាលហាន់ និងរាជកាលថាង) បោះពុម្ពផ្សាយដោយសារពត៌មានសៀងហៃសានលាន ឆ្នាំ2013។

ហ្សូ ឡី : (សេដ្ឋកិច្ចនយោបាយ "ខ្សែក្រវ៉ាត់មួយ ផ្លូវមួយ" បោះពុម្ពផ្សាយដោយសារពត៌មានប្រជាជនសៀងហៃ ឆ្នាំ2015។

ចងក្រងដោយ សកលវិទ្យាល័យប្រជាជនចិន វិទ្យាស្ថានសិក្សាស្រាវជ្រាវហិរញ្ញវត្ថុចុងយ៉ាងៈ «សម័យកាលអាស៊ីអឺរ៉ុប - សិក្សាស្រាវជ្រាវខ្សែក្រវ៉ាត់សេដ្ឋកិច្ចផ្លូវសូត្រ សៀវភៅខៀវ 2014-2015» បោះពុម្ពផ្សាយដោយសារពត៌មានសេដ្ឋកិច្ចចិន ឆ្នាំ 2014។

[ក្រិកបុរាណ] អាលី អានៈ «កំណត់ហេតុរបស់អាឡិចសាន់» បកប្រែដោយលី ហ៊ួ បោះពុម្ពផ្សាយដោយសារពត៌មានពាណិជ្ជកម្ម ឆ្នាំ1979។

[យូហ្ស៊ី] Akhamedov: «ឯកសារប្រវត្តិសាស្ត្រភូមិសាស្ត្រអាស៊ីកណ្តាលសតវត្សទី16-18» បកប្រែដោយ ធិន យានគ័ង បោះពុម្ពផ្សាយដោយសារពត៌មានប្រជាជន ឆ្នាំ2011។

[អាមេរិក] Bill Porter: (ផ្លូវសូត្រៈ តាមដានកម្រងប្រវត្តិសាស្ត្រ អរិយធម៌ដ៏អស្ចារ្យបំផុតរបស់ប្រទេសចិន បកប្រែដោយ ម៉ា ហុងវ្វយ、 លី ឆាងឈីង បោះពុម្ពផ្សាយដោយសារពត៌មានអក្សរសាស្ត្រ និងសិល្បៈខេត្តស៊ី ឈ័ន ឆ្នាំ2013។

[កាណាដា] Pen Deny: «ភាគខាងកើត ទទួលរងឥទ្ធិពលមិនល្អអំពីលោកខាងលិច» បកប្រែដោយ ខុង ស៊ីនហ្វឹង、ចាង យានលាំង បោះពុម្ពផ្សាយដោយសារពត៌មានសៀងហៃសានលាន ឆ្នាំ 2011។

[អូស្ត្រាលី] Simp Fendorfer: «ផ្លូវសូត្រថ្មី» ធ្វើការបកប្រែដោយធិន យិនថាវ បោះពុម្ពផ្សាយដោយសារពត៌មានតុងហ្វាង ឆ្នាំ 2011។

[អង់គ្លេស] David Miller: «ការទទួលខុសត្រូវរបស់ជាតិ និងយុត្តិធម៌សកល» បកប្រែដោយ យ៉ាង ចុងជីង, លី គ័ងប៉ូ បោះពុម្ពផ្សាយដោយសារពត៌មានធុង ឈីង ឆ្នាំ2014។

[បារាំង] Lu Paul: «ប្រវត្តិសាស្ត្រ និងអរិយធម៌ក្រុងខាងលិច» បកប្រែដោយ គឹង សឹង បោះពុម្ពផ្សាយដោយសារពត៌មានប្រជាជន ឆ្នាំ2012។

[អង់គ្លេស] Matin Jacques: «នៅពេលដែលប្រទេសចិនគ្រប់គ្រងពិភពលោក -ការងើបឡើងរបស់ចិន និងការធ្លាក់ចុះរបស់លោកខាងលិច» បកប្រែដោយ ចាង លី, លីវ ឈី បោះពុម្ពផ្សាយដោយសារពត៌មានចុងស៊ីន ឆ្នាំ2010។

[អង់គ្លេស] Norman Davis: «ប្រវត្តិសាស្ត្រអឺរ៉ុប» បកប្រែដោយ គ័រ ហ្វាង, លីវ ប៊ីធឹង បោះពុម្ពផ្សាយដោយសារពត៌មានពិភពចំណេះដឹង ឆ្នាំ2007។

[អាមេរិក] Stavrianos: «ទំលាយប្រវត្តិសាស្ត្រសកល» បកប្រែដោយ អ៊ូ សាំងអ៊ីង, លាំង ឈីមីន បោះពុម្ពដោយសារពត៌មានសកលវិទ្យាល័យប៉េកាំង2015។

[អង់គ្លេស] Stein: «កំណត់ត្រាក្រុងខាងលិច » បោះពុម្ពផ្សាយដោយសារព័ត៌មានពាណិជ្ជកម្ម ឆ្នាំ2013។

[អាមេរិក] Samuel Huntington: «ការប៉ះទង្គិចនៃអរិយធម៌និងកម្មវិធីស្ថាបនាឡើងវិញនៃសកល លោក» បកប្រែដោយចូវ ឈី ចេញផ្សាយដោយសារព័ត៌មានស៊ិនហ្វ្ល ឆ្នាំ1988។

[ស៊ីស] Sven Hedin: «ផ្លូវសូត្រ» បកប្រែដោយ ជាំង ហុង, លី ជឺច្បៀន បោះពុម្ពផ្សាយ ដោយសារព័ត៌មានប្រជាជនស៊ិនជាំង ឆ្នាំ2013។

[អាមេរិក] Emmannuel Wallerstein: «ប្រព័ន្ធពិភពលោកសម័យទំនើប» បកប្រែដោយ លំរ យ៉ុងឈី បោះពុម្ពផ្សាយដោយសារព័ត៌មានឧត្តមសិក្សា ឆ្នាំ1998។

[អង់គ្លេស] អ៊ូ ស៊ីហ្សាង: «ផ្លូវសូត្រឆ្នាំ2000» បោះពុម្ពផ្សាយដោយសារព័ត៌មានរូបថតសានតុង ឆ្នាំ2008។

BIN, YANG, "Buddhism and Islam on the Silk Road." *Journal of World History* 22.4(2011): 825-828.

Brysac, and Shareen Blair, "The Virtual Silk Road." *Archaeology* 4(2000): 72-72.

Christopher I. Beckwith, *Empires of the Silk Road*, Princeton University Press, 2009.

David C. Kang, *China Rising: Peace, Power, and Order in East Asia*, Columbia University Press, 2009.

David Gosset, "China's Role in the Future of Europe", in *Beijing Review*, January 16, 2012.

Edgar Knobloch, *Treasures of the Great Silk Road,* The History Press, 2013.

Foster, Robert W, "Journeys on the Silk Road", *Historian* 76.1(2014): 151–152.

Gilbert Rozman, *China's Foreign Policy: Who Makes It, and How Is It Made,* Palgrave Macmillan, 2013.

James, N, "Silk Road Riches No Embarrassment." *Antiquity* 85.328(2011): págs, 654-656.

Jeffrey Saches, *The Price of Civilization*, Random House, 2011.

Jim Brewster, *The Silk Road Affair*, Outskirts Press, 2009.

Kathryn Ceceri, *The Silk Road: Explore the World's Most Famous Trade*, Nomad Press, 2011.

Levi, Werner, *Modern China's Foreign Policy,* Literary Licensing, LLC, 2012.

Luce Boulnois, Wong HowMan, Amar Grover, *Silk Road: Monks, Warriors & Merchants on the Silk*, Airphoto International Ltd, 2012.

Mark Notrll, *Travelling The Silk Road: Ancient Pathway to the Modern World*, American Museum & Natural History, 2011.

Robert S. Ross, *China's Ascent: Power, Security, and the Future of International Politics*, Cornell University Press, 2008.

Valerie Hanson, *The Silk Road*, Oxford University Press, 2012.

ឯកសារយោង៖ «ចក្ខុវិស័យ និងសកម្មភាពអំពីកិច្ចជម្រុញការស្ថាបនារួមគ្នានូវខ្សែក្រវ៉ាត់សេដ្ឋកិច្ចផ្លូវ
ស្បៀក និងផ្លូវស្ក្រសមុទ្រសតវត្សទី21» [32]

បុព្វកថា៖

ជាងពីរពាន់ឆ្នាំមុន នៅលើមាតាអាស៊ីអឺរ៉ុបដ៏គោកប្រជាជនដែលមានសេចក្តីក្លាហាន និងឧស្សាហ៍ព្យាយាម បានស្វែងរកឃើញផ្លូវផ្សារភ្ជាប់អរិយធម៌ ១៣ធំៗជាជួរកម្ម និងផ្លូវវិនការផ្លាស់ប្ដូរវប្បធម៌យ៉ាងច្រើនរវាងអាស៊ីអឺរ៉ុបអាហ្រ្វិក ដែលមនុស្សជំនាន់ក្រោយបានហៅរួមថា «ផ្លូវស្ក្រ»។ រាប់យរាប់ពាន់ឆ្នាំ កន្លងមក ស្មារតីនៃផ្លូវស្ក្រ «ដែលសហាប្រតិបត្តិការក្នុងសន្តិភាព បើកទូលាយមត់អោយ រៀនស្ក្រពីគ្នាទៅវិញទៅមក មានផលប្រយោជន៍និងឈ្នះៗរួមគ្នា» បានត្រូវបន្ដនិងផ្សព្វផ្សាយតៗគ្នា ជម្រុញដំណើរការរីកចម្រើនរបស់អរិយធម៌របស់មនុស្សលោកនេះ។ គឺជាតំណភ្ជាប់ដ៏សំខាន់ក្នុងកិច្ច លើកកំពស់ភាពរីកចម្រើនរបស់គ្រប់ប្រទេសទាំងអស់ដែលនៅតាមបណ្ដោយខ្សែ ហើយក៏ជាមិត្តរូប នៃកិច្ចសហប្រតិបត្តិការរវាងភាគខាងកើតនិងខាងលិច ជាបេតិកភ័ណ្ឌប្រវត្តិសាស្ត្រនិងវប្បធម៌រួមរបស់ ពិភពលោកទាំងមូល។

ចូលដល់សតវត្សទី21 ស្ថិតក្រោមសម័យកាលថ្មីដែលយកសុខសន្តិភាព ការអភិវឌ្ឍន៍ សហ ប្រតិបត្តិការ ឈ្នះៗរួមគ្នាជាខ្លឹមសារចំបង ប្រឈមមុខទៅនឹងស្ថានភាពធើបឡើងវិញខ្លះៗកម្លាំងពលនៃ សេដ្ឋកិច្ចសកល និងស្ថានភាពស្ក្រស្ថាញក្នុងតំបន់និងអន្តរជាតិ ការទទួលបន្ដនិងពង្រីកស្មារតីនៃផ្លូវ ស្ក្រតែតែមានសារ:សំខាន់ និងតម្លៃថ្លៃថ្នា។

ខែកញ្ញា និងខែតុលា ឆ្នាំ២០១៣ លោកប្រធានាធិបតីចិនស៊ី ជិនភីង ក្នុងដំណើរទស្សនកិច្ចទៅ អាស៊ីកណ្ដាលនិងអាស៊ីអាគ្នេយ៍បានលើកឡើងនូវតំនិត៖ ផ្ដូចផ្ដើមដ៏សំខាន់អំពីការស្ថាបនារួមនូវ «ខ្សែ ក្រវ៉ាត់សេដ្ឋកិច្ចផ្លូវស្ក្រ» និង «ផ្លូវស្ក្រសមុទ្រសតវត្សទី21» (ដែលហៅកាត់ថា "ខ្សែក្រវ៉ាត់មួយ ផ្លូវ មួយ"), ហើយបានទទួលការយកចិត្តទុកដាក់កំរិតខ្ពស់ពីសហគមន៍អន្តរជាតិ។ លោកនាយករដ្ឋមន្ត្រី ចិនលី ខឿងក្នុងពេលចូលរួមពិព័រណ៍ចិនអាស៊ាន឵ឆ្នាំ២០១៣ បានមានប្រសាសន៍សង្កត់ធ្ងន់ថា៖ ត្រូវ ក្រាលផ្លូវស្ក្រសមុទ្រត្រូវដែលមុខទៅតំបន់អាស៊ាន ហើយជម្រុញកិច្ចស្ថាបនាចំណុចយុទ្ធសាស្ត្រដែល ជួយជម្រុញជ្រែងការអភិវឌ្ឍន៍ផ្ទៃក្នុង។ ការបង្កើនល្បៀននៃកិច្ចស្ថាបនា "ខ្សែក្រវ៉ាត់មួយ ផ្លូវមួយ" ជា ប្រយោជន៍ក្នុងការជម្រុញសេដ្ឋកិច្ចប្រទេសនៅតាមបណ្ដោយខ្សែមានភាពរីកចម្រើន ក៏ដូចជាកិច្ចសហ ប្រតិបត្តិការសេដ្ឋកិច្ចក្នុងតំបន់ បង្កើនកិច្ចផ្លាស់ប្ដូរនិងរៀនស្ក្រអរិយធម៌ផ្សេងៗពីគ្នាទៅវិញទៅមក ជម្រុញសុខសន្តិភាពនៃការអភិវឌ្ឍន៍សកលលោក គឺជាបុព្វហេតុដ៏អស្ចារ្យក្នុងន័យជាប្រយោជន៍ដល់ ប្រជាជនក្នុងពិភពលោកយើងទាំងមូល។

ការកសាង "ខ្សែក្រវ៉ាត់មួយ ផ្លូវមួយ" គឺជាប្រព័ន្ធនៃគម្រោងការ ត្រូវប្រកាន់ភ្ជាប់ទៅនឹងគោល ការណ៍ពិគ្រោះ:ពិភាក្សាជាមួយគ្នា ស្ថាបនាជាមួយគ្នា ទទួលអត្ថប្រយោជន៍ជាមួយគ្នា ខិតខំប្រឹងប្រែង ផ្សារភ្ជាប់តំណរវៃនៃយុទ្ធសាស្ត្រអភិវឌ្ឍប្រទេសនៅតាមបណ្ដោយខ្សែ។ ដើម្បីសម្រេចបានតំនិតផ្ដូចផ្ដើម

[32] ក្រុមប្រឹក្សាកំណែទម្រង់និងអភិវឌ្ឍន៍ប្រទេសចិន ក្រសួងកិច្ចការបរទេស ក្រសួងពាណិជ្ជកម្ម ចេញផ្សាយរួមគ្នាថ្ងៃទី28ខែ03ឆ្នាំ2015

"ខ្សែក្រវ៉ាត់មួយ ផ្លូវមួយ" ធ្វើអោយផ្លូវស្រុបុរាណបំផុសចេញជីវភាពនិងជីវិភាពថ្មី ធ្វើអោយទំនាក់ទំនង រវាងបណ្ដាប្រទេសអាស៊ីអឺរ៉ុបអាហ្វ្រិករឹតតែមានភាពស្និតស្នមបន្ថែមទៀតក្នុងរូបភាពថ្មី ហើយធ្វើឲ្យកិច្ច សហប្រតិបត្តិការ និងផលប្រយោជន៍រួមឆ្ពោះទៅកាន់កម្រិតខ្ពស់ថ្មីជាប្រវត្តិសាស្ត្រ រដ្ឋាភិបាលចិនសូម រៀបរៀងនិងចុះផ្សាយ «កិច្ចជម្រុញការស្ថាបនាខ្សែក្រវ៉ាត់សេដ្ឋកិច្ចផ្លូវស្រុក និងសកម្មភាពចក្ខុវិស័យ របស់ផ្លូវស្រុកសមុទ្រសតវត្សទី21»។

1-ប្រវត្តិកាលនៃយុគសម័យ

បច្ចុប្បន្ននេះពិភពលោកកំពុងតែកើតមានឡើងនូវការផ្លាស់ប្ដូរដ៏ស្មុគស្មាញ និងជ្រាលជ្រៅ វិបត្តិ ហិរញ្ញវត្ថុអន្តរជាតិបង្កាញពីផលប៉ះពាល់ចាក់ស្រេះយ៉ាងជ្រៅជាបន្តបន្ទាប់ទៅទៀត ស្ថានភាពសេដ្ឋកិច្ចពិភព លោកដើរបន្តឡើងវិញយ៉ាងយឺតយ៉ាវ ការវិវត្តចម្រើនខុសគ្នាច្រើន វិនិយោគពាណិជកម្មអន្តរជាតិ និងក្បួន ខ្នាតច្បាប់នីវិយោគពាណិជកម្មពហុភាគីកំពុងតម្រូវឲ្យមានការផ្លាស់ប្ដូរប្រែប្រួល គ្រប់ប្រទេសនៅតែ ប្រឈមមុខនិងបញ្ហាធ្ងន់ធ្ងរនៃកិច្ចអភិវឌ្ឍន៍។ កិច្ចស្ថាបនារួម "ខ្សែក្រវ៉ាត់មួយ ផ្លូវមួយ" អនុលោមទៅតាម ចរន្តនៃពិភពលោកដែលមានពហុប៉ូលភាពរូបនីយកម្មនៃពិភពលោក សកលភាវូបនីយកម្មសេដ្ឋកិច្ច ភាពសម្បូរបែបនៃវប្បធម៌ សង្គមព័ត៌មានវិទ្យាដោយប្រកាន់នូវស្មារតីបើកចូលទូលាយ និងសហប្រតិបត្តិការ ក្នុងតំបន់ ខិតខំប្រឹងប្រែងដើម្បីការពារប្រព័ន្ធពាណិជកម្មដោយសេរីនៃពិភពលោក និងភាពបើក ទូលាយសេដ្ឋកិច្ចសកល។ កិច្ចស្ថាបនារួមនូវ "ខ្សែក្រវ៉ាត់មួយ ផ្លូវមួយ" ក្នុងគោលបំណងខិតខំប្រឹង ប្រែងថែរក្សាសេដ្ឋកិច្ចអោយមានចរន្តប៉ូហូរដោយសេរី និងមានសណ្ដាប់ធ្នាប់ បែងចែកនិងប្រើប្រាស់ ធនធានអោយមានប្រសិទ្ធភាព និងធ្វើឲ្យទីផ្សារមានសមាហរណកម្មស៊ីជម្រៅ ជម្រុញអោយសម្រេច បានការសម្របសម្រួលគោលនយោបាយសេដ្ឋកិច្ចរបស់ប្រទេសនៅតាមបណ្ដោយខ្សែ ៧ជ្រើក ទ្រង់ទ្រាយសហប្រតិបត្តិការណ៍ក្នុងតំបន់អោយកាន់តែធំ កម្រិតកាន់តែខ្ពស់ កាន់តែស៊ីជម្រៅគ្រប់ លំដាប់ថ្នាក់ រូបរាងគ្នាស្ថាបនារចនាសម្ព័ន្ធសហការសេដ្ឋកិច្ចក្នុងតំបន់ដែលបើកចំហ យោគយល់គ្នា ស្មើភាពគ្នា សមភាពក្នុងកិច្ចសហប្រតិបត្តិការ។ កិច្ចស្ថាបនារួម "ខ្សែក្រវ៉ាត់មួយ ផ្លូវមួយ" សមស្របទៅ និងផលប្រយោជន៍ជាមូលដ្ឋាននៃសហគមន៍អន្តរជាតិ ពន្លូចចេញនូវគោលបំណង និងតម្រូវការរួម របស់សង្គមមនុស្សលោក គឺជាការខិតខំប្រឹងប្រែងស្វែងរកកិច្ចសហប្រតិបត្តិការអន្តរជាតិ និងអភិបាល កិច្ចសកលលោកក្នុងរូបភាពថ្មី ហើយបន្ថែមបាននូវកំលាំងថាមពលថ្មីដែលធ្វើអោយការវិវត្តចម្រើន ដោយសុខសន្តិភាពរបស់ពិភពលោក។

កិច្ចស្ថាបនារួម "ខ្សែក្រវ៉ាត់មួយ ផ្លូវមួយ" សំដៅទៅលើកិច្ចផ្សារភ្ជាប់ទំនាក់ទំនងដែនដីគោកអាស៊ី អឺរ៉ុបអាហ្វ្រិក និងមហាសមុទ្រដែលនៅជុំវិញ ស្ថាបនានឹងបង្កើនកិច្ចទំនាក់ទំនងភាពជាដៃគូរវាងគ្នានិង គ្នាទៅវិញទៅមក គ្រប់ជ្រុងជ្រោយ គ្រប់ជាន់ថ្នាក់ ភ្ជាប់សមាសធាតុបណ្ដាញ សម្រេចអោយបាន ភាព ជាម្ចាស់ការលើខ្លួនឯង តុល្យភាព និងការអភិវឌ្ឍន៍ប្រកបដោយបីរភាពជនដល់ប្រទេសនៅតាមបណ្ដោយ ខ្សែទាំងអស់។ កិច្ចផ្សារភ្ជាប់តម្រោងរបស់ "ខ្សែក្រវ៉ាត់មួយ ផ្លូវមួយ" និងជម្រុញភាពផ្សារភ្ជាប់និងការផ្ទៀង ផ្ទាត់យុទ្ធសាស្ត្រនៃការអភិវឌ្ឍន៍ដល់ប្រទេសនៅតាមបណ្ដោយខ្សែទាំងអស់ បង្កើនសក្ដានុពលទីផ្សារក្នុង

តំបន់ ជម្រុញវិនិយោគនិងការចំណាយ បំពេញនូវតម្រូវការនិងបង្កើនឱកាសការងារ បង្កើនកិច្ចផ្គត់ផ្គង់ប្រជាជននិងអរិយធម៌ទៅវិញទៅមករបស់ប្រទេសនៅតាមបណ្ដោយខ្សែ ធ្វើឱ្យប្រជាជនគ្រប់ប្រទេសទាំងអស់អាចទៅទាមករកគ្នា ស្វែងយល់ពីគ្នាទៅវិញទៅមក គោរពជឿជាក់គ្នាទៅវិញទៅមក រួមរស់ក្នុងសន្តិភាព និងរស់នៅសុខដុមមេនាក្នុងភាពសម្បូរសប្បាយ។

បច្ចុប្បន្ននេះ សេដ្ឋកិច្ចរបស់ប្រទេសចិននិងសេដ្ឋកិច្ចរបស់ពិភពលោកបានផ្សារភ្ជាប់គ្នាក្នុងកម្រិតមួយដ៏ខ្ពស់ ប្រទេសចិនប្រកាន់ភ្ជាប់ទៅនឹងគោលនយោបាយបើកចំហរទូលាយជាមូលដ្ឋានរបស់រដ្ឋាភិបាល កសាងសភាពការណ៍ថ្មីនៃការបើកទូលាយគ្រប់ជ្រុងជ្រោយ ធ្វើសមាហរណកម្មសុីជម្រៅទៅក្នុងសេដ្ឋកិច្ចពិភពលោក។ ការជម្រុញកិច្ចស្ថាបនា "ខ្សែក្រវាត់មួយ ផ្លូវមួយ" មិនត្រឹមតែជាតម្រូវការពង្រីកនិងបើកទូលាយសុីជម្រៅរបស់ប្រទេសចិននោះទេ រាក់ជាតម្រូវការរបស់អាសុី អឺរ៉ុប អាហ្រ្វិកនិងគ្រប់ប្រទេសលើសកលលោកទាំងមូលក្នុងកិច្ចបង្កើនសហប្រតិបត្តិការដើម្បីផលប្រយោជន៍រួម។ ប្រទេសចិនរឹករាយនឹងទទួលបន្ទុកនូវភារកិច្ចក្នុងក្របខ័ណ្ឌណាដែលខ្លួនឯងមានសមត្ថភាព ដើម្បីរួមវិភាគទានកាន់តែធំដល់សន្តិភាព និងវឌ្ឍនភាពនៃមនុស្សលោក។

2-គោលការណ៍នៃកិច្ចស្ថាបនារួម

អនុលោមតាមគោលការណ៍ និងធម្មនុញ្ញរបស់អង្គការសហប្រជាជាតិ។ អនុវត្តតាមគោលការណ៍សន្តិសហវិជ្ជីទាំង៥ គឺគោរពអធិបតេយ្យភាព និងបូរណភាពទឹកដីរបស់ប្រទេសទាំងអស់ មិនឈ្លានពានគ្នាទៅវិញទៅមក មិនជ្រៀតជ្រែកក្នុងកិច្ចការផ្ទៃក្នុង រួមរស់ដោយសុខសន្តិភាព សមភាពនិងផលប្រយោជន៍គ្នាទៅវិញទៅមក។

ប្រកាន់ខ្ជាប់និងកិច្ចសហប្រតិបត្តិការបើកចំហរ ប្រទេសដែលជាប់ពាក់ព័ន្ធទៅនឹង "ខ្សែក្រវាត់មួយ ផ្លូវមួយ" មិនកំណត់ដោយវិសាលភាពនៃផ្លូវសូត្រប្រពុរាណទេ គ្រប់ប្រទេសនិងអង្គការអន្តរជាតិ‌ តំបន់នានាសុទ្ធតែអាចចូលរួមបាន ធ្វើដើម្បីអោយផ្លែផ្កានៃកិច្ចស្ថាបនារួមជាប្រយោជន៍ដល់គ្រប់តំបន់។

ប្រកាន់ខ្ជាប់និងភាពសុខដុមនិងការរៀយាយល់គ្នា។ ផ្តូចផ្តើមនូវអរិយធម៌អត់ឱនអោយគ្នា គោរពនូវប្រទេសនីមួយៗជ្រើសរើសម្មាគានិងរូបមន្តនៃការរីកចម្រើន ពង្រឹកកិច្ចសន្ទនានៃអារ្យធម៌ ផ្សេងៗពីគ្នា ស្វែងរកមូលដ្ឋានរួមអនុញ្ញាត្តិឱ្យមានមតិខុសគ្នា រួបរួមកំនិតជាមួយគ្នា រួមរស់ដោយសុខសន្តិភាពនិងក្នុងភាពរុងរឿងជាមួយគ្នា។

ប្រកាន់ខ្ជាប់ប្រតិបត្តិការតាមទីផ្សារ។ អនុវត្តតាមច្បាប់ទីផ្សារ និងច្បាប់អន្តរជាតិ ពង្រឹកយ៉ាងពេញលេញនូវតួនាទីនៃទីផ្សារក្នុងការបែងចែកនិងប្រើប្រាស់ធនធានទីផ្សារ និងតួនាទីសំខាន់នៃសហគ្រាសគ្រប់ប្រភេទ ទន្ទឹមនឹងនោះដែរត្រូវពង្រឹកអោយបានល្អនូវតួនាទីរបស់រដ្ឋាភិបាល។

ប្រកាន់ខ្ជាប់អត្ថប្រយោជន៍ឈ្នះៗរួម។ យកចិត្តទុកដាក់ចំពោះផលប្រយោជន៍និងចំណាប់អារម្មណ៍របស់ភាគីទាំងអស់ ស្វែងរកចំនុចប្រសព្វដែលជាផលប្រយោជន៍រួម និងកិច្ចសហប្រតិបត្តិការរួមគ្នាជាអតិបរមាទុកឱ្យគ្រប់ភាគីអាចបង្ហុសនិងពង្រឹកនូវ ស្វែងអោយឃើញបញ្ញាប្រាជ្ញានិងការរិៃផ្ដៃប្រឌិត គុណសម្បត្តិ សមត្ថភាព និងឧត្តមភាពសក្ដានុពលដែលខ្លួនឯងមានឲ្យបាន។

3-ក្រោងនៃគំនិត

ការស្ដាបនា "ខ្សែក្រវ៉ាត់មួយ ផ្លូវមួយ" គឺជាថ្មីមួយសំរាប់កិច្ចជម្រុញការអភិវឌ្ឍន៍ និងសម្រេច អោយបានកិច្ចសហប្រតិបត្តិការឈ្នះៗរួមគ្នា ហើយក៏ជាថ្មីវិធីសុខសន្តិភាពនិងមិត្តភាពមួយសំរាប់ការ បង្កើនទំនុកទុកចិត្តគ្នា លើកកម្ពស់ការផ្លាស់ប្ដូរគ្រប់ជ្រុងជ្រោយ។ រដ្ឋាភិបាលចិនផ្ដួចផ្ដើមគំនិតជា គំទ្រ កិច្ចសហប្រតិបត្តិការសន្តិភាព បើកចំហរយោ=ាយល់គ្នា រៀនសូត្រពីគ្នាទៅវិញទៅមក ទទួលបានអត្ថ ប្រយោជន៍ឈ្នះៗរួមគ្នា ជម្រុញកិច្ចសហប្រតិបត្តិការជាក់ស្ដែងគ្រប់ជ្រុងជ្រោយ បង្កើតអោយបាននូវ នយោបាយទុកចិត្តគ្នាដែលមានសេដ្ឋកិច្ចចូលគ្នា ឬប្រជាធិបតេយ្យឥតឱនឲ្យគ្នា សហគមន៍ផលប្រយោជន៍រួម សហគមន៍វាសនា រួម និងសហគមន៍រួមទំនួលខុសត្រូវ ។

"ខ្សែក្រវ៉ាត់មួយ ផ្លូវមួយ" កាត់តាមមហាដីគោកអាស៊ីអឺរ៉ុបអាប្រ្ហិក ដោយមួយចំហៀងគឺរង្វង់ សេដ្ឋកិច្ចអាស៊ីខាងកើតរស់រវើក និងមួយចំហៀងទៀតគឺរង្វង់សេដ្ឋកិច្ចអឺរ៉ុបវិកចម្រើន ហើយប្រទេស នៅកណ្ដាលនោះ គឺមានសក្ដានុពលសេដ្ឋកិច្ចវិកចម្រើនចំសម្បើម។ ខ្សែក្រវ៉ាត់សេដ្ឋកិច្ចផ្លូវសូត្រមាន គឺ ប្រទេសចិនតគ្នាប់ នឹងអឺរ៉ុប(សមុទ្របាលទិក) ដោយកាត់តាមអាស៊ីកណ្ដាល និងប្រទេសរុស្ស៊ី តគ្នាប់ ប្រទេសចិនឆ្លងតាមអាស៊ីកណ្ដាល និងអាស៊ីខាងលិចនិងឈូងសមុទ្រពែក្យ មេឌីទែរ៉ាណេ ដោយឥត ឆ្នាប់ប្រទេសចិនរហូតដល់អាស៊ីអាគ្នេយ៍ អាស៊ីខាងត្បូង និងមហាសមុទ្រឥណ្ឌា។ វិសដៅសំខាន់នៃផ្លូវ សូត្រសមុទ្រសតវត្សទី21 គឺចាប់ផ្ដើមចេញពីកំពង់ផែសមុទ្ររបស់ប្រទេសចិន ឆ្លងតាមសមុទ្រចិនខាង ត្បូងរហូតដល់មហាសមុទ្រឥណ្ឌា និងបន្តរហូតដល់អឺរ៉ុប ហើយចាប់ចេញពីកំពង់ផែសមុទ្រនៃប្រទេស ចិន ឆ្លងកាត់សមុទ្រចិនខាងត្បូង រហូតដល់ភាគខាងត្បូងមហាសមុទ្រប៉ាស៊ីហ្វិក។

យោងតាមទិសដៅរបស់ "ខ្សែក្រវ៉ាត់មួយ ផ្លូវមួយ" តាមផ្លូវគោកពឹងផ្អែកទៅលើផ្លូវអន្តរជាតិយក ទីក្រុងធ្មើមតាមសូនបណ្ដោយជាសសរទ្រូង សេដ្ឋកិច្ចពាណិជ្ជកម្ម សួនឧស្សាហកម្ម សំខាន់ជាវិទិ ការសហការគ្នា រួមគ្នាសាងសង់ស្ថានដីគោកអាស៊ីអឺរ៉ុបថ្មី សាងសង់ច្រករបៀងសេដ្ឋកិច្ចចិន-ម៉ុង ហ្គោល-រុស្ស៊ី ចិន-អាស៊ីកណ្ដាល-អាស៊ីខាងលិច ចិន-ស្ទើរកោះកណ្ដាលនិងត្បូង ព្រមទាំងច្រករបៀង សេដ្ឋកិច្ចអន្តរជាតិផ្សេងៗ។ តាមផ្លូវសមុទ្រយកកំពង់ផែសំខាន់ៗជាចំណុចតន្លឹ៖ រួមគ្នាស្ដាបនាផ្លូវដឹក ជញ្ជូនដ៏មានសុវត្ថិភាពនិងប្រសិទ្ធភាពខ្ពស់។ ច្រករបៀបសេដ្ឋកិច្ចទាំងពីរចិន-ប៉ាគីស្ថាន បង់ក្លាដេស-ចិន-ឥណ្ឌា-កម្ពុជានោ៖ ទំនាក់ទំនងជិតស្និទ្ធជាមួយនឹងកិច្ចស្ដាបនា "ខ្សែក្រវ៉ាត់មួយ ផ្លូវមួយ" ត្រូវបង្កើន កម្រិតជម្រុញកិច្ចសហប្រតិបត្តិការ ដើម្បីទទួលបានភាពវិកចម្រើនថែមទៀត។

កិច្ចស្ដាបនា "ខ្សែក្រវ៉ាត់មួយ ផ្លូវមួយ" គឺជាចក្ខុវិស័យសេដ្ឋកិច្ចម៉ាក្រូនៃកិច្ចសហប្រតិបត្តិការបើក ទូលាយរបស់ប្រទេសទាំងអស់នៅតាមបណ្ដោយខ្សែគឺត្រូវការគ្រប់ប្រទេសទាំងអស់ពួនដែលគ្នាខិតខំប្រឹង ប្រែងជើរទៅកាន់ទិសដៅនៃផលប្រយោជន៍រួម អនុគ្រោះគ្នាទៅវិញទៅមក និងមានសុខសន្តិសុខរួម ជាមួយគ្នា។ ខិតខំត្រូវស្ដាបនាហេដ្ឋារចនាសម្ព័ន្ធក្នុងតំបន់អោយកាន់តែមានសុវត្ថិភាពឡើង ស្ដាបនា បណ្ដាញខ្សែមនាគមន៍ផ្លូវគោក ផ្លូវសមុត្រ ផ្លូវអាកាសមានសុវត្ថិភាពនិងមានប្រសិទ្ធភាពខ្ពស់សម្រេច បានកម្រិតថ្មីមួយនៃកិច្ចផ្សារភ្ជាប់ទំនាក់ទំនង បានការលើកកំពស់ថែមមួយកម្រិតទៀតនៃភាពជាយ ស្រួលនៃកិច្ចការវិនិយោគពាណិជ្ជកម្ម ជាទូទៅបណ្ដាញតំបន់ពាណិជ្ជកម្មសេរីកិតស្ដង់ដារខ្ពស់ ត្រូវ

បង្កើតឡើងទំនាក់ទំនងសេដ្ឋកិច្ចកាន់តែស្អិតរមួត គោលនយោបាយទុកចិត្តគ្នាកាន់តែស៊ីជម្រៅ ការទៅមករកគ្នារវាងមនុស្សនិងវប្បធម៌កាន់តែស៊ីជម្រៅ និងទូលំទូលាយបន្ថែមទៀត ហើយរវាងអរិយធម៌មិនដូចគ្នានោះរៀនសូត្រពីគ្នាទៅវិញទៅមកដើម្បីវឌ្ឍនៈភាពរួម ប្រជាជនគ្រប់ប្រទេសទាំងអស់មានការយល់ដឹង និងការរាប់អានគ្នាជាភាតរភាព រួមរស់ក្នុងសុខសន្តិភាព។

4-មាតិការសំខាន់នៃកិច្ចសហប្រតិបត្តិការ

អំណោយទាននៃធនធានធម្មជាតិរបស់ប្រទេសនៅតាមបណ្តោយខ្សែនានា គឺមានសភាពផ្សេងពីគ្នា ការបំពេញសេចក្តីត្រូវការសេដ្ឋកិច្ចរវាងប្រទេសមានភាពខ្លាំងក្លា ហើយក៏មានសក្តានុពលនិងឱកាសច្រើនកិច្ចសហប្រតិបត្តិការជាមួយគ្នា។ ដោយឈរលើកិច្ចទំនាក់ទំនងគោលនយោបាយនៃហេដ្ឋារចនាសម្ព័ន្ធ លំហូរពាណិជ្ជកម្ម អន្តរការិយកម្មហិរញ្ញវត្ថុ ទឹកចិត្តប្រជាជនរួបរួមគ្នា ធ្វើជាមាតិការសំខាន់ៗ ក្នុងខាងក្រោមនេះគឺជាមាតិការសំខាន់ៗគឺត្រូវតែពង្រឹងកិច្ចសហប្រតិបត្តិការះ

-ការសំរុះសំរួលខាងផ្នែកគោលនយោបាយ

ការសំរុះសំរួលគោលនយោបាយ បង្កើនគោលនយោបាយ គឺជាការធានាដ៏សំខាន់ចំពោះកិច្ចស្ថាបនា "ខ្សែក្រវ៉ាត់មួយ ផ្លូវមួយ"។ ពង្រឹងកិច្ចសហប្រតិបត្តិការរវាងរដ្ឋាភិបាលនិងរដ្ឋាភិបាល ខិតខំប្រឹងប្រែងកសាងយន្តការពិគ្រោះនិងសំរុះសំរួលគោលនយោបាយរវាងរដ្ឋាភិបាលគ្រប់ជាន់ថ្នាក់ ធ្វើសមាហរណកម្មនៃផលប្រយោជន៍រួមស៊ីជម្រៅ ជម្រុញទំនុកចិត្តខាងគោលនយោបាយ ដើម្បីឲ្យសម្រេចគំនិតឯកច្ឆ័នក្នុងកិច្ចសហប្រតិបត្តិការថ្មី។ ប្រទេសនៅតាមបណ្តោយខ្សែអាចតភ្ជាប់យុទ្ធសាស្ត្រនិងវិធានការនៃការអភិវឌ្ឍន៍សេដ្ឋកិច្ចយ៉ាងពេញលេញរួមគ្នារៀបរៀង ផែនការ វិធីសាស្ត្រ ជម្រុញកិច្ចសហប្រតិបត្តិការក្នុងតំបន់ ស្វែងរកដំណោះស្រាយបញ្ហាក្នុងកិច្ចសហប្រតិបត្តិការដោយពិគ្រោះនិងសំរុះសំរួល រួបរួមគ្នាផ្តល់ជូននូវគោលនយោបាយគាំទ្រដើម្បីកិច្ចសហប្រតិបត្តិការជាក់ស្តែងនិងអនុវត្តគម្រោងការធំ។

-ការតភ្ជាប់ហេដ្ឋារចនាសម្ព័ន្ធ

ការផ្សារភ្ជាប់ហេដ្ឋារចនាសម្ព័ន្ធទៅវិញទៅមក គឺជាវិស័យអាទិភាពរបស់ការកសាង "ខ្សែក្រវ៉ាត់មួយ ផ្លូវមួយ"។ ឈរលើមូលដ្ឋាននៃការគោរពអធិបតេយ្យភាព និងចំណាប់អារម្មណ៍នៃសន្តិសុខប្រទេសនៅតាមបណ្តោយខ្សែ គួរតែបង្កើនការតភ្ជាប់នូវគម្រោងស្ថាបនាហេដ្ឋារចនាសម្ព័ន្ធ ប្រព័ន្ធស្តង់ដារបច្ចេកទេស រួមគ្នាជម្រុញការស្ថាបនាផ្លូវមេអន្តរជាតិ បង្កើតបានជាបណ្តាញហេដ្ឋារចនាសម្ព័ន្ធជាបណ្តើរៗដែលតភ្ជាប់ជាមួយអនុតំបន់អាស៊ី និងរវាងអាស៊ី-អឺរ៉ុប-អាហ្វ្រិក។ ពង្រឹងការកសាងហេដ្ឋារចនាសម្ព័ន្ធបៃតងកាបូនទាប និងគ្រប់គ្រងប្រតិបត្តិការ នៅក្នុងការសាងសង់គិតគូរដល់ផលប៉ះពាល់នៃបម្រែបម្រួលអាកាសធាតុ។

ចាប់អោយជាប់ផ្លូវគន្លឹះនៃហេដ្ឋារចនាសម្ព័ន្ធគមនាគមន៍ ថ្នាំងជាគន្លឹះនិងគម្រោងសំខាន់ៗ យកការតភ្ជាប់នូវកំណាត់ផ្លូវដែលខ្វះជាគម្រោងអាទិភាព ធ្វើឲ្យផ្លូវណាចង្អៀតប្រែទៅជាធ្វើគមនាគមន៍ស្រួល។ គាំទ្រដល់ការធ្វើអោយប្រសើរឡើងនូវបរិក្ខារការពារសុវត្ថិភាព ចរាចរណ៍ និងសម្ភារៈឧបករណ៍ត្រួតពិនិត្យចរាចរណ៍ លើកកម្ពស់កម្រិតបណ្តាញផ្លូវថ្នល់។ ជម្រុញឲ្យបង្កើតយន្តការសម្របសម្រួល

ការដឹកជញ្ជូនតាមបណ្ដោយខ្សែផ្លូវទាំងមូល ធ្វើឲ្យគយអន្ដរជាតិផ្លាស់ប្ដូរថ្មី មធ្យោបាយដឹកជញ្ជូនគ្រប់ទម្រង់ផ្សារភ្ជាប់ជាមួយ បង្កើតបានជាបណ្ដោរនូវក្បួនខ្នាតដឹកជញ្ជូនអោយបានត្រឹមត្រូវ និងឯកភាពដើម្បីសម្រួលដល់ការដឹកជញ្ជូនអន្ដរជាតិ។ ជំរុញការកសាងហេដ្ឋារចនាសម្ព័ន្ធកំពង់ផែ សម្រួលដល់ការងារដឹកជញ្ជូនតាមផ្លូវទឹកនិងផ្លូវគោកជាប់ជាមួយគ្នា ជម្រុញកិច្ចសហប្រតិបត្តិការស្ដោបនាកំពង់ផែ បន្ថែមផ្លូវនាវាចរណ៍និងជើងនាវាចរណ៍ បង្កើនកិច្ចសហប្រតិបត្តិការពត៌មានវិទ្យាតាមផ្លូវសមុទ្រ។ ពង្រីកវេទិកានិងយន្តការនៃកិច្ចសហប្រតិបត្តិការទូទៅផ្នែកអាកាសចរណ៍ស៊ីវិល បង្កើនសន្ទុះលើកកម្ពស់កម្រិតស្ដោបនាហេដ្ឋារចនាសម្ព័ន្ធអាកាសចរណ៍ស៊ីវិល។

ពង្រីកកិច្ចសហប្រតិបត្តិការក្នុងការផ្សារភ្ជាប់ហេដ្ឋារចនាសម្ព័ន្ធជាមួលា រួមគ្នាថែរក្សាការពារសន្តិសុខបំពង់បង្ហូរប្រេង និងបំពង់បង្ហូរឧស្ម័ន និងប្រព័ន្ធដឹកជញ្ជូនផ្សេងៗ ជម្រុញការកភ្ជាប់ និងស្ដោបនាបណ្ដាញអគ្គិសន័ឆ្លងដែន ខិតខំប្រឹងប្រែងធ្វើសហប្រតិបត្តិការ ដើម្បីធ្វើអោយប្រព័ន្ធបណ្ដាញអគ្គិសន័ក្នុងតំបន់ឡើងកំរិតនិងមានសុក្រិត្តភាព។

រួបរួមគ្នាជម្រុញការកសាងប្រព័ន្ធខ្សែកាបនិងប្រព័ន្ធមេនៃបណ្ដាញទូរគមនាគមន៍ លើកកំពស់នូរ កម្រិតអន្ដរប្រតិបត្តិការនៃវ័យទូរគមនាគមន៍អន្ដរជាតិ ធ្វើអោយផ្លូវសូត្រពត៌មានវិទ្យាមានលំហូរ ដោយរលូន។ ជម្រុញការកសាងប្រព័ន្ធខ្សែកាបទូរភាគគឺឆ្លងព្រំដែនធ្វើផែនការកសាងនៃគម្រោងខ្សែកាប ក្រោមសមុទ្រអន្ដរទ្វីប ធ្វើអោយកាន់តែប្រសើរនូវផ្លូវកពត៌មានវិទ្យាក្នុងលំហអាកាស(ផ្កាយរណប) ពង្រីកកិច្ចទំនាក់ទំនងនិងសហប្រតិបត្តិការវ័ផ្នែកពត៌មានវិទ្យា។

-លំហូរពាណិជ្ជកម្មដោយរលូន

កិច្ចសហប្រតិបត្តិការក្នុងវ័ស័យវិនិយោគនិងពាណិជ្ជកម្ម គឺជាខ្លឹមសារសំខាន់នៃការកសាង "ខ្សែ ក្រវ៉ាត់មួយ ផ្លូវមួយ"។ គួរតែប្រមូលកម្លាំងយកចិត្តទុកដាក់ស្រាវជ្រាវរកដំណោះស្រាយបញ្ហាដែលបង្ក ភាពឯាយស្រួលដល់វិនិយោគពាណិជ្ជកម្ម លុបបំបាត់ចោលនូវឧបសគ្គក្នុងវិនិយោគនិងពាណិជ្ជកម្ម កសាងបរិយាកាសអាជីវកម្មល្អប្រសើរដល់ប្រទេសនៅតាមបណ្ដោយខ្សែ ក៏ដូចជាប្រទេសនៅក្នុងតំ បន់។ ខិតខំប្រឹងប្រែងរួមគ្នាជាមួយប្រទេសនៅតាមបណ្ដោយខ្សែនិងក្នុងតំបន់ កសាងតំបន់ពាណិជ្ជ កម្មសេរី បំផុសនិងបញ្ចេញសក្ដានុពលនៃកិច្ចសហប្រតិបត្តិការទូលំទូលាយ ធ្វើ «នំខេក» សហការគ្នា ធ្វើអោយធំនិងអោយល្អ ។

ប្រទេសតាមបណ្ដោយខ្សែគួរតែបង្កើនកិច្ចសហប្រតិបត្តិការគ្នា ដោយធ្វើការផ្លាស់ប្ដូរពត៌មានវិទ្យា ទ៌ទូលស្តាល់ទៅវិញទៅមកនូវការត្រួតពិនិត្យ និងជួយជ្រោមជ្រែងទៅវិញទៅមកក្នុងការអនុវត្តច្បាប់ ត្រួមទាំងចត្តាឡីស័ក វិញ្ញាបនបត្រ ស្ដង់ដារវ៉ាស់ ស្ថិតិពត៌មានលំនឹង និងកិច្ចសហប្រតិបត្តិការទូភាគី និងពហុភាគីដ៏ទៃទៀត និងជម្រុញឲ្យ «កិច្ចព្រមព្រៀងស្ដីពីកិច្ចសម្រួលពាណិជ្ជកម្ម» របស់អង្គការ ពាណិជ្ជកម្មពិភពលោកឲ្យចូលធនធាន និងត្រូវបានអនុវត្ត។ ធ្វើការវិតលំអរលក្ខខ័ណ្ឌរចនាសម្ព័ន្ធគយ តាមប្រកព្រំដែន ជម្រុញការកសាង «ប្រកចេញចូលតែមួយ»តាមព្រំដែន កាត់បន្ថយចំណាយនិតិវិធី គយ បង្កើនសមត្ថភាពយតាមប្រកព្រំដែន។ ពង្រីកកិច្ចសហប្រតិបត្តិការវ័ស័យសន្ដិសុខនៃខ្សែចង្វាក់ ផ្គត់ផ្គង់ និងភាពឯាយស្រួល លើកកម្ពស់វៃកសម្រួលបែបបទត្រួតពិនិត្យឆ្លងកាត់ព្រំដែន ជម្រុញវិញ្ញាបន

បត្រ ចត្វាឡីស័កផ្សេងផ្គាត់តាមប្រព័ន្ធអ៊ិនធើណេត ធ្វើមអោយមានការទទួលស្គាល់ទៅវិញទៅមកនូវ «វិញ្ញាបនបត្រប្រតិបត្តិករ»(AEO)។ កាត់បន្ថយបរិមាណមិនមែនពន្ធគយ រួមគ្នាលើកម្លស់តម្លាភាព វិធានការនៃបច្ចេកទេសពាណិជ្ជកម្ម និងលើកម្លស់កម្រិតងាយស្រួលពាណិជ្ជកម្មសេរី។

ពង្រីកវិសាលភាពពាណិជ្ជកម្ម បង្កើនសុក្រិដ្ឋភាពនៃរចនាសម្ព័ន្ធពាណិជ្ជកម្ម រុករកចំណុច កំណើនថ្មីពាណិជ្ជកម្ម និងធ្វើឲ្យមានគុណភាពពាណិជ្ជកម្ម។ បង្កើតវិធីសាស្ត្រពាណិជ្ជកម្មថ្មី អភិវឌ្ឍ ពាណិជ្ជកម្មឆ្លងប្រទេសតាមអេឡិចត្រូនិក ព្រមទាំងទ្រង់ទ្រាយពាណិជ្ជកម្មថ្មី។ បង្កើតនិងកែលំអ ប្រព័ន្ធនៃសេវាពាណិជ្ជកម្ម ពង្រឹងនិងពង្រើកការធ្វើពាណិជ្ជកម្មតាមបែបប្រពៃណី អភិវឌ្ឍអោយបាន ខ្លាំងគ្នាន្តសេវាកម្មពាណិជ្ជកម្មសម័យទំនើប។ យកការវិនិយោគនិងពាណិជ្ជកម្មរួមបញ្ចូលគ្នា ឲ្យការវិ និយោគជាកំលាំងអូសទាញពាណិជ្ជកម្មអោយរីកចម្រើន។

បង្កើនល្បឿន ដំណើរការនៃភាពងាយស្រួលសំរាប់វិនិយោគ បំបាត់របាំងនៃការវិនិយោគ។ អំពី កិច្ចព្រាងច្រៀងការពារវិនិយោគទ្វេភាគី និងកិច្ចព្រាងច្រៀងជៀសរៀងការយកពន្ធត្រួតស៊ីគ្នា បង្កើនការ ពិគ្រោះយោបល់គ្នា ការពារសិទ្ធិប្រយោជន៍ស្របច្បាប់នៃវិនិយោគិន។

ពង្រីកវិសាលភាពនៃការវិនិយោគទៅវិញទៅមក ធ្វើកិច្ចសហប្រតិបត្តិការស៊ីជម្រៅលើវិស័យ កសិកម្ម វារីប្រម៉ាញ់និងនេសាទ ផលិតគ្រឿងយន្តកសិកម្មនិងបង្កើតរោងចក្រកែឆ្នៃផលិតផលកសិកម្ម ខិតខំជម្រុញផលិតកម្មចិញ្ចឹមទឹកប្រៃ ការនេសាទតាមសមុទ្រធ្ងាយ ការរើកឆ្នៃផលិតផលជលផល បន្សាបទឹកសមុទ្រ ឱសថជីវសាស្ត្រសមុទ្រ បច្ចេកវិទ្យាវិស្វកម្មមហាសមុទ្រ ឧស្សាហកម្មការពារបរិស្ថាន និងវិស័យទេសចរណ៍សមុទ្រ ព្រមទាំងកិច្ចសហប្រតិបត្តិការផ្សេងៗទៀត។ បង្កើនកិច្ចសហប្រតិបត្តិការ រុករកធនធានតាមព្រៃតាមបែបប្រពៃណីមានវិស័យឆ្លងថ្ម ប្រេងឧស្ម័ន រ៉ែលោហៈជាដើម ខិតខំជ ម្រុញថាមពលនុយក្លេអ៊ែ ថាមពលពន្លឺព្រះអាទិត្យ មានថាមពលវារីអគ្គិសនីកិច្ចសហប្រតិបត្តិការ ថាមពលស្អាតដែលកើតឡើងវិញ ជម្រុញកិច្ចសហប្រតិបត្តិការរើកឆ្នៃធនធានថាមពលដែលមានស្រាប់ នៅនឹងកន្លែង និងបង្កើតឲ្យបានខ្សែសង្វាក់ឧស្សាហកម្មដែលខ្សែខាងលើនិងខ្សែខាងក្រោមចូលសមា ហារណកម្មនៃកិច្ចសហប្រតិបត្តិការធនធានថាមពល។ លើកម្លស់បច្ចេកវិទ្យាកែឆ្នៃធនធានថាមពល និងកិច្ចសហប្រតិបត្តិការវិស័យគ្រឿងបរិក្ខានិងសេវាកម្មវិស្វកម្ម។

ជម្រុញកិច្ចសហប្រតិបត្តិការឧស្សាហកម្មរីកចម្រើនថ្មី ដោយយោងទៅតាមសក្តានុពលមក បំពេញចន្លោះខ្វះខាត ផ្តល់ប្រយោជន៍ឈ្នះៗរួមគ្នា ជម្រុញប្រទេសនៅតាមបណ្តោយខ្សែអោយបង្កើន នូវកិច្ចសហប្រតិបត្តិការស៊ីជម្រៅបន្ថែម ផ្តែកបច្ចេកវិទ្យាពត៌មានវិទ្យា ជីវសាស្ត្រ ថាមពលថ្ម សម្ភារៈថ្ម និងឧស្សាហកម្មរីកចម្រើនថ្មី ជម្រុញឲ្យស្ថាបនានូវយន្តការកិច្ចសហប្រតិបត្តិការឧកាសបង្កើតការងារ និងវិនិយោគ។

បង្កើនប្រសិទ្ធភាពបែងចែកសង្វាក់ឧស្សាហកម្ម ជម្រុញឲ្យសង្វាក់ឧស្សាហកម្មលើនិងក្រោម ស្រុះស្រុងគ្នាអភិវឌ្ឍន៍ដោយនន្ទីមគ្នាន្តឧស្សាហកម្មដែលមានទំនាក់ទំនងគ្នា លើទឹកចិត្តការសិក្សា ស្រាវជ្រាវដើម្បីអភិវឌ្ឍប្រព័ន្ធផលិតកម្មនិងទីផ្សារ លើកតម្កើនសមត្ថភាពនៃការគាំទ្រឧស្សាហកម្មក្នុង តំបន់និងការប្រកួតប្រជែងដោយទូលាយ។ ពង្រីកសេវាកម្មនិងបើកទូលាយទៅវិញទៅមក ជម្រុញ

វិស័យសេវាកម្មក្នុងតំបន់អោយមានការរីកចម្រើនយ៉ាងឆាប់រហ័ស។ ស្វែងរកទម្រង់ថ្មីនៃកិច្ចសហ ប្រតិបត្តិការវិនិយោគ លើកទឹកចិត្តកិច្ចសហប្រតិបត្តិការសាងតំបន់សេដ្ឋកិច្ចក្រៅប្រទេសកសាងតំបន់ សហប្រតិបត្តិការសេដ្ឋកិច្ចឆ្លងដែន និងស្ងួនឧស្សាហកម្មគ្រប់បែបយ៉ាង លើកកម្ពស់ការអភិវឌ្ឍន៍ ឧស្សាហកម្មជាក្រុម។ នៅក្នុងការវិនិយោគនិងពាណិជ្ជកម្ម យកចិត្តទុកដាក់អំពីទស្សនៈនៃអរិយធម៌អេ កូឡូស៊ី ពង្រីកកិច្ចសហប្រតិបត្តិការក្នុងវិស័យបរិស្ថានអេកូឡូស៊ី ពហុភាពនៃជីវសាស្ត្រ និងការប្រឈម មុខទៅនឹងការបម្រែបម្រួលអាកាសធាតុ រួបរួមគ្នាកសាងផ្លូវសូត្របៃតង។

-អន្តរកាវិយកម្មនៃហិរញ្ញវត្ថុ

អន្តរកាវិយកម្មហិរញ្ញវត្ថុគឺជាសសគ្រឹះដ៏សំខាន់នៃកិច្ចស្ថាបនា "ខ្សែក្រវ៉ាត់មួយ ផ្លូវមួយ"។ ត្រូវ ធ្វើអោយកាន់តែសុីជម្រៅលើកិច្ចសហប្រតិបត្តិការហិរញ្ញវត្ថុ ជម្រុញកិច្ចស្ថាបនាប្រព័ន្ធរូបិយវត្ថុអាស៊ីអោ យមានស្ថេរភាព ប្រព័ន្ធនិវិយោគតាមបែបផ្សល់ហិរញ្ញប្បទាននិងប្រព័ន្ធឥណទាន។ ពង្រីកក្របខណ្ឌ និងទ្រង់ទ្រាយនៃការផ្លាស់ប្តូររូបិយវត្ថុការទូទាត់វិក័យប័ត្រឆ្លេភាគីវាងប្រទេសនៅតាមបណ្ដោយខ្សែ។ ជម្រុញទីផ្សារមូលបត្របស់អាស៊ីអោយបើកទូលាយនិងអភិវឌ្ឍ។ រួមគ្នាជម្រុញការរៀបចំចាត់ តាំងនូវធនាគារនិវិយោគហេដ្ឋារចនាសម្ព័ន្ធអាស៊ី នូវធនាគារអភិវឌ្ឍន៍ប្រទេសBRICSភាគីទាំងអស់ ពិភាក្សាគ្នាអំពីការបង្កើតស្ថាប័នហិរញ្ញប្បទាននៃអង្គការសហប្រតិបត្តិការសៀងហៃ។ បង្កើនលឿន ស្ថាបនា និងប្រតិបត្តិការមូលនិធិផ្លូវសូត្រ។ សហប្រតិបត្តិការអោយកាន់តែសុីជម្រៅដាក់ស្ងេងក្នុង ប្រព័ន្ធធនាគាររវាងចិន-អាស៊ាន និងក្នុងប្រព័ន្ធធនាគារអង្គការសហប្រតិបត្តិការសៀងហៃ ប្រាក់កម្ចី ឥណទានពីក្រុមធនាគារ និងដើម្បីបើកកិច្ចសហប្រតិបត្តិការហិរញ្ញវត្ថុពហុភាគី។ គាំទ្រដល់រដ្ឋាភិបាល និងសហគ្រាសដែលមានកំរិតក្រេឌីតខ្ពស់នៃប្រទេសនៅតាមបណ្ដោយខ្សែ ព្រមទាំងស្ថាប័នហិរញ្ញវត្ថុ នៅមូលប្បត្របត្រជាលុយយ័នក្នុងប្រទេសចិន។ ស្ថាប័នហិរញ្ញវត្ថុនិងសហគ្រាសប្រទេសចិនដែល មានលក្ខខណ្ឌសមស្រប អាចផ្សាយបញ្ចេញមូលប្បត្របត្រជាលុយយ័ននិងមូលប្បត្របត្រជាលុយ បរទេសនៅក្រៅប្រទេស លើកទឹកចិត្តប្រទេសនៅតាមបណ្ដោយខ្សែ អោយប្រើប្រាស់មូលនិធិដែល បានប្រមូលទាំងនេះ។

បង្កើនកិច្ចសហប្រតិបត្តិការក្នុងការត្រួតពិនិត្យហិរញ្ញប្បវត្ថុ ជម្រុញការចុះហត្ថលេខាអនុស្សរណៈ យោគយល់គ្នាទ្វេភាគីស្ដីពីកិច្ចសហប្រតិបត្តិការក្នុងកិច្ចការត្រួតពិនិត្យ បង្កើតអោយមានយន្តការសម្រប សម្រួលនិងគ្រប់គ្រងអោយដែលប្រសិទ្ធភាពខ្ពស់នៅក្នុងតំបន់។ ធ្វើឱ្យប្រសើរឡើងក្នុងការទប់ទល់ ជាមួយហានិភ័យ និងកែសំរួលការរៀបចំប្រព័ន្ធដោះស្រាយវិបត្តិ បង្កើតប្រព័ន្ធព្រមានហានិភ័យហិរញ្ញ វត្ថុក្នុងតំបន់ឱ្យទៅជាយន្តការសហប្រតិបត្តិការ និងផ្លាស់ប្តូរក្នុងវិស័យទប់ទល់ហានិភ័យ និងដោះ ស្រាយវិបត្តិផងដែរ។ ពង្រឹកសហប្រតិបត្តិការឆ្លងដែនផ្ទែកស្ថាប័នគ្រប់គ្រងឥណទានជាមួយនិងស្ថា ប័នផ្ដល់ចំណាត់ថ្នាក់។ ពង្រឹកអោយអស់លទ្ធភាពនូវតួនាទីនៃហិរញ្ញប្បទានផ្លូវសូត្រនិងមូលនិធិ អធិបតេយ្យរបស់ប្រទេសនិមួយៗ។ ណែនាំមូលនិធិនិវិយោគភាគហ៊ុនដែលមានលក្ខណៈពាណិជ្ជកម្ម និងមូលនិធិសង្គម ឱ្យចូលរួមក្នុងការកសាងតំរាងដ៏សំខាន់នៃ "ខ្សែក្រវ៉ាត់មួយ ផ្លូវមួយ"។

-ការផ្សារភ្ជាប់ទឹកចិត្ត មនោសញ្ចេតនាប្រជាជន

ការផ្សារភ្ជាប់ទឹកចិត្ត មនោសញ្ចេតនាប្រជាជន ជាគ្រឹះសង្គមនៃកិច្ចស្ថាបនា "ខ្សែក្រវ៉ាត់មួយ ផ្លូវ
មួយ"។ ត្រូវតែទទួលរវេបន្តនិងផ្សព្វផ្សាយអោយទូលំទូលាយនូវស្មារតីកិច្ចសហប្រតិបត្តិការផ្លូវសូត្រ
ពង្រឹកសាលភាពការប្រាស្រ័យទាក់ទងផ្ដែកវប្បធម៌ អប់រំ ជនធានមនុស្ស សារពត៌មាន យុវជនយុវនារី
សេវាកម្មជនស្មៀគ្រចិត្តជាដើម ដើម្បីតាំងជាមូលដ្ឋានគ្រឹះដ៏រឹងមាំអោយការតែស៊ីជម្រៅនូវកិច្ចសហ
ប្រតិបត្តិការទេភាគី និងពហុភាគីដែលស្របតាមទឹកចិត្តប្រជាជន។

ពង្រឹកទំហំសិស្សនិស្សិតដែលរៀនសូត្រនៅបរទេស សហប្រតិបត្តិការក្នុងវិស័យសិក្សានិងអប់រំ
រដ្ឋាភិបាលចិនក្នុងមួយឆ្នាំៗ ផ្ដល់ជូនអាហារូបករណ៍ចំនួនមួយម៉ឺននាក់ដល់និសិ្សតបរទេសដែលនៅ
តាមបណ្ដោយខ្សែ។ ព្រារព្វឆ្នាំវប្បធម៌ មហោស្រពសិល្បៈ មហោស្រពភាពយន្ត ទូរទស្សន៍សប្ដាហ៍
តាំងពិព័រណ៍បណ្ណាល័យជាដើមទៅវិញទៅមកវាងបណ្ដាប្រទេសសហការគ្នាក្នុងការបកប្រែវិទ្យុ និង
ទូរទស្សន៍ផលិតកម្មភាពយន្តល្អៗ រួមគ្នាស្ថើរសុំចូលបញ្ចីបេតិកភណ្ឌពិភពលោក សហការគ្នាចូលរួម
កិច្ចការរៀបរក្សាបេតិកភណ្ឌពិភពលោក។ ធ្វើអោយការតែស៊ីជម្រៅលើកិច្ចសហប្រតិបត្តិការផ្ដស់ប្ដូរ
ជនធានមនុស្ស ។

បង្កើនកិច្ចសហប្រតិបត្តិការទេសចរណ៍ ពង្រឹកទំហំទេសចរណ៍ រួមគ្នាលើកកម្រស់សប្ដាហ៍
ទេសចរណ៍ ខែផ្សព្វផ្សាយ និងសកម្មភាពផ្សេងៗ។ សហការគ្នាបង្កើតអោយបានទេសចរណ៍អន្តរជាតិ
និងផលិតផលប្រណិតដែលមានលក្ខណៈពិសេសនៃផ្លូវសូត្រ សម្រួលទិដ្ឋាការដល់គ្នៀវទេសចរណ៍
របស់ប្រទេសនៅតាមបណ្ដោយខ្សែ ជម្រុញកិច្ចសហប្រតិបត្តិការតាមវាវកំសាន្តរបស់ផ្លូវសូត្រសមុទ្រ
សតវត្សទី21។ ឌិតខំជម្រុញសកម្មភាពផ្ដស់ប្ដូរវិស័យកីឡា តាំទ្រប្រទេសនៅតាមបណ្ដោយខ្សែសុំធ្វើ
ជាម្ចស់ប្រទេសនៃពិធីប្រកួតប្រជែងនិងព្រឹត្តិការណ៍កីឡាអន្តរជាតិធំៗ។

បង្កើនកិច្ចទំនាក់ទំនង និងផ្ដស់ប្ដូរជាមួយប្រទេសជិតខាងអំពីស្ថានភាពបញ្ហានៃជម្ងឺឆ្លង
បច្ចេកវិន្ធ្យាទប់ស្កាត់ បណ្ដុះបណ្ដាលអ្នកមានវិន្ធ្យជីវៈងករទេស លើកកម្រស់កំលាំងនៃកិច្ចសហប្រតិបត្តិ
ការក្នុងការចាត់ចែងករណីកើតមានជាបន្ទាន់ចំពោះសុខាភិបាលសាធារណៈ។ មានតែរដ្ឋាភិបាលផ្ដល់
ជូនជាន្ធ្យៃផ្ដែករជំនួយ និងសង្គ្រោះបន្ទាន់ និងបង្កើតឡេចញ្ញអោយមានកិច្ចសហប្រតិបត្តិការជាក់ស្ដែ
ងចំពោះសុខមាលភាពរបស់ស្ត្រីនិងកុមារ ជនពិការ ព្រមទាំងជម្ងឺអេដស៍ ជម្ងឺរបេង ជម្ងឺគ្រុនចាញ់ជា
ដើម ដល់ប្រទេសដែលជាប់ពាក់ព័ន្ធ ពង្រឹកកិច្ចសហប្រតិបត្តិការវេជ្ជសាស្ត្របុរាណ។

ពង្រឹកកិច្ចសហប្រតិបត្តិការវិទ្យាសាស្ត្របច្ចេកទេស រួមគ្នាបង្កើតមន្ទីរពិសោធន៍(មជ្ឈមណ្ឌល
ស្រាវជ្រាវ) មជ្ឈមណ្ឌលផ្ទេរបច្ចេកវិទ្យាអន្តរជាតិ មជ្ឈមណ្ឌលកិច្ចសហប្រតិបត្តិការសមុទ្រ ជម្រុញកិច្ច
ផ្ដស់ប្ដូរជនធានមនុស្សផ្ដែកវិទ្យាសាស្ត្របច្ចេកទេស ធ្វើសហប្រតិបត្តិការក្នុងវិស័យវិទ្យាសាស្ត្រនិងបច្ចេក
វិទ្យាធំៗ រួមគ្នាបង្កើនសមត្ថភាពបង្កើតបច្ចេកវិទ្យាថ្មី។

រួមបញ្ចូលជនធានដែលមានស្រាប់ ឌិតខំប្រឹងប្រែងជម្រុញកិច្ចសហប្រតិបត្តិការនិងលើកកម្រស់
ការងារក្នុងវិស័យយុវជន ការបណ្ដុះបណ្ដាលសហគ្រិន ការអភិវឌ្ឍន៍ជំនាញវិជ្ជាជីវៈ សេវាកម្មគ្រប់គ្រង

• 158 •

សន្តិសុខសង្គម ការគ្រប់គ្រងរដ្ឋបាលសាធារណៈជាដើម ដែលជាកិច្ចសហប្រតិបត្តិការជាក់ស្តែងក្នុង
ក្របខណ្ឌប្រទេសទាំងអស់យកចិត្តទុកដាក់ជារួម។

ពង្រឹកគុណនាទីយ៉ាងពេញលេញនៃគណៈបក្សនយោបាយ និងស្ថាប័ននីតិបញ្ញត្តិរវាងប្រទេសនៅ
តាមបណ្ដោយខ្សែ បង្កើនទំនាក់ទំនងជាមិត្តភាពទៅវិញទៅមករវាងស្ថាប័ននីតិបញ្ញត្តិ គណៈបក្សផ្សេងៗ
និងអង្គការនយោបាយសំខាន់នៃប្រទេសនៅតាមបណ្ដោយខ្សែ។ ពង្រឹកកិច្ចសហប្រតិបត្តិការផ្លាស់ប្ដូរទី
ក្រុងនិងទីក្រុង ស្វាគមន៍កិច្ចផ្សារភ្ជាប់ចំណងមេត្រីភាពរវាងទីក្រុងសំខាន់ៗនៃប្រទេសនៅតាម
បណ្ដោយខ្សែ ដោយយកការផ្លាស់ប្ដូរមនុស្សសាស្ត្រជាចំនុចសំខាន់ រៀលចចេញនូវកិច្ចសហប្រតិបត្តិ
ការជាក់ស្តែង បង្កើតគំរូរស់រវើកនៃកិច្ចសហប្រតិបត្តិការអោយបានកាន់តែច្រើនបន្ថែមទៀត។
ស្វាគមន៍ចំពោះការចូលរួមស្រាវជ្រាវរួមគ្នារបស់ប្រទេសនៅតាមបណ្ដោយខ្សែ រួមគ្នាស្រាវជ្រាវ និង
ប្រារព្ធវេទិកានៃកិច្ចសហប្រតិបត្តិការ។

បង្កើនកិច្ចសហប្រតិបត្តិការផ្លាស់ប្ដូរនៃអង្គការប្រជាជនរវាងប្រទេសនៅតាមបណ្ដោយខ្សែ ផ្ដោត
សំខាន់ទៅលើប្រជាជននៅតាមមូលដ្ឋាន ពង្រឹកវិសាលភាពអប់រំសុខាភិបាល កាត់បន្ថយភាពក្រីក្រនិង
អភិវឌ្ឍជីវសាស្ត្រ និងគាំពារបរិស្ថានអេកូឡូស៊ីជាដើម ព្រមទាំងសកម្មភាពសហប្ររេសធម្មផ្សេងៗទៀត
បង្កើនលក្ខណ្ឌកែលំអរផលិតកម្មនិងជីវភាពរបស់នៅ របស់ប្រជាជននូងគាំបន់ក្រីក្រលំបាកនៅតាម
បណ្ដោយខ្សែ ពង្រឹងកិច្ចសហប្រតិបត្តិការផ្លាស់ប្ដូរផ្សព្វផ្សាយវប្បធម៌អន្តរជាតិ ប្រើប្រាស់និង
មធ្យោបាយសារពត៌មានថ្មី បង្កើតបរិស្ថានវប្បធម៌ដែលមានសុខសន្តិភាពមិត្តភាពនិងបរិយាកាសនៃមតិ
សាធារណៈ។

5-យន្តការនៃកិច្ចសហប្រតិបត្តិការ

បច្ចុប្បន្ន ល្បឿននៃសមាហរណកម្មសេដ្ឋកិច្ចពិភពលោកមានការវិវឌ្ឍន៍យ៉ាងលឿន កិច្ចសហ
ប្រតិបត្តិការក្នុងតំបន់ក៍កំពុងកែចម្រើនយ៉ាងភ្លោកកុះដែរ។ ត្រូវតែខិតខំប្រើងប្រែងប្រើប្រាស់យន្តការ
ដែលមានស្រាប់ ទាំងទ្វេភាគីនិងពហុភាគី ជម្រុញកិច្ចស្ថាបនា "ខ្សែក្រវ៉ាត់មួយ ផ្លូវមួយ" លើកកម្ពស់
កិច្ចសហប្រតិបត្តិការក្នុងតំបន់អោយមានភាពរីកចម្រើនប៉ុប្បឿន។

បង្កើនកិច្ចសហប្រតិបត្តិការទ្វេភាគី ពិគ្រោះនយោបល់ប្រើនមធ្យបដ្ឋាននិងគ្រប់ជាន់ថ្នាក់ ជម្រុញ
ទំនាក់ទំនងទ្វេភាគីអភិវឌ្ឍគ្រប់ជ្រុងជ្រោយ។ ជម្រុញអោយមានការចុះហត្ថាលេខានអនុស្សរណៈនៃកិច្ច
សហប្រតិបត្តិការ ឬផែនការកិច្ចសហប្រតិបត្តិការ បង្កើតជាក្រុមួយចំនួននៃកិច្ចសហប្រតិបត្តិការទ្វេ
ភាគី។ បង្កើតនិងធ្វើអោយប្រសើរឡើងនូវយន្តការទ្វេភាគីរួមគ្នាស្រាវជ្រាវជម្រុញការ អនុវត្តគម្រោងការ
ផែនទីផ្លូវរបស់ "ខ្សែក្រវ៉ាត់មួយ ផ្លូវមួយ"។ ពង្រឹកគុណនាទីយ៉ាងពេញលេញនៃយន្តការទ្វេភាគីដែលមាន
ស្រាប់ដូចមាន គណៈកម្មការចម្រុះ គណៈកម្មាធិការសម្របសម្រួល គណៈកម្មាធិការដឹកនាំ គណៈ
កម្មាធិការគ្រប់គ្រងជាដើម និងយន្តការទ្វេភាគីផ្សេងៗទៀត សម្រូបសម្រួលជម្រុញអោយសម្រេចបាន
នូវគម្រោងសហប្រតិបត្តិការ។

ពង្រឹងគុណនាទីនៃយន្តការកិច្ចសហប្រតិបត្តិការពហុភាគីដែលមានស្រាប់ដូចមាន អង្គការកិច្ចសហ
ប្រតិបត្តិការសៀងហៃ(SCO) ចិន-អាស៊ាន(10+1) អង្គការកិច្ចសហប្រតិបត្តិការសេដ្ឋកិច្ចអាស៊ីប៉ាស៊ី

ហ្ស៊ិក(APEC) សន្និសិទ្ធអាស៊ី-អឺរ៉ុប(ASEM) កិច្ចសន្ទនាសហប្រតិបត្តិការអាស៊ី(ACD) សន្និសិទ្ធអន្តរ សកម្មភាពនិងវិធានការកសាងទំនុកទុកចិត្តនៅអាស៊ី(CICA) វេទិកាកិច្ចសហប្រតិបត្តិការចិន-អារ៉ាប់ កិច្ចសន្ទនាគាជាយុទ្ធសាស្ត្រចិន-គណៈកម្មធិការសហប្រតិបត្តិការប្រទេសឈូងសមុទ្រអារ៉ាប់ កិច្ចសហ ប្រតិបត្តិការសេដ្ឋកិច្ចអនុតំបន់ទន្លេមេគង្គ(GMS) កិច្ចសហប្រតិបត្តិការសេដ្ឋកិច្ចអាស៊ីកណ្តាល (CAREC)ជាដើម បង្កើនកិច្ចសំរុះសំរួលជាមួយប្រទេសដែលពាក់ព័ន្ធ ធ្វើអោយប្រទេសនិងតំបន់ចូល រួមក្នុងការកសាង "ខ្សែក្រវ៉ាត់មួយ ផ្លូវមួយ" អោយបានកាន់តែច្រើនឡើង។

បន្ទាប់បង្កើតពង្រើកគុណាទីជាស្ថាបនានៃវេទិកានានានៃគ្រប់ប្រទេសនិងតំបន់ដូចមាន អនុតំបន់ វេទិកាអន្តរជាតិដែលជាប់ពាក់ព័ន្ធ ពិព័រណ៍អន្តរជាតិ ព្រមទាំងវេទិកាអាស៊ីប៉ាវអៅ ពិព័រណ៍ចិន-អាស៊ាន ពិព័រណ៍ចិន-អាស៊ីអឺរ៉ុប វេទិកាសេដ្ឋកិច្ចអឺរ៉ុប-អាស៊ី កិច្ចចរចារវិនិយោគពាណិជ្ជកម្មអន្តរជាតិចិន ព្រម ទាំងពិព័រណ៍ចិន-អាស៊ីខាងត្បូង ពិព័រណ៍ចិន-អារ៉ាប់ ពិព័រណ៍អន្តរជាតិប៉ែកខាងលិចចិន ពិព័រណ៍ចិន- រុស្ស៊ី វេទិកាកិច្ចសហប្រតិបត្តិការសៀងហៃជាដើម។ តាំទ្រប្រទេសនិងអង្គភាពជាជននៅតាម បណ្តោយខ្សែ រុករកបេតិកភ័ណ្ឌប្រវត្តិសាស្ត្រនិងវប្បធម៌នៃ "ខ្សែក្រវ៉ាត់មួយ ផ្លូវមួយ" រៀបចំរួមគ្នាបង្កើត អោយមានការវិនិយោគពិសេស ពាណិជ្ជកម្ម សកម្មភាពផ្លាស់ប្ដូរវប្បធម៌ទៅវិញទៅមក រៀបចំអោយ បានប្រសើរឡើងពិព័រណ៍អរិយធម៌អន្តរជាតិផ្លូវស៊ុត្រ(ទុនហ័ង) មហាស្រុបភាពអន្តរអន្តរជាតិ និង ពិព័រណ៍សៀវភៅ។

6-ស្ថានភាពបើកចំហារនៃគ្រប់តំបន់របស់ប្រទេសចិន

ដើម្បីជម្រុញកិច្ចស្ថាបនា "ខ្សែក្រវ៉ាត់មួយ ផ្លូវមួយ" ប្រទេសចិននិងបញ្ចេញនូវឧត្តមភាពសក្តានុ ពលគ្រប់តំបន់ទាំងអស់ក្នុងប្រទេស ខិតខំប្រឹងប្រែងអនុវត្តយុទ្ធសាស្ត្រផ្ដូចផ្ដើមនិងសកម្មភាពបើក ចំហារបន្ថែមទៀត បង្កើនអនុរសហប្រតិបត្តិការរវាងភាគខាងកើត ខាងលិច និងកណ្តាល លើកតម្កើន កម្រិតសេដ្ឋកិច្ចបើកចំហារអោយបានទូលំទូលាយ។

ភូមិកាភាគពាយ័ព្យ និងភូមិភាគឈ្យៀសាន។ បញ្ចេញនូវសក្តានុពលពិសេសនិងគុនាទីជាបង្អួចបែបទៅ ទិសខាងលិចដ៏សំខាន់ នៃតំបន់ស៊ីនជាំង ធ្វើអោយកាន់តែស៊ីជម្រៅជាមួយប្រទេស អាស៊ីកណ្តាល អាស៊ីខាងត្បូង និងអាស៊ីខាងលិចក្នុងកិច្ចសហប្រតិបត្តិការផ្លាស់ប្ដូរគ្នាជាមួយឲ្យទៅជាណឹត គមនាគមន៍ដ៏កជព្ចូនដ៏សំខាន់ ការដ៏កជព្ចូនទំនិញនិងមជ្ឈមណ្ឌលអប់រំវប្បធម៌វិទ្យាសាស្ត្ររបស់ខ្សែ ក្រវ៉ាត់សេដ្ឋកិច្ចផ្លូវស៊ុត្រ បង្កើតបានជាតំបន់ស្នួលនៃខ្សែក្រវ៉ាត់សេដ្ឋកិច្ចផ្លូវស៊ុត្រ។ បំផុសការមានប្រៀប នៃតំបន់សាន់ស៊ីនិងកានស៊ូរបស់ចិនភ្លាយជាចំនុចប្រសព្វនៃសេដ្ឋកិច្ចវប្បធម៌ និងការមានប្រៀបនៃ តំបន់នីងស៊ៃ ឈៀងហាយ ដែលមានមនុស្សសាស្ត្រនិងវប្បធម៌។ បង្កើតអោយតំបន់ស៊ីអាន ក្លាយជា តំបន់ដ៏កេតាកថ្មីដែលកែទម្រង់និងបើកចំហារ បង្កើនល្បឿននៃការបើកចំហារនិងអភិវឌ្ឍន៍នៃតំបន់ឡាន ចូវ ស៊ីនីង ជម្រុញតំបន់ដ៏កេតាកនីងស៊ៃ ក្នុងការសាកល្បងសេដ្ឋកិច្ចបើកចំហារ បង្វែរមុខទៅប្រទេសនៅ តំបន់អាស៊ីកណ្តាល អាស៊ីខាងត្បូង អាស៊ីខាងលិច ដែលជំរិដ៏កជព្ចូនណឹតពាណិជ្ជកម្មដ៏ឹងម័ ដើម្បី ស្ថាបនាឲ្យបាននូវឧស្សាហកម្មសំខាន់។ និងទីតាំងផ្លាស់ប្ដូរប្រជាជននិងវប្បធម៌។ បញ្ចេញសក្តានុពល មូលជ្ឋានភូមិសាស្ត្រនៃតំបន់ម៉ុងហ្គោលីខាងក្នុងដែលផ្សារភ្ជាប់ទៅរុស្ស៊ី-ម៉ុងហ្គោលី កែលម្អផ្លូវរៃដកផ្សារ

ភ្ជាប់ពីតំបន់ហុីឡុងជាងទៅស្រ៊ីនិងប្រព័ន្ធបណ្ដាញផ្លូវរថភ្លើងក្នុងតំបន់ ព្រមទាំងតំបន់ហុីឡុងជាង ជលីន
លារីនឯ   និងផ្សារភ្ជាប់កិច្ចសហប្រតិបត្តិការក្នុងការជីកជញ្ជូនជីគោកនិងសមុទ្រទៅដល់តំបន់ឆ្ងាយៗ
ស្រ៊ីខាងកើត ជម្រុញការកសាងប្រករៀបងជីកជញ្ជូនឡៀនឡៀនឆ្លងកាត់ទ្វីបអឺរ៉ុបនិងអាស៊ីពីប៉េកាំង-
ម៉ូស្គូ ដើម្បីកសាងមាត់ច្រកសំខាន់ដែលបើកចំហរទៅតំបន់ភាគខាងជើង។

ភូមិភាគនិរតី។ ត្រូវតែបញ្ចេញសក្ដានុពលតំបន់ភ្លោងស៊ីដែលមានអំណោយផលយ៉ាងពិសេស ត
ភ្ជាប់ព្រំដែនជីគោកនិងជែនសមុទ្រជាមួយបណ្ដាប្រទេសជីកខាងអាស៊ាន បង្កើនឡៀនស្ថានតំបន់
សេដ្ឋកិច្ចឈូងសមុទ្រពែក្ស និងតំបន់បើកចំហរអភិវឌ្ឍន៍សេដ្ឋកិច្ចជុជាង-ស៊ីជាង កសាងផ្លូវអន្តរជាតិបៃ
មុខទៅរកតំបន់អាស៊ាន បង្កើតយុទ្ធសាស្ត្រនៃតំបន់ភាគនិរតី តំបន់កណ្ដាល ចំនុចទ្រទ្រង់បើកចំហរ
អភិវឌ្ឍន៍ឡ្យទៅជាបង្កូលសំខាន់នៃផ្លូវស្រុកសមុទ្រសតវត្សទី21 និងខ្សែក្រវាត់សេដ្ឋកិច្ចផ្លូវស្រុកទៅដែល
តំណវតភ្ជាប់ជាមួយគ្នា ។ បញ្ចេញសក្ដានុពលភូមិសាស្ត្រតំបន់យុនណាន ជម្រុញកិច្ចស្ថាបនាផ្លូវជីក
ជញ្ជូនអន្តរជាតិជាមួយបណ្ដាប្រទេសដែលនៅជុំវិញ ឡ្យទៅជាតំបន់ថ្មីសំរប់កិច្ចសហប្រតិបត្តិការសេដ្ឋ
កិច្ចអនុតំបន់ទន្លេមេគង្គនិងទៅជាមជ្ឈមណ្ឌល បៃមុខទៅតំបន់អាស៊ីខាងត្បូង និងអាស៊ីអាគ្នេយ៍។
ជម្រុញកិច្ចសហប្រតិបត្តិការពាណិជ្ជកម្ម ទេសចរណ៍តាមព្រំដែន វាងតំបន់ទីបេជាមួយនិងនេប៉ាល
និង ប្រទេសផ្សេងៗជីទៃទៀត។

តំបន់តាមមាត់សមុទ្រ និងហុងកុង ម៉ាការ និងតៃវ៉ាន់។ ប្រើប្រាស់ឧត្តមភាពនៃតំបន់ជីសណ្ដរ
ទន្លេយ៉ាងស្យេ តំបន់ត្រីកោណទន្លេ តំបន់ព្រាំងនៃច្រកខាងលិចតៃវ៉ាន់តំបន់ជុំវិញសមុទ្រប៉ូហៃនិង
តំបន់ដែលមានសេដ្ឋកិច្ចបើកចំហរកម្រិតខ្ពស់   មានកម្លាំងសេដ្ឋកិច្ចរ៉ឹងម៉ា   មានសក្ដានុពលនៃការ
បញ្ចេញកត្ទិពលដែលខ្លួនមានខ្លាំងក្លា   ជម្រុញឡៀននៃការកសាងតំបន់(ចិនស្យេងហៃ)ពិសោធន៍
៣ពាណិជ្ជកម្មសេរី គាំទ្រតំបន់ហុជានស្ថាបនាតំបន់ស្នូលនៃផ្លូវស្រុកសមុទ្រសតវត្សទី21។ បញ្ចេញអោយ
អស់លទ្ធិភាពគួរនាទីបើកចំហររ៉ែន តំបន់ស៊ីនច្ចឺនឈានហៃ ក្ឌាងច្ចូវណានសា ជូហាយហ៌ណ្ឌើន ហុជាន
គីងជាន់ផ្ទើ សហប្រតិបត្តិការស៊ីជម្រៅជាមួយហុងកុង ម៉ាការ តៃវ៉ាន់ បង្កើតអោយទៅជាតំបន់ផ្លូវ
សមុទ្រជំរាងក្ឌាងទុង-ហុងកុង-ម៉ាការ។ ជម្រុញតំបន់ជី ជាងអភិវឌ្ឍន៍តំបន់សេដ្ឋកិច្ចសមុទ្រសាក
ល្បង តំបន់ហុជានពិសោធន៍សេដ្ឋកិច្ចប្រករសមុទ្របៃតង និងកសាងតំបន់ថ្មីប្រជុំកោះច្ចូសាន បង្កើន
កម្រិតបើកចំហររកោះបៃណាណនបន្ថែមទៀតទៅជាកោះទេសចរណ៍អន្តរជាតិ។ បង្កើនកិច្ចស្ថាបនាកំព័ង់
ផែ សមុទ្រតាមទីក្រុងផ្លូវសមុទ្រ ដូចជាក្រុងស្យេងហៃ ធានជីន និងប៉ូ-ច្ចូសាន ក្ឌាងជូវ ស៊ីនច្ចិន ចាន
ជាំង សានថូរ ឈីងហៃ យៀនថៃ តាលាន ហុច្ចូ សៃម៉ិន ឈានច្ចូ ហៃខូរ សានយ៉ាជាជើម ពង្រឹង
សមត្ថភាពប្រលានយន្តហោះអន្តរជាតិនៃ ស្យេងហៃ ក្ឌាងច្ចូវ។ បើកចំហរគ្រប់ជាន់ថ្នាក់ទៅជុំវិញឡ្យមាន
ការវិកទម្រង់ស៊ីជំរៅ បង្កើតយន្តការនិងទម្រង់ថ្មីនៃយន្តការប្រព័ន្ធសេដ្ឋកិច្ចបើកចំហរ បង្កើនកម្រិតនៃ
ការផ្ដៃប្រឌិតវិទ្យាសាស្ត្របច្ចេកទេសថ្មី បង្កើតបានទៅជាឧត្តមភាពថ្មីដែលចូលរួម និងណែនាំដល់សក្ដា
នុពលប្រកួតប្រជែងថ្មីនៃកិច្ចសហប្រតិបត្តិការអន្តរជាតិ ឡ្យប្រភ្លាយទៅជាក្ឈននាំមុខនិងកងទ័ពស្រេច
នៃការស្ថាបនា "ខ្សែក្រវ៉ាត់មួយ ផ្លូវមួយ" ពិសេសគឺកាស្ថាបនាផ្លូវស្រុកសមុទ្រសតវត្សទី21។ បញ្ចេញ
សក្ដានុពលគួរនាទីពិសេសរបស់ជនរួមជាតិចិននៅក្រៅប្រទេស ព្រមទាំងតំបន់រដ្ឋបាលពិសេសហុងកុង

និងម៉ាការ គាំទ្រឲ្យខិតខំចូលរួមនិងជួយជាកំលាំងដល់កិច្ចស្ថាបនា "ខ្សែក្រវ៉ាត់មួយ ផ្លូវមួយ"។ រៀបចំ អោយបានត្រឹមត្រូវចំពោះការវិនិយោគវ៉ាន់ចូលរួមស្ថាបនា "ខ្សែក្រវ៉ាត់មួយ ផ្លូវមួយ"។

ភូមិភាគដីគោកក្នុងប្រទេស។ ប្រើប្រាស់ការមានរៀបរបស់ភូមិភាគដីគោកក្នុងប្រទេស ដែល មានទំហំដីធំល្វឹងល្វើយមានធនធានមនុស្សដ៍សំបូរបែប មានមូលដ្ឋានផលិតកម្មដ៍ល្អប្រសើរដោយផ្នែក ទៅលើប្រជុំទីក្រុងកំណត់កណ្ដាលទន្លេយ៉ាងសេ ប្រជុំទីក្រុងធុងលើង-ទីនទូ ប្រជុំទីក្រុងភូមិភាគ កណ្ដាល ប្រជុំទីក្រុងហ្ស៊ីជ្យាវ័រអ៊ី ប្រជុំទីក្រុងហាថាងដែលជាតំបន់ប្រជុំទីក្រុងសំខាន់ៗ ជម្រុញកិច្ចសហ ប្រតិបត្តិការក្នុងតំបន់ និងការអភិវឌ្ឍន៍ចង្កោមផលិតកម្ម បង្កើតអោយបានភូមិភាគខាងលិចធុង ឈ្មោងជាសរសៃនៃការអភិវឌ្ឍន៍បើកចំហារ និងសេដ្ឋកិច្ចតំបន់ដីគោកនៅទីនទូ ប៉ីងចូវ អ៊ុយហាន់ ថាង សា ណានថាង ហឺហ្វី ។ ជម្រុញឡើននៃកិច្ចសហប្រតិបត្តិការរ៉ាងតំបន់ភូមិភាគកណ្ដាលនៃទន្លេថាង ផាង និងតំបន់នៃទន្លេរ៉ៃលហ្ការនៃសហព័ន្ធរុស្ស៊ី ស្ថាបនាយន្តការសម្របសម្រួលគយព្រំដែន សំរាប់ផ្លូវ ដែកដីកជញ្ជូនឆ្លងកាត់ពីប្រទេសចិនរហូតដល់អឺរ៉ុប។ បង្កើតអោយបានម៉ាក «ខ្សែចំភ្លើងចិន-អឺរ៉ុប» ដ៍ ល្អ៊ី កសាងទំនាក់ទំនងខាងឧងនិងខាងក្រៅ ផ្សារភ្ជាប់ផ្លូវដីកជញ្ជូនភាគខាងកើត កណ្ដាល និងខាង លិច គាំទ្រដល់ប៉ីងចូវ ស៊ីអាន និងតំបន់ទីក្រុងដីគោក កសាងព្រលានយន្តហោះកំពង់ផែដីគោកអន្តរ ជាតិ បង្កើនកិច្ចសហប្រតិបត្តិការគយតាមមាត់ច្រកដីគោក ឆ្លេរសមុទ្រ ជាមួយមាត់ច្រកព្រំដែន ធ្វើការ សាកល្បងផ្លូវសេវាអាជីវកម្មពាណិជ្ជកម្មអេឡិចត្រូនិចឆ្លងប្រទេស។ បង្កើនប្រសិទ្ធិភាពនៃការត្រួតពិនិ ត្យពិសេសក្រសួងគយ បង្កើតសិប្បកម្មពាណិជ្ជកម្មប្រកបដោយភាពថ្មៃប្រទិតថ្មី ធ្វើឲ្យកិច្ចសហ ប្រតិបត្តិការផលិតកម្មដ៍ល្អជម្រៅទៅជាជួយប្រទេសដែលនៅតាមបណ្ដោយខ្សែ។

7-សកម្មភាពខិតខំប្រឹងប្រែងរបស់ប្រទេសចិន

ក្នុងរយៈពេលជាងមួយឆ្នាំមកនេះ រដ្ឋាភិបាលចិនបាននិងកំពុងខិតខំប្រឹងប្រែងជម្រុញកិច្ចស្ថាប នា "ខ្សែក្រវ៉ាត់មួយ ផ្លូវមួយ" បង្កើន កិច្ចទំនាក់ទំនងនិងការពិគ្រោះយោបល់ជាមួយបណ្ដាប្រទេស ដែលនៅតាម បណ្ដោយខ្សែ ជម្រុញកិច្ចសហប្រតិបត្តិការជាក់ស្ដែងរួមជាមួយគ្នា បានអនុវត្តនូវវិធាន ការគោលនយោបាយជាបន្តបន្ទាប់ ខិតខំប្រឹងប្រែងដើម្បីទទួលបានលទ្ធផលជារយៈកាលដំបូង ។

ជម្រុញដោយការរណែនាំនៃថ្នាក់ខ្ពស់។ លោកប្រធានាធិបតីចិន ស៊ី ជីនភីង លោកនាយករដ្ឋមន្ត្រី ចិន លី ខឺឈាំង ដែលជាថ្នាក់ដឹកនាំរបស់ប្រទេសចិន បានបំពេញទស្សនកិច្ចជាង២០ប្រទេស បានចូល រួមសន្និសីទកំពូលជាដៃគូកិច្ចសន្ទនា ស្ដីពីកិច្ចពង្រឹងអន្តរប្រតិបត្តិការ សន្និសីទថ្នាក់រដ្ឋមន្ត្រីលើកទី៦នៃ វេទិកាកិច្ចសហប្រតិបត្តិការចិន-អារ៉ាប់ ហើយជាច្រើនលើកច្រើនសារបានបើកកិច្ចប្រជុំជាមួយ ប្រមុខរដ្ឋនិងរដ្ឋាភិបាល របស់ប្រទេសដែលជាប់ពាក់ព័ន្ធ ពិភាក្សា អំពីទំនាក់ទំនងទ្វេភាគីនិងបញ្ហារវិគំ រើនក្នុងតំបន់ បានពន្យល់បកស្រាយយ៉ាងស៊ីជំរៅ អំពីខ្លឹមសារដ៍ជ្រាលជ្រៅនិងអត្ថន័យជាផ្នែកមានរបស់ "ខ្សែក្រវ៉ាត់មួយ ផ្លូវមួយ" ហើយទទួលបានការមូលមតិគ្នាយ៉ាងទូលំទូលាយ អំពីកិច្ចស្ថាបនារួមគ្នានៃ "ខ្សែក្រវ៉ាត់មួយ ផ្លូវមួយ"។

ចុះហត្ថលេខាលើក្របខណ្ឌកិច្ចសហប្រតិបត្តិការ។ ប្រទេសចិនបានចុះហត្ថលេខាអនុស្សារណៈ សហប្រតិបត្តិការជាមួយប្រទេសម្ចាយចំនួន ស្ដីពីកិច្ចស្ថាបនារួម "ខ្សែក្រវ៉ាត់មួយ ផ្លូវមួយ" ហើយបានចុះ

ហត្ថលេខាលើអនុស្សារណៈជាមួយប្រទេសជិតខាងមួយចំនួន ស្តីពីកិច្ចសហប្រតិបត្តិការក្នុងតំបន់ និងកិច្ចសហប្រតិបត្តិការតាមព្រំដែន ព្រមទាំងផែនការអភិវឌ្ឍន៍រយៈពេលវែងក្នុងកិច្ចសហប្រតិបត្តិការពាណិជ្ជកម្ម។ បានសិក្សាស្រាវជ្រាវចងក្រងផែនការកិច្ចសហប្រតិបត្តិការជាមួយប្រទេសជិតខាងក្នុងតំបន់ ។

ជម្រុញការកសាងគម្រោងការ។ ប្រទេសចិនបានបង្កើន ទំនាក់ទំនងពិគ្រោះយោបល់ជាមួយប្រទេសដែលនៅតាម បណ្តោយខ្សែបានជម្រុញឲ្យមានកិច្ចសហប្រតិបត្តិការក្នុងគម្រោងមួយចំនួនដែលលក្ខណសម្បត្តិដែលអនុវត្តកិច្ចការបានបង្កើនការគាំទ្រខាង ក្នុងវិស័យអន្តរប្រតិបត្តិការហេដ្ឋារចនាសម្ព័ន្ធ វិនិយោគផលិតកម្ម អភិវឌ្ឍន៍ធនធាន សហប្រតិបត្តិការសេដ្ឋកិច្ចពាណិជ្ជកម្ម សហប្រតិបត្តិការហិរញ្ញវត្ថុ ផ្លាស់ប្តូរ មនុស្សសាស្ត្រ ថែរក្សាបរិស្ថាន សហប្រតិបត្តិការសមុទ្រជាដើម។

ធ្វើអោយប្រសើរឡើងនូវវិធានការគោលនយោបាយ។ រដ្ឋាភិបាលចិនបានសម្របសម្រួលធនធានក្នុងស្រុកគ្រប់បែបយ៉ាង គោលនយោបាយ ។ ជម្រុញការកសាង ធនាគារវិនិយោគហេដ្ឋារចនាសម្ព័ន្ធអាស៊ី ស្នើអោយមានមូលនិធិផ្លូវសូត្រ បង្កើនតួនាទីវិនិយោគនៃមូលនិធិកិច្ចសហប្រតិបត្តិការសេដ្ឋកិច្ចចិន-អឺរ៉ុប-អាស៊ី។ ជម្រុញការទូទាត់បញ្ជីពាណិជ្ជកម្មសេវាកាតធនាគារឆ្លងតំបន់តាមភ្នាក់ងាររបស់ធនាគារ និងសេវាកម្មទូទាត់ឆ្លងកាត់តាមព្រំដែន ខិតខំជម្រុញនិងបង្កភាពងាយស្រួល ដល់កិច្ចការវិនិយោគពាណិជ្ជកម្ម ជម្រុញនិងកែទម្រង់សមាហរណកម្មគយក្នុងតំបន់។

ពង្រីកតួនាទីរបស់វេទិការនីមួយៗ។ គ្រប់ទីកន្លែងទទួលបាននូវភាពជោគជ័យជាបន្តបន្ទាប់ដោយយក "ខ្សែក្រវ៉ាត់មួយ ផ្លូវមួយ" ជាប្រធានបទចំបង រៀបចំកិច្ចប្រជុំកំពូលអន្តរជាតិ វេទិការពិភាក្សា សន្និសីទស្រាវជ្រាវសិក្សាពិព័រណ៍ ដើរតួជាគុណប្រយោជន៍យ៉ាងសំខាន់ដល់ការលើកកម្ពស់កំរិតនៃការយល់ដឹង ការមូលមតិគ្នា សហប្រតិបត្តិការស៊ីជម្រៅ។

៩-រួមគ្នាកសាងអនាគតកាលដ៏រុងរឿង

ការកសាង "ខ្សែក្រវ៉ាត់មួយ ផ្លូវមួយ" រួមគ្នាគឺជា គំនិតផ្តួចផ្តើម របស់ប្រទេសចិន ហើយក៏ជាក្តីសង្ឃឹមរួមរបស់ចិននិងប្រទេសនៅតាម បណ្តោយខ្សែ។ ឈរលើចំណុចថ្មីនៃកិច្ចចាប់ផ្តើម ប្រទេសចិនស្ម័គ្រចិត្តពួតដៃ ជាមួយនិងប្រទេសនៅតាម បណ្តោយ ដោយយកការស្ថាបនារួម"ខ្សែក្រវ៉ាត់មួយ ផ្លូវមួយ" ជាឱកាសដ៏ប្រពៃ ពិគ្រោះយោបល់ដោយស្មើភាពគ្នា គិតគូរដល់ផលប្រយោជន៍ គ្រប់ភាគី ឆ្លុះបញ្ចាំងអំពីតម្រូវការគ្រប់ភាគី រួមដៃគ្នាពង្រីកការបញ្ចូលគ្នាធំ ការផ្លាស់ប្តូរធំ អោយមានទំហំកាន់តែធំទូលាយ មានកម្រិតកាន់តែខ្ពស់ ការបើកចំហរកាន់តែទូលាយកាន់តែជ្រៅ។ កិច្ចស្ថាបនា "ខ្សែក្រវ៉ាត់មួយ ផ្លូវមួយ" បើកចំហរ ស្រុះស្រួងជាមួយគ្នា ស្វាគមន៍គ្រប់ប្រទេសក្នុងសកលលោក និងអង្គការអន្តរជាតិ និងតាមតំបន់ ខិតខំប្រឹងប្រែងចូលរួមជាមួយគ្នា។

វិធានការណ៍ស្ថាបនារួម "ខ្សែក្រវ៉ាត់មួយ ផ្លូវមួយ" គឺឈរលើសម្របសម្រួល គោលដៅ និងគោលនិយោបាយជាចម្បង មិនមែនដោយចេតនាស្វែងរកមូលមតិតែមួយ គឺអាចបត់បែនបានក្នុងកម្រិតខ្ពស់ និងសម្បូរទៅដោយភាពរស់រវើក គឺជាដំណើរការនៃកិច្ចសហប្រតិបត្តិការបើកចំហរច្រើនបែបច្រើនយ៉ាង។ ប្រទេសចិនស្ម័គ្រចិត្តរួម ជាមួយប្រទេសនៅតាម បណ្តោយខ្សែ បង្កើននិងកែលំអរជា

និច្ចនូវវិជ្ជាសាស្ត្រនិងមាតិការនៃកិច្ចសហប្រតិបត្តិការ "ខ្សែក្រវ៉ាត់មួយ ផ្លូវមួយ" រួមគ្នារៀបរៀងបញ្ជីកម្ម
វិធី និងផែនទីដំណើរ ខិតខំប្រឹងប្រែងផ្សារភ្ជាប់ការរីកចម្រើនរបស់ប្រទេសនៅតាម បណ្ដោយខ្សែ
ជាមួយនឹងផែនការកិច្ចសហប្រតិបត្តិការតំបន់។

ប្រទេសចិនស្ម័គ្រចិត្តរួម ជាមួយប្រទេសនៅតាម បណ្ដោយខ្សែ នៅក្រោមយន្តការទ្វេភាគីនិងពហុ
ភាគីដែលមានស្រាប់ នៃកិច្ចសហប្រតិបត្តិការក្នុងតំបន់ និងអនុតំបន់ តាមរយៈកិច្ចសហប្រតិបត្តិការ
សិក្សាស្រាវជ្រាវ វេទិការពិពណ៌ បណ្ដុះបណ្ដាលធនធានមនុស្ស ផ្លាស់ប្ដូរទស្សនកិច្ច និងវិជ្ជាសាស្ត្រជា
ច្រើនបែបផ្សេងៗទៀត ជម្រុញអោយប្រទេសនៅតាម បណ្ដោយខ្សែបានយោគយល់ និងកាន់តែទទួល
ស្គាល់នូវខ្លឹមសារ គោលដៅ ការកិច្ច របស់ "ខ្សែក្រវ៉ាត់មួយ ផ្លូវមួយ" ថែមកំរិតទៀត។

ប្រទេសចិនស្ម័គ្រចិត្តរួមជាមួយប្រទេសនៅតាមបណ្ដោយខ្សែ ជម្រុញយ៉ាងលំនឹងនូវការកសាង
គម្រោងដែលជាតំរូវមគ្គកំណត់អោយបានច្បាស់គម្រោងដែលមានលក្ខខណ្ឌអំណោយផល ទ្វេភាគី
និងពហុភាគីចំពោះតំរោងដែលទទួលស្គាល់ទាំងអស់គ្នាជារួមត្រូវតែភ្លោះបន្ថែមឱកាសអោយបាន និង
ចាប់ផ្ដើមអនុវត្តអោយបានទាន់ពេលវេលា ដើម្បីទទួលបានផ្លែផ្កាយ៉ាងឆាប់រហ័ស។

"ខ្សែក្រវ៉ាត់មួយ ផ្លូវមួយ" គឺជាផ្លូវ ដែលគោរពគ្នានិងជឿទុកចិត្តគ្នាទៅវិញទៅមក ជាផ្លូវវិញ
សហប្រតិបត្តិការឈ្នះឈ្នះរួមគ្នា ជាផ្លូវវិញ ស្វែងយល់រៀនសូត្រអរិយធម៌ពីគ្នាទៅវិញទៅមក។ អោយ
តែគ្រប់ប្រទេសដែលនៅតាម បណ្ដោយខ្សែ ជួយជ្រោមជ្រែងគ្នា និងសហការគ្នាយ៉ាងស្មោះត្រង់នោះ គឺ
ប្រាកដជាអាចសរសេរបាននូវទំព័រថ្មីនៃការស្ថាបនាខ្សែក្រវ៉ាត់សេដ្ឋកិច្ចផ្លូវសូត្រ និងផ្លូវសូត្រសមុទ្រសត
វត្សទី21 ធ្វើអោយប្រជាជនទាំងអស់នៅតាមបណ្ដោយខ្សែអាចទទួលបាននូវផ្លែផ្ការរួម ក្នុងការរួមគ្នា
ស្ថាបនា "ខ្សែក្រវ៉ាត់មួយ ផ្លូវមួយ" ជាមិនខានឡើយ។

អវសាន្នបទ

    សៀវភៅនេះ គឺសមស្របសម្រាប់ស្ថានការណ៍នៅពេលនេះ ក្រោយពីការលើកឡើងនៃគំនិតផ្ដួចផ្ដើម "ខ្សែក្រវាត់មួយ ផ្លូវមួយ" មក ទាំងមជ្ឈដ្ឋានខាងក្នុងនិងខាងក្រៅ មានការពិភាក្សាគ្នាមិនដាច់ពី មាត់ មតិចម្រុះផ្សេងៗគ្នា «ផែនការម៉ាស្រល» «ប្រព័ន្ធសួយសារអាករថ្មី» «យុទ្ធសាស្ត្រខាងលិច» និង ការយល់ឃើញជាច្រើនទៀតដែលកើតមានឡើងមិនឈប់មិនឈរ វាក៏ជាការចាំបាច់ក្នុងការស្ទង់ចេញ អោយទាន់ពេលវេលា នូវអំណាចនៃការគិតពិចារណានិងការយល់ឃើញ ចង្អុលបង្ហាញដល់មតិសា ធារណៈទាំងក្នុងនិងក្រៅប្រទេស ជម្រុញការស្រាវជ្រាវក្នុងមជ្ឈដ្ឋានសិក្សា ផ្ដុចផ្ដើមកិច្ចសហការ ស្រាវជ្រាវនៃសកលវិទ្យាល័យឧស្សាហកម្ម។ ការសរសេរសៀវភៅនេះ មិនត្រឹមតែមានអត្ថប្រយោជន៍ ដល់សម័យកាល"ខ្សែក្រវាត់មួយ ផ្លូវមួយ" ជ័យស្រស់ស្អាតនោះទេ វាក៏ជាប្រយោជន៍ក្នុងការណានជើង មកដល់នៃសម័យកាលឈ្លៀងបញ្ញា។ គឺជាការស្រាវជ្រាវបញ្ញាមុនៗរបស់ពិភពលោក បង្កើតឧត្តមភាព នៃចំណេះដឹងដល់សម័លកាលរបស់យើងទាំងអស់គ្នា។ អ្នកនិពន្ធ មានកិត្តិយសជាក្រៃលែង ដែលត្រូវ បានសកលវិទ្យាល័យប្រជាជនចិន ប្រគល់ការកិច្ចអោយទទួលបន្ទុកវិទ្យាស្ថានស្រាវជ្រាវផ្ដែកហិរញ្ញវត្ថុ ទុងយ៉ាង វិទ្យាស្ថានស្រាវជ្រាវយុទ្ធសាស្ត្រនិងការអភិវឌ្ឍន៍ជាតិ និងមជ្ឈមណ្ឌលស្រាវជ្រាវពិភពលោក សម័យទំនើបនៃក្រសួងទំនាក់ទំនងអន្តរជាតិមជ្ឈិមបក្ស សមាគមសិក្សាថាហាអ៊ើរ អ្នកស្រាវជ្រាវជាន់ ខ្ពស់វិទ្យាស្ថានវិទ្យាសាស្ត្រស្រាវជ្រាវ អភិវឌ្ឍន៍និទាយរដ្ឋ។ ការស្រាវជ្រាវ ការសរសេរអត្ថបទ ការ ផ្សព្វផ្សាយទាំងអស់នេះទទួលបានការគាំទ្រយ៉ាងខ្លាំងពីការកើនឡើងយ៉ាងចាប់ហើសនៃឈ្លៀងបញ្ញា។
    សៀវភៅនេះគឺមានអត្ថប្រយោជន៍ក្នុងការរៀនសូត្រៗ "ខ្សែក្រវាត់មួយ ផ្លូវមួយ" គឺជាអ្វីដែលកើត ឡើងថ្មី អ្នកនិពន្ធក៏មិនទាន់បានចូលរួមក្នុងការរចនាគម្រោង និងផែនការនៃគោលនយោបាយដែរ។ សៀវភៅនេះគ្រាន់តែណែនាំលើក្រដាស់ដល់សិស្សនិស្សិតតែប៉ុណ្ណោះ។ ជាសំណាងល្អដែលទទួលបាន ការជួយជ្រោមជ្រែងអំពីសំណាក់លោក ចាង ហុងលី ទេសាភិបាលឧងធនាគារឧស្សាហកម្មនិងពាណិជ្ជ កម្ម អគ្គនាយករងនៃអគ្គនាយកដ្ឋានសហប្រតិបត្តិការសេដ្ឋកិច្ចអន្តរជាតិនៃក្រសួងការបរទេស លោក លីវ ជឺនសុងៗល។ ព្រមទាំងទទួលបានការគាំទ្រ អំពីអ្នកបង្កើតគោលនយោបាយផែនការគម្រោង "ខ្សែក្រវាត់មួយ ផ្លូវមួយ" ជឹងដែរ ដែលជាហេតុធ្វើអោយសំណេរអត្ថបទនៃសៀវភៅនេះមានភាពជិត ស្និទ្ធទៅនិងគោលនយោបាយពិតជាក់ស្ដែងៗ។ សារព័ត៌មានជាតិចិន និងការិយាល័យអក្សរសាស្ត្រ បរទេស ក្នុងខែមិថុនា ឆ្នាំ២០១៤ បានអញ្ជើញអ្នកនិពន្ធទៅទីក្រុង អ៊ុលមុលឃី ចូលរួមសិក្ខាសាលាអន្ត រជាតិ «ខ្សែក្រវាត់សេដ្ឋកិច្ចផ្លូវសូត្រ --ឱកាសថ្មីនៃការស្ថាបនារួម ចែករំលែកៗរួម ឈ្នះឈ្នះៗរួម អភិវឌ្ឍន៍ រួម» និងទីក្រុងឃ្សានថូវ ខែកុម្ភៈ ឆ្នាំ២០១៥ «ពាណិជ្ជកម្មរួម ស្ថាបនារួម ចែករំលែកៗរួម ផ្លូវសូត្រ មូទ្រសតវត្សទី21» ដែលទទួលបាននូវចំណេះដឹងយ៉ាងគាប់ប្រសើរៗ និងមានការចូលរួមអាន ចូលរួម កែតម្រូវនូវអត្ថបទទ្រាង ក៏ដូចជាការផ្ដល់នូវមតិល្អៗសំខាន់ៗមិត្តភ្ដិជិតស្និទ្ធគឺលោក ជឺង យ៉ាវិនផង ដែរ។

សៀវភៅនេះគឺជាស្នាដៃសាកល្បង។ អត្ថបទក្នុងសៀវភៅនេះជាអត្ថបទដំបូង ចក្ខុវិស័យនិងឯក សារសកម្មភាពរបស់ "ខ្មែរក្រវ៉ាត់មួយ ផ្លូវមួយ" មិនទាន់ត្រូវបានអនុម័តនៅឡើយទេ តម្រោងផ្នែកក្នុងវិគ តែមិនទាន់ទទួលបានទៀត សៀវភៅនេះគ្រាន់តែពិពណ៌នាគ្រឹមក៏តែទ្រឹស្ដី ពិភាក្សាដោយសុទ្ធជីនិយម តែប៉ុណ្ណោះ។ "ខ្មែរក្រវ៉ាត់មួយ ផ្លូវមួយ" គឺត្រូវការមនុស្សជាច្រើនជំនាន់ និងរូបភាពដ៏អស្ចារ្យ ពីការចូល រួមសរសេររៀបរាប់របស់ប្រទេសជាច្រើន។ សៀវភៅនេះគ្រាន់តែជាការពិភាក្សាវ៉ែកញែកបបម ការសរ សេរអត្ថបទទៀតសាតក៏មានភាពបន្ធាត់ កំហុសឆុសឆ្គងតែងតែចមិនផុត សម្ងឹមថានឹងទទួលបាន ការវិះគន់ដើម្បីស្ថាបនាពីសំណាក់មជ្ឈដ្ឋានគ្រប់ជាន់ថ្នាក់ទាំងឡាយ។

ក្នុងរយៈពេលៗ១ឆ្នាំមកនេះ ក្នុងវិទ្យាស្ថានផ្នែកទំនាក់ទំនងអន្តរជាតិនៃសកលវិទ្យាល័យប្រជាជន ចិន ព្រមទាំងមជ្ឈមណ្ឌលស្រាវជ្រាវបញ្ហាអឺរ៉ុបខ្ញុំបានធ្វើការបង្ខាត់បង្រៀននិងស្រាវជ្រាវ ហើយ១៣ឆ្នាំ កន្លងមក   បានរៀនសូត្រនិងបំពេញការងារនៅសកលវិទ្យាល័យហ្ស៊ីតាន(ដោយក្នុងនោះបុក្រុមទាំង រយៈពេល៣ឆ្នាំ   ខ្ញុំបានបំពេញបេសកម្មការងារអង្គទូតប្រចាំទ្វីបអឺរ៉ុប, បុក្រុមទាំងគោលនយោបាយ តម្រង់ទិស មនោសញ្ចេតនាការទូត ស្ថានភាពប្រទេសជាតិ) ៣០ឆ្នាំកន្លងមកនេះ នៅលើវិថីនៃការរើក ផ្ចាត់និងស្វែងរកចំណេះដឹង   ខ្ញុំទទួលបានការជួយជ្រោមជ្រែងយ៉ាងច្រើនរាប់មិនអស់ពីសំណាក់ រៀមច្បង ក៏ដូចជាមិត្តក៏ក្រជាសាស្ត្រាចារ្យនិងមិត្តរួមថ្នាក់ទាំងឡាយ ពិសេសគឺការយោគយល់និងយក ចិត្តទុកដាក់ពីក្រុមគ្រួសារតែម្នាង។

នៅក្នុងឱកាសដែលលទ្ធផលនៃគំនិតថ្មីត្រូវបានផ្លូះបញ្ចាំងនេះ   ខ្ញុំសូមថ្លែងអំណរគុណដល់អ្នក ទាំងអស់គ្នាជាអនេកកប្បការ។

រ៉ាំង អ៊ីរ៉ាយ

សកលវិទ្យាល័យប្រជាជនចិនជីនយ៉ាន
ថ្ងៃទី២ ខែមេសា ឆ្នាំ២០១៥

图书在版编目（CIP）数据

一带一路 : 中国崛起给世界带来什么？ : 柬埔寨文/
王义桅著 ；（柬）钱明光译. -- 北京 : 新世界出版社，
2017.10
ISBN 978-7-5104-6326-6

Ⅰ . ①一… Ⅱ . ①王… ②钱… Ⅲ . ① "一带一路"
—国际合作—研究—柬埔寨语 Ⅳ . ①F125

中国版本图书馆CIP数据核字 (2017) 第150996号

一带一路：中国崛起给世界带来什么？（柬埔寨文）

出　　品：王君校
策　　划：张海鸥
作　　者：王义桅
译　　者：[柬] 钱明光
审　　定：张金凤
责任编辑：李晨曦
特约编辑：严匡正
封面设计：北京维诺传媒文化有限公司
版式设计：郭　磊
责任印制：王宝根　苏爱玲
出版发行：新世界出版社
社　　址：北京西城区百万庄大街24号（100037）
发行部：(010) 6899 5968　(010) 6899 8705（传真）
总编室：(010) 6899 5424　(010) 6832 6679（传真）
http://www.nwp.cn
http://www.newworld-press.com
版权部：+8610 6899 6306
版权部电子信箱：nwpcd@sina.com
印刷：北京京华虎彩印刷有限公司
经销：新华书店
开本：710mm×1000mm　1/16
字数：200千字　　印张：10.75
版次：2017年10月第1版　2017年10月第1次印刷
书号：ISBN 978-7-5104-6326-6
定价：128.00元